推理作家の出来るまで

上巻

都筑道夫

フリースタイル

THE MAKING OF
MICHIO TSUZUKI 1
by
MICHIO TSUZUKI

Book design by Koga Hirano
+ Hirokazu Kakizaki (The Graphic Service inc.)

First published 2020 in Japan by
FREESTYLE, INC.

2-10-18, kitazawa, setagaya-ku, Tokyo 155-0031
webfreestyle.com

ISBN978-4-86731-001-4

推理作家の出来るまで　上巻＝目録

推理作家の出来るまで　上巻

三歳半の記憶

記憶というものは、だいたい四歳ごろからあるらしい。むろん、それは断片的なもので、記憶の底をさぐっていると、映画の一シーンのように、浮かびあがってくる。その情景のなかに、年月を決定しうる要素がふくまれている場合、記憶は客観的な価値を生じるのだろう。

先日、私は翻訳家の平井イサクと、偶然、新宿の酒場で出あった。先日というのは、昭和五十年の七月下旬のことで、平井とは古いつきあいだが、この十年ばかりは掛けちがって、たまに電話で話をするだけ、顔をあわすのは実に久しぶりだった。平井イサクは、私の最初の師匠である作家、正岡容の甥で、おなじ昭和四年の生れである。

私が新宿の歌舞伎町に住んで、翻訳をはじめた昭和二十八、九年は、しょっちゅう会って、朝まで飲んであるいたりしたものだ。その場所にちかい酒場で出くわしたので、当然、昔のことが話題になったが、そのうちに、満二歳十一カ月のときの記憶がある、と平井がいいだした。彼の父は平井功、筆名を飛来鴻といって、正岡容の弟で、日夏耿之介門下の天才といわれた象徴派詩人だが、昭和七年の十月に若死している。イサクは十一月の生れだから、数えどしでは四歳だが、満では二歳と十一カ月のときだ。

彼にはごくごく小さいころ、火葬場へつれて行かれて、長いあいだ待たされていたとき、ハイヤーの運転手が大きなお煎餅を買ってくれた、という記憶がある。その記憶は鮮明で、幼いころに火葬場へつれて行かれたのは、父親の葬儀のときでしかありえないのだから、それは昭和七年の十月ということになる。父親の死という強烈な事件が、火葬場の一シーンとなって、子どもごころに刻みこまれたのだろう。

平井イサクの場合は、最初の記憶が死にまつわるものだったわけだが、私の場合はひとつの生につながっている。浮かんでくるシーンは夜で、あかりのついた部屋のなかだ。ざわざわと人がいて、母親は蒲団に寝かされている。私だけが脇の四畳半か六畳の暗いなかに寝かされているが、眠れないので、ひとのうしろからのぞいてみると、母のとなりには赤い顔した小さな生きものがいた、という記憶だ。つまり、わが家にもうひとり、子どもが生れた晩の記憶なのである。

となると、私の弟が生れた昭和八年一月三日の晩、ということになる。私が数えどし五歳、満三歳と六カ月のときだ。私は昭和四年の七月六日に、東京市小石川区関口水道町六十二番地に生れた。現在の文京区関口一丁目だが、もうそこには家のあとかたもない。飯田橋から池袋へぬける高速道路ができたときに、一帯の家なみがとりはらわれて、いまは道路になってしまった。

しかし、そんなプライヴェイトなことを、こまごまと書きつらねるのが、このエッセーの目的ではない。私は四十代の半ばで自伝を書くほどの人格者でもなし、思想家でもなし、波瀾にとんだ半生を送った個性ゆたかな人間でもない。ごく平凡な生活を送ってきて、おもしろおかしい嘘を書くことを、もう四半世紀も、職業にしてきた人間だ。

てれ性のせいもあって、めったに自分のことは書いたためしがない。そういう引っこみ思案の人間が、どんな影響をうけて、小説を書くようなことになったのか、それを洗いざらいぶちまけるのが、このエッセーの目的なのだ。それには、影響をうけた私の側のこまかいことも、書かなければいけない場合もあるだろう。とにかく、てれずに書くことにしよう。

飯田橋から早稲田へ通じる道路と、矢来上から音羽の護国寺へ達する道路との交叉点ちかくに、前者と平行して神田川が流れている。早稲田から飯田橋までの流れは、江戸川と呼ばれていて、音羽への通りにかかっている橋が江戸川橋、その橋から飯田橋のほうへ数えて、ふたつ目に、華水橋という橋がかかっている。江戸川橋、古川橋、石切橋、隆慶橋など、この川すじに江戸時代から掛っていた橋にくらべると、華水橋はいちばん新しい。私の遠い記憶のなかには、この橋の架橋工事の情景があるから、ものごころのつくころに、かかったものなのだろう。

その華水橋のまん前に、私の生れた家はあった。小石川区のいちばん端、いまの新宿区、そのころの牛込区と境を接するあたりで、江戸の絵図を見ると、すぐ隣りから早稲田の田んぼが始まっている。関東大震災には被害をうけなかった二階屋で、小さいながら庭があった。年月を決定する要素をふくまない記憶には、うす暗く湿っぽい庭の情景を、鼠のにおいがつきまとっている。私の幼いころ、小さな南京ねずみを飼うのが、はやったらしく、長四畳ほどの小庭に面した縁がわには、いつも大きな籠がおいてあって、そのなかに十四ちかい南京ねずみが、飼ってあった。元気のいい小鼠が、せっせと車をまわしている籠は、独特のにおいを発散する。だから、私の生家の庭の記憶には、鼠のにおいがつきまとっているのだ。

*

私は男ばかり四人きょうだいの三番目で、都筑道夫というのは、本名ではない。都筑道夫は昭和二十四年に、自分勝手につけたペンネームで、本名は松岡巖《いわお》、苗字はともかくも、名前のほうはいまでも嫌いだ。ひょっとすると、この本名から逃れるために、私は作家になったのかも知れない。小学生のころから、画家、俳優、舞台装置家、劇作家となりたいものが次つぎに変って、けっきょく小説家ということになったのだけれども、そのどれもが、うしろめたさを感じないで、別の名前がつかえる職業だ。

父親は東京の生れだが、母は静岡県の袋井の産、家族はほかに祖母がいて、太平洋戦争敗戦のとしまで、長生きをした。練馬の百姓の娘で、生れはたしか文久年間、子どものころに庭で遊んでいたら、彰義隊の逃亡者を殺した官軍の兵士が、生首をぶらさげて通っていった、というような話を、よく聞かしてくれた。時代小説を書くようになってから、この祖母の話を、もっと熱心に聞いておくのだった、と悔んだものだ。

祖父は私が生れる以前に死んでいたから、顔も知らなければ、名前も知らない。長兄の話を聞くと、この祖父はかなりいいかげんな人物だったようだ。美濃の豪農の家に長男として生れて、若気のだだら遊びに田畑《でんばた》いっさいを失い、夜逃げどうように東京へ出てきたのだそうだが、全盛のころ、遊廓で便所へいったら、暗くて酔っているので、足もとがあぶない。そこで、紙幣に火をつけて、用を足したという、日露戦争の成金のはなしみたいなことを、自慢げに喋ったそうだから、豪農うんぬんの信憑性はきわめて低い。

とにかく東京へ出てきても、ひと旗あげる気はさらさら起らず、ろくに生業もなく、この祖父は一生をおわったらしい。いっしょに東京へ出てきた祖父のふたりの弟も、くせのある人物だったようで、ひとりは高島呑象の門に入って易者になり、高島易断をつぐであろう天才とうたわれながら、懶惰と偏窟のために高島象山に先んじられ、世をすねて窮死したという。もうひとりは資本《もとで》がなくても、ぶらぶらしていて出来るあきない、というので、早稲田の鶴巻町で紙屑屋をはじめたが、それにも身を入れずに碁ばかり打っていて、これはめっぽう強かったという。その息子は特務機関員として中国にわたり、本郷義昭そこのけのボス的な存在になって、のちに行方不明になっている。

ふたりの大叔父の記憶はまったくないが、父の従弟にあたる特務機関員には一、二度あっているらしい。かすかな記憶にあるそのひとは、黒い中国服をきて、立派な顔立ちの堂堂たる人物だった。それはとにかく、祖父や大叔父たちを要約すると、凝り性の一面のあるなまけものの一族、ということになるようだ。父にもその気があったし、私にもある。

若いころの父は職人で、現在の後楽園スタジアムのところにあった砲兵工廠につとめていたが、そこをやめると、自宅で漢方薬局をひらいた。猿の頭や赤とんぼや赤蛙の黒焼から、山椒の魚に奥州名産孫太郎虫、薬草なんぞが店にならんでいて、届出での名称は漢方薬局だったらしいが、主なる売りものは蝮、縞蛇の蒸焼粉末および生料理で、俗称は蛇屋だ。

蛇屋はもともと野師《やし》の大道業で、大正のすえから昭和のはじめにかけて、それが昇格して、店舗をかまえるひとが増えたらしい。私が幼いころには、父はまだ早稲田の会津屋なんとか一家という、てきやのグループに所属していて、店での営業だけでは成りたたなかったのだろう。毎晩、早稲田の大学通りへ、夜店を出しにいったのをおぼえている。

　私はまだ小学生になっていなかったが、大八車のうしろに乗せられていって、よく鶴巻小学校の前に、露店を出した記憶があるのだ。いま鶴巻小学校は、矢来の通りから大学通りへ入って右がわ、すこし引っこんだところに移転しているが、当時はもっと手前の左がわ、現在の赤城台高校が当時は鶴巻小学校だった。その夜店の記憶を、私は昭和四十七年の九月に、「男殺しの指」という小説に書いて、「別冊小説宝石」に発表している。

*

　華水橋の前の、早稲田から洲崎へゆく市内電車が走っていた通りの家なみを、私はどのていど記憶しているだろうか。

　むかって左どなりに、長谷川医院という内科小児科の病院があったのを、まずおぼえている。これは鉄柵の門があって、ささやかな前庭のついた二階建の、洋風の病院だった。私の家のあったブロックのなかでは、いちばん立派な建物だ。その左がわが、自動車が入れるくらいの横丁で、そのまた左の角は、太田屋というかなり大きな染物屋だった。先代の三遊亭円歌、つまり二代目の円歌がまだ落語家になりたてで、水道端に住んでいたころ、いろいろ面倒を見てやったとかいうことで、人気者になってからの円歌が、ときおりこの太田屋へ、挨拶にきていたのをおぼえている。

　その左どなりとなると、もう私には思い出せない。染物屋とはいわずに、みんな紺屋《こうや》といっていたが、その干場のある横丁が小石川区と、牛込区の境だった。角の長谷川医院から右に、私の家の蛇屋、洋服屋、服のボタンの専門店、オートバイの修理屋、その次に狭い露地があって、自動車の車庫、ギャレージ業とでもいうのだろうか。二台分ぐらいのスペースがあったが、車の入っているのを見た記憶は、残っていない。タクシイをやっていたのかも知れないが、看板は出ていなかった。

　その隣りがスタンドバーで、また露地があって、次が理髪店。そこから右は、思い出せない。私の家をのぞいて、たった八軒しか思い出せないのは、ほかの家が私の生活と縁がなかったからだろう。紺屋はそこで円歌を見かけたことで、おぼえているわけで、しょっちゅう世話になっていたのが、医者と理髪店。ほかの家には、遊び相手の子どもがいた。オートバイ屋には子どもはいなかったが、そのかわり、機械の好きな私の長兄が入りびたっていた。

　これでだいたい、私が育っていくバックグラウンドは説明したことになる。いや、文字どおりのバックグラウンドを、わすれていた。私に影響をおよぼした映画や小説の話に入る前に、もうしばらく地形を説かしていただきたい。

　家の前には市電が通っていて、前にいったように、早稲田から江戸川橋、飯田橋、九段下、小川町、大手町、日本橋から洲崎までゆく系統が走り、ほかにもうひと系統、大曲で曲って、本郷三丁目、上野広小路から、厩橋までゆく電車が走っていた。そのほか、現在ほど大量でないにしても、自動車も走ればトラックも走るし、自転車も走る。荷馬車もやってくるので、子どもたちは気楽に遊んでいるわけにはいかない。

　私は小学校中級になるまでに、市電に轢かれかけ、トラックにはねとばされ、自転車にひっかけられたことがある。もっとも、いまだに腕に傷が残っているほどの大怪我をした相手は、最後の自転車で、市電とトラックは大したことがなかったのだから、考えてみると滑稽だけれども、とにかく表通りで遊んではいけない、といわれていた。

　長谷川医院の角を曲って、塀のつきるところまでいくと、市電の通りと平行して裏通りがあって、そこが私たちの遊び場、文字どおりのバックグラウンドだった。両がわに二軒長屋が四つか五つ並んでいて、突きあたりに質屋の塀、どぶは道のまんなかでなく左右にあったが、それをのぞけばこの狭い横丁、江戸の長屋の露地という趣きがあった。長谷川医院の角にはなにもなかったが、質屋の塀に突きあたるちょっと手前の左がわ、もうひとつ裏のやや広い通りへぬける露地口には、上に忍びがえしのついた木戸まであった。質屋の塀ぞいに、突きあたりを右に折れて、市電の通りへ出る露地口にも、木戸があった。

私は江戸の長屋を書くときには、いつもこの子どものころの遊び場所を、思い浮かべる。両がわに二軒つづきで建っていた二階屋には、おもに勤め人が住んでいたが、いつも三味線の聞える長唄かなにかの師匠、男の師匠の住居もあったし、女髪結の住居もあった。新国劇の役者も、ひとり住んでいた。

横丁のなかほどに、これは江戸の長屋ふうでなく、高い塀をめぐらした一郭があって、そこはもうひとつ裏のやや広い通りに面した酒屋の裏庭だった。土蔵の屋根が塀の上にそびえていて、裏木戸を入ったところに、小さな稲荷の社がある。二月の初午には、裏木戸をひらいて、近所の子どもたちを入れて、幟を立て、太鼓を鳴らし、赤飯をふるまってくれるところは、すっかり江戸の趣きだった。

この横丁にやってきた紙芝居屋と、母親につれられていった映画とが、私をフィクションの世界へ誘いこんだのだが、その最初はほぼ、私の日づけのある記憶、弟が生れた晩の情景とおなじころから、はじまっている。紙芝居で記憶のいちばん底にあるのが、かの有名なる黄金バットで、贋作や類似作も見ているから、加太こうじ氏の「紙芝居昭和史」から判断すると、昭和八年ごろらしい。

断片的ながら、ひょいひょい浮かんでくる記憶は、その情景から推理していくと、昭和八年から歴史年表にあてはまってゆくので、そこを出発点にするとしよう。白木屋——いまの日本橋東急が、大火を出した翌年、小林多喜二が虐殺され、ダミアのシャンソン「暗い日曜日」と、ヨーヨーがはやり、丹那トンネルが開通し、東京で初の防空演習をやった年だ。

私は満四歳、めったに洋服を着せてもらったことはなく、筒袖のかすりの着物で遊んでいて、ちびでお額《でこ》だけが目立つ少年だった。

千恵蔵と黄金バット

当時の子どもたちにとって、芸能との出あいは、たいがいの場合、紙芝居によって行われる。私の場合は映画と紙芝居が、いっしょくたにやって来たようだ。古い映画の記憶について、私は「私の映画遍歴」というエッセーに、こう書いている。

ところが、映画のほうは、なにを最初に見たのか、判然としない。母親におぶさって、映画館にいた記憶は、はっきりある。けれど、どんなものを見たのか、まるでおぼえていないのだ。記憶のいちばん底に沈んでいる映画は、片岡千恵蔵の「刺青奇偶《いれずみちょうはん》」と「気まぐれ冠者」、それに林長二郎の「雪之丞変化」だが、「刺青奇偶」に声があったかどうか、思い出せない。サイレントだったとすれば、お仲の役が高津慶子、監督が伊丹万作の昭和八年の作で、それが私の見た最初の映画ということになる。発声ならば、お仲を千早晶子がやった昭和十一年の作で、伊丹万作の「気まぐれ冠者」は昭和十年の封切だから、そっちを先に見たことになるわけだ。もっとも、二本ともどこで見たのか、はっきりしない。長谷川一夫が林長二郎のころの「雪之丞変化」のほうは、松竹の封切館だった羽衣館で見たのを、おぼえている。手もとの資料だと、この衣笠貞之助作品は、「気まぐれ冠者」とおなじ昭和十年の公開だが、かなりのシーンをことこまかに記憶している。それなのに、「気まぐれ冠者」をろくすっぽおぼえていないのは、伊丹万作のユーモアが、六歳の私には理解できなかったからだろう。

このエッセーは、昭和四十六年十月に出た雑誌「季刊フィルム」第十号にのせたもので、単行本としては、昭和四十九年六月に、晶文社から出したエッセー集、「目と耳と舌の冒険」におさめてある。

おぼつかないこの記憶を、今度、なんとか正確なものにしてみよう、と考えた。「刺青奇偶」はいうまでもなく、長谷川伸の戯曲で、昭和七年の六月に、六代目尾上菊五郎によって、初演された。手取の半太郎というやくざが、身投げをしかけたお仲という女を助けて、夫婦になる。半太郎は堅気になるが、お仲が病気になったため、治療費ほしさに博奕に手をだす。お仲はそれを心配して、半太郎の腕に、意見のほりものをする。賽ころのほりものだ。しかし、お仲の病いは重り、なんとかしようと半太郎は、品川の大親分、鮫の政五郎を相手に、一世一代の大ばくちを打つ、というストーリイである。

私がおぼえている千恵蔵映画のシーンは、意見のほりものを、お仲がするところで、病床に起きあがって、針箱から縫針をとる。半太郎は腕まくりをして、顔をそむける。お仲は硯箱の筆と縫針を持って、ほりものをはじめる。半太郎は目をとじて、また目をひらく。その目で見た窓からの風景。その風景が涙でぼやける、というシーンを、おぼえているのだ。

おそらくは女が男に、刺青をするという異様さが、子どもごころに焼きついたのだろう。それにしても、風景が涙でにじむ、という表現は、サイレント映画にふさわしいような気がする。そこで、昭和十年代に日活映画にいた西川清之さんに、聞いてみた。西川さんは、私のいうシーンを記憶していなかったが、ほうぼうに問いあわしてくれて、その結果、岸松雄氏から、それは昭和八年のサイレント映画だろう、という解答が得られた。

岸氏が当時くわしくとっておいたノートによると、私の記憶にあるシーンは、次のようになるらしい。彫りあがるまで見てはいけない、とお仲にいわれて、半太郎は顔をそむける。窓の外の風景。そこでは、子どもたちが、かくれんぼをしている。もういいかい。まあだだよ。これは、字幕が入るのだろう。つまり、この子どもたちの声が、半太郎とお仲の言葉を、代行するわけだ。痛みをこらえる半太郎。風景が涙でにじむ。もういいかい。もういいよ。半太郎、目をひらいて、腕を見る。二の腕に黒く、稚拙な賽ころのほりもののクローズ・ショット。このショットは、私もおぼえている。

　なお「私の映画遍歴」のなかで、昭和十一年の発声版、衣笠十四三監督作品で、お仲に扮したのは千早晶子と書いたのは、キネマ旬報の「日本映画作品大鑑」第六巻と、時代劇映画にくわしい興津要氏が、桜楓社から出した「大衆文学の映像」によったものだけれど、西川さんほかの方がたの説によれば、千早晶子ではなく、衣笠淳子だという。

　とにかく、これで私の記憶にある最初の映画が、昭和八年封切の片岡千恵蔵プロダクション作品、日活提供の「刺青奇偶」だということは、まず確かになった。家の近くの日活系の映画館は、早稲田の富士館と神楽坂日活で、どちらも封切館である。どちらかで、見たにちがいない。しかし、「日本映画作品大鑑」によると、この映画は昭和八年一月十四日に、封切られている。弟が生れてから、半月とたっていない。だから、母親につれられて、見にいったのではないのだろう。

＊

　紙芝居については、昭和五十年五月、桃源社が永松健夫の「黄金バット」を復刻したときに、解説を依頼されて、記憶と意見をすべてそれに書いた。復刻された「黄金バット」は、昭和二十二年から二十四年にかけて、四冊の単行本として刊行されたものに、「少年画報」の前身である「冒険活劇文庫」に連載された一篇をくわえて、それを二冊にまとめたものだが、上巻に紙芝居としての「黄金バット」、下巻に劇画本のはしりとしての「黄金バット」について、解説がついている。後者はその発行者だった平木忠夫氏が、前者は私が書いたわけだけれども、それをここに再録する。

　スーパーヒーローは復活をくりかえすもので、黄金バットも今度で四たび目になる。昭和のはじめに、まず紙芝居の主人公として誕生して、多くの贋作、類似作が出るほどの人気だったが、数年でおわった。といっても、わすれられたのではない。駄菓子屋で売っているメンコや鉛のメタルには、すがたを現しつづけていたので、敗戦後の二十年代に、紙芝居と絵物語とで復活した。やがて紙芝居という表現形式も、絵物語という形式もすたれたが、かわって生れたテレビ動画と劇画とで、四十年代にまた復活、このときは劇場用の映画にもなった。その後もテレビ動画の再放送や、「正義の味方、黄金カイロ」というパロディのコマーシャル・フィルムで、紙芝居とは完全に無縁な近ごろの子どもたちも、黄金バットの名は知っている。

そして、五十年代に入ったいま、二十年代の絵物語の復刻というかたちで、四たび登場するわけだが、この永松健夫の作品を、これまでに私は読んだことがない。私にあたえられた役わりは、昭和ひとけたのころに、紙芝居で親しんだ「黄金バット」について、思い出をかたることなのだ。

もっとも、私が見た「黄金バット」が、永松健夫が永松武雄だったころに書いた最初のそれか、加太こうじがあとをうけて書いたものか、そのへんはわからない。紙芝居にはタイトルの絵はあっても、画家の名なぞは書いてなかったから、当時やたらにあったという贋作のひとつだったのかも知れない。とにかく、加太こうじの著書「紙芝居昭和史」によると、黄金バットの誕生は昭和五年。六年、七年が人気の最盛期で、九年いっぱいにすがたを消した、とある。とすると、私がこのスーパーヒーローに接したのは、昭和八年から九年、数えどし五つか六つにかけてのことだったろう。

私が育ったのは、山の手の小石川でも、牛込の神楽坂に近い下町ふうのところで、毎日三、四人の紙芝居屋がやってきた。町内の子どもたちは、ひとりひとりをあだ名で呼びわけていて、欲ばりタンクとシルクハットのふたりが、人気をあつめていた。欲ばりタンクは、「黄金バット」に出てくる怪タンクみたいに肥った中年男で、歯医者の袋露地に自転車をとめると、大きな太鼓をたたいて歩いて、子どもたちを呼びあつめた。小さな客があつまって飴を買っても、なかなか紙芝居をはじめない。「もう三銭。あと二銭。だれか一銭買ったら、ほんとにやる」と、ねばるので、欲ばりタンクとあだ名がついた。子どもの数がすくないと、「坊や、あと三人つれといで。そっちの坊やは、ふたりでいいや」なぞと命じるので、みんなから嫌われたが、それでも人気があったのは、映画の弁士くずれとかで、大そう説明がうまかったからだ。

シルクハットのほうは、いまでいえばアルバイト学生だったらしい。やさしい顔立ちの青年で、古ぼけたシルクハットをかぶって、自転車を走らしてきた。氷屋の横丁にそれをとめると、シルクハットには似あわない古風さで、拍子木を鳴らして歩いた。説明技術はかなり落ちたが、ただ見をしても、欲ばりタンクのようには、怒らない。いじめっ子に立ちふさがられて、女の子が泣きそうになったりすると、うまくさばいて、前に出してやったりする。そうした親切さで、人気があった。常連の子が二日も顔を見せないで、風邪で寝ていると聞いたりすると、次の場所へ移るまえに、その子の家へ見舞いに寄って、飴を一本おいていったりするので、母親たちにも信用があった。

むろん、欲ばりタンクもシルクハットも、「黄金バット」を持ってきていた。紙芝居という形式のおもしろい点は、地域差と個人差の激しいところで、おなじ区間に育った同年配でも、ちょっと離れていると、おなじものを見ていない。おなじタイトルに出てくるおなじキャラクターでも、演者によって、呼び名がちがったりする。欲ばりタンクは、「黄金バット」に出てくる怪タンクを、デブロー・タンクと呼んでいた。子どもにとっておもしろく、おぼえやすい名前だから、あとからきた紙芝居屋が、これは怪タンクだといっても、みんな承知しない。親戚の家へ遊びにいったときに見た紙芝居屋は、怪タンクを人間タンクと呼んでいた。

シルクハットが持ってきた「黄金バット」には、黒衣の怪人ナゾーも、デブロー・タンクも現れなかったところを見ると、贋作のひとつだったのかも知れない。ナゾーのかわりに、孫太郎虫とか、グリーン・ゴットとか、やたらに怪人が登場した。孫太郎虫という漢方薬みたいな名の怪人は、黒衣に鉄仮面、いつも七、八人の集団で現れる。グリーン・ゴットは、緑のマントに緑のとんがり頭巾、顔まで緑で、そのまんなかに大きな目がひとつ、ナゾーが「ローンブロゾー」と叫びながら登場するように、「ゴットンゴットンわっはっは」と、奇妙な笑いかたをしながら、死神みたいな大鎌をふりかざして、出現したものだ。

欲ばりタンクの「黄金バット」のほうが、先におわった。最後の決戦をいどんできた怪人どもを、ことごとく倒した黄金バット、超人らしくなく自らも傷ついて、博士や探偵長にいたわられながら、山中にうずくまる。黄金の髑髏仮面をとると、これが白髯うつくしい老人で、かつて怪人にほろぼされたある国の忠臣だったのだ。「わしの使命はおわったが、敵の刃にたおれることだけが心外、せめて、おのれの手で死にたい」と、黄金バットは切腹する。岩の上に血がしたたって、そのあとに真紅の百合の花が咲く。

つまり、黄金バットは復讐のために、神出鬼没の正義の味方として、怪人どもと闘っていたわけで、その最後を語る欲ばりタンクは、名調子だった。私たちが落胆していると、あくる日、欲ばりタンクは「黄金バット第二世」という、新シリーズを持ってきた。天空鮹という怪飛行船が、東京の上空に現れて、長い脚をなん本ものばして、人びとをさらっていくのが、発端だった。黄金バットの息子たちなのだろう。やはり髑髏仮面の正義の味方が三人も四人も登場して、天空鮹とたたかうのだが、敵は手ごわい。かえって窮地におちいると、死んだはずの親バットが、「正義の味方、黄金バット、うぁはははは」と、虚空にすがたを現すのだった。この親バットには、息子だけでなくて、孫もいるらしく、豆バットというのも出てきた。黄金バットが白手袋の手のひらをひろげて、じっと中指のさきを見つめると、そこに芥子人形みたいな豆バットが、ひょこっと出現して、怪人どもの巣窟なんぞへ、どんな小さな穴からでも、忍びこんでいくのだった。

類似作では、シルクハットが「豪傑バット」というのを、持ってきた。やはり赤いマントをひるがえして、正義の味方が登場するのだが、これが兜をかぶった武者の顔の、黒い鉄仮面をかぶっている。いぼいぼのついた鉄棒を、おがらのごとく振りまわして、悪人ばらをやっつけるので、豪傑バットというわけだ。

あだ名はわすれたが、べつの紙芝居屋は「黄金のら」という類似作を持ってきた。なんだと思う？　折から少年倶楽部では、田河水泡の「のらくろ」が人気をあつめていた。すなわち、それにあやかって、のらくろの黄金の仮面をかぶった正義の味方が、赤いマントをひるがえして出現するのだ。しかも、「豪傑バット」は現代ものだが、これは時代劇だった。前髪立ちの美少年が、なにかの使命を帯びて、旅をしている。その少年が雪の山中で、悪人どもに襲われて多勢に無勢、あわやというときになると、一陣の雪しまきとともに、顔には黄金ののらくろ仮面、身には南蛮服をまとった正義の味方、黄金のらが現れるのだ。いまの私なら、大笑いして、よろこんだかも知れないが、当時の私たちは、あまりの違和感に、ただあっけにとられていた。ほかでも、評判が悪かったのだろう。この「黄金のら」は四、五日で中絶してしまった。「黄金バット」が消えさったといっても、超人たちの街角における活躍が、すべて嫌われたわけではない。けれど、私のほうが小学生になって、映画に熱中しはじめた。だから、あまり紙芝居は見なくなったが、その後しばらくのあいだ、「レッドナイト」というスーパーヒーローものに、人気があつまったように記憶している。ナイトといっても、中世の騎士スタイルではなく、首にスカーフを巻いた水夫スタイルで、怪傑ゾロみたいな布のマスクの赤いのをつけていた。

紙芝居というものは、アメリカにおけるコミック・ブックとおなじように、考えればいいだろう。といっても、スーパーマンやバットマン、グリーン・ホーネットと、黄金バットや豪傑バット、レッドナイトとのあいだには、なんの関係もないようだ。おなじスーパーヒーローものでも、考えかたがまったく違っている。スーパーマンやバットマンは、それぞれが、そのシリーズの主人公だ。境遇や超人的な活動をする理由が、あきらかにされている。だが、黄金バットや豪傑バットは、シリーズの主人公ではない。主人公たちの危機を解決するための、もっとも安直な手段として、つかわれる存在にすぎないので、いわば多用されるデウス・エクス・マキナなのだ。

もともと黄金バットは、苦しまぎれに生みだされたキャラクターらしい。前にもふれた加太こうじの「紙芝居昭和史」によれば、「黒バット」という人気シリーズがあって、白い髑髏仮面に黒マントの怪盗が大活躍する。人気が下火になって、結末をつけることにしたが、黒バットは悪人なのだから、悪は滅びて、おわりにしたい。けれど、あまり強くしすぎたので、善玉がわにには勝てる人物がいない。そこで、おなじような恰好の正義の怪人が、突如、天空から舞いおりてきて、黒バットを斬ってしまうことにした。それならば、あっさり結末がつけられる。タバコのゴールデンバットから思いついて、名前は黄金バットにしたところ、その「黒バット」最終回は、子どもたちに大うけだった。ために、黄金バットをタイトルにした新シリーズが、できたのだそうだ。

黒バット、黄金バットのスタイルは、ロン・チェイニー主演のアメリカ映画「オペラの怪人」から、ヒントを得ているのかも知れない。千九百二十五年につくられたこの無声映画の傑作は、おなじ大正十四年に日本でも公開されて、キネマ旬報ベスト・テンの第六位になっているが、そのなかにオペラ座におけるマルディグラの場面がある。その仮装舞踏会に、怪人エリックは「赤死病」の死神の扮装で現れるのだ。髑髏の仮面にマントのすがたは、黄金バットにそっくりだ。最近になって、はじめてこの映画を見たときに、ああ、これが原型かも知れないぞ、と私は思った。

ところで、先にふれた初代黄金バットの最後は、やはりシリーズを完結させるために、矛盾なんぞには目をつぶって、苦しまぎれにつけた説明だったのだろう。したがって、ほぼおなじ時期に、太平洋をはさんで活躍してはいても、スーパーマンは黄金バットに、影響はあたえていない。あくまでも、歌舞伎に出てくるお不動さまや観音さま、つまり、日本的なデウス・エクス・マキナを発想として、それに初期の紙芝居で、もっとも多く素材にされた孫悟空の活躍ぶりを、つけくわえたもの、と見るべきだろう。コミック・ブックの影響が、日本の紙芝居や絵物語に現れだしたのは、敗戦後になってからだ。

ただ果してきた役わりが、戦前からコミック・ブックとおなじだったわけで、紙芝居はごく地域的だったために、洗練される速度が遅かったのだ、といえよう。それが大部数の劇画雑誌や、全国ネットのテレヴィジョンにうけつがれて、黄金バットはウルトラマンや仮面ライダー、ミラーマンやバロムなぞの後継者を生んだ。ただし、マス・メディアにひろがったからといって、それだけ洗練されたとはかぎらない。そのへんが、日本文化の特質なのかも知れないけれど、技術的にはたしかに洗練されても、内容的にはそれほどの変化はないようだ。

怪人ナゾー、モーグリ博士といったいい加減な命名法は、毒蛾の化けものだからドクガンダーといったぐあいに、いまだに横行している。悪の権化ナゾー博士が「ローンブロゾー」と叫んで現れるのは、犯罪人類学の創始者の名を借用したものだろうけれど、「超人バロム」というテレヴィジョン番組では、巨大な片手の化けものが「フィンガー」と叫んで現れて、私を抱腹絶倒させた。もともと日本の化けものは、「ももんぐゎあ」と叫びながら、出てきたものだ。「嚙もう」という鬼の脅しの言葉から、いつか転じたものだろうが、その変化のすじみちはわかりにくい。「ももんぐゎあ」より「フィンガー」のほうが、日本の伝統にしたがってもいて、おまけに納得もできる、というい いかたも許されるだろう。

だから、いま「黄金バット」を軽蔑することは、だれにも出来ない。スーパーマンのSのマークをつけたシャツを、売る店が街にあって、それを着てあるく若者もいるのに、黄金バットをえがいたシャツはないというのは、やはり不合理なのである。

最初の首なし死体

桃源社が復刻した永松健夫の「黄金バット」に私が書いた解説を、前回に長ながと引用したけれども、今回はその補足から、はじめたい。

売りあげが少いと、なかなか紙芝居をはじめないので、欲ばりタンク、と私たちがあだ名をつけていた紙芝居屋には、「黄金バット」以上に、熱を入れている出しものがあった。この欲ばりタンク氏は、わが家の裏の露地にやってきたわけではない。

私の家の左どなりに、長谷川医院という内科、小児科の病院があって、そのまた左どなりの太田屋という染物屋とのあいだが、車の入れるほどの横丁になっていたことは、前に書いた。この横丁を南西に入ってゆくと、左がわは松ガ枝町、右がわの長谷川医院のトタン塀がつきるところに、私たちの遊びのテリトリーだった露地がある。さらに進むと、ややひろい通りとの四つ辻になって、その右角は氷屋だった。この氷屋のモルタル壁のところに、シルクハット、と私たちが呼んでいた紙芝居屋が、いつも自転車をとめる。

氷屋のむかいは、向井という表具屋さんで、そこに私の弟とおなじ年に生れた男の子がいた。女の子のように涼しい目をした、かわいらしい坊やだったが、隣近所におないどしの子がいなかったのか、よく私たちのテリトリーに遊びにきた。この子が小学校にあがると、私はお母さんにたのまれて、毎朝、学校へつれていった。小学校四年生の私は将来、挿絵画家か商業美術家になりたがっていたが、実際に商業美術家になったのは、向井少年のほうで、いまは武蔵野美術大学だったか、多摩美術大学だったかの教授になっている。

この向井表具店から数軒、右へいったところに、短い袋小路があって、突きあたりは福本医院という歯医者だった。およそ歯科医院らしくない歯科医院で、しもた屋の二階の畳の上に、診療機械や椅子がならんでいたが、先生の腕はたしかだった。映画になった「オリエント急行殺人事件」で、アルバート・フィニイが扮したエルキュール・ポワロを見たときに、私は福本先生を思い出した。フィニイのポワロを、もうすこし丸顔にして、髭をチャップリン髭にとりかえると、福本先生になるのである。

だいぶ道草を食ったけれども、この歯医者の袋小路が、欲ばりタンクの仕事の場所だった。紙芝居屋が自転車をとめて、子どもを呼びあつめる方法としては、拍子木をたたいて歩くのが多かったが、大石内蔵助みたいな、銅鑼を鳴らして歩くのもいた。欲ばりタンクは前にも書いたように、大きな太鼓を胸にかけて、ドンドンドンガラガッタとたたいてまわった。

当時の紙芝居は普通、漫画と現代物と時代物の三本立てだったが、欲ばりタンクは漫画をやらなかったようにおぼえている。毎日、私が見ていたころは、「噫無情」と「紅蜥蜴」と「黄金バット」の三本立てで、「噫無情」がヴィクトル・ユゴーの「レ・ミゼラブル」であることは、いうまでもないだろう。「紅蜥蜴」というのは、怪奇時代劇だった。

無声映画の弁士だったという欲ばりタンクが、いちばん力を入れたのは「噫無情」で、次が「紅蜥蜴」、「黄金バット」はしばしば手をぬいていた。客が三、四人しか集らないときなぞに、ぱっぱぱっぱと絵をぬいていって、「突如あらわれたデブロー・タンク」「わあっ!」「ぎゃあっ!」「助けて!」「そのとき虚空に声あって、正義の味方、黄金バットわはははは」「どうなるか、またあした」で、おしまいということさえあった。だが、そういうときでも、「噫無情」だけはかなり丁寧にしゃべっていた。

満足するにたる売りあげがあったときには、女のせりふは女らしい声色でやるという大熱演で、いま考えれば臭い話術だったのだろうが、子どもたちの涙をそそるには十分だった。私のメロドラマ嫌いは、この欲ばりタンクの「噫無情」に、原因しているように思われる。簡単に感情を刺激されて、いつも涙を流しては、恥ずかしい思いをした。

いっぽう「紅蜥蜴」という時代物は、私のこころに、怪奇趣味の種子をうえつけたらしい。というのは、全体のストーリイはまったくおぼえていないのに、ある日の一場面だけを、はっきり記憶しているからだ。大きな商家の奥座敷で、旦那が便所へ入ったきり、出てこない。心配になった番頭と女中が、様子を見にゆく場面だった。

便所の板戸の前の廊下に、番頭と女中が立っている。「旦那さま、どうなさいました。ご気分でも、お悪いのではございませんか。返事をなすってくださいまし。大丈夫ですか、旦那さま。戸をあけさせていただきますよ」といったようなせりふがあって、番頭が便所の戸に手をかけると、なかから初めて不気味な声で、「あけると、首がないぞ」

ここで、欲ばりタンクは、さっと絵をひきぬく。次の絵では、便所の戸があいていて、旦那が歩み出てきている。だが、旦那の上半身は血まみれで、首がないのだ。嚙みきられたのか、引きちぎられたのか、首がなくなっていて、まっ赤な首すじから、血があふれ出しているのだった。番頭と女中は、画面のすみで、腰をぬかしている。

あるいは商家ではなく、旗本屋敷で、殿様が便所から出てこないのを、用人と女中が様子を見にゆく場面だったのかも知れない。とにかく、「あけると、首がないぞ」という異様な警告の声と、血まみれで歩み出てくる首なし死体のものすごい絵は、幼い私の頭にきざみこまれて、いまだに残っている。

私は口うるさい欲ばりタンクよりも、親切なシルクハットのほうが好きだったが、後者の話術についての記憶はない。シルクハットのほうも、「墓場来太郎」なぞという怪奇物を持ってきたことがあったのだけれど、べつだんショックをうけたおぼえはない。「墓場来太郎」は、水木しげるの「墓場の鬼太郎」の原型で、主人公はフランケンシュタインの怪物みたいな顔をした少年だった。それが、お岩さまのような母親と、古寺の墓地に住んでいる。人間がきらいで、さまざまな悪さをするのだが、それが結果的には、正義の味方の役わりをはたす、というアンチ・ヒーローものであった。

きらいな欲ばりタンクのことを、より多くおぼえているというのは、子どもにも芸のちがいが感じられたのだろうか。

＊

シルクハット氏の記憶にも、ひとつだけ非常に印象ぶかいものがあって、それはもっとあとの、私が小学校一年生のときのことらしいが、ついでにここに書いておこう。

私の自尊心を、大いに満足させてくれた記憶なのだが、そのころシルクハットは、紙芝居のあとに、あてものをやっていた。四、五枚の判じ絵を用意していて、正解者には飴をくれるのだが、最後の一、二枚は小学生むきで、かなりむずかしい。なかでも、「これは今までで、いちばん難しい。だれもまだ当ったものがない」といって、しめした一枚があった。

　片かなのハを六つ、三つずつ二行にならべて書いたもので、まんなかのハは逆さまになっている。一行に書くと、ハ∨ハハ∨ハというわけだ。見物のなかには、何人も小学生がいたし、小さな子をつれた母親も、まじっていた。だが、だれも答えるものがない。私はその手の判じ絵が得意で、全部ひとりで当ててしまうこともあったが、そのときは飴を買わずにただ見をしていたので、遠慮していた。

　けれども、みんなが黙っているので、口をひらいた。ひと目みたときに、父という字をふたつ、分解した図がらだということは、ぴんときた。しかし、まともにチチと読ませるはずはないので、とっぴな読みかたを考えると、ひとつの言葉ができあがる。「チャンチャンバラバラ」と私が答えると、「よくわかったなあ」と、シルクハットは飴をくれようとした。

　すると、まわりの意地悪なのが、「この子はただ見だよ。ずるいよ」と声をあげたけれども、親切なシルクハットは、「いいよ。あした買えば、おんなじことだ」と、飴をくれた。私は得意満面だった。三十年ほどたってのち、多湖輝氏の「頭の体操」がベストセラーになって、週刊誌などがこぞってクイズをのせたときに、私も出題をたのまれたことがあって、この「チャンチャンバラバラ」をつかった。シルクハットのおかげで、私は二度、儲けたことになる。

　紙芝居屋の飴は水飴で、それを最初は一本の割箸にからめてくれた。やがて、一本の箸をふたつに折って、水飴をからめるようになった。子どもたちは紙芝居を見ながら、短い二本の棒で飴を練って、いちばん白くなったものは、賞品がもらえる。最初は賞金で、一銭だったけれど、これはすぐ飴にかわった。次には平たい楕円形の、棒のついた飴になった。楕円形の飴には、両目のように、小さな円形の線が入っている。これも懸賞になっていて、舌のさきで線のなかをなめて、きれいに丸い穴をあけると、もう一本、飴がもらえるのだった。

　話をもとに戻して、欲ばりタンクの「紅蜥蜴」におびやかされたのは、私が満四歳か五歳のときだった。欲ばりタンクが案じだしたのか、作者のアイディアかはわからないが、「あけると、首がないぞ」という妖怪のせりふは、いま考えてみても、よく出来ている。

　しばらくのあいだ、夜になると、便所にいくのが恐ろしくて、恐ろしいと考えると、なおさら便所へ行きたくなって、寝ている母親を起したりしたものだ。二十歳をすぎてからの私は、およそ夜ねむれなかったという記憶がなくて、ことに近ごろは午後だろうが、午前だろうが、横になれば寝てしまう。

　不眠症なんてものが、実際にあるとは信じられないくらいだけれど、小学校六年生になるまでには、なんども眠れない時期があった。四、五歳のころにも、それがあって、「紅蜥蜴」の首なし死体が、原因だったのかどうかはわからないけれども、夜なかにしばしば目がさめた。目がさめると、なかなか寝つかれない。

　あまり眠れないので、悲しくなって、泣きだしたおぼえがある。そうしたある晩、となりに寝ていた母が、むりに眠ろうとしないで、本でも見ていたら、と灯りをつけてくれた。枕もとには、母が寝しなに読んでいた「日の出」が、おいてあった。「日の出」は、新潮社が出していた娯楽雑誌だが、私はそれを手にとって、めくっているうちに、とんでもないページを、めくりあててしまった。

　私はまだ字が読めなかったから、漫画や挿絵を見ていただけなのだが、その挿絵の一枚に目を吸いつけられて、離すことができなくなったのだ。それは、異様な絵だった。腰きりのような短い着物をきた女が、刃はばのひろい匕首《あいくち》を片手に、崖から崖へ飛びうつっている絵で、おまけに口には、人間の片腕をくわえていた。
　二、三ページ前には、おなじ女が白刃をふりかざして、男を殺そうとする場景が、かいてあった。小学生になって、本が読めるようになってから、私はそれが三角寛の山窩小説の挿絵だったことを知った。だが、そのときには、この女はいったいなんなのか、わけがわからないで、ただただ恐ろしかった。

そのページを伏せてはひらき、伏せてはひらきして、私は宙を駈ける異様な女をながめ、見れば見るほど怖くなって、しまいに蒲団のなかへもぐりこんでしまった。あくる晩も、その雑誌は、母の枕もとにあった。夜ふけに目をさまして、その表紙を見ただけで、私は怖くなった。

そのくせ、「紅蜥蜴」のあの首のない絵や、片腕をくわえた女の絵を、もう一度見たいような気が、いつもしていた。

＊

したがって、私は探偵趣味よりも、怪奇趣味のほうに、早く染ったようである。そのころ、私がよく遊んだいろは歌留多は、乃木将軍一代記という、きわめて教訓的なものだったが、いちばん好きな一枚は「幽霊にあふくらやみ坂」という札だった。

乃木希典がまだ少年のころ、くらやみ坂という坂で、幽霊に出あったけれど、顔色ひとつ変えなかった、という逸話を絵にしたもので、番傘をさした乃木少年のうしろから、気味のわるい顔をした女の幽霊が、傘ごしにのぞきこもうとしている図がらだった。

幽霊の絵ではあっても、この場合は思い出して、寝られなくなるというようなことはなかった。ただ何度も何度もこの歌留多をやりたがって、読札を読んでくれるひとがいないときには、ひとりで絵札をならべて、幽霊の絵をながめていた。

子どものころ、私は絵本を買ってもらったことがない。玩具もそうで、兄たちがつかったものを、引きついで遊んだ。乃木将軍のいろは歌留多も、やはり兄のものだった。そのおさがりの玩具のなかには、木製の棒と穴のあいた小さな円盤を、たくさん組みあわして、ジャングル・ジムのような家や、風車小屋をつくる一種の積木の豪華版みたいなものもあって、新しく買ってもらえなくても、不満はなかった。

しかし、絵本が家にあった記憶はない。兄たちも、絵本は見ないで、育ったとみえる。だから、私の視覚教育は、紙芝居から、いきなり大人の見る映画、雑誌の挿絵によって行われたわけだ。記憶にあるいちばん古い映画が、伊丹万作監督の「刺青奇偶」だったことは前に書いた。その次に記憶に残っている映画は、昭和十年の「雪之丞変化」と「気まぐれ冠者」である。前者は衣笠貞之助監督、林長二郎主演の松竹映画、後者は伊丹万作監督、片岡千恵蔵主演の千恵プロ映画だ。

「刺青奇偶」は、千恵蔵という俳優の名と腕にほりものをするシーンだけをおぼえていて、のちに長谷川伸の戯曲を読んで、ああ、これだったのかな、とわかり、さらにこのあいだ、記憶しているショットから、昭和八年の伊丹万作監督作品であることを突きとめたので、最初から題名をおぼえていたわけではない。しかし、「雪之丞変化」は評判になった映画なので、題名も林長二郎の名も、はっきりおぼえたし、いくつかのシーンが記憶に残っている。

伊丹万作の映画のほうは、諷刺的な内容の作品だそうだから、私には理解できなかったのだろう。黄金《きん》の卵を生むにわとり、と称するものが出てきたことを、おぼえているだけだけれども、キマグレカンジャという音がおもしろかったためか、題名はよくおぼえていて、気の変りやすい近所の子どもに、そういうあだ名をつけたりした。

ほかに今度、キネマ旬報の「日本映画作品大鑑」をしらべていたら、昭和九年の日活映画「丹下左膳剣戟篇」や、昭和十年の松竹映画、高田浩吉の「大江戸出世小唄」と小笠原章二郎の「らくだの馬」を見た記憶が、よみがえってきた。

羽衣館の優勝旗

江戸川橋の交叉点から、矢来へのぼるだらだら坂の八合目あたりに、玉沢という運動具店が、昭和五十年の現在もある。私の子どものころには、居まわりにビルディングがなかったから、四階建だか、五階建だかのこの玉沢運動具店は、ひときわ目立ったものだった。

その玉沢のすじむかいに、ピンク映画をやっている小屋が、いまでもあるはずだけれど、たしか牛込文化とかいったその映画館は、敗戦後まもなく、松竹系の封切館として出来たもので、私たちは羽衣館の復活とうけとっていた。昭和二十年五月二十五日の空襲で焼けるまで、そのあたりに羽衣館という、わりあい有名な松竹系の封切映画館があったのである。

わりあい有名な、といういいかたをしたのは、映画興行界では知られた小屋だったらしい、ということで、この羽衣館のもぎりの横あたりには、いつも数本の旗が飾ってあった。昭和十年代にかかるころ、松竹では市内の直営館に、一種の売りあげ競争をさせていたらしく、たぶん月間の入場者数で判定したのだろう。一位になった小屋には、旗を贈って表彰したという。そのいわば優勝旗が、羽衣館には何本も飾ってあって、それほど入りのよかった小屋なのだ。

小学生になるかならないかのころに聞いた話だから、むろん正確とはいえない。東京市内で一位ではなく、市内をいくつかのブロックにわけたなかでの、一位だったのかも知れないが、とにかく有名な映画館だと聞かされていた。この羽衣館が、私の記憶のなかでは、作品とそれを見た小屋とが、はっきり結びついている最初の映画館なのである。

前に書いたように、片岡千恵蔵の「刺青奇偶」と「気まぐれ冠者」は、早稲田の富士館と神楽坂日活と、どちらの小屋で見たのか、判然としない。昭和九年三月封切の「丹下左膳剣戟篇」、伊藤大輔と大河内伝次郎のコンビによるトーキー二本目の左膳は、鼓の与吉を山本礼三郎がやっていたことと、左膳が馬で日光街道を走っていくラストシーンを、はっきりおぼえていて、これは神楽坂日活で見たような気が、かすかにするのだけれど、確信は持てないでいる。

そこへいくと、松竹映画のほうは、近所に羽衣館しかなかったから、はっきりしているわけだ。ここで見た松竹映画の記憶は、私が数え年七つだった昭和十年から始っていて、小学校へあがる一年前だから、かなり鮮明になってきている。高田浩吉がはじめて主題歌をうたった「大江戸出世小唄」、小笠原章二郎の落語シリーズの「らくだの馬」、衣笠貞之助の「雪之丞変化」三部作。やはり時代物のほうを記憶していて、併映の現代物はおぼえていない。キネマ旬報の「日本映画作品大鑑」で、題名と出演俳優を見ても、なにひとつ思い出せないものがある。

現代劇が記憶に残るようになったのは、小学生になってからで、二年になった昭和十二年の七月、羽衣館で封切られた二本立てでは、時代物のほうをまるっきりおぼえていない。林長二郎、つまり長谷川一夫が主演した「土屋主税」前篇と、島津保次郎監督の「婚約三羽烏」の二本立てだったのだが、それまでと逆に、上原謙、佐野周二、佐分利信が顔をあわした後者のほうだけを、こと細かにおぼえている。

犬塚稔が監督した「土屋主税」は、地味な時代劇だったのかも知れない。あるいは、後篇を見なかったせいで、印象がうすれたのかも知れない。いっぽう、高峰三枝子のモダンな社長令嬢に、三人の新入社員が翻弄される「婚約三羽烏」は、都会的なコメディだったので、おぼえているのだろう。ことに佐分利信の演技を、よくおぼえている。高峰のフェンシングのお相手を、剣道の防具をつけ、竹刀をかまえて行うところとか、上原だったか、佐野だったかに、コインの奇術を教わるようなふりをして、相手の五十銭硬貨二枚を、ちゃっかり借りてしまうところとか。

前にいった小笠原章二郎の落語シリーズで、私は喜劇の味をおぼえたらしい。小笠原章二郎は古川緑波とおなじように、華族出の喜劇俳優で、近年までテレビに脇役で出ていたから、知っている人は多いだろう。この落語シリーズでは、最初に小笠原章二郎が落語家のすがたで、登場する。「らくだの馬」でいえば、落語家すがたで枕をしゃべってから、鉄砲ざるをかついだ身ぶりで、「くずうい、屑やおはらい」と、本題に入る。その恰好と声にだぶって、おなじ小笠原章二郎が扮した紙屑屋の久六が、露地へ入ってくる画面になる、という段どりだった。

松竹には、この落語シリーズのほかに、近ごろはＣＭで活躍している藤井貢の大学の若旦那シリーズや、三井秀男――現在の三井弘次、磯野秋雄、阿部正三郎の与太者トリオ・シリーズといった現代喜劇もあった。斎藤寅次郎監督のドタバタ喜劇もあった。アメリカ喜劇に出あう前に、私はこれらの松竹喜劇で、笑いに馴らされていったのである。

*

はじめのうち、私は母につれられて、映画にいっていたらしい。その母が松竹映画のファンだったので――ひとつには、いちばん近いというせいもあって、羽衣館へいくことが、多かったのだろう。

紙芝居でつちかわれた怪奇趣味は、そんなわけで、すぐ映画にはつながっていかなかった。そのころに見た松竹の時代劇映画で、妙なぐあいに、記憶に残っているものがある。妙なぐあいに、というのは、敗戦後、思いがけないかたちで、私はその映画にお目にかかったのだ。

私が神田の出版社につとめながら、ぽつぽつ小説を書きだしたころだから、昭和二十三年か四、五年というところだろう。東京劇場の五階の小劇場で、フランス映画を見た。どうしても、題名を思い出せないのだが、時代物のロマンティック・コメディだった。主演俳優も思い出せないのは、それが日本で有名なスターではなかったからで、ストーリイはダルタニアンみたいな若者が、パリにあこがれて、田舎を飛びだすところから始まる。

剣客にあこがれての旅立ちだが、この若者、ダルタニアンとちがって、いっこうに剣の道には通じていない。ところが、怪我の功名で、旅のとちゅうで貴族の令嬢の危難をすくってしまうのだ。剣客あつかいされて、パリへ到着、王宮へ出入りできることになって、謀反事件かなにかに巻きこまれる。若者はどうしていいかわからないのだが、貴族の令嬢に、頭もよくて、女だてらに剣の達人という侍女がついている。

その侍女が若者に惚れこんで、かげにまわって助けてくれるので、若者は大手柄を立てる、といったストーリイで、結末はパリの名士になった主人公が、女性専門の剣の道場をひらく。大勢の若い女をならべて、フェンシングの稽古をつけているシーンで、映画はおしまいになる。

このフランス映画を見ているあいだじゅう、こんなストーリイのものを、以前に見たことがあるような気がして、しようがなかった。それが、ラストシーンで、はっと思い出した。

十数年前、高田浩吉主演の松竹映画で、おなじようなストーリイのものを、見ていたのだ。高田浩吉の役は、たしか百姓の息子で、武士にあこがれて、家を飛びだす。河原でからだを洗っていた若侍の着物と刀を失敬して、恰好だけはととのえるが、路用はない。すきっ腹をかかえて歩いていると、千両箱が落ちている。

庄屋の屋敷へ入った泥坊が、からっぽにして放りだしていった千両箱だ。それをひろった浩吉のにわか侍、農家の庭からもやしを盗んで、千両箱につめこんで、どうやら飢えをしのぎながら、城下町にたどりつく。宿屋の客ひきたちはびっくりして、これは大金持の若様にちがいない、と早合点する。一軒の宿屋にひきずりこまれた浩吉、下へもおかない歓待に、いい気になっていると、その夜、盗賊一味が町を襲ってくる。

この一味を、怪我の功名で浩吉がやっつけてしまい、お城へ呼ばれることになる。そこではお家騒動が起りかけていて、巻きこまれてしまうのだが、お姫さまづきの腰元に、頭がよくて剣の名手という美女がいる。これが浩吉に惚れこんで、かげにまわって助け、お家に仇なす悪人ばらをこらしめる。浩吉は指南番にとりたてられるが、男を教えるのは大きらい、と称して、腰元を大勢あつめて教えているところが、ラストシーンである。

細部に記憶の狂いはあるかも知れないが、大筋は右の通りで、戦争前の松竹映画と敗戦後のフランス映画、偶然の一致にしては似すぎている。しかし、後者が前者を盗作した、ということは考えられないだろう。考えられるのは、私が東劇五階で見たフランス映画は、戦争前のおなじフランス映画を、戦争ちゅうか戦後に、再映画化したもの、ということだ。その戦争前のフランス映画が、当時、日本へも入ってきていて、高田浩吉主演の松竹映画は、それを翻案したもの、ということは、大いにありうる。

となると、もとのフランス映画のことが、知りたくなった。松竹映画の題名も、思い出したい。もっとも、東劇五階で問題の映画を見て、あっと思ったときには、それほど深くは興味を持たなかった。ああ、あれは頂いていたのか、というだけだった。ところが、また二十年ちかくが過ぎて、映画のシナリオを何本か書いたり、映画についてのエッセーを書くようになってから、不意に気になりだした。

けれども、そのときには東劇五階で見たフランス映画の題名も、思い出せなくなっていた。せめて、松竹映画の題名だけでも、つきとめたいと思って、キネマ旬報の「日本映画作品大鑑」をしらべてみたら、昭和十年一月封切の松竹映画に、「侍丹三御殿騒動」というのがあって、監督は近藤勝彦、高田浩吉主演で、光川京子と小笠原章二郎が出ている。「大江戸出世小唄」のひとつ前の浩吉の映画だが、題名といい、殿様役者の小笠原章二郎が出ているところといい、これがそれらしいという気がしてきた。

あとはこの映画を、おぼえているひとを見つければいいわけだが、なかなか見つからない。松竹の大谷図書館へいくと、当時の下加茂映画の宣伝雑誌が、ぜんぶ揃っているというので、それを調べてみれば、ストーリイもわかるだろう。そう思って、この原稿を書くまでに、調べにいってみる気でいたら、大谷図書館はいま整理ちゅうで、今年いっぱい休館だという。

がっかりしたら、同時にもうひとつ、悲観的な情報が入ってきた。元「マンハント」編集長の中田雅久が、「侍丹三御殿騒動」をかすかにおぼえていて、ストーリイはわすれたけれども、題名に現れているように、これはターザンをパロディにした時代喜劇だ、と教えてくれたのである。高田浩吉がやせた上半身をむきだしにして、飛びまわる映画だったといわれると、私の記憶とはまったく違うことになる。

そんなぐあいに、疑問はふりだしに戻ってしまったのだが、どなたかこの松竹映画なり、フランス映画なり、あるいは原作があるかも知れないので、その原作なりについて、なにか知識をお持ちのかたがいらしたら、ぜひご教示をたまわりたい。

＊

私の記憶はしばしば断片的で、その断片がやたらに鮮かな画面になって、浮かびあがってくる。それを時間的に並べなおすには、傍証をそろえて、再構成しなければならない。

たとえば梯子段を落ちた瞬間なんぞを、はっきりとおぼえているのだ。私は半ズボンをはいて、二階からの階段を腰かけておりている。手すりにつかまって、立っておりるのではなく、腰をおろしたまま、一段一段ずりおりるような恰好で、くだっていったのである。

ふざけて、そんなおりかたをしていたのではなく、膝の上に本をひろげて、片手でページを押えていた。片手には、拍子木を持っていた。両手がふさがったかたちで、膝にひろげた本を読みながら、階段をおりていたわけだ。そこで記憶がぷっつり切れて、気がついたときには、階下の四畳半に寝かされていた。その四畳半には、大きな窓があって、隣家との境の露地にひらいている。その窓から、近所の子どもがふたりばかり、心配そうに私をのぞきこんでいた。すっぱい匂いがして、肩と腰がひどく痛んだ。

すっぱい匂いは酢のにおいで、うどん粉を酢で練ったもので、肩と腰に湿布をされていたのである。私はしばしば階段から落ちて、その湿布をされていたから、すっぱい匂いとは、お馴染になっていて、それを感じたとたん、ああ、またやったか、と思った。

そのときの情景をよくおぼえているのは、それが階段を落ちた最後だったからだろう。そう考える理由は、記憶の画面のなかにある。腰をかけて本を読みながら、梯子段をおりていく私の正面には、記憶のなかをさぐると、別の梯子段が見えている。向かいあって二つ、二階へあがる階段があったわけで、それならば、そこは私の住んでいた古いほうの家でなければならない。私が生れて育った家は、借家だったけれども、家主がとちゅうで建てなおしてくれて、構造がちがっている。建てなおす前の家は、階下が店と台所を入れて四間、二階がふた間で、二階のふた間は互いに往来が出来なかった。むかいあって二つ、かなり急な梯子段があって、別べつにのぼるようになっていたのだ。

建てなおしてからの家は、店がひろくなったかわりに、階下が三間になって、庭がなくなった。二階はやはりふた間だが、階段はひとつになって、いっぽうの部屋がひろくなり、物干もひろくなった。そんなふうに建てなおされたのが、何年のことなのか、数字でおぼえてはいないのだけれども、昭和十一年の年末から昭和十二年の前半にかけてではないか、と考えられる。

くどくなりついでに、そう決定するプロセスを書いてみよう。私は一年生のとき、学校でかいた一枚のクレヨン画をおぼえている。先生に大そうほめられて、家では叱られ、からかわれたので、おぼえているのだが、それは私の家の庭から、室内を見た光景だった。たいがいの一年生の絵が、乱雑にクレヨンで線描し、白いところをほうぼうに残して、色が塗ってあるのに、私のその絵は線でなく、色を塗りわけることで物のかたちを描いていて、紙の地を白く残しているところが一カ所もない、というのが、激賞された理由だった。

その絵の室内には父と私がいて、父は奥の机にむかって、こちらに背をむけている。私は横むきで火鉢にあたっている。縁がわの軒には、風鈴がつるしてあった。これは私にすればリアリズムで、その年のわが家には、冬も風鈴がつるしっぱなしになっていたのだが、それが家で叱られ、からかわれた理由だった。

火鉢にあたっていて、風鈴があるのはおかしい。なにもそこまで正直にかくことはないだろう。親が無精なのを広告しているようなものだ。そんなふうに注意されたのが、私にはひどく叱られたように感じられたし、日がたってからも、私が融通のきかない振舞をすると、お前は風鈴火鉢だから、と兄はからかったものだ。

庭は改築と同時になくなったのだから、私が一年生になった昭和十一年には、まだ家は古いままだったことになる。

いっぽう昭和十二年の十二月には、新しくなって間のない家の前で、南京陥落の提灯行列を見ていた記憶がある。したがって、昭和十一年の小学校の冬休みがはじまってから、翌年の十二月までのいつかに、わが家は改築されたことになるわけだ。

　取りこわして、建てなおすまでのあいだ、私たちは斜めうしろにあった二軒長屋の一軒に、移りすんだ。その仮住いで、正月を迎えたような気が、なんとなくするので、改築期間を昭和十二年に限定できないのだけれども、仮住いで雑煮を食った記憶は誤りかも知れない。私の父は雑煮が好きだったから、正月でなくとも、こしらえた可能性もある。階段を落ちた記憶の場合には、本を膝にひろげていた、ということが手がかりになる。私は早熟な子どもだったが、小学校へあがるまでは、字が読めなかった。けれど、一年生になるとたちまち、片かなだけでなく平がなもおぼえて、本を読みだした。当時の本は総ルビ——ぜんぶの漢字にかながふってあったから、それを頼りに、どんどん漢字もおぼえていった。

　階段をすべり落ちたとき、膝にひろげていたのは、私が最初に読んだ本だった。その本の題名はおぼえていないが、内容はおぼえている。二冊目に読んだ本は、題名も内容もおぼえている。二冊目は吉川英治の「鳴門秘帖」だった。

首売ります

　私が生れて二冊目に読んだ本は、吉川英治の「鳴門秘帖」だった。一冊目に読んだ本は、題名はおぼえていないが、黄いろい表紙の子ども向けの読物だったことを、おぼえている。裏表紙に、所有者の名前を書く欄があって、まつをかきんじ、と書いてあった。私が字を読むようになると、そのわきに、まつをかいはほ、と書きくわえられた。松岡巖はいうまでもなく私の本名で、松岡勤治というのは三つ年上の、のちに鶯春亭梅橋という落語家になって、昭和二十九年に若死した兄の本名だ。

つまり、その本は兄が買ってもらって、私にゆずられたもので、当時わが家には、ほかに児童むけの図書は一冊もなかったらしい。前にもちょっと書いたけれど、私は小学生になる前に、絵本というものを与えられたことがない。最初に読んだ絵本は、もう小学三年生になっていた昭和十三年に、講談社の絵本で出た「孫悟空」で、それは自分の小遣いで買った。二冊目の児童図書は、たぶん昭和十五、六年だったろう。朝日新聞社の出版局から出ていた「スイスの家族ロビンソン」で、これは古本屋で叔父に買ってもらった。それも、私が古本屋で捕物帳を物色しているとき、たまたま叔父がやってきて、なにか一冊、買ってやるというので、実は大衆小説が欲しかったのに、よい子ぶって選んだものであった。

だから、私の読書体験は、最初から大人の小説が主になっていたわけで、最初の黄いろい表紙の本にしても、実は落語や小咄を、子どもむけにリライトしたものだった。短かい物語が、挿絵入りでいくつか入っていて、まんなかへんには、大名が鯛を食べる話があった。ちょっと箸をつけただけで、「これは、まことに美味である。三太夫、かわりを持て」と、大名がいいだすが、あいにく鯛はそれ一尾しかない。

困った三太夫は、とっさの機転で、「殿、庭前の桜が見事に咲いております。ご覧あそばせ」といって、大名が庭を見ているあいだに、皿の上の鯛を裏返してしまう。「殿、かわりの鯛を持ちましてございます」

「うむ、まことに美味である。三太夫、かわりを持て」と、大名は箸をつけてから、いいだした。こんどはどうしようもないので、三太夫が弱っていると、大名はにやりと笑って、「いかがいたした、三太夫、もう一度、庭の桜を見ようか?」といったという、落語のまくらで、いまもしばしば聞かされる話である。

末尾の一篇も、落語だねだった。武家屋敷のならんだ小路を、風呂敷づつみをしょった町人が、「ええ、首屋でございい。首はよろし」と、呼ばわりながら、歩いてくる。それを聞きとがめた旗本が、庭へ呼びいれて、「貴様、ほんとうに首を売るのか?」と、聞く。町人は平然として、「はい、お売りいたします」

「それは、おもしろい。ちょうど、手に入れたばかりの新刀がある。その斬れ味をためしたかったところだ。その首、買おう」と、旗本は首屋のいうままに代金を前払いして、新刀をぬきはなつ。首屋がさしのべた首へ、えいっと刀をふりおろすと、間一髪、体をかわした首屋は、かたわらの風呂敷づつみから取りだした張子の首を、その場に投げだして、ぱっと逃げだした。

追いかけた旗本が、「待て、待て。わしが買ったのは、そのほうの首だ。あんな張子の首ではないぞ」と、声をかける。首屋は走りながら、ふりかえって、「この首は看板でございます」という。これもお馴染の一席だ。ほかにには、一休さんの頓智ばなしなどが入っていたような気がするけれど、内容をおぼえているということは、おもしろく思ったからだろう。

考えてみると、紙芝居から時代劇映画、落語の本から「鳴門秘帖」、という道すじは、ぜんぜん子どもらしくない。二冊目の本が、「鳴門秘帖」だったのは、やはり兄のところにあったので、読んだというだけのことだった。

＊

二冊目といっても、私が読んだ「鳴門秘帖」は、一冊本ではなかった。文庫版で、四分冊になっていたように、記憶している。そのころ博文館で、博文館文庫というのを、出しはじめていた。久生十蘭訳の「ジゴマ」、「ファントマ」、「ルレタビーユ」、天野虎雄訳の「類猿人ターザン」などが、最初に出たようにおぼえている。

久生十蘭の「ジゴマ」や「ファントマ」は、はじめ「新青年」の別冊附録として出たものだ。つまり、博文館はまず文庫サイズで紙型をつくって、絵や模様の表紙をつけて、雑誌の別冊附録としてから、のちに規格の表紙をつけて、文庫として売りだしているのである。吉川英治の「鳴門秘帖」も、のちに博文館文庫として出たけれど、私が読んだのは、たしか「新少年」という博文館の少年雑誌の、別冊附録として四カ月にわたって、ついたものだった。岩田専太郎の一分冊ずつ違った色刷の表紙がついていた。最後の一冊の表紙は、鳴門の渦潮のなかを一、二艘の小舟が走っている派手なものだったのを、おぼえている。

川原久仁於という漫画家、挿絵画家を、年配のひとはご記憶だろう。敗戦後まで、ユーモア小説の挿絵を書いていて、さいきんもご存命のはずだけれど、このひとの息子が、私の兄と小学校で同級だった。

講談社が音羽にあり、博文館が戸崎町にあったせいか、作家や画家があのへんにはたくさん住んでいた。私の家の前の橋をわたって、音羽を見おろす山へのぼっていく途中には、久世山ハウスというしゃれたアパートがあって、当時はそこに「のらくろ」の田河水泡が住んでいた。私が生れたころには、渡辺温もそこに住んでいたらしい。もっと音羽のほうにのぼっていくと、「怪傑黒頭巾」の高垣眸が住んでいた。

反対がわの関口の高台には、「新青年」の表紙をかいていた松野一夫がいたし、挿絵画家の伊藤彦造も、私の家へ漢方薬を買いにきたことがあるから、あのへんに住んでいたのだろう。川原久仁於さんも、関口の高台に住んでおられたように、記憶している。息子さんは凌《しのぐ》といって、私の兄とおなじクラス、その妹の奈緒美さんは、私と同学年だった。小学校はいまも昔のまま、目白台にある関口台町小学校だ。

川原さんのところへは、毎月、諸方から雑誌が送られてくる。そのなかに、「新少年」もあったと見えて、その別冊附録を、凌さんが兄によく貸してくれた。「鳴門秘帖」もそうで、兄が読んでしまったあと、私が読んだというわけなのだ。したがって、兄のクラスメートに、画家を父に持つ川原凌さんがいなかったら、私は小学校へ入るそうそう、大衆小説を読みはじめることには、ならなかったろう。

生れてはじめて読んだ推理小説も、やはり兄が川原さんから借りてきた別冊附録だった。当時の少年雑誌は、「少年倶楽部」にしても、吉川英治の「神州天馬俠」なぞ、現在から見ると、むずかしい小説がのっていたものだが、博文館の「譚海」や「新少年」となると、横溝正史の「神変稲妻車」が連載されていたり、押川春浪の「怪人鉄塔」が再録されていたりして、戦後の児童雑誌のイメージからは、ほど遠い。

とはいっても、「新少年」の別冊附録になる翻訳小説は、いくらか少年むきにリライトしてあって、コナン・ドイルの「四つの署名」とモーリス・ルブランの「奇巌城」、どちらが先だったかはわすれたけれど、兄が川原さんから借りてきたこの二冊が、私の最初に読んだ推理小説だった。「鳴門秘帖」のすぐあとかどうかは、おぼえていないが、私は小学校の一年生か二年生になったばかりだったろう。

間もなく兄と私は、そうした別冊附録や少年雑誌を、古本屋で安く買えることを発見した。わが家の前の華水橋をわたると、最初の四つ辻が小日向水道町の通りで、右のむこう角がそば屋、その隣りに数井書店という古本屋があった。その古本屋の前には、たしか五銭と十銭だったと思うが、二種類の均一箱があって、そこに「新青年」や「新少年」、「日の出」や「講談倶楽部」などの別冊附録、文庫本のたぐいがならんでいたのである。

風邪をひきまして

今回は私の家の近所にあった本屋のことを、書くつもりでいたのだけれど、しめきり間際に風邪をひいて、寝こんでしまった。去年はしょっちゅう風邪をひいたが、アレルギー性鼻炎というやつ、つまり鼻水のたれる風邪で、いたって威勢はよくないものの、さほど仕事に影響しない。おまけにこつを心得てきて、たいがいひと晩で、なおすことが出来た。

ところが、この正月にひきこんだ風邪は、いささか調子がちがっていた。最初はアレルギー性鼻炎だったから、またひと晩でなおるものと思っていたが、翌朝になってみると、どうも頭が重い。鼻水はとまった代りに、やたらに咳が出る。タバコを吸うと、ますますいけない。喉が痛み、咳が出ても、私は意志薄弱だから、タバコをやめることは出来ない。パイプタバコを吸って、ごまかしていると、来客があった。

まだ正月気分で、昼間っから酒を飲んでいちゃあ、いけませんね、と客にいわれて、私はあわてた。酒を飲むどころではないのに、そう見えるということは、私の場合、よっぽど熱がある証拠である。私は熱に強くて、弱い。四十度ちかい熱があるのに、友だちと古本屋あさりをしていて、きょうは少し暑いね、と澄ましていたことがある。家へ帰って、体温をはかったとたんに、いくじがなくなって、寝こんでしまった。つまり、熱があることを自覚したら、とたんに弱虫になる。

今度も客が帰るとすぐ、寝床を敷いて、もぐりこんだが、この状態では、まとまった文章はとても書けない。前回もこちらの都合で、枚数が少くなっていたのに、まことに申訳けないけれども、前に書いたものの引用で、間にあわしていただく。私が最初に読んだ本が、落語をリライトしたものだったところに、強引にむすびつけて、私と寄席とのかかわりあいを書いた文章である。

＊

昭和十年代の小学生のころに、はじめてつれていかれた寄席は、神田の花月だった。専修大学前の電車通りを、神保町の交叉点のほうへひとつ目か、ふたつ目の露地を右に入って、いまの北沢書店新刊洋書部の裏あたりだろう。鈴蘭通りへ出ないうちに、また細い露地を左へ入ったところにあった。

あの一郭は、太平洋戦争の空襲にも焼けなかったはずで、いまも家なみに、面影が残っているかも知れないが、昭和三十一、二年、洋書あさりに神保町へ日参していたころにも、ついぞ露地へ入ってみたことがない。入り口も、なかの板羽目も、煤けたように黒く、畳も灰いろに薄汚れて、うらぶれた感じの寄席だった。

神田花月というと、桂文雀を名のっていたころのいまの橘家円蔵と、のちに甚語楼になった古今亭志ん馬を思い出す。両者のちっともおかしくない話ぶりが、陰気な席のたたずまいを、記憶のなかで象徴しているかも知れないし、あるいは最初にいった晩に、このふたりが出ていただけのことかも知れない。たぶん春のはじめか、秋のおわりだったろう。客の入りとおなじように薄い座蒲団に、私は落着かなくすわって、いたずらに騒騒しいばかりの文雀の高座を——そう、出しものが「悋気《りんき》の独楽《こま》」だったことまで、妙にはっきりとおぼえているが、それをうそ寒く眺めていたのを思い出すのだ。

神田花月へは、銀映座の近くだというので、安心してつれていってもらったような気がする。銀映座は東宝系の映画館で、専修大学前から水道橋駅の飯田橋よりの口へぬける通りの右がわ、交叉点からふたつ目のブロックの角にあった。いまは確か駐車場になっているが、私はここで古川緑波、徳山璉《たまき》の「歌う弥次喜多」、柳家金語楼が贋物、徳川夢聲が本物のご老公になる「水戸黄門漫遊記」、榎本健一の「エノケンの鞍馬天狗」、横山エンタツ、花菱アチャコの「忍術道中記」、おなじ漫才コンビの「初笑い国定忠治」、といった東宝喜劇のかずかずを見ている。

最後にあげたのは、昭和十五年の正月作品で、講談の神田伯龍が国定忠治。アキレタ・ボーイズを抜けてミルク・ブラザーズをつくったころの、したがって晴久ではまだない川田義雄が岩鼻の悪代官。エンタツが忠治の子分の、どじな三下やっこ。アチャコがその幼馴染の、代官所の岡っ引。浪花節の広沢虎造も出ていて、たしか従軍記者という役だった。第二次世界大戦ちゅうの、ちょうどナチス・ドイツがジークフリート・ライン、フランスがマジノ・ラインという、大要塞線でにらみあっていたときなので、虎造の従軍記者が川田の代官にインタヴューにいくと、

「目下、敵も味方も塹壕をせっせと掘って、決戦にそなえている。忠治のほうは赤城山から、町までのびているのでマチノ線、こちらは毎日、十九町ずつ増えていくのでジュークフエルト線だ」

と、答えるギャグがあったのを、あまりばかばかしかっ

たせいか、よくおぼえている。話が横道へそれたけれども、つまり、その銀映座の近所ならば、迷子になる心配がなかったのだ。ということは、落語を聞きにいくのに、それほど乗気ではなかったわけで、当時の私は映画のほうに夢中だった。ところが、太平洋戦争がはじまって、アメリカ映画が見られなくなった。マルクス兄弟、ローレルとハーディ、ハロルド・ロイドなぞのアメリカ喜劇が見られなくなって、東宝喜劇だけでは、ものたりない。私はがぜん、寄席に熱中した。

そのころの私の家は小石川の江戸川橋にあったので、いちばん近い寄席は、神楽坂の毘沙門さまの先を、右に入ったところにある神楽坂演芸場だったが、東宝名人会の系列だから、入場料が高い。だから、二番目にちかい神田花月を、最初のうちは愛用したのだけれども、山の手線大塚駅のそばの天祖神社わきに、大塚鈴本という定席ができると、古い陰気な席より、新しい陽気な席のほうが楽しいので、もっぱらそちらへ通いだした。

大塚鈴本では、月に一度、作家の正岡容が主催する寄席文化向上会があったし、私の好きな古今亭志ん生が、しばしば独演会をやった。間もなく新宿の現在地のまむかいにあった末広亭へも、上野の鈴本へも、人形町の末広亭へも出かけるようになって、神田の花月へはいよいよご無沙汰した。四谷の裏通りにあった喜よしへは、一度だけいったことがあるのだが、席の様子が記憶に残っていなくて、現在でいえばどのへんにあったのかも、思い出せない。

そのじぶん、ほかに定席というと、麻布の十番に十番倶楽部、銀座の資生堂の裏のほうに金春《こんぱる》というのがあったが、どちらも私はいったことがない。神田須田町の万惣のわきを入ったところにあった立花は、そのころは休業していて、軍需会社の倉庫になっている、ということだった。寄席がよいに熱心になりだしてから、敬遠していた神楽坂演芸場へも、一度だけいった。けれども、並木一路と内海突破のコンビが漫才をやっている最中に、手洗いに立ったら、突破が私をさかなにして、高座から冗談をいったので、二度と出かけなかった。

太平洋戦争ちゅう、講釈場は深川高橋の永花亭と、八丁堀の聞楽亭《ぶんらく》だけが残っていた。前者はいまの江東区高橋一番地あたりにあって、当時、東両国から月島のほうへいく市電にのると、森下の停留所をすぎて、小名木川にかかっている高橋をわたる直前に、電車の左がわの窓から、看板が見えた。後者は現在の中央区八丁堀二丁目、八重洲通りを東へ進んで、昭和通りの次の通りだったか、あるいは新大橋通りだったかの右角にあった。妙に押しつぶされたような感じの平屋で、講釈師の名を書いた幟が二、三本、高だかと目立っていた。この釈場の持ちぬしが、「小説現代」の前の編集長、大村彦次郎さんの生家だったことを、数年まえに聞いた。

私は永花亭は知らないが、聞楽亭へは一度いったことがある。そのころ神田五山といっていたいまの伯山が、真打をつとめていて、「黒法師」という話をやった。つづき読みのひと晩だけを聞いたのだから、もう筋なぞはわすれてしまったが、あとで正岡容に釈場へいった報告をしたときに、長谷川伸の「八丈つむじ風」という長篇は、その「黒法師」を小説にしたものだ、と教わったのをおぼえている。だから、俠客ものか、白浪ものだったのだろう。八丈島は江戸なまりでは、ハッチョウジマと発音するのだということも、そのとき教えてもらった。

＊

かつての色物席や講釈場は、名前だけが資料に残って、あった場所はわからなくなる恐れがある。だから、くどいくらいに記憶を呼び起してきたが、なくなって間のない人形町の末広亭の位置も、書いておいたほうがいいかも知れない。人形町の商店街のはずれ、江戸橋から浜町へぬける大通りを横ぎって、右がわのひとつ目の露地のむこう角にあって、いまは大きなビルになっている。その露地のおくが、切られ与三の芝居で有名な、お富の妾宅のあった玄冶店《げんやだな》のあとだそうだ。

人形町の末広というと、私は初席の夜を思い出す。正月元日から十日までの興行を、初席というのだけれども、いつもより出演者の数が多くて、まとまった話は聞けないので、落語ファンのなかには、きらうひとも多かった。しかし、しょっちゅう寄席がよいをしていれば、そんなことは気にならない。はなし家が酔っぱらって、ご機嫌な赤い顔で出てくるのが楽しいし、ことに終演時に真打ほか四、五人が高座にならんで、馬鹿囃子をやるのが、うれしかった。にぎやかな祭ばやしで客を送りだすわけで、ほかの席でも正月にはやったのかどうか、いまは思い出せない。だが、人形町の末広というと、私は初席の混雑が目に浮かび、馬鹿囃子が耳の底にひびいてくる。

桂文楽は顔のつやを酔いで増しながらも、短い話をきちんとやったし、天衣無縫の志ん生は、いっそうふわふわとして、おかしかった。柳家小半治という音曲師が、畳んだ手ぬぐいを頭にのせて、お得意の「お伊勢まいり」を唄うと、桂三木助は踊りの師匠から、高座へ復帰したばかりの橘《たちばな》ノ円《まどか》で、短い話のあとに「越後獅子」を踊った。柳家三亀松はもうそのころは、滅多にやらなくなっていた顔面模写を、お年玉大サービス、と称してやった。三味線のかわりに銀紙ばりの刀を持って、チャンバラの真似をしながら、大河内伝次郎や阪東妻三郎そっくりの顔をして見せるのだ。三笑亭可楽はまだ春風亭小柳枝で、酔っていよいよ、舌が薄っぺらく、長くなったように聞えた。みんな、故人になってしまったが……

真打の話がおわって、高座で馬鹿囃子がはじまると、客はぞろぞろ下足のほうへ立っていく。けれど、私はいつも遅れて立った。馬鹿囃子はとちゅうで、笛の子守唄になる。坊やのお守はどこへいた、とスローテンポで流れる笛の音を、太鼓と鉦《よすけ》がテレンテレンチキチンと刻んでいくのを聞きながら、商家の主人らしい角袖すがたや、日本髪の女のひとが帰っていくのを眺めていると、生意気に「歓楽きわまって哀愁ふかし」といった気分になるのだった。

松飾をした入り口を出ると、人形町の通りはもう寒ざむと暗く、人びとの吐く息だけが白い。明治のむかし、花井お梅が箱屋の峯吉を殺した出刃を買ったという、うぶけや——ここの毛抜は生毛《うぶげ》まで楽にぬけると評判で、それを屋号にした江戸時代からの刃物店が隣りにあるが、そこもガラス戸にカーテンをとざしている。小石川の家へ帰るには、市電を二度ものりかえなければならないのだけれど、それがちっとも苦にならなかったものだ。

昭和二十年に入って、東京に空襲がはげしくなっても、中学生の私は、寄席がよいをやめなかった。上野の鈴本が焼けたし、新宿の末広も焼亡した。人形町の末広は焼けなかったから、やっていたかも知れないが、間違うと帰れなくなる恐れがあった。神田の花月は、休業したように記憶している。神楽坂演芸場へはいきたくなかったので、まかり間違っても、歩いてかえられる大塚鈴本へいった。

間もなく神楽坂演芸場も、大塚鈴本も戦火にあったが、後者はすぐに再開した。もとの天祖神社わきよりも、ずっと池袋に寄った向原に、材木工場みたいな建物を改造しての仮営業だった。大塚の辻町から左へ、いま地下鉄新大塚の駅のある通りを入っていって、向原の電車の停留所のさきを、右に折れたあたりとおぼえている。

この電車は、現在も都電のただひとつの路線として残って、人気をあつめているそうだが、どうも私には都電という気がしない。早稲田の終点にアーチが立っていて、そこで切符を買ってプラットフォームへ入る王子電車。つまりは私営の郊外電車だったので、母に手をひかれた幼いころ、たった一度だけこれに乗ったとき、市電の終点からアーチまで歩くあいだに、右がわの映画館の前に巨大な怪物が立っているのを、私は見た。ベニヤ板を切りぬいたキング・コングの絵看板で、それにショックをうけた記憶が、私のなかで強烈に、王子電車とむすびついている。

とんでもない場所へ、運ばれていくような気がしたらしい。だから、市電になっても、都電になってからも、なんとなく差別をしたくなるのだ。

また話がそれたけれども、この向原の大塚鈴本は、急ごしらえのあぶなっかしい高座で、客席にはベンチが並んでいた。東宝名人会の系統をのぞいて、東京における最初の椅子席の寄席は、ここだったのかも知れない。釈台を焼いて代りがないらしく、黒い布をかけたテーブルをすえて、桃川東燕という痩せた背の高い講釈師が、国民服すがたで立ったまま、修羅場を読んでいたのが目に浮かぶ。剣舞と小唄ぶりの源一馬《みなもとのかずま》は、ちゃんと和服で踊ったが、詩吟と小唄をうけもつ、たしか正英《まさひで》とかいったおじいさんのほうは、国民服だった。警戒警報のサイレンが鳴ると、あかりを消して、暗いなかで落語をつづけるのは、妙な感じだったのだろう。はなし家は昔の芸人の逸話なんぞを、世間ばなしみたいに喋った。

五月二十五日に私の家も焼けたけれども、大塚仲町の叔父のところへ身をよせて、いっそう近くなったので、向原の鈴本へはなんども出かけた。戦災にあったおかげで、学徒動員令で働かされていた飛行機工場を、ひと月ぐらい大っぴらに休めたから、むしろ気軽にいけたのだ。しばしば中断されるにしても、落語を聞いているあいだだけは、すきっ腹をわすれることが出来た。

幽霊さわぎ事後報告

子どものころの古本屋の話は、今月もおあずけにせざるを得なくなった。さかんに本を読みだしたころの話をはじめると、子どもっぽい初恋のことにも及んでくるので、私はてれているらしい。

もっとも、この番外は責任上、どうしても書いておかなければならないだろう。ちょうど去年のいまごろ、私は本誌に連載していたエッセー「辛味亭辞苑」で、三回にわたって、生まれてはじめて幽霊らしい幽霊に出あったいきさつを書いた。あの一件に、その後の進展があったので、それを報告しなければならないのである。

私が神戸のあるホテルの820号室で、異様な体験をしたのは、昭和四十九年の十二月六日から七日へかけてのことで、それを五十年の春から初夏へ、三カ月にわたって書いたわけだ。その最後に、いずれもう一度、おなじ部屋に泊ってみるつもりでいる、ということを書いた。

それが果せないうちに、秋のはじめになって、私は一通の封書をもらった。未知のひとから、手紙をもらうことは珍しくない。だが、このときは、ぎょっとした。封筒が神戸三の宮のオリエンタル・ホテルのもので、差出人の名がホテルの販売促進部、企画宣伝のSさんとなっていたからだ。

私が名前をぼかして書いたのが、オリエンタル・ホテルであることは、いうまでもないだろう。

手紙の内容をかいつまむと、エッセーをおもしろく読ましてもらったが、同時にちょっとおどろいた。820号室に関して、そんな噂を聞いたことはないし、客から苦情が出たこともない、噂の原因になりそうな事故もなかった、興味があるので、宿直の晩、820号室へ泊ってみたが、なにごともなかった。あなたの場合、ドアを完全にしめてなくて、夜警が調べに入ってきたのを、錯覚されたのではないだろうか、それはともかくも、もう一度、十二月六日の晩に、おなじ部屋へ泊ってみる気はありませんか？　だいたい、こういうことが書いてあった。

気色《けしき》ばんだ様子はなく、むしろ、おもしろがっているような調子で、ものやわらかく丁寧な文面だったが、私は狼狽した。名を出さなくても、関係者には察しがつくのは当然で、こういうことでひとさまに迷惑をかけたのでは、申しわけがない。

しかし、あれは錯覚なんぞではなく、私はありのままに書いたのだ。もっとも、心理的には、ひとつの解決を、私はすでにくだしていた。その推理があたっているかどうかを、たしかめるためにも、おなじ部屋にもう一度、泊ってみる必要はある。

実をいうと、夏のおわりにすでに一度、眉村卓さんの司会するラジオ関西の早朝番組に、またゲストで出ることになって、私はオリエンタル・ホテルに泊っている。だが、そのときには、あらかじめ頼んでおいたのだけれど、820

号はとれなかった。

だから、わたりに舟とばかり、私はSさんに返事を書いた。しかし、十二月が近づいてみると、雑誌の年度がわりに、つい無計画に仕事をひきうけたので、連載小説を七本、連載エッセーを三本かかえこむことになってしまった。単発の小説も二本ばかりあるから、これはとうてい、出かけられそうもない。あわてて電話して、日のべをしてもらった。

いつに日のべをしたかというと、「辛味亭辞苑」に書いたように、820号室の一件以前に一度だけ、私が経験している怪異――落語家の兄が死んだときの前知らせが、十月二十六日に起っている。すなわち一〇二六で、ゼロは無だから、十二月六日にも通じる。したがって、一二六という数字が、私の超自然経験にからんでいるとすれば、もうひとつの一二六、一月二十六日もためしてみなければならない。

その日まで日のべをしてもらうことにして、私はせっせと仕事をした。といっても、思い通りには渉らなくて、おまけに風邪をひいたりしたものだから、この連載エッセーの一回分を、旧稿の再録で埋めるような不ざまなことになってしまった。

それでも、どうやら一月二十六日に、出かけられることになったが、二十七日の午後四時半から、推理作家協会の理事会がある。ひきつづいて、おなじ推理作家協会の新年会がある。新年会だけなら、失礼して欠席もできるだろうが、理事会はそうも行かない。あわただしい思いをするのを覚悟で、私は一月二十六日を迎えた。

二十五日、日曜日の夕方までに、「野性時代」の読切連載ショート・ショート、二十枚の怪談を書きあげて、その晩はじゅうぶん寝ておくつもりだった。怪談を書くのはすきだし、私の経験では四百字詰二十枚という枚数、もっとも怪談に適している。だから、楽しい仕事のはずなのだが、読切連載しはじめてから一年半、ほかにも「小説新潮」に年四回ほど、二十枚の怪談を書いているから、楽にアイディアは湧いてこない。

ことにこの前の「小説新潮」には、「古い映画館」という会心の作が書けたが、「野性時代」のほうの「超能力」という作品は、結末で計算がすこし狂ってしまった。それで、今回は慎重になって、ようやく書きおえたのが、二十六日の午前八時すぎ。いまから寝たら、予定の新幹線をつかまえそこなうにきまっている。ゆっくりと風呂へ入って、眠けを払って、東京駅へかけつけた。

＊

列車のなかで眠るつもりだったが、うしろの席のおしゃべりが気になって、こんど桃源社から、「裏がえし東京案内」あるいは「東京夢幻図絵」というタイトルで出るノスタルジア小説集の校正刷を、一枚めくってはうとうとし、二枚めくってはうとうとし、という状態で、新神戸についた。

Sさんと約束した時間には、まだ少し間があるので、三の宮の輸入雑貨の店をのぞいて歩く。私はこのところマネー・クリップ——紙幣をはさむ金具に凝っているのだが、東京ではあまり豊富に売ってはいない。三の宮センター街のサリナという店には、これが多様に取りそろえてあるので、神戸へ行くたびにのぞくことにしているのだが、今回は目新しいものがなかった。

けれども、トア・ロードのクロスという店で、スウェーデン製のすばらしいマネー・クリップを見つけた。余談ついでにいうと、東京へ帰ってきてから、銀座資生堂のザ・ギンザの四階で、これはイタリー製のもっとすばらしいやつを見つけた。マネー・クリップといえば、アメリカが本場だけれど、どうも装飾過剰の気味があって、このたび見つけたスウェーデン製、イタリー製におよぶものは少い。

それはともかく、気に入ったものが買えたので、しばらくは眠けをわすれて、約束の時間にオリエンタル・ホテルへ入った。

販売促進部、企画宣伝次長のSさんにあって、話をうかがうと、サン・テレビのプロデューサーに、私の作品を愛読してくださっている方がいて、「辛味亭辞苑」を読んで、Sさんに話したらしい。Sさんは三回分の雑誌を取りよせて、読んでみてから、役づきクラスの宿直を、820号室にすることにした。自分が泊ってみたあとで、事情を話さずにほかの役づきのひとたちを、次つぎにとめて、あくる朝、それとなく聞いてみたそうだ。

けれど、だれも妙なことはいいださない。そこで、はじめて私に手紙を書いたという。にこにこ話してくれたのだが、こちらはすっかり恐縮してしまった。

ラジオ関西のプロデューサーのHさんは、一昨年の十二月七日に、私から話は聞いているわけだが、Sさんには気にするといけないので、黙っていたのである。いくら名前を書かなくても、関西の放送関係者にはわかってしまうわけだから、眉村君の番組のことには、触れなければよかった、と頭をかいたが、もうあとの祭だ。

そこで、私の考えている推論をお話ししたが、とにかく実験してみましょう、ということになって、晩めしの時間まで、ひと眠りすることにした。若いころと違って、二十四時間、完全に起きていることなぞ、とても出来ない。すくなくとも五、六時間は寝ないと持たないのだが、月のうちの二十日ぐらいは、あけがた三、四時間ねむって、仕事を再開。午ちょっとすぎに、からだがまいってくると、一時間ほど横になり、また夕方に一時間ねる、といった方法で、なんとか帳尻をあわしている。もともといつでも寝られるたちで、睡眠薬なんぞはぜんぜん不要なほうだから、大音響の目ざまし時計か、起してくれる人がそばに控えていれば、三十分でも一時間でも私は眠ることが出来る。

七時に電話で起してくれるように頼んで、私はベッドにもぐりこんだ。いうまでもなく、820号室のシングル・ベッドである。

横になると、昭和四十九年十二月六日の晩のことが、あざやかに思い出されてきたけれど、窓の二重カーテンは、まだ明るい。夕日のいろが窓外にあって、室内もくまなく見わたせる。こんな状態で、なにかが現われるはずはないから、私は安心して、すぐ眠ってしまった。

ちょうど一時間、まだ電話が鳴りださないうちに、目がさめた。自宅では、こうは行かない。やはり旅さきで、緊張していたのだろう。疲れているときに、一時間でも熟睡すると、体調はたいへんに違ってくる。頭がすっきりして、身仕度をととのえおわったところへ、電話が鳴った。

＊

一昨年の十二月六日には、夕食のあと、眉村君の案内で、バーを三軒まわっている。ホテルへ帰ったのが、十二時半ごろだった。シャワーをあびて、ベッドへ入ったのが、午前一時ごろだろう。

なるべく、そのときとおなじ状況をつくろうというので、Sさんの案内で、三軒の店を歩くことにした。ただし、眉村君につれていってもらった店を、よくおぼえていない。選択はSさんにおまかせして、ラジオ関西のHプロデューサー、Mプロデューサーにも、つきあっていただくことになった。

Hさんはチャーミングな女性プロデューサーで、そのご夫君のMさんは推理小説マニアであり、奇術に関する著書もあるアマチュアー・マジシャンでもある。ことに最近、筑摩書房から出された「奇術のたのしみ」という本は、ちくま少年図書館、というシリーズの一冊の児童図書ではあるけれど、おとなが読んでも、たいへん面白い。

私は本格推理小説におけるトリック無用論者だが、この本を読んだひとには、それが主張できなくなるだろう。つまり、トリックというものへの考えかたが、ひろがるわけである。ストレートにいえば、ふつう本格推理小説でひとがいうトリックという言葉が、狭い考えかたの上に立ったものであることが、よくわかるから、私もいいかたを変えなければならない、ということである。

話がまた横道にそれたけれども、風邪をおしてつきあってくだすったHさん、Mさんのおかげで、話は大いにはずんで、三軒目の店にすわっているうちに、十二時半をすぎてしまった。あわててホテルへ戻ったときには、もう午前一時ちかい。シャワーは省略して、ベッドへ入った。

酔って帰った客のなかには、ドアをちゃんとしめないひともいるらしい。しめたとすれば、錠はかかるわけだけれど、車でいう半ドアの状態になっていることが、ときどきあるのだそうだ。ホテルのガードマンは、夜中に各階を巡回する。各部屋のドアがちゃんとロックされているかどうか、いちいち点検してゆく。

　そのときに半ドアの状態になっている部屋があると、単なるしめわすれか、盗難その他の事故が起っているかを確かめるために、まずそっと室内へ入ってみるのだそうだ。この場合、あかりはつけない。客が起きれば、すぐに声をだして、

「ガードマンでございます。ドアが完全にしまっておりませんでしたが、なにか異常はございませんか」

　というようなことをいって、異常がなければひきさがる。客の反応がないときには、ちゃんと寝ているかどうか、急病でも起っているのではないか、室内が荒されていはしないか、暗いなかに立って耳をすまし、目をこらしてから、異常がなければひきさがる。この場合、ベッドの裾のあたりまで、すすみよることはありうるという。

　つまり、私が寝ぼけまなこで見たものは、そういうガードマンの姿ではなかったか、というのが、最初の手紙のなかで、Sさんが展開した推理である。これは、なかなかおもしろい。けれど、私はベッドの裾のあたりに立つ性別不明のもののすがたを、午前二時半ごろから六時までのあいだに、三回見ている。

　もちろん、あとの二回は、最初に幽霊を見たと思いこんだことから生じた幻想、という解釈はじゅうぶん成立する。しかし、その晩、私はそれほど酔っていたわけではない。半ドアにしたまま、シャワーをあび、ベッドに入ったとは思えない。なにしろ、私はこの十数年、何軒はしごをしても、ライターひとつ、万年筆一本、なくしたことがない男である。洋傘を二本、ほかの客が故意か過失か持っていってしまったのを、気づかなかったことがあるだけだ。そうまで記憶しているのは、慎重であることより、根がケチであることの証明なのだろうけれど、まあ、Sさんのガードマン説は、しりぞけてもいいだろう。

　しかし、万一ということがあるから、ペンシル型の懐中電灯を、枕の横にはさんで寝た。あくる日、酔いがさめきった状態でいながら、この枕の下のペンシル・ライトをす

っかりわすれて、東京に帰ってしまったのには、われながら大笑い。慎重もなにも、あったもんじゃない。さて、その晩、幽霊が出たか出ないか、次回で申しあげます。

続・幽霊さわぎ事後報告

昭和五十一年一月二十六日夜、神戸三の宮のオリエンタル・ホテル820号室に、幽霊は出たか、出なかったか。前回はそこで報告を区切ったが、気を持たせて申しわけない。賢明な読者は、もうわかっておいでだろう。もしも、この前と同様の経験を、私がしていたとすれば、前回には伏せたホテルの名を、オリエンタル・ホテルと明記するはずはない。

なにごともなかったから、ホテルの名前を出したのである。だからといって、昭和四十九年十二月六日に、私が見たものは、単なる気のせいだった、というわけではない。その点については、あとで説明することにして、前回とほぼおなじ午前一時ごろに、私は820号室にもどって、ベッドへ入った。

灯りを消すと、ベッドのまわりは闇になった。二重にカーテンをしめた窓の外には、夜の光があるのだが、目が馴れないので、部屋じゅうがまっ暗にしか見えない。一昨年に見たものは、原因が私のほうにあって、ホテルのほうにない、と考えていたから、こんどは出ないはずだ、と安心はしていたのだが、まっ暗になってみると、急に怖くなった。

合理主義もなにも、あったものではない。こういうときには、原始的本能が目ざめるのだろう。しかし、いまさら怖がったところで、どうなるものでもないから、じっと私は闇を見つめていた。

だんだん目が闇に馴れてくると、カーテンが明るくなって、窓のかたちが見え、ベッドのわきのライティング・デスクが見えだした。だが、出入り口のドアのほうまでは、窓の夜あかりがとどかない。ベッドの足もとのバス・ルームの壁が仄白く、テレビがおいてある側の壁も仄白く、このふたつの仄白さが天井でつながりあって、ドアまでの通路が黒く見える。

この通路の暗さが、幽霊の正体だったのではないか、という気がして、私はしばらく見つめていた。

やっぱり、違う。一昨年、私が見たものは、もっと曖昧で強烈な、かたちの定かでない実在感だった。枕もとにおいた時計をとりあげて、目に近づけると、闇のなかでも針が見えた。午前二時ちょっと前。前の晩、徹夜で原稿を書いて、新幹線のなかでうとうとしたのと、ホテルについて一時間ねたのと、合計して一時間半ぐらいしか眠っていないところへ、酒を飲んだのだから、普通ならば起きていられないはずだが、緊張していたのだろう。

目をとじてはまたひらき、目をとじてはまたひらき、暗いなかで時計を見て、とうとう午前三時まで起きていた。この前、幽霊が消えてから、時計を見たときは午前二時四十五分だった。出るものならば、もうとうに出ていなければならない。

やっぱり、出ないらしい、と安心したせいか、たちまち私は眠ってしまって、目がさめたときには、室内が明るくなっていた。時計は午前九時になっている。身仕度をしているところへ、前夜たのんでおいた朝食を、ルームサービスが運んできた。

六時間ちかく寝たので、気分は爽快だが、のんびり神戸にとどまってはいられない。朝食をすまして、ロビーにおりると、Sさんにあって、昨夜の報告をした。聞きおわったSさん、

「ほっとしたような、少しがっかりしたような、複雑な気分ですね」

「ぼくもほっとしたような、がっかりしたような、複雑な気分です」

と、私もいった。報告をおえ、お世話になった礼をのべて、私は新神戸の駅へタクシイを飛ばした。

＊

そんなわけで、一月二十六日には、820号室に幽霊は出なかったし、ほかの日に泊った客からも、かつて苦情が出たこともなく、役づき宿直の晩に寝たホテルのひとも、なにも感じなかったとすると、私が見たものは私に原因がある、としか考えられない。

実をいうと、心あたりは大いにある。こんど神戸へ出かけたのも、その心あたりが当っているかどうかを、確かめるのが目的だったのだ。

昭和五十年四月号の「辛味亭辞苑」に、この幽霊さわぎに入るまくらとして、神戸へ行く前、京都でかるた屋まわりをしたことを書いたが、実はあれが伏線だったのである。

神戸に行く前の十二月四日、私は京都七条大橋の近くにある山城商店というかるた製造元をたずねた。ここでは道才かるたという、珍しいかるたを今でもつくっている。友人にたのまれて、その道才かるたを買いによったのだが、思いがけない掘出しものをした。

そのことも、「辛味亭辞苑」に書いたのだが、念のためにくり返しておこう。百人一首から賭博用のかるたに崩れた「むべ山」というかるた。大正のはじめぐらいに、もう製造されなくなってしまった珍しいそのかるたが六組、倉庫のすみから出てきたというのだ。

あっという間に、コレクターが駈けつけて、五組は売れてしまい、ひと組だけ残っているが、ご覧に入れましょうか、と山城商店の主人がいって、店の奥から小さな箱を持ちだしてきた。

読札と取札とにわかれているところは、百人一首そのままだが、取札のほうの絵が俗化していて、札の大きさも花がるた並みになっているから、箱の大きさは白金カイロぐらいしかない。値段を聞くと、みなさまに十万円でおわけしましたという。

ただ十一月の末に、□□さんがお見えになって、ご覧に入れましたら、ぜひ欲しいがいま持ちあわせがない、東京へ帰ってすぐ手金として半額送るから、取っておいてくれとおっしゃったのですが、いまだに連絡がありません。おあきらめになったのでしょう、よろしかったら、お持ちくださいと山城商店の主人はいった。

それを聞いて、私がためらっていると、主人はさらに、二、三日うちに岡山のほうから、コレクターのかたが見えるそうで、そのかたにはまだ残っていたら、おゆずりするといってあります、といった。このひと言が、私を踏みきらせた。

□□さんを、私はよく知っている。熱心なコレクターだから、たったひと組のこっていた「むべ山」かるたに、熱心であることは察しがつく。けれど、東京へ帰って数日たつのに、なんの連絡もないというのは、主人のいう通り、あきらめたのだろう。

私は「むべ山」と道才かるたを買って、山城商店を出た。なんにも知らずに、私は河原町のロイヤル・ホテルへ戻ったが、実にほんのひと足ちがいで、山城商店に□□から電話がかかっていたのである。五万円つくったから、内金として、いまから銀行へ振込む、という電話だ。

もちろん山城商店の主人は、□□と私のつきあいを知っているから、たったいま都筑さんが持ってお帰りになりました、と答えたらしい。これはみんな、あとで聞いた話だが、□□はその金をつくるのに、ずいぶん無理をしたのだそうだ。

私はそんなことは知らないから、ロイヤル・ホテルで、これも「辛味亭辞苑」に書いた限定豪華版の水墨画百人一首をつくった和紙印刷の専門家と、絵をかいた画家のおふたりにあって、ひと組をあす届けてくれるように頼んだあと、ひとりで酒を飲んで、寝てしまった。

あくる五日に、これもやはり「辛味亭辞苑」に書いたことだが、六日に大阪で録音をとる放送の打ちあわせを兼ねて、京都へきていた桂米朝さんと、夕方からお酒を飲んだ。夜半までご馳走になって、私は大酔してホテルへ帰った。

このふた晩は、せわしなく飛びまわったあとが酒で、ろくにほかのことは考えなかったが、六日に大阪へ行く電車のなかで、「むべ山」のことが、気になりはじめた。□□はあきらめのいい男ではない。コレクターというよりも、コレクトマニアで、マニアというのは、たいがいエゴイストなものだけれども、□□も自分はいっこうに約束をまもらないのに、ひとが約束をまもらないと、すぐ怒るようなところがある。

だから、私が横どりしたと思っているかも知れない。しかし、東京を立つ日に、私は□□と電話で話をしている。そのときには、山城商店に「むべ山」がひと組だけあって、いま金策に苦労している、というような話は出なかった。

出ていれば、話は別だが、気にすることもないだろう、と考えながら、私は大阪へついた。そんなことを考えたということが、すでに気にしていたわけだけれども、すなわち私のほうに、受信準備ができかけていたのである。

＊

こう書いてくれれば、おわかりだろう。820号室の闇に立って、私を見つめていたのは亡霊ではない。□□の生霊——といういいかたが古風ならば、□□の思念を私がキャッチして、感じたすがただったのではないか、というのが、私の解釈なのである。

気にしだしたのに加えて、五日の晩には米朝さんと、六日の晩には眉村卓さんと、それぞれ怪談文学を論じあったことも、こちらの受信感度をよくしたのだろう。けれども、そのときすぐに、これは□□の生霊ではなかろうか、と考えなかったのは、気にしてはいても、気がとがめてはいなかったからだ。

しかし、東京へ帰ってから、□□がいかに金策に苦労したかという話を聞いたり、まだ「むべ山」のことを残念がっているという噂を聞いたりするうちに、この解釈、だんだん当っていそうな気がしてきた。

私がそれ以前に、たった一度だけ出あった奇現象も、いわば生霊の一種だった。二十年前、高田馬場で二階借りをしていたときに、兄が死ぬ前の晩、奇妙な足音を聞いたことで、やはり「辛味亭辞苑」に書いておいた。その写真のおかげで、私は兄の死目にあえたといっていい。

兄弟のなかで、いちばん仲のよかった兄だから、まだ意識がはっきりしているうちに、私にあいたいと思ったのかも知れない。それが、私の部屋にあがってくる足音になって、聞えたとすると、私はそういう思念に敏感なのかも知れないわけだ。

とすれば、こんどのも生霊である可能性は、すこぶる大きい。ことに一年ちかくたってから、□□のところへ出入りしているひとが、たまたま私のところへ用があってやってきて、

「□□さんはまだ、むべ山はぼくに譲るべきだ、といってますよ」

と、話してくれたときには、それが確信になった。820号室の幽霊は、ホテルのその部屋についている霊ではない。私を東京から、追いかけてきた霊にちがいない。

もうひとつの傍証としては、これも二十数年前、新宿で私は、きわめていわくのある部屋に、一年ばかり暮したことがある。新宿二丁目の赤線で働いていた女性が、足を洗って男と同棲していた部屋だ。

せっかく足を洗ったのに、女は結核にかかっていて、おまけに男に教えられたヒロポンで、ひどい中毒症になった。マッチ棒のように瘠せほそって、血を吐いて、女が床につきっきりになると、男はいたって薄情だった。いざとなったら、これで故郷へ帰ろうと、女が汽車賃だけの紙幣を、男に隠して油紙につつみ、枕の下に入れておいたまま、眠っているうちに引っぱり出して、男は逃げてしまった。

女は男を怨んで、怨んで、怨み死をしたという部屋なのである。一日じゅう日のあたらない、いかにも寒ざむとした三畳間だった。部屋代が安いのにひかされて、そこに一年、私は暮した。

最初の半年は、そんな因縁のある部屋だとは知らずに、私は住んでいた。べつになんということもなかった。あとの半年は、ひとからその話を聞いて、ひそかな期待をもって暮した。そのじぶんから、私は幽霊にあこがれていたのである。けれども、やはり異変はなにごとも起らなかった。

だから、私は死霊よりも、生霊のほうを信じたい。もっとも、オリエンタル・ホテルのSさんにも同様な経験があって、これは幽霊を見たそうだ。

やはり男に逃げられた女であるところも、おもしろい。まだ歩けない幼児をかかえて、亭主に逃げられた女が、母子心中をした。それからあとは、その部屋に妙な噂が立って、借り手がつかない。たまに借り手がついても、ひと晩かふた晩で、出ていってしまう。

しかたなく持主は、べらぼうに安い値段でその部屋を貸すことにした。借りたのが学生だったSさんであった。たいがいのことは我慢するつもりで、Sさんはその部屋へ入ったが、なにごとも起らない。

ところが、ある日の晩、早く帰宅したSさんが、室内でぼんやりしていると、いつの間にか、そばに赤ん坊をおぶった女がすわっている。はっとして、いよいよ出たな、と思ったとたん、

「ご迷惑をかけまして……」

という声が聞えたような気がして、もう女のすがたは見えなくなっていたという。私が住んでいた新宿の三畳間にも、こんなことがあれば、もうすこし積極的に、幽霊を擁護する人間になっていたかも知れない。もっとも、そのかわりに、さまざまな工夫をして、次から次へ怪談を書いていく情熱は、持てなかったかも知れない。せめて頭のなかでだけでも、いろいろな幽霊にあいたいと思って、私は怪談を書いているのだから。

数井さん小林さん

いろいろな事情で、数カ月にわたって道草をくってしまったけれど、今回は少年時代の思い出にもどることにする。私の家の前は、早稲田から飯田橋、九段下、小川町、大手町をへて、洲崎までゆく市電の通りだった。江戸川橋の停留所と、石切橋の停留所のあいだに、私の家があって、市電のレールをわたると、まん前に華水橋という橋があった。

橋がかかっている川は、神田川である。しかし、江戸川と呼ばれていた。下流は飯田橋、上流はどのへんまでだかよくわからないが、おそらく妙正寺川との合流点あたりまでを、江戸川と呼んでいたのではなかろうか。近ごろの地図を見ると、この川は旧神田上水と書いてある。

華水橋をわたって、すぐの右がわに、菊の湯という銭湯があった。第二次大戦末期の強制疎開で、取りこわしになるまで、私が通っていた湯屋である。そのブロックの次の角が、寿司屋だったことはおぼえているけれど、左がわの家なみは、まるで思い出せない。店屋が数軒ならんでいたはずだが、子どもには縁のないものを売っていたせいで、わすれてしまったのだろう。

一軒だけショーウインドウの華やかな店があったのが、かすかに記憶の底から、よみがえってくる。風呂屋の帰りに、反対がわのそのショーウインドウを、よくのぞいたような気がする。女性的な美しいものが並んでいたようだ。櫛や、かんざしを売る店だったのではなかろうか。

華水橋を基点とする菊の湯の前の道は、やがて大日坂という坂になって、久世山へのぼってゆく。大日寺という寺がのぼり口にあったので、坂の名がついたし、久世大和守の下屋敷があったので、山の名がついたものだ。

むろん江戸時代についた坂の名、山の名で、「銭形平次捕物控」の第一話である「黄金の処女」に、野村胡堂はこのへんを書いていたようにおぼえている。岡本綺堂の「半七捕物帳」のなかの「かむろ蛇」も、このへんが舞台だ。江戸川橋から目白坂、音羽の通りへかけての江戸末期の様子は、おなじ綺堂の「白蝶怪」という長篇に、目に見るように描写されている。

大日坂下に達するまでに、華水橋の通りは、まず小日向水道町の通りと交叉する。現在でいえば、文京区小日向二丁目と水道二丁目に、はさまれた狭い通りで、右角が先にいった寿司屋、向い角にはそば屋があった。左角は菊の湯とおなじように、二軒とも思い出せない。

寿司屋ののれんや、そば屋の入り口にかかっていた風一夜薬の黒ぬり金文字の看板は、はっきりおぼえているのだから、記憶というやつは、おもしろい。風一夜薬というのは、風邪がひと晩でなおってしまう、という薬で、そば屋でだけ売っていた。かけか熱もりを食って、この薬を一服買って、そば湯で呑んで、家へ帰って寝てしまう、という治療法である。

いつぞや名古屋で、きしめん屋に入ったら、この風一夜薬の看板が古びてかかっていて、なつかしかった。それはとにかく、そば屋の隣りが、数井書店という古本屋で、その店がなかったら、私の読書歴はかなり貧弱になっていたに違いない。

数井書店をすぎて、小日向水道町の通りを、さらに右へいったところに、小林書店という本屋もあったけれど、そこは新刊書の店で、私には最初のうち手が出せなかった。数井書店の店がまえは、現在どこでも見かける古本屋と大差がない。

店の前に均一本の箱が、ふたつばかり並んでいて、店内に入ると、左右に書棚、それが奥の壁へまわりこんで、住居へ入る障子をはさんでいる。その障子の前が、番台みたいな畳敷で、机をひかえて、店のひとがすわっている。店のまんなかにも背なか合せの書棚がある、というお定まりのスタイルだ。

数井書店の数井さんは、両鬢を刈りあげた頭をまんなかで分けて、いつも鼠いろのフランネルのシャツを着ている姿しか、目に浮かんで来ない。神経質そうな顔立ちで、顔色が悪かったせいか、若いのだか、中年なのだか、中学校にいくようになっても、私には見当がつかなかった。小学校へ入ったばかりで、この店の前へよく立つようになってから、昭和二十年の空襲で焼けるまで、数井さんはぜんぜん変らなかったような気がする。

陰気な低い声でしか話さないひとで、だから、立読みを叱りつけられたこともない。均一本の箱は、たしか五銭と十銭だった。五銭の箱には文庫本や、雑誌の別冊附録や、雑誌の古い増刊号などが、入っていた。十銭の箱には、大衆文学全集や世界文学全集の端本、汚れた大衆単行本、雑誌の最近の増刊号なぞが入っていた。店内に入ると、書棚の下の台には、月遅れの雑誌が並んでいた。

こういう配列法も、現在、住宅街で見かける古本屋と変らない。古書店のディスプレイというのは、いまの日本で、いちばん古格をまもっているものではなかろうか。

＊

私と三つ違いの兄とは、まず五銭均一の箱で、文庫本や別冊附録を買うことから、数井書店がよいをはじめた。なにしろ、家のすぐ近くだから、毎日いちどは出かけないと、落着かなかった。五銭、十銭でも、小学生には毎日は買えないから、立読みのほうが多かった。

博文館の雑誌「譚海」を、月遅れで毎月買っていたし、ときにはやはり博文館の「新少年」や講談社の「少年倶楽部」を買い、文庫本や別冊附録を買ったので、長い時間、立読みをしていても、はたきで追いはらわれることは、通いだしてすぐになくなった。月遅れの「少年倶楽部」の予告で、月遅れでない号の組立て附録なんぞが、おもしろそうなのを知ると、私たちは音羽の通りへ出かけていった。

目白新坂下の角の安おもちゃ屋へゆくと、どういうわけだか、「少年倶楽部」「幼年倶楽部」の附録だけを、売っていたからだ。五銭均一本を買いはじめたころの記憶には、富田常雄の「宮本武蔵」と、作者を思い出せない「矢車金藤次」と、二冊の時代小説が残っている。

「宮本武蔵」は、たしか「新少年」の別冊附録だった。附録のために、富田常雄が書下した長篇だったろう。「姿三四郎」で、売出す以前で、富田常雄は博文館の雑誌に、熱血小説や時代小説を、さかんに書いていた。「宮本武蔵」は、講談どうよう、最後に父の仇の佐々木岸柳を討つのだが、そこへ行くまでが富田常雄の小説になっていた。お香という女性が、武蔵を慕って旅をする筋立てだったから、もうそのころには、吉川英治の「宮本武蔵」が、新聞で評判になっていたのかも知れない。

「矢車金藤次」は、「譚海」かなにかの別冊附録だったようだ。中篇ていどの長さで、お家騒動ものに、黒頭巾の正義の剣士を活躍させる、という趣向で、大した作品ではなかった。作者もストーリイもわすれて、題名だけおぼえているのは、題名になっている主人公の怪剣士の名が、語呂がよかったためだろう。

すでに有名になっていた大家の作品で、吉川英治の「鳴門秘帖」の次に読んだのは、大佛次郎の「幻の義賊」だった。これは、義賊まぼろし小僧じつは時の町奉行、という怪盗もので、アルセーヌ・ルパンをヒントにした作品だろう。大佛さんが初期に、たしか流山龍太郎だったと思うが、とにかく別名で、博文館の雑誌に連載した長篇小説だ。

私が小学初級のころ、それが大佛次郎の名義にもどして、「新少年」だったかの別冊附録になり、のちに博文館文庫になった。その別冊附録のほうを、数井書店の均一箱で見つけて、私は読んだのである。ほとんど説明ぬきで、場面の描写ではこんでゆく大佛さんの手法が、子どもごころに、映画を見ているような気を起させて、私はなんども読みかえした。

現在の私の小説作法を決定したのは、大佛次郎であって、その最初がこの「幻の義賊」であった。大佛さんの鞍馬天狗シリーズも、そのあと次つぎに別冊附録になって、私をとりこにした。「小鳥を飼う武士」は、「鞍馬天狗余聞」という題になっていた。「まさかり組」は、「鞍馬天狗余燼」という題になっていた。玉井徳太郎がかいた多色刷の表紙が、いまでも目に浮かんでくる。

私の書いた小説が、生れてはじめて活字になったのは、昭和二十二、三年のころ、松竹系の大劇場——といっても、東京劇場と新宿第一劇場しか、まだ芝居をやっていなかったのだが——その二軒共通のプログラムがわりになっていた「幕間《まくあい》」というパンフレットでだが、一ページのいまでいえばショート・ショートである。

そのパンフレットの編集を、私が手つだっていて、一ページ穴をあけてしまった。その穴を責任上、自分で埋めたわけで、原稿料はナシだったが、そのショート・ショート、へたな大佛次郎の文体模写であった。

それはとにかく、私たち兄弟は、やがて数井書店から、買わずに借りてくることを覚えた。はっきり貸本屋を兼業していたわけではないが、住居のわかっている客には、貸したのである。保証金もなにもなしで、ただ数井さんに、「これ、お願いします」と見せて、持って帰ればいい。いままで手が出なかったハードカヴァーが、十銭ぐらいで読めるようになったのだから、私たちは大喜びだった。

兄は均一箱の「新青年」の増刊からはじまって、翻訳ものの探偵小説、創作ものの探偵小説に熱中していった。すすめられて、私も読んではいたが、こちらの興味の中心は、まだ時代小説や冒険小説だった。

やがて私は、新刊の小林書店へも、出入りするようになった。小さなショーウインドウをのぞいて、うらやましく思うだけだったのが、「幼年倶楽部」だったか、あるいは一足とびに「少年倶楽部」だったか、毎月、親に買ってもらえるようになって、大いばりで店内に入れるようになり、新刊のハードカヴァーを、手にとれるようになったのだ。

手にとれても、買うだけの小づかいはない。そのうち、棚の上のほうに、日やけした本がならんでいるのに、気づいた。ちびの私が背のびして、その書名を読んでいると、小林書店のおやじさんが、「あれは汚れているんで、割引になってるんだよ」といった。恐るおそるおろしてもらって、箱と表紙のおもしろそうな一冊の値段を聞いたら、古本なみで、むりをすれば買える。むりして私は、買って帰った。それは、吉川英治の「神州天馬俠」だった。

小林さんは、若禿だったような記憶がある。奥さんは小柄で、やさしい人だった。たしか私より二つほど下の娘さんと、もっと下の男の子がいた。娘さんは面長で、手足のひょろりとした可愛い少女だった。しかし、私はその少女に、なんの感情も持たなかった。すでに小学校の同学年で、もっとグラマラスな少女を、好きになっていたからである。

お手手つないで

私が最初に読んだ推理小説は、コナン・ドイルの「四つの署名」と、モーリス・ルブランの「奇巌城」だった。

どちらも、例の別冊附録だったが、川原久仁於画伯の息子さんの凌さんから、兄が借りてきたものか、川むこうの古本屋、数井書店の均一箱から買ってきたものか、そのへんが、はっきりしない。

先にあげた吉川英治の「鳴門秘帖」や、大佛次郎の「幻の義賊」は、少年雑誌の附録ではあっても、まったく原文のままだったが、ドイルとルブランは完全な訳ではなく、いわゆるリライトものだった。題名も「四つの署名」「奇巌城」ではなくて、もっと少年むきの題がついていたが、それをいま思い出すことは出来ない。

私も二十代になった後年に、何冊かやったことがあるが、すでに出ている訳書をつかっての和文和訳だったのだろう。博文館に出入りしていた若手の作家が、無署名でやったものだったに違いない。

しかし、このホームズものとルパンもののリライトは、いい出来ばえではなかったようだ。私を夢中にさせてはくれなかったからである。ところが、間もなくわが家の本棚に、函入り背革の改造社版「ルパン全集」があるのを発見して、そのなかの「奇巌城」を読んでみたら、これはおもしろかった。

したがって、最初に読んだリライトものの「奇巌城」が、出来のよくないものだったことは、私にとって幸いだったのだろう。その後、リライトものを警戒するようになったからだ。もっとも、ぜんぜん読まないわけではない。江戸川乱歩の「鉄仮面」(ボアゴベーのもの)や、大佛次郎の「鉄仮面」(こちらはデュマのもの)と「宝島」、横溝正史の「ゼンダ城の虜」などは、訳者の名前で読んだ。

これらのリライトは、それぞれに一種の風格があっておもしろかった。ちょうど吉川英治の「牢獄の花嫁」と「燃ゆる富士」が、黒岩涙香の「死美人」と「武士道」のストーリイをつかいながらちゃんと吉川作品になっているように、筆者の個性によるものだろう。

とにかく、私は家のなかでは大佛次郎やモーリス・ルブランを、生意気な顔をして読んでいたが、戸外に出ると、はにかみやの小学生で、学校では小さくなっていた。

朝は三つ年上の兄といっしょに、学校へいった。私が小学校の一年生になったとき、わが家のあったブロックには、小学生が三人しかいなかった。私と兄と、ほかにもうひとり、これは一年生の女の子だった。

子どものいる家は、ほかにもあったが、みんな私より小さかった。わが家のまうしろには、このへん一帯の家作を持っている大家さんが住んでいて、そこには私より、ひとつふたつ年下の男の子がいた。五月五日の生れで、端午という名前だった。

この名前が、いつまでも私の記憶に残っていて、先ごろ、時代小説の主人公に借用させてもらった。「神州魔法陣」に登場する内藤端午が、それである。ただし、内藤という苗字までは、借りものではない。利口そうな、かわいい顔をしていた端午ちゃんの姓は、天野といった。

天野さんの家の前の通りは、私たちの遊び場になっていた横丁で、いつかも書いたように、奥のほうに木戸があったりした。現在はこの通りまで、道路がひろがっていて、昔のおもかげは、ぜんぜん残っていない。

天野さんの家のむかって右がわは、長谷川医院の裏塀で、土盛りをして敷地を高くしたところを、煉瓦で石垣みたいに囲んだ上に、トタン塀が高だかと建っていた。左どなりには、二軒長屋があったが、これを長屋Aとすると、その左が露地、次にまた二軒長屋があった。これを長屋Bとすると、その左に露地があって、わが家のブロック、と私が呼んだのは、ここまでだ。同時にそこまでが、天野さんの家作だったらしい。

二軒長屋Bの左がわの一軒には、ずっと長唄だか、清元だかの若い男のお師匠さんが住んでいて、昼間、私たちが遊んでいると、よく三味線の音が聞えた。右がわの一軒と、長屋の左がわの一軒は、住人がしばしば入れかわった。

おなじくAの右がわの一軒には、昭和十一年か十二年に、しばらく私たちが住んでいた。表通りの私たちが借りていた家を、大家さんが改築してくれることになって、そのあいだ、ちょうど空いていた裏の二軒長屋の一軒に、引越したのである。

＊

長屋Aの右がわの一軒に、どのくらい住んでいたか、はっきりした記憶はない。おぼえている情景は、二階がひと間きりで、そこに私が寝かされている。物干台に出る窓には、黒いカーテンがかかっていて、天井の電灯にも、遮光具がつけてあったから、防空演習の晩だったのだろう。

東京ではじめて防空演習をやったのは、芝浦にドイツのハーゲンベック・サーカスがやってきた昭和八年だが、私の記憶にある最初は、この晩の燈火管制だ。乳白色の笠の下にとりつけた遮光具のかたちまで、おぼえている。黒い紙製の円筒で、筒の部分が蛇腹式に、のびちぢみするようになっていた。つまり、小田原提灯の底のないようなもので、ふだんは笠の下へ畳みあげておいて、燈火管制のときには、蛇腹をひきさげるのである。

しかし、この遮光具は電球に近接していたために、すぐに熱くなって、燃えだす心配もあったのだろう。じきに使わなくなって、笠の上から、底のない鳥籠みたいな黒い布製の袋を、かぶせるようになった。

燈火管制の晩に、私がひとりで二階に寝ていたのは、病気だったからだ。家族はみんな、まだ階下で起きていて、ラジオを聞いているらしい。私は高い熱があって、寝ようとしても、眠れなかった。たぶん秋か冬で、風邪をひいたのだろう。

眠れなかったが、起きていたわけでもなく、熱にうかされて、うなっていたようだ。心配してあがってきた母親に、消しゴムが追いかけてくる、といって、笑われた。窓を黒いカーテンで蔽った座敷のまんなかで、黒い蛇腹の筒のなかに、白熱している電球を見あげながら、やたらに大きな白い消しゴムに追いかけられ、押しつぶされそうになる夢を、私は見ていたのである。

後年、内田百閒の小説だったか、随筆だったか、とりとめもなく大きな消しゴムを嚙んでいるような気のする、生暖い春の夜だった、という描写のある文章を読んで、あっと私は思った。百鬼園先生も、高い熱で寝ていたときに、大きな消しゴムに追いかけられる夢を見たに違いない、と私はいまでも信じている。

そんな記憶があるころに、長屋Aの右がわの家には、宮本さんという人が住んでいた。若い美しい女のひとと、小さな女の子のふたりで住んでいて、長いあいだ、年の離れた姉妹だと私は思いこんでいたが、当時は珍しくなかった早婚の母親とひとり娘だったのだろう。ご主人のすがたを、私が見かけなかった、というだけのことに違いない。

少女の名は一子《かずこ》といったが、私とおなじ年に、おなじ小学校にあがった。前にいったように、おなじブロックに小学生がいなかったので、三年生の兄と一年生の私は、この一子ちゃんをなかに挟んで、手をつないで、毎朝、小学校に通った。

小学校は現在の椿山荘の、むかって左どなりにある関口台町小学校で、当時としてはひどくモダンな、鉄筋コンクリートの四階建だった。この小学校は、敗戦後にプールが出来たことをのぞいては当時のまま、いまも残っている。

私たちは電車通りをわたって、江戸川ぞいにすすみ、江戸川橋をわたって、目白坂をのぼっていった。この坂の左右には、江戸末期そのままに長光寺、大泉寺、永泉寺といった寺がならび、のぼりきったあたりの左がわには目白不動、右がわには私たちの町の鎮守さま、平八幡神社がある。目白不動は敗戦後、もっと目白の駅よりに移転したが、この目白坂はかなり急勾配で、私が小学一、二年のころには、まだ坂下に立ちんぼがいたものだ。

立ちんぼは立ちん坊で、急坂の下に立って、荷車がくるのを待っている。大きな荷をつんだ車がくると、声をかけて謝礼をきめて、坂の上まで押してやる。ルンペン同様の、なまけものの仕事だったのだろう。朝はいないが、下級生が学校から帰ってくるころには、坂の下にふたりくらい、人相の悪い大男が立っていて、昼間から酒のにおいをさせていることもあった。

昼間だから、ほんとうに悪さはしなかったのだろうが、女の子をからかったり、男の子をおどかして、おもしろがったりすることはあって、私たちは立ちんぼの姿が見えると、まわり道をして帰ったものだった。

目白坂をのぼりきると、関口台町小学校までの左右は、上流階級の大きな屋敷で、左がわにいつも黒塗の木の門をとざしていた一軒が、私の記憶に残っている。門のわきに金木犀の大木があって、秋に花がひらくと、あたりに濃い芳香がただよったからだ。

＊

宮本さんの一子ちゃんと手をつないで、毎朝、学校へ通うのを、私は楽しみにしていた。宮本一子は、ちびで瘠せっぽちの私よりも大柄で、健康な皮膚が、はじけそうな桃いろをしていて、目が大きかった。エキゾティックな顔立ちで、グラマラスな少女だったのである。

私と手をつないで、学校への道を歩きながら、彼女は兄とばかり話をしていた。兄がしきりに話しかけるから、返事をするわけだったが、私はねたましくてしようがなかった。そのくせ、下校時間がおなじ彼女を、小学校の玄関で探して、いっしょに帰る勇気はなかった。

それが私の幼い初恋で、兄が最初の恋敵だった。彼女の母親にも、私は異性を意識していた。若い母親は、子どもが好きだったのだろう。学校から帰った私が、二階の物干で日光写真などで遊んでいると、自分の家へ呼んで、菓子をくれたり、あやとりを教えてくれたりした。

自分の娘といっしょに学校へゆく隣家の男の子を、かわいがってくれただけのことなのだけれど、わが家の物干からトタン屋根におりて、さらに物干から隣家の二階へ入る、という道すじが、それをなんとなく秘密の行動のように思わせたのだった。あやとりを教えてくれる若い母親の指が、こちらの指にふれると、私は妙に息苦しくなった。

しかし、宮本さんは半年ほどで引越してしまって、私の単純な初恋はおわった。宮本一子と母親と、どんな話をしたのだったか、私の記憶にはなにも残っていない。けれども、小学生のころ、ほかの三人の女性からいわれた言葉で、はっきり私がおぼえているものがある。ふたつは一種の予言であって、ひとつは完全に外れ、もうひとつは的中した。もうひとりの女性の言葉は、大げさにいえば、私に人生というものを、考えさせてくれた。

その言葉から、話をすると、小学校四年か五年のころ、私はイラストレーターになる気でいた。前にも書いたように、低学年のころから、私は図画の成績がよくて、小石川区の学童絵画展に出品する、学年代表に選ばれたこともあった。

そういう自信があったところへ、前回に書いた小林書店で、岩田専太郎の「挿絵の描き方」という本を見つけた。これは、いまでも復刊する価値があると思うくらい、具体的で要領のいい入門書だった。それを読んだところへ持ってきて、俳優、池部良の父親で、いまは故人の漫画家、池部均がつくった文壇いろはがるたというものの一枚に、「挿絵画家大金持」という文句があって、頭にこびりついた。

そんなわけで、私は挿絵画家になるつもりでいたのだが、夏の夕方、電車通りのギャレージで、みんなが夕涼みをしていたときのことだ。縁台を道路においたのではあぶないので、ギャレージのなかに二脚ならべて、近くの子どもたちが、集っていた。子どもといっても、小学生だけでなく、中学生も、もう少しおとなもいた。

その縁台での話が、大きくなったらなにになるか、という話題になって、私の番がまわってきたとき、おずおずと、挿絵画家になる、といった。すると、そばにいた女のひとが、それこそ夢だわ、と吐きすてるようにいったのだ。そのいいかたが、いかにも腹立たしげだったので、私は一言もなく黙りこんでしまった。

その女性は、長屋Bの右がわの一軒に、越してきた家族の長女だった。その下に長男がいて、その次の次女が、私と同学年だった。下に次男がいて、そろそろ小学生だというのに、ろくろく口のきけない知恵遅れの子どもだった。

父親は家にいれば酒を飲んでいて、夫婦げんかの絶えない家だった。苗字も名前も思い出せない長女は、そのころ十七、八だったのではないかと思うが、カフェづとめをしているという噂があった。

つまり、不幸な家庭に育って、小さいころから、望みどおりになったことが、なにひとつなかったのだろう。それまで笑いながら、お喋りをしていたのが、急に不機嫌な口調で、それこそ夢だわ、といったのには、実感がこもっていた。

その言葉は、年がたつにしたがって、私のなかで、複雑にふくれあがっていった。なにかが思い通りにならないときには、きまって彼女の、それこそ夢だわ、といういいかたが、私の頭によみがえるようになった。それを思い出すと、うまく行かなかったことが、それほど残念でなくなるのだ。

　妙な表現だけれども、それこそ夢だわ、と彼女がいった調子には、権威があった。その権威が、それこそ夢だわ、という別になんでもない言葉を、私の胸に深くきざみつけたのだろう。

　彼女だって若かったのだから、その後の人生で、思い通りになったことが、ひとつもないとは考えられない。だが、そう思ってみたところで、この言葉に感じた権威は、薄れないのである。

　蒸暑い夕方で、前を通ってゆく市電の窓あかりが、美しかった。まだかすかに夕あかりが残っている空に、ときどき稲妻がひらめいた。竹の縁台に腰をかけての夕涼みを思い出すと、私の記憶のなかでは、いつも夕空に稲妻がひらめいている。

彼女の名前をわすれただけでなく、いまでは顔も思い出せない。色のさめたゆかたを着ていたような気がするが、それこそ夢だわ、といった調子だけは、あざやかに耳に残っている。

金花糖の鯛

「それこそ夢だわ」

　という言葉は、私が耳で聞いた最初の人生訓であった。私には口うるさい叔父がいて、父親に口答えするなとか、母親の手つだいをしろとか、家にくるたびに、やかましくいわれたが、それらの言葉は、右の耳から左の耳に通りぬけるのが常だった。しかし、この

「それこそ夢だわ」

という言葉は、それが下手くそに化粧した十七、八の女性の口から、苦いものでも吐きだすように、いい棄てられたせいだろう。妙なきびしさをもって、長く記憶に残ることになった。

そのころの女の子は、お化粧をするというと、目蓋に淡く紅をさしたように、おぼえている。その女性も、目蓋をうす紅くしていたのかも知れない。

もうふたつ、印象に残っている言葉を、私にむかっていったのも、やはり女性だった。このふたつの言葉は、いわば予言に類するもので、前にもいったように、ひとつは完全に外れ、ひとつは的中した。

外れたほうは、近所の女髪結さんが、小学校二、三年ごろの私をつかまえて、くりかえしくりかえしいったもので、おどろくなかれ、

「この子はかわいいねえ。いまにいい男になって、女をやたらに泣かせるよ」

という予言だった。しょっちゅういわれたせいだけではなく、子どもごころにうれしくて、得意になったからこそ、おぼえているのだろう。

しかし、この予言はまったくの大外れで、小学校高学年から中学へかけては、青びょうたんと異名をとり、二十代は眉のあいだに皺をよせた強度の近視の小男で、いまだかつて女を泣かしたことはない。

まだそのころは、私の母などもいつも日本髪だったから、女髪結という職業が、りっぱに成り立っていた。といっても、この職業がどの町内にもある、という状態では、すでになかったのかも知れない。

例の私たちの遊び場である裏通りへ、長谷川医院の角から入ってゆくと、いちばん奥の右がわに、前に小庭があって塀にかこまれているという、長屋というにしてはいささか妙な二軒長屋があった。

女髪結さんは、その一軒に住んでいて、当時、四十代くらいだったのだろう。口が大きく、目が大きくて、あまり美人ではなかったようだが、しゃきっとした玄人っぽい女性だった。私の家へきたときだけでなく、裏通りで遊んでいるときでも、こちらの顔を見るたんびに、歯切れのいい

調子で、

「かわいいねえ。いまにいい男になるよ」

と、やられるのだから、これは当りそうだった。

「それこそ夢だわ」

よりも前の予言だが、

「それこそ夢だわ」

を聞いたときにも、これが夢になるとは思わなかったのだから、いま考えると、実におかしい。

＊

もうひとつの当ったほうの予言のぬしは、私とおない年の女の子だった。おない年だが、早生れだったので、小学校は一年上級だった。

外れた予言のぬしの女髪結さんの長屋のまん前は、質屋の黒板塀で、もうひとつ裏の通りへぬける露地があった。江戸時代のような木戸がついていたのが、この露地だ。

黒板塀の手前には、道路から二段ほどセメントの段であがるようになった二軒長屋があって、どちらの家もサラリーマンの家庭だったらしい。むかって右がわの家には、もう結婚した娘さんが同居していて、ご亭主は磐城吉二郎という、新国劇の若手俳優だった。

二軒長屋の左がわの一軒は、井上さんという家で、女の子がふたりいた。下の子が、たしか雅子さんといったと思う。私より年はひとつかふたつ下だが、やはり早生れで、小学校は私と同学年か、一級下であった。

お姉さんは、数子さんといった。このひとが私とおない年の一学年上で、当った予言のぬしである。

こんなふうに、持ってまわったいいかたをすると、どんな大秘密をいいあてた予言か、と思われそうだが、実はいたって単純なもので、

「小説をお書きなさい。松岡さん、ぜったい小説家になれる」

というのである。なんで井上さんちの数子ちゃんが、こんなことをいいだしたのかわからない。

彼女が小学校の六年生で、私が五年生のときだった。私

は挿絵画家になるつもりでいて、

「それこそ夢だわ」

のひとことで、心がくじけていたときだった。もっとも、挿絵画家になることはあきらめたが、まともに兵隊さんや、電車の車掌さんになろう、と思ったわけではない。

挿絵画家よりも、志望者がすくないのではないか、と思って、舞台装置家になる気になっていた。小説はもちろん好きで、やたらに読んではいたけれども、自分でも書けそうだと思ったこともなければ、書いてみたいと思ったこともなかった。だから、いきなり、

「小説をお書きなさい」

といわれたって、あっけにとられるばかりだった。

いきなり、とはいっても、よく考えてみると、先方にも多少の根拠はあったらしい。そのころの私は、裏通りにおける軟派のがき大将だった。

ただし、この軟派は中学生、大学生のそれとは、大いにことなる。静のがき大将といったほうが、いいかも知れない。チャンバラごっことか、ギャングごっこといった動的な遊び、からだを動かす男の子中心の遊びには、けんかの強い大柄ながき大将がいた。

それに対して、女の子や小さな子どもを、長屋の前の石段にずらりとすわらして、話をして聞かせることで、私は裏通りの静かなるがき大将になっていたのである。

お話のねたは、「少年倶楽部」その他の雑誌や、別冊附録で仕入れたもので、イソップからクオレ、少年講談の孫悟空にまでわたっていたが、それほどの話術があるわけではないから、ひとつのねたの再演、三演はきかない。

この軟派のがき大将の地位を、私は小学校三年生ぐらいから、六年生のおわりまで保持していたから、当然、次から次へとねたを増していかなければならない。五年生のころに、新ねた皆無という時期があって、そのときにやけ半分、創作の長篇を連続でやってみたのだ。

紙芝居の時代物、雑誌の連載小説などをヒントにして、行きあたりばったりにつくっては喋り、つくっては喋りしたのが、吉川英治の「神州天馬俠」もどきの時代冒険物語だった。

ある日、その一回分を、質屋の手前の二軒長屋の段々に、子どもをあつめて喋っていて、おわってから気がつくと、うしろの格子窓で、磐城吉二郎夫人と井上さんの数子ちゃんが聞いていた。私がすっかり照れていると、磐城夫人がいまの話は、どの雑誌で読んだの、と聞いた。

そんなちゃんとした代物ではなく、いいかげんに自分でつくった話であることを、私が告白すると、吉二郎夫人は感心したような顔つきで、

「ほんとうなの？　なかなかおもしろかったわよ」

といってくれた。思えばあのときの年下の子どもたちが、私の最初に獲得した愛読者であり、新国劇の若手俳優の若い細君が、最初の好意的な批評家であったわけだ。

「小説をお書きなさい。ぜったい小説家になれる」

と、井上数子さんがいったのは、それからしばらくあとだったから、このときの話を頭に浮かべての予言だったのかも知れない。

もっとも、私の舌さきによる処女作は、六回目ぐらいから、がぜん子どもたちにうけなくなって、あわれ、中絶してしまった。

それはとにかく、数子ちゃんの予言に対する私の反応は、

「いやだよ。ぼく、小説なんか書けないよ」

といったようなものだった。おなじ鉛筆を持っても、かたちを書くほうが好きで、綴り方は苦手だったし、点も悪かった。ただ題名のつけかただけは、ときどき先生にほめられて、作文の時間、近くの机から、題名へのアドバイスをよく求められた。私の文字による表現への関心は、そんな程度だったのである。

井上さんちの数子ちゃんは、そのとき二度ばかり、

「大丈夫、書けるわよ。小説家になりなさいよ」

と、くりかえしただけで、その後はなにもいわなかった。たぶん、気まぐれの予言だったのだろう。上の学校へすすんでからは、戦争ちゅうで、すぐ軍需工場へ通わされたとしたこともあって、数子ちゃんとはあまり顔をあわせる機会もなくなった。

昭和二十年の敗戦直後、焼けあとに立てたバラックのうしろで、ある日の暮れがた、私がドラム罐の風呂に入って

いたら、どこへ立ちのいたのかわからなかった彼女が、裏通りの瓦礫のなかを歩いてきた。私に気づいて、声をかけてきたが、なにしろ、こっちは裸で野天風呂に入っているときだったので、どぎまぎして、ろくに話もできなかった。

井上数子さんとは、それっきりあっていないが、間もなく私は劇作家になる決心をして、習作を書きはじめた。ひと幕ものを二、三本書いたあと、なにげなくスケッチみたいな小説を書いて、正岡容に見てもらった。それをばかにほめられて、私は小説を書きつづけることにしたのだが、その二十枚ばかりのいまは残っていない処女作は、ドラム罐の風呂に入っていて、井上さんにあった話を書いたもので、「滅びしものは美しきかな」という題の、ひどくセンチメンタルな作品だった。

それを正岡容にほめられたとき、私はとつぜん、ほとんど忘れていた彼女の予言を思い出した。駄菓子屋のくじ引きの一等は、私の子どものころは、金花糖の大きな鯛だったが、それがあたったみたいに、私は不思議がりながら、井上さんの数子ちゃんの言葉を思い出したものであった。

駄菓子屋春秋

前回には、「金花糖の鯛」というタイトルをつけた。金花糖というのは、砂糖を溶かして、型にうすく流しこんで、蛤や、招き猫や、鯛のかたちにした菓子である。

裏おもて別べつの型でつくって、かたまりかけたところで、くっつけるらしい。中はがらんどうになっていて、果汁やウイスキーが入っていないボンボン、と思えばいいだろう。小さいのもあれば、大きいのもあって、鯛なんぞは、実物大のがあった。ただし、表っかわは目もあり、鱗らしい刻みめもあって、金や赤で華麗に着色してあるけれども、ひっくりかえすと、裏は手がぬいてあって、ただまっ白く、すべすべしている。

駄菓子屋で売っていたのだが、実物大の鯛なんぞになると、もう子どもの小づかいでは、手が出ない。金花というのは豪華、華麗という意味で、金花糖は駄菓子屋の看板商品ということになる。

この看板商品は、しばしば籤《くじ》の景品になっていた。籤は一センチメートル角ぐらいの枡目になった大きな紙で、私たちが任意のひと枡を指定して、金を払うと、店のひとがそこを切りとってくれる。その小さな紙片を、指さきで揉んで、二枚に剝がすと、内がわに一等とか、二等とか印刷してあって、それぞれの景品をくれる、というわけだ。

たしか一銭で、空くじもあったように、記憶している。二枚にむいて、当り外れを見るので、私たちはこれを、ムキと呼んでいたが、その大当りの特賞が、たいがい金花糖の鯛だった。

だから、「金花糖の鯛」といえば、私たち子どものあいだでは、出来そうもなかったことが出来たとか、思いがけない幸運にみまわれたといった意味に、なるのだった。

それで、前回には「金花糖の鯛」という題をつけて、おない年の少女の予言の話から、駄菓子屋のことに移るつもりでいたのだが、移らないうちに、時間がなくなってしまった。

駄菓子屋は、子どもの社交クラブだった。ことに私たちの町内では、商店がみんな大通りに面していた。駄菓子屋があるのは、裏通りにきまっている。だから、私たちはほかの町内へ行かなければならなかったわけで、それはテリトリーの違う子どもたちと、接触するということだったから、社交の場という意味も大きかった。

つまり、一種の緊張感を持ちながら、表面はなごやかに、駄菓子屋の縁台で、ほかのテリトリーの子どもたちと、つきあっていたわけである。

私たちの遊び場である横丁から、もうひとつ矢来よりに、ややひろい裏通りがあった。紙芝居の話をしたときに触れた福本歯科医院の通りである。この通りに、駄菓子屋が二軒あった。

その裏通りと交叉する長谷川医院の通りを目安にすると、一軒は左がわのもう牛込区内にあって、これをAと呼んでおこう。もう一軒のBは、長谷川医院の通りからいうと右手、江戸川橋から矢来へのぼる通りに、もう近いあたりにあった。

Aのほうはお爺さんが店番をしていたので、私たちは「じじいのうち」と呼んでいた。Bのほうはお婆さんが店番をしていたので、「ばばあのうち」と呼んでいた。これが子どもの会話のなかでは、ジジンチ、ババンチと詰ってくる。

ジジンチは牛込区の完全な他町内だが、ババンチはおなじ小石川区の関口水道町、番地ちがいというだけだから、前者にゆく場合のほうが、緊張感が多かったかというと、そうではなかった。

緊張感は、縄張意識の強い餓鬼大将が、いるかいないかによって、生じてくる。ジジンチのまわりには、そうしたボスがいなかった。ババンチのまわりには、それがいたので、緊張感は強かった。そのくせ、私たちはババンチへ行くことのほうが、多かったのだ。といっても、私たちは悲愴感を楽しんでいたわけでも、ことを好んだわけでもない。

二軒の店には、おのずからなる個性があって、ジジンチにはベイゴマや、メンコの種類が豊富だった。ムキの特賞は、金花糖の鯛だった。三連発のゴム鉄砲もあったし、火をつけて勝敗を賭ける紙競馬まであった。つまり、駄菓子屋が子ども遊びの百貨店だとすれば、本格派だったといえる。

しかし、文字どおりの駄菓子屋としては、食べながらお喋りをするための縁台がなかった。蜜パンも売っていなかった。新聞紙を三角に張った袋に入れてくれる杏も、売っていなかった。したがって、楊子で杏をさして食べてしまったあとの袋へ、おつゆをくんで飲ましてくれるサービスもなかった。芋ようかんも、あんこ玉も、売っていなかった。それらのすべては、ババンチにあった。

ベイゴマを選ぶには、いくらか時間がかかるけれど、メンコや蠟石を買うのに、ひまはかからない。ムキもそれほど、時間はかからない。つまり、ジジンチには、社交場としての性格が薄かった、ということになる。

いっぽうババンチのほうには、冬になると、文字焼の火鉢までが出て、子どもたちを縁台に釘づけにした。文字焼というのは、ごく単純なお好み焼で、うどん粉を溶いたものを、ひとすくい買って、鉄板の上で文字を書いたり、図形をかいたりする。文字のかたちに焼くから、文字焼というわけだが、私の子どものころには、すたれかけていて、間もなく冬になっても、ババンチの店さきに、鉄板をのせた火鉢は出なくなってしまった。

呼び名もすたれかけていて、親たちは文字焼といったが、私たちはもう、どんどん焼と呼んで、文字を書くよりも、亀の子なんぞのかたちに焼くことが多かった。

この文字焼の火鉢は、たいがいババンチの近くに住む餓鬼大将と、その取巻き連に占領されていて、私たち他のテリトリーの子どもは、立って見ていることが多かった。立っていてさえ、餓鬼大将の虫のいどころが悪いと、じろじろ見るからどんどん焼が小さくなった、といったぐあいに因縁をつけられて、弱虫の私なんぞは、銅貨をにぎりしめたまま、なにも買わずに逃げだしたものだった。

＊

駄菓子屋の商品として、文字焼、芋ようかん、あんこ玉なんぞは、高級品のほうだったろう。それにつづくのが、煮こごり、蜜パン、杏。

杏のことは前にいったが、蜜パンは古パンを薄く三角形に切って、黒蜜を塗ったものだ。煮こごりは、魚の煮汁をかためたもので、汁だくさんに煮た魚の鍋を、冬ひと晩、放置しておくと、自然にも出来るけれども、かならず出来るようにするには、寒天を少量くわえるのだろう。かためるといっても、水ようかんぐらいの固さで、おとなが酒の肴なんぞにもしたものである。

もっとポピュラーなのは、狸の糞、馬の糞、ねじん棒、電信棒あたりだろう。狸と馬のくそという、下卑た名前で呼ばれるのは、いずれも黒砂糖でつくった菓子で、狸のほうが色が黒く、馬のほうは黄いろっぽい。どちらも馬の首のかたちをしていたように、おぼえている。

ねじん棒は文字どおり、平べったい飴を、ねじったかたちにしたものである。電信棒はまっ黒な薪ざっぽうみたいな感じで、麩を黒砂糖で煮しめて、乾かしたものだ。電信棒というのは電柱のことで、昔の電柱はコンクリートの柱ではなく、木の柱にコールタールを塗ったものだった。それに似ているので、この名がついたわけなのだ。

私がいま住んでいる東中野には、駄菓子屋は見あたらないけれど、四年前までいた新井薬師には、まだあった。いつぞやその前を通ったら、ガラス箱のなかに、電信棒が黒ぐろと横たわっていた。なつかしかったけれども、黒砂糖の色がいかにも毒どくしく、買ってみる気にはなれなかった。

子どものころの私にとって、いちばん思い出の深い駄菓子屋の商品は、再三あげた杏とソースせんべいであった。ソースせんべいは薄手のせんべいを、醤油ではなく、ソースを塗って焼いたものである。

杏は好きだったが、ソースせんべいは、特に好きだったわけではない。私の家はそれほど口やかましくはなかったのだが、駄菓子屋での買いぐいには、うるさいところがあった。試験管みたいなガラス筒に入った赤、青の寒天なんぞを買ってこようものならば、大目玉をくらった。そのころ、ガラス管がこわれて、口を切った子どもでも、近所にいたのかも知れない。当時の私はからだの弱い子どもで、なにかというと腹をこわしていたから、自分でも注意して、寒天、煮こごりなんぞには、手を出さなかった。

食っているところを、親に見られても、ぜったい文句をいわれなかったのが、杏とソースせんべいだったのである。したがって、私は食いものを買うよりも、蠟石とかメンコに手を出すほうが、多かった。

これも前にいったように、私はいたって弱虫だったから、ババンチの縁台にいる餓鬼大将とその取巻き連が、怖くてしかたがなかった。そのせいもあって、ジジンチへ出かけて、安ブロマイドやフィルムのコマを買うことで、駄菓子屋の雰囲気を味って、満足していたようである。

フィルムのコマはいうまでもないだろうが、映画のフィルムをひとこまだけ切りとったもので、これやブロマイドが古新聞、古雑誌の袋に入って、天井からぶらさがっていた。どれも同じ値段で、買ってあけてみるまでは、どんなフィルム、どんなブロマイドが入っているか、わからなかった。

おなじように紙袋に入って、マッチのレッテルも売っていた。これらのもので、私たちはコレクション趣味を養われたわけだが、私は幼時から現在まで、くじ運はきわめて悪い。ブロマイドでもフィルムのコマでも、珍品を手に入れたことはなく、コレクターにはならなかった。

＊

駄菓子屋でたむろしていたのは、小学校へ入る前の子どもばかりとは限らない。小学五、六年の子どもが、餓鬼大将として君臨したりしていたが、私は比較的早くこの社交クラブから卒業した。

私に社交性がとぼしかったわけでもないが、小学校低学年のころから、小説を読み、映画に夢中になりはじめて、ことに三年か四年のころ、わが家の前の江戸川のむこうに江戸川松竹という特選名画上映館が出来た。そこへひとりで毎週出かけるようになったので、もとより豊かではない小づかいを、古本屋と映画館につぎこまなければならなくなった。駄菓子屋どころではなくなったわけである。

駄菓子屋というものは、私たちの年代の東京の子どもにとって、いろいろ思い出の多い場所だけれど、私の生活にはそれほど多くかかわって来なかった。しかし、思い出ばなしとしては、かかすことのできない対象であるので、小学五、六年まで進んだ話を、もとに戻してみたわけだ。私にはむしろ、駄菓子屋よりも、縁日のほうが、影響をおよぼしている。

私が育った小石川の関口水道町で、縁日といえば、水道端のお閻魔さま、榎町のお釈迦さま、神楽坂の毘沙門さま、それから靖国神社の春秋の大祭が、露店でものを買うたのしみを味わしてくれた。

いまだに私の最大の悪癖である浪費癖は、少年時代の縁日でつちかわれたものらしい。縁日の話はこれまでに何度も、小説のなかに書いたことがある。今年、桃源社から出した「東京夢幻図絵」という本におさめた「ガラスの知恵の輪」、「九段の母」、「白山下暮色」などの短篇は、縁日や祭の露店のありさまを書きたくて、ストーリイを組立てたくらいである。

しかし、読者諸兄姉がそれらをお読みになっている方ばかりではないのだから、重複を恐れずに、露店のことを書いてみよう。

縁日に露店が出る場所で、私の住居からいちばん近かったのは、水道端のお閻魔さまである。こういう名で、私たちは呼んでいたけれど、もちろん寺があって、そこに閻魔堂があったわけだ。この寺はいまも昔とおなじ場所に残っていて、寺号は還国寺といった。

いま見ると、小さなお寺で、前の通りを車がやたらに走っている。しかし、子どものころには、もっと大きく見えたものだ。山門が町家のあいだに挟っていて、その山門下で、私は一度だけ、のぞきからくりを見たことがある。

のぞきからくりは、もうそのころにはすたっていて、以後は一度も見たことがない。私がまだ小学生にならないころだ。山門のわきに嵌めこんだみたいに、からくりの屋台があって、おばさんが鞭で台をたたきながら、独得の節まわしで、説明をしていた。

演目は「安珍清姫」であった。父か母につれられていた私は、二段にならんだのぞき穴の下段、子ども用のレンズに目をあてて、美しさに目を見はった。

閻魔さまと丹下左膳

私は縁日を舞台にした小説を書くのが好きだけれど、実はそれほどの縁日マニアではない。

私の父は縁日マニアで、深川のお不動さまとか、虎の門の金比羅さまとか、巣鴨のとげぬき地蔵とか、人形町の水天宮とか、縁日にはよく出かけていた。信心ということもあったろうが、縁日の露店を見てあるくのが好きなのである。一時期、自分が露店のあきないをしていた、ということもあるかも知れない。しかし、私から見た父は、縁日マニアだった。新案鼻緒すげかえ器とか、万能のこぎりとか、たあいのないものを買ってきて、生意気ざかりの私たちに、笑われていたものだ。

私は父にくっついて、そうした縁日に行ったことはない。ひとりで遠出ができるようになってからも、出かけるときは、新宿や浅草の映画街だった。

だから、マニアとはいえないのだが、家の近くの縁日に行くのは、好きだった。そのなかには、靖国神社の例大祭という、見世物や露店の集大成のようなものもあって、思い出のなかのワンダー・ランドになっている。

つまり、私は思い出のワンダー・ランドをもとめて、縁日の情景を小説に書いたり、ついでがあれば有名な縁日に出かけたりするわけだ。有名な縁日とは、かつて父がわざわざ出かけたような場所である。ついでがなければいかないのだから、やはり私はマニアとはいえない。

江戸川端の私の家から、いちばん近い縁日の場所は、水道端のお閻魔さまだった。いまは資料がすぐ取りだせない状態なので、記憶にたよるしかないが、たしか還国寺といったと思う。江戸川橋の交叉点から、音羽へむかって、江戸川橋をわたると、すぐに右へひろい通りがはじまっている。

この通りはたちまちふた筋にわかれるが、その右がわのひと筋は、途中で行きどまりになり、左がわのひと筋は文京区立第五中学校の前を通って、大曲の安藤坂のとちゅうまで抜けている。

その左がわのひと筋へ、音羽の通りから入って、百メートルばかり行った左がわに、小さな寺がいまもある。それがお閻魔さまの還国寺で、正月とお盆に縁日があり、道がふた筋にわかれるところから、次の十字路までの両がわに露店が出た。次の十字路というのが、ちょうど私の家のまん前の華水橋をわたって、大日坂という坂から、久世山の高台へのぼる通りだった。

坂ののぼり口に大日寺という寺があるので大日坂、江戸時代に久世大和守の下屋敷があったので、高台は久世山と呼ばれたわけだ。大日坂をのぼりきったところには、戦災で焼けるまで、久世山ハウスという当時としてはモダンなアパートがあって、私の子どものころには、のらくろの漫画家、田河水泡が住んでいた。

還国寺のお閻魔さまの縁日を、私は「ガラスの知恵の輪」という短篇と、「春で朧ろでご縁日」というショート・ショートに書いている。前者は場所もそのままに書いて、「問題小説」に発表し、「東京夢幻図絵」という短篇集におさめた。後者は「小説新潮」に書いて、近く角川文庫で出るショート・ショート集に入れることになっているが、こちらの場所はそのままではない。

江戸川橋から矢来へのぼってゆく途中の左がわに、地蔵通りという商店街がある。角に地蔵堂があって、戦争前には地蔵横丁と呼ばれていた。この通りには露店は出なかったのだが、場所をあいまいにして、お閻魔さまの縁日の記憶を書いたわけだ。つまり、思い出の場所ふたつを、ミックスしたわけである。その「春で朧ろでご縁日」のなかに、のぞきからくりが出てくる。

私の子どものころには、もうのぞきからくりが縁日に出ることは、きわめて稀れになっていたらしい。たった一度しか、見たおぼえがないのだが、そのただ一度がこのお閻魔さまの縁日であった。

現在の還国寺は、コンクリートの門柱があるだけだが、昭和二十年五月二十五日の大空襲にあうまでは、小さいながらも、ちゃんとした山門があった。その山門の袖にへばりつくようにして、ある年のお盆だったとおぼえているが、のぞきからくりが出ていたのである。

それは昭和八、九年、私が四つか五つのころだったろう。母親につれられていて、最初は見せてもらえなかったのを、おぼえている。のぞきからくりの屋台は、長方形の大きな箱で、のぞくレンズが二段に並んでいる。下段が小人用、上段が中人および大人用というわけだ。

箱の上には、絵看板が立ててあって、その両わき、あるいは片わきに、説明役が立つかすわるかしている。私が見たのは、中年すぎのおばさんが姉さんかぶりで、ひとりで説明役をつとめていた。その説明役が竹の棒で、箱をたたいて拍子をとりながら、独得のふしをつけて、説明をする。説明しながら、仕掛の紐をひっぱると、箱のなかの絵が、かたりと変るのである。

それを見物人は、のぞき穴に目をあてて、レンズを通して、やや立体感の出た絵を眺めるわけだが、どんな人がレンズをのぞくかわからない。だから、からくりを見ると、トラホームになる、といわれていた。私も母にそれをいわれて、見せてもらえなかったのだ。

＊

「春で朧ろでご縁日」のなかで、主人公はからくりをのぞいて、安珍清姫、つまり道成寺の一場面を見るところがある。からくりといえば、八百屋お七か不如帰が有名なのに、私が道成寺をえらんだのは、現実にそれを見たからである。

母に禁じられて、縁日をひとわたり見てから、私は家に帰った。しかし、どうにも心残りで、もう一度、私はひとりで家を出た。からくりを、内緒で見るのが、目的だった。この機会をのがしたら、もう見られないぞ、という予感がしたわけではない。

しかし、結果的には、そうなってしまった。以後、私のゆく縁日で、のぞきからくりを見かけたことはなかった。前にも書いたように、話には聞いていたが、からくりを見かけたのは、そのときが初めてだったから、どうしても見たかったのだろう。

見物料はいくらだったか、おぼえていないけれども、二銭か、高くて五銭ぐらいだったと思う。背のびをして、箱の上のおばさんにお金をわたして、のぞき穴に目をあてると、華やかな色彩がひろがっていた。

手前に大きな川がうねっていて、川辺の道を、美しいお坊さんが歩いていた。遠くのほうには、女のすがたが小さくあって、あたりには桜が咲きみだれていたように記憶しているが、これは確かではない。

とにかく、華やかな野辺を、美男の僧が歩いていて、その場面が変ると、坊さんは舟にのっている。また場面が変ると、美しい女が髪をふりみだして、川岸を走っている。次の場面はとうぜん、戻ってきた船頭に、清姫が舟にのせろと交渉して、ことわられるところのはずで、それならばと、清姫、日高川に飛びこみ、蛇身となるという見せ場にかかるわけである。

ところが、私の記憶には、かんじんのその場面がない。美女が髪ふりみだして、走っているところまでしか、ないのである。ふしのついた説明がつづくあいだ、画面は静止しているわけだから、幼い私はあきてしまったのかも知れない。それとも、母におどかされたトラホームが、こわかったのだろうか。だから、最初からごく短時間、のぞくつもりでいて、当時の私は意志が強かったのかもしれない。

だいたい、それが道成寺の物語だということも、そのときの私にはわからなかった。後年、記憶にある画面をつなげて、ああ、あれは安珍清姫だったのだな、と思ったのだ。絵のなかの人物や立木には、立体感があって、あれは押絵式につくった画面だったのだろう。

現在でも関西にひとりだけ、このからくりで縁日に出るひとがいて、ただし、出しものは不如帰しか、つかえる絵が残っていないそうだけれども、とにかく、いまでもその気になれば、見ることも出来るらしい。けれど、私にはどこの縁日に出るかをしらべて、関西まで出かけるほどの情熱はない。

関西にいったとき、どこかの縁日でぶつからないものか、とは思うが、まだその幸運には恵まれていない。だから、私ののぞきからくり体験は、四十数年まえのそのとき一回にとどまっているわけだ。

からくりが出ていた山門は、通りから少しひっこんでいたが、その還国寺がわの通りには、食いもの屋、モール人形、一銭おもちゃ、パチンコ屋などの屋台が並んで、いちばん端には、千里眼や気合術が出ていた。

反対がわ、つまり音羽の通りを背にして右がわには、針金細工、ガラスペン、大道手品、屑エンピツ、磁石人形、金箍《そう》棒などの小さな台や、地面にござを敷いた店が多かった。いちばん奥には、きまってお化が出ていた。

左がわの食いもの屋は、べっこう飴、焼そば、お好み焼。鯛焼の鯛が飛行船のかたちになっているだけで、今川焼の一種には変りのないツェッペリン焼。うどん粉とソースで古パンをフレンチ・トーストにしたパンカツといったもので、夏にはミカン水、レモン水、アイスキャンデー、アイスボンボンなどが、これに加わるわけだ。アイスボンボンというのは、昭和十二、三年ごろに出来たようにおぼえているが、アイスキャンデーの変種である。小さなゴム風船にジュースを入れて、凍らせたもので、楊子でつっつくと、ゴムが割れる。シャーベットのボールが出てくる、という仕掛だ。

はじに出ていたのは、大じめと呼ばれる野師で、時代劇に出てくるがまの油みたいに、人をまわりに集めて、大道に立って、お喋りをしたあと、パンフレットなどを売りつける商売だ。

私はそこに出ていた千里眼を、妙にあざやかにおぼえている。千里眼といっても、パートナーの聞きかたにトリックのある奇術で、ごくたあいのないものなのだが、その記憶に残っている千里眼は、中年の夫婦だった。亭主のほうは、ちょっとしたいい男で、これはどうということはないのだが、女房のほうが妙だった。亭主より年上らしい中年女で、顔立ちも粗野だったが、私が気になったのは、顔の感じだった。

ヒステリーの発作直前というか、発狂直前というか、なんとも異様な表情で、顔いろも青黄いろいような妙な色をしている。ほとんど口をきかないで、目かくしをして、亭主が客の出したものを手に、これは？　などと聞くと、万年筆、といった調子で、ぼそっと答える。いかにも、狐でもついているような感じで、ほんとの千里眼に見えたものだ。

ところで、今回の題名は「閻魔さまと丹下左膳」だが、例によって、丹下左膳まで行かないうちに、予定枚数がおわってしまった。この丹下左膳は、大河内伝次郎ではない。松川新三郎の丹下左膳である。松川新三郎とはなにものか、次回で書くことにしよう。

松川新三郎一座

松川新三郎の丹下左膳とは、どういうことかを話しはじめる前に、すこし補足をしておきたい。

還国寺がわのいちばん端、大日坂ぎわに出ていた千里眼の中年女は、けっきょくヒステリーか、てんかんの患者だったのだろう。その千里眼の夫婦が、しじゅう出ていたわけではない。気合術が出ていたこともあれば、的《てき》屋のスラングでリツという法律早わかりの本を売るジメ師が、出ていたこともある。

しかし、その千里眼の中年女の顔つきが、幼なかった私には、きわめて印象強烈で、大日坂ぎわのジメ師というと、それを思い出すらしい。

その手前には、パチンコ屋が、出ていた。現在のパチンコとおなじようなものが四、五台、露天にならんでいて、玉を買って、はじいて、玉がふえると、飴をくれるのである。もっとも、いまのようなチューリップなぞは、ついていない。敗戦後、最初に出てきたパチンコ台のようなものだ。

たとえば台が五台あるとすると、そのうちの三台は普通のパチンコだが、あとの二台は変り型だった。これはなかなか、むずかしかった。玉がたくさん出る穴へ入れるのに、スキルがいるのだ。

これを言葉で説明するのは、たいへん困難なのだが、最初は普通のパチンコみたいに、台の右下のバネで玉をはじく。上三分の一ぐらいに、釘があり、穴があって、玉が穴へ入ってしまえばゼロなのだが、釘にはじかれて、うまくあるボックスにおさまると、そこから先に玉が五コ出る穴、十コ出る穴へ、両手で台の左右についているボタンで、下部についているレバーを操作して、送ってゆくのである。

このボタンやレバーの操作が、なかなかにむずかしい。

ちょっとタイミングをあやまると、たちまちゼロの穴へ落ちてしまう。たとえば上のほうの難所が、吊り橋になっていて、その一部分がたえず上下に動いている。うまく吊り橋がつながる瞬間に間にあうように、ボタンを押して、玉がとまっているボックスをひらかなければならない、といった具合なのだ。

だから、玉ひとつで、馴れた子どもなら、かなり長いあいだ楽しめる、というわけである。私はこのパチンコが、好きであった。実用的なことにかけては、いたって私は無器用なのだが、こういうときには、神経こまかく手が動く。数個の玉を長いあいだ楽しんで、着実にふやしていったものだった。

磁石人形、金箍棒、お化の三種類には、解説が必要だろう。もっとも、金箍棒のことは、「野性時代」に書いた「道化の餌食」に、お化のことは、短篇集「東京夢幻図絵」のなかの「白山下暮色」に、かなりくわしく書いておいたから、お読みになった方があるかも知れない。

磁石人形というのは、高さ二センチぐらいの山吹の芯に、紙の着物をきせて、下にブリキの小さな円盤をつけた人形だ。主役の丹下左膳や鞍馬天狗に、捕方が五人くらいついて、ワンセットになっている。主役は刀を、捕方は十手を、ちゃんと持っていて、なかなかうまく出来ていた。これをボール紙の箱の舞台の上にのせて、磁石であやつるのである。そのころタバコやキャラメルの二十個入りの箱が、ちょうどこの舞台に、持ってこいだった。その中箱を伏せて、手前にくる側面を、ぜんぶ切りとってしまう。そこへ手を入れて、天井に磁石をあてるわけだ。

ボール箱の底に、人形を適当に配置しておいて、磁石を動かす。すると、人形たちも、くるくる動くのである。売っている人は、ボール箱の舞台の上に、紙細工の小屋や並木をおいて、舞台装置をととのえていた。小屋は横に長く、扉がふたつあって、その扉の下には小さなブリキ片がつけてある。磁石の操作で、扉がひらくわけだ。

商売人は馴れているから、丹下左膳が小屋の右の扉から入って、左の扉から出てくるような細かい芸まで、やって見せた。捕手が鞍馬天狗にかかっていって、斬られるところもやって見せた。人形を動かしていって、逆方向へ磁石を急に動かすと、その人形は倒れるのである。

　しかし、私なんぞがこのセットを買ってきて、一所懸命やってみても、うまく行かない。捕手が倒れるのと一緒に、鞍馬天狗や丹下左膳も、倒れてしまうのだ。まねして小屋をつくって、ちゃんと扉の下にブリキ片をつけてみても、あけることは出来る。だが、丹下左膳を近づけて、小屋へ入れようとすると、いっしょに扉がしまってしまい、左膳はぶつかって、ひっくり返るということになる。

　磁石人形もむずかしいが、お化はもっとむずかしい。お化のことは、あちらこちらになんども書いたが、いつも夜だけ、いちばん端に出ていた。黒い布の上に、紙を切りぬいた幽霊をおいて、小柄なじいさんがすわっている。じいさんが扇子を動かすと、紙の幽霊がひとりでに起きあがって、ひょこひょこ踊るのである。

　もちろん、紙きれ一枚でも、手をふれずに、思いのままに動くはずはない。じいさんの肩から、黒い布のはしまで、黒い細い糸が張ってあって、幽霊の手をそれにひっかけるのだ。つまり、肩さきの微妙な動きで、人形を踊らすのである。

　タネを買うと、ボール紙の小片に黒い細い糸を巻いたものと、白紙を切った幽霊が、紙袋に入っている。それを使って、自分でやってみても、なかなかうまく行かない。磁石人形以上の技術が必要で、このお化のじいさんは、なかなか大した芸人だった。

　金箍《そう》棒は、孫悟空の如意金箍棒だ。敗戦後に出た「西遊記」の翻訳では、どれもキンコ棒とルビがふってある。けれど、私たちが読んで育った講談社の少年講談や講談全集、帝国文庫版の「通俗西遊記」では、キンソウ棒とルビがふってあった。箍はタガの意味で、両端に金のタガのはまった意の如くになる棒だから、如意金箍棒。箍にはコという音はあっても、ソウという音はないらしい。だから、キンコ棒のほうが正しいらしいのだが、子どものころから親しんだキンソウ棒でないと、やはり感じが出ない。

　それはとにかく、縁日の露店で売っていた金箍棒は、磁石人形やお化にくらべると、新しいネタであった。そして、長つづきはしなかったように、おぼえている。それだけに、文字どおり子どもだましの品だった。

かんな屑をかるく筒状に巻いて、上下の小口を赤や青に塗り、いちばん外がわに色紙を貼りつけてある。ただそれだけのものだ。普請場から、焚きつけに買ってくるかんな屑のなかの、厚みの平均した幅のおなじやつを選んで、こしらえるのだろう。

ゆるく巻いてあるから、色紙を貼った部分を、軽くにぎって、ひょいと振ると、端に塗った赤や青を渦巻模様にしながら、円錐状に長くのびる。それで、孫悟空の金箍棒というわけだ。まことに他愛のないおもちゃで、おまけにコツがのみこめないうちは、なかなかうまくのびないから、じきに姿を消したのかも知れない。しかし、孫悟空のファンである私は、このおもちゃが好きであった。

＊

そろそろ、松川新三郎の丹下左膳の話に入ろう。

といっても、気を持たせるほど、大した話ではない。松川新三郎というのは、寄席芝居の剣劇一座の座長なのだ。

お閻魔さまの還国寺のちょうどすじむかいあたりに、横長の二階建の家があった。還国寺の通りには背をむけていて、もうひとつ江戸川よりの通りに、入り口があった。つまり、還国寺の通りには、裏口があったわけで、それは楽屋口であった。

すなわち、この間口のわりに奥行のない建物は、江戸川寿々本という寄席だったのである。寄席といっても、色物席だったことがあるのかどうか、私は知らない。私が知っている江戸川寿々本は、寄席芝居の小屋だった。正式に劇場としての許可をうけず、演芸場としての許可だけで、芝居をやっていた小屋だった。

もっとも、責め絵で知られた故伊藤晴雨画伯の書いたものによると、この寿々本は昭和七年に小石川劇場と名のって、三カ月ほど歌舞伎をやったことがあるらしい。女役者として有名だった中村歌扇を座がしらにして、別の資料によると、渥美清太郎の指導で、珍しい狂言の復活を売りものに、晴雨画伯の装置で、「紅皿欠皿」などをやったらしい。だから、一時は劇場としての許可はとったのかも知れない。

だが、私が記憶している昭和十年、十一年ごろは、浪花節芝居と剣劇がかかっていた。浪花節芝居のほうは、たしか市川い寿郎一座といったと思う。あやふやなのは姓のほうで、名前がい寿郎だったことは、間違いない。い寿郎と書いて、イジュウロウと読む。芸名のなかの寿の字を、ジュウとのばして発音するのは、関西の歌舞伎役者だけだと聞いたことがあるから、この市川い寿郎も関西系の俳優だったのかも知れない。

それはとにかく、剣劇のほうが松川新三郎という役者の一座で、この剣劇一座と、い寿郎の浪花節芝居の一座が、江戸川寿々本に交互にかかっていた。い寿郎一座も見ているのだが、私の記憶のなかでは、あまり鮮明ではない。

鮮明に残っているのは、剣劇一座のほうで、とはいっても、松川新三郎の顔まで、はっきりおぼえているわけではない。ただ毎晩連続で「丹下左膳」をやっていて、それを見た記憶が残っているのだ。

それが、生れてはじめて、私の見た芝居だった。もちろん、原作者の林不忘には、無断で上演していたのだろう。大河内伝次郎の映画が大当りをしていたころで、そのストーリイを追って、新聞小説みたいに、ゆうべのつづきを今夜やり、今夜のつづきを明晩やる、という具合に上演していたわけである。

だから、松川新三郎は大河内伝次郎に、似ていたのだろう。彼の丹下左膳は、なかなか人気があって、こけ猿の壺を肩に投げあげ、花道を駆けだしてきて、舞台にかかると、壺をおき、それに片足をかけながら、濡れつばめを抜きはなって大見得を切ると、どっと手がきたものであった。

江戸川寿々本は、むろん畳敷で、観客は座蒲団にすわる。前にいったように、間口のひろい、あまり奥行のない小屋だから、花道は短かかった。うしろのほうには、二階席があって、それも畳敷だった。

大河内ばりに片目をむいて、片手に竹光をふりまわしての立廻りは、かなり派手だったようにおぼえている。役者のかずは少いから、あまり大勢での立廻りはなかったけれど、芝居がおわって、扮装のまま松川新三郎が挨拶した。

「新三郎、命ある限り丹下左膳をつづけますゆえ、また明晩もおはこびくださいますよう、お願い申しあげます」

という大げさないいかただったのを、おぼえているから、土地での人気はあったのだろう。ずっと、丹下左膳をやりつづけていたようである。ようであるというのは、私が母親につれられていったのは、一度か二度にすぎなかったからだ。

市川い寿郎一座のほうは、「赤垣源蔵徳利のわかれ」を見た記憶がある。けれど、い寿郎の赤垣源蔵については、なにもおぼえていない。源蔵の兄の奥方になった女形だけを、妙におぼえている。

なんという役者だったのか、名前まではおぼえていないが、やたらに背の高い女形だった。源蔵が花道から登場する前のひとり舞台で、正面の襖をあけて出てきたのだが、演技のうちなのか、それとも、時間のつごうでそうなったのか、ほんとうに口のなかへ食いものを入れていて、噛みながら登場した。

「とうとう大雪になって、まあ、寒いこと」

といったようなせりふを、めしを噛みかみいいながら、手をすりあわせて、出てきた襖をしめようとするのだが、これがしまらない。観客に背をむけて、力いっぱい閉めようとするが、襖はななめになるばかり。

女形は舞台の袖へひっこんで、金づちを持ちだしてきた。襖の下のほうを、とんとん叩いて、やっとしめると、

「屋敷も古くなったから、そろそろ修理をたのまなければいけないね」

などといいながら、また袖へ金づちを返しにいった。客席からは、まばらに笑い声が起ったが、役者はすました顔つきで、舞台中央にもどってくると、火鉢の火をかきならす演技に移った。

ほかのところは、まったくおぼえていないのに、のっぽの女形が金づちで襖をひっぱたいている姿だけが、記憶に残っている。しかし、私はこの江戸川寿々本で、芝居が好きになったわけではない。

母といっしょに二、三度いったあと、この小屋は休場して、間もなく取りこわされてしまったからだ。すぐにそのあとには、モルタルの洋風二階屋が建って、松竹の映画館になった。館名は江戸川松竹。洋画の特選上映館だった。なにしろ、わが家からは、歩いて三、四分の距離であり、二階の窓からは、川向うの家なみのあいだに、卵いろのファサードが見えた。私はひとりで、この映画館に入りびたるようになり、洋画マニアになった。

つまり、この江戸川寿々本、のちの江戸川松竹は、私の趣味を決定した劇場なのである。私が満十七歳のときに書いた処女作品、活字になることもなく、もちろん上演されることもなかった一幕物の戯曲は、この劇場をモデルにしたものであった。

その戯曲のなかでは、お閻魔さまの通りに毎晩、夜店が出ることになっていて、江戸川寿々本は小さな浪花節の定席になっている。舞台の上には数店の露店がならび、そのあきんどたちの会話だけで、ろくに劇的事件の起らない雰囲気劇だった。

江戸川寿々本が閉場した晩、という設定で、小屋ぬしの情けでつかってもらっていたアル中の浪花節かたりが、仕事場をうしない、頼りにしている娘には、男と駈落ちされて、江戸川の橋の上で酔っぱらって、やけな声で浪花節をうなるのが、舞台のかげでときおり聞える。その浪花節は、正岡容におそわって、「探偵実話五寸釘の寅吉」というのをつかった。久保田万太郎の戯曲の稚劣なイミテーションで、小説を書きだしてからすぐ、破りすててしまったけれども、江戸川寿々本を想い出すと、その戯曲のことも想い出す。

橋の上のターザン

五寸釘の寅吉というのは、ピストル強盗清水定吉や、海賊房次郎とならんで、有名な明治の大泥坊だ。警官に追われて、屋根づたいに逃げたことがあって、露地に飛びおりたはずみに、落ちていた板きれの五寸釘を、踏みぬいてしまった。それにもめげずに逃げのびたが、隠れ家へ帰ってから、その傷が悪化して、動けないでいるところを、逮捕された。それで、五寸釘の寅吉と呼ばれるようになった、というのだけれど、現在の東京新聞の前身である都新聞に、この寅吉のことが、探偵実話として掲載されて、有名になった。

執筆者は、たしか伊原青々園だったと思うが、新聞小説の先駆として、探偵実話という連載物語は、なかなか人気があったらしい。もっとも、探偵実話とはいいながら、五寸釘の寅吉という泥坊は、実在の人物ではない、と聞いたことがある。読者としては、実在だろうが、架空だろうが、おもしろければいいわけで、新聞の読物から、講談や浪花節、芝居にまで脚色されて、この探偵実話、人気があったのである。

なかには清水定吉、お茶の水全裸美人殺しの松平紀義、浜町河岸箱屋殺しの花井お梅のように、出獄後の当人が講談や浪花節、芝居に出て、自分のことを演じているのもある。ただし、ぜんぶ本物だったかどうかは、大いに当てにならない。私も子どものころ、これは小説にも書いたけれど、官員小僧義政だという老人が、縁日で防犯パンフレットを売っているのを見たことがある。これは年齢があわず、ちょっと考えれば、偽物だということはすぐわかった。

浜町河岸の峯吉殺しを、芝居でやって歩いていた花井お梅は、本物だったそうだ。こういう伝統は、敗戦後までつづいていて、「愛のコリーダ」の主人公である阿部定が、浅草で自分の事件を脚色した芝居に、主演していた。

いや、現在もっと強烈になっている、というべきかも知れない。大衆の弥次馬性にうったえるこの種の企画は、いまニュースショーにさかんに取りあげられているからだ。違うところは、昔のひとは清水定吉でも、花井お梅でも、刑期をつとめて出獄してくるまで、それらの人物をおぼえていた、という点だろう。それだけ、昔は大きな事件が少かったのだろうか。

それはとにかく、私の最初の戯曲に利用された江戸川寿々本という寄席芝居の小屋は、やがて廃業して、映画館に改築された。江戸川松竹という名画特選上映館になったのだ。私が小学校の三年生か、四年生のころだったろう。それまで、歩いてゆける距離にある洋画上映館といえば、早稲田の馬場下、つまり、早稲田大学のななめ後方にあった早稲田全線座と、牛込の神楽坂にあった牛込館だけだった。日本映画はすぐ近くに、松竹封切の矢来下の羽衣館、新興封切の鶴巻町の早稲田キネマがあって、ここへはひとりで出かけていたが、洋画はまだひとりでは行かれなかった。それでも、小学校低学年のころから、三つ年上の兄といっしょに、早稲田全線座や牛込館に出かけていって、ローレルとハーディの喜劇、ハロルド・ロイドの喜劇、もっぱらコメディに夢中になっていた。

それは、兄の趣味にしたがっていたまでなので、ほかのタイプの洋画も見たかった。そう思っていたところへ、目と鼻のさきの川むこうに、洋画の小屋が出来たのである。入場料は、子どもがたしか五銭だった。

江戸川松竹が開場すると、私は毎週、入りびたるようになった。ジェイムズ・キャグニイの「Gメン」、チェスター・モリスの「男性ナンバー・ワン」、エドワード・G・ロビンスンの「犯罪王リコ」、エロール・フリンの「海賊ブラッド」、ロナルド・コールマンの「ゼンダ城の虜」、ジョニイ・ワイスミュラーのターザン、ゲーリイ・クーパーとフランチョット・トーンの「ベンガルの槍騎兵」、私の前には犯罪映画、活劇映画の新しい世界がひろがっていった。

ジュリアン・デュヴィヴィエを知ったのも、江戸川松竹でだった。「商船テナシチー」「白き処女地」、ジャン・ギャバンの「望郷」、アリ・ボールがメグレに扮した「モンパルナスの夜」、デュヴィヴィエによって、私はフランス映画のファンにもなった。

江戸川松竹は「Gメン」や「モンパルナスの夜」といったフューチャー一本のほかに、ニュース映画一本、漫画の短篇一本、劇映画の短篇一本の四本立てだった。漫画はマックス・フライシャーのベティ・ブープやポパイ、ウォルト・ディズニーのシリー・シンフォニーだった。

短篇の劇映画は、バスター・キートンやローレルとハーディ、ハロルド・ロイドなどのサイレント・フィルムに、丸山章二や牧野周一が説明を吹きこんだものが、多かった。フューチャーが活劇や犯罪映画のときには、リチャード・タルマッジの短篇活劇や、Gメン・シリーズという短篇劇映画をやった。このGメン・シリーズという短篇は、ひところの東映の「警視庁物語」のような感じで、なかなかおもしろかった。

江戸川松竹が出来たことで、私は外国映画に熱をあげだした。度胸がついて、早稲田の全線座、神楽坂の牛込館、本郷三丁目の本郷座、神田の南明座なぞ、兄に一度でもつれていってもらったところには、ひとりで出かけるようになった。小学校六年生の十二月に、太平洋戦争がはじまるまでの三、四年間、私はアメリカ映画を中心に、外国映画を見てまわった。

近所の同年輩の男の子にも、江戸川松竹愛用者はいたが、私のようになんでもかんでも見るというのは、少かった。わが家の裏の長屋に、関屋というおない年の少年がいた。いつか書いた私の淡い初恋の少女、宮本一子が住んでいた家に、越してきた一家だった。

関屋少年は、光雄という名だったように、おぼえている。昭和二十年の五月に、わが家の一帯が焼けてからは、一度もあっていないが、どうしているだろう。この関屋君は、ワイスミュラーのターザンの大ファンだった。ワイスミュラーのエイプ・コール、例の叫び声に熱をあげて、実にうまくまねをした。

われわれの遊び場の横丁や、大通りの華水橋の上で、よく関屋君のジャングル・クライが聞えたものであった。ただ声をじょうずに、真似ただけではない。声を聞くと、寄ってくるように、犬をしこんだのである。といっても、関屋君のところで、犬を飼っていたわけではないので、近所の犬を馴らしたのだ。

それも、一匹や二匹ではない。どうやって、しこんだのか知らないが、関屋君がターザンの叫びをまねると、少くとも二、三匹、多ければ十匹ぐらいの大小の犬が、彼のまわりに集ってくるのだ。十匹ぐらい集まるのは、華水橋の上で叫ぶときで、ぜんぶ馴らしてあったわけではないらしい。数匹の犬が聞きつけて、寄ってくる臭いに誘われて、川むこうの犬まで、集ってきたのだろう。橋の上のターザンのすがたは、たくさんの犬にかこまれて、ちょっとした壮観だった。関屋ターザンの得意な顔つきが、いまでも目に浮かんでくる。

＊

関屋君のジャングル・クライみたいに、洋画ファンの少年には、一種の優越感のたねにするものが、吸収できたようだ。私も本郷座で「大平原」を見たしばらくあと、早稲田の日活館で、嵐寛寿郎の鞍馬天狗を見て、いい気持になったことがある。

ユニオン・パシフィック鉄道の建設をえがいた「大平原」という西部劇映画のなかに、主役のジョエル・マクリイが、バーのカウンターの前に立っているところを、うしろから射たれそうになるシーンがある。マクリイはろくに振りむきもせずに、背後の敵を射ちたおしてから、バーのうしろの鏡を見やって、「鏡はみがいておくもんだな」

と、つぶやくのである。印象に残るシーンであった。しばらくあとに見たアラカンの鞍馬天狗は、題名はわすれたけれども、団徳磨が黒姫の吉兵衛に扮していて、クライマックスでは異国の密輸船に乗りこみ、爆破してしまうという作品だった。アラカンの鞍馬天狗が、白いふんどしに腹巻、背なかに大小をしょった姿で、夜の海を泳いで黒船にあがり、大立廻りをするのである。

この映画の途中で、たぶん横浜の中国人街だったのだろう。鞍馬天狗が、うしろから短剣を投げられそうになって、振りむきざまに拳銃で相手を倒すところがある。その場面で、アラカン氏が例のごとく脣を曲げて、例の口調でいったものだ。

「鏡はみがいておくものだって、だれかがいっていたよ」

例の口調だから、鏡は加賀見になり、「いっていたよ」は「いっていたよお」になる。壁の鏡を拳銃のさきで指ししめしながら、鞍馬天狗がそういったとき、私は思わず吹きだした。

　ほかにだれも、笑うものはなかった。まわりのひとは、とんでもないときに大笑いした小学生の顔を見た。私は恥ずかしくなって、すぐに笑いやんだが、内心ではいい気持だった。お前たちは感心しているが、こっちはもとを知っているんだぞ、という得意さだった。

　周囲のひとが見ないものを見、読まないものを読み、知らないことを知ろうとつとめる私の性癖は、子どものころになんとか優越感を持とうとしたことから、すべて始まったらしい。

　小学校の同級の早熟な連中は、「第二の接吻」とか「真珠夫人」とか、おとなの恋愛小説をかくれ読んで、得意になっていた。だから、私は推理小説に熱中したのだった。

　私は背が低く、おでこで顔色の悪い子どもで、二十歳《はたち》まで生きないだろうとよくいわれた。つまり、まったく自信のない子どもだった。学校の成績は、ひどく悪くもなかったが、よくもなかった。暗記ものの歴史と、図画の点がよかったくらいで、体操の時間はいつも見学だった。三年生ぐらいまで、教室で小便をもらしたりしたほどで、だれが見ても、弱よわしい子どもだった。

　なにかで優越感を持ちたかったのは、そのせいだろう。やや誇張したいいかたをすれば、私は推理小説を読み、外国映画を見ることで、二十歳まで生きられたのである。

　したがって、水道端の数井書店という古本屋と江戸川松竹は、私の命の恩人といえるかも知れない。数井書店は昭和二十年に焼けるまで、古本屋の営業をつづけていたが、江戸川松竹のほうは、どうなっていたか、はっきり思い出せない。

　昭和十六年の十二月八日で、いちおう英米映画の上映は禁止された。いちおうといったのは、その後も実は英米映画なのに、有名会社の作品でないので、上映されていた例があるらしいからだ。

　十二月八日に、江戸川松竹でやっていたのは、ロバート・ドーナットがエドモン・ダンテスに扮した「巌窟王」だった。その後はフランス映画とドイツ映画、イタリア映画をやっていたのだろう。「急降下爆撃隊」とか、「希望音楽会」とか、ナチスの映画を見た記憶がおぼろにあるだけで、おぼえていない。昭和十九年ごろには、もう映画館としての営業はやめて、倉庫かなんかになっていたかも知れない。

本郷座や早稲田全線座は、日本映画の上映館になってしまったが、江戸川松竹では日本映画を見た記憶はない。本郷座では、戦争末期に、鞍馬天狗ものの「天狗倒し」を見た記憶がある。記録ではしばしば、佐分利信が鞍馬天狗を演じた珍なる松竹映画、とされている作品だ。

新聞連載の「天狗倒し」の映画化権をとったものの、当時の松竹には鞍馬天狗にふさわしい俳優がいなかったから、そんな手を思いついたのだろう。鞍馬天狗と間違えられる男が何人も出てきて、どれが本物かよくわからない、というつくりかたがしてあって、主演の佐分利信もそのひとり、天狗に間違えられて、のちにはそれを利用して活躍する佐藤久馬という浪人の役だった。本物の天狗は、横浜の商館の中国人の番頭に化けていて、ラストシーンではじめて、黒の着流しの姿を見せる。これには、酒井猛という新人が扮していた。黒姫の吉兵衛は、坂本武だった。

戦争末期の記憶には、どういうわけでか、鞍馬天狗がよく出てくる。中学二年まで、学徒徴用というやつにひっぱられて、私たちは三鷹の中島飛行機工場で働かされた。そのころの記憶には、休み時間に掲示板の前に立って、タブロイド版になった新聞を読んでいるところが、しばしば浮かんでくるのだ。記事を読んでいるのではない。大佛次郎が連載していた鞍馬天狗もの、「鞍馬の火祭」を楽しみに、読んでいたのである。

敗戦後、最初にもらった手紙も、鞍馬天狗に縁があった。当時、学校でいちばん仲がよかった黒田という、下谷の呉服屋の息子がいた。これが能登の七尾に疎開してしまったので、しょっちゅう手紙をやりとりしていたのだが、その黒田君から、敗戦直後に手紙がきた。なかには、新聞の切りぬきが入っていた。北国新聞に大佛さんが連載をはじめて、敗戦のために数回で中絶した「鞍馬天狗破れず」という小説の切りぬきだった。

「鞍馬天狗破れず」は、「天狗倒し」の続篇で、生麦事変を主題にしている。そのために、敗戦とともに中絶したらしいが、挿絵を木村荘八がかいていた。木村荘八の鞍馬天狗というのは、珍しい。私が天狗ファンで、荘八ファンでもあるのを知っていて、黒田君が送ってくれたものであった。

戦争末期には、娯楽に飢えていたものだから、ラジオの連続ドラマを丹念に聞いたけれども、それにも鞍馬天狗の記憶がある。「山嶽党綺譚」をやって、鞍馬天狗をうけもったのが、いまでは信じられないかも知れない。滝沢修であった。

小学校へあがる前の縁日の話から、連想をたどっているうちに、敗戦の年の話にまで飛躍してしまったが、この思い出ばなし、もう十三回めになるというのに、あっちへ進み、こっちへ逆もどりして、なかなか形がととのわない。しかし、戦争前後のことで、もうすこし書いておきたいことがある。次回はまた、逆もどりをさせてもらおう。

物音たえた雪の午後

昭和史に特筆されるようなことで、私が最初におぼえているのは、東京音頭である。ゆかたを着て、東京音頭をおどっていた記憶が、あいまいに残っているのだ。

もっと正確にいえば、踊っていたのではない。踊りかたを、教わっていたのである。私はほんの子どもで、教わっている場所は、家のなかだった。私の家ではない。隣りの家のうす暗い座敷だった。

私が小学生のころには、隣りは湯沢さんという洋服屋だった。その前には、羽井さんというひとが住んでいたが、やはり洋服屋だったかどうかの記憶はない。羽井さんはやがて、どこか東京の外れへ越していって、旅館業をいとなんだように、おぼえている。

隣りが湯沢洋服店になってからも、もちろん親しくしていたが、奥の座敷まであがりこんで、遊んだ記憶はあまりない。ところが、東京音頭を教わった晩、私は隣りの家に泊っている。だから、羽井さんがいたころで、東京音頭がはやりはじめた昭和八年か、はやりつづけていた九年、私が満で四つか五つのときだったろう。

幼い子どものことだから、永井荷風のように、東京の町なかで盆おどりとはなにごとぞ、といった反感があったわけではないが、私はあまり楽しくはなかった。お菓子がもらえるのを楽しみに、踊りおどるなら、ちょいと東京音頭、と手をふっていたようである。

おなじ年ごろか、すこし上の子どもが二、三人、いっしょに踊っていた記憶があるが、はっきりしない。はっきりおぼえているのは、夜が遅くなって、泊るときになったときの光景だ。すぐ隣りなのに、なぜ泊ることになったのかは、わからない。

だが、夜具のまわりに、妙な細長い箱がおいてあったのは、おぼえている。幅が五センチメートル、長さが六十センチメートルほどの、蓋のない箱だった。それをいくつも、小さな金具でつなぎあわして、夜具蒲団のまわりに濠《ほり》をめぐらしたみたいに、置きならべてあったのである。ボール紙製の箱で、外がわは灰いろだったようだ。内がわは黒だったか、茶いろだったか、つるつるした感じで、光っていた。

なんだかわからなくて、おかしなものだと思ったが、これが実は、新案特許、南京虫捕獲器であった。私の家も、隣りの家も、古かったから、南京虫には悩まされていた。それで、隣家ではこの新兵器を買いもとめて、対応していたらしい。

細長いボール箱の濠は、外がわはざらざらしているらしく、南京虫が匍いのぼれるが、入ってしまうと、つるつるしていて、反対がわへは匍いあがれない。まったく、夜具の城をまもるための濠であった。

あくる朝、箱のなかを見ると、南京虫がうようよしていた。私を迎えにきた母は感心して、わが家でもこれを買いもとめることになった。数年後に、家を建てなおすまで、この南京虫捕獲器を毎夜、設置するのが、私の役目になったのだけれども、あれはまったく変なものであった。捕れることは捕れるが、いちいちつぶして殺さなければならない。

近年、箱がたのごきぶり捕りが流行したとき、私はこの南京虫とりを思い出した。だから、東京音頭が印象に残っているわけではないのだ。南京虫とりのボックスの記憶があざやかで、それに東京音頭がくっついているのである。

その次の歴史的記憶は、二・二六事件だ。これは昭和十一年のことだから、私は満六歳と七カ月だった。といっても、ラジオのニュースや、新聞記事をおぼえているわけではない。あの日がそうだったのだと、あとになって、思いあたったのである。

私の記憶にある昭和十一年二月二十六日は、物音のしない一日であった。雪がつもっていて、物音が吸いとられるせいだったろう。戸外にはなにもないような感じで、家のなかも薄暗かった。

両親や祖母も、あまり喋らなかった。雪のふりつもったところが見たくて、私が外へ出ようとすると、父親に叱られた。その口調で、なにか大変なことが起ったらしいのは、私にもわかった。父親に聞いても、なにも説明してくれなかったらしい。それとも、私が聞かなかったのか、とにかく、ひっそりした家のなかから、外の雪景色を眺めていた。

子どもごころにも、異様に緊張した一日だった。それが、二・二六事件の日だという認識を持ったのが、いつだったかはおぼえていない。ただ二・二六事件といわれると、私はあの物音のたえた雪の午後を思い出す。おとなたちは、電灯をつけるのさえも、はばかっていたのだろうか。

昭和十一年は事件の多かった年で、五月には阿部定の男根きりとり殺人事件が起っている。私は小学校の一年生になったばかりで、急速に文字をおぼえて、本や新聞を読むようになっていたが、阿部定事件の記憶はほとんどない。おとなの話をわきで聞いていて、そういう事件があったことを、漠然と知ってはいた。

それと、この事件は子どもの遊びに影響をおよぼしていて、女の子のスカートや着物の裾をまくるいたずらが、男の子にまで波及した。それまでは、まくられる被害者は女の子だけだったのが、着物をきている男の子にまで、

「お定のきんたま取り」

と、叫んで、いじめっ子の手がのびるようになったのである。私は学校へ行くのは洋服だったが、家へ帰ると、かすりの着物をきせられていたので、この被害にあって閉口したものだ。

阿部定事件の記憶は、そういう間接的なものだったが、七月に起きた黒豹脱走事件は、もっと生なましいかたちで、記憶している。昭和十一年の七月二十五日に、上野の動物園から、黒豹が逃げだした事件だ。

五月に輸入したシャム産の黒豹が、知らぬ他国へ船で運ばれてきて、檻のなかへ入れられて、ノイローゼになって、七月二十四日の晩に、逃げだしたのである。子どもたちにとっては、印象強烈な事件であった。この記憶にフィクションをかぶせて、私は昭和四十八年に、「黒豹脱走曲」という短篇小説を書いた。それは現在、「東京夢幻図絵」という短篇集に収録されている。

暑い七月だった。五月の末に上野へ入って以来、ノイローゼで瘠せほそった黒豹が、檻から消えてしまったのだ。東京市の公園課の発表では、猛暑のために檻の鉄棒がゆがんで、隙間が少しひろがったために、瘠せほそった黒豹が、ぬけだせたらしい、ということになっている。

二十五日の朝、脱走が発見されて、大さわぎになった。動物園のなかを、いくら探しても見つからない。ノイローゼで瘠せたといっても、猛獣だ。当時の新聞を見ると、上野の商店街の猟ずきの旦那連が、協力をもとめられて、万一の場合は射殺するために、銃を持ちだしたりしている。

そのことを、なんで私の家のものが知ったのかは、おぼえていない。ラジオのニュースで、知ったのだろう。私の家は小石川の江戸川橋の近くだから、上野の森とは、そうとうに離れている。そんな遠くまで、逃げてくるはずはないのだけれども、おもてへ出るなと親にいわれた。

しかし、私はぬけ出して、近所の子どもたちと、どぶをのぞいて歩いたりした。ひどい暑さで、駈けまわる元気が

なかったせいもあるだろうが、子どもたちは軒下に日ざしをさけて、かたまりあっていた。日が暮れかかると、そうそうに家へ帰った。

豹というのは、猫とおんなじで、夜でも目が見えるし、からだがしなやかだから、狭いところへでも、くねくねと入ってしまう、という話だったから、戸外が暗くなると、いよいよ不安になった。

実際には、黒豹は上野の山をぜんぜん出ていなかったので、動物園から美術館への道路の下の下水道、そのなかに隠れていたのである。それが、午後二時半ごろに発見されたのだけれど、おびき出して、檻へ入れるまでに、三時間かかっている。

ことなく檻へ収容されたのが、午後五時三十三分。それまでの顚末に興味のある方は、私の「黒豹脱走曲」を読んでいただきたい。その時間なら、まだ明るかった。

けれども、ラジオはすぐに、臨時ニュースを流さなかったのだろうか。私たちは暗くなってからも、なんとなく不安なような、おもしろいような、一種の興奮状態にあった。おとなたちは、夕涼みの縁台にあつまって、しきりに話しあっていた。

私も家をぬけだして、おとなたちの話を聞きながら、黒豹のことを考えていた。檻からぬけ出したのであって、破ったわけではない。首が出れば、ぬけ出せるのだ、という話を聞いて、黒い飴ん棒をひきのばすみたいに、黒豹がにゅーっとのびて、細長くなるところを想像していたのである。黒豹というのは、奇妙な動物だと思ったものだ。

＊

あとは昭和十二年の日中戦争のはじまった日と、昭和十六年の太平洋戦争開戦の日の記憶だが、どういうわけでか、前者をはっきりおぼえていない。

小学校二年生の私は、小説を読むことと、映画を見ることに夢中で、戦争なんてものには、なんの実感もわかなかったのだろう。だから、記憶に残っているのは、南京陥落の日の提灯行列とか、出征旗を立てて、家の前を通ってゆく兵士を送る行列などである。

けれども、町内からは兵隊にゆくひとはいなかったように、記憶している。しばらくしてから、私のいちばん上の兄が陸軍にとられたが、外地へは行かず、福生にある陸軍航空実験部というところへ入って、しばしば外出で家へ帰ってきた。そのせいで、よけい戦争を大きく考えなかったらしい。

長兄がある日、藁半紙に万年筆で書いた中原淳一の絵を、持ってきてくれたのを記憶している。おなじ隊に、中原淳一さんの弟さんがいるのだそうで、そのひとのところへ、淳一さんが面会にきたときに、書いてもらったものだった。

私が女の子だったら、大よろこびをしたのだろうが、探偵小説とギャング映画に凝っていた生意気な小学生には、中原さんの肉筆も、魅力はなかった。たぶん、近所の女の子にやってしまったのだろう。

中原さんの弟さんというのは、現在の片山龍二氏である。兄の戦友だったのを利用させてもらって、敗戦直後に二度、私は片山氏の世話になった。一度は私がつとめたカストリ出版社で、少女小説の単行本を出したとき、中原さんに装釘してもらいたくて、口をきいてもらった。もう一度は、中原さんを立てて、「ひまわり」という雑誌をはじめたばかりの片山氏に、私のイラストレーションを持ちこんだのである。

もう雑文を書きはじめていたのだが、小づかい銭が足りなくて、イラストレーションのほうでもお金がかせげれば、と思ったのだけれど、こちらは情実は通らない。中原さんに装釘をたのんだときには、こころよく口をきいてくれた片山氏も、私のイラストレーションには、にべもなく首をふった。

話をもとにもどして、そんなわけだったから、私における日中戦争は、提灯行列とニュース映画でしかなかった。けれど、昭和十六年の太平洋戦争開戦の日のことは、よくおぼえている。

私は小学六年生になっていたし、いろいろ不自由なことが多くなっていたから、戦争を認識してもいた。とはいっても、愛国少年だったわけではなく、ましてや、ひそかな厭戦感をいだいていたわけでも、反戦のこころをいだいていたわけでもない。

十二月八日の朝のニュースは、聞かなかった。アメリカと戦争がはじまったのを知ったのは、小学校へ行ってからである。朝礼の時間に、校長先生から話があって、重大時局を教えられた。その朝礼だけで、私たちは帰宅していいことになった。

私はアメリカとの戦争よりも、帰っていいことに関心があった。まる一日を遊んでいられることが、うれしかった。家に帰ると、父はラジオを聞いていた。母がなにをしていたかの記憶はない。祖母といっしょに、台所にいたのだろう。

上の兄は、兵隊にいったままだった。昭和十五年ごろに、一度、除隊になって帰ってきて、二、三カ月うちにいたが、またもとの陸軍航空実験部に呼びもどされていた。

すぐ上の兄は、深川の都立化学工業学校へ通っていて、これは重大なことが起った日だからといって、授業が休みにはならなかったらしい。弟はたしか小学二年生だった。おなじ関口台町小学校に通っていたから、いっしょに帰ってきたはずだが、帰ってきてから、外へ遊びに出かけたのだろう。

私はひとりで、父親と階下の六畳にいたのをおぼえている。学校から帰ると、江戸川のむこうの数井書店へいった。前日までに読みあげた本を返して、新しい一冊を借りてきたのである。

階下の六畳は薄暗くて、昼間でも電灯をつけていた。私は座蒲団に腹ばいになって、こたつに足をつっこんで、借りてきた本を読みはじめた。川口松太郎の「新編丹下左膳」であった。たしか新潮社の版だったろう。装釘は岩田専太郎で、紫の頭巾をかぶった白装束の丹下左膳が、女の着物をかぶって、部屋のすみにうずくまっていて、それをはねのけながら立ちあがろうとするところが、表紙から裏表紙へかけて、色あでやかに描いてあった。

その多色刷の装釘の美しさが、いまでも目に浮かんでくる。私はその本を読むのに夢中で、時間がたつのをわすれていた。つけっぱなしのラジオからは、ときおり臨時ニュースが流れだした。

　頭上の電灯には、燈火管制用の黒い幕がかぶせてあった。私は晩めしになるまでに、「新編丹下左膳」をあらかたに読みおわっていた。太平洋戦争開戦の記憶は、私にとっては岩田専太郎装釘の「新編丹下左膳」とむすびついている。

　戦争のショックは、翌日にあった。あくる日の午後、江戸川松竹の前を通りかかると、かかっていた映画が変る日でもないのに、変っていたのだ。その週、江戸川松竹では、ロバート・ドーナット主演の「巌窟王」をやっていた。それが突然、打ちきりになって、フランス映画かなにかに変っていたのである。

　断りがきがしてあったのか、新聞記事で知ったのか、もう英米の映画はやれないのだ、ということが、すぐにわかった。私には、それがショックだった。「巌窟王」は初日に見にいったから、見ておいてよかった、と思った。もうアメリカ映画が見られない。それが開戦二日目の私をとらえた大事件だったのである。

兄と弟のいる風景

私の子どものころの記憶には、兄弟と遊んでいる光景が、ほとんどない。

　上の兄とは、年が十ちがっているから、いっしょに遊ぶことはなかったのだろう。ただ兄が兵隊にとられる前に一度、入隊してから一度、映画につれていってもらったのを、おぼえている。どんな映画だったか、はっきり記憶に残っているところを見ると、よほど嬉しかったに違いない。

　最初は正月の元日か、二日だった。兄が新宿へつれて行ってくれるというので、私はよろこんでついていった。その路線はいまでも残っているはずだが、豊島園から目白、江戸川橋、合羽坂、富久町を通って新宿へゆくバスに江戸川橋から乗って行ったのである。

　当時の終点は、新宿二丁目へんの御苑の通りにあった。新宿御苑の塀とむかいあわせに車庫があって、バスはそこに乗りいれて客をおろすと、方向転換してから、帰りの客をのせて出てゆくのだった。隅の待合所に屋根があるだけの雨ざらしの車庫で、床に方向転換のための鉄の円盤があった。回転する円盤で、バスをそこに乗りあげてから、客につづいて運転手も女車掌もおりて、ふたりで車体を押すと、ぐるりとまわって方向が変る。そんな装置が必要なくらい、せまい車庫だったのだ。

　バスをおりて、少しさきの露地を入ると、ちょうど大宗寺の前あたりに出る。子守がおぶってきた子どもを食ってしまって、つけ紐を口のはたにぶら下げていたという、閻魔さまがある寺だ。いまはどうだか知らないけれど、そのころは、黒く古びた紐らしきものが口もとにさがっているのが、閻魔堂の格子に顔をつけると、暗いなかにかすかに見えて、つけひも閻魔と呼ばれていた。

　大宗寺の隣りには、極東映画だったか、全勝映画かの封切館があって、道路から境内へ入ったすぐ右がわに、スティル写真を飾るボックスが立っていた。極東映画、全勝映画はサイレントのチャンバラ映画を、専門につくっていた会社で、早稲田にも封切館があった。

　私は早稲田の小屋で「怪傑虎」というのを見て、それきりあきれて見なくなった。この映画のことはほかにも書いたことがあるが、サイレントだから字幕が出て、弁士がつく。虎の仮面をかぶった怪剣士が、善玉が危機におちいると、馬をとばして救いにくるスーパーヒーローもので、怪傑虎は長崎で南蛮人に剣法の極意をさずかった、という設定だった。だから立廻りになると、大刀をぬいてフェンシングの構えをする。とたんに字幕が出て「いざカムオン」

　ばかにされたような気がして、以来見にいかなくなったのだが、もっと見ておけばよかった、と思っている。それはとにかく、大通りを伊勢丹の交叉点のほうへ進むと、いま新宿京王という映画館のあるところが、そのころは京王電車のターミナルだった。交叉点をわたると、丸井のあるところが新宿日活、当時は帝都座だった。そこを振りだしに、新宿東宝やら武蔵野館やらへ行ってみたが、どこも満員で、切符売場に行列ができている。兄は並ぶのが嫌いだったと見えて、新宿をひとまわりしたあげく、帰ることになった。

私は不服な顔をしていたらしく、兄は地もとまで帰ってきてから、羽衣館へ入れてくれた。やっていた映画は、坂東好太郎主演の時代もので、題名は「人肌観音」といったと思う。小島政二郎の原作で、副主人公に蜘蛛六という怪盗が登場し、それには高田浩吉が扮していた。

ストーリイはよくおぼえていないが、御殿のような天井の高い、梁が幾重にも入組んだ部屋のなかで、坂東好太郎の主人公が立っていると、高田浩吉の蜘蛛六が錯綜した梁づたいに、おりてくるシーンをおぼえている。キネマ旬報の「日本映画作品大鑑」をしらべれば年代がわかるのだけれど、たぶん昭和十二、三年のことであろう。

二度目は兄が入隊して、福生の陸軍航空実験部へ入ってからで、私は立川まであいに行った。手紙がきて、半日外出ができるから、立川で映画でも見ないか、というので、出かけていったのだ。中央線の電車で、新宿から先へゆくのは、私には初めての経験だった。初めての立川駅前は、埃っぽく田舎めいて見えた。

私が心細く立っていると、軍服すがたの兄が現れて、昼めしを食わしてくれてから、映画を見せてくれた。偶然ながら、それも松竹映画で、題名はわすれたけれど、原作は高田保の「××染物店」という戯曲だった。××の部分には、井上とか、佐藤とか、名前が入っているわけだけれども、思い出せない。舞台では新生新派がやったはずで、戦意昂揚劇だったが、才人高田保のことだから、なかなかおもしろく出来ていた。

そう思うのは、もちろん後年、高田保の書いたものをいろいろ読んでから、あの映画も彼の原作だったのか、道理で、と抱いた感想である。しかし、そのおもしろかったストーリイも、いまは戦争中の転業問題をあつかったものだったことしか、おぼえていない。

こちらはたぶん、昭和十五、六年のことだったろう。太平洋戦争がはじまってからではない。というのは、兄と駅前であって、まず近くの食堂へつれていかれ、カツどんかなにかを食べさせてもらったからだ。映画館のなかでは、兄が酒保で買ってきたカステラを食べた。ぼそぼそしたカステラだったが、甘いことは甘く、それがとても嬉しかった。つまり、町の食堂でまだ米のめしが食えて、しかし、砂糖の甘さが尊いものになっていたころで、たぶん十五年か、十六年の春さきと考えるわけだ。

高田保は昭和十五年に、「解決《おとしまえ》」という現代やくざ劇を、新国劇に書いて評判になっている。これも、東宝で映画になったが、高田保のオリジナルではなく、東和映画でフランス映画のスーパーインポーズを翻訳していた——小説の翻訳ではシムノンなぞを手がけて、ハヤカワ・ミステリにも入っている秘田《ひめた》余四郎の原作を、脚色したものであった。「××染物店」は同年か、翌年ぐらいの作品だった記憶がある。話がまた脇道にそれるが、敗戦後、新聞に長いこと連載した「ぶらりひょうたん」という随筆で、昭和の斎藤緑雨といわれた高田保も、いまでは知るひとが少くなった。私は劇作家をこころざした敗戦直後、チャンバラを封じられた新国劇のために、高田保が「大桜剣劇団」という喜劇を書いたが、上演を見送られた、という話を聞いて、舌をまいたことがある。

アイディアがすばらしかった。菊池寛の「父帰る」が、そのまま劇中劇として組みこまれていて、その使いかたがおもしろい。大桜剣劇団という旅《どさ》まわりの剣劇一座が、敗戦後、さあ、芝居が出来る、と喜んだものの、チャンバラはまかりならぬ、というマッカーサーのお達し。しかたがないから、「父帰る」をやることにする。

けれども、チャンバラしかやったことのない連中だから、「父帰る」の登場人物が、みんな肩ひじ怒らして、さむらい口調になってしまう。聞いただけでも、おもしろそうだった。その話を私に聞かせてくれた消息通は、上演を見あわせた理由を、新国劇の連中が頭が固くて、自分たちを笑いものにしているようだと、嫌がったのだ、といっていたが、ほんとうは占領軍を刺激するのを恐れて、上演をあきらめたのだろう。この「大桜剣劇団」、どこかの雑誌で、活字になった記憶があるが、気がねなく上演できるように

なったときは、作の狙ったおもしろさが生きなくなってい

て、ついに舞台には乗らなかったようだ。

＊

次兄とは三つ違いだったから、小さいころには、よく一緒に遊んだはずだが、記憶はひとつしか残っていない。それが、私の大怪我と結びついている。例の裏通りで、数人で遊んでいて、隠れんぼや水雷間諜には、人数がたりない。まわり将棋をしようということになって、私が将棋盤と駒をとりにやらされた。小学校低学年のころだったろう。私は張りきって、走りだした。

長谷川医院の角を曲ったとたん、目の前に自転車があった。ひとが乗って、走っている自転車だ。こっちも向うもはずみがついているから、たまらない。はねとばされて、私はひっくり返った。どこも、痛くはなかった。すぐに私は起きあがったが、左手首がまっ赤になっている。よく見ると、手首から十センチばかりさがったところが、大きく皮膚がはじけ、肉が盛りあがって、さかんに血を噴いていた。

まだ痛みは感じなかったが、石榴《ざくろ》のごとき傷のありさまに度をうしなって、以後のことを、私はよくおぼえていない。血まみれの左手をつきだして、「こんなになっちゃったあ」と、叫びながら、兄たちのほうへ走りもどったそうである。

すぐにだれかにおぶわれて、石切橋のむこうの外科医へかつぎこまれた。治療をおわるときには傷が猛烈に痛んで、私は泣きわめいた。完全になおるまでには、数カ月かかったようにおぼえている。痛みは数日で収ったが、医者へ行くたびごとに黄いろい殺菌薬をしませたガーゼをはがすのが、恐ろしかった。ガーゼは固くなっていて、ピンセットではがすときには、傷口がひどく痛んだからだ。

私は人見知りをするたちで、口も重いから、落着いた穏やかな人間に見られがちだが、本性はおっちょこちょいで、前にも書いたように、階段をなんどもすべり落ちているし、わが家のまん前で、敷石を補修ちゅうの市電の線路に下駄

をはさまれ、ぬいで逃げればよいものを、急停車した市電をおでこで受けとめたり、これも家の前の橋をわたりかけて、トラックにはね飛ばされ、川を斜めに飛びこえて、十数時間、意識不明だったり、子どものころにはずいぶん事故を起している。

それら大物相手の事故では、なんの傷あとも残っていないのに、もっとも軽量の相手である自転車の傷は、いまだに不ざまなひっつれになって、左腕に残っている。前輪の泥よけの先で、かなり深く、三角形にえぐられたのだ。

遊んだ記憶は、不愉快な結果を残しているけれど、私はこの次兄の影響で、作家になったといっていい。戦争ちゅうに落語家になって、昭和三十年に満二十九歳で早逝した次兄は、私の引っこみ思案を幼いころから心配してくれて、ほうぼうへひっぱり出してくれた。洋画の封切館につれていってくれたのも、寄席へつれていってくれたのも、芝居へつれていってくれたのも、のちに正岡容のところへ弟子入りさせてくれたのも、この兄である。

次兄が好きだったので、私は推理小説を読むようになり、江戸の滑稽本や黄表紙を読むようになり、アメリカ喜劇を愛し、落語を愛するようになった。兄がつれていってくれた芝居は、エノケンやロッパの喜劇であって、歌舞伎には興味がなかったらしい。私のほうはひとりで歌舞伎や新派、前進座や新国劇を見にゆくようになったが、それも兄のおかげで、度胸がついたからだった。

いま考えると、家がそれほど豊かだったわけでもないのに、よく小づかいが続いたと思う。芝居は三等、映画は二番館、三番館をあさったが、武蔵野館あたりへもときどき出かけた。映画はお子さま料金だったせいで、たくさん見られたのだろう。芝居は東宝系の劇場なら、年の離れた従姉が宝塚劇場につとめていたので、二階の袖の安くて見やすい席をとってもらえた。

あとは交通費を節約して、江戸川橋から新宿まで歩いたことも、しばしばある。空襲で交通網がめちゃめちゃになっていたとき、浅草で芝居をやっていることを新聞で読んで、これはやむなく、山坂越えてという感じで、歩いていったこともあった。

＊

弟とは四つ違いで、いっしょに遊んだはずなのだが、なにひとつ記憶には残っていない。ひと夏、毎朝早く起きて、月島の水練場へ通ったのを、おぼえているくらいだ。精勤したのに、私も弟も、ついに泳げるようにはならなかった。私はそれを、教師のせいにした。

月島の外れに、なになに流水泳教授所という旗を立てて、何軒もならんでいたうちの一軒へ、最初は母につれられて、私と弟が通うようになったのは、上のふたりが泳げるのに、下のふたりは泳げなかったからだ。母がえらんだ教授所には、中年の先生のほかに、いまでいえば大学生のアルバイトの助教師が数人いた。

そのなかに、女の子たちから猿とあだ名をつけられたひとがいて、みんなに敬遠されていた。言葉づかいが乱暴で、教えかたまで乱暴だというのだが、どういうものか、私はきまってそのお猿さんに当るのである。

たしか私はそのとき、小学校の四年生だった。実をいうと、そこに二、三歳年上らしい美少女が、やはり泳ぎを習いにきていて、私はその子を見たとたん、ぜったい精勤すると心に誓った。その子は数人の少女といっしょに通ってきていて、女王のごとく振舞っていたが、なぜか私たちに親切で、荷物をどこへおいたらいいかとか、いろいろ教えてくれた。その少女が、「あのお猿さんには、教わらないほうがいいわよ、ひどい目にあうから」と、のっけにいったのである。私があっけにとられていると、少女は仲間を振りかえって、「いやあね、あいつ、やたらにからだに触ったりして」といった。いやなやつだ、と私も思った。ところが、初日から私はそのお猿さんの手にかかって、深いところへひっぱって行かれ、いきなり手を離された。もっと幼いころ、私は銭湯でおぼれかけたことがあって、水に対する恐怖心が強い。

お猿さんは、もがいている私を抱きあげて、げらげら笑った。金輪際、泳ぎはおぼえないぞ、と私は思った。それからは、お猿さんが手をひっぱっても、足のつかないところへは、泣きべそをかいて、行かなかった。やがて、お猿さんはさじを投げた。私は浅瀬でぼちゃぼちゃやりながら、少女のしなやかな姿態を目で追っていた。石垣には舟虫が匍い、沖には低空で飛来するかも知れない敵機をよけるために、網をつるしてあるのだろうか、一定の間隔をおいて、気球が大きな鯛焼みたいなかたちをして、いくつも揚っていた。

弟が泳げるようにならなかったのは、気のない私の態度が影響したのだろう。夏休みの二十日ばかりを通いながら、その少女ともそれ以上は親しくならなかったのだから、まったくばかな話だった。

弟に関しては、もうひとつ、気恥ずかしくなるような記憶がある。大げさにいえば、いっぽうに日本人の本性を見、いっぽうに自分のいくじなさを思い知らされた大事件で、思い出すたびに、胸が痛んだ。そのことを、「遠い昔の青い空」というショート・ショートに書いてから、いくらか心が休まったけれども。

菓子屋が店をしめていることが多くなり、甘いものにみんなが飢えはじめたころのことだ。やはり、昭和十四、五年だったろう。たまに菓子屋が戸を半分あけると、たちまちそこに行列ができた。江戸川松竹の前の洋菓子屋で、ひとりにつきキャラメル一個とビスケットひと袋を売ってくれる、というので、私は父のいいつけで、弟といっしょに飛んでいった。

厳密にいえば、ひとりにつきではなく、一軒につきで、名刺を持ってこなければ売らないというので、弟が父の名刺を、私は家にあった叔父の名刺をつかんで行った。菓子屋のガラス戸にはカーテンがひかれ、右はしと左はしの戸が一枚ずつ、あけてあった。むかって左はしの戸のわきに、長い行列が出来ていて、右はしの戸からは、紙袋を大事そうに持ったひとが、にこにこしながら出てきた。

私たちが戸口に近づいて、のぞいてみると、以前は愛想のよかった店の主人が、無表情に客から名刺と金をうけとって、紙袋を渡していた。紙袋はもう残りすくなかった。はらはらしながら、私は待った。ようやく私の番がきた。私は買えた。弟も買えた。紙袋はもう、ひとつしか残っていない。そのとき、うしろで声がした。

「そのふたりは兄弟だよ。一軒でふたりで買いに来てるんだよ」

ふりかえると、弟のうしろのうしろに、近所のおばさんがいて、そのひとが声をあげたのだった。わが家から四、五軒はなれたギャレージの肥ったおばさんで、いつもは私たちにやさしいひとが、別人のような顔をしていた。私と弟は、店の主人に見つめられて、立ちすくんだ。二、三種類の名刺を持って、一軒からふたり三人で買いにきているひとは、ほかにもいた。並んでいた大半が顔見知りだから、それはわかっている。私は自分は叔父の家を代表して買いにきたのだから、名刺をよく見てください、というべきだと思った。

けれど、いえなかった。私は弟とは他人のような顔をして、紙袋を手に店を出ていった。弟はおずおずと、紙袋を店主に返した。店主は無表情に、金だけを返してよこした。私は歯を食いしばって、早足で歩いた。そっと見かえると、弟もこわばった顔で、せっせと歩いていた。

家へ入ったとたん、涙があふれだした。弟は声をあげて泣きだした。やさしいおばさんの激変ぶりのショックと、自分のいくじなさが恥ずかしくて、私は泣いたのだった。父は事情を聞くと、私たちの横っつらを張りたおした。いうまでもなく、なぜ叔父に頼まれてきたといわなかったのかと、怒ったのだ。使わなかったことになる叔父の名刺を、取りかえして来い、といわれて、私と弟は頬を涙で光らしたまま、また川むこうへ急いだ。菓子屋はもう戸をしめていて、私たちがいくらガラス戸をたたいても、だれも出てこなかった。

わずかビスケットひと袋で、やさしい隣人が冷たくなるのだ、という認識は、子どものこころに重かった。店主の無愛想は、菓子屋をつづけていかれるかどうかという、不安からだったかも知れない。当時の商人の豹変ぶりは、わすれられない。きのうまで、ペコペコして配達にきた米屋が、配給制になったとたんに、言葉つきから態度まで、横柄になった。

おなじ豹変ぶりを、さきごろの石油ショックのときに見て、私は三十年前の近所の米屋のおやじの顔を、まざまざと思い出したものだ。

木犀のかおる坂

日中戦争から太平洋戦争へかけて、商人たちが見せた豹変ぶりと、それに対する近所のひとたちの態度が、私にとっての最初の人間勉強だったらしい。

きのうまで、愛想のよかった商人たちが、どんなふうに変ったかは、いま区役所の窓口へ行くと、しばしば見ることが出来る。横柄で、不親切なお役人みたいに、みんな、なってしまったのだ。

逆にそのころ、私が出あった区役所のお役人は、親切なひとが多かった。戦争末期、私は隣組長代理をつとめていた。昭和二十年五月二十五日の空襲で、江戸川橋の家が焼けてしまい、八月までの三カ月間、大塚仲町の叔父の家に、私たちはころがりこんだ。

その叔父が、隣組長をつとめていたのだけれど、信州のほうに疎開して、不在だった。その留守に、私たちがころがりこんだわけで、叔父の代理をだれかがつとめなければならない。隣組というのは、戦争ちゅう、ひとつの町内をいくつかの小ブロックにわけて、編成していた連絡組織で、組長は配給ものの受取を指揮したり、区からの伝達事項を組内に知らせたりする。

父は耳が悪くて、そういう複雑な仕事ができないので、私が叔父の留守ちゅう、隣組長代理をつとめることになって、区の出張所みたいなところへ、しょっちゅう出かけた。まだ数えの十七歳で、小柄な瘠せた子どもだったせいか、事務所のひとたちは親切だった。お役所にいい印象を持ったのが、戦争ちゅうだけというのは、皮肉なことだ。

しかし、もう一度、話をもとへ戻して、私が小学生だったころを思い出してみよう。商人の態度が変り、それだけい、ものが乏しくなっても、私は子どもだったから、大変な世のなかになった、というような実感はなかった。

いやなことをしないですむように、好きなことだけして、生きていこうとしながら、私は小学生の生活を送っていた。いやなことの第一は、体操だった。三年生ごろにはじまった剣道も、きらいだった。体操は鉄棒ができないし、飛箱が飛べない。恥ずかしくて、体操の時間がある日は、学校へ行くのも、いやだった。

剣道は最初に、先生にめちゃめちゃにひっぱたかれて、恐れをなした。最初といっても、剣道の時間というのが出来て、ごくはじめのうちは、面をつけないで、型だけをやった。面をつけて、竹刀をふりまわすようになったとたん、ひどい目にあったのである。

面をつけたときには、手ぬぐいをかぶるだろう。先生に教わった通りに、手ぬぐいをかぶると、私はチビだったから、面をつけて二、三度うごきまわっただけで、目が見えなくなってしまった。面が大きく重いから、がくがく動くにつれて、手ぬぐいが顔にずり落ちてきて、目が隠されてしまうのだ。

小柄でも、要領のいい生徒は、手ぬぐいを後頭部でしばっていた。そうやってはいけない、といわれるのをかまわず、先生の見ていないところで、ぎゅっと結んで、面をつけてしまうのだ。そうしてしまえば、わからないのだが、私はばか正直に、手ぬぐいを頭にのせて、面をつけた。

ほかの組の生徒もいっしょに、担任教師だけでなく、剣道ずきの先生がまじって、講堂で稽古がはじまった。生徒どうし、竹刀のぶつけっこをしているうちに、手ぬぐいがずれて、目が見えなくなった。よたよたしながら、隅へいって直そうとすると、いきなり頭をひっぱたかれた。

「そら、来い。かかって来い。ぼんやり立っているな」

と、鼻のさきで、先生の声がした。担任教師ではなく、女子の組の先生だった。目が見えない、といえば、面のつけ方が悪い、と怒られるにきまっている。しかたがないから、竹刀をかまえたが、動きようがない。うろうろしている私を、その先生は容赦なく、ひっぱたいた。面だけでなく、小手もたたかれて、私はただ立ちすくんでいた。

「どこを見てる。こっちだ、こっちだ」

と、先生はぴしぴし打ちすえるのだが、無理をいっちゃいけない。面のなかをよく見れば、私の顔の半分が手ぬぐいで蔽われていることは、わかるはずだ。先生こそ、なにを見ているんだ、といいたかった。

そのうちに、ひっぱたくのにあきたと見えて、先生は竹刀を引いて、となりの生徒を相手にしだした。私は隅へいって、どうやら手ぬぐいを直したが、金輪際、剣道なんかやるものか、と思った。

うまいぐあいに、私はからだが弱かった。前にもいったように、市電にぶつかり、トラックにはねられ、階段から落ち、しょっちゅう事故を起していた上に、風邪をひいたり、胃を悪くしたり、いつも青い顔をしていた。背が低く、痩せて、おでこばかりが目立ったせいか、あだ名は青びょうたんだった。

小学校にあがってからも、すこし寒い日には、すぐ下痢をしたり、教室で小便をもらしたりして、しじゅう看護室のお世話になっていた。この子は二十歳《はたち》まで、生きないのじゃないか、といわれていた。

学校の先生にかわいがられたことはないが、看護室の看護婦さんには、かわいがられた。六年間に一度だけ、看護婦さんが変ったが、前のひとも、あとのひとも、私の味方になってくれた。

すこしからだの具合が悪いと、私は看護室へ駈けこんだ。寒気がしたり、頭痛がしたり、おなかが痛かったり、その気になると、私はどこかが悪くなった。体操の時間が近づくと、私はどこかが悪くなった。一時間か二時間、看護室で寝ていると、なおってしまうのだった。

そのころ、小学校では生徒たちの希望者に、生の肝油を飲ましていた。大きな針のない注射器みたいなもので、肝油を口のなかへ注《そそ》ぎこみ、口なおしにドロップをくれる。そのために、サクマ式ドロップの大罐が、いつも看護室においてあった。

私は看護婦さんから、そのドロップを四、五粒もらって、ベッドに横になっていた。そういう状態がつづいた上に、私は一年生のおわりごろから、水虫をわずらった。二年生の夏には、それが化濃して、びっこをひくようになった。

　二年の担任の松本徳平という先生は、自分も水虫に悩まされていたので、私に同情してくれた。右足に繃帯を巻いて、私は大いばりで、体操を見学するようになった。松本先生は学校を出たばかりで、私たちを教えるのが、はじめての経験だったように、おぼえている。

　それも、一年間ちゃんと教えることが出来ずに、松本先生は病気になった。水虫が化濃して、足のうらに大きな穴があいてしまったのだ、ということだった。それを手術したあとが、よくなくて、松本先生は私たちが三年生になって間もなく、亡くなってしまった。

＊

　私は三年生になったころから、体操の時間をあらかた見学ですごした。看護室で寝ていることもあったし、校庭のすみで、みんなが体操をしているのを、眺めていることもあった。


　私が通った関口台町小学校は、いまも当時のままに残っている。私が通ったころは、モダンな鉄筋の校舎だったが、いまは老朽して、いちめん金網でおおわれている。間もなく改築するということだが、もう始まっているのだろうか。昨年――つまり、昭和五十一年の秋に、私は母校をたずねてみた。講堂がうしろへさがり、わきにプールが出来ていた。それ以外、外観に変ったところはなかった。

　なつかしい看護室は、教員室のとなりにあったが、いまはなくなっていた。教員室がひろがって、看護室が校長室になっていた。この小学校で、どんな日日を送ったか、私にはあまり記憶がない。しばしば遅刻をし、病気になり、校庭のすみで、みんなが走りまわるのを眺めていた記憶だけが、残っている。

　私はかわいげのない子どもだったのだろう。多少の画才があったので、図画の先生には目をかけてもらったけれど、学年がすすむにつれて、奇抜な構図ばかりを狙い、色彩のほうはおろそかにしたので、見放されてしまった。

　ほかに印象に残っている教師は、四、五、六年か、五年、六年かよくおぼえていないが、小学校最後の数年を見てもらった先生で、鈴木善平というひとだった。いま考えてみると、まだ二十代の若い威勢のいい先生だった。この鈴木先生に、三十年ぶりの同窓会であったとき、

「お前、生きていたのか。よかったなあ。生きているはずはない、と思っていたぞ」

といわれた。そんな印象を残していたほど、私は虚弱児童だったのだ。鈴木先生は戦後、千葉県で高校の先生をしておられたが、たしか昭和五十年の春に、交通事故で亡くなられてしまった。

徳平先生と善平先生が、私の記憶に残っているなつかしい教師で、もうふたり、悪い意味で記憶に残っている教師がいる。ひとりは最前いった剣道の時間に、目の見えない私を、まるで面白がっているみたいに殴りつづけた先生である。

もうひとりは、六年のときの修学旅行で、関西へいった帰りの汽車のなかで、私を殴った教師である。つまり、どちらも殴られた記憶だが、それを怨みにおもっているわけではない。

小学校を出た翌年、私は早稲田実業学校へ入学したが、そこで漢文の教師に、竹のむちで腰が立たなくなるほど、打ちすえられたことがある。小学校のときとは、くらべものにならないほど、ひどい殴られかただった。けれど、その教師に対して、いまの私はまったく悪感情を持っていない。そのとき、私が教師の立場でも、殴ったかも知れない、と思うからだ。老人なのに、妙に子どもっぽい短気さを持っているひとで、思い出すとほほ笑ましくなる。だが、小学校のときに私を殴った教師に対しては、どう考えても、無理もない、とは思えないので、嫌悪感しか残っていないのである。

剣道のときの教師は、講堂のなかが暗かったわけではないのだから、私の顔が鼻まで白い手ぬぐいに蔽われているのが、見えたはずなのだ。それに気づかなかったとしても、私の足どりを見れば、目かくしをされた状態になっていることが、わかったはずだろう。だから、私には弱いものいじめをされたという印象だけが、残っている。

修学旅行の汽車のなかで、私が殴られたのは、まったくのとばっちりだった。帰りは夜汽車で、みんなは興奮しているせいか、なかなか寝つかない。夜の九時になって、いまから声を発したものは、容赦なく殴る、という先生からの宣告があった。

私の座席のまん前には、クラス一の悪童がすわっていた。私は六年一組だったが、その悪童は一組ずいいちであるだけでなく、二組にも女子組にも、名のひびいた存在だった。乱暴であるだけでなく、口も達者で、道化者としても有名だった。私が虚弱児童だったせいか、暴力をふるわれたことは一度もないのだけれど、いたずらはしじゅうされた。

そのときも、私をふくめた三人を、悪童は懸命に笑わそうとして、低い声でなにかいいはじめた。

ほかのふたりは我慢しどおしたのだが、私はなにごとにも耐え性がない。とうとう声を発してしまった。たったひと声、吹きだしただけなのに、二組の担任がそれを聞きつけて、飛んできた。私の頭に、垂直に拳骨が落ちてきた。一瞬、気が遠くなったほどの痛みだった。

翌朝、悪童が私にあやまったくらいだから、殴られかたが凄じかったのだろう。頭がくらくらしたおかげで、たちまち眠れた、と私は負けおしみをいったけれど、口惜しかった。ほかのときにも、私は優秀な生徒とはいえなかったから、殴られたり、蹴られたりした記憶がある。

しかし、ろくろくおぼえていないのは、こっちが悪かったせいに違いない。剣道のときと、夜汽車のときだけが、はっきりと印象に残っていて、教師の顔や名前をおぼえているのは、こんな目にあうほど、おれは悪いことをしていない、という気があるから、つまり、くやしかったせいだろう。

私は目立たない生徒だったが、目立つ生徒のぴかいちは、いま衆議院議員になっている二組の越智通雄だった。「少年倶楽部」の表紙のモデルになって、女生徒のあこがれの的だった。一組では佐藤豊というのが、秀才だった。そこへ、粟野次郎という秀才が、満洲の小学校から転校してきた。いま日本テレビのニュースキャスターをしている佐藤昭、NHKにいる深沢照幸が、それにつづく頭のいいほうだった。

それでも、ときたま私の存在をしめす機会があった。自習時間なぞにときおり、生徒が交替で立って、話をすることがある。当時の小学生としては、私は読書量が多く、記憶力もよく、喋ることもうまかった、ということなのだろう。

私の童話は評判がよくて、しばしば教壇に立たされた。多少は得意だったけれど、元来、引っこみ思案のほうだから、私はいつもおどおどしていた。それでも、学年全体を前に、各クラスから代表がひとりずつ出て、話をする会などがあると、私が選ばれたものだから、本だけは読んでおくように心がけた。

それでも、なんとなく劣等感につきまとわれたのは、家がおなじ方角なので、粟野次郎といっしょに帰ることが多かったのだが、話題が豊富で、知識が豊かなことにかけては、彼のほうが格段に上だったからだ。ほんとうに頭がよくて、話のおもしろいやつは、みんなの前でおしゃべりなんぞしないのだな、と思っていた。


関口台町小学校を出て、目白坂をおりてゆく左右には、ブルジョワの大きな屋敷がならんでいた。木造西洋館の鎧戸を半びらきにした窓から、ピアノを稽古する音が、かすかに聞えてきたりした。

校門を出て少し行った右がわに、いつも黒い木の門をとざしたお屋敷があって、その門の前に、大きな木犀の木があった。季節になると、木犀の花のかおりが、遠くまでにおった。その甘い強烈なにおいが、私には富の象徴みたいに、記憶に残っている。

その坂道を、私は粟野次郎の話に感心しながら、いっしょにおりて行った。彼の家は、江戸川橋から左手の坂をのぼって、小日向台にあった。やはり、大きな門のある屋敷だった。門のところで、私は彼にわかれて、久世山までもどってから、大日坂をおりていく。華水橋をわたると、まん前が私の家で、耳の悪い短気な父親と、病身の母親がいた。私は二階で、ろくに勉強もせず、探偵小説ばかり読んでいたのである。

耳の穴のひげ

同級の秀才に劣等感はおぼえても、そこで、負けずに勉強してやろう、という気は、私には起きなかった。探偵小説や時代小説に読みふけり、「新青年」や「映画評論」なぞの雑誌に読みふけり、週に何本も映画を見て、毎日をすごしていた。

小説本は川むこうの数井書店から、借りてきたものが、ほとんどだった。「新青年」や「映画評論」は、三つ年上の兄が買ってくる。兄は数井書店だけでなく、早稲田や神楽坂の古本屋まで足をのばして、翻訳ものの探偵小説を探してきた。

早稲田や矢来、神楽坂へんの古本屋は、大学をひかえているせいか、それぞれに風格があって、凝った包装紙をつくっている店が多かったのが、印象に残っている。裏通りの小さな店で、ちゃんと店名入りの厚手の包装紙を、つかっていたりするのだ。矢来上には、デューラーの銅版画を、包装紙にしている店があった。

のちに落語家になった兄の勤治は、私が小学校四年のときに、深川の化学工業学校に進学して、行動半径がひろくなったせいか、私を浅草にひっぱって行ったり、有楽町へ芝居を見につれて行ったりするようになった。深川東陽町の化学工業学校は、府立だったか、市立だったかわすれたが、兄が卒業するときには、都立になっていた。

探偵小説と併行して、兄は俳句に凝りはじめていて、水原秋桜子の「馬酔木」に投句したり、早稲田に住んでいたなんとかいう宗匠のところへ、連句を勉強にいったりしていた。俳句から川柳、江戸文芸の滑稽本、黄表紙に興味を持って、落語に深入りして行ったのだろう。

だから、映画でも芝居でも、兄は喜劇が中心だった。私のほうは、喜劇だけでは満足できないので、兄に古川緑波や榎本健一の芝居を見せてもらって、大劇場に馴れると、ひとりで新国劇や歌舞伎を見にゆくようになった。

兄に落語の色物席につれていってもらうと、講談も聞きたくなって、釈場の好きな父親にせがんだりした。芝居はむろん三階席だったが、本を借りる金、映画を見る金のほかに、そういうものが加わったわけだから、当時のわが家は、わりあい豊かだったらしい。

遊んでばかりいて、勉強をするひまはなかったのだが、暗記ものには得手があって、国語や歴史の点はよかった。現在の職業に関係のある作文は、その週に見た映画の話ばかり書くので、いい点はもらえなかった。クラスのなかでは、中の中くらいの成績だったのだろう。

私がめがねをかけだしたのも、小学校の四年生のときだったが、小説本をいくら読んでも、親に小言はいわれなかった。夜があまり遅くなると、注意された。だから、夜具にもぐりこんで、読むことが多かった。昼間でも、座蒲団に腹ばいになって、なにか食べながら、目を近づけて読む。

江戸川橋の交叉点から、矢来のほうへちょっと行った右がわに、大釜《だいかま》という甘いもの屋があった。夏は氷屋、冬は汁粉屋だったのだろう。この店のアズキアイスが、おいしかった。最中の皮みたいなのに入っているのを買ってきて、食べながら、本を読む。冬になると、この店ではパンジュウというものを売った。パンとマンジュウの合の子で、パンジュウだというのだが、今川焼のようなものだった。ただ皮が普通の今川焼より、おいしかった。皮はパンみたいな色に焼けていて、かたちがダービーハットに似て、まんじゅうを思わせる。私はそのパンジュウも好きで、よく食べながら本を読んだ。

その結果、私は近視になって、小学校の教室では黒板の字がよく見えないし、映画館では外国映画のスーパーインポーズがよく読めない。私がそのことを訴えると、上の兄が眼科医につれていってくれた。

検眼してもらって、めがねをかけなければいけない、といわれて、兄といっしょに池袋のめがね屋にいった。その日のうちにすぐ出来たのか、次の日にでも、また長兄につれられていったのか、はっきりおぼえていないけれど、帰りに映画を見せてもらった。めがねをかけて、最初に見たその映画は、はっきりおぼえている。

口が大きいことで有名なジョー・E・ブラウン主演の喜劇で、題はたしか「豪傑ブラウン」だった。劇場は池袋の東口にあって、池袋南明座といったように記憶している。神田の美津濃の裏のほうにあった南明座と、おなじチェーンだったのだろう。

帰りに映画館へつれていかれたところを見ると、私はめがねをかけるのを、嫌がったらしい。しかし、めがねをかけると、映画がじつに鮮やかに見えて、私はうれしかった。めがねをかけて、いよいよ小説に読みふけり、映画を見て、夏には水虫を化濃させ、体操の時間には看護室へ逃げこんで、私は五年生になり、六年生になった。

昭和十六年の十二月八日に、私が川口松太郎の「新編丹下左膳」を読んで、一日を送ったことは、前に書いた。翌年の四月には中学校に入らなければならない。数年前から、中学校の入学試験が廃止されて、内申書と口頭試問だけになっていたから、それまでの小学生よりは、のんきになっていたが、ことに私は志望校さえきめていなかった。

翌年になって、いよいよ願書を出さなければならなくなったときにも、私にはどこへ行きたいという考えがなかった。現実にはあまり関心がなく、ひとのいいなりに動く性癖は、このころからのものらしい。すぐ裏に住んでいた従兄が、牛込河田町の主計商業学校を出ていたので、おやじにいわれて、私はそこに願書を出した。

ところが締切り間際になって、長兄と次兄をかわいがってくれた小学校の工作の先生が、早稲田実業に口をきいてやる、といってきた。担任の先生には、無理だといわれたが、工作の先生が大丈夫だというので、私は主計商業へ願書をとりもどしに行った。

当時は一校にしか願書が出せなかったのか、あるいは願書ではなく、内申書をとりもどしに行ったのかも知れない。受付の事務員に、取りもどしてどこへ持っていくの？　と聞かれて、早稲田実業です、と私が正直に答えると、そりゃあ、うちよりはだいぶいいや、と事務員が笑った。それで、おやじが工作の先生の申し出に飛びついたのか、と私は初めて納得した。

＊

口頭試問をうけて、私はだめだと思った。三部屋ぐらいで次つぎに、ふたりの教師から、質問をうけるのだが、知能テストみたいなのは、うまく行ったと思った。

ところが三番目の部屋で、副校長というひとに質問をうけて、私はまいった。喋ることが、まるでわからない。どこのなまりだったのか、最初に、おまんとこのかみさんなに？　と早口で聞かれて、私はめんくらった。聞きかえすと、おなじ早口がくりかえされる。かみさんといえば、私の知識には、女房の意味しかない。

しかし、小学校六年生に、細君がいるはずはないではないか。おまんとこ、というのは、お前のところの、という意味だろう。なにというのだから、なんであるかを聞いているのだろうが、かみさんは女にもなっている。ひょっとすると、母親の出身地を聞いているのか、とも思ったが、はっきりしない。

すっかりあがってしまって、私はまた聞きかえした。副校長はいら立って、おなじ言葉をくりかえす。隣りにすわった先生が、たまりかねたように、きみのところの神様はなんですか、神棚があるでしょう？　と聞いた。やっとわかって、ありません、と答えると、副校長のご機嫌はいよいよ悪くなった。

しかし、ほかに答えようはない。私の家には仏壇はあったが、神棚はなかったのである。ぶつぶついわれて、私はますますあがってしまい、あとはなにを聞かれたか、おぼえていない。最後で失敗したのだから、だめにきまっている。だめということになると、どうなるのだろう。一年間、遊ぶことになるのか、それならむしろ気楽だと思った。

おまんとこのかみさんなに、のところで、いなか言葉の勉強をするより、家で本を読んでいたほうがいい、と思ったが、ちゃんと合格していた。母親が私をつれて、工作の先生のところに挨拶にいったとき、紙幣の束を持っていったような気がする。だから、私は裏口入学だったのだろう。

おまんとこのかみさんに辟易していたから、私は気がすすまずに、早稲田実業学校へ通うようになったが、入ってすぐ、肥った小柄な先生の講義を聞いて、学校を見なおした。国語の時間だったと思うが、先生の話しぶりは実に歯ぎれがよく、まるで講談を聞くような東京弁だった。おまんとこのかみさんとは、雲泥の相違だった。私はすっかり、うれしくなってしまった。

そのひとは、のちに校長になった山口直平先生で、生徒たちからは、チョッペーさんと呼ばれていた。先生たちにはなかなかのサムライがいて、坂本義雄という英語の先生は、野球に熱心だった。巨人軍の王選手を育てたひととして、名前をご存じのかたもあるだろう。

野球にまったく興味のない私は、最初この先生の名を見たとき、「新青年」にジョンストン・マッカリーの「地下鉄サム」シリーズを訳していた坂本義雄氏か、と思った。ところが、怖い先生で、おまけに私たち初年級の英語は教えていなかったから、聞くことも出来なかった。

教員室での様子や、そばで聞く話しぶりから、なんとなく同名異人だろう、ときめこんでいたが、三十五年たって、阿部主計さんから、「地下鉄サム」の本人だ、と聞かされた。電話でたまたま、戦争ちゅうの早稲田の話をしていたら、阿部さんが昭和十五年まで、早稲田実業の教師をしていたことがわかって、坂本さんのことを聞いてみたのである。

「地下鉄サム」の翻訳は、坂本さんが学校を出て、早稲田実業の教師になるまでのあいだのアルバイトだったらしい。だが、この坂本先生に英語を教わる機会は、私たちにはついになかった。

英語は新島郁郎という先生に教わった。顔と髪のかたちが、ビールの泡立ったジョッキに似ていて、ジョッキというあだ名だった。下駄みたいな顔のかたちから、ゲタというあだ名の数学の教師もいたが、名前は思い出せない。

ケンロクと呼ばれていた漢文の教師は、異色あるひとだったが、あだ名は知恵がなく、竹内謙六という名前から来ていた。いつも和服に袴の小柄な先生で、おむすび型の顔に、大きなカイゼル髭をはやしていた。左右の耳の穴からも、ひげみたいに毛がはえていた。長い竹のむちを持って、それを振りながら、講義をする。漢文を教えながら、とつぜんアメリカ映画の批評などをはじめるのだから、私たちはおどろいた。

　この先生に、私は一学期の半ば、竹のむちでめちゃくちゃに殴られることになったのである。

グッドバイナラ

　小学校の上級から中学初級にかけて、私は周囲におかしな言葉をはやらして、楽しんでいた。グッドバイナラとか、シガレットケースレとか、ほかにもあったはずだが、いまは思い出せない。

　これらの妙な言葉は、小説本のフリガナから来ている。その現物を見せると、周囲の少年たちがおもしろがって、会話につかったのである。戦争前の大衆小説本や大衆雑誌、ことに私が愛読した博文館のものは、校正の細部に神経がゆきとどいていなくて、ルビのふりかたなぞ粗雑をきわめていた。字数かまわずベタに組んであって、それでいて総ルビなのだから、しばしばフリガナが追いつかなかったり、追いこしすぎたりすることになる。

　つまり、グッドバイナラは、さようなら（むろん当時の表記は、さやうなら）にグッドバイとカナをふった場合、シガレットケースレは、たばこ入れにシガレットケースとカナをふった場合なのだ。

　本文活字一字に対して、フリガナは二字のわりあいだから、さようならにグッドバイとルビをふるには、グ□ッ□ド□バ□イと一字あきの指定をしなければならない。博文館の雑誌は、そこまで気をつかっていないから、さようの三字にグッドバイとルビがつくことになる。ならがはみ出してしまうわけだ。そこで、グッドバイなら、という珍語ができあがる。シガレットケースれ、というのも同じわけで、もう説明の必要はあるまい。

もっとも、神経をつかったために、かえって誤植がえんえんと持ちこされた例がある。「半七捕物帳」のなかの「蟹のお角」という一篇で、そのフリガナにおもしろい誤植があるのが、私の記憶では戦後三十年、ずっとつづいているのである。青蛙房版では第四巻の四百十三ページ、三行目に、

「その御褒美に、犬はお角の手から番木鼈を貰いました」

という文章があって、番木鼈にマロチロンとルビがふってある。だが、マロチロンなんて言葉は、あるはずもない。犬を殺すのにつかうのは、マチンなのである。三字の本文活字に、三字のフリガナをふるために、一字あきの記号である□を入れたのが、片カナのロと間違えられてしまったに違いない。これまで、だれも気がつかなかったのは不思議だけれど、「半七捕物帳」はこんど旺文社文庫に入る。それでは、ちゃんと訂正されることと期待している。

この場合は、春陽堂版のミスが三十数年にわたって持ちこされたらしいが、久生十蘭の傑作短篇「ハムレット」では、博文館の「新青年」に最初に発表されたときからのもの、と思われるミスが、三一書房で全集が出るまで、ずっと持ちこされていた。「ハムレット」の登場人物のひとりの衣裳の描写に、

「パイン・ツリー・スーツ」と緑色のスキー服の変り型、

という言葉があって、全集以前はどの版も、変り型にラアンシイというフリガナがついていた。変り型を意味するラアンシイという言葉はない。これはファンシイの誤植なのだ。さいわい三一書房版の全集には、私が参画していたので、訂正することが出来て、それが最近の教養文庫版にもおよんでいるが、初出かならずしも信頼できない好例であろう。

話がだいぶ、横道にそれた。私はどうやら早稲田実業学校に入って、近所からおなじ学校に入った少年といっしょに、江戸川橋から早稲田まで、歩いて往復し、グッドバイナラといって、友だちにわかれる日を送りはじめた。都電の停留所にすると、三つある距離だったが、それっぽかりを電車にのると、親にも教師にも怒られたものであった。

＊

一年生のときの記憶で、いちばん強烈なのは、前回の末尾に予告したように、漢文の教師の竹内謙六さんに鞭で殴られたことだが、その前に社会的事件として、東京初空襲の体験を、書いておくべきだろう。

一年生の一学期がはじまったばかりの昭和十七年四月十八日の午後、銚子沖六百六十マイルまで接近した航空母艦ホーネットから、ドゥーリトル中佐の指揮するノースアメリカンB25十六機が飛立って、東京を襲った。うち十三機が正午十分すぎ、東京上空に侵入して、品川、王子、大塚、荒川、淀橋、牛込に焼夷弾四百五発を落していったのである。退去するまで三時間、まったくの不意討で、空襲警報のサイレンが鳴ったのも、B25が東京の空にすがたを現してからだったようだ。

爆弾で死んだひとも、焼夷弾で焼けた家もあったらしいが、私の記憶に残っているこの日の光景は、なんとも間のぬけたものであった。十八日は、授業が正午までだった。学期がはじまって間もなくだから、おひるまでだったのか、それとも、空襲警報が出たので、あわてて低学年生を帰すことにしたのか、そのへんはおぼえていない。とにかく、私はひとりで、ズックのカバンを肩からさげて、大学通りを帰っていた。町の様子には、どこも普段と変ったところはなかった。

防空演習はやっていても、現実に空襲があると、どういうことになるのか、ぴんと来なかったのだろう。往来に出ているひとも、まれだった。私の帰りのコースは、大学通りをしばらく行って、鶴巻小学校のほうに曲り、関口町の電車停留所のところに出て、電車通りを江戸川橋にむかうのが、常だった。けれども、その日は鶴巻町の四つ角を曲るつもりで、大学通りを歩いていった。

鶴巻町の四つ角ちかくまで来たときに、飛行機の爆音が聞えた。空をあおぐと、いやに大きな双発機がただ一機、飯田橋方面から飛んでくるのが見えた。なんだか横すべりしているような、ふらふらした飛びかたで、恐怖感はまるで湧かなかった。

双発機はたよりない飛びかたで、高田馬場のほうへ去りながら、マッチ棒みたいなものを、ばらまいていった。それが焼夷弾だったのだが、まったくマッチ棒みたいに見えたのである。

私はなんの感慨もなく、鶴巻町の角を曲り、電車通りまでは行かずに、右に曲った。そこに新興映画の封切館で、早稲田キネマというのがあって、小さいころから、私はよく通っていた。最初の洋画を見たのが、そこであった。

もとは早稲田座、早稲田劇場という小芝居の小屋だったが、私がものごころつくころには、映画館になって、最初のころは洋画をかけたり、ときには女剣劇で芝居小屋にもどったりしたが、やがて新興映画の封切館に定着したのだった。

女剣劇一座が「国定忠治」をやって、山形屋の場で、尻をまくって太腿を見せるというのが、町のうわさになったのを、おぼえている。その小屋に、ランドルフ・スコット主演のハガードの「洞窟の女王」と、フランク・メリルの「猛虎ターザン」が二本立てでかかったときに、私は母親につれていってもらった。それが、どうも最初に見たアメリカ映画らしいのである。

それはとにかく、私は早稲田実業へ通うようになると、帰りによくこの早稲田キネマの前を通って、スティル写真を眺めた。その日も、それをやったくらいだから、まったく空襲という実感はなかったわけである。けれど、横すべりみたいな頼りのない飛びかたをしていたB25は、マッチ棒のような焼夷弾を、いまも大学通りにある岡崎病院や、早稲田実業学校に落していったのだった。

あくる日、学校にいくと、朝礼のときに生徒監の井波という先生が、青い色に塗った木の棒を二本、両手に持って、壇にあがった。きのう、教員室のある主屋の屋根に、アメリカ機が焼夷弾を落していった。高学年の生徒たちが、先生と力をあわして、たちまちに消しとめた。これがその燃えかすで、見たとおり大したことはない。米軍の空襲、けっして恐るることはない。そういう話をしたのである。

その焼夷弾は、青い四角な木の棒で、拍子木の親玉みたいな感じだった。先端に燃焼物をつけていて、まさにマッチの頭みたいに、ものにぶつかると、燃えあがるらしい。なんだ、こんなものか、と私も思った。二年後には、それがとんでもない錯覚だった、と思いしらされたわけだが、初空襲の印象はそんなものであった。

早稲田実業の校舎は、木造であった。だから、焼夷弾は不発に近かったのではなかろうか。一、二発が屋根につっ立って、花火みたいに燃えあがり、あとは校庭に落ちて燃えたらしい。

*

漢文の教師に殴られたのは、それから間もなくのことだった。私たちは国語を、寺川喜四男という新任の教師に教わっていた。国語論の著書を出したばかりの優秀な先生だということだったが、喘息の持病があって、休みがちだった。やがて、休みっきりになってしまったが、寺川先生の出てこない日には、山口直平先生や、竹内謙六先生が、われわれに国語を教えた。

竹内謙六さんは、タケノウチケンロクと読んで、私たちはケンロクと呼んでいた。そのケンロクさんが、寺川さんの代りに国語を教えた時間に、私にとっては思いがけない災難がふりかかったのである。

寺川さんの講義方針の邪魔にならないように、ということだったのか、ケンロクさんはもっぱら、生徒に教科書を音読させた。ちょうど私の前の席の生徒が指名されて、音読をはじめたのだが、すぐに読めない字にぶつかって、つかえてしまった。謙六先生は教壇の椅子にかけて、竹の長い鞭を杖についたまま、黙っている。

私の通った小学校では、生徒が立往生して、先生がいつまでも黙っている場合には、そばの生徒が小声で、教えてやるという暗黙のルールがあった。ここでも、そういうルールがあるに違いない、と思って、私はすぐうしろの席でもあり、小声で読みかたを教えてやった。

ところが、前の生徒はあがっていて、聞えないらしい。私はすこし声を高めた。すると、謙六さんは立ちあがって、私になぜ教えたのかと聞いた。どう答えていいかわからないので、前の生徒の名をいって、だれだれさんが読めなかったので、と返事をした。そうか、それならお前、読んでみろ、と謙六さんはいった。

しかたがないから、私は教科書を読みはじめた。本は読みつけているから、中学一年の教科書くらいで、つかえるはずはなかった。残りの時間を、私はひとりで教科書を読みつづけた。よどみなく読みつづけて、私はいささか得意だった。時間のおわりのベルが鳴って、私が読むのをやめると、謙六さんは、どう思うか、と聞いた。どういう意味かわからないので、私はまずい返事をしてしまった。自分としてはよく読めたと思います、と答えたのである。

謙六さんは、にこにこ笑っていたのだが、それを聞いたとたん、顔つきが厳しくなった。長いカイゼル髭が、ぴくりと動いたかと思うと、竹の鞭をふりあげながら、雪駄を鳴らして、つかつかと私に近づいてきた。この傲慢無礼なやつが、と叫んだとたん、私の頭上に鞭がふってきた。つづけざまに叩きふせられて、私は教室のうしろまで吹っ飛んだ。両手で頭をかかえて、うずくまっている私の肩に腰に、鞭は容赦なくふってきた。

ほかの生徒は、あっけにとられて、眺めていたらしい。これが次に授業時間がある日ちゅうだったら、休み時間になってもだれも出てこない教室に、不審が持たれたかも知れない。けれど、その国語の時間は、その日の最後の時間だった。

私が動けないでいると、鞭がふって来なくなり、はあはあいう謙六さんの息づかいが聞えた。雪駄の音がして、謙六さんは教室を出ていったらしい。私はよろよろと立ちあがった。肩と背なかは、ひどく痛んだけれど、頭はそれほどでもなかった。手の甲が腫れあがっていた。腰も大したことはなく、私は自分の席にもどった。

みんな、私のほうは見ないようにしながら、帰りじたくを始めていた。前の席の生徒だけは、責任を感じたのか、大丈夫かい、と聞いてくれたが、私は口がきけなかった。ただうなずいて、カバンを肩に、私は教室を出た。なにかいったら、泣きだすに違いなかったからだ。

まっすぐ家に帰ったが、親にはなにもいわなかった。現代だったら、親が血相かえて、抗議に飛んでいったろう。それほど、謙六さんの鞭の乱打はすさまじかったのだが、当時はそんなことをいおうものなら、親に怒られたのである。ダブルヘッダーはごめんだから、黙って二階へあがろうとすると、おなじ組の生徒が追いかけてきたらしく、息を切らして、わが家へ入ってきた。謙六さんが呼んでいるから、すぐ教員室へいけ、というのである。

私は初めて、恐怖を感じた。親も気づいて、どうしたのかと聞いた。私はカバンをあがり口に投げ出して、ケンロク先生に怒られたんだ、といった。とたんに、涙があふれてきた。私は家をとびだすと、泣きながら、電車通りを学校へ急いだ。

いまになってみれば、当時の私が小生意気で、腹が立ったろうということがわかるが、当時はまったく、なぜ怒られたのか、わからなかった。

日本は敗ける

考えてみると、ひどい話である。私の立場からすれば、なにも悪いことをしたわけではない。私の小学校では、国語の時間に、教科書を読まされた生徒が、知らない字にぶつかって、つかえると、近くの席で読めるものが小声で、教えてやるという暗黙のルールがあった。

私の前の席の生徒が立往生しても、ケンロク先生は、いつまでも黙っていた。だから、私は小学校とおなじルールが通用するものと、早合点をしたのだった。なぜ教えたのか、と咎められたときに、小学校ではそういうしきたりだったことを、説明すればよかったのかも知れない。

だが、私は咎められた意外さに、すっかりあがってしまって、前の席の生徒が読めなかった字を、知っていたから、教えただけのことだ、と答えてしまった。そのあげくに、えんえんと教科書を読まされて、竹の鞭でめちゃめちゃに叩きすえられたのだから、かなわない。ケンロクさんの激怒ぶりは、ただごとではなかった。あれは、一種のヒステリーではなかろうか。

二年生になってすぐ、やはり国語の時間に、一冊の教科書の八割ぐらいを、えんえんと読まされたことがある。このときも、正規の教師が病気で休んで、教頭の山口直平さんが代りに教えてくれた時間だった。窓ぎわのいちばん前の生徒から、教科書を読みはじめて、つかえたら、うしろの生徒がつづきを読む、というやりかたで、授業をすすめたのだった。

私は窓ぎわの前のほうの席だったから、すぐに順番がまわってきて、しかも、読めない字がなかった。時間のあらかたをひとりで読んで、声がつかれてきて、つい知っている文字なのに、濁音の部分を澄んで読んでしまった。そこで、次の生徒に交替したところで、一時間のおわりのベルが鳴った。

一年生のときと、ほぼおなじことをして、この場合はチョッペーさんから、音吐朗朗、まことに気持がよかった、とほめられたのだから、おかしい。それはともかくも、私は竹内謙六先生から、

「この傲慢無礼なやつめ」

と、竹の鞭で頭、肩、背なかを打ちすえられた上、家へ帰ったところを、また呼びだされたのである。私はおびえて、電車通りを泣きながら、早稲田へ急いだ。

とちゅうで、涙はどうやらおさまって、私は早稲田実業の校門をくぐった。もう殴られることはないだろうから、お説教を覚悟すればいい。そう度胸をきめて、教員室へ入ってゆくと、ケンロクさんは英語のジョッキ、数学のゲタなんかと、談笑していた。私が近づいて、名前をいうと、ケンロクさんはなんで来たという顔をした。呼んでおいて、わすれていたのである。

家まで往復してきたのだから、時間がかかっている。ケンロクさんにしてみれば、校庭で見つかったら、呼んで来

いというぐらいのつもりで、生徒に命じたのだろう。だから、時間がたって、私を呼んだのをわすれてしまったに違いない。

ケンロクさんはご機嫌がよくて、私が家から来たというと、にこにこして、家族は何人かというようなことを聞いた。それだけで、別に怒られることもなく、私は家に帰っていいといわれた。

拍子ぬけして、私は大学通りを帰っていった。けっきょくのところ、なんで怒られたのか、私にはわからなかった。小生意気なところが、癇にさわったのだろう、と今は思うけれど、それにしたって、狂ったように鞭をふるうことはない。

ひょっとすると、ケンロクさんも、気がとがめたのか、以来、漢文の時間には、私をひいきにしてくれた。だから、小学校のときに、剣道で目の見えない私をめった打ちにした先生や、修学旅行の汽車のなかで、気が遠くなるほど、私を殴った先生ほどには、悪い感情は残していないが、むかしはひどい先生がいたものだ。

こんなことを思い出すと、体罰というのは、むずかしいものだ、と感じる。何度も殴られても、そのことはすべてわすれてしまって、なつかしさだけが残っている先生もいるし、たった一度やられただけで、ひどいという記憶だけが残る先生もいる。早稲田実業では、ケンロクさん以外に、私はだれからも怒られなかった。

なにしろ、たった一年と五カ月しか、勉強しなかったからだ。二年生になって、一学期がすんで、夏休みになって間もなく、私たち二年生以上の生徒に、学徒動員令がくだったのである。九月から、私たち二年生は、三鷹の中島飛行機製作所へ、徴用されることになったのだ。

しかし、そこに話をすすめる前に、一年生のときのことを、もうすこし書いておこう。太平洋戦争がはじまって、半年たたないうちに、学校生活もすっかり軍国調になっていた。カーキ色の制服に、ゲートルを巻いて、私たちは学校へ通った。

教練の時間が多くて、小学校の体操の時間を、ほとんど休んですごした私は、ほんとにまいった。医者の診断書がないと、見学も出来ない。そのくせ、一日をまるごと休むには、翌日、欠席届を出せばよかったのだから、矛盾している。欠席届は自分で書いて、おやじの名前の下に三文判を押せばよかった。

しかし医者の診断書は勝手につくるわけには行かない。そこで、教練の時間になる前に、突発事故が起ったことにしよう、と考えた。足を踏みちがえて、うまく歩けないとか、急に頭痛がして、堪えがたいとか、口実をもうけたのだ。

ところが、これも成功しなかった。教練というのは、学生の戦争ごっこだけれど、教官は大まじめで、足が痛いぐらいでなんだ、頭が痛いくらいでなんだ、敵は油断をしちゃあくれないんだぞと、呶鳴りだす。二回ぐらいは、どうやら見学にこぎつけたが、あとはあきらめるより、しかたがなかった。

重い鉄砲をかついで、私は教練に出るようになった。下士官の教官がふたり、配属将校がひとりいて、将校はいつも軍刀をさげていた。

戦争に関連して、一年生のときに、記憶に残っていることが、ふたつある。ひとつは、雨の日の教練の時間のことだった。教練の時間に雨がふっていると、校庭のはずれの剣道場のなかで、精神訓話みたいなものを、配属将校から聞かされることになる。

これがまた退屈で、つらかった。ゲートル巻のまま、坊主畳の上に、正座させられるのだ。十五分もたたないうちに、足が痛くなって、立つことが出来なくなる。訓話といっても、将校がただ話をするだけでなく、こういうときは、どうすればいいと思うかとか、この点をどう思うかといったぐあいに、答えさせる。

いきなり指名されるから、いつ立たなければならなくなるか、わからない。そのときに、すぐ立てなかったら、たるんでいる、と呶鳴られる。足の親指を重ねかえたり、腿をつねったり、みんな苦心していた。

そういう雨の日に、配属将校が日本人の理想像といったものを、話しはじめた。どういう日本人になりたいか、ということを、私たちの足がしびれはじめたころに、答えさせようとしていた。立てなくなるのを防ぐには、なんども立って、返事をしたほうがいい。

私たちは要領がよくなっていたから、次つぎに立って、返事をした。手をあげて、将校が指さすのを、待つのだった。私も早くから、手をあげていた。私は将校に指さされて、紋切型の返事をした。

「天皇陛下のために、よろこんで死ねる人間になることです」

大声で答えると、配属将校は口もとに、かすかな冷笑のようなものを浮かべた。ほかの生徒の返事には、短かい感想をいったり、さらに質問を重ねたりしたのに、私にはなにもいわなかった。

黙って、次の生徒を指さした。答えが気に入らなかったことは、明らかだった。若い将校だったが、じろっと私を見た目には、

「お前、そんなことをいって、ほんとうに死ねるのか」

と、嘲笑っているような感じがあった。私はひどく恥ずかしいことをいったような気がして、いたたまれない気持で、もとの正座にもどった。

＊

このときの恥ずかしさは、説明のしようがない。その将校が、ひそかに反戦的な言辞を、もらしていたわけではない。私たちのなかに、思想家がいたわけでもない。うっかりしたことをいうと、憲兵隊につれていかれて、重労働をさせられる、という噂がもうあって、みんな気をつけていた。

太平洋戦争は、まだ派手なニュースがつづいていて、有頂天になっていたころだが、もうひとつ記憶に残っている軍人の話がある。海軍の将校が学校へやってきて、時局講話をやった。全校の生徒が校庭に整列して、朝礼をやる高い壇の上に、海軍の将校が立った。布をかけたテーブルを前に、話をはじめた。

最初のうちは、戦局がどうなっているか、という説明だったが、とちゅうから将来の分析になった。当時、早稲田

実業学校は六年制から五年制に変る時期で、来年——つまり昭和十八年の三月に、六年生と五年生がいっしょに卒業することになっていた。私たちは、四年で卒業することになっていた。

したがって、そのときは一年生から六年生までいたわけで、壇にむかって右はしには、かなりひねた顔がならんでいた。そっちを基準にして、海軍の将校は話していたのかも知れない。

私には将来の分析は、むずかしくてわからなかった。しかし、とつぜん将校がいいだした言葉は、ショッキングだった。

「ここまで来れば、お前たちにもわかるだろう。このまま、戦争がすすめば、日本は敗ける」

私たちはどよめいた。将校はさらに、ヨーロッパの戦争史について、のべはじめた。そして、またくりかえした。

「これらの過去の戦争を検討しても、わかるだろう。このまま戦争がすすめば、確実に日本は敗ける。それをなんとかするためには、お前たちに覚悟をしてもらわなければいけないんだ」

結論がどんなものだったか、おぼえていない。将校の話がおわっても、私たち一年生は拍手をしなかった。休み時間には、その将校の悪口をいった。

戦争がおわったときに、私たちのうちの何人が、この将校の話をおぼえていたか、わからない。学校が再開されたとき、その話をするものはなかった。あるいは私のように、だれにもいわず、みんながあの将校の言葉を思い出していたのかも知れない。

「確実に日本は敗ける」

といった通りに、なってしまったと。

学校でそんなことがあっても、私の生活はおなじ方向にすすんでいた。兄が買ってきた推理小説を読み、自分で川むこうの数井書店から借りた時代小説を読み、近所の映画館へ通い、ときどき芝居を見にいった。

さらに兄につれられて、寄席へも行くようになった。最初に行ったのは、神田の花月という寄席だった。真打がだれだったかは、思い出せない。いまの橘家円蔵が、桂文雀という名で、「悋気の独楽」をやったのをおぼえている。

実物を見るのは、はじめてだけれど、家に落語のレコードもあったし、ラジオでも聞いていた。文雀の印象は、へたな落語家だなということだった。

神田の花月という寄席が、また薄汚い陰気な席だった。客もあまり入っていなかった。けれども、そのおかげで、寄席への興味をうしなったわけではない。兄が寄席へゆくというと、私はせがんでついていった。

映画を見、芝居を見、寄席へゆくとなると、なかなか忙しい。兄はやたらに寄席にこって、映画や芝居へは行かなくなった。私は兄と別行動をとるようになった。私は映画へ行き、兄は寄席へ行くという具合だった。夜、兄は蒲団のなかで、聞きおぼえた落語をしゃべって、私と弟に聞かしてくれた。

いちばん上の兄は、陸軍にとられて、福生の航空実験部というところにいた。二階の八畳に、次兄と私と弟の三人が、夜具をならべて寝ていたわけだが、そこで落語が聞けたのである。

次兄はこのころから、落語家になる決心をしていたらしい。深川の化学工業学校へ通って、兄は四年生になっていた。二年のときに、肺をわずらって、半年ばかり寝こんでいたあいだに、兄の趣味は変ったのだった。

わが中学時代の犯罪

昭和十八年の九月から、私たちは学徒動員令で、軍需工場で働かされることになった。夏休みのあいだに、電話で指示があって、八月のすえに、学校に集ったように記憶している。私の家には電話がなかったので、友だちが知らせてくれた。

配属さきは、三鷹の中島飛行機製作所だったが、なにしろ私は山の手線の西がわへは、出たことがない。正確にいえば、西武線の東伏見に早稲田実業の運動場と農場があって、一年生のときに数回、行ったことがある。だが、それは私にとって、飛び島のような感じで、新宿の大ガードのむこうには、田んぼがひろがっているんだろう、と思っていたものだ。

だから、三鷹なんてところへ、通わなければならないというのは、ショックだった。けれど、最初に集団でつれていかれたときには、高田馬場から西武電車で行ったから、いくらか安心した。東伏見から歩いても、中島飛行機へは行かれたのだ。

はじめは訓練所のようなところへ連れていかれて、そこの集会所で、ほかの学校の生徒たちに引きあわされた。その訓練所が三鷹の駅より、東伏見の駅に近かったのである。ほかの学校のなかには、女学校もあって、女学生と話ができる、と軟派の学生たちはよろこんでいた。

すぐには訓練にかからないで、工場見学や訓話が、数日つづいたようにおぼえている。近くの映画館を借りきって、映画を見せてくれたこともあった。「お馬は七十七万石」という時代劇映画だが、当時のことだから、むろん国策映画だった。

ある藩のお馬役の武士が、南蛮人の馬術家と早駈けの競走をして、負けて浪人する羽目になり、見世物一座の曲馬師に落ちぶれる。旅まわりをつづけるうちに、ふたたび紅毛の馬術家にめぐりあって、競走をすることになり、こんどは見事、勝をおさめるというストーリイで、戦意昂揚の時代劇のなかでは、出来のいいほうだった。

日活と新興と大都という三つの映画会社が合併して、大映になって間もなくの作品で、たしか稲垣浩のオリジナル脚本だった。監督も、稲垣浩だったような気がする。なぜ、そんなふうにおぼえこんでいるかというと、主演が戸上城太郎だからである。

財形貯蓄のコマーシャルを最後に、テレビでも顔を見かけなくなった戸上城太郎は、日活の「まぼろし城」という、高垣眸の原作を原健作の主演で、連続活劇ふうに撮った作品で登場した。昭和十五年ごろの映画だが、われわれ子どもたちのあいだで、かなり評判になった作品だ。それが、昭和十六年の「海を渡る祭礼」という、稲垣浩監督の映画に抜擢されて、注目されたのだが、いつまでたっても九州なまりがとれず、スターにはなれなかった。

そういう不器用なところを、稲垣浩だけは実にうまく使っていて、敗戦後では「佐々木小次郎」の海賊那智丸、「柳生武藝帖」の柳生十兵衛、「忠臣蔵」の清水一学、つまり戸上城太郎がチャンバラのうまい、迫力のある役者だという印象の残っている映画は、たいがい稲垣浩の監督作品なのだ。だから、「お馬は七十七万石」も、稲垣浩の作品のように、記憶している。

大映といえば、この時期にしばらく病気で映画をとらずにいた伊藤大輔が、嵐寛寿郎で「鞍馬天狗」をつくったのが、わすれられない。やはり、日本に仇なす外人やっつけろの映画だが、アメリカの探偵映画をなつかしがらせるシークエンスがあって、あれは伊藤大輔の皮肉だったのだろう。

鞍馬天狗といっても、明治の横浜が舞台で、新政府が新貨幣をつくるのを利用して、大もうけをたくらむユダヤ人が敵役になっていた。各地で小判をかきあつめて、これを粗悪なものに改鋳し、新貨幣と引きかえよう、という計画を、ヤコブというユダヤ人がすすめている。粗悪な小判でも、新政府は引きかえをこばむわけには行かないので、なんとか阻止したいのだが、表むきには手が出せない。

そこで、鞍馬天狗が西郷隆盛にたのまれて、文明開化の横浜に潜入するわけだ。ヤコブの計画をさぐりだした密偵は、居留地で殺されていて、その弟が事情をなにも知らずに、兄の死の真相をつきとめようと、これも横浜にやってくる。この兄弟を原健作が二役でやっていて、弟のほうは慶応義塾の学生ということになっていた。

その弟も、ヤコブは殺してしまおうとして、海岸にさそいだし、浪人たちに襲わせる。浪人たちのなかに、アメリカ曲馬団の用心棒をしているボンクーラという男がまじっている。倉田という浪人だが、ボンヤリしていて急な役には立たないので、ボンヤリクラタ、ボンクーラとあだ名がついたわけだ。

いうまでもなく、これが鞍馬天狗で、原健作が危機一髪というとき、黒覆面に早替りして助けてやる。それが夜の出来ごとで、翌朝、ヤコブは番頭の中国人をつれて海岸へ出かけていって、浜に残った足あとから、鞍馬天狗の正体を推理する場面があるのだ。

ヤコブをやったのは上山草人、松葉杖の中国人はやはりハリウッド帰りの山本冬郷という俳優で、かなり長いシークエンスが、せりふはぜんぶ英語、スーパーインポーズが入って、展開される。アメリカ映画が見られなくなって二年近く、横に日本語の字幕が出て、英語を聞ける探偵映画ふうの場面が、長ながとつづくのだから、たとえそれが上山草人の東北なまりの英語でも、うれしかった。ステッキをふって、足あとをさししめしながら、上山草人のヤコブが、「ゼアフォアア・ボンクーラ・イズ・クラマテーング!」と叫んだときには、涙がでたものである。

話は横道にそれるばかりだけれど、上山草人がサイレント時代のハリウッドで、チャーリイ・チャンに扮したことがあるのは、知っている人が多いだろう。だが、ポパイを演じたことがあるのを、知っている人は多くあるまい。

悪役がある場面で、名探偵ぶりをしめすという、まことに珍しい例の「鞍馬天狗」より数年前、「娘たずねて三千里」という映画があった。新興キネマの作品で、主人公は行方不明の娘を探している若い母だが、それを助けてやる船員で、ポパイの六さんというあだ名の人物を、上山草人が演じている。入れ歯を外して、パイプをくわえた顔が、漫画のポパイにそっくりだった。

あだ名だけにとどまらず、クライマックスでは「ポパイ・ザ・セイラーマン」の曲にのって、怪力を発揮、山口勇という俳優のブルートそっくりの悪役その他を、やっつけてしまうのである。ホーレン草のかわりに、ホシ・ミクローゼという栄養剤を飲んで、怪力を発揮するのだが、この薬、星新一さんのお父さんの会社、星製薬の製品だ。こんな妙な映画とのタイアップがあったことを、星さんは知らなくて、いつか私が話したら、おもしろがっていた。

それはとにかく伊藤大輔の「鞍馬天狗」は、ちょんまげを切る床屋の手もとから、床屋の店内、のれんをわけて、カメラが往来へ出ると、むこうから曲馬団の町まわりがやってくる。その画面へ、明治二年、横浜、という字幕がかぶさるオープニングが、流麗だった。

ピエロがちらしをまき、象にのった金髪、半裸の美女がキスを投げながら、ゴム風船を空へ飛ばす。その風船のひとつをカメラが追って、居留地の洋館の窓のひとつに達する。そこはヤコブ商会の一室で、原健作の密偵が正体を見やぶられ、逃げられないまでも手がかりを残そうと、居留地の門鑑に小判改鋳所の所在を、爪で刻みつけている。

山本冬郷の中国人が入ってきて、拳銃をつきつける。窓辺にさがった原健作の背に門鑑を隠した手に、ゴム風船がさわる。その紐に門鑑をむすんで、窓の外へ押しやったときに、山本冬郷の拳銃が火を吹く。風船は風にのって飛んでゆくが、門鑑の重みで下へおりていって、居留地の外の地面へ落ちる。そこに角兵衛獅子の少年が、足駄の歯を折って困っている。門鑑をひろって、ちょうどいい大きさなので、少年は足駄にはめこむが、これが盲目の姉を、なんとかヘボン先生に診てもらおうと、横浜へやってきた杉作少年。

ここで流れが中断して、新政府の会議室の場面になり、ヤコブ商会のたくらみの説明があって、なんとかしなければいけないが、大っぴらには手が出せない、いや、そういうことには適任者がいる、天狗さんに頼もう、と西郷がいう。

画面ふたたび横浜にもどって、原健作二役の弟が登場したあと、杉作少年の場面になり、あしたの天気を占おうと、足駄を蹴りあげる。それが洋傘片手に、くたびれた紋つき袴、どた靴という恰好で、歩いてくる鞍馬天狗にあたり、門鑑に目をとめる。同時にそこで、天狗と杉作のむすびつきがなるという運びは、心にくいばかりだった。

*

ここまで書いて、不精をしないで資料をしらべることにしたら、「娘たずねて三千里」と「まぼろし城」は、ともに昭和十五年の映画、伊藤大輔の「鞍馬天狗」は昭和十七年十月の公開だった。

そこまでは、ほぼ私の記憶どおりだったが、「お馬は七十七万石」にいたって、まったく自信をうしなった。脚本は間違いなく稲垣浩だが、監督は安田公義だった。おまけに公開が昭和十九年二月、訓練期間が半年にもわたったはずはないから、完全な記憶ちがいで、工場に配属されてから見たことになる。

三十数年もたつと、人間の記憶もあいまいになるものだ。それはとにかく、この訓練期間ちゅうに、私は他校の女学生とは口をきくことが出来なかったが、おなじ早稲田実業でも、組がちがっていたため、あまり口をきかなかったふたりの男と、急速に親しくなった。

ひとりは黒田といって、下谷の呉服屋の息子だった。もうひとりは、黒田が親しくしている林という男で、やはり下町の人間だった。その当時の話題の人物と、林は縁のある男だった。

昭和十七年に、「木蘭従軍」という中国映画が、日本で公開されている。唐の伝説を映画にしたもので、中国のジャンヌ・ダルク物語といった内容だった。女主人公の花木蘭を、陳雲裳という女優が演じていて、中国では大した人気だという記事が、日本の新聞の芸能欄や映画雑誌に出た。

さらにその人気女優の陳雲裳が、上海在住の日本人医師と結婚したということが、話題になっていた。林はその日本人医師の弟だったのである。私は兄の影響で寄席演芸に近づき、さらにこれは兄に教えられてではなく、歌舞伎をひとりで見はじめたりして、下町趣味になっていたが、黒田とはその方面で、共通の話題があった。

それで黒田と仲よくなり、その黒田と親しい林とも、仲よくなったのだった。私たちはすぐに、訓練所で実技の訓練をうけるようになった。実技訓練の建物は、集会所のある建物とは少し離れていて、木立ちにかこまれていた。町工場みたいな感じの、細長い平屋だったように、記憶している。

道路をへだてて、小さな建物があって、その道路ぎわのひと部屋が、私たちの控え室になった。壁ぎわにつくりつけの戸棚があって、木製の大きなテーブルがあるだけの殺風景な部屋だった。テーブルはピンポン台のような感じのもので、私たちはそこで弁当をくった。荷物は戸棚に入れて、昼食の時間のほかは、向いがわの建物で、実技の訓練をうけるというのが、日課だった。

私たちといっても、二年生全員ではない。いくつもの班に編成されて、一班にひと部屋ずつ、あてがわれていたのだろう。一班は十五人ぐらいだったと記憶しているが、班長としてひとりだけ、大学生が配属されていた。

控え室のことを、なぜくわしく書いたかというと、そこで私は生れてはじめて、盗みを働いたからである。私はいたって臆病な人間だから、刑法にふれるような行為は、まずおこなったことがない。いまのところ、たった一回の犯罪行為を、昭和十八年の秋に、この訓練所でおかしたのだ。

本を一冊、盗んだのである。辰野隆と鈴木信太郎が訳したエドモン・ロスタンの戯曲「シラノ・ド・ベルジュラック」、それが入っている新潮社版の「世界文学全集」の一冊、「仏蘭西戯曲集」だった。

その本を持ってきて、控え室で読んでいたのは、班長の大学生だった。おぼえていたくない気持が働いているせいか、どこの大学生で、なんという名前だったか、まるで記憶に残っていない。気さくで親切だったが、いい加減なところもあるひとで、私たちはこの班長から教わったことは、その通りには実行しないようにしていた。

私たちは旋盤のあつかいかたを、訓練所でならっていた。班長は私たちより先に、訓練をうけていたのだが、そのいう通りにやると、たいがい失敗して、初老の指導員に怒られるのだ。つまり、班長は間違ったことばかり、教えてくれたのである。

この大学生は、昼休みに「シラノ・ド・ベルジュラック」を、夢中で読んでいた。私たちが興味をしめすと、一部分を読んでくれたりして、実にすばらしい作品だ、といった。私はたちまち、読みたくなった。

日曜日に、私は古本屋を探しまわった。「世界文学全集」の端本は、いくらでも見つかったが、「仏蘭西戯曲集」だけは見つからなかった。見つからないとなると、いよいよ読みたい。

私は大学生に、読みおわったら、貸してくれないか、と頼んだ。にべもなく、ことわられた。大事な本だから、貸すことも、売ることも出来ない、というのだった。読みおわると、その本を大学生は戸棚にしまった。指をくわえて、私は眺めていた。

ところが、大学生はいっこうに、その本を持って帰らない。自分のズック・カバンを戸棚にしまうたびごとに、その本が私の目についた。昼休みになっても、大学生はその本を、戸棚から出そうとはしなかった。

とうとう私は決心した。ある日、訓練がおわってから、私はわざと片づけに手間どって、いちばん最後に控え室にもどった。予期した通り、もう部屋にはだれもいなかった。戸棚をあけると、私のカバンと「仏蘭西戯曲集」が残っていた。

私は戸棚のなかで、「仏蘭西戯曲集」を自分のカバンにしまいこんだ。道路に面した窓があいていたから、私はびくびくものだった。ふるえる手で、本をしまいこんだカバンをかかえて、私は控え室を出た。駅への道は、ひっそりとして、人通りがなかった。雑木林のなかの道を、カバンをかかえて、私は急いだ。ふりかえるのは、怖かった。

だれにも声をかけられずに、私は西武電車に乗ることが出来た。座席にすわると、すぐにも本をとりだして、読みたかった。けれど、だれが見ていないとも限らない。じっと私は我慢した。

当時の西武電車は、高田馬場が終点だった。都電もまだ早稲田から、高田馬場までのびてはいなかったのではなかろうか。とにかく、私は家へ帰りつくと、二階へあがって、すぐに「仏蘭西戯曲集」をとりだした。晩めしの時間に、階下へおりただけで、あとはラジオも聞かずに、「シラノ・ド・ベルジュラック」に読みふけった。

もちろん、その夜のうちに読みおわったが、翌朝、工場へ行くのは恐しかった。しかし、休めばなおさら、疑われる。重い気持で、私は家を出た。早くいって、本を返しておくことは、まったく考えなかった。「シラノ・ド・ベルジュラック」は手もとにおいて、なんども読みかえしたいくらい、私を興奮させたのである。

訓練所へいってみると、みんなの態度は普通だった。大学生も、なにもいわなかった。それでも、私は安心できなかった。おびえながら、私は実技をならっていた。昼休みにも、なにごともなかった。夕方になっても、なにごともなかった。

二日たった。三日たった。大学生はなんども、なにかの用で私に話しかけたが、その態度に以前と変ったところは、まったくなかった。どうやら大学生は、毎日なんども戸棚をあけながら、本が盗まれていることに、気づいていないらしい。読みおわったとたんに、「シラノ・ド・ベルジュラック」のことは、わすれてしまったらしいのである。

あるいは当時のことだから、ロマンティックな恋愛劇の一冊で騒ぎを起して、自分まで目をつけられてはたまらない、と思ってあきらめたのかも知れない。私は拍子ぬけして、いつもの日常にもどった。以上が私の犯罪歴のすべてだが、このとき盗んで読んだ「シラノ・ド・ベルジュラック」によって、戦争がおわってから、戯曲作家になろうとしたのだった。

白野弁十郎

私は昭和十八年の秋に、学徒徴用でつれてゆかれた中島飛行機製作所の訓練所で、生れてはじめて、ひとのものを盗んだ。エドモン・ロスタンの「シラノ・ド・ベルジュラック」を収録した新潮社版世界文学全集の一冊、「仏蘭西戯曲集」を盗んだのである。

私たち中学生の班長だった大学生が、夢中になって読んでいたのを、貸してもくれないし、譲ってもくれない、それだけにいっそう読みたくて、読みたくて、控え室の戸棚から盗みだしてしまったのだが、なぜそんなに読みたかったのだろう。

よく考えてみると、私は「シラノ・ド・ベルジュラック」を、すでに知っていたのである。活字で読んだわけではない。この作品は、岡本綺堂門下の額田《ぬかだ》六福《むっとみ》が翻案して、新国劇が上演している。舞台を幕末から明治初期の京に移して、ガスコン青年隊のシラノ・ド・ベルジュラックは、会津藩朱雀隊の白野弁十郎、題名も「白野弁十郎」で、初演はもちろん沢田正二郎だが、のちには島田正吾がタイトル・ロールを演じた。

その島田正吾のやった「白野弁十郎」を、私は有楽座で見ているのだ。だが、それが何年のことだか、思い出せない。おぼえているのは、見た場所が有楽座であることと、もう一本の辰巳柳太郎の出しものが、村上元三の「抜刀隊の歌」という新作だったことである。

そこで、この文章を書きだす前に、西川清之さんにお願いして、村上元三氏に「抜刀隊の歌」が何年何月の上演だったかを、うかがっていただいた。昭和十四年の十月興行で、劇場は私の記憶に間違いなく、有楽座であった。

昭和十四年といえば、私は数え年十一で、のちに落語家になった次兄につれられて、芝居を見はじめたころである。おそらく新国劇を見たのも、それが初めてであったろう。ただ次兄といっしょに行ったのでは、ないような気がする。兄は喜劇専門で、歌舞伎や新派、新国劇は見なかったからだ。

ひょっとすると、「白野弁十郎」は、はじめて私がひとりで見た芝居だったのかも知れない。それにしても、芝居を見はじめたころ、兄は十四、私は十一、ふたりっきりで出あるいたのだから、いまの子どもたちが夜あそびに出かけるのを、怒ることは出来ない。

はじめて浅草へ遊びにいったのは、私が九つか十のときだったが、このときはさすがに両親も心配したらしい。兄とふたり、上野まで路面電車で行って、地下鉄にのりかえて、浅草へたどりついたのはいいが、六区にずらりと並んだ映画館に、目うつりがしてしまい、どこへ入ったらいいか、なかなか決められなかった。

けっきょく二番館か三番館で、ルネ・クレールの「幽霊西へ行く」をやっているのを見て、終電車まぎわに帰ってきた。もっと早く帰ってくるつもりで、出かけたのだし、お小づかいにも余裕はないから、腹がへってもなにも食うことが出来ない。家へたどりついたときには、空腹のあまり、私は口がきけないくらいだった。

その日のわが家の夕食のおかずが、おでんだったことを、妙にあざやかにおぼえている。正午《ひる》まえに出かけたくらいだから、むろん日曜日である。六区はいまからは想像もできないほどの混雑で、映画館へ入ってからも、ついに座席にすわることは出来なかった。

つまり、朝めしを食ったきり、立ちっぱなしの状態で帰ってきたのだから、空腹に疲労がくわわって、おふくろがおでんを暖めて出してくれても、なかなか喉を通らない。おやじに呶鳴られて、私はすぐに寝床に入った。

翌朝になってみると、まるでからだに力が入らない。日曜日の朝食を食ったきりで、ゆうべはツミレにガンモドキをつまんだぐらいだから、腹に力が入らないのだ。けっきょく小学校は休んで、おかゆを食べて、一日、横になっていた。

そんな思いをしたせいか、後年、テレヴィジョンで「幽霊西へ行く」を見たときには、実になつかしかった。画面をよくおぼえているのに、われながら感心したが、同時にあの日の空腹感も、まざまざと思い出した。

＊

話が横道にそれたが、新国劇の「白野弁十郎」は、印象があざやかだった。その当時から、原作はフランスの戯曲だということは知っていたが、翻訳されているとは知らなかったのだろう。

それを目の前で読んでいて、読みおわっても、貸してくれない、譲ってくれない、古本屋を探しても見つからない。相手はそのまま控え室の戸棚に本をおきっぱなしにしている。自己弁護をすれば、それでつい盗んでしまったのだが、一週間ばかりは怖くて、怖くて、生きた心地がしなかった。

しかし、前回に書いたように、被害者の大学生は、なにもいい出さない。気がついていながら、戦争と無縁の書物だけに、騒ぎ立てなかったのかも知れないが、まるで盗まれたのを気づいていないみたいだった。私に話しかけるときでも、態度はまったく変らなかった。

だんだん私も落着いてきて、ふつうに生活を送るようになったが、「シラノ・ド・ベルジュラック」は、なんどもなんども読みかえした。せりふをぜんぶ暗記するくらい読んで、戯曲のおもしろさにとりつかれた私は、古本屋にやたらに端本がころがっていた第一書房の「近代劇全集」を、買いあさるようになった。真山青果や、久保田万太郎も、読むようになった。

「シラノ・ド・ベルジュラック」については、もうひとつ思い出があって、これは昭和十九年ぐらいのことだったろう。私は大劇場の芝居だけでなく、浅草の軽演劇も見るようになっていた。新聞の劇評なんぞも、丹念に読んでいた。ところが、ある日、東京新聞に浅草の軽演劇の批評が出ていた。森川信を座長とする一座が、こともあろうに「勧進帳」をやっている。どうせアチャラカに崩したものだろうが、「勧進帳」とは恐れを知らなすぎる。そう思って、見にいったら、確かにアチャラカで笑わしもするが、大筋のところは大まじめにやっていて、しかもそれがなかなかいい。ことに客演の山茶花究の弁慶が、大芝居であった。浅草の芝居だからといって、ばかに出来ない。そういう批評だった。

山茶花究といえば、アキレタ・ボーイズの一員である。私は川田義雄のファンだった。といっても、アキレタ・ボーイズの舞台を見たことは、一度もない。ただレコードを買いあつめて、聞いていただけのファンだった。やがてアキレタ・ボーイズは分裂して、川田義雄は弟の岡村竜雄、頭山光、いまでもテレビのコマーシャルで顔を見かける有木山太の四人で、ミルク・ブラザーズというのを結成した。戦争がはじまると、これが「みるく・ブラザアズ」になった。

アキレタ・ボーイズも、あきれた・ぼういずになったが、芝利英が兵隊にいって、坊屋三郎と益田喜頓のふたりだけになってしまった。その穴うめに入ったのが、山茶花究だった。古川緑波一座に、森繁久弥といっしょにいた若手俳優だが、当時はそんなことは知らない。この三人になってから、私は初めて舞台で、あきれた・ぼういずを見たのだが、川田義雄のパートをつとめて、間のびのした川田節を唄うのが、なんだか大きな面をしているようで、私は山茶花究に反感を持った。

やがて、あきれた・ぼういずは、舞台から姿を消した。どうしたのかと思っていたら、劇評に山茶花究の名が出たので、反感を持ってはいたが、気にかかる。私は休みの日に、浅草へ出かけていった。小屋はたしか、花月劇場だったのではないかと思う。

そのへんの記憶が、なんともあいまいなのだけれども、それが昭和十九年のことだとすると、もう大劇場はあらかた閉鎖されていた。昭和十八年ごろから、大劇場の芝居は少くなっていて、榎本健一なども古巣の浅草にもどっていた。徴用されるすこし前の昭和十八年の六月に、松竹座で映画一本、芝居一本というかたちで、エノケン一座が出ていたのを、私は見ている。

映画は中田弘二主演の「マライの虎《ハリマオ》」、芝居は前年、東京劇場で前進座が初演した長谷川伸の「明日赤飯《あしたのおまんま》」であった。気のいい職人が空巣ねらいを改心させる話で、こんにゃくみたいにふにゃふにゃした妙な空巣ねらいを、中村翫右衛門がやって、好評だった。その役を中村是好がやって、これはこれでおもしろかった。

なぜその芝居をおぼえているかというと、いや、それをいいだすと話が横にそれすぎる。森川信一座に話をもどそう。そのころ江川劇場では関時男一座が常打をしていて、田谷力三がいつも客演していたし、常盤座は女剣劇、金龍館には清水金一一座が出ていたと思う。だから、森川信は花月劇場だったと思うのだが、はっきりしない。

とにかく、そこへ行ってみると、もう演目が変っていて、「勧進帳」はやっていなかった。だが、それよりも私には興味がある「白野弁十郎」をやっていて、それが山茶花究の出しものだった。躊躇なく入って、私は山茶花究に対する反感を消した。白野弁十郎に扮して、堂堂と芝居をして、見巧者きどりの小生意気な少年を、山茶花究は感服させたのである。

敗戦後、山茶花究はまたアキレタ・ボーイズに戻って、どうということもなかったが、森繁久弥の「夫婦善哉」で重要な役をあたえられ、批評家に注目された。山茶花究はあんな芝居のできる男だったのか、という声を聞くと、なんだ、いまごろ気づいたのか、と私はひとり得意だったものだ。

＊

中島飛行機の訓練所に、話をもどそう。

訓練期間は間もなくおわって、私も自分の犯罪をわすれはじめた。私たちは工場に配属されて、飛行機つくりの仕事をはじめた。最初のうちは、昼間の勤務だけだったが、やがて一週間交替で、夜勤もするようになった。

やがて、というのが、実際の仕事がはじまって、ひと月ぐらいあとだったのか、それとも数カ月あとだったのか、どうも思い出せない。単調な毎日だったから、記憶があいまいになっているのだ。仕事も、私が配属された部門では、きわめて単純なものであった。長さ十センチメートルほどの金属の円筒を、旋盤で削る作業だった。

円筒の外側を、一端に鍔状の出っぱりを残して、きれいに削りあげ、次に他端にテーパーをつける。それだけの作業で、それが飛行機のどこにつかわれる部品なのかは、教えてくれなかった。

ずらりと並んだ旋盤の一台おきに、職工、学生、職工、学生と配置されて、班長はもちろん職工だった。長い顔にちょび髭をはやしたひとで、苗字は思い出せないが、松之亟という古風な名前だったのを、おぼえている。訛りがはげしかったせいか、いたって口かずの少いひとだったけれど、私たちには親切だった。

勤務時間は昼勤も夜勤も、六時から六時までだったような気がする。工場へ通うには、中央線の三鷹でおりたほうが近かったので、私は江戸川橋の家から、都電で飯田橋まで行って、そのころは省線電車といっていた国電の中央線にのることにしたが、最初のうちは朝がつらかった。

なにしろ暗いうちに、家を出なければならない。急行なんてものはなかったから、飯田橋から三鷹までは、乗りでがある。かなり本が読めると思ったが、それどころではなかった。たいがいすわれて、すわると目がまださめきっていないから、すぐに眠ってしまう。三鷹につくころには、もちろん明るくなっていて、雑木林や畑のあいだの道をたどって行くと、遠くに山がくっきり見えた。

自然の季節の移りかわりを、実感として味わうことが出来たのが、私にとっては初めてで、これはうれしかった。けれども、朝礼がすんで職場へ入ると、朝から電灯がついていて、薄暗い単調な生活だった。

昼になると、食券が支給されていて、地下の食堂に、めしを食いに行く。迷路のような階段をおりて、迷路のような地下道をたどってゆくと、あちらこちらに手書きの壁新聞が貼ってあった。班編成で離ればなれになった友人と、食堂で落ちあうのが、一日の楽しみだった。

帰りの電車は、すわれないことが多かったが、運よくすわれれば、やはり疲れているから、すぐに眠ってしまう。運が悪くても、友人とお喋りをしているうちに、新宿へ来ると、たいがいすわれた。そこで、やはり飯田橋まで、うとうとすることになる。それでも、かばんにはかならず文庫本を入れて出かけた。勤務になれて、要領をおぼえると、その本を読めるようになった。

昼食時間のほかに、十時と三時には、三十分ずつの休みがあったようにおぼえている。その休憩時間には、ロッカー・ルームで雑談にふけった。冬の寒さがきびしくなると、このロッカー・ルームは繁昌した。暖房なんてものはないから、仕事をしているあいだは、なんとか緊張していられても、休憩時間は寒くてかなわない。職工たちがどこからか、板きれを調達してきて、石油罐のなかで、焚火をする。旋盤のそばで、そんなことをすれば、大目玉だから、ロッカー・ルームでやるのである。

ロッカー・ルームといっても、八畳ほどのコンクリート床の部屋で、ロッカーは壁の二方をふさいでいるだけだ。だから、ゆうゆうと焚火ができた。ロッカー・ルームの隣りには、手洗場があって、それは純粋に手を洗うだけの場所で、そのまた隣りに便所がある。寒さがきびしいときには、休憩時間がおわっても、焚火の火を消さずにおいて、便所へゆくようなふりをして、かじかんだ手を暖めにいったものだ。

仕事そのものは単調だったが、工場での毎日は、人生経験としては単調ではなかった。職工たちの話で、それまでは知らなかった世界を、いろいろ知ることになったからだ。班長の松之亟氏は、中島飛行機育ちの根っからの職人だったが、ほかの職工は半分ぐらい、徴用令でいやおうなく、転職させられたひとだった。

私の旋盤の右どなりは、中年のもと仕立屋さん、左どなりは若い生えぬきの職工、その右は学生で、そのまた右はもと板前といったぐあいだった。職工たちは、私たち中学生も、同僚としてあつかってくれた。というよりも、おもしろがって、雑談の仲間にひきいれたのかも知れない。雑談というのは、いうまでもなく、実にしばしば猥談であった。

私は情緒的には早熟だったが、実際のセックスについては、おくてだった。早稲田実業へ入ってから、はじめて性交という言葉を聞き、その言葉の意味も教えられたが、男と女がそんなことをするなんて、信じられなかったくらいである。まさか、こうのとりが赤ん坊を運んでくるとは思わなかったが、ほんとうのところを知ろうとも考えなかった。

それが、現実のこととして、洪水のごとく——というと少し大袈裟だが、耳に入ってきたのだ。耳からだけでなく、目からも入ってきた。猥談を聞かされるだけでなく、職工たちは写真をポケットからとりだして、見せてくれるのである。もちろんモノクロームの手札判ぐらいのものだったが、浮世絵の春画を撮ったものもあった。黒ぐろと秘処を見せた女の裸体もあった。裸の男女がすがりつきあっている写真まであった。

早熟な同級生から、聞かされていたことが、真実だとわかったのは、ショックだった。陽性な学生は、すすんで職工たちに質問をし、陰性な私は息をつめて、あからさまな表現の答えに、耳をすました。そういう話に刺激されたせいか、友だちがノートに筆写した猥本を、どこからか手に入れてきて、貸してくれた。文章のつなぎがおかしかったり、尻きれとんぼだったりしたが、後年、それがいわゆる「修善寺物語」の不完全なコピーだったことを知った。

おそるおそるといった感じで、マスターベーションをおぼえたのも、このころであった。けれど、そんな話ばかり聞かされていても、女子学生のいる職場まで、遠征していくほどに積極的なやつは、私たちのグループにはいなかった。

カレーに黄粉《きなこ》

ほぼ二年の学生工員ぐらしのあいだに、もっとも記憶に残っているのは、なんといっても、空襲経験であろう。けれど、空襲は中島飛行機製作所以外でも、経験しているので、まず工場での食物のことからはじめる。

前回にもいったと思うが、学生であるわれわれにも食券が支給されて昼勤の昼めし、夜勤の夜食を、それで食うことができた。ひと月をつうじて、工場でめしが食えるだけの食券が支給されていたのか、ときには弁当をもっていったのか、いまはもう思い出せない。

食堂は地下室にあって、私の職場は、たしか二階だった。それも、食堂の位置とは反対側の二階のはじだったようで、ずいぶん階段をおり、ずいぶん廊下を歩いた記憶がある。食堂は大きくて、長いテーブルと長い椅子が、何列にも並んでいた。片方のはしに、細長い窓口があって、その向うが調理場だった。白い服を着た調理人の男女が、調理場には大勢いて、廊下側の曇ガラスの窓は、いつも暖かそうに濡れていた。

私たちは、調理場の細長い窓口に並んで、まずアルマイトの盆をとり、そのうえに次つぎにアルマイトの椀、皿に盛った汁、副食、主食を女の人から、受け取っていくのだった。それを自分で、テーブルへ運んでいくわけで、つまり半分セルフ・サービスであった。一汁一菜で主食はいちおう米のめしであった。といっても、米だけということは、めったになくて、賽の目に刻んださつま芋が炊きこんであったり、大根の葉が炊きこんであったりした。どんな副食がついたかは、ほとんど覚えていない。

そのくせ、中島飛行機製作所の記憶というと、空襲と食堂が浮んでくるのは、それだけの理由がある。

この食堂で、私はなんとも滑稽な、なんとも悲しい経験をしたからだ。それは昭和十九年もおしつまった冬のことだったと覚えている。夜勤の夜食のときであった。

二階の職場は寒かったが、地下へおりると、なんとなく暖かい。工員たちの猥談から解放されて、友だちと喋りながら廊下を曲ってゆき、食堂で時間を過すのが楽しかった。

工員たちの猥談には、好奇心と興奮があったけれど、それだけの繰返しであることは、ときにつらかった。だからといって、私たちの会話が、充実したものだったというわけではない。

しかし、とにかく私たちの世界の会話であった。それを楽しみながら、食堂へいくと、その日の夜食はカレーライスであった。もちろん、私たちの呼びかたは、ライスカレーだったが、アルマイトの盆に、その皿とスプーンを受け取って、テーブルに私たちはついた。

めしにはさつま芋が炊きこんであって、その黄色い色が、カレーの黄色さを、いっそう際立たせていた。もう家庭では、なかなか米飯にありつけなくなっていて、ライスカレーはひさしぶりであった。

私たちは喜び勇んで大きなスプーンを取りあげた。私たちは、四人ひとかたまりになっていた。あとの三人が、だれだったかは思い出せない。喜び勇んでひとくち頬ばった私たちは、おもわず顔を見合せた。

そのカレーは、なんともいえない味だった。いや、味がないのである。ただウドン粉を練って、黄色い色をつけたようなしろものだった。近ごろのカレーの甘さに、閉口している人が多いようだが、甘いだけでも、あのときよりは増しだろう。カレーには味がなく、めしにはさつま芋の甘みがある。といっても、ほのかな甘みだから、カレーの味がなくては、喉を通らない。

米のめしは貴重でも、これには往生した。ひもじいときのまずいものなし、というからまだ当時は、敗戦後の飢餓状態ほどには飢えていなかったのだろう。まだ贅沢をいうだけの余裕が、私たちにはあったらしい。しかし、食わずに職場に戻るほどの余裕はなかった。

私たちは顔を見合せて、ため息をついた。まわりではみんなが黙々と食っている。それが、私たちには不思議だった。

そのうち、ひとりがポケットから、紙袋を取りだして、その中身を少し、おそるおそるカレーにかけた。かけたところをスプーンですくって、口に入れてから、その友だちは、にやっと笑った。

「食えるぜ」

と、友だちは私たちに、紙袋を差しだした。その中身は、黄粉《きなこ》だった。米のかわりに、しばしば大豆が、配給になっていたころである。その大豆を、めしに炊きこんだり、そのまま炒ってかじったり、黄粉にして舐めたりしていた。その黄粉である。

しかし、砂糖などは入っていない。それでも豆の風味があった。その豆の風味が、まったく味のないカレーを、どうやら食えるものにしてくれたのである。私たちは友だちの黄粉を、分けてかけあって、がつがつとライスカレーを平らげた。

昭和二十年になると干した海草のごときものや、豆滓が主食として配給されて、私たちは栄養失調になっていったが、それも滑稽で、悲惨だったといえるかもしれない。だがもう差しせまった状況で、感想をいだく余裕はなかった。このカレーに黄粉は、まだいくらか余裕があったせいで、そのときも滑稽で悲しく思い、いま思っても、滑稽で悲しいのであろう。

＊

最初の空襲も、昭和十九年の暮近いころにあった。昼めしを食い終ったころに警報が鳴って、私たちは工場の外に逃げた。かならず空襲があるだろうといわれていて、警報が鳴ったら、私たちは工場の裏の林に、逃げるようにいわれていた。

工場の裏門を出て、アスファルトの道を、ぞろぞろと歩きだした。走る気には、なれなかった。けれど、林にたどりつかないうちに、警戒警報が空襲警報にかわると、たちまち頭上に、飛行機の爆音が聞えた。私たちはあわてて、ばらばらに走りだした。そのときの経験か、あるいは次の空襲のときの経験か、判然としないのだけれど、体を大きな飛行機の影におおわれて、アスファルトの道を走ってい く記憶が、私には鮮明にある。晴れた日で、広いアスファルトの道に、大きな飛行機の影が落ちている。いくら懸命に走っても、私はその影から出られない、という恐ろしい記憶である。

最初は高空からの爆撃だったろうから、これは後の空襲の記憶が、デフォルメされたものだろう。とにかく、林に飛びこんで、ほっと息をついていると、ものすごい音響とともに、足もとの大地がふるえた。

工場の一郭に、爆弾が落ちたのだが、はじめて経験した大音響と地ひびきは、じつにすさまじいものだった。つづいてまた地ひびきがした。私はかたわらの木の幹にすがりついて、わなわなとふるえた。そばに木がなかったら、私は腰が抜けていただろう。

このゆれかたでは、今度は足もとが裂けるのではないかと思われて、私たちはさらに逃げた。滑ったり転んだりして、服もゲートルも泥だらけになった。警報が解除されて、もとの道を戻ってみると、工場はどこも変っていないように見えた。つまり、私たちの職場の一郭には、なんの被害もなかったわけだ。

だが、私たち学生は、すぐに帰宅するように命令された。第二波の空襲があったとき、足手まといの子供を、危険にさらしてはまずい、ということだったのだろう。ほっとして、私たちは三鷹の駅へ向った。けれど、駅は無傷でも、電車は動いていなかった。

しかたなく、私たちは歩きだした。二、三人、仲のいいのがいっしょだったが、みんな都心の育ちだから、三鷹、吉祥寺へんの道は、どっちへ向えば新宿なのか、見当もつかない。まあ、それは大げさだが、方向感覚だけで、歩いていったのだ。

服はみんな泥だらけ、顔が泥だらけのものもあった。あたりが薄暗くなっても、両側の家には、灯りがつかなかった。帰宅命令が出たのが、冬の日の午後三時過ぎだから、三鷹、吉祥寺、荻窪へんの空襲で、停電している地域を歩いているうちに、日が暮れたのである。

広い通りを選んで、黙々と歩いていくと、この世の終りのような感じさえした。そのうちに、両側に灯りがついて、人びとがなにごともなかったように、生活していた。泥に汚れ、疲れた足をひきずっている私だけが、場ちがいのものであった。第一、だれも私たちに、目を向けない。空襲の状況を、聞こうとするものもいない。

もっとも、それは私たちが、中学生だったからかもしれない。私たちはそれが不満で、にわかに声高に、爆弾の大音響と地ひびきの恐ろしさを、疲れをふりはらいながら、語りあったものだ。そのうちに、新宿へゆく路面電車が、走っている大通りへ出た。もう市電ではなく、都電になっていたのだが、たしか単線だったはずだ。省線電車がまだ不通だったせいか、新宿行きの都電は、おそろしい混みようだった。

何台も待って、ようやく私は都電のステップに、ぶらさがることができた。隣りにぶらさがっている人が、泥だらけの私のズボンを避けて、しきりに足を動かしていた。終点の新宿は、まったくいつもの繁華街だった。それが私には、奇跡のようにさえ思われた。途中の町なみに、なんの変化もなかったのだから、新宿にも被害はないのが、わかっていたはずなのだけれど、いつものように明るい繁華街であるとは、ひどく不思議な気がしたのだ。

家へ帰ると、さすがに親たちは心配して、いろいろ聞いてくれた。それは、私が泥だらけだったからで、ようやくそのとき、新宿の街をひどい恰好で歩いたことに、気がついたものだった。私は新宿の目ぬき通りを歩いて、バスで帰ってきたのである。

それが最初の空襲で、あとは間を置かずに、何度も中島飛行場は攻撃された。爆弾で建物を破壊され、艦載機の機銃掃射で工員を狙われて、工場が分散疎開するまでに、私は三鷹で二度、死にかけている。

一度は爆弾で、横穴防空壕を、埋められかけたのである。それは比較的初期の空襲のときで、昼間のことだった。私たち学生だけに、横穴防空壕のひとつが当てがわれることになったのだが、そこは一度しか使われなかった。はじめてそこを使うことになって、私たちが逃げこんだときに、埋められかけたからだ。

細長く、狭い防空壕で、私たちは押しあいへしあい、そのなかにしゃがんでいた。やがて爆弾の音がひびき、上下左右の土壁がゆれた。そのうちに、だんだん息苦しくなってきた。あたりに、煙のようなものが、迫ってきた。その防空壕は、小さな岡をトンネルのように掘り抜いたもので、その奥にも出入り口が、あったのである。その奥の出入り口が、爆弾か焼夷弾に塞がれて、煙が押し寄せてきたのだった。奥のほうの学生たちが、こちらに逃げてこようとして、しきりに押すのだが、無事なほうの出入り口にちかい連中は、いっこうに動かない。

まだ爆弾の音がしているのだから、動かないのも無理はないのだが、こちらはだんだん煙が濃くなり、息苦しくなってくる。つかえている前の背中を押しながら、

「出ろ！　早く出ろ！」

と、みんなは口ぐちに叫んだ。それでも、なかなか動かない。煙はますます濃くなって、息はつまり、声が出なくなる。かすれた泣き声をあげだすものもあった。鼻につんと異臭が入りこみ、目からは涙が溢れた。これは毒ガスにちがいない、と私は思った。これで死ぬのかもしれない、と思っても、どうすることもできないのである。私はただ、前の生徒の背中を押しつづけていた。

埋められかけ射たれかけ

三鷹の中島飛行機製作所で、私たち学徒徴用工が、横穴防空壕に生埋めにされかけたのは、昭和十九年の末、ごく初期の空襲のときだった。

資料を見ると、三鷹周辺に空襲があったのは、第一回が昭和十九年十一月二十四日、正午二十分すぎから二時四十分まで、第二回が十二月三日、午後二時から三時三十分までだ。どちらも真昼である。

前回に書いた経験と、生埋めにされかけた経験と、どちらが先だったのか、いまとなっては、はっきりしない。警報解除になってから、学生は帰っていいことになったのに、中央線の電車がとまっていたので、延えんと歩くことになったときには、都電の線路に出たころに、日が暮れた。十一月の末と十二月の初めでは、おなじころに日が暮れるだろう。

けれど、一回目と二回目とでは、警報解除の時間に、一時間ちかくのひらきがある。だから、林のなかで腰をぬかし、泥だらけになって、夕方の道を歩いたのは、十二月三日の第二回空襲のときだったのかも知れない。そう考えたほうが、理屈にもあう。

十一月二十四日の初めての空襲で、空襲必至というので掘ってあった防空壕に、みんなを避難させた。ところが、学生たちにあてがった壕がせまくて、事故を起した。それで、二回目には林のなかに避難させた。そう考えたほうが、いいだろう。

とにかく、両端に出入り口があって、つまり通りぬけの防空壕のなかに、私たちはしゃがんでいた。立って頭がつかえるような、狭い防空壕だった。どこかで大きな音がして、まわりの土壁がゆれた。それが何度かくりかえされて、奥のほうから薄い煙が流れてきた。

人声が起り、私たちは押されているような気がしたが、まだ事情はのみこめなかった。だが、そのときは、爆弾か焼夷弾のために、反対がわの出入り口がふさがれて、防空壕は煙にみたされはじめていたのだ。

奥の連中は、口ぐちにわめきながら、前にいる連中を押しだそうとしている。しかし、ふさがれていない出入り口ちかくにいる学生たちは、動こうとしなかった。爆弾の落ちる音が聞え、地面がふるえているのだから、出ようとしないのは、当然だった。

私たちは、防空壕のまんなかへん、ふさがっていない出入り口に、いくらか近いあたりにいた。煙がだんだん濃くなって、声の意味がわかりはじめると、私たちもあわてた。じっとしていれば、煙にまかれて、死ぬかも知れない。

「出ろ。出ろ。早く出ろ。生埋めになるぞ」

私たちは大声をあげて、前にいる学生の背を押した。大声をあげるたびに、息が苦しくなる。煙はだんだん濃くなって、目から涙が出てきた。出入り口ちかくの連中の鈍感さが、腹立たしくなって、私たちは叫んだ。

「ばか、早く出ろ。出ないと、死ぬぞ。わからないのか、ばか」

みんなが自分の前の背なかを、力いっぱいに押した。腕がつかれ、喉が痛み、目は涙であけていられなくなるころ、ようやく煙が出入り口に達したらしい。

みんなは壕から出はじめて、私たちは楽になった。もう爆弾の落ちる音も、聞えなくなっていた。明るい陽ざしの下に出て、空気のうまさを、私たちは堪能した。私の班、となりの班の学生は、みんな無事だった。空襲警報解除のサイレンが鳴って、工場へもどってみると、私たちの職場も無事だった。

けれども、翌日になってみると、私たちのクラスのひとりが、いなくなっていた。防空壕のふさがれた口のほうにいて、意識不明になり、みんなに引っぱりだされた、という話を聞いた。病院へ運ばれたが、死んだらしい、ということだった。はっきりしたことは、監督にきている教師も、教えてくれなかった。

工場のどこかが、爆弾で毀されたという噂も聞いた。耳に入るのは、噂だけだった。当時は空襲の被害に関することは、おなじ職場にいる人間にも、正確には知らされなかったのである。聞いても、だれも教えてくれないとわかっていたから、私たちは教師や班長に、聞いてみもしなかった。噂をささやきあうだけだった。

死んだといわれた級友も、翌年になると、朝礼に顔を見せるようになった。私の班の情報蒐集家が、その級友のいる職場へいって、聞きこんできたところによると、意識不明で壕から運びだされたことは、事実だった。病院に入って、退院してからは、しばらく自宅療養していた、ということだった。

「そうとう、ひどかったらしいよ。もう少しで、ばかになるところだった、と自分でいってた」

と、情報係の友だちは、声をひそめて、私たちにいった。中島飛行機は、空襲の目標にされている。まかり間違えば、私たちは死ぬかも知れない。あらためて、それを私たちは実感した。

十二月に入ると、三日おき、四日おきに、空襲があって、都内のあちこちが焼きはらわれた。寒さもきびしくなって、朝、三鷹駅から工場へゆく道からは、雪をかぶった山が見えた。白い山なみの向って左のはじには、ひときわ白く、小さな三角形に、富士山があった。

十二月三日のつぎに、中島飛行機が狙われたのは、資料によると、十二月二十七日の昼間、十二時十八分から一時五十八分までだった。二回目の空襲のときか、三回目の空襲のときか、おぼえていないけれど、私たちの職場の近くに、被害があった。三階から地下室まで、ななめに爆弾がつきぬけて、大きな穴があいた、ということだった。

例によって、それを噂で、私たちは知った。その一部はロープを張って、立入禁止になっていたが、くぐろうと思えば、くぐって行けないことはない。一階から穴をのぞくと、地下は瓦礫の山にふさがれて、地下道からは近づけないことがわかる、という話だった。

その点をなぜ、噂が強調していたかというと、地下で作業をしていた工員が何人か、爆弾で死んでいたからだ。そのうちのひとりは、五体がばらばらに吹っ飛んで、一階の穴からのぞくと、大きなコンクリートの塊りの上に、生首がのっているのが、見えるということだった。

「ほんとうだとさ。行ってみようか」

と、私たちはいいあったが、けっきょく行ってはみなかった。たぶん嘘にちがいない、と思ったせいもあるが、万一ほんとうだったら、と考えると、だれも勇気が出なかったのだ。ロープをくぐっているところを、憲兵に見つかったら、ただではすまないだろう、という恐れもあった。

憲兵はふたりぐらいで、よく工場内を見まわっていた。機密事項を話しあっていたり、仕事をなまけていたりするのを、憲兵に見つかると、どこかへ連れていかれて、重労働をさせられる、ということだった。私たちにとって、いちばん怖いのが憲兵だったが、重労働なぞというのは、誇張だったらしい。学生の場合は、最悪で自宅謹慎だったようだ。

私は夜勤のとき、眠っているところを、憲兵に見つかった。靴のかかとで、蹴りおこされたときには、どうなることか、とふるえあがった。もっとも、ふるえたのは寒さのせいもある。機械と機械のあいだに、むしろを一枚しいて寝て、むしろをもう一枚、毛布がわりにかけていた。そうすれば、通路から見えないで、ゆっくり眠ることが出来るのだ。

だが、むしろ一枚下はコンクリートだから、寝ているあいだは平気でも、起きたときには、骨まで寒さがしみわたっている。胴ぶるいがする寒さと、憲兵に蹴りおこされた恐しさで、私は歯ががちがちと鳴った。気をつけの姿勢をした私を、憲兵はじろじろ見つめていたが、そのまま立ちさってしまった。小さな中学生だったから、起しただけで、見のがしてくれたのだろう。

*

空襲で二度目に死にかけた話までには、ちょっと間があって、そのあいだにいろいろなことがあった。

しかし、それはあとまわしにして、空襲の話をつづけよう。昭和二十年も春になろうとして、中島飛行機製作所は、壊滅寸前の状態になっていた。爆撃機が爆弾、焼夷弾を落してゆくだけでなく、戦闘機がいっしょに飛んできて、機銃掃射をしていった。

そのころには、警報が鳴ると、私たちは工場を出て、どこへでも好きなところへ、逃げることになっていた。やはり昼間、警戒警報が鳴って、私たちは職場から逃げだした。警報はすぐに、空襲警報にかわった。私はたかをくくっていて、走ることをしなかった。狙われているのは工場で、われわれ工員ではない。工場を離れさえすれば、大丈夫だと思っていた。

工場を出ると、まわりは畑だった。駅までのあいだは、住宅と畑と雑木林で、現在のように家屋が密集してはいなかった。工場の門を出たとたん、飛行機の爆音と銃声が聞えた。ただごとではない、と思って、私は走りだした。逃げおくれた連中が数人、近くにいたが、その数人も走りだした。工場から離れなければならない。私たちが走ってゆく方角から、爆撃は近づいてきた。

小さな飛行機がいくつも、低く飛んでくるのが見えた。畑のむこうに、農家があって、そのむこうがまた畑、雑木林があって、神社がある。その神社の境内に、逃げこむつもりだった。

だが、間にあわなかった。私ともうひとりの学生が走ってゆく頭上を、戦闘機がかすめていった。背後で機銃の発射音が聞えた。前方でも聞えた。私は農家と神社のあいだの畑に飛びこんで、畝のあいだに突っ伏した。土に頬をつけて、私は空を見あげた。

戦闘機がつっこんでくるのが、目に入った。耳が裂けるような音がして、畑の土が次つぎに跳ねあがった。機銃弾が土をえぐって、はねとばしているのだった。それはスローモーション撮影の映画みたいに、私のほうへ迫ってきた。だめだ、と思って、私はからだを平たくし、両手で頭をかかえた。機銃の音が一瞬やんで、また起った。顔をあげると、戦闘機が上をかすめて、また土けむりがあがりはじめた。操縦しているアメリカ兵の顔が、見えたような気がした。

手足に力が入らなくて、私はしばらく立ちあがれなかった。戦闘機はまだ来るかも知れない。懸命に立ちあがって、私は神社の境内に駈けこんだ。社殿の木の階段に腰をおろして、私は息をついた。手がふるえるのを、膝のあいだに挟んで、じっとしていたような記憶がある。

飛行機の爆音は、まだつづいていた。機銃の音も、爆弾の落ちる音も聞えた。だが、それはもう遠かった。私は立ちあがって、畑に出ていった。農家の庭に井戸があるのを思い出して、水を飲みにいったのだ。喉がからからに、乾いていたからだ。

もう怖くはなかった。農家のひとたちは、どこにいるのか、庭は静まりかえっていた。私は井戸の水をくんで、がぶがぶ飲んだ。実をいうと、このときの記憶は、映画のようにつながって残ってはいない。スティル写真のように、離ればなれの画像として、記憶のなかにある。

迫ってくる戦闘機、畑の土がはねあがる様子、頭上をかすめた戦闘機、神社の階段、農家の井戸、といったぐあいだ。だが、機銃弾が私の手前で、一瞬とまり、また離れたところから土をえぐっていったのは、事実である。

機上では、ほんの一瞬、機銃の発射ボタンから、指を離したのだったろう。それが地上では数メートルの間隔になって、私の命をすくったのだ。

井戸で水を飲んでから、私は神社に戻った。そこで近くに逃げていたもうひとりの学生とあい、お喋りをしながら、警報解除を待っていたような気がする。そのへんのことも、解除になってから、戻った工場の様子も、いまでは思い出せない。

ただその日を境いに、中島飛行機の職場の大部分が、周辺の小工場へ、分散疎開をはじめたのは、おぼえている。私たちの職場の移転さきは、武蔵境の駅から五、六分あるいたところの、小さな木造の工場だった。そのころには、仕事は楽になっていた。

なにしろ、もう原料がほとんど来なくなって、私たちはただ旋盤の前に、立っているだけの日が、多かったからだ。それでも、三鷹にいるあいだは、旋盤の前で立っていなければならなかったが、武蔵境へ移ると、とたんにやかましくなくなった。

小さな平屋の工場と、小さな二階建の事務所があって、庭があった。その庭に、材料入れの木箱を積んで、腰かけて、私たちは一日じゅう、お喋りをしていた。工場のなかは、移転した当時はうすら寒く、だんだん暖かくなると、地のみと教えられたが、蚤の大きいのが足へ匍いあがってくる。仕事もないのに、立っていられるものではなかった。

職工たちも庭へ出ていたし、班長もそれを黙認していた。監督の教師や配属将校も、一日にいっぺんぐらいしか、まわって来ない。憲兵はぜんぜん来ない。夜勤もなくなった。武蔵境の小工場は、天国だった。

空襲も都心の住宅地に移って、そのへんは安全らしかった。工場の周辺には森があり、畑があり、小住宅があった。新興住宅地という感じで、ところどころに小住宅がかたまっていたが、そこに住んでいる人たちは、警報が鳴っても、いっこうに避難する様子がなかった。

私たちは工場が狙われないとも限らないので、外に出ることになっていた。だから、警報が鳴ると、三、四人でつれ立って、散歩に出かけた。のんびり歩いていくと、道ばたに花が咲き、畑のあいだにも花が咲き、小住宅の庭の木にも、花が咲いていた。

いつもいっしょに散歩に出る友だちに、ひとり草花にくわしいのがいて、都心のごみごみした場所で育った私が、多少なりとも花の名をおぼえたのは、この時期であった。大丈夫だとは思っても、三鷹当時の恐怖感があるから、畑のなかの見とおしの道は、歩かなかった。

林のなかを歩いたり、住宅地の露地を歩いたりして、くたびれると、どこにでも腰をおろした。小さな庭のある小ぎれいな住宅の、生垣の外に腰をおろしていたことがある。私ともうひとり、ふたりだけになっていて、もう話もつきたので、黙って明るい空を見あげていると、背後で歌が低く聞えた。

生垣の隙間をのぞくと、スウェーターにズボン姿の若い人妻が、鼻唄をうたいながら、洗濯物をほしているのだった。警報など、別世界のできごとのような、のんびりとした態度だった。スウェーターの胸がふくらみ、物干竿をあげるために背のびをすると、腰の線が際立った。私はその平和な姿を眺めながら、生きていたい、と思った。

浅草・渋谷・錦糸町

中島飛行機製作所が、空襲のために分散疎開することになって、私たちが武蔵境の町工場へ移ってからは、なにもする仕事のない日がつづいた。

それは前回に書いた通りだけれど、だからといって、退屈していたわけではない。いや退屈であったかも知れないけれど、それは楽しく、充実した退屈だった。

戦争末期のあの奇妙な充実感については、坂口安吾も書いているが、ほんとうに毎日が張りつめていた。死と隣りあわせに生きている、という実感が、数え年で十六、七の子どもにも、痛切にあったせいだろう。

小さな工場の庭で、日なたぼっこをしながら、仲間とお喋りをしていても楽しかったし、黙って青空を眺めていても、けっこう楽しかった。警報が鳴って、戸外に散歩に出られるのは、もっと楽しかった。雑木林を通りぬけ、畑のあいだの砂利道を歩き、文化住宅の生垣の外に腰をおろす。

畑のへりには、紫雲英《げんげ》や蒲公英《たんぽぽ》が咲いていて、私たちはその赤紫や黄いろのあざやかな色から、干菓子を連想した。しょっちゅう腹がへっていて、ことに甘いものには飢えていたのだ。だから、なにを見ても、食いものを連想しがちだった。

文化住宅の庭には、白木蓮や紫木蓮が咲いていた。ぼてっと白い辛夷《こぶし》の花も、咲いていた。紅い連翹の花も、咲いていた。昭和二十年の春だったのである。

油で汚れた作業服の膝をかかえて、南京虫や虱《しらみ》にくわれたところを掻きながら、春の青空を眺めていると、うしろの生垣のなかで、鼻唄が聞える。若い人妻が、空襲警報が出ていることなど、まったく気にならない様子で、洗濯物をほしているのだ。

私たち子どもは、戦争に負けるのか、勝つのか、もうどうでもいいような気持だった。ただその日のその瞬間に生きているということが、うれしかったのだろう。充実した気持で、若い奥さんの様子をうかがい、青い空を眺めて、友だちとふたり、生垣の外に腰をおろしている。

工場の道具箱のすみには、南京虫がうようよいた。床のない工場で、足の下は地面だった。そこからは、大きな蚤が匍いあがってくる。おまけにそのころから、国民の大半が虱に悩まされはじめていた。衣料品が不足して、下着を小まめに洗うことが出来ない。銭湯は休みの日が多くなり、自宅に風呂のあるひとも、燃すものがないから、沸かさないので、電車のなかなんぞでは、たいがいのひとが垢くさい臭いを発していた。

そして、虱が発生するわけである。この小さな吸血鬼を、はじめて見たときには、びっくりした。その晩、私は珍しく父母といっしょに、神楽坂にある寄席へいった。東宝系の神楽坂演芸場で、毘沙門神社の横を入ったところにあった。

私と父母と祖母、うちの裏に住んでいた叔母たちと、かなりの大人数で出かけたような記憶がある。そのころ、わが家は大正八年生れの兄は兵隊にとられ、大正十五年生れの次兄は落語家になって、不在がちだった。昭和八年生れの弟は、学童疎開で鳴子温泉にいて、小人数になっていた。

警報が出なくて、寄席は楽しかったが、すわっていると、からだじゅうがもぞもぞする。それまでにも、しじゅうからだが痒かったが、それは下着を長いこと取りかえず、しばらく風呂へも入らないせいだ、と思っていた。

わが家の前の橋をわたったすぐ右がわにあった風呂屋は、強制疎開で取りはらわれ、牛込のほうまで歩かないと、銭湯がない。それも、休みの日が多い、というありさまだった。もっと空襲で焼きはらわれた地域が多くなってからは、江戸川橋の交叉点から、都電にのって、飯田橋一丁目まで、風呂に入りにいった。

それはとにかく、神楽坂演芸場で感じたかゆみは、それまでよりも強烈で、皮膚の上をなにかが歩きまわっているようだった。私はシャツの上から、あちこちを掻きながら、先代林家正蔵の「源平盛衰記」を聞いていた。家へ帰ってから、両親に異常をうったえて、裸になってみて、おどろいた。

皮膚には赤く、あちこち虫にくわれた跡があり、シャツの裏の垢光りしたところには、何匹も異様な虫が匍っている。はじめて見る虫で、なかには米粒より大きいくらいに、てらてら肥っているのもいた。式亭三馬の「浮世風呂」などを読んでいて、虱というものの存在は知っていたが、見るのは初めてだったのだ。

母親がすぐにお湯をわかして、下着をぜんぶそのなかにつけた。おかげで、私はとっておきのシャツを、着せてもらうことになった。しかし、着がえの数は少く、石鹸も乏しいから、洗濯の回数はふえない。風呂へ入る回数もふえず、銭湯の脱衣場が虱の移る場所なのだから、戦争がおわるまで、この吸血鬼どもと縁を切ることは出来なかった。

＊

神楽坂演芸場が出たついでに、話を工場から、興行街へ移すことにしよう。

私は相変らず、映画や芝居を見てあるいていた。寄席へもいったが、中心は芝居だった。次兄が落語家になって、毎日いないことが多くなったので、私はひとりで出あるいた。だから、自分の好みに徹するようになって、寄席へゆく回数はへったわけだ。

映画は本数がへって、しかも、外国映画はドイツとフランスとイタリーだけ、それも極度に少くなった。それで、芝居を見ることが多くなったのだが、別にもうひとつ理由があった。

本の出版点数もへって、粗末な書物ばかりになっていたが、珍しく豪華版で、伊藤熹朔の「舞台装置の研究」という大冊が出て、それを私は手に入れたのである。前にもいったと思うが、私は小学生のとき、絵の成績がよくて、ひところ画家になるつもりでいた。けれど、ほんとうは才能がないとわかって、あきらめていたのが、その「舞台装置の研究」で、ふたたび燃えあがったのである。芝居はもともと好きだったし、早稲田実業に入ってすぐ、一種の学生演劇活動にさそわれたこともあった。上級生に劇団東童の俳優がいて、もうその頃はこの児童劇団、活動を休んでいたらしいが、その上級生は早稲田大学にすすんで、学内で芝居の試演会を計画したのだ。

上演する予定の芝居に、小学生の役があって、私はさそわれた。もっとも、数回の本読みだけで、その試演会は実現しなかったが、私は芝居のおもしろさをおぼえた。その劇団東童のひとは、小張健一さんといった。当時すでに胸を病んでいたようだから、戦後も舞台へは復帰しなかったらしい。敗戦直前に、一度あって立ちばなしをしただけで、以来あっていないけれども、どうしているだろう。

もっとも、私の俳優としての素質は、最初に小張さんから、引導をわたされている。せりふまわしには見どころがあるが、声量がないし、柄も小さすぎる。舞台の俳優にはなれそうもない、というわけだ。そこへ持ってきての「舞台装置の研究」である。

私はがぜん、舞台装置家をこころざして、出来るだけたくさん芝居を見、戯曲を読もうと決心した。軽演劇から歌舞伎まで、私は小づかいのゆるすかぎり、見てあるいた。行かなかったのは、国民新劇場ぐらいのものだろう。かつての築地小劇場である。文学座の公演を見にいこうとしたことがあるが、築地の通りを歩いても、劇場がどこにあるのか、わからなかった。

ときには、工場をずる休みして、芝居を見にいった。朝はちゃんと家を出て、飯田橋から、省線にのる。だが、まっすぐ三鷹へいかずに、代々木で山の手線にのりかえる。山の手線を一周するうちには、かならず腰をかけることが出来た。

当時の学生工員のすがたは、頭にはカーキいろの戦闘帽、カーキいろの国民服にカーキいろのズボンで、ゲートルを巻き、胸には学校名と学年と姓名を書いた白布を、縫いつけている。持ちものは、カーキいろの肩からさげるズックのかばん。これは弁当と文庫本ぐらいしか、入れるものがなかったから、学生かばんほど大きくはない。

工場をさぼっているのを、憲兵に見つかると、重労働だという噂だったから、帽子の徽章と胸の名札が問題だった。名札は機械油をこすりつけて、汚しておけばいい。帽子は前のほうをつぶして、徽章が隠れるようにして、かぶる。

こうすると、一点をのぞいて、当時の不良学生の姿になるのだ。その一点とはゲートルで、膝下まで巻くのが普通だが、それを向うずねの途中までしか巻かない。その上にズボンをだぶだぶにかぶせて、ニッカーボッカーをはいた仕事師のような、あるいはアメリカの兵士のようなスタイルにするわけだ。

だが、私はそこまではやらなかった。工場をさぼって、映画や芝居を見てあるくようになってすぐ、憲兵にはめったに出あわないが、不良学生にはしょっちゅう出あうことが、わかったからである。憲兵よりも、実は不良学生のほうが、怖いことがわかったのだ。相手がどちらにしても、学校名と姓名を知られるのはまずいから、帽子はつぶし、名札は汚したが、ゲートルだけはちゃんと巻いていた。

座席にありつくと、私は顔を伏せて、居眠りをする。山の手線を二周ぐらいしたところで、目がさめる。三周目ぐらいで、弁当箱をとりだして、昼めしにする。あのころは、電車のなかで弁当を食っているひとが、ずいぶんいたものだ。永井荷風の日記を読むと、戦闘帽に国民服の若者たちの無作法ぶりを、なげいている文章が目につくが、冬場は電車のなかが、いちばんよかった。デパートの屋上や、公園のベンチで、つめたい弁当は食えやしない。

昼ちかくなると、上野でおりて、地下鉄で浅草へいくのが、普通の私のコースだった。軽演劇の小屋へ入るわけである。時間のつごうの悪いときには、観音さまの境内を歩いたり、松屋デパートのなかを歩いたりしたが、これは危険だった。劇場のなかでは、休憩時間にも座席でじっとしていれば、不良学生に因縁をつけられることはなかった。

だが、公園やデパートのなかだと、すぐに目をつけられる。さぼって遊んでいるか、休みで出てきているか、彼らには見わけがつくらしい。金でも持っていそうだとなったら、たちまち取りまかれる。

自分たちだって、さぼって歩きまわっているのに、因縁のつけかたは、お説教ふうだった。いま考えてみると、おもしろい。きょうは休みじゃないだろう、どこの学校だ、この非常時に、ずる休みをしていいと思うのか、といった調子で、嚇しがはじまるのである。

私はなんども、不良学生につかまったが、わびの一手で逃げのびた。休みで出てきたといいはって、学校名と氏名はかんべんしてくれ、と頭をさげつづけるわけだ。金を持っているような様子ではないし、事実ぎりぎりの小づかいしか持っていないから、物をとりあげられたことはなかった。帰りの電車賃までとりあげて、交番へ行かれでもすると、自分たちが危いせいか、余分の所持金はなさそうだとなると、あすからまじめにやるんだぞ、というくらいで、解放してくれた。ときどきは、往復びんたをくらわされることもあった。

浅草の軽演劇は、ずっと興行をつづけていたが、有楽町の大劇場なぞは、どんどん休場しはじめた。歌舞伎座や東京劇場なども、本公演はやらなくなった。日本劇場なぞは、風船爆弾の工場になった。もちろん、そのことは公表されなかったが、噂で新兵器をつくっているらしいのを、私たちは知っていた。しかし、アメリカの新型爆弾にくらべて、日劇でつくっていたのは、お粗末だった。和紙を貼って大きな風船をつくり、それに爆弾をぶらさげて、気流にのせてアメリカ本土へ飛ばそうというのだ。

緑波一座やエノケン一座、新国劇なぞは劇場がなくなって、映画館で公演するようになった。渋谷東宝や錦糸町東宝である。それを見るために、私は初めて渋谷へゆき、錦糸堀の駅で、電車をおりた。

昭和二十年の一月公演は、錦糸町東宝が榎本健一一座で、出しものは「らくだの馬」ともう一本、そっちの題名は思い出せない。渋谷東宝は古川緑波一座で、松本伊知夫の漫画を菊田一夫が脚色した「突貫駅長」と、もう一本は「右門捕物帖初春一番手柄」で、これはたしか斎藤豊吉の脚色だった。原作者の佐々木味津三の名前と脚色者の名前のあいだに、原案古川緑波とあったようにおぼえている。

私は渋谷へも、錦糸堀へも、見にいった。古川緑波は菊田一夫の「花咲く港」以来、ずっと芸術づいていたが、それをすっかりあきらめて、アチャラカに徹していた。右門と犯人の百面相役者のふた役を、緑波がつとめるところがみそで、百面相役者が右門に化けるので、事件が混乱する。本物と贋物の追っかけを、緑波はいい気持そうにやっていた。

続 浅草・渋谷・錦糸町

前回の最後に、渋谷道玄坂の渋谷東宝という映画館で、第二次大戦末期には芝居をやっていて、昭和二十年の一月興行には、古川緑波一座が出たと書いた。その出しものの作者名が誤植されていたので、まず訂正しておきたい。「突貫駅長」という現代喜劇の原作者名が、松本伊知夫となっているけれど、これは松下井知夫の誤植である。最近ではテレビの日曜大工の番組に、ずっとホストで出ていた漫画家の松下井知夫氏、亡くなった佐賀潜さんのお兄さんだか、弟さんだかだ。戦争ちゅうは名前を伊知夫と書いておられたような記憶があって、そう書いたのだけれども、これは私の思いちがいかもわからない。

その「突貫駅長」というのは、新聞か雑誌の連載漫画であった。そのころ東京の新聞は、紙不足からタブロイド版に縮小されていた。現在の夕刊フジや日刊ゲンダイの大きさだが、たったの四ページであった。四ページでも、連載漫画や連載小説はちゃんとあって、大佛次郎の「鞍馬の火祭」を、タブロイド版で、毎日たのしみに読んだのをおぼえている。あるいは、夕刊だけがタブロイド版になっていたのか、そのへんは記憶がはっきりしていない。

漫画を脚色した時局喜劇と、「右門捕物帖」のアチャラカとで、渋谷東宝は満員だった。錦糸町東宝のほうは、榎本健一一座だったと思うのだが、これも考えているうちに、曖昧になってくる。あるいは昭和二十年の一月公演は、新国劇の「国定忠治」だったかも知れない。

いつぞや、新宿の大ガードの向うには、畑があるんだろう、と思っていたと書いたけれども、それとおなじように、川むこうは田舎という感じだった。現在でも、隅田川をわたることは、私は年に二、三度しかない。だから、芝居を見るためにでも、あのころ錦糸町までは二度ぐらいしか、行った記憶がない。

　錦糸町東宝で見た芝居は、したがって榎本健一一座と新国劇の二度で、どちらかが正月公演だったわけだ。榎本健一一座が、「らくだの馬」をやったことは、間違いない。渋谷東宝は、舞台がわりあいひろかったが、錦糸町東宝は狭くて、俳優たちはやりにくそうだった。私は前のほうの席で見たので、おなじ舞台の上で、役者を見ているような気がしたものだ。

「らくだの馬」は、もちろん落語の「らくだ」を脚色したものだが、直接に落語から脚色したものではない。岡鬼太郎が「眠駱駝物語《ねむるがらくだものがたり》」という題で、新歌舞伎にしたものを、大町文夫がエノケンむきに、脚色したものだ。というよりも、らくだの兄弟分の名が手斧目《ちょうなめ》の半次になっているし、最後にらくだが生きかえるし、ほとんど引きうつしに近いもので、そのくせ岡鬼太郎の名は、どこにも入っていないので、私は憤慨したおぼえがある。つまり、岡鬼太郎の脚本に、エノケンふうのギャグを入れた、というだけのものだったのだ。

　しかし、舞台はおもしろかった。エノケンが屑屋の久六、如月寛多が手斧目の半次、柳田貞一が家主、らくだは中村是好で、この是好の死体ぶりがよかった。奥行のない舞台に、ろくに大道具も飾ってなくても、楽しく見ていることができた。

　映画のほうも、あいかわらずよく見ていた。キネマ旬報の「日本映画作品大鑑」によると、昭和十九年に製作公開された日本映画は四十九本、封切られた外国映画はドイツのもの四本だが、私はそのうち日本映画二十九本を見ている。昭和二十年の八月までに公開された映画は二十二本、私は十二本を見ている。一日の上映回数は少くなり、夜も早くおわるので、工場がおわってからでは、見ることが出来ない。

　夜勤があったころには、夜勤あけで家へ帰って、そのまま眠らずにいて、一回目の上映を見にいったりしたし、例のごとくずる休みをして、映画館で半日すごすこともあった。このおよそ一年半のあいだに見て、いまでも記憶に残っている映画を、あげておこう。

昭和十九年では、東宝の阿部豊監督の「あの旗を撃て」、これは日本軍のフィリピン占領をえがいた戦争映画だが、フィリピンにロケーションしたので、見ごたえがあった。フィリピン人を相手に、英語で会話するシーンがかなりあって、英語のせりふが聞け、スーパーインポーズが出るのも、うれしかった。おまけにアメリカ軍が残していったフィルムを使ったとかで、画調が日本映画とちがったような感じだったのも、うれしかった。

松竹映画の「天狗倒し」というのは、大佛次郎原作の鞍馬天狗ものだったが、主演の佐分利信は天狗役ではなく、酒井猛という新人が扮した鞍馬天狗は、わき役ふうに扱ってあって、そこが珍種として印象に残っている。新人を表面に立てたのでは弱いというので、にせ天狗が何人も出てきて、どれが本物かわからない、という趣向にした苦肉の策だったのだろう。坂本武の黒姫の吉兵衛が、天狗に化けるところもあった。佐分利信の黒覆面すがたも、珍なるものであった。

大映の「お馬は七十七万石」、この映画のことは前に書いた。東宝の山本嘉次郎監督の「加藤隼戦闘隊」、このころの東宝の戦争映画で、よく下士官などの役をつとめていた俳優に、真木順というひとがいて、いまでもときおり思い出す。笠智衆と森繁久弥をいっしょにしたような感じの、ちょっと味のあるバイプレイヤーだったが、戦後の映画では見たおぼえがない。あのひと、どうしてしまったのだろう。

松竹の五所平之助監督の「五重塔」、幸田露伴の作を川口松太郎が脚色して、新派の連中が出演した映画である。劇場閉鎖で、演劇人が劇団まるごと映画に出るようになっていた。花柳章太郎が汚れ役ののっそり重兵衛をやるのが、おもしろかった。小説の原文そのままのナレーションが入って、それを徳川夢聲がやっていたように記憶していたのだが、「夢声戦争日記」の昭和十九年の分を刻明に読んでみても、松竹でそういう仕事をしたという記述がない。私はかなり、自信をうしなった。あのナレーションは、だれだったのだろう。

昭和二十年の映画では、三本の東宝映画が、印象に残っている。黒澤明の脚本を佐伯清が監督した「天晴れ一心太助」、エノケンの一心太助に夢聲の大久保彦左衛門という喜劇で、特におもしろかったわけではないが、正月映画として記憶に残っている。

次も黒澤明の作品で、脚本監督した「続姿三四郎」、月形龍之介が檜垣源之助と弟の鉄心をふた役で演じわけていたのと、河野秋武の病的な檜垣源三郎ぶりが、いまでも目に浮かぶ。この映画を、日比谷映画劇場に見にいって間もなく、私の家は空襲で焼けてしまった。

次は成瀬巳喜男監督の「三十三間堂通し矢物語」、長谷川一夫主演の講談種、和佐大八郎を主人公にした時代劇だが、焼けだされて叔父の家に身をよせてから、最初に見た映画として、印象に残っている。小山内薫の息子で、歌舞伎俳優になり、前進座にいた市川扇升が副主人公の役で出ていた。このひとは、敗戦後まもなく亡くなったが、芸名の扇升というのは、薫氏が都々逸づくりに凝って、鶯亭金升の弟子になっていたときの雅号、倒亭扇升からとったものだという。鶯亭金升が逢うて来んしょうのしゃれであるように、倒亭扇升は扇が倒れて富士の山という見立てのしゃれである。

*

そろそろ、東京大空襲の話に入らなければならないのだが、なんとなく気が重い。

市街地の大空襲といえば、まず三月十日だが、その前から昼間の空襲で、あちらこちらが焼かれていた。二月二十五日の昼間の空襲は、かなり大規模で、私の当時の行動半径内でいえば、神田、浅草、駒込あたりが、部分的に焼かれていた。ほかにも小規模な空襲は、連日のようにあって、三月十日の大空襲になるのだが、この晩の記憶が嘘みたいに脱落している。

なんども書いたように、私が住んでいたのは、いままでいえば文京区の関口一丁目で、家を焼かれたのは、五月二十五日の晩だった。だから、三月十日にはなにごともなかったので、おぼえていないのだろうか。

しかし、午後十時すぎから、午前二時すぎにおよぶ大空襲で、火の手は下町をなめつくして、燃えつづけたのだ。こっちのほうは大丈夫と、眠っていられたわけはない。考えられるのは、服を着たままときどき横になったり、起きて外へ出たりしていて、断片的な記憶が、ほかの空襲とまざりあって、ひとつながりのものとしては、残っていないのかも知れない。

あるいはそのころは、まだ中島飛行機製作所は分散していなくて、夜勤があったのかも知れない。三月十日が、たまたま夜勤にあたっていたとすると、これは当然、こちらのほうは大丈夫と仕事がつづけられていたわけで、とくに記憶がないのも、うなずける。

どうも後者だったような気がするが、この夜の空襲のすさまじさは、あとから聞いた話、隅田川のむこうは一面の焼野原で、なんにもなくなっているとか、明治座が死体の山になっているとか、見てきたひとの話として、記憶に残っている。

すぐ上の兄が落語家になっていて、奇術師の李彩が死んだとか、一龍斎貞山が死んだとか、細かい情報を仕入れてきては、話してくれた。都電が動くようになって、上野へ行ってみたときのおどろきは、わすれられない。神明町から動坂をまわってゆく電車で、あのへんの家なみは敗戦まで、焼失をまぬがれたから、別にショックはなかったのだけれど、上野の山下でおりて、駅のほうへ行ってみて、愕然とした。ビルディングの外形があちらこちらに、頭蓋骨みたいに建っているだけで、浅草のほうまで見わたせるのだ。

それも、あと片づけがちゃんと出来ていない状態だから、巨人に踏みつぶされたあとみたいに、みじめな感じだった。しかし、浅草までいってみると、六区の劇場は無事だったので、なんとなくほっとしたものだ。

このころになると、晴れた日には、東京のどこからでも、富士山が見えた。江戸川橋の交叉点あたりでも、見える場所があった。夜の空襲が多くなって、夜があけてから外に出て、富士山が見えると、充実感をおぼえたものだ。

しかし、四月十三日から十四日へかけての空襲では、夜があけても、富士山が見えるどころではなかった。私の家の二軒さきまで、焼きはらわれたからだった。この夜は家にいて、だんだん迫る火の手に、逃げだしたのを、はっきり記憶している。

夜空が赤黒い色に染まって、大きな入道雲が重りあってそびえ、風の音とも炎の唸りともつかない響きが、あたりを埋めていた。そのうちに、現実に炎が迫ってきて、火の粉が宙に舞いとぶのも見えた。

その晩は落語家の兄も家にいて、父と兄と私の三人で、家へ水をかけはじめたが、どうにも助かりそうもない。父は私たちに先に逃げるように命じた。学童疎開で東北地方にいっていた弟も、小学校を卒業して、東京にもどってきて、中学一年生になっていた。

落語家の兄と私と弟の三人で、夜具をひと組、自転車に積んで、家を離れた。三人で目白坂をのぼってゆくと、だんだんあたりが暗くなった。高台にのぼると、こちらまでは火の手も迫らないような安心感があった。いまの田中角栄邸あたりで、私たちは立ちどまった。近所の人たちが外に出て、赤黒い夜空を眺めていた。

店屋のあけはなした戸口から、ラジオの軍情報が聞えた。やがて空襲警報は解除になったが、夜空の赤さは薄れない。外に出ていた人びとは、警戒警報が解除になると、家のなかへ入っていった。

私たちは、もう家は焼けているものと思いこんで、大きな屋敷の塀ぎわにうずくまって、これからどうするか、話しあった。そのうちに、夜があけはじめたが、空は白くなるだけで、朝になったという感じがなかった。それでも、夜があけたのだから、戻ってみなければならない。

兄がハンドルを握る自転車のあとを押して、私たちは目白坂をおりていった。江戸川橋のたもとまで来ると、灰がただよっているような空気のなかに、わが家が見えた。私たちは顔を見あわして、微笑した。私の家のとなりの病院も、残っていた。その次に露地があって、松ガ枝町の家なみになる。わが家に近づくにつれて、熱気と異臭が濃くなった。

　松ガ枝町の家なみは、きれいに灰になって、まだ煙をあげていたのだ。それでも、もう大丈夫という気がした。高い空から焼夷弾を落すのだから、地図を塗りつぶすようなわけには行かないだろう。

　すぐ隣りまで焼けたのだから、わが家は最後まで残る、という自信みたいなものが湧いたのだ。空を見あげると、青黄いろい卵のようなものが、浮いていた。それが、太陽だった。空にはまだ灰と煙が立ちこめていて、太陽の光をさえぎっていた。まるで寒天のなかに、ゆで卵の黄身を封じこんだように見えたこの朝の太陽は、いまでも目に浮かんでくる。

　日が暮れてから、二階の窓をあけると、焼けあとに狐火が燃えていた。飯田橋のほうまで、ずっとつづいている焼野原は、点々と青い火が燃えているのだ。灰の山のなかに、まだ火の気が残っていて、それがちろちろと燃えのこっているのだった。それは不気味に、おそろしく美しい眺めだった。

　二日目の朝になっても、太陽には光がなかった。都電も動いていなかった。歩いて飯田橋までいってみると、神楽坂のほうへかけて、焼野原がひろがっていたが、飯田橋の駅はあった。省線電車も、動いているようだった。駅のガードの向うには、九段へかけて、家なみが残っていた。あのへんも、もう助かるな、と思った。その予想はあたったが、わが家に関しての予想は、見事に外れた。

五月二十五日まで

　昭和二十年四月十四日の空襲で、一軒おいた隣りまで焼けたために、私たちは妙に安心した。

離れ小島のように焼けのこったのならともかくも、うしろのほうには牛込の高台まで、家なみがつづいている。あ、高台という言葉、わかるでしょうね。余談になるけど、つい昨夜、タクシイに乗って、

「駅のむこうの高台までやってください」

といったら、

「どういうこと、そりゃあ」

と、運転手に聞きかえされた。

「駅のむこうが、高台になっているんです。そこへ行きたいんですよ」

と、私がいったら、運転手はますます不機嫌な声をだして、

「だから、どういうことだって聞いているんだよ」

ぼくよけ、かなじむ、たまか、まじくなう、といった祖母や父がふつうに使い、私も子どものころから使っていた東京の言葉が、東京で通じなくなってから、すでに久しい。だが、高台という言葉は、東京だけのものとは思っていなかったから、私は愕然とした。本誌の読者には、この運転手のようなひとはいないだろうが、念のためにいうと、高台は高い台地、私の家は江戸川端の低地にあって、うしろは牛込の矢来にかけて、高くなっている。だから、牛込の高台というわけだ。

そのへんに焼夷弾を落されて、下のほうへ焼けてくる恐れは、じゅうぶんにあったのだから、考えてみれば、安心はできないはずだった。けれど、一軒おいて隣りがもう焼けあとだから、逃げる場所にはことかかない。死ぬような心配だけは、絶対にない、という安心はあった。

だから、私は空襲をいいことに、工場を休んで、数日をうちで暮した。そのころはもう、工場へいっても材料がなくて、旋盤の前にただ立っていることが多かったから、われわれ学生だけだったのかも知れないが、欠勤や遅刻をやかましくいわれなくなっていた。

空襲の翌日から、兄の師匠の正岡容の一家に、わが家は仮の住居を提供することになったので、私は工場へなんぞ行く気はしなかったのだ。

小説家の正岡容は、短篇集「円太郎馬車」や「狐祭」、

長篇小説「寄席」「円朝」、随筆「寄席風俗」「寄席囃子」などの著書で、当時の若いひとたちに、人気があった。兄が古本屋で、「狐祭」を見つけてから、私たち兄弟はこの作家に、夢中になっていた。

　現在の目で見ると、小説はどれも甘く、不器用なものだけれども、当時は国策小説だらけの時代だった。柔らかいものを書く大家が、沈黙をよぎなくされていたなかに、正岡容が出てきたから、新鮮だったのだ。正岡さんは大塚の花街のなかに住んで、龍安居と称していた。柳暗花明の巷の柳暗に、縁起をかついだ字をあてたものだ。

　当時の地名でいうと、豊島区巣鴨だったが、大塚の花柳界のまんなかだった。花柳界を花街というのは、昔からのことだが、私たちのような子どもでも、ちゃんとカガイと読んで、ハナマチなんて馬鹿な読みかたはしなかった。

　花柳界は色町ともいうが、その字のあからさまなのを嫌って、関西の作家、長谷川幸延が花街と書いて、いろまちとルビをふって使っていた。それが、戦後にしばしば、はなまちと誤植されるようになったのが、ハナマチという変な言葉のできた原因ではないか。とすれば、自分にも責任があるわけだが、困ったことだ、と長谷川幸延が、死ぬ前に書いている。

　正岡さんがそういう場所に住んでいたのは、奥さんの花園歌子さんが稽古場をひらいて、大塚の芸者さんに新舞踊を教えていたからだ。露地の角の二階屋で、下が花岡さんの稽古場、二階が正岡さんの仕事場になっていた。大塚駅前の大通りをはさんで、反対がわの天祖神社のそばに、大塚鈴本という寄席ができると、正岡さんはそこで、寄席文化向上会という会をひらくようになった。

　大塚には駅ぞいの道を、ちょっと池袋のほうに行ったところに、京楽座という東宝系の映画館があった。戦争前の映画館には、冷暖房の装置なんぞはなかったから、冬の寒さは入りさえよければ、人いきれでなんとかしのげるとしても、夏の暑さはかなわなかった。天井にプロペラのような扇風機がついているところもあったが、それくらいではしのげないときもある。

　京楽座には、その扇風機もついていなかったが、地形の関係か、左右の扉をあけておくと、まことに涼しい。だから、鈴本ができないうちにも、私は夏にはよく大塚へ出かけた。寄席が出来ると、兄といっしょによく出かけて、寄席文化向上会へも通った。さまざまな企画で、落語や珍しい演芸を見せる会で、正岡さんがよく高座に出て、解説をした。古今亭志ん生が本格的に人情噺をやりはじめたのも、この会だったと記憶している。

正岡さんの話術は、実にたくみだった。本で夢中になり、話術でいよいよ心酔した兄は、正岡さんに手紙を書いて、出入りをゆるされるようになった。兄が落語家になる決心をしたときにも、正岡さんに相談して、志ん生師匠に口をきいてもらった。

そういうつながりだったので、四月十五日になると、兄はすぐ大塚へ飛んでいった。大塚駅の周辺も、焼けたらしいと聞いたからだ。龍安居は灰になっていたが、正岡さんのご家族は金目銀目の白猫まで無事だった。兄は午《ひる》すぎに、正岡さんと花園さん、娘分の花園春美さん、バスケットに入れた猫を案内して、わが家にもどって来た。

わが家は狭かったけれど、立退先がきまるまで、二階でお世話することになって、正岡さんは三日間、滞在した。小説家の日常生活に接することが出来るとあって、私は興奮した。蔵書もなにも灰にして、原稿の風呂敷づつみだけを持ちだした正岡さんだから、日常生活どころではなかったわけだが、それでも私は興奮した。

正岡さんは四日目に、代々木上原の伊藤さんという婦人のお宅へ、移っていった。伊藤さんはそのころ五十か六十で、やはり正岡さんのファンだった。吉原の由緒ある引手茶屋の娘さんで、当時は平屋ながら、いく部屋もある家に、おひとりで暮していた。そこへ、正岡さんは間借りすることになったのだが、落着くひまもなく、五月二十五日の空襲で焼けだされ、和田堀の木村荘八宅、荻窪の徳川夢聲宅を転転としてから、秋田県へ疎開していった。

しかし、五月までのひと月ばかりのあいだに、私はなんども代々木上原の伊藤さんの家に、正岡さんをたずねた。正式に弟子になったわけではないのだが、なにかと用にかこつけては、正岡さんの話を聞きにいったのである。

小田急線の代々木上原の駅でおりて、住宅街へ入っていくと、だらだら坂をのぼったところに、伊藤さんの家があった。門には正岡さんの表札がまあたらしく、伊藤さんのくすんだ表札とならんで、かかっていた。大塚の龍安居には、正岡容、花園歌子と名前をならべて、正岡さんの自筆の表札がかかっていたが、こんどのは木村荘八画伯に書いてもらったもので、正岡容というだけの表札だった。

伊藤さんの隣家の塀から、道に花蘇芳の枝がのびていて、落雁の紅のような色をした花が、いっぱいに咲いていたのを、おぼえている。

*

都電や省線が動くようになると、私はまた工場へ出かけるようになった。武蔵境の町工場に疎開したのは、そのころだったのかも知れない。なにもすることのない毎日だったが、充実感だけはあった。戦争は六月に、日本が勝っておわる、という噂が流れていた。いくら中学生でも、日本が勝つとは思えなかったが、負けるということも想像できなかった。想像しようがなかった、というべきだろう。

それでも、六月におわる、という噂は信じられるような気がした。どう考えても、長いことはなかった。両方ともくたびれたから、このへんでやめよう、ということになるんじゃないか。そんなことを考えていたのだから、のんきなものだ。

工場では友だちとお喋りをし、家へ帰ると本を読んだり、ラジオを聞いたりした。休みの日や工場へ行きたくない日には、映画を見たり、芝居を見たりしていた。五月になると、日比谷映画劇場で、黒澤明監督の「続姿三四郎」が公開された。この映画館は焼けなかったので、いまでも当時のおもかげが残っている。

あんな時代にもかかわらず、というべきか、そうした時代だから、というべきか、日比谷映画劇場は満員に近かった。廊下には近日公開のスティル写真が、壁にかけならべてあった。講談の大島伯鶴が得意にしていた「快男児」を、藤田進主演で映画にしたもの、黒澤明脚本監督の「虎の尾を踏む男達」の写真などが、貼ってあったのをおぼえている。

現在の岩井半四郎が本名の仁科周芳で義経の役をつとめ、大河内伝次郎が弁慶、榎本健一が山伏たちの従者で、「勧進帳」を映画化した黒澤明の「虎の尾を踏む男達」のほうは、敗戦時には完成していて、近年に陽の目を見たけれども、「快男児」のほうはけっきょく公開されなかった。「快男児」は関西文壇の重鎮といわれ、明治三十年前後には、東京で朝日新聞の主筆もつとめた西村天囚が、大阪朝日新聞に連載、明治二十六年に単行本にまとめられた小説「怪男児」が原作で、壮士芝居の先駆者、角藤定憲が劇化上演して、大当りをとったこともある。それを講談にして、大島伯鶴が得意にしていたもので、主人公は仁礼半九郎という軍人、美人のいいなずけを東京に残して、その櫛をふところに、西南戦争の西郷隆盛の軍にくわわり、敗けいくさになって城山から脱出、帆橋山《ほばしら》の洞窟にこもる。小倉警察にとらえられて、海にとびこみ、囚人護送船に助けられて、囚徒たちの暴動にくわわり、海洋活劇になる、というような波爛万丈の物語である。

そういう内容だから、映画が出来あがっていても、敗戦直後に公開するわけには、行かなかったのだろう。黒澤明の「続姿三四郎」については、前にも書いたが、「姿三四郎」よりはいくらか落ちるにしても、私は大いに満足した。月形龍之介が、三四郎との決闘後、胸を悪くして気弱になった檜垣源之助と、兄の意趣ばらしをしようと上京してきた弟の鉄心を、二役でつとめて、なかなかよかったし、末弟の白痴のような源三郎には、前進座から映画入りした河野秋武が扮して、不気味な味を出していた。

姿三四郎が矢野正五郎に破門されて、横浜で人力車夫になる場面では、拳闘と柔道との試合をもくろむ軽薄な興行師の役で、菅井一郎が出ていて、これもおもしろかった。最後の雪山での鉄心、源三郎との対決も、白一色の傾斜面で、三人の動きを俯瞰でとらえたところなぞ、なかなか迫力はあったが、「姿三四郎」の右京ヶ原の決闘シーンとくらべると、やはり見劣りがした。

風の吹きすさぶ薄のなかでの、青山杉作の飯沼なにがしを立会人に、月形龍之介と藤田進がくりひろげる死闘はすさまじかった。あの右京ヶ原というのは、いまでいうと、白山通りの春日交叉点の角、綜合区民センターや本郷税務署のあるあたりだそうだ。講道館とは目と鼻のさきで、決闘をしたわけである。

これが、落着いた気持で、私が映画を見た最後だった。間もなく二十五日がやってきて、江戸川橋の家なみは、焼きはらわれてしまったからだ。もう夜勤はなかったから、私はいつも夜は家にいた。映画館や寄席は早くおわるようになっていたし、焼けあとや強制疎開あとだらけで、まっ暗な地域が多かったから、外へ出かける気にはなれない。ラジオを聞くだけが、楽しみだった。

空襲の軍情報でしばしば中断しながらも、演芸番組や連続ドラマが多くなっていて、感度の悪いラジオにかじりついていたものだ。ドラマの作者としては、村上元三氏や菊田一夫氏がさかんに書いていた。織田作之助が「猿飛佐助」をドラマに書きおろしたのは、まだそれほど空襲が激しくならないころだったろうか。

猿飛佐助は文学座の森雅之で、これが大あばたの醜男《ぶおとこ》という設定だった。そのくせロマンティストで、恋した美女の前に出る勇気がないために、忍術で姿を消すことを習いおぼえる、というストーリイだった。織田作之助は関西の出身だが、上方にはこういうひねりの伝統があるのかも知れない。白井権八が大あばたで出っ歯の醜男で、それが思いもかけず、小紫に惚れられたので、辻斬りを働くようになったのも、女をうけだす金のためだった、という上方本の講談述記を、正岡さんから借りて読んだのを、「猿飛佐助」を聞きながら、私は思い出した。

村上氏が馬琴の「弓張月」を脚色したものとか、菊田氏が押川春浪の「東洋武俠団」を脚色したものとか、なにしろ新派や前進座が劇団ごと映画に出たように、芝居のやれなくなった新劇の人たちが、こぞってラジオに出ていたので、連続ドラマはなかなか聞きごたえがあった。小沢栄太郎、滝沢修、東野英治郎といったメンバーが、娯楽劇を演じていたのだ。大佛さんの「山嶽党綺譚」をやったときには、滝沢修が鞍馬天狗をやったのだから、いまでは信じられないかも知れない。もっとも敗戦後にも、俳優座劇場をつくったころには、「忍術三四郎」なんて映画に千田是也が出て、アチャラカ演技をやって見せたことがあるから、それほど不思議ではないかも知れないが。

　十時か十一時でラジオがおわると、二階へあがって、寝床へもぐりこむ。警報が鳴ったら、すぐ起きられるように、上衣だけをぬいで、ズボンとゲートルはつけたままであった。三月十日以後は、たいがいの人がこのスタイルで、寝たのではなかろうか。最初は寝苦しかったけれど、じきに馴れて、よく眠れた。

　五月二十五日夜の大空襲は、記録によると、午後十時三十分から午前一時まで、となっている。けれど、私には寝ていたような記憶がある。五月二十三日の夜——正確にいうと、五月二十四日の午前一時ごろから三時ごろまでにも、新橋、品川、麻布、目黒、大森、蒲田あたりを狙って、大きな空襲があった。わが家のほうには関係がなくとも、いちおう起きていたから、二十五日には疲れて早寝をしたのかも知れない。

　警報が出ると、遮光幕をかけてでも、電灯をつけておくことは出来なかった。ちょっとでも灯りの気配が見えると、たちまち隣り近所から呶鳴られる。ラジオの情報の声、外に出ている人びとの声、高射砲の音で騒がしいから、やはり外へ出ることになる。暗い通りで、大人たちの話を聞いたり、同年配の子どもたちとお喋りをするのは、火の手が遠ければ、なかなか楽しいものであった。

　いま考えると、よくあんなにしょっちゅう夜なかに起されて、平気でいられたものだと思うが、やはり気が張っていたのだろう。それがどうして、二十五日の夜には寝ていた記憶があるのか、どうもわからない。寝ていたのではなく、なにかの用があって、屋内にいただけのことかも知れないが、とにかく私のその夜の記憶は、まっ暗な二階から、はじまっているのだ。

　東がわの窓をあけると、目の前がまっ赤だった。すぐそばに焼けあとがあるから、という安心は、一瞬のうちに叩きつぶされた。焼けあとに、炎の壁が出来ていたのだ。B29は実に正確に、焼けのこりの地域の外がわに焼夷弾の雨をふらし、炎の壁で囲んでから、なかを焼きはらいはじめたのである。

五月二十五日その夜

昭和二十年五月二十五日の空襲の記憶は、窓の外の炎かららはじまっている。それは前回に書いたけれども、よく考えてみると、それまで二階で、寝ていたわけではないらしい。

その晩は夜があけるまで、一睡もすることが出来なかったのだが、前日の空襲につかれて早寝をして、警報の発令とともに、いったんは起きたに違いないのだ。しかし、これも前回に書いたように、もうわが家は焼失をまぬがれるに違いない、という実は根拠薄弱な自信があったから、いったんは外に出たものの、たかをくくって、また二階で横になっていたのだろう。

しかし、唯一の情報源であるラジオは、階下にあった。おまけに高射砲の音や、焼夷弾、爆弾の落下音が近づいて、落着いては寝ていられない。そのうちに、東がわの窓が明るくなった。

窓をあけてみると、隣家の長谷川医院の前庭のむこう、四月の空襲で出来た原っぱに、炎の壁ができていた。それを見た瞬間、これはいけない、ひょっとすると、家が焼けるどころか、自分が死ぬようなことになるかも知れないぞ、と私は思った。

アメリカ軍の爆撃機は、実に正確に逃げ道をふさいで、残っている家を焼きはじめていた。焼けあとをふさいだ炎の壁に、それを感じて、恐しくなったのである。その夜、わが家には祖母と両親、次兄と弟、私の六人がいた。私が階下におりてみると、母と祖母が店の土間の椅子にかけていた。父と弟は、防火用水のドラム罐から、バケツで水を汲みだして、羽目板や板戸にかけていた。もう落語家になっていた兄は、私といっしょに二階で横になっていて、やはりいっしょにあわてて階下へおりてきた。

四月十四日のときのように、父は私たち子どもに、先に逃げろといった。牛込の高台のほうから、炎が迫ってきて、ふせぎようのないことが、明らかになっていたからだ。しかし、松ガ枝町から石切橋、それに飯田橋方面への道路は、焼けあとに立った炎の壁にふさがれて、通りぬけることが出来なかった。

ちょっと近よっただけで、目のくらむような熱気だった。煙が道をふさぎ、そのなかに炎が燃えさかって、ひとを近づけない。早稲田のほうにも、火の手があがっていた。わが家の前の橋をわたって、久世山から大塚へ逃げるか、音羽へ逃げるか、ほかに方法はなさそうだった。空にはごうごうと風が唸って、もう高射砲の音も、爆撃機の爆音も聞えなかった。

父に急きたてられて、胸をわずらっている兄と、弟がまず家を離れていった。久世山の高台にも、火の手はあがっているようだった。空いちめんがまっ赤だから、はっきり見さだめることが出来ないのだ。それでも、とにかく次兄と弟は、前の華水橋をわたっていった。

江戸川のむこうがわ、菊の湯という銭湯があったひと側は、強制疎開でとりこわされて、空地になっていた。最悪の場合には、そこでうずくまっていれば、なんとかなるかも知れなかったが、そのむこう側の家なみが燃えだしたら、と思うと、安心は出来ない。私は次兄と弟を見送って、なおも防火用水のドラム罐から、バケツで水を汲みだして、家へぶっかけていた。

父は祖母を赤ん坊みたいに、帯で背負って、母と逃げじたくをしている。戸口に出てきて、私に早く逃げるように、父はどなった。家のなかをのぞくと、裏手のほうがもう赤く見えた。うしろの家まで、燃えはじめているようだった。

近所の人たちも、すでにあきらめて、逃げだしたようだった。私はもう一度、焼けあとのほうへ行こうとしたが、やはり熱気に押しかえされた。しかし、さっき二階から見た感じでは、焼けあとぜんぶが、火の海になっているわけではなさそうだった。壁一枚、突きぬければ助かる、という感じなのだ。けれども、その壁一枚が突きぬけられない。

私は国防服にゲートル巻で、その上に黒い学生外套を着て、綿入れの防空頭巾をかぶっていた。それをぬいでしまいたいくらい、暑かった。しかし、ぬいだら顔も手も、火ぶくれになりそうだった。私は軍手をはめた手にバケツをにぎって、防火用水を汲みだすと、防空頭巾の頭からかぶって、華水橋をわたった。

江戸川の水も、炎をうつして、赤黒かった。空をあおぐと、フェーン現象のために赤い入道雲がむら立って、雲までが燃えているようだった。風のすさまじさは、橋の上で立ちどまることなぞ、とても出来ないくらいだった。川べりの強制疎開あとの空地には、かなりのひとが集って、ござをかぶってうずくまったり、トタン板を楯にして、肩をよせあったりしていた。

私には、そこが安全には思えなかった。とにかく焼けあとへ出なければ、と思って、川むこうの通りを、右折した。古本屋の数井書店、新刊書の小林書店、私にさまざまな知識をあたえてくれた小日向水道町の通りは、まだ家なみが黒ぐろと並んでいた。だが、もうひと気はなかった。

小日向水道町という町名は、いまはなくなって水道となっている。久世山へかけては、小日向という名が残っているが、最近の地図を見ると、コヒナタとカナがふってある。そういえば、いつかテレヴィジョンの深夜映画で見た市川雷蔵の眠狂四郎が、

「コヒナタのキリシタンザカであったことがある」

といったので、びっくりしたおぼえがあるが、コビナタであって、コヒナタではない。町名変更のときに、お役人さまがコヒナタと読むことにきめたのだろうか。そのお役人さまがたは、小春日和をコハルヒヨリ、冬日をフユヒと読むのかしら。

＊

小日向水道町の片がわだけ残された家なみには、まだ火を噴いているところはなかったが、煙はすでに道を匍い、熱気につつまれはじめていた。私の外套は、いつの間にか

乾いて、ばりばり音がしそうだった。

防火用水に水が残っているのを見つけると、私は片手にさげたバケツで汲んで、頭からかぶった。それは水ではなくて、お湯だった。用水桶の水が熱くなるほど、あたりは炎につつまれていたのである。

だれも歩いているものはいなかった。左がわの家からは、いつの間にか煙が噴きだして、屋根庇の下に炎の舌が見えていた。心細かったが、恐しくはなかった。というよりも、なにも考えることが出来なかったのだろう。水槽の湯をかぶっては、歩きつづけながら、私は軍歌をうたっていた。

右手を見ると、川のむこうには、いちめん灰墨いろの煙が立ちこめている。まだ焼けあとへ、入ることは出来そうもない。私は軍歌をうたいながら、歩きつづけた。顔がひりひり熱かった。

石切橋の近くまで来ると、焼けあとが黒く見えた。私の周囲には、だれもいなかった。まるで、私ひとりが生残って、炎の街を歩いているようだった。しかし、このまま歩きつづけたら、左の家なみの炎につつまれて、死んでしまうことは、明らかだった。私は石切橋のほうへ曲った。顔の熱さがうすれ、呼吸も楽になった。風は強く、目をあけていられないくらいだったが、私は前かがみになって、石切橋をわたった。

都電の線路のむこうには、焼けあとが焼けあととして、ひろがっていた。私はほっとして、歌いつづけていた軍歌をやめた。焼けあとは熱気が弱くて、外套が乾いていることも気にならなかったが、風は強烈に吹きまくって、目をあけているのがつらかった。

遮蔽物をもとめて、私は東五軒町のほうへ歩いた。コンクリートの塀が崩れかかって、残っている一郭があった。いま雄鶏社があるあたりに、当時は大きな病院があったようにおぼえている。その残骸があり、その手前にコンクリート塀があって、うまいぐあいに、三方を囲われたかたちの場所だった。

その囲いのなかに入ってゆくと、十人ばかりのひとが、コンクリートのかけらや、焼けた太い柱が倒れているのへ、腰かけていた。そこへ近づくと、人声も聞えて、私はほっとした。無人の国から、現世へもどって来たような気がした。

私の顔は、防火頭巾の下で、砂ぼこりに汚れているのがわかった。しかし、汚れているのは、私ひとりではなかった。どのひとの顔も、灰いろに汚れたり、黒く煤けたりしていた。なかには、かすり傷、すりむき傷で、赤黒く血で汚れている顔もあった。片袖がちぎれて、シャツをちぎったらしい布で、腕をしばっている人もいた。汚れた布には、血がにじんでいた。

ほとんどが大人で、小さな子どもをおぶったり、抱いたりしている女のひともいた。しかし、私ぐらいの年ごろの少年はいなかった。

すこし離れたところに、別のひとかたまりもあった。また離れたところに、別の五、六人のグループもあったが、どういうものか、かたまりからかたまりへ、移ってゆく人はいなかった。

私も最初に近づいた人たちのところに、いつまでも立っていた。大きなコンクリートのかたまりにすわっていた男のひとが、腰をずらして、私に顎をしゃくった。私は頭をさげて、そこに腰をおろした。

家のほうを見ると、煙と炎がいちめんに立ちこめて、なにもわからなかった。川むこうの家なみは、塀にさえぎられて見えなかったが、低い空はまっ赤だった。風の音はすさまじかったが、病院の残骸とコンクリート塀のおかげで、トタン板や灰だか砂利だかは飛んで来ないし、呼吸も楽だった。

人びとは低い声で、ささやいていたが、その人声はふたりずつぐらいのあいだに限られて、ひろがってはいかなかった。みんな息をひそめて、火の手のおさまるのを待っているみたいだった。

風の音と炎の唸りのなかで、私たちはいくつかのかたまりになって、じっとしていた。死ぬことはない、という安心感はあったが、とりわけてうれしくはなかった。父のことも、母のことも、祖母のことも、兄のことも、弟のことも考えなかった。

ただ地面を眺め、空を眺めて、時間のたつのを待っていた。時間はなかなかたたなかった。地面は空の炎のいろに照されて、夕方のように見えていた。私は重い靴のさきで、小さな石ころを、右に左に動かしながら、ふと蟻が匍っているのを見つけて、びっくりした。そのときの大きな蟻の動きを、妙にはっきりおぼえている。

蟻も非常事態を感じて、おどろいているみたいな動きかたをしていた。しかし、いやに元気に歩きまわっていた。その蟻を見うしなって、私は急に心細くなった。そのときだったように、おぼえている。隣りの男のひとが、つぶやいた。

「大丈夫だ。大丈夫だ」

自分たちが大丈夫だという意味か、ほかの連中も大丈夫だ、と自分にいいきかせていたのか、どちらともわからない。だが、後者のように、私には聞えた。

五月二十六日その朝

五月二十五日の空襲の夜あけを語る前に、ちょっと訂正しておきたいことがある。昭和二十年の一月に見た芝居のことを、書いたくだりについて、岡部冬彦さんから、ご教示があった。それを前回に書けなかったので、その話から、はじめたい。

古川緑波一座がやった「突貫駅長」の原作漫画をかいたのは、松下井知夫さんで、戦争ちゅうも名前を変えたことはなく、いまもご健在だそうだ。佐賀潜さんの弟、と書いたのも、私の早合点だった。佐賀さんの弟さんは、松下紀久雄さん。漫画家で、長いことテレヴィジョンで日曜大工の番組のホストをつとめていたが、最近、推理小説を出版されたという。ペンネームは佐賀蒼。

あいまいな記憶で書いてしまったために、井知夫氏にも、紀久雄氏にも、ご迷惑をかけた。おふたりの松下さんに、おわびを申しあげる。岡部さん、ありがとうございました。

さて、本題にもどろう。

東五軒町の焼けあとで、私は夜あけを待ちわびていた。そこは、早稲田から飯田橋方面へゆく都電通りに面して、コンクリートの塀をめぐらした屋敷の焼けあとだった。門のあったところだけでなく、二カ所ばかり大きく口をあけた塀のなかには、黒こげになった庭木や、建物の残骸が、あるだけだった。

わが家よりの隣りには、塀もなにもない焼けあとが、ひろがっているだけだった。けれど、大曲よりの隣りには、四階建だったか、五階建だったか、大きな病院の残骸が立っていた。うしろのほうには、なにがあったか、おぼえていない。神楽坂まで、焼けあとがつづいていたには違いないが、やはり塀が残っていたのではなかろうか。

うしろのほうに、なにを見たか、記憶が残っていないのだ。塀のなかに、三つか四つのグループになって、炎をのがれてきた人びとが、うずくまっていたことだけを、おぼえている。空いちめんが赤黒く、瘤がよりあつまったような雲におおわれて、もう飛行機は見えなかった。ひどい風が吹いて、都電通りでは、トタン板が飛びあるいたりしていたが、塀のなかはいくらか静かで、砂つぶも吹きつけては来ない。それでも、風の音か、川むこうの家を焼きつくそうとしている炎の音か、あたり一面が、わあんという響きにおおわれていた。

いつまでたっても、空は明るくならない。雲は下界の炎をうつして、赤黒くかがやいているみたいで、塀のなかも夕暮ぐらいの明るさになっている。それが、いくらか白っぽく見えてきて、ふつうなら、もう夜があけはじめていることがわかったが、気がつくまでに長い時間がかかった。二度と朝はこないのではないか、と思いながら、私たちは塀のなかに、うずくまっていた。

コンクリートの塊りだったか、庭石だったかに腰をおろして、私はうとうとしたのかも知れない。疲れきっていたはずだが、自覚はなかった。父母のことも、兄弟のことも、考えなかった。ひとりぼっちになったのかも知れないのに、まるで心配ではなかった。

早く夜があければいい、ということだけを、考えていた。時計を持っていないから、時間はわからない。その場にいた人びとのなかには、腕時計をしていたものもあったのだろうが、だれも時間のことを口にしなかった。火の手がおさまるまでは、どこへ行くことも出来ない。時間はまったく、無意味なものになっていた。

そのうちに、あたりの状景がはっきりしてきて、空にも雲がうすれはじめた。灰黄いろの煙におおわれたような空に、かすかな日の光がみとめられた。風の音もおさまったが、一種の熱気が立ちこめていて、通りに出てゆく気にはならなかった。

しかし、いつまでも、そこにいるわけには行かない。人びとは立ちあがって、出てゆきはじめた。すっかり明るくなって、空の日の光も、はっきりしている。往来に出てみると、まだ煙がただよっているような感じだったが、わが家のほうがきれいに焼野原になっているのが見わたせた。

とうとうやられた、と思ったが、それが当然だ、という気もして、私は歩きだした。口のなかはじゃりじゃりして、頬はひりひりする。焼けあとに水道の鉛管が突きでて、水をちょろちょろ噴きだしているのを見つけると、私は両手にうけて、むさぼり飲んだ。顔も洗って、生きかえったような気持になったが、それでもまだ口のなかはじゃりじゃりし、頬はひりひりした。

わが家の前まで来てみると、木造二階建は、灰の山になっていた。わが家だけではない。隣り近所も木造だから、いちめんの焼けあとになって、氷屋と魚屋の大きな冷蔵庫の外がわだけが残っていた。

異臭のただよう灰の山を見ていると、レコードが目についた。私たちの部屋は、店のまうえの二階にあって、蓄音器とレコード・ボックスは、道路に面した窓の近くにおいてあった。それが焼けおちたので、道路ぎわから、目についたのだ。

引出しがいくつもあって、レコードを寝かして入れるようになっているボックスだった。ボックスはきれいに焼けてなくなって、レコードだけが積みかさなっていた。灰黒色の円盤の山は、灰をかぶっているだけのレコードに見えた。いちばん上になっていたのは、ドイツ映画「会議は踊る」の主題歌のレコードだった。

「会議は踊る」のレコードは、A面がリリアン・ハーヴェイの歌う「ダス・ギプツ・ヌーア・アインマール」、ただ一度、二度とない、春に五月はただ一度、という有名な歌である。B面はウイリイ・フリッチュの歌う「ダス・ムス・アイン・スティック・フォン・ヒンメル・ザイン」、映画のなかでは、パウル・ヘルビガーが、酒場の場面で歌っている。ウイーンでビールを、という楽しい歌だ。

私はウイリイ・フリッチュの歌のほうが、リリアン・ハーヴェイのA面より好きで、よくかけていたから、B面を上にして、ボックスのいちばん上に入れてあった。それが灰をかぶって、黒いラベルの金文字が、白っぽく読めた。はっきり読めたのである。

レコードが焼けのこっている、と思った。わが家のレコードは、実にごった煮の状態で、外国映画の主題歌があるかと思えば、日本の流行歌があり、ピアノ曲があるかと思えば、長唄があり、アキレタ・ボーイズに広沢虎造、正岡容に教えられた関東節の小金井太郎、木村重松、木村重行、落語の古今亭志ん生、柳家小さん、さまざまなものがあった。

それが全部、助かったと思って、私は手をのばした。熱かった。レコードに指がふれると、たちまち円盤の山は崩れた。灰になっていたのである。レコードのかたちのまま、厚く重って、灰になっていたのだ。悲しかった。涙がとまらなかった。

もっとも、涙がとまらないのは、灰が目に入ったせいでもある。足の下は、灰がまだ熱気を持っていて、熱かった。道路にもどって、ぼんやり立っていると、両親が祖母をつれて戻ってきた。三人とも煤けた顔をして、目がまっ赤だった。

三人とも、川むこうの強制疎開あとに、逃げたのだった。私が華水橋をわたっていったときにも、かなりの数の人びとが、疎開あとの空地に逃げこんでいたが、夜があけるまで、熱風と熱気に責められて、大変だったらしい。防空頭巾をかぶって、濡れタオルで覆面して、頭から水をかぶっていても、じきに乾いて、吹きつけてくる灰や小砂利は、トタン板ぐらいでは、ふせぎようがない。目にも口にも灰が入ってきて、熱くてうずくまっていられない。

川へ飛びこもうとしたひとも、多かったそうだ。だが、風が強くて、川っぷちまで歩くことが出来なくて、みんな助かったらしい。

＊

両親と祖母が無事なのはわかったが、兄と弟がどうなったか、わからない。両親たちを焼けあとに残して、私は探しに行くことにした。

川ばたを江戸川橋のほうへ歩いてゆくと、小さな防空壕が、いくつも埋っていた。川っぷちに、長方形の穴を掘って、前後に隙間を残してトタン板や畳をのせ、その上に土を盛る。前後の隙間から、穴のなかにもぐりこんで、うずくまっている、というだけの防空壕だ。

空襲がはじまったばかりのころには、私たちもそこに逃げこんだものだが、そんな防空壕ではなんの役に立たないことは、すぐにわかったから、だれも利用しなくなっていた。その土盛りしたトタン板や、畳が穴のなかに落ちこんで、埋っていたのである。そのひとつ、江戸川橋にいちばん近い壕は、埋っていないかわりに、マネキン人形が入っていた。

ちょうど壕から匍いだしたような恰好で、うつぶせになっていた。壕の外に出ている部分は裸で、茶いろっぽく、てらてら光っていたから、マネキン人形だと思ったのだが、よく見ると、人間だった。

髪の毛はちりぢりに焼けて、顔は伏せていたし、下半身は隠れていたから、男か女かわからない。熱さにたえかねて、匍いだしたところで、窒息したのだろう。着ているものは、燃えてしまったのか、とにかく蒸焼きになった死体だった。

さわったり、顔をたしかめたりする勇気はなかったが、恐しいとも思わなかった。からだつきから見て、兄でも、弟でもなかったから、私は通りすぎた。鶴巻町から早稲田へかけての通りは、きれいに焼きはらわれていた。大日本印刷の工場や、山吹小学校や、玉沢スポーツ用品店の外がわだけが、骸骨みたいに残っていた。

けれど、江戸川橋をわたってみると、護国寺までの両がわ、音羽の家なみは焼けのこっていた。それを見たとたん、兄も弟も死んではいない、と確信した。同時に、いましがた見た防空壕の死体が、ひどく不思議に思われた。

音羽のとば口、桜木町のあたりは焼けてはいたが、少し先に行けば、そっくり家なみが残っている。江戸川橋をわたって、なぜそこまで行けなかったか、という気がしたのだ。だが、そうも行かなかったらしい。

江戸川橋をわたると、すぐ左がわに、江戸川公園と刻んだ石碑が立っているのだが、そのあたりに集って、町内警防団の手押しポンプで水をかけてもらいながら、夜あけを待った人びとがいたのだった。桜木町を駈けぬけても、火勢は音羽へひろがって行くかも知れない。護国寺まで、たどりつけるかどうか、ということで、踏みとどまっていたらしい。

後年、私の師事した大坪砂男に、なんとなく戦争ちゅうの話を聞いていたとき、そのことを知って、びっくりした。大坪さんはそのころ鶴巻町に住んでいて、五月二十五日の業火を、江戸川公園の碑のかげに、避けていたのだそうである。

それはとにかく、焼けのこった音羽の町を、歩いてみてもはじまらない。私は桜木町から、小日向水道町の焼けあとを、歩いてみた。いちめんの灰の山だったが、死体は見あたらなかった。お閻魔さまの縁日が出る通りは、すっかり焼野原になって、江戸川松竹の映写室だけが、墓石みたいに残っていた。

久世山への坂の両がわも、坂の上の屋敷町も、焼けているらしかった。音羽の谷から、目白台へかけてだけが、焼けのこったらしい。私はあきらめて、わが家の焼けあとへ戻った。両親と祖母がいるだけで、兄と弟はいなかった。

近所のひとたちは、みんな無事で、焼けあとを掘りかえしたりしていた。茶碗や金物なんぞで、どうやら使えるものが、灰のなかにあるのだった。

大きな木箱を持った男のひとや、女のひとがやってきて、私たちに声をかけた。音羽の町会のひとたちだったろう。焚出しをして、にぎりめしを配りにきてくれたのだった。わすれていたが、ひどく空腹だった。私たちは、握りめしをふたつずつ貰って、むさぼりくった。塩気があるだけで、なかにはなにも入っていない。おまけに、灰の舞う屋外で、大量につくったものだから、じゃりじゃりする。それでも、食えたのだからおかしなものだ。

灰の山の上に、焼けトタンを敷いて腰をおろして、私たちが握りめしを食っていると、川っぷちを軍服の男が歩いてきた。憲兵だったのか、在郷軍人だったのか、はっきりした記憶はない。とにかく、軍服すがたで腰に剣をつるした男が、大きな声で、

「沖縄に上陸した米兵は、わが軍の反撃によって、全滅したあ!」

と、くりかえし叫びながら、歩いてきたのだ。たいがいの人は無表情に、その軍人を見るだけだったが、何人かは立ちあがると、両手をあげて、ばんざいの声をあげた。私の父も、そのひとりだった。

私には、軍人のいうことが、信じられなかった。確信があったわけではない。沖縄の米軍を撃退するだけの力が、まだ日本の軍隊にあるのなら、こんなにB29の思いのままに、東京の町を焼きはらわしておくはずはない。そんな気がしたのである。

軍服の男は、なんだったのだろう。焼けだされた人びとを、元気づけるために、上からの命令で、出てきた憲兵なのか。それとも、日本の勝利を信じこんで、やはり人びとを元気づけるために、勝手に出てきた在郷軍人だったのか。どちらにしても、あまり効果はなかったろう。

私たちは、焼けだされた運命を、あっさり受入れて、それほど気をめいらせてはいなかったのだ。軍人は間をおいて、叫びつづけながら、華水橋をわたって、小日向水道町のほうへ歩いていった。

握りめしを食いおわると、私たちはまた焼けあとを片づけはじめた。ほかにはなにも、することはなかった。時間も気にならなかった。おそらく、正午はすぎていたろう。祖母が疲れているから、もうしばらく待って、兄や弟が現れなかったら、大塚仲町の叔父の家へいってみることにした。

それから、どのくらいたったか、行ってみるつもりでいた大塚の叔父が、自転車でやってきた。兄と弟は、とうぜん家は焼けたろうから、私たちも来るものと思って、大塚仲町にいったのだった。仲町の叔父の家は、焼けのこっていた。

私たちは焼けあとの片づけは、ほったらかしにして、叔父についていった。久世山をのぼって行くと、むかし「のらくろ」の田河水泡や、「兵隊の死」の作家の渡辺温がいた久世山ハウスや、大小の屋敷は焼けていたが、跡見女学校やその前の、あれはなんだったのだろう、唐風の大きな門のうちに、左右に大きな見事な唐獅子をおいた玄関のある立派な建物――大東なんとかと札が出ていた記憶があるが、その建物などは、焼けていなかった。仲町の家なみも、外がわは残っていた。叔父の家へたどりつくと、からだの弱い兄は、青い顔をして横になっていた。

焼けあとの裸女

昭和二十年五月二十六日の晩、私たちは大塚仲町の叔父の家に泊った。

その晩だけではない。戦争がおわるまでの三カ月、私たちは叔父の家に厄介になることになった。音羽、雑司ガ谷、大塚坂下町、大塚仲町、小石川林町、電車通りにそって、ずっと焼けのこっていたけれど、私の家も、すぐうしろの叔母の家も、焼けてしまった。叔母の一家は、ご主人のほうの知るべがあったのか、阿佐谷のほうへ身を寄せたが、私の家は大塚仲町の叔父の家よりほかに、行くべきところがなかった。

　こういうと、気がすすまなかったように聞えるだろうが、実はその通りなので、私はこの叔父が嫌いだった。怖かった。叔父は一家の独裁者であり、町の小ボスであった。もっとも、叔父の家族は、信州の小淵沢に疎開していて、大塚仲町の家は無人だった。叔父ひとりが商売もあるし、町会の班長かなにかもやっていたので、小淵沢へいったり、東京に帰ってきたりしているだけだった。

　したがって、家族に気がねをする必要はなかったが、叔父に恩着せがましいことをいわれたくはなかった。世話になったには違いないが、私たちがころがりこむと、叔父はほとんど小淵沢に行きっきりになった。そのために、叔父のやっていた仕事が、ぜんぶ私の肩にかかってきた。サイレンが鳴ると、メガフォンを口に、警戒警報だ、空襲警報だとふれて歩くぐらいのことは、なんでもなかったが、町内の防火用水の点検、燈火管制の注意、町会から来る指令の伝達なんぞは、めんどうだった。

　ことに厄介なのは、配給物の一括受取を、町内のひと四、五人に手つだってもらって、やらなければならないことだった。食糧の配給がもう大豆かすとか、海草麺とか、ひどいものばかりになっていただけに、みんな殺気立っていて、分配には神経をつかわなければならなかった。

　父は耳が遠くて、気が短かいひとだし、叔父の商売のほうを預っていたから、町会のしごとは、数えどし十七の私が全部やらなければならなかった。これは、子どもには大仕事だった。

　そのほかにも、私には仕事があった。区役所に、罹災証明書をとりにいったのも、日本橋と京橋へ、火災保険の保険金をとりにいったのも、私だった。空襲で焼けだされた人たちのことを、公式には罹災者といって、証明書が発行された。それがあると、汽車の切符が優先的に買えたり、衣料品の特別配給をうけられたりした。食糧配給の通帳の住所で、焼けた場所であることはわかるから、罹災証明書をとる手続きは簡単だったが、区役所には人が並んでいて、時間がかかった。

罹災証明があれば、火災保険の金がおりる。父が身につけて持ちだした証書を持って、私は二軒の保険会社をまわった。それが、焼けだされてから、はじめての遠出だったろう。どこもかしこも焼野原で、そのあいだに焼けのこった家なみがあるのを見ると、運ということをしみじみ感じた。

日本橋の白木屋デパート、三越、髙島屋、丸善、そのほかのビル群は焼けのこっていて、そのなかの保険会社のビルの前には、行列ができていた。どこへ行っても、並んで待つのは当然になっていたから、腹も立たなかったし、退屈もしなかった。本を持っていたわけでもないが、往来のひとを見ているだけで、おもしろかった。みんな顔色は悪いが、表情に張りがあった。きょうもまだ生きている、という充実感があった。

まわりのひとたちも、偶然ならんだ同士が、元気よく空襲の話をしていた。へえ、あそこは焼けのこったんですか、うちのほうはあっちとこっちがやられましてね、といった会話が、警官や軍人が通りかかると、ぴたりとやんだ。空襲のくわしい状況は、新聞にも出ていなかったし、それを話しあうことは、利敵行為とされていたのだ。スパイが聞耳を立てている、というわけである。

子ども心にも、ばかばかしいと思った。私の家が焼けたときの焼夷弾の落しかたを見れば、アメリカ軍は都内の焼失区域を正確につかんでいるに違いない。スパイが調べているにしても、罹災者の話を聞かなくたって、歩きまわってみればわかる。そう思うのだが、憲兵に注意されたりすると怖いので、みんな口をつぐむのだった。

警官も怖かった。とにかくお役人たちは、みんな横柄だった。保険会社の社員までが、横柄だった。してやる立場の人間は、してもらう立場の人間に対して、すべて横柄な時代だった。ことに面倒なことをしてもらうときには、仏頂面を覚悟しなければならなかった。

もう少しあとのことだが、罹災証明書を書きなおしてもらいに、あるお役所へいったときのことは、わすれられない。紙不足のときだから、罹災証明書というのは、タバコの箱ぐらいの小さな紙きれだった。それに小さな活字で、月日と住所を書きこむ空欄のあとに、「において罹災したことを証明する」という文句が刷ってある。氏名欄には戸主の名を書いて、ほか何名と記入するようになっていた。

しかし、それでは家族が分散して、東京を離れるような場合には、ふた組になったどちらかが、証明書はつかえなくなる。そういう場合は、なんとか局のかんとか課に行けば、二枚にでも三枚にでもわけて書きなおして、再発行してもらえる、ということが、新聞の片すみに小さく出ていた。

わが家では、叔父の家も焼けた場合にそなえて、分散疎開の話が出ていた。それで、私がそのお役所へ、罹災証明書を書きなおしてもらいに行った。お役所の名前は思い出せないが、有楽町の駅から少し歩いた煉瓦づくりの建物だった。新聞に書いてあった名前の課を見つけて、入っていくと、狭い部屋のなかで、若い男がふたり、将棋をさしていた。

証明書を書きなおしてくれるように、私がたのむと、ひとりが将棋盤から顔もあげずに、無愛想に答えた。

「罹災証明は再発行できないんだよ」

「分けて書きなおしてもらうことは出来るって、新聞に出ていました。家族が半分、疎開するんで、一枚じゃ困るんです」

「新聞に出てたって、そりゃあ、なんかの間違いだな。そんなことはしていない」

と、相手はにべもなかった。私は新聞の切抜きをとりだして、相手にさしだした。相手は不承不承にうけとって、読みくだしてから、舌打ちをした。

「いつこんなことを、新聞に発表したんだ」

「証拠をつきつけられちゃしようがないね」

と、もうひとりが笑った。最初のひとりは、私に切抜きを返してから、立ちあがって、奥の机の引出しから、証明書を二枚とりだした。私のいう通りに書いて、古いほうの一枚と交換してくれてから、

「家族がわかれて、疎開するっていったね。これがあったって、汽車の切符はなかなか買えないよ」

と、小馬鹿にしたような笑顔を見せた。たしかに、その

通りだったのだろう。だから、証明書の再発行をたのみにくる人も、いなかったのかも知れない。けれど、このときのひとを小馬鹿にした言葉つかい、笑いかたは、私をひどく傷つけた。ふたりの役人の顔なんぞは、もちろんおぼえていないけれど、このときのことは妙にわすれられない。いまでもお役所へいって、無愛想なお役人に出あうたびに、このふたりを思い出す。

*

話をもとに戻して、二軒の保険会社で保険金をうけとると、私はしばらく焼けあとを歩いてから、大塚仲町へむかった。神田へんの焼けあとには、焼けたトタン板をあつめて、ちらほらとバラックが建って、そこで生活している人のすがたがあった。

春日町のほうへ行く都電にのろうと思って、私が焼けあとを横ぎっていくと、バラックのひとつから、女が出てきた。いびつになったバケツを片手にさげて、水をくみに出てきたのだが、女は黒いブルーマーひとつの裸だった。私に気づいても平気で、瓦礫の上を渡っていった。靴ははいていたのだろうが、おぼえていない。少し離れたところに、水道管が折れまがって、水を吐きだしていた。そこへ行って、前かがみになると、女はバケツに水をみたしながら、バラックのほうへなにか声をかけた。

私のほかにも、焼けあとを歩いていた人たちがいたが、だれも立ちどまって見たりはしなかった。女はおそらく十八、九だったのだろう。顔が美しかったかどうかも、おぼえていない。私も立ちどまらずに、歩きつづけながら、若い女性の裸が水を汲みおわって、バラックへ戻ってゆくのを、眺めていた。当時のことだから、実際には乳房はふくらみはじめていても、栄養不足で皮膚は生白く、動きもにぶかったのだろうが、記憶のなかでは、肌が生き生きとかがやいて、足どりもきびきびしている。

永井荷風の日記に、敗戦の翌年あたり、暴風雨で水の出た小岩へんの町を歩いていると、ズロースひとつの美少女が、家財道具を片づけているのを見た、という記事がある。

敗戦直前から直後へかけて、人びとは原始に似た生活をしていたのである。

私はそんなふうに、毎日を忙しく送って、しばらくのあいだは工場へも行かなかった。落語家の兄は、焼けだされた日いちにち、叔父の家で寝ていたが、次の日になると、正岡さんの安否をたずねて出かけていって、そのまま帰って来なかった。正岡さんは代々木上原を焼けだされて、荻窪の徳川夢聲氏のところへ逃げていた。兄はそこへ行って、しばらく行動をともにしてから、八王子の橘家《たちばなや》円太郎師のところへ身をよせた。

兄は私よりもひどく、叔父がきらいだったから、その家にいたくなかったのだろう。長兄は軍隊、次兄もそんなわけで不在、しぜん私ひとりに、すべての雑事がかぶさって来たのだった。それでも、私は当然のこととして、動きまわっていた。まったく、よく働けたものだと思う。

いまだって私は、毎日ろくに外出もしないで、原稿を書きつづけているけれど、それは必要にせまられて、自分のためにやっていることだ。戦争末期のあの忙しさは、やはり必要にせまられてのことであっても、だれのためだったのだろう。

叔父の家へ来てから、祖母は寝たきりになった。八十いくつの高齢で、空襲に出あったのだから、弱るのも無理はない。母も病身で、役に立たない。父は祖母と母の世話、毎日の食事づくり、細ぼそとつづけている店のあきないで、手いっぱいだった。弟は学校があった。

だから、私があらゆることを手つだわなければならなかった。小淵沢からちょっと帰ってきた叔父の発案で、焼けあとへ薪を盗みにいくようなことも、私がやった。電線の外れた電柱が、焼けあとに立っているのを、夜なかに叔父につれられて、切りたおしてくるのである。コールタールを塗った電柱は、薪にすると、よく燃えた。

のこぎりを二挺もち、リアカーをひっぱって出かけていって、叔父が大きいのこぎりで、根もとを引ききる。倒れかかるのを、地ひびきが立たないように寝かして、ふたりがかりでいくつにも切るのだ。コールタール塗りの電柱だから、手がまっ黒になったし、暗いところでやるのだから、つい顔にその汚れをつけてしまったりする。

電線が外れていても、電柱は電力会社の所有物なのだろう。昼間、切ってくるわけには行かなかったらしい。暗闇のなかで、私を小声で叱咤しながら、のこぎりをつかう叔父は、実に生き生きとしていた。この叔父は、私が最初に出あった闘争本能の権化であった。

毎日が忙しかったが、次の空襲では大塚仲町もやられるだろう、という心配もあった。動かせない祖母と父は東京に残って、母と私と弟は疎開する相談が起った。そのために、罹災証明書を書きなおしてもらいに行ったり、転校できるかどうか、学校へ手紙を書いたりしたのだが、この計画はお流れになった。

母の郷里である静岡県の袋井へ行くつもりだったが、手紙を出しても返事が来ない。早稲田実業学校から、現在の状況では学生の転校はみとめられない、退学するより方法はないだろう、という返事がきた。落語家の兄は、どうなるかわからない世のなかだから、学校のほうはうやむやにしておいて、とにかく袋井へ行ってみろ、という意見だった。

叔父は大反対だった。耳の遠いおやじと寝たきりのおばあさんをおいて、逃げだすのか、一緒にここにいれば、なんとか暮せるが、おふくろと弟をかかえて、袋井へいってどうやって暮すつもりだ、金もないのにばかなことを考えるな、というのだった。

たしかに私は、いっぱしの大人ぶって、動きまわってはいたが、金のことは考えていなかった。神田の焼けあとで、裸で水をくんでいた少女も、金でものを買っていたのだ。生活費は送ってやる、と父はいったが、いまは商売をしているわけではなく、弟の店を手つだっているだけなのである。落語家の兄には、慰問の仕事がいろいろとあって、収入はあるようだったが、それだけをあてには出来ない。

けっきょく疎開はとりやめにして、私は六月の末ごろから、また中島飛行機製作所へ通うことになった。ひと月以上も、休んでいたわけだけれど、なにもいわれなかった。ほかにも出てこない生徒はいた。工場へきてから仲よくなって、休みの日に歌舞伎をよく見にいった同学年の黒田泰次も、四月に下谷で焼けだされて、能登の七尾に逃げていた。ほかにも、東京を離れた生徒は多くて、学校がわも、それを完全には把握できていないようだった。

私たちの部門は、武蔵境の小さな町工場へ疎開していて、憲兵はほとんどまわって来なかったし、教師もたまにしか顔を出さなかった。学校では低学年の授業がおこなわれていて、教師はそっちとかけもちなのだから、三鷹に私たちがかたまっているときと違って、分散先をまわりきれないのである。

だから、ひさしぶりに工場へ顔をだすと、お前、生きとったのか、よかったな、と職工長にいわれただけで、また仕事もなく日なたぼっこをする毎日が、はじまった。どうせ出勤簿をつけるだけなのだから、叔父の家で配給物その他、町会の用があるときには、平気で工場は休んだ。

工場の庭で、日なたぼっこをしているのが、だんだんつらくなっていた。読む本がないのと、親しい友だちがいなくなったせいだった。私は、毎晩のように、七尾にいる黒田のところへ、手紙を書いた。古本屋あるきをするひまはなかったが、用のとちゅうに店があるとのぞいて、安本を買った。山本有三の戯曲「女人哀詞」を見つけたのは、どこの古本屋だったろう。これは安くはなかったが、奮発して買った。

唐人お吉と万太郎

大塚仲町には、古本屋はなかったように、記憶している。敗戦後すぐに、叔父の家の前の強制疎開あとにバラックの家なみができて、そこにたしか古本屋が店びらきしたけれど、戦争末期には一軒もなかった。

だが、新刊本屋は、近所に二軒あった。護国寺前から、大塚仲町へのぼる坂の左右に、一軒ずつ。この坂、江戸時代には、富士見坂と名づけられていたのだが、実際にその名で呼ばれるのを、私は一度も聞いたことがない。しかし、昭和二十年の初夏には、その名の通りであることが、坂の上に立てば立証された。遠く小さく、富士山が見えたのである。

あのときは、東京のいたるところから、富士山が見えた。高台ばかりとは、かぎらない。江戸川の橋の上からも、早稲田のさきに、富士が見えた。石切橋の上だったろうか。

近ごろは早稲田から飯田橋までの江戸川を、神田川と呼ぶひとが多くて、うっかり使うと、千葉県との境いの川のように思われてしまうが、私がいうのはむろん暗渠となった神田上水と平行する川のことだ。

五月末の空襲で、わが家のへんから早稲田まで、ずっと焼野原になって、ある夕方、石切橋の上からなにげなく見ると、思いがけないところに、遠く小さく、夕焼の富士が赤紫に見えた。意外な場所から富士を望んだ記憶、警報下の夜の暗さの記憶は、いま時代小説を書くときに、大いに役立っている。

話が横にそれたが、音羽から右へ、富士見坂にかかる角のところに、かなり大きな本屋があった。もう一軒は、実際に坂がのぼりになって、もう仲町の交叉点へかかるというあたりの左がわにあって、これは小さかった。坂下右がわの大きな本屋は、昭和四十年代にはもうなくなっていたが、坂上左がわの小さなほうは、五十年代のいまも、残っているようである。

その坂上の本屋の前あたりか、もう少し下か、はっきりおぼえていないけれど、狭い露地を入った奥に、桜井書店という出版社があった。この出版社は最後まで、出版活動をつづけていて、太宰治や田中英光の小説を出版していた。田中英光の「わが西遊記」という長篇小説を、私はその桜井書店へ、買いにいった記憶がある。

それは略装ながら、中川一政の絵を表紙にした本らしい本だったが、敗戦前後には四六判の印刷用紙一枚を、ただ折っただけの本――いや、パンフレットというべきだろうか。切ってもいなければ、ホチキスで止めてもない。ただ印刷して折っただけのものを、出版していた。全紙一枚を四六判の大きさに折ったのだから、六十四ページ。一ページ目は表紙で二ページ目は裏白、あるいは目次になってい たし、六十四ページ目も白だから、実質六十一ページの小説である。

一段組で、中篇小説一篇、あるいは短篇小説三、四篇のささやかな本だったが、折りっぱなしのものを自分で切って、糸を綴じたりするのが、まだ新刊書が出ている、という実感があって、うれしかった。中島敦の「悟浄出世」、太宰治の「お伽草紙」、田中英光の桜田門の変をあつかった中篇、これは書きおろしだったように記憶している。

その薄っぺらな本は、富士見坂上左がわの小さな本屋に、並んでいた。取次屋なぞは、動いていなかったのではなかろうか。印刷屋も近所の小さなところで、桜井書店から電車通りを越えた小さな本屋へ、手で運ばれて売られていたのではないか、とさえ思われる。

そういう本さえ、うれしかったのだから、どこの古本屋だったか、交換本でなく売本で、しかも、私に買える値段で、山本有三の「女人哀詞」、厚表紙の大型本を見つけたときには、実にうれしかった。

「女人哀詞」は、唐人お吉をあつかった戯曲である。その本には、「女人哀詞」ともう一篇、アルトゥール・シュニッツラーの「ジェロニモとその弟」を翻訳した「盲目の弟」が、収められていた。たしか「女人哀詞」は水谷八重子の唐人お吉で、井上正夫一座が上演したもの、「盲目の弟」は市川猿之助が上演したものだった。本は菊判丸背で、鏑木清方か伊東深水の装釘だった。もとは箱入りだったのかも知れないが、私が買ったときには、箱はなかった。山本有三の作品は、映画になった「路傍の石」を見たのと、「米百俵」という維新劇を読んだことがあるだけだった。だから、「女人哀詞」はもっぱら本らしい本ということで、買ったのだったろう。

しかし、「女人哀詞」も「盲目の弟」も、おもしろかった。読みおわったとたん、私の頭には、工場で盗んだ「シラノ・ド・ベルジュラック」や、古本屋で買いあつめた「リリオム」、「お月さまのジャン」、「虫の生活」、岡本綺堂や久保田万太郎の戯曲、本は灰になって、記憶にだけ残っている芝居のかずかずが、いちどに浮かんできた。

戯曲を書こう、と思った。劇作家になろう、と決心した。それまでの私は、画家になろうと思ったり、商業美術家になろうと思ったりして、いとも簡単にあきらめていた。画家になることは、小学校で区の展覧会にえらばれたときに決心し、もののかたちが描けない、と先生にいわれたとたんに、あきらめてしまった。

早稲田実業学校に入って、そこには商業美術部というのがあったので、とたんにポスター画家になろう、と決心した。けれど、私はせっかちで、ポスター・カラーの塗りかたが粗雑なのを注意されると、あっさりあきらめてしまった。

そのころ上級生に、劇団東童の小張健一というひとがいて、そのひとにすすめられると、たちまち芝居をやる気になった。しかし、試演会計画があって、本読みから稽古になると、私の声は通らなかった。声の質は悪くないが、舞台はむりだ、どうしてもやりたければ、放送劇をやれ、と小張さんにいわれると、これも簡単にあきらめて、こんどは舞台装置家になりたくなった。とにかく、芝居には夢中だったのである。

しかし、画家もむり、ポスターもむりでは、舞台装置もむりだろう、と考えていたときに、「女人哀詞」を読んだのだ。なんだ、芝居を書けば、芝居関係の仕事が出来るわけじゃないか、と思った。

*

文章が得意だったわけでもないし、小説めいたものを書いたことが、あるわけでもない。戯曲を書こう、と決心したのは、実にいい加減なことであった。けれど、自分では発想の転換で、いいところに気がついたようなつもりでいたものだ。

つまり、芝居というもののまわりを、ポスターかき、俳優、装置家というぐあいに、接近方法をいろいろ試みていたわけである。さっそく戯曲を書いてみたら、すぐうまく行かなくて、あっさりあきらめていたかも知れない。しかし、幸いなことに、原稿用紙など文房具屋から消えうせている時代だった。粗末な便箋、ノートを手に入れるのさえ、苦労する時代だった。

戯曲や小説は、原稿用紙に書くもので、藁半紙やノートに書いてはいけない、と思っていたのだから、おかしい。だから、書かずに読むことを先にした。劇作家になりたい、と口走ったりもしなかった。岡本綺堂や久保田万太郎の本を手に入れて、私は読みふけった。山本有三で決心したのに、その小説が古本屋にあっても、手は出さなかった。

時代物が書けるとは、思いもしなかったので、私の目標は久保田万太郎になった。久保田万太郎の弟子になって、戯曲を書く。そういう私の決心は、日ごとに固くなっていったが、ひとにはいわなかった。いうような相手もいなかった。いつ？　戦争がおわったら。こんな状態が、いつまでつづくとは思えなかった。

なんとなく、戦争はおわりそうな感じだった。どんなかたちでおわるのか、私たちには考えることが出来なかった。けれども、おわると思っていたし、おわればまた劇場がひらいて、芝居が見られる、と思っていた。そうなったら、東京でやる芝居はぜんぶ見てやろう、見て、読んで、書いてやろう、と決心した。

そのくせ、戦争がおわって、戯曲を書きはじめたとたん、他人のひとことで、小説のほうに鞍がえしてしまったのだから、われながらいい加減なものである。それも、なんということもなく、戯曲がうまく書けないので、散文詩みたいな、スケッチみたいな、ストーリイもろくにない小説の一部分のようなものを書いて、ひとに見てもらったら、

「きみには戯曲より、小説のほうが向いているんじゃないか」

といわれた。とたんに、その気になってしまったのだ。しかし、それはもっと先のことで、昭和二十年初夏、もう芝居をやっているところはなかった。いや、いまのピカデリー劇場、そのころの邦楽座で、市川段四郎の「姿三四郎」を見たのは、叔父の家にいるときだったかも知れない。

邦楽座では、丸山定夫や高山徳右衛門、徳川夢聲らがつくった苦楽座という劇団が、「無法松の一生」をやった。文学座で丸山定夫が客演して、森本薫の脚色でやった「富

島松五郎伝」の台本をつかい、題名だけをヒットした映画とおなじくした公演である。その舞台を、はっきりおぼえているが、これはわが家が焼ける以前だったろう。

市川段四郎一座の「姿三四郎」が、戦争ちゅうに私の見た最後の芝居だった。新聞も来たり来なかったりで、もうどこでなにかをやっているのかどうか、わからなかった。大塚の辻町に焼けのこった映画館で、映画を見るだけだった。ほかには、寄席があるだけだった。

人形町の末広が焼けないで残っていることは、知っていたけれども、開場しているかどうか、わからなかった。神田の花月も焼けないらしいが、やはり情報がつかめない。須田町の立花亭は、そのころ倉庫かなにかになっていた。

そういう状態のときに、四月に焼けた大塚鈴本が、池袋よりの向原というところで、再開する。そこへ出ることになった、と次兄がいってきた。私たちはさっそく、飛んでいった。現在もただひとつの都電として、早稲田から三の輪まで走っていた路線の、大塚のひとつ手前が、向原である。

仲町の叔父の家からだと、辻町までいって、巣鴨刑務所のほうへ行く広い道に入り、都電の線路の手前を、右へ入ったところで、町工場のような建物だった。次兄につれられて、はじめて行ったときには、びっくりした。

コンクリートの床に、細長いベンチが並んでいる。右側に壁のかわりに暗幕、左側はトタン張りの壁だったろう。そこに窓が並んでいたが、警報発令にそなえて、やはり暗幕でおおってあった。正面には小学校の講堂みたいに、ちょっと高い台があって、そのまんなかにテーブルがおいてある。左右とうしろは暗幕で、落語家も講釈師も、テーブルのむこうに立ってやるのだった。漫才のときには、テーブルを片づける。右側の暗幕の外が、楽屋のつもりだろう。トタン張りの壁にドアがあるのが、入り口だった。

ドアのわきに小机がすえてあって、それが切符売場とモギリを兼ねていた。そんな即席の寄席でも、顔なじみの芸人が出てくると、たちまち以前の鈴本にいるような気になった。

揺れる高座

向原に仮設された大塚鈴本のことを書きつづける前に、おわびをひとつふたつ。手もとに資料がない状態で、あわただしく書くものだから、つい間違いをやってしまう。前回に書いた順序で、誤りを訂正しておきたい。

まず音羽から護国寺前を右折して、富士見坂をのぼってゆく左右の本屋。右折してすぐ右がわの大きな本屋は、昭和四十年代にはもうなくなっていた、と書いたが、まったく無礼を働いてしまったもので、昭和五十年代の現在も、ちゃんと盛業ちゅうだった。以前はたしか、曲り角のところに看板が出ていて、本屋があるのがひと目でわかったのだが、いまはビューティ・サロンの看板が出ている。それで、早合点をしてしまったわけで、まことに申しわけないことをした。おわび申しあげます。

坂のとちゅう左がわの本屋は、雑誌がわずかに並べてあるだけで、淋しい状態だったけれども、営業はつづけているらしい。戦争末期にも、本のかずは少かったが、店さきに出した台の上に、全紙を一枚、折っただけの本が並んでいたわけだ。その本を出版した桜井書店は、もうすこし坂をのぼって、左へ大塚坂下町のほうへ入る通りがある。それとまっ正面にむきあった通り、つまり坂の右がわを右へ、左がわの道とほぼおなじ広さで、入ってゆく通りにあった。狭い露地の奥と前回に書いたのは、大塚坂下町へ入る通りとちがって、こちらはすぐ先細りになっているので、そう思いこんでいたらしい。右へ入って、左がわの三軒目か四軒目に、桜井さんの邸宅がいまもある。ただし、桜井書店としての出版活動はやっていない。

次は私に劇作家になる決心をさせた山本有三の「女人哀詞」についてで、この誤りには戸板康二さんがお手紙をくださった。ご教示、厚くお礼を申しあげます。「女人哀詞」

といっしょにおさめられていた「盲目の弟」のことを、アルトゥール・シュニッツラーの「ジェロニモとその弟」、を翻訳した「盲目の弟」、と書いたのが私のおぼえ違い、「盲目のジェロニモとその兄」が正しい。翻訳とあるのは、翻案の誤植である。その「盲目の弟」の初演を、市川猿之助と段四郎（いずれも先代）が春秋座のころにでもやったのだろう、と私は思いこんでいたのだが、六代目尾上菊五郎と十三代目守田勘弥（こちらが盲目の弟の役）の初演だという。

私は敗戦後、シュニッツラーに凝ったことがある。大坪砂男にすすめられて、戦争前に河出書房から出た「シュニッツラー選集」の揃いを、古本屋で手に入れたのが、昭和二十六、七年だったろう。大坪さんは戯曲よりも、短篇小説のほうがいい、といったが、私は区別をつけずに、翻訳が出ているものをみんな集めて、精読した。そのときも、「盲目のジェロニモとその兄」も読んで、山本有三の翻案ぶりを思い出したりしたのだが、いまはなにも記憶に残っていない。大坪さんの言葉どおり、けっきょくは私も、短篇小説のほうに感銘をうけたからで、「妙な女」「死んだガブリエル」「レデゴンダの日記」「予言」なぞをおぼえている。

河出書房の「シュニッツラー選集」にしか入っていない短篇に、傑作が多い、と私は大坪さんと話しあったものだが、ひとり暮しの度重なる引越しのあいだに、この選集、古本屋で金にかえてしまって、その後、読みかえしたいと思って探しても、いっこうに見つからない。私の好きな四篇のうち、前の二篇は理解しがたい女に対する男の未練ごころをえがいた傑作で、あとの二篇は一種の怪談である。この怪談二篇については、技巧はうまいが、大衆小説ではないか、というひとが多いかも知れない。

話が横道へそれたついでに、原稿用紙がなかったから、戦争末期、劇作家になる決心をしながら、習作もしなかったということを、すこし補足しておこう。まったくなにもない時代で、手紙を書くのに、ざら紙のノートを切って、鉛筆で書いていた。インクもなくて、ときたま固型インクというのが、手に入った。それは幅五ミリメートル、厚さ三ミリメートル、長さ二センチメートルぐらいの藍いろの錠剤で、水に溶かすとインクになるのだった。紅茶茶碗八分目ぐらいの水に一錠とかすと、ちょうどいいぐらいだったようにおぼえているが、ついいかげんで――いや、この言葉、わからないといわれたばかりだから、けちけちして、といいなおそう。水の量をふやしてしまうものだから、薄く寝ぼけたような色のものが出来あがって、この固型インク、なんとも悲しいしろものだった。

画家の木村荘八さんは、この錠剤でつくったインクを、最初はおもしろがって、手紙につかうと、印九清造と署名しておられた。インク製造のしゃれであることは、いうまでもないだろう。インクもない。ペン先もない。けれど、毛筆と墨はあった。木村荘八さんの提唱で、お習字の会ができて、正岡容がそれに加わっていた影響で、私たちも毛筆をつかうようになっていた。だから、戦争末期、軍隊にいる兄や疎開さきの友人へ、私がさかんに書いた手紙は、鉛筆か毛筆がきであった。横道はこれくらいで、護国寺の角の本屋さんにはおわびを、ご教示の手紙をくだすった戸板康二さんにはお礼を、くりかえして、本題へもどろう。

＊

向原の大塚鈴本には、どんな芸人が出ていたのだろう。古今亭志ん生と三遊亭円生は、満洲へ行ってしまった。桂文楽はどこかへ疎開して、東京にはいなかったような気もする。三升家小勝になって死んだ桂右女助は、兵隊にいっていたのではなかろうか。いまの小さんも、出征ちゅうだった。先代の小さんは、出ていたと思う。一龍斎貞山は三月十日の空襲で、死んでしまった。手品の李彩も、浅草で死んだ。いまの李彩、当時の小李彩は日本軍人として、出征ちゅうだった。

桂三木助になって死んだ橘ノ円《まどか》はどうだったろう。はっきりおぼえているのは、剣舞の源一馬《みなもとのかずま》である。いっしょに出て詩吟をやったおじいさんの名が、いまは思い出せないのだけれど、正英《まさひで》といったろうか。源一馬はまず剣舞をやって、次に踊りをやる。その踊りのときはいいのだけれど、剣舞で刀をぬき、とんと足を踏み出したりすると、仮設の舞台はぐらっと揺れるのだった。それで、一馬が出ていたのを、おぼえているのである。

桃川東燕という、ひょろりとして、前額部の禿げあがった講釈師も、おぼえている。テーブルをつかって、立ってやることは、前にいった。東燕は修羅場をよく読んでいたが、仮設舞台の上のテーブルは、張扇をパンパンパパンパンとつかうと、ぐらぐらぐらりと揺れるのであった。そのころは古今亭志ん治といった私の兄は、この東燕さんに講釈をおそわって、「五目講釈」を古めかしい語調、節調になおしてやっていた。

向原の鈴本は、むろん夜しかやらなかった。おまけに警戒警報が鳴ると、あかりを消して、場内がまっ暗になる。ラジオの情報を客席にも聞かして、このへんは安全らしいとなると、楽屋にいあわした芸人が高座に出てきて、お喋りをすることもあった。暗くしたままだから、まともに落語や講談や漫才はやらない。いつでも打ちきれるように、漫談をやった。ときにはそれが、小一時間もつづくことがあった。

あたかも夏で、晴天がつづいていたから、寄席がはねて帰る道は、月の光が明るかった。辻町から仲町へ、焼けのこった家なみは、屋内のあかりを暗幕に隠していたが、アスファルトの広い道路の上に、歩いてゆく私たちの影を、月光がくっきりとえがいていた。自分の影を踏んで帰ってゆくのが、いかにも平和で、楽しかった。

あくる日になると、ぎらぎらする日ざしの下を、武蔵境の町工場へ通ってゆく。行っても仕事はまったくなく、教師も配属将校も、たまにしかやって来ない。日かげに材料箱をつんで、腰をおろして、雑談に一日を送る。それほど、話題があるわけはない。映画の話、以前に見た芝居の話、以前に食った菓子の話、新聞の連載小説の話ぐらいだ。東京新聞の夕刊に、富田常雄が岩田専太郎の挿絵で、「柔《やわら》」を連載していた。姿三四郎の続篇である。それがおわると、大佛次郎の「乞食大将」がはじまったようにおぼえているが、八月十五日で連載は打ちきりになった。

「乞食大将」は、敗戦後まもなく、どこかの雑誌で復活して、ちゃんと完結している。そんな話題しかなくても、いや、話題がとぎれても、私たちは退屈しなかった。地面を匍う蟻の動きを、目で追っているだけでも、退屈はしなかった。狭い庭には熱気がみなぎって、日かげにいても、かなり暑い。それでも、編上靴にゲートルを巻いて、詰襟の国民服の上衣をきちんと着て、喉もとまでボタンをかけていた。

いまこの原稿を書いているのは、七月はじめの午前三時で、そろそろ窓の外が明るくなりはじめているが、まだクーラーをつけて、薄手のジーンズにシャツ一枚という恰好を、私はしている。涼しい、という気はしない。どうやら暑さを感じない、というていどである。昭和二十年の夏が、昭和五十三年の夏よりも、暑くなかったのだろうか。いや、敗戦間際のあの空のいろ、雲のいろ、強烈な日ざしの色、人びとの顔に浮いていた汗を思い出すと、そうは考えられない。

配属将校はめったにまわって来なくても、工場には口うるさい監督がいた。材料がないから、仕事はできない。だから、日かげでお喋りをしているのは黙認しても、上衣をぬいだりするのは、ゆるしてもらえなかった。我慢するよりしかたがなかったから、我慢することが出来たのだろう。

私たちの工場にこそいなかったが、それでも不良学生はいることはいて、その連中はかなり異様な恰好をしていた。膝のすぐ下まで巻かなければならないゲートルを、臑の半分ぐらいまでにして、その上にズボンをだぶつかせる。国民服の襟をひらいて、首にハンカチを巻く。ハンカチもカーキ色だった。戦闘帽の前後を折って、ぺしゃんこにしてかぶる。ハンカチは巻かないやつもいたが、ゲートルと帽子は、みんながおなじスタイルで、敗戦後になってみると、これはアメリカ兵の恰好なのだった。私のクラスでは、秀才とされていた連中が、かなりこの不良の仲間に加わっていた。クラスはおなじでも、工場の編成はちがっていたから、その連中がなにを話し、どんなふうに遊びあるいていたかは、私は知らない。

昭和二十年八月十五日

　不良学生のゲートルの巻きかたについても、ひとから教えられた。ゲートルを黼の半分ぐらいに巻いて、その上にズボンを垂らす、と書いたが、これが短かく巻いたわけではないという。ズボンをうんと上にたくしあげておいて、普通にゲートルを巻く。その上端は膝の下で、ズボンの裾を押えるかたちになるわけだ。そういうふうにゲートルを巻きおわってから、ズボンをひきおろす。すると、ゲートルの三分の二ぐらいが隠れて、短かく見える。私はこれを、アメリカ兵の恰好にたとえたが、飛行兵の半長靴すがたが、お手本になったのだそうである。

　そういえば、敗戦後にも、半長靴は流行した。パラシュートの生地で、長いマフラーをつくって、首に巻いたはじを背や肩にたらし、半長靴にズボンの裾を押しこんで、颯爽と歩きまわった連中がいたものである。しかし、それはもっとあとで語ることにして、昭和二十年八月に話をもどそう。

　夏がきびしくなって、私は大塚仲町の叔父の家から、武蔵境の工場へ通っていた。叔父の家のとなりには、お寺があって、庫裡がひろかったのだろう。下町で焼けだされた人たちが、三家族ぐらい入っていた。賀来琢磨《かくたくま》さんという人が、いたのを記憶している。二十代なかばか、めがねをかけた背の高いひとで、音楽の話をよくしていた。もうひとり、名前はわすれたが、三十がらみの職人ふうのひとがいた。浅草の田中町、いまの日本堤一、二丁目の東よりのあたりで、焼けだされてきたひとで、当時のことだから、徴用工だったのだろう。

　夜になると、燈火管制の蒸暑い屋内にいるのが嫌で、私は寺の門のところへ出ていって、賀来さんと話をしたり、田中町のひとと話をして、時間をすごした。賀来さんの名を、敗戦後、新聞の文化欄で、なんどか見た記憶がある。いま電話帳をひろげてみると、私が住んでいる東中野とは、そう離れていない中野区中央二丁目に、その名の方がいて、名前のあとにカッコして、舞踊と書いてある。ざらにある名ではないから、あのとき隣りのお寺にいた賀来琢磨さんで、敗戦後、舞踊家になられたのであろう。

広島に落ちた新型爆弾が、原子爆弾というとてつもない代物で、あれがいくつも落されるようだったら、日本は完全におしまいだ、という話を聞いたのは、賀来さんからだった。田中町のひとからは、吉原が焼けるさまなぞ、三月十日の大空襲の話を、いろいろ聞いた。このひとは昼間、お寺にいるときは、町会の班長代理で、食糧配給の分配などに手こずっている私を、

「食いものの怨みは、おそろしいからね。だいたい、あんたひとりじゃ無理なんだよ」

といって、手つだってくれた。焼けだされのひとが、親切に手つだってくれたのに、近所のひとは十七の私まかせだった。どうもふだんから、叔父が町内のひとに煙たがられていたせいではなかろうか。

広島に原子爆弾が落ち、さらに長崎にも落ちて、それらの被害状況はあいまいにしか発表されなかったが、ひとの噂でもう日本もどんづまりという気がしはじめていたころ、わが家では祖母が死にかけていた。五月の空襲で江戸川端の家が焼けて以来、祖母はめっきり弱って、寝たきりになっていた。夏の暑さとともに、食べものが喉を通らなくなって、水だけを飲んでいた。

なにしろ配給されるのは、健康な人間でも喉を通らないような脱脂大豆ばかりだから、八十を越した祖母が、食べられるはずはない。水を飲ませるにも、手ごろなコップも茶碗もなかった。叔父の家のコップや湯呑をつかえば、あとで文句をいわれるにきまっているから、と父は大和糊の空き壜で、祖母に水を飲ませていた。いや、空き壜ではない。当時はガラスがなくなって、素焼の筒に糊が入っていたのだ。その空いた筒が、祖母の小さな手には、ちょうどいい大きさだった。ひとに口にあてがわれるのを嫌がって、私たちが抱きおこしてやると、祖母は小さな手に、小さな

きまって、素焼の筒を持って、すこしずつ水を飲んだ。飲みおわると、

「こんなうまいものがあるだろうか」

と、小さな声でつぶやくのだった。それがあわれで、はっきりおぼえているのに、祖母の死んだ日が思いだせないのだから、おかしなものだ。ただもう夜になっては、屋内に気がねなく灯りがついていた記憶があるから、八月二十日ごろではなかったかと思う。とにかく、八月に入ってからであることは、間違いない。

となると、祖母の死よりも前に、八月十五日のことを、書かなければいけないだろう。けれども、八月十五日以前の一週間ぐらいのことが、きれぎれにしか浮かんで来ない。賀来さんから、原子爆弾の話を聞いたのを、おぼえているくらいだ。

昭和二十年の八月十五日は水曜日で、よく晴れた暑い日だった。私はいつもと変りなく、武蔵境の工場へいった。正午に重大放送があるということは、前日からラジオがくりかえしいっていたが、私には見当もつかなかった。ぎらぎらした日ざしのなかを、武蔵境の駅から、畑の道を歩いていった。中島飛行機製作所が分散疎開した武蔵境工場は、駅の南がわにあって、左が畑、右が人家や村の砂利道を、まっすぐ行くと、やがて突きあたって右へ行ったところに、あったように記憶している。生垣の門があって、ささやかな前庭があり、右手に二階建の事務所、正面が平屋の工場だった。工場の右手、つまり事務所のうしろは、庭になっていた。

工場の左右とうしろは、人家だったと思う。私たちはいつものように、工場の右手の庭で、日かげにすわって、お喋りをしていた。午前ちゅうに警報が出たが、工場の外へは逃げなかった。正午になったら、庭に整列するようにいわれて、私たちは日かげにすわりつづけていた。あのころの日日が、充実した感じだったことは、前に書いたけれども、じっと何時間もすわっていられたのは、栄養失調のせいだったかも知れない。

ろくなものを食っていないから、動きたくても、動けないのだ。みんな妙に生白い顔をして、ひっそりとすわって

いた。手や足を、のみや蚊にくわれると、かいたあとがすぐに化膿した。そのまま、もっと栄養不足の状態がつづくと、頭も働かなくなって、ぼうっとすわっているだけ、ということになるのだが、幸いそこまでは行っていなかった。だから、妙に充実感があって、いつまでも地面や庭木や、日の光を見つめていられたのだ。

＊

正午になる直前に、警報は解除になった。私たちは二列横隊に、庭に整列した。事務所の窓のところに、ラジオが持ちだされて、アナウンサーの声が、庭にひびいた。天皇陛下の放送だというので、私たちも緊張した。気をつけの姿勢で待ちかまえていると、なんとも異様な声が、ラジオから流れはじめた。多少の雑音は入ったものの、電波の状態は悪くなかったから、いっていることの意味はわかった。けれども、その読みあげかたが、なんとも不可思議で、私はあっけにとられていた。天皇陛下は声の出しかたも、喋りかたも、われわれとはやはり、まったく違うのだな、と思った。

敗けたのだな、と考えても、べつになんの感慨もなかった。戦争もいつかはおわるものなんだな、といった感じで、私は放送を聞きおわった。工場長が解散の声をかけると、私たちは列を乱したが、なにをしたらいいのか、わからなかった。中年の工員のひとりが、大声でいった。

「けっきょく、どうなったんだい？」

「負けたんだ。無条件降伏だ」

工場長がどなるような声をあげた。

「おれたち、どうすればいいんです？」

と、だれかがいった。

「わからん。本社からなにかいってくるだろう」

と、工場長は事務室へ入っていった。日ざしはますます強くなって、空がまぶしかった。私たちはなんとなく、奥庭から前庭へ移って、たむろしていた。本社から電話があるか、指示を持った使いでも、来るのではないかと思って、前庭へ移ったのだろう。

事務所のなかでは、工場長や職長、事務員たちが大声で、話しあっていた。仕事の話ではなかった。無条件降伏したのだから、いずれ連合軍が日本を占領しにくる。そうなったら、どうなるか、という話をしているのだった。中国へ戦争にいった中年の職長が、すさまじい話をしていた。

自分たちが、中国人の捕虜をどうあつかったか、という話だった。だから、占領軍が入ってきたら、日本人もおなじように扱われるに違いない、というのだった。職長の話は、私たちをおびやかすに、じゅうぶんな内容だった。老人を裸にして、寒夜の荒野に追いやった話。靴の甲に食いものをのせて、捕虜の目の前にさしだし、空腹にたえかねた相手がそれを頬ばると、靴のさきで頷を蹴りあげて、食いものが喉につまるさまを、みんなで大笑いしながら、眺めたという話。親きょうだいの見ている前で、少女を輪姦した話。どれも実行したか、目撃した話だといって、身ぶり入りでしゃべっていたのだから、私はびっくりした。

兵隊の乱暴ぶりは、もちろん大っぴらに話されることはなかったし、ひそひそ話で聞いたおぼえがあるのは、もっと大義名分のつけやすい、逃げようとする捕虜の首を、日本刀で一閃のもとに斬った、というたぐいのものだった。

教練の軍曹に、制裁の話はずいぶん聞かされていて、軍隊というのは怖いところだ、とは思っていた。それから考えを押しすすめて行けば、そのくらいのこともやりそうだったが、ショックだった。職長は敗戦の事実に興奮したていで、声高に喋りつづけている。私たちは、事務所の窓のなかをのぞきこみながら、たがいに顔を見あわせた。しばらくして、私たちは帰っていいことになった。しばらく、というのが、どのくらいたってからだったか、おぼえていない。午後の三時ごろだったのではないか、と思う。

工場がどうなるかわからないので、あすも定時に出てくるように、といわれて、私たちは家路についた。もう空襲がない。死ぬかも知れない、という心配も、占領軍がくるまではないわけだ。夜になったら、暗幕をはずして、あかりをつけてもいい。ほっとしたような気がすると同時に、急に張りがうしなわれて、どうしたらいいのか、わからなかった。しかし、家へ帰るより、しようがない。

武蔵境からのった中央線を、新宿で山の手線にのりかえて、大塚駅でおりてからは、都電にはのらずに、大塚仲町まで歩いて帰った。とちゅうの家は、窓に暗幕をたらし、戸口には防火用水という、その朝とまったく変らない状態で、戦争がおわったという感じではなかった。

わが家でも、おなじ状態で、父は無条件降伏を知らなかった。ラジオはこわれかかって、よく聞えないから、耳の遠い父には、天皇陛下の言葉が、ほとんど呑みこめなかったのである。私は戦争に敗けたことをつげ、とにかくもう燈火管制はしなくていいのだ、といった。だが、占領軍が入ってきたら、どうなるかわからない、という話はしなかった。父は半信半疑だった。おまけに、夜になっても、町はそれほど明るくはならなかった。電灯の黒いカバーをとった家はあるようだが、戸外にあかあかと漏れるほど、光量も数も多くはなかったからだ。

あくる日、工場へいってみると、事務員や工員たちが、忙しく立ちはたらいていた。どうせなにもすることがないのだろう、と思って、遅刻して出ていった私は、どなられて、すぐに手つだわされた。といっても、機械の前に立たされたわけではない。工場の右手の庭に、大きな焚火が出来ていた。工場の窓と事務所の窓が、いっぱいにあけはなされて、そこから材料箱や事務の書類が、はこび出されていた。それをどんどん、焼いていたのである。

私たちは書類を庭へ出すのを手つだったり、井戸からバケツで水を汲んできて、火が燃えひろがらないように、まわりの草にかけたりした。占領軍が入ってくると、軍需工場はきびしく調べられる。うっかり証拠を残しておくと、工員まで罪にとわれるようなことになりかねない。だから、すべて燃してしまうのだ、と事務長はいっていた。

それで、書類を燃す理由はわかったが、材料箱まで、火にたたきこむのは、なぜだったのか、わからない。真夏の焚火は、ひどい熱気を庭にみなぎらした。それでも、火を見るのは、気持がよかった。私たちはバケツを足もとにおいて、燃えさかる炎を眺めていた。おひるに、握りめしが出たような記憶がある。非常用に事務所にあった米を、つかってしまおうということだったのかも知れない。なにも入っていない塩味だけの握りめしだったが、とにかく米のめしであることが、うれしかった。

　敗戦以前から、新宿などの盛り場で、闇の握りめしを売っているという話は聞いていたし、それらしい人のすがたを見たこともあったが、金のない私たちには、値段を聞く勇気さえ出なかった。徳川夢聲の「夢声戦争日記」を見ると、この密売の握りめし、ひとつ十円だったという。昭和五十三年現在の感じでいうと、一万円ぐらいではなかろうか。当時、私は非常の場合につかうようにと、一円札を三、四枚、父からもらって、木綿の腹巻に縫いこんで、身につけていた。ゆたかな家庭の子どもは、もっと身につけていたのだろう。とにかく、非常の場合にそれをひっぱり出したところで、そのころ密売の握りめしひとつ、買えなかったのだと思うと、ばかばかしくなってくる。

　工場の整理に一日をついやして、さて次の日はどうしたものやら、記憶がない。なお数日、工場へ出勤したような気もするし、十七日からは自宅待機ということだったような気もする。学校へいったのは、もっとあと、九月に入ってからだったろう。考えてみれば、夏休みの時期なのである。数日のあいだは、空には日本軍のものか、アメリカ軍のものか、飛行機が飛びまわっていたし、警戒警報が鳴ったりもして、ひやりとさせられた。警報が鳴るくらいだから、戦争がおわったのは嘘だ、というひともいた。しかし、その警報はすぐ解除になった。

　夕方、隣りの山門のところに、賀来さんが着流しの和服で出てきた。門前の木で、しきりに蟬が鳴いていた。私もゲートルをとって、町を歩いた。出来ものだらけの足が、ひどくかゆかった。

涼しけれども哀しき灯

敗戦のころを思い出そうとすると、まっさきに俳句がひとつ、頭に浮かんでくる。久保田万太郎の句だ。敗戦直後の新聞に、久保田万太郎が発表した数句のなかの一句で、よくおぼえているのだけれども、字づかいまでは正確におぼえていない。いい加減な字づかいで、ひとさまの句を引用しては、申しわけがないのだが、あいにく手もとに資料がない。いずれ間違いがあったら、訂正することにして、その句は、

涼しき灯涼しけれども哀しき灯

燈火管制の必要がなくなって、家家の戸口や窓から、灯のいろが気がねなく洩れ、電柱の電球も明るくなったあのころの夜が、この一句で浮かんでくるのだが、あの敗戦の夏を知らないひとには、わかるかどうか。「終戦」あるいは「敗戦」というような、前書きがついていたはずだけれど、そこまでは思い出せない。

しかし、前書きがあっても、こめられた感慨がわかるかどうか。となると、いい句とはいえないのだろうが、とにかく昭和二十年八月末の夜を思い出すと、同時に私の頭には、この万太郎の句が浮かんでくるのである。

夏もおわりに近づいて、久しぶりにいつも見られるようになった灯のいろは、涼しかった。涼しいけれども、哀しいというか、心細いというか、これからどうなるかわからないという、心もとなさがあった。いま思い出したのだが、当時の電柱の電球は、黒く塗ってあった。

いまのような街灯らしい街灯は、すくなかった。グローヴをかぶった街灯らしい街灯は、グローヴを黒く塗ってあった。ブリキの笠に電球をつけた電柱のあかりは、笠も電球も黒く塗ってあった。だから、スイッチを入れても、かすかに明るむだけだった。警戒警報が出れば、スイッチを切ってしまう。あの当時の暗さというものは、ちょっと想像がつかないかも知れない。

燈火管制用の電球というのもあって、私の家では、それを使っていた。球形の底の部分だけが透明ガラスで、あとはガラスが青く不透明に塗りつぶしてある。ちょうど懐中電灯を逆さにつるしたみたいに、真下にだけ光が落ちるわけだ。そういう電灯を、さらに黒布の筒でおおって、とぼしい明りの下で、暮していたわけだ。警報が出てから、光

を外にもらそうものなら、たちまち罵声がとんでくる。

　そういう生活から、窓をあけはなして、いくつ電球をつけようがかまわない、ということになったのだから、爽かだった。といったところで、電球が豊富なわけでも、電力が豊富なわけでもなかったから、一転してイルミネーション煌煌と、ということになったのではないが、それでも、目を見はる思いだった。

　垢じみた服をきて、栄養失調のむくんだ青白い顔をして、昼間の熱気が去りかけた戸外に立っていると、まったく、

　涼しき灯涼しけれども哀しき灯

であった。なにしろ、毎日なにをしていいのか、わからない。昼間は日かげに縁台を持ちだして、ぼんやりすわっていたような気がする。読む本もなかった。ズボンのすそをまくりあげて、おできのかさぶただらけの足を、風にさらしながら、前を見つめていた。抵抗力がないから、蚊にさされても、蚤にくわれても、虱《しらみ》にくわれても、掻くとすぐ化膿する。そのくせ、ろくに血うみも出ずに、かさぶたになって、かゆいだけであった。

　からだがどうかしてしまったのではないか、という気がしたが、信州から叔父が帰ってきて、商売物のどくだみを飲めといわれて、毎日、煎じて飲みだしたら、たちまち化膿はなおってしまった。父も母も、私もどくだみに思いいたらなかったのだから、完全な虚脱状態だったのだろう。

　占領軍がくると、どういうことになるかわからない、というので、叔母や従姉たちは信州から動かなかったが、叔父はときどき帰ってきて、父に指示をあたえて、商売を再開しようとした。陸軍航空実験部の和歌山のほうの隊にいた長兄も、たしか八月二十日ごろだったろう。大きな荷物をかついで、ひょっこり帰ってきた。落語家の次兄も、八王子の橘家円太郎の家から、もどってきた。

　それで、私たちも活気づいたわけなのだが、あまりおぼえていることはない。祖母が死んだのは、いつだったのだろう。長兄が帰ってきてからのはずだが、まだ日ちゅうは暑い日だった。水だけしか喉を通らなくなっていた祖母は、ある日、いつの間にか死んでいた。葬儀屋にたのんでも、霊柩車がなくて、遺体をおさめた棺桶を、父がリアカーに

積んで、幡ケ谷の火葬場まで曳いていったような気がする。

お通夜には、お坊さんにも来てもらえなかった。水道橋の菩提寺も、五月二十五日の空襲で、焼けていたからだ。わが家の墓は、塀ぎわにあったので、その塀が崩れたためか、上半分が斜めに折れていた。葬式の日の記憶らしいものとしては、母や兄弟と幅のせまい川のふちを、歩いていく風景が残っている。母が骨箱をかかえていた。父がいないのは、からのリアカーを曳いて、別の道を帰ったのか。川の水の上を、赤とんぼがかすめて飛んでいた。

＊

次によくおぼえているのは、マッカーサー元帥が、厚木飛行場にきた日のことだ。といっても、やはりひとつながりの画面としてで、前後の記憶がない。昭和二十年八月三十日のことなのだが、私は音羽の通りを歩いていた。なぜ音羽の通りを歩いていたのか、それは思い出せない。早稲田の学校に用があって、その帰りだったのだろうか。

音羽の通りは、両がわともに焼けのこっていた。古い家なみの屋根すれすれに、巨大なB２９が何機も何機も、飛びすぎていく光景。それを、おぼえているのである。もちろん、実際には屋根すれすれだったわけではない。だが、実に巨大なB２９は、手をのばせば届きそうに見えた。人びとは往来に出て、あっけにとられて見まもっていた。

あの大編隊が、東京の空を低く飛びまわったのは、占領軍のデモンストレーションだったのだろう。巨体と轟きわたる爆音で、私たちを圧しつぶすように、あとからあとから頭上をすぎてゆくB２９は、なんとも豪勢だった。これでは負けるはずだ、と思った。

ぽかんと口をあけて、それを眺めながら、私は護国寺のほうへ歩いていった。電柱に貼り紙がしてあった。隠忍そして復讐、と手がきの文字。復讐はたしか、朱で書いてあった。なんのために、こんなものを貼りちらすのだろう、と思った。

その貼り紙を最初に見たのは、飯田橋でだった。同じ日ではない。もっと前だ。なんのために、飯田橋へんを歩いていたのか、やはり記憶にない。ガード下に、隠忍そして復讐、というビラが、何枚も貼ってあるのを見て、まだ戦争はほんとうに終ってはいないのか、という気がしたのを、おぼえている。

だが八月三十日の巨大な飛行機が舞いとぶ下では——いや、舞いとぶでは感じが出ない。あとからあとから押しだされて、空が巨大なコンベアーベルトになり、そこに隙間なく、B29の巨体が貼りついて動いているような下では、そのビラはなんとも滑稽に、ばかばかしく見えた。

百年のあいだ隠忍したって、この相手に復讐することなんか、出来っこないよ、いい加減にしてくれ、という気がした。

九月になって、学校へ行くことになった。早稲田実業学校は、木造の二階建だったが、きれいさっぱり焼けていた。隣りの早稲田中学校も焼けていたが、これは鉄筋コンクリートだったから、壁と天井だけは残っていた。私たちはその校舎を借りて、勉強をはじめることになった。ガラスのない窓。ただ床と壁と天井があるだけの教室。その壁に、黒板を立てかけて、私たちは床に新聞紙を敷いてすわった。

混乱した時期だったから、記憶が混乱するのも、当然かも知れないが、この年のことは、頭のなかで整理がつかない。昭和二十年の十二月には、私は早稲田実業学校を中途退学している。二十一年の三月には卒業で、敗戦後ろくに登校していなくても、学費さえ完納すれば、卒業することが出来たのだが、その学費が惜しかった。

学校をやめたときには、もう江戸川橋のそばの焼けあとに、バラックを建てて、暮していた。ということは、もう十月あたりに、バラックの工事がはじまっていたわけだが、その間にいくつかの情景が入っている。

大塚仲町の交叉点で、露店をはじめたこと。やはり仲町にいまもある銭湯を改装して、寄席をひらくことになって、落語家の次兄といっしょに、私がいろいろ働いたこと。

露店をはじめる前には、スコップを持って、大勢があつまって、焼けあとを片づけている。寄席をはじめる前には、看板かきを手つだったり、ポスターを書いて、ほうぼうへ貼りにいったりしている。江戸川端にバラックを建てるのには、まず焼けあとを片づけて、もとの土台をきれいに出さなければならなかった。建てたのは大工だが、人手が足りないので、私たちも手つだって、毎日かよった。だから、それぞれにかなりの日かずがかかっているはずだが、どうもそれらの記憶が順序よく、頭のなかで配列できないのだ。

八月二十日ごろから、学校をやめた十二月の二十日ごろまでのあいだに、記憶を配列しようとすると、学校へいっている暇がないことになるのである。それに、焼けあとの授業の記憶は、ほとんどない。

中途退学するきっかけになったある時間をのぞいては。

それをまず書いてから、逆算するかたちで、生れてはじめての露店商の経験、寄席の手つだいをした記憶を、書くことにしよう。それは、国語の時間だった。といっても、教科書がないのだから、教師もやりにくかったろう。

崩れかけて凸凹の白壁に、横長の黒板が立てかけてある。教師は立っているが、私たちはやはり凸凹の床の上に、新聞紙を敷いて、すわっていた。編みあげ靴をはいたままだから、正座することはむずかしい。ほとんどが、あぐらをかいていた。ガラスはなく、鉄の窓枠がゆがんでいる窓から、秋風が吹きこんでいた。

どういうきっかけだったのか、おぼえていないのだけれど、教師が生徒を三人、指名して、黒板の前に立たせた。その三人に、あいうえおを書いてみろ、といったのである。五十音をだ。まっすぐ前をむいて書け、隣りのひとのを見るな、と教師はいった。たしか山崎という、老人の教師だった。おだやかだが、折りかがみ正しく、謹厳という言葉のぴったりとする白髪のひとで、いつも仁丹を含んでいた。そばへよると、いつも仁丹のにおいがしたが、敗戦後はそのにおいがしなかった。仁丹が手に入らなくなったからだ。

三人の生徒は、あいうえおを書きはじめた。あいうえお、かきくけこ――その結果が、私にショックを与えたのである。

バラックの冬

黒板の前に呼ばれて、五十音を書くことになった三人の生徒が、なんという名前だったか、おぼえてはいない。けれど、べつだん教師に目をつけられているような、不良学生でも、劣等生でもなかった。アトランダムに、選ばれた三人だった。

それなのに、ふたりは立往生してしまったのだ。五十音を完全に書けたのは、ひとりだけだったのである。あとのふたりは、とちゅうで書けなくなって、照れくさそうに立っていた。五十音、あいうえお、かきくけこ、さしすせそ、たちつてと、それが書けなかったのだ。私たちは十七歳、私は満で十六になっていたが、十五のものもいただろう。

しかし、みんな中等学校の四年生だった。現在の学制でいえば、高校一年生である。

それほど長いあいだ、勉強をしていなかったわけではない。学徒徴用で、軍需工場につれていかれたのは、昭和十八年の九月だった。戦争がおわって、学校にもどったのは、昭和二十年の九月だった。つまり、まる二年間、学校を離れていたにすぎない。離れてはいても、本はあった。新刊書店も、古本屋も、店はひらいていた。新聞も、ページ数こそ少かったが、ちゃんと出ていた。

私にとっては、文字と無縁の人間がいる、ということは信じられなかった。ところが、ひらがなの書けない人間がふたり、目の前に立っているのだ。むずかしい漢字だったら、どわすれということもあるだろう。みんなの前に立たされて、あがってしまう、ということもあるかも知れない。それにしたって、ひらがなだ。教師はあきれたのか、当惑したのか、いつまでも黙っていた。

だから、時間はたっぷりあった。でも、ふたりは突っ立ったまま、手を動かそうとはしなかった。教師はなにもいわずに、三人を席へもどして、授業をおわらした。とちゅうで打ちきったのか、時間がきていたのか、そのへんはおぼえていない。あるいは教師にも、ショックだったのかも知れない。私には、大変なショックだった。

こんな状態で勉強したところで、なんになるだろう、と思った。学校なんぞへ通っても、なんの意味もない。そう考えはじめたところへ、二学期の授業料をおさめよ、という掲示が出た。学徒徴用は強制的な休学だから、学費はとられなかった。わずかだったが、給料も払ってくれたように、おぼえている。しかし、その強制はとかれて、学校がはじまったのだから、学費は払わなければいけない。それはもっともなのだが、私にはその金が惜しかった。

そのころ、私は劇作家になる決心をして、さかんに古本をあさったり、映画を見たりしはじめていた。東京の劇場が芝居をやりはじめたのは、いつごろからだったろう。とにかく、東京でやる映画と芝居は、ぜんぶ見ようと決心していた。それには、金がかかる。父は学費を出してくれるといったが、私はそれを劇作家になる勉強につかうと宣言して、早稲田実業学校へは、勝手に退学届を送ってしまった。べつに後悔はしていないが、しいて退学することもなかったとは思う。五十音の書けなかったふたりは、おそらく、ちゃんと卒業したのだろう。ただ幸いにして、早稲田実業を卒業し、大学へすすんでおけばよかった、と思ったことは——学歴のないせいで、損をしたと思ったことは、一度もない。

学校をやめて、映画を見たり、戯曲を読みあさったり、劇場が再開すると、芝居を見に通ったりはしたが、かんじんの創作はなかなか手をつけなかった。原稿用紙がない、というのが、自分への口実だったのだから、私のなまけぐせは、昔からのものだったわけだ。ところが、ある日、浅草へ軽演劇を見にいったとき、都電の窓から、一軒の文房具屋の店さきに、原稿用紙あります、という貼り紙がしてあるのを、見かけた。私は浅草へ行くときは、いつも江戸川橋から、須田町行きの都電にのって、上野の山下で、柳島行きの都電にのりかえる。貼り紙をしていた文房具屋は、須田町行きの都電が、根津宮永町から、池の端七軒町へ曲ろうとするあたりにあった。

現在の町名でいえば、台東区の池の端二丁目である。焼けのこった町家がつづいていて、根津から来て左がわに、その文房具屋はあった。軒びさしの上の看板に、大きな天狗の面がついていた。もう店の名はわすれたし、いまはなくなってしまったから、確かめようもないが、天狗堂といったのかも知れない。ああ、原稿用紙を売っている、と思ったが、私は七軒町で都電がとまっても、おりようとはしなかった。

そのまま浅草へいって、なにを見たのか、はっきりしない。水の江滝子が劇団たんぽぽという一座を持っていて、敗戦後間もなく、大勝館でそれを見た記憶がある。たぶん、その日の記憶なのだろう。帰りは夜になっていて、都電の窓から見ると、もう文房具屋はしまっていた。

翌日、私は原稿用紙を買うために、また都電にのった。そのころは、電車の数が少くて、どこの停留所にも、ひとの列が出来ていた。一台のがすと、次の電車がいつ来るのか、見当もつかなかった。だから、電車の外がわにまで、人がぶらさがった。江戸川橋は終点だから、たいがいは乗れるのだが、からの電車がひきこみ線へ入ったきり、なかなか停留所へ来ないので、よくいらいらさせられた。落語家の兄が昭和二十一、二年につくって、まくらにつかっていたギャグに、

「運転手さん、あんなに人がならんでいるんだから、早く動かしたらいいじゃないですか。前の電車がいってから、もう三十分もたっているんですよ」

「いいじゃないか。ほかに楽しみはないんだから」

というのがある。これが大いに受けたものだったが、いまではなにがおかしいのか、見当もつかないだろう。ひきこみ線に入った電車は、私たちをいらいらさせて、楽しんでいるかのように、いつまでも動かなかったものである。

その日、私がのった電車も、須田行きだったはずが、神明町の車庫どまりになって、そこでおろされてしまった。車庫前には、乗客があふれていた。次の一台がきても、私のようなのろまは、乗れないにきまっている。あきらめて、私は歩きだした。歩くのは、平気だった。電車がこむのと、

金がないのとで、よく歩いたものだ。江戸川橋の家から、新宿まではたびたび歩いたし、一度は浅草まで歩いたこともあった。高台を歩いていると、焼野原の多いころだから、遠くに浅草の松屋が見える。本郷で見え、上野へくれば、もっとよく見える。見えているのに、それがちっとも近くならないので、さすがに嫌になったものだ。

それはとにかく、神明町から池の端までは、大したことはない。天狗の面の看板の店へついて、原稿用紙を買ったことは買ったのだが、何枚買ったのか、思い出せない。当時のことだから、無制限に売ってくれたのではなかったろう。まあ、五十枚ぐらい買ったのだと思うが、それが珍妙な原稿用紙であった。

＊

どう珍妙かというと、まず白い紙ではなかった。藤いろとでもいえばいいか、薄紫のような地色で、おまけに赤っぽい濃淡の縦縞が入っている。しかも、いやにざらついていて、裏はへらへらで——こういえば、察しがつくだろう。それは、薄手のハトロン紙、模様の入った包装紙だったのだ。包装紙を裁断して、裏に四百字の枡目を刷りこんだものだった。裏に刷った理由は、表は模様が濃く見えて、字を書くことが出来ないからだ。それでも、贅沢はいっていられない。なにしろ、生れてはじめて、自分で買った原稿用紙だった。よろこんで、家へ帰って、さっそく使ってみたが、ペンが使えないのには、がっかりした。

私は万年筆を持っていなくて、ペン軸にペン先をつけて、使っていた。そのペンとインクを、どこで手に入れたかは、おぼえていない。けれど、とにかくペンをつかっていて、この包装原稿用紙は、それで書くと、ひっかかるのだった。裏に書いているわけなのだから、しかたがない。むりして書けなくはないが、ペン先も貴重品だから、早く痛むのはかなわない。

毛筆もつかっていたが、これで書いても、墨がよくのらない。けっきょく、鉛筆ということになるのだが、裏には——いや、本来は表で、その表には模様が入っているから、裏である表に書いた鉛筆の字は読みにくかった。それでも、枡目のある紙に、ものを書くというのがうれしくて、その原稿用紙をつかっていた。

なにを書いたかは、おぼえていない。戯曲らしきものを、書いたのだろう。そのころには、もとの関口水道町、江戸川端にバラックを建てて、親子六人で暮していた。そのバラックは、三畳ほどの店と、六畳の部屋と、三畳ほどの台所だけのしろもので、便所がなかった。まったく、なかったわけではない。バラックの裏がわ、もとの家の便所の位置に、これまたバラックのトタン屋根をのせた便所を、建てたのだった。

材木と大工は、叔父が手配してくれた。屋根は板葺だった。焼けトタンのバラックが、あちこちに建っていたころだから、材木をつかって、いちおう家の恰好がついているところはよかったが、必要なだけは、畳が手に入らなかった。店に敷く二畳しか、工面できなかった。店の半分は土間で、そこに客用の椅子をおいた。

その椅子は、私が探してきたものだった。上野の松坂屋で、見つけたのだった。竹でつくった折りたためる椅子で、配達はしてくれないし、わが家には自転車はない。大きなものを持って、電車やバスには、とうてい乗れなかった。木炭を焚いて走るタクシイがあったが、台数は少かったし、そんなぜいたくをする金はない。丸い竹を組みあわせた椅子に、紐をかけてもらって、上野の広小路から江戸川端まで、かついで帰った。

六畳の部屋には、代用畳を敷いた。代用畳というのは、タールペイパー二枚のあいだに、綿ではないが綿のような感じのするなにかを、詰めたものだった。床板の上に、いきなりそれを敷いただけでは、大した効果はない。むしろか俵を敷きつめて、その上に代用畳を敷くと、なんとか人間の家らしくなった。台所は半分が土間で、半分は板の間だった。

このバラックで、私たちは昭和二十年の冬をむかえた。ガスはないから、台所の外にかまどをこしらえて、薪を燃した。秋にはドラム罐の風呂をこしらえて、家の裏手で入ったが、冬になると、すぐに湯はさめるし、出たとたんに、鳥肌が立つ。といって、近所に銭湯はない。音羽のあたりは焼けのこっていたが、銭湯はなかったのだろう。飯田町の焼けのこっている銭湯まで、都電にのって入りにいった。

冬がきびしくなって、雪がふると、板葺の屋根は、どこかに隙間があったらしい。寝ている枕もとに、雪がつもった。夜なかに顔を起すと、枕もとの代用畳の上に、仄白く雪がつもっているのが見えて、いかにもわびしかった。

狭い店で、漢方薬局を再開しようとしたが、なかなか品物が手に入らない。なにかを兼業しなければやっていけないので、古本屋を思いついた。長兄が焼けのこった町を、一軒ずつ訪ねて、古雑誌、古本を買いあつめた。屑屋に毛のはえたようなものであった。それを店にならべて、私が店番をした。店さきにのれんをかけて、それには私が宋朝活字体で、店名を書いた。

店の名前は、私が考えて、桃源書房とした。活字体の文字を書くのが、そのころの私は得意だった。ポスター書きをやって、小づかいを稼いだこともあった。なんのポスターを書いたかは、あとまわしにして、その古本屋のことをいえば、これは失敗であった。古い「新青年」の保存のいいものなどが、かなり手に入ったのだが、いったんは店へならべてみても、すぐにひっこめてしまう。つまり、自分の欲しい本は、兄が仕入れてきた値段で、私が買ってしまうのだ。落語家の兄も、おなじことをやる。これでは、落語の「花見酒」で、商売になるはずはない。

桃源書房は、わずか二カ月ぐらいで、成りたたなくなってしまった。長兄は占領軍の運転手の口をみつけて、勤めはじめた。この古本屋より前に、露店商をやったこともある。それは、江戸川端にバラックを建てる前で、まだ大塚仲町の叔父の家にいたころだった。昭和二十年の九月はじめだったろう。焼けのこった大塚仲町の家なみのむかいがわは、強制疎開の空地だった。その空地の仲町の交叉点よりの一部に、露店を出していいことになった。

出店希望者があつまって、二日がかりで、シャベルで空地を平らにした。そこへ木箱をならべて、露店を出したのである。叔父のすすめで、父がやりはじめたのだが、私も店番をした。やはり叔父が、どこかで探して、話をつけて来たのだった。叔父にいわれた通りに、父が箱をかついで行って、仕入れてきたのは、葡萄糖だった。

大きな黄いろい砂岩みたいな葡萄糖のかたまりだった。それを氷砂糖みたいに砕いて、新聞紙を四角く切った上に、適当に盛りつけて、ひと山いくらで、売ったのである。砂糖のかわりに、煮物にもつかったし、そのましゃぶったりして、甘さに餓えていた当時の人たちは、葡萄糖をありがたがったのだ。

いままでなにもなかったのが、どこから出て来たのだろうと思うくらい、生活必需品が露店にならんでいた。材木の切れっぱしみたいな石鹼、鍋や釜、ふかし芋、どこから見つけてくるのか、不思議だった。私たちの葡萄糖も、どこから出てきたのか、わからなかったけれど、おもしろいように売れた。生命力のある人間と、ない人間のちがいが、はっきり出た時代だった。叔父は疎開先から、ひとりで先に帰ってくると、あちらこちら駈けまわって、なんでも探してきた。

父は露店をやることになって、張りきっていたが、間もなく元気をうしなった。叔父の力がなければ、売る品物が手に入らないことが、わかったからだろう。そのまま死ぬまで、父は活力を取りもどせなかった。

露店をはじめて間もなく、近所の銭湯をつかって、寄席をひらこうという話が、町会に持ちあがった。燃料不足で銭湯がひらけないので、持ちぬしが町会でつかってもいいといい出したらしい。この時も、叔父は中心になって、段どりをつけて、落語家の次兄が、芸人との交渉、私が立看板からポスターまで、書くことになった。湯舟の上に板を敷いて、高座をつくり、洗い場と脱衣場が、客席になった。

風呂屋の寄席

敗戦の年、一時的に寄席に化けた大塚仲町の銭湯は、いまでも湯屋として、営業をつづけているはずだ。富士見坂上の交叉点から、地下鉄の茗荷谷のほうへちょっと歩いた左がわ、当時は二軒の店屋のあいだを、入ったところにあった。大きな道路に面していながら、ちょいとした石畳の道などがあって、ひっこんだところに、のれんをかかげた銭湯がむかしはよくあったものだ。しかし、いまは道はばがひろがって、つまり、道ぞいの一軒がとりはらわれてしまったので、この風呂屋、完全に道路に面している。

そこが寄席になったのは、昭和二十年の秋口だったろう。私たちはまだ、叔父の家に厄介になっていた。交叉点の角の焼けあとで、露店を出した時期と、重なりあっていたのかも知れない。

燃料不足で、営業ができないのと、経営者の家族が、たぶん疎開先から、帰っていなかったからだろう。町会でなにかに活用できたら、つかってもらってかまわない、という話になったらしいが、とにかく寄りあいがあって、そこを娯楽場所にすることになった。

このときも、叔父は中心となっていたようで、芸人の手配は次兄、ポスターかきは私、楽屋番には叔母夫婦、と役わりを取ってしまった。叔母夫婦というのは、父と叔父の妹の一家のことで、五月二十五日の戦災にあうまでは、関口水道町の私たちの家の裏手に住んでいた。苗字は中村だから、叔母夫婦では叔父の一家とまぎらわしい。中村さん一家と以下では呼ぶことにしよう。

中村さんは江戸川端で焼けだされて、阿佐谷へんに部屋借りをしていた。それをこの風呂屋に、引越してこさせたのだ。風呂屋の奥には、板敷の釜場と従業員を住みこませる座敷がある。その座敷が中村さん一家の住居になり、釜場は楽屋になった。

高座は湯舟だった。むろん、そのままではなく、板を敷いたのだが、この高座はひとが歩くと、やたらにぎしぎし鳴りひびいた。客席は流し場だが、古風な板敷だったか、タイル張りだったか、記憶にない。板敷ならば莫蓙を敷いて座蒲団をならべ、タイル張りならばすのこ板でも敷いた上に莫蓙、座蒲団ということになっていたのだろう。脱衣場がそれにつづくわけだから、客席はひろい。

湯舟の前には、上下幕がつり上げられたが、これは当時としては豪華なものであった。新調したのだから、その豪華さは大したものだったが、寄席の垂幕にしては、珍なるしろものだった。パラシュートの布をつかったのかも知れない。さわやかな白地で、金のふさが下端についていた。それにそって、大きく金文字が LIBERTY とならび、右はしに縦の金文字で、贈、鳩山一郎、としてあった。左はしにはやや大きく、大塚仲町演芸場賛江、とやはり金文字。

鳩山邸は、いまも音羽にある。叔父はそこへ出入りしていた。この垂幕も、叔父が出かけていって、金一封をもらって来て、あつらえたものだった。LIBERTY とでかでか縫いとりしたのは、まさか鳩山一郎氏の指定ではないだろう。大政治家から幕を贈られて、箔がついた、と叔父たちは鼻を高くしていたが、これはなんとも不可思議だった。

それでも、当時としては、なんとも贅沢だったことは、贅沢だった。それにくらべて、うしろのペンキ絵を隠す幕は、ただの白い布だったし、内装は湯屋のまんま、おまけに女湯、男湯どちらが寄席として使用されたのか、おぼえていないけれども、半分しかないわけだ。

あとの半分は、湯舟はそのまま、流し場もそのまま、脱衣場もそのままで、灯りを消して出入り禁止になっている。寄席になっているほうも、左右の壁には、カランが並んでいる。カランでは通用しないかも知れないから、湯や水の蛇口といいなおそう。まんなかには、なかったと思うが、女湯男湯をへだてる壁は、上のほうがあいている。脱衣場は、それが鏡であることも、わすれないでもらいたい。

蛇口や鏡はあの時代だから、だれも文句はいわないとしても、風呂屋の天井は高い。声がひびきすぎて、芸人はやりにくいだろうし、冬になったら、寒くてしかたがないだろうと思いやられた。その心配は無用で、この大塚仲町演芸場なる即席寄席、けっきょく冬まで持たなかったのだが、とにかく出来あがった。

私はひくい釜場で、入り口の立看板と表通りへ貼りだすポスターを書いた。黒と赤ともう一色、緑か紫か、ポスターカラーがどこからか調達されて、立看板はなかなかの大作であった。いまは寄席文字といっているビラ字が、私に書けるはずはない。活字体で、書いたのだろう。

自分の書いた立看板が飾られ、ポスターが貼りだされるのは、いい気持だった。しかも、なにがしかの報酬をもらえたのだから、考えてみると、これは私が手さきで稼いだ最初の金であったわけだ。

＊

その立看板およびポスターに、どんな名前を書いたか、思い出せない。つまり、風呂屋の寄席の第一回公演に、どんな芸人が出演したか、思い出せないのだ。

神田ろ山が出たことだけは、おぼえている。ほかに浪花節語りがひとり出て、あとは落語家だったと思うのだけれど、ひとりも名前が出てこない。きれいにわすれてしまっている。ということは、この第一回公演のメンバー、期待に反したのだろう。

兄はそのころ、古今亭志ん治という名で、志ん生の弟子であった。だから、落語協会のメンバーが、出演するのだと思っていた。しかし、豪華な垂幕にくらべて、出演料の予算のほうは、豪華とはいかなかったらしい。それで、だれかに頼んで、メンバーを組んでもらったのだろう。

まだどこの寄席も、開場していないころだった。寄席の数が少く、芸人の数が多い現在なら、よろこんで出てくれたのかも知れない。たしか、どこかの風呂屋で、休業日に若手勉強会をやった、という記事を、新聞の芸能欄で読んだことがある。

当時は寄席がまだ開場していない混乱期ではあったし、芸人の数も少かった。そのせいで、いい顔ぶれが揃わなかったのか、あるいは一度は張りきった次兄を当惑させるほど、予算が少かったのか、とにかく記憶に残らない顔ぶれで、大看板といえるひとは、ろ山だけだったのではあるまいか。

客席のほうも、あまり入りがいいとはいいかねた。番台に中村さん一家のだれかがすわって、そこで木戸銭をもらう。いかにも風呂屋そのままのかたちが、ひとをがっかりさせたのか、娯楽に飢えているはずなのに、初日の成績は、あまりよくなかった。

何日間の興行だったのか、二日目の成績がどうだったのか、おぼえていない。楽屋から自由に出入りができたのに、私は初日をのぞいただけで、関心を持たなくなったらしい。

その次に一日だけ浪花節の独演会があって、木村友若か忠若か、そんな名前の若手だった。私は半紙大のポスターを、百枚ばかり書かされた。墨一色で、ただ書きなぐりでいいから、ということで、やたらに急がせられて書いた。われながら、ひどい字だな、と思うような、よく読むことすら出来ないようなポスターを書いて、べつに苦情も出なかったのだから私は金がもらえなかったのかもしれない。あるいは子どもの小づかい程度の金で——たしかにそうには違いなかったが、百枚も毛筆をふるう仕事を、おっつけられてしまったのだろう。

それっきり、ポスターを書いた記憶はないから、この大塚仲町演芸場、たった一回の興行と、浪花節の独演会だけで、つぶれてしまったのかもしれない。次兄がしきりに不服をいっていた記憶もあるから、最初からむりだったのかも知れない。ただあの白地に金の贈、鳩山一郎、LIBER-TY の幕だけが、記憶に残っている。あの幕は、あれからどうなってしまったろう。

それから間もなく、もとの場所にバラックを建てることになって、私たちは毎日、焼けあとに通った。整地がすんで、大工さんの仕事がはじまると、私は午後の三時ごろ、お茶とおやつを運ばなければならなかった。叔父の家には、なんでもあったから、魔法壜を持っていったのか、それともやかんを持っていって、焼けあとで火を炊いて、お湯をわかしたのか、とにかくかなり重いものを、毎日、運ばされた。やかんにしろ、それを焼けあとへおいてくれれば、翌日にはなくなっている世のなかだったから、持っていったものは、持って帰らなければならなかった。

おやつといっても、小さなじゃが芋をふかして、油をひいたフライパンでころがしながら焼いたものとか、煎豆がせいぜいだったが、持ってあるいていると、いい匂いがした。大工さんの分だけで、私たちの分はない。こういう世のなかなのに、昔とおなじように、大工におやつを出さなければいけないなんて、おかしな話だと思いながら、私は窪町から跡見女学校の前をぬけ、久世山をくだって、焼けあとへ通った。

どうにも我慢しきれなくなって、道ばたで風呂敷をほどいて、大工さんのおやつをへずった記憶もある。おやつを運ぶのを拒否して長兄に殴られた記憶もある。

それでも、とにかくバラックが出来あがって、私たちは気づまりな叔父の家を出ることになった。中村さん一家も、神楽坂のほうへバラックを建てて、ひと足おくれて、風呂屋の釜場から越していった。中村さん一家は、この風呂屋の寄席の一件では、かなり迷惑をこうむったのではないかと思う。

叔父というひとは、きわめて自己中心でいながら、自分では他人のために善意でなんでも行っている、といいたいらしい。半分以上自分でもそれを信じこんでいて、なんでも自分の考えをひとに押しつける。押しつけておいて、あとは知らん顔である。阿佐谷の部屋借りは、中村さん一家にとって、不自由なものではあったろうが、風呂屋の釜場の楽屋番として、なにがなんでもといった調子で呼ばれ、寄席がだめになって楽屋番も不要になると、出ていってくれといわれたのでは、かなわない。

私の父には、兄貴なんだから、バラックを建てる力は貸してやる、だが、妹にはれっきとした亭主がある。亭主がなんとかするべきだ、というのが、叔父の論理だった。そういわれたって、ここへ越して来いといったのはそっちなんだから、うまく行かなかったから、出ていってくれでは困る、という不服な顔でもしようものなら、叔父はたちまち、恩知らず、と怒るのである。

私たちにバラックを建ててくれたのだって、娘たちを疎開先から引きあげさせるために早く亟ったかかりの連中を、追い出したかったからだ、とそのころ私はいったおぼえがある。たのまれた用をわすれると、めしを食うのも、たまにはわすれたらどうだ、とどなられる叔父の家から、しかし、出ていかれるのは、うれしかった。私たちはもとの場所でのバラックで、昭和二十年の冬を迎えた。

戯曲を書く気に

私が文筆の仕事をしようと、決心したのはいつだろう。昭和二十年の九月以降であることは、間違いない。まだ大塚仲町の叔父の家にいたときだから、九月か十月だった。

戦争がおわると、うすっぺらながら、雑誌もすぐに出はじめたし、映画や芝居もやりはじめた。六代目尾上菊五郎が帝国劇場で、久保田万太郎の「銀座復興」と「鏡獅子」をやったのは、たしかこの年の十月だった。それを見て、私は劇作家になる決心をしたような気がする。

「銀座復興」は、いまでも銀座にある「はちまき岡田」という小料理屋の大正末年の主人が中心人物で、関東大震災のときの銀座っ子の心意気をえがいたものだ。水上滝太郎の小説で、それを久保田万太郎が脚色したのである。もちろん、空襲で焼けた銀座に、重なりあうところが多いので、とりあげられたのだった。六代目が「はちまき岡田」の主人に扮して、うれしそうに芝居をしていた。けれど、あとになって考えてみると、芝居としては、あまり充実したものではなかった。敗戦直後の大劇場の芝居、という状況が背後にあったから、見ていられたのだろう。

この芝居、いまではほとんど、おぼえていない。大詰の舞台、中央から下手にかけて、斜めに「はちまき岡田」のバラックの店があって、上手の夜景に花火があがるのを、六代目の主人や、客たちが店から出てきて、眺める場面を、かすかにおぼえているだけだ。六代目のせりふで、幕がおりたように思う。

私はそれを、初日ではないが、かなり早い日に、前から四、五列めのいい席で見ている。帝国劇場で、芝居が見られるというので、待ちかねて出かけたのだが、一等席を買う金がよくあったものだ。栄養失調のおできだらけの足で、そのかゆみをわすれて、いい席で芝居を見たのだから、ほんとうに平和になったのだな、と思った。六代目は戦争ちゅうに見たときより、瘠せてはいたけれども、別にふらつきもせずに、「鏡獅子」の毛をふっていた。瘠せぎみだっただけに、腰元弥生で、帝劇の短い花道を出てくるところは、美しかった。

　劇場を出ると、堀端は暗く、銀座のほうへ歩いてゆくと、有楽町の建物群のむこうに、焼けあとがひろがっていた。この帝劇の舞台だけが、きっかけになったわけではないけれど、これからの仕事は文筆、種類は戯曲ということに、なんとなく心をきめたのである。

　どういうきっかけでかはわすれたが、そのことを、私は家で宣言した。夢みたいな話なのに、家族はだれも反対しなかった。落語家の兄は、正岡容氏が秋田の疎開さきから帰ってきたら、紹介してやる、といった。正岡さんから、うまく行けば、久保田さんに紹介してもらえるのではないか、ということだった。

　そう決心して、私がなにをしたかというと、なんにもしなかった。ただ戯曲をたくさん読み、芝居をたくさん見よう、ときめたくらいで、ごくあたり前に学校へ通った。教科書もなかったし、勉強する気もなかった。小づかいがあれば、映画と芝居を見にいった。十月には、帝国劇場の菊五郎一座のほかに、東京劇場で、市川猿之助一座が公演していた。歌舞伎座は天井がぬけ、明治座は焼けおちていた。

　新橋演舞場がどうなっていたのか、奇妙に思い出せない。縁不縁ということがあるが、私は新橋演舞場という小屋と、縁がないようだ。これまでに新派の芝居を二度、見にいったことしかない。歌舞伎座が復興するあとまで演舞場は再開していなかったのではあるまいか。とすれば、演舞場にも火が入っていたのか、あるいは倉庫にでもなっていたのだろう。

　東宝系の劇場は、帝国劇場と東京宝塚劇場が、かなり早く開場した。宝塚では演芸大会のようなことをやって、まだ芝居はやっていなかった。あの広い舞台で、エンタツとアチャコの漫才、大阪の桂三木助の落語、赤坂小梅の歌などを並べて、やったのである。とりは、長谷川一夫の舞踊であった。そういう興行を何回かやって、榎本健一一座の興行があってから、占領軍に接収された。かなり長いあいだ、東京宝塚劇場はアーニイ・パイル劇場という名に変って、日本人は入れない劇場になったのである。

映画は焼けのこった映画館が、あまり休むことなく、興行していた。記録を見ると、昭和二十年の八月末から十二月までに、松竹で五本、東宝で一本、大映で六本の新作がつくられて、封切られている。映画のひとたちは、張りきっていたのだろう。それらの映画や芝居を見てあるいて、戯曲もたくさん読むつもりだったが、本のほうはなかなか手に入らなかった。小づかいのほうも、見ると読むとの両方までは、まわらなかったのだろう。

収穫があるかどうかもわからず、どこに焼けのこっているかもわからない古本屋を歩くよりも、やっているあてのある劇場、映画館へゆくほうが、張りがあったのかも知れない。

新橋や神田に闇市ができ、橋の上やガード下に浮浪者や戦災孤児がたむろしている街を、歩きまわるほうが、勉強になるような気もした。占領軍のすがたが、街に見えるようにもなっていた。銀座の交叉点に、MPの交通整理が立つようになったのは、年が変ってからだろうか。私たちは歩道で、MPが軽妙に手をふって、交通整理をする姿を、いつまでも眺めていたものだ。

そうやって、交通整理を眺めていたら、若い婦人兵が、カーキいろスカートの軍服すがたで、大股に歩いてきて、ぎょっとしたのを、おぼえている。なぜぎょっとしたかというと、ななめにGIキャップをかぶって、そうとうな美人だったが、両手にハーモニカみたいに焼いたとうもろこしを持って、食いながら歩いていたからだ。

そういうことをしてはいけない、と私たちはいわれていても、親が見ていないところでは、歩きながらものを食ったことはある。でも、女の子では、そういうことはなかった。それをおとなの、ちゃんと化粧した女が、ぜんぜん悪びれもせずに、やっていたのだから、私はおどろいてしまったのだ。同時に、ダニエル・ダリュウを思い出した。たしか、「暁に帰る」だったろう。ダニエル・ダリュウの扮した人妻が、男と一夜をあかして、ホテルを出て、まっすぐ夫のもとへ帰れなくて、夜あけの街を歩きまわる。夜あかしの屋台店だったろう。街角でとうもろこしだったか、ソーセージだったか、それを買って、歩きながら食う場面がある。

美貌のダニエル・ダリュウが、歩きながら食うんだから、おどろいたものだ。それを、現実に目の前にしたわけである。外人の女というのは、こういうものか、と思って、MPのことはわすれて、私はその女の兵隊のすがたを、いつまでも目で追っていた。

*

もとの江戸川端にバラックを建てて、そこで暮しはじめてからも、私はおなじ生活をつづけていた。根津七軒町の天狗の面の文房具屋で、原稿用紙を見つけたことは、前に書いた。しかし、そのとき書いたように、包装紙の裏に刷った原稿用紙には、創作らしいものは書かなかった。

そのくせ、ペンネームだけは、戯曲を書く決心をするとすぐつけて、能登の疎開さきの友人、黒田泰次に手紙で知らせたりしている。家族には黙っていたのは、ペンネームをつけるのが、気恥ずかしかったのだろう。そんなふうに、他人には知らして、つまり周囲から条件をかためていかないと、私はなかなか踏みだせないたちであるらしい。現在でも、その傾向はたぶんにある。

そのときに決めたペンネームは、小磯惇というのだった。けれど、このペンネームは、ほとんどつかわなかった。後年、雑文に一度つかったか、つかわないかであろう。どうして、小磯惇などというペンネームをえらんだのか、いまとなっては思い出せない。

冬が近づいて、私はあまり学校へ行かなくなっていたが、授業料の督促状はやってきた。私は真剣に考えて、父親から授業料をもらうと、それを学校へ持ってゆくかわりに、自分で退学届を書いて、早稲田実業学校に送った。さばさばした気持だった。

だからといって、懸命に戯曲の勉強をはじめたわけではない。長兄と古本屋をはじめたのが、そのころだったのだろう。私は毎日、店にすわって、本を読みながら、客のくるのを待っていた。しかし、桃源書房と私が名づけて、宋朝体でのれんを書いたこの古本屋には、いっこうに客が来なかった。棚にならべてあるのは、雑誌ばかり。「新青年」、「キング」、「講談倶楽部」なぞの古雑誌で、保存のいいものが多かったが、私が考えても、売れそうな気はしなかった。翻訳探偵小説を特集した「新青年」の臨時増刊号なぞは、長兄が仕入れてくると、次兄か私が元値で買ってしまうのだから、商売になるはずはない。

しかし、古本屋の店番というのは、いい仕事だと思った。万引の心配するほど広くはない店だ——なにしろ、半畳ほどの土間の二方に、棚をつくって、本をならべた。あまり、入ってくる客はない。本を読んでいられる。これで飯が食えたら、どうかしているだろう。

古本屋はたちまち廃業して、父の本業である漢方薬局の店番を、私はつづけた。長兄は叔父の店へ、手つだいにいった。次兄があまり家にいなかったのは、そろそろ寄席が再開していたのだろう。師匠の古今亭志ん生は、満洲へいったまま、消息不明だった。そのために、いまの馬生さんは当時、二つ目で、寄席へ思うように出られなかったそうだが、私の兄は前座だった。はなし家の数が少く、ことに前座払底の時代だから、兄は仕事がいつもあったらしい。弟は目的の独協中学へ通っていた。

父はこのころ、五十代だったはずだけれど、もともと活気のないひとが、敗戦のショックで、いよいよ沈みこんでしまっていた。おまけに母が病身だったから、食事のしたくをしなければならない。それ以外は、寒い部屋のなかで、外套を頭からかぶって、すわりこんでいることが多かった。

朝、めしを焚くのは、私の仕事になっていて、六時か七時には起きて、裏庭のかまどに薪をたきつける。長兄に早朝からの仕事があるときには、五時前に起きなければならなくて、寒くなると、これはつらかった。少い米に芋を入れたり、あるいは粥にたいたり、そういう加減が、私はうまかった。もっとも、好きでやっていたわけではないから、家をとびだしてからは、自炊をしたことはない。

十二月には、帝国劇場で、前進座が公演した。フランスの作家の「ツーロン港」という作品と「鳴神」であった。フランスの作家の名前は、思い出せない。そうだ。いま思い出したけれど、十月の東京劇場は、猿之助一座ではなくて、新派だったような気もする。とにかく、戦後まもなくの東劇で、「滝の白糸」を見た強烈な印象があるのだ。なにが強烈だったかといえば、伊志井寛が強烈だったのである。

伊志井寛は、南京出刃打の寅に扮していた。出刃打の寅は、白糸の水芸の人気をねたんで、村越欣弥に送る金を盗む。そのために白糸が、殺人を犯す羽目になる。そういう嫌味な仇役で、見世物小屋の楽屋の場では、関羽みたいな鬚の南京人の扮装で登場する。それが、すばらしかった。まさに錦絵のようで、腰かけにかけているだけの姿に、気迫がみなぎっていた。

村越欣弥は、柳永二郎だったのをおぼえているが、主役の滝の白糸は喜多村緑郎だったのか、花柳章太郎だったのか、それとも水谷八重子だったのか、かんじんのところはわすれているのに、伊志井寛の南京出刃打だけは、いまでも目の前に浮かんでくる。その大きな姿が、私に戯曲を書こうとさせた要因のひとつであった。

前進座の芝居も、おもしろかった。「ツーロン港」では、主役の翫右衛門よりも、中村鶴蔵の三枚目が、記憶に残っている。しかし、戦争ちゅうに新宿第一劇場で見た前進座の真山青果、「新門辰五郎」ほどは、おもしろくなかった。「鳴神」は河原崎長十郎で、翫右衛門が柿いろ上下の後見をつとめていた。雲の絶間姫は国太郎と芳三郎のダブル・キャストだったそうだが、私が見た日はどちらだったか、おぼえていない。

鳴神上人が絶間姫の乳をさぐって、「これから下は極楽浄土」というせりふになるところ、戦前はエロもってのほかで禁じられていたのを、ちゃんとやるというので、評判になっていた。軍需工場の工員の猥談で馴らされていたから、さほどおどろきはしなかったが、歌舞伎というのは大胆なものなのだな、と思った。

そうした芝居や映画を見あるいているときは、未来が大きくひらいているような気がして、私は元気がよかったが、家にいるときは憂鬱だった。なにしろ、停電が多く、母が月の半分は発作を起して寝こんでいる上に、冬は寒く、雪がふれば枕もとに積もるようなバラック暮しだ。おまけに食いものには乏しく、めしどきになると、一家の空気は陰悪になる。早く逃げだしたかったが、それには自分で稼がなければならない。文筆と無縁のつとめをするのは、気が進まなかった。

昭和二十一年になったが、私はまだなにも書くことが出来なかった。戯曲を読み、映画を見にいくことも、小づかいが少いから、だんだん思うにまかせなくなる。それでも二月に、アメリカ映画の輸入が再開されて、グリア・ガースンとウォルター・ピジョンの「キューリイ夫人」、ディアナ・ダービンとフランチョット・トーンの「春の序曲」が封切られたときには、父親に金をせびって、初日に新宿へ飛んでいった。

バスをおりて、近いのは「春の序曲」をやっている新宿文化劇場だったから、そちらをまず見ることにした。「オーケストラの少女」で売りだしたディアナ・ダービンが、有名なポピュラー音楽の作曲家の家で、召使いをしている父をたずねて、都会へ出てくる。父は、エイキム・タミロフだったか、ユージン・ポーレットだったか、作曲家がフランチョット・トーンで、ダービンがそれを好きになるという、ありふれた音楽コメディだったが、久しぶりのアメリカ映画、じつに楽しかった。

新宿文化は、植草甚一さんが支配人をしていたそうで、陣頭指揮の防火活動で、空襲の夜、どうやら火を入れずにすんだというが、椅子はこわれかかっていた。でも、そんなことは、ちっとも気にならなかった。見おわると、すぐ武蔵野館へいった。そこでは「キューリイ夫人」をやっていた。最初から両方みるつもりで、出てきたのだったから、躊躇なく私は入った。すると、おどろいたことに劇場内には椅子がなかった。ただ灰いろの床が、場内にひろがっているだけだった。

正岡容のもとへ行く

「滝の白糸」の南京寅で、伊志井寛が私を感動させた新生新派の東京劇場公演は、資料が見つかって、やはり昭和二十年十月だった。先代市川猿之助の一座が、東京劇場に出たのは、その前月の九月で、それが敗戦後最初の大劇場の芝居、ということになる。初日が、九月の何日だったかは、わからない。かりに十日だったとしても、敗戦からひと月もたっていない。

丸の内の邦楽座、いまのピカデリー劇場で、いまの猿之助や段四郎の父親、市川段四郎の一座が「姿三四郎」「続姿三四郎」をやったのが、戦争ちゅう最後の芝居らしい芝居だった。それが、昭和二十年の六月、七月であった。つまり、東京の劇場で、どこでも芝居をやっていなかった期間は、ひと月かそこらというわけだ。

それだけを取りあげると、戦争の被害は大したことがなかったように、思えるかも知れない。たしかに演劇雑誌なんかも、ひと月ぐらい休刊しただけで、薄っぺらなものながら、また出はじめていた。しかし、それを売る本屋は、極度に少くなっていたのだ。東京の町は、あらかた焼野原で、上野の駅の地下道には、家のない人びとが大勢、たむろしていた。どうにか屋根の下に住んでいるわれわれは、着たきり雀にちかい恰好で、虱にからだを餌いまわられていたのである。

話を武蔵野館にもどそう。昭和二十一年の二月、アメリカ映画がふたたび輸入されて、その初日に私は新宿へ飛んでいった。新宿文化で「春の序曲」を見てから、武蔵野館へ行った。いまはビルの上のほうに、小ぢんまりとおさまっている武蔵野館だが、当時は角にあって、私の好きな映画館だった。グリア・ガースンとウォルター・ピジョンの「キューリイ夫人」は、地味な映画だったが、満員といっていい入りだった。古谷綱正氏が暮しの手帖社から出した「私だけの映画史」によると、このときの武蔵野館の入場料は十円で、一階はまんなかへんにベンチが少しおいてあり、二階はベンチもなかったそうだ。

しかし、私の記憶では、初日には一階にもベンチはなかったような気がする。前のほうの人は、床に新聞紙を敷いて、腰をおろしていた。両わきとまんなかへんからうしろの人たちは、立ってみていた。むろん、暖房なんぞはないから、床に腰をおろすと、二月の寒さも、身にしみた。私はいったん前のほうですわってから、わきへ行って立って見ていた。外套のポケットに両手を入れて、首をすくめて見ていたが、だんだん寒さは気にならなくなった。

外套は空襲で焼けだされた晩にも着ていたもので、防火用水の汚れた水を何杯もかぶり、火の粉の下を歩いたので、その当座は、きな臭くて困った。異臭が気にならなくなってからも、毛足が泥水をあびてこわばって、汚れていた。しかし、ほかに外套はないのだから、しかたがない。四年と三カ月ぶりに見る新しいアメリカ映画は、私を夢中にさせて、寒さもなにもわすれさせた。汚れたすがたも、まわりがみんな似たりよったりなのだから、気にならなかった。

それにしても、武蔵野館が十円だったのなら、新宿文化も十円だったはずで、私は一日に二十円つかったわけだ。その後も新しいアメリカ映画が封切られるたびに、私は一番館へ見にいった。父親から、金をせびっていたのだが、焼けあとのバラック暮し、商売を再開したとはいえ、それほど客は多くない。よく出してくれたものだ、と今になっては考える。父は私に、もの書きになる才能がある、と見てくれたのだろうか。

もっとも、その日、私は武蔵野館を出ると、もう暗くなった新宿の盛り場から、小石川の江戸川端のわが家まで歩いて帰った。バスがなかなか来なかったせいもあるが、少しでも金を残しておこう、と思ったのだ。街灯は少く、伊勢丹の交叉点をわたると、焼けあとのバラックに灯りがついているのが、あちらこちらに見えるだけで、街路はさびしかった。寒い風が吹きわたるなかを、私は外套のポケットに両手をつっこんで、威勢よく歩いていった。アメリカ映画を見ることが出来るようになったのが、うれしかったせいもある。東京でやる映画は、ぜんぶ見てやろう、と決心しながら、焼けのこった家なみがところどころにある夜の道路を、歩いていった。富久町から合羽坂、曙橋は架橋計画が戦争で中断されて、塩町のほうからの広い道が、とちゅうで途切れていた。合羽坂をのぼって薬王寺町、歩くのには馴れていた。

＊

秋田の疎開先から戻って、市川の真間に居をかまえた正岡容氏のもとへ、落語家の兄につれていってもらったのが、いつだったのか、はっきりは思い出せない。

昭和二十三年には、私は神田の多町にある新月書房という出版社につとめて、カストリ雑誌の編集を手つだっていた。そこの社員として、正月を迎えたり、クリスマスを迎えたりした記憶があって、昭和二十四年には、都筑道夫の名で原稿料をかせいでいる。その以前にも、小林菖夫などという筆名で雑文を書き、柴田梅玉などという講釈師めかした名で講談のリライトをして、原稿料をもらっている。

それは私が手つだっていたカストリ雑誌がつぶれて、編集長がほかの雑誌に移り、穴があいたのを埋めることからはじまった。そして、それらの原稿を、私はひとつも正岡さんには、見てもらっていないのだ。正岡さんのご機嫌をそこねて、もう破門されていたからだろう。そういったことを考えあわせると、正岡さんのところへ行ったのは、昭和二十一年の春ごろではないかと思う。

永井荷風の「断腸亭日乗」昭和二十一年八月十一日の項に、「月曜日、晴、午後正岡容氏を訪ふ」とあるが、その日、私は正岡さんの家にいた。正岡さんの感激ぶり、興奮ぶりを、目のあたりに見ている。荷風はべつだん、正岡さんの小説を認めて、話がしたくて来たわけではない。奥さんの花園歌子さんが、ダンス芸者の草わけのひとりだったことを荷風は知っているので、花園流新舞踊の家元になっている姿に、興味を持って見にきたのだった。

私がそれを知ったのは、ずっとあとになってからだけれど、荷風の知遇を得たということが、あるいはそう思いこんでしまったことが、正岡さんにとっては不幸に働いた。その日を境いに、正岡さんの書くものは大きく変って、ために小説家として、戦後の波にのりそこねてしまったからだ。しかし、そのことは、いずれ書くとしよう。

その永井荷風が、正岡家をおとずれたときには、私はもう市川がよいに馴れていたのだから、やはり弟子入りは春だったようだ。市川の駅には、ずいぶん長いこと、そう、二十年ぐらいおりていないから、さぞ変っているに違いない。昭和二十一年ごろには、駅の前ががらんとした広場になっていて、そこに葦簾ばりの闇市が立っていた。いまは改札口もふえているかも知れないが、東京から行って左がわに、当時はひとつだけあって、その前が闇市になっていたわけである。そのわきを進むと、大通りにつきあたる。そこを右に行って、露地を左に入って、いく曲りかしたところに、正岡さんの家はあったとおぼえている。

狭い通りの中ほどにあって、板塀にかこまれた平屋だった。玄関をあけると、寄りつきの二畳、その壁のうしろが台所で、左に障子を入ると、四畳半か六畳、右の襖をあけると、また二畳か三畳の小間があって、寄りつきのうしろの台所に接している。正面の襖をあけると、六畳か八畳の座敷。つまり、ふた間に寄りつきと小間と台所がついた平屋だった。

ちょっとした庭があって、そこに四畳半か六畳の離れ座敷をつくって、正岡さんは書斎にしていた。私が落語家の兄につれて行かれたときには、その離れがまだ建築ちゅうで、正岡さんは六畳だか八畳だかの奥座敷に、机にすわっていた。

離れができてからは、奥座敷が花園さんの踊りの稽古場になった。われわれは、門を入って、玄関はあけずに、ふた部屋の室と板羽目と、板塀のあいだに狭い通路づたいに、庭へ入って、離れの縁からあがる、ということになった。板羽目の外れに枝折戸をつけ、庭にはいろいろと花を植えて、なかなか風雅な住居であった。

正岡さんとは、初対面ではない。戦争ちゅう、大塚の鈴本で、正岡さんは「寄席文化向上会」というのを、主宰していた。その高座で、いつも顔を見ていたし、次兄が出入りするようになってからは、ときどき使いを頼まれて、私も出入りをした。大塚の住居が焼けて、私の家に二、三日いたときには、私はしじゅうつきまとっていたし、代々木に移ってからも、何度もお邪魔をして、こちらは弟子のひとりみたいな気持でいたわけだ。

しかし、今度は正式な弟子入り――いや、もの書きの修業の世話をしてもらいに行ったのだから、私は緊張して、小さくなっていた。正岡さんは次兄の話を聞くと、久保田万太郎先生の弟子になることは、まず無理だろうから、安藤鶴夫のところへ行け、といってくれた。機会を見て、安藤さんに頼んでやるから、とにかく戯曲を書いてみろ、まず自分が見てやる、日曜日にはいつでも遊びに来ていい、といってくれた。

私は喜びいさんで、さっそく一幕物を一篇、書きあげた。そういうことになると、私はなんとなく机にむかわなければいけない気になって、机にむかうと、なんとなく書けたのである。私の家の前の橋をわたって、小日向水道町の通り、閻魔堂のある通りに、大正の末から昭和のはじめにかけては毎晩、夜店が出たものだ、という話を父から聞いて、それを題材にした。

私にたくさんの洋画を見る機会をあたえてくれた江戸川松竹という映画館が、その通りに背をむけて、もうひとつ手前の通りに面してあった。そこが映画館になる前に、江戸川寿々本という寄席芝居の小屋だったことは、以前に書いた。寄席芝居から、映画館になるあいだの一時期、浪花節の席になっていた。

その席でしか、つかってもらえない落ちぶれた浪花節かたり、アルコール中毒の初老の男を、主人公に設定した。その主人公を、舞台面には一度も出さずに、酔ってうなる浪花節をかげで聞かせるだけ、というのがミソであった。

冬のはじめの夜で、舞台面には夜店が三、四軒、客足がとだえて、露店商人たちがお喋りをしている。そのお喋りで、江戸川寿々本がその夜、最後に興行をおわったところ、あすは映画館にするために、取りこわされる、という状況がわかってくる。前座のあの酔っぱらいの先生は、どうなるんだろう、といった噂ばなしによって、娘とふたり暮しの初老の浪花節かたりの生活が、物語られるというストーリイ——いや、ストーリイらしいものは、ほとんどない雰囲気劇であった。あすから仕事のなくなる浪花節かたりが、酒をあおって、橋の上で語る浪花節が、ときどき聞える。遠火事があったり、終電車が通ったり、私は懸命に久保田万太郎のまねをして、雰囲気劇を書きあげた。かげで聞かせる浪花節のところは、正岡さんに適当なものを教えてもらうつもりで、白くあけておいて、おそらく四百字詰二十枚くらいのものだったろう。その原稿を次の日曜日、私は市川へ持っていった。

目の前で読まれるのかと思って、私が緊張していると、正岡さんが原稿をわきにおいて来週までに読んでおく、といった。その日は夕方までいて、正岡さんが編集者と応待する様子を見たり、雑談を聞いたりしてすごして、さて次の日曜日に行ってみると、黙って原稿を返された。私はおろおろしたが、最後のページの裏に、講評が書いてあるのに気づいてほっとした。久保田万太郎のまねをしすぎるのは気になるが、会話に独特のユーモアがある、そこをのばすつもりで、つづけて書くように、といったことが書いてあった。私はすぐまた、一幕物を書いた。

ドラム罐風呂

最初の戯曲につづいて、すぐに書いた一幕物の第二作は、ノスタルジックなものではなく、敗戦直後の当時を背景にした一種の諷刺劇だった。といったところで、当人がそう思っていただけで、鋭いものではなかったろう。おなじ町内で焼けだされたふたりの中年男が、一年後に再会する。ひとりは大して苦労もしないのに、旺盛な生活力で、家を手に入れ、闇商売がうまく行き、うけに入っている。その男の家が舞台で、もうひとりがたずねて来ていて、雑談のうちに、来客のほうは不運つづき、いくら努力しても、沈落するばかりの境遇がわかってくる。

ただそれだけの、けっきょくはやっぱり、万太郎調の雰囲気劇であった。なにしろ幕切れで、主客ともに黙りこむと、隣家で稽古している清元かなんかが、聞えてくるのである。もっとも私としては、生活力旺盛のほうは大塚仲町の叔父、敗戦で気落ちしたほうは父のつもりで、双方に意地悪な目をそそいでいるつもりだった。さいわいなことに、一作目も二作目も、原稿はとうにどこかへ行ってしまって、いま読みかえさないでもすむのは、ありがたい。

二作目も次の日曜日、市川の正岡邸へ持っていった。正岡さんは戦争ちゅうに書きためた原稿が、あちこちの出版社から乞われ、新しい作品の注文もあって、意気さかんだった。いちおう書きあがっていた「円朝」の第二部、「寄席」の第二部に手を入れたり、新しい中篇を書きはじめたり、忙しそうだった。それをそばで見ていると、こちらの心もはずむようだった。「円朝」も「寄席」も、第一部は戦争ちゅうに、神田の三杏書院から出版されたが、その版元は戦争末期の企業統合令によって、なくなされていた。

しかし、社長の後藤さんというひとが、敗戦直後にできた藝林閣という出版社に入ったので、「円朝」第二部、「寄席」第二部の原稿は、そこへ行くことになっていた。随筆集の原稿も、一冊分だったか、二冊分だったか、後藤さんの手にわたっていた。藝林閣はまず「藝林」という雑誌を出すことになって、その第一号の表紙の三には、新庄嘉章氏訳のモーパッサン短篇集や、ピエール・ロチの「お菊さん」の広告と並んで、正岡さんの「東京恋慕帖」という本の名が、大きく刷りこんであった。けれど、この近刊予告はどの一冊も、けっきょくは出版されなかったようにおぼえている。

そのことよりは、私の戯曲第二作の話をつづけよう。次の日曜日に市川へいって、あずけた原稿を、返してもらった。最後のページに、朱で講評が書いてあったが、どんなことをいわれたか、思い出せない。第一作よりも、点が辛かったせいで、おぼえていないのだろう。会話のウイットだけは、ほめられたような気がする。とにかく、私は三作目の戯曲は、書かなかった。

　その代りに、小説を書いた。といっても、原稿用紙七、八枚のスケッチのようなものである。昭和二十一年も夏になろうとしていて、わが家ではドラム罐の風呂をつくった。焼けあとのバラック生活も、だんだんに馴れてきていたが、風呂に入れないのがつらかった。近所の銭湯はぜんぶ焼けてしまって、一週間に一度ぐらい、江戸川橋から都電で、飯田町一丁目に焼けのこった湯屋まで、入りにいくしかなかった。

　いま考えてみると、音羽の通りが護国寺に近いほうは、そっくり焼けのこっていて、銭湯もあったはずである。飯田町一丁目までいくよりは、音羽のほうが近いのに、どうしてそちらへ行かなかったのか、わからない。音羽の銭湯は、休みの日が多かったのだろうか。都電にのって出かけていったら、休みだったというのでは、たまったものではない。だから、飯田町の銭湯へ、はるばる出かけたのかもしれない。それはとにかく、夏が近づいて、戸外の風呂でも、風邪をひく心配がなくなると、父と長兄はどこからかドラム罐を手に入れてきて、風呂をこしらえた。

　バラックの裏手の戦災前には、大家さんの天野さんの家や、叔母の中村さんの家や、ターザンのジャングル・クライのまねがうまかった関屋君の家のあった一列には、一軒もバラックが建っていない。わが家のまうしろは耕して、菜園にしてあった。菜っ葉だけでなく、かぼちゃや薩摩芋も植えた。ひまわりがやたらに咲いていたのが、目に浮かんでくるが、あれは種をまいたのだろうか、それとも、前から天野さんの庭にあったのが、焼土にめげずに、のびたのだろうか。

　その菜園のはじに、叢を切りとったドラム罐をおいて、台所のすぐ外のかまどで、釜に湯をわかして入れたのだから、風呂というより、縦長だらいの行水、というべきかも知れない。叢を切ってから、なかの油っ気をぬくのに、火をつけたマッチを数本、投げこんだり、数日、水を張っておいたりした。マッチはまだ貴重品だったから、思いきってつかえず、水にはいつまでも、銀いろの膜が浮いた。

　戦災一周年。つまり五月の末ごろだったろう。夕方、私が晩めしの支度をしていると、裏の大通りから、雑草をかきわけて、人影が近づいてきた。すぐ裏の露地も、一段ひくくなっているだけで、やはり雑草におおわれている。そのかげにいったん沈んで、人影はさらに近づいてきた。

空にはもう月があったが、あたりはまだ明るい。その人影が、裏の露地の二軒長屋、新国劇の俳優だった磐城吉二郎さんの隣りにいた井上さんの長女であることは、すぐにわかった。井上数子、私より一級上だが、おない年だったかも知れない。私に小説を書けと、すすめてくれた少女である。数子さんは近づいて来て、声をかけた。

焼けだされてから、板橋のほうに住んでいる。用があってこちらに来たついでに、焼けあとを見によったのだ、というような話をして、私の父と母にも挨拶してから、彼女は帰っていった。ほかにも、なにか話したのだろうが、おぼえていない。私が劇作家になろうとしていることだけは、はっきり話さなかったといえる。

＊

晩めしのあと、湯をわかして、ドラム罐風呂に入った。空には月が明るく、その光と台所から流れだす電灯のあかりで、菜園の草のかげが、複雑に見えた。関屋君の家のあたりには、雑草がしげったなかに、なにかの花が点点と咲いているのが、白く見えた。井上数子さんにあって、小説家になれる、小説をお書きなさいよと以前にいわれたことを、思い出したせいかも知れない。

私は風呂から出ると、久しぶりに原稿用紙をひろげた。六畳ひと間の家のなかには、夜になってから、原稿用紙をひろげる場所はない。二畳だけ畳を敷いた店に出て、蜜柑箱に黒い布をかぶせた机にむかうのである。二本の戯曲もそこで書いたし、最初に原稿料をもらった講談のリライトも、そこで書いた。机にむかうと、電灯は私の後頭部を照らす位置にある。だから、普通にうつむくと、原稿用紙は、私の頭部のかげでおおわれてしまう。首を左にかたむけると、肩ごしの光が、うまく原稿用紙を照しだす。

私はいつも、左へ首をかしげながら、原稿を書いた。数年後、中野区の沼袋に下宿して、ひとり暮しをはじめてからも、しばらくのあいだ、原稿用紙をひろげると、私の首は左にかたむいた。条件反射というやつだろう。その晩、私が首を曲げながら書いたのは、焼けあとのバラック暮しの小説だった。

主人公がドラム罐の風呂をわかしていると、裏通りの家に住んでいた同年輩の少女が、たまたま通りかかる。一年ぶりの再会をなつかしんで、雑草のなかの花を眺めて、語りあいながら、主人公は大空襲の夜を思い出す。過ぎさった悪夢として、赤黒い入道雲を縫って飛ぶB29を、私は出来るだけ美しく描写した。なんのことはない、夕方のことを甘く美しく書いたスケッチだが、回想シーンを挟んで、月のある明るい夕方から、あたりが暗くなり、月があざやかに変ってゆくところを、懸命に描写した。

二本の戯曲の題名はおぼえていないが、この小説の題名は、おぼえている。若山牧水の歌からとった。「滅びしものは美しきかな」という題である。こんどは小説を書いてみました、といって、私はそれを正岡さんに見せた。次の日曜日にいくと、正岡さんはいつものように、原稿を返してくれた。二本の戯曲のときよりも、たくさんの朱が入っていた。誤字や仮名づかいの誤りの訂正だけでなく、細かな語句を、こうしたほうがよくなる、といった感じで、朱でなおしてあった。けれど、なんの感想も書いてない。

「小説を書いたほうがいいよ、お前は」

講評のないことに、私が茫然としていると、正岡さんは急にいいだした。

「小説を書きなさい、うん。戯曲より、むいてるよ。お前が小説書きゃあ、なにも安藤に頭を下げて、預けなくてもすむ。あたしが見てやりゃ、いいわけだよ。小説をお書き。戯曲より、ずっといい。お前の年で、これだけの描写ができれば、立派なもんだ」

正岡さんはだんだん熱のこもった声になって、私の小説をほめそやした。正岡さんは十代で作家になって、昭和黄表紙といった感じの作品で、芥川龍之介からほめられたりしたのだが、一時期、ひどい低迷の時代があった。小島政二郎について、小説の修業をしなおして、寄席芸人の世界を書く作家として、カムバックした。したがって、描写こそ小説、という小島政二郎氏の意見に、心服していた。

けれども、いま読みかえしてみると、正岡さんは、描写のできない作家、といっていいだろう。そのひとに描写をほめられて、私はたちまち戯曲をわすれた。書く気がなくなったばかりでなく、読むこともやめてしまった。小説を書く。正岡さんは明治、大正を書いているから、ぼくは江戸を書こう。そういう気になったんだから、私もいいかげんなものである。

スケッチみたいなものじゃなく、ちゃんとしたストーリイのある小説を書こう。そう決心して、私は正岡さんから、本を二冊、借りた。一冊は「風俗画報」の増刊の「横浜名所図絵」、もう一冊は大佛次郎の「花火の街」だった。小学生のころから、大佛さんの「鞍馬天狗」は愛読していたし、「照る日くもる日」なども読んでいたが、「赤穂浪士」や「霧笛」は知らなかった。だから、明治初年の横浜を舞台にした「花火の街」は、私にとっては新しい大佛次郎だった。

「霧笛」のほうが有名だが、あたしは「花火の街」のほうが好きだ、と正岡さんはいっていた。のちに「霧笛」を読んで、私は正岡さんと反対意見だったが、その当時は探しても、「霧笛」は手に入れられなかった。どちらを先に読んだとしても、同じことだったろう。「花火の街」は、私の目をひらいてくれた。こういう小説を書かなきゃいけないんだ、と私は思った。思うと、すぐその気になる。私は横浜を舞台に、長篇小説を書きはじめた。「紅毛錦絵」という題をつけて。

八幡の籔知らず

一

大佛次郎の「霧笛」や「花火の街」に出てくるラシャメンは、本牧のチャブ屋の女が、モデルになっているのだそうだ。モデルというよりは、人物像の芽というべきかも知れない。ずっとあとになって、大佛さんの随筆で、そのことを読んだ。

横浜のグランド・ホテルを仕事場にしていた若いころ、夜ふけにあちこち飲みあるいた大佛さんが、酔眼もうろうとして、本牧のチャブ屋の一軒のドアをあけると、もう真夜中をとうに過ぎているから、客もいない。女も客がついて二階へあがって、売れのこったのがひとりだけ、薄暗いあかりの下で、コップ酒を飲んでいた。

ドアのあいた音に、その女がカウンターから、斜めにふりかえった恰好が、なんともいえず、陰影の濃いものだったのだそうだ。「花火の街」には、ゆかたの襟をくつろげて、なかばのぞいた豊かな胸に、首だらの首かざりを暗く光らしたラシャメンが、カウンターから斜めにふりかえって、主人公を迎える場面がある。

首だらのだらはダラー、ドルのことだ。人物の横顔をきざんだ一ドル金貨を、明治の横浜びとは、首だらといったらしい。その首だらを何枚もつなげて、首かざりにしているのである。主人公の旗本くずれの馬丁と、薄倖の幕臣の娘の恋を、助けてやる侠気のラシャメンの初登場のシーンは、爛熟した女の酔った肌のにおいが、紙面にみなぎっているような気がするくらい、印象的であった。

大佛さんが深夜のチャブ屋で見た女も、おそらく和服で、自堕落に襟をくつろげていたのだろう。金貨をつなげた、とまでいかなくても、お守りみたいに金貨一枚、胸にぶらさげていたかも知れない。それはとにかく、「花火の街」という長篇小説は、私の方向をさだめてくれたようであった。

しかし、せっかく「横浜名所図絵」を借りてきて、それを資料に書きはじめた私の最初の長篇小説は、ついに完成しなかった。書かずじまいになったわけではなく、第一章は書きはじめた。当時の私は、正岡さんの真似をして、四百字詰原稿用紙の最初の一枚に、大きく題名を書いて、二枚目から本文を書きはじめていた。題名の一枚は、枚数のうちに入れないのだから、良心的な書きかた、といえるかも知れない。

その最初の一枚に、「紅毛錦絵」という題名を、大きく書いた。だが、作者名は書かなかった。私には最初から、本名で小説にせよ、戯曲にせよ、書こうという気はまるでなかった。本名がいやでしようがなくて、ペンネームをつかうつもりだった。正岡容というのは本名だが、そういう本名を持っているひとは、うらやましかった。正岡さんに、ペンネームをつけてくれるように頼んであったので、原稿には署名をしなかったのである。やがて正岡さんがつけてくれた名は、苗字に本名を生かしたもので、松岡光男というのだった。

これには、困った。いっこうに名は体をあらわさない巖という本名が、ガンちゃんと呼ばれることもあって、嫌いだっただけではない。松岡という苗字も、つかいたくなかった。そこまでいっておかなかったのが、悪いといえば悪いのだけれど、おまけにな男というように、男をおと読ませる名前も、私は嫌いだった。しかし、松岡光男なんてペンネームは、嫌です、とはいえなかった。師匠にさからっては、いけない、と思ったのである。それでも、がっかりしたような顔をしたらしい。「これが気にいらなかったら、こういうのはどうだ。女みたいだが、馴れればおかしくなくなるよ」

と、正岡さんが筆をとりあげて、松岡光男のわきに書いたのは、松岡緑という名前だった。冗談ではない。松の岡だから、緑というのでは、いかにも感覚が古すぎる。

「いいえ、松岡光男のほうがいいと思います」

と、私はいわざるを得なかった。正岡さんがつけてくれたこのペンネームを、私は一度もつかわなかった。いや、小説いがいのもので、一度だけつかった。それは、正岡さんの本の装釘をやったときだ。戦争ちゅうに、正岡さんが出した「膝栗毛の出来るまで」という小説を、そのころ榎本健一一座がとりあげて、斎藤豊吉さんの脚色で、宝塚劇場でやったのである。その芝居をエノケンが大阪へ持っていくことになったのにあわせて、急遽、再刊することになった。大阪の東光堂という出版社である。

どういうきっかけでかはわすれたが、その再刊本の装釘を、私がやることになった。色かずも三色くらいしかつかえないというので、私は「膝栗毛」の原本、むろん十返舎一九の原本の扉絵を組みあわせて、赤と黒の二色で表紙、背と表紙絵のふちを淡いグリーン、扉に黒一色という装釘をつくりあげた。それとともに、中扉のうらに装釘者の名前を入れることになって、松岡光男をつかったのである。「膝栗毛の出来るまで」の再刊本は、私が松岡光男の筆名を、たった一回つかった場所であり、たった一回、装釘という仕事をした本であった。おなじ正岡さんの「下町育ち」という小説が、のちに私のつとめていた出版社で出たときに、もう一度、私は本文扉と奥付の絵をかいた。そのときには、本名の松岡巖をつかっている。

＊

筆名のことはともかくも、長篇小説「紅毛錦絵」は、最初の一枚に題名を書いて、二枚目から本文をはじめ、明治初年の横浜、居留地にちかい鉄《かね》の橋の上から、夕焼の空を眺める描写ではじめた。主人公はすりかなんかだったように、おぼろげに記憶している。それを隠して、居留地の異人館につとめている。その主人公が、鉄の橋をわたって、居留地の関門を通り、異人館がならんだ通りを、自分のいる一軒にもどってゆく。その場景を、五枚ぐらいに描写したところで、はたと筆がとまってしまった。異人館にもどった主人公が、どんなことをして、どうストーリイを発展させていったらいいのか、どうしても思いつかない。

自分にはストーリイをつくる才能がないらしい、と思うと、ひどくがっかりした。それでも、その書きだしだけを持って、日曜日に正岡さんのところに行った。

「こんな調子で書いていくつもりなんですが、どうでしょうか」

といって、さしだしたのである。わずか五枚ばかりのものでも、その場で見てはくれなかった。次の週に市川へ行くと、その五枚を返してくれて、またもや正岡さんは、私の小説の描写力を、ほめそやした。

「この調子でいいんだ。このまま、あとをお書き。こりゃあ、きっといい小説になりますよ」

と、さかんに持ちあげられたが、ストーリイのことは、ちっともいってくれない。もっとも書き出しの五枚で、ストーリイについてなにかいうなんてことが、出来るはずもないのだけれど、私は不安なままだった。「紅毛錦絵」は、そのまま私の小さな戸棚の紙袋にしまいこまれて、二度と取りだされなかった。

それればかりか、一年ばかりで破門になるまで、私は二度と原稿を書かなかった。書きたいものが、なにもなかったし、おもしろい話も、思いつかなかった。なにもそう、あせって小説を書くこともない、と思った。けっきょく私が正岡容に見てもらったのは、ひと幕ものの戯曲が二本、小説ふうのスケッチ一本、小説の書きだし五枚ばかり、それだけであった。

私の習作はそれだけで、次に書いたものは、活字になっている。もっとも、他人にみとめられて、活字になったわけではない。一ページのショート・ショートで、たしか署名は小林菖夫とした。これは給料のうちの仕事で、特別の稿料は出なかった。その次に書いたのは、五百字ばかりの日劇名人会の批評で、これは没になったが、一年間有効の無料パスをもらって、ひどく得をしたような気になった。日劇名人会は、宝塚劇場がアーニイ・パイル劇場になって、東宝名人会を復活させる場所がなくなったので、日劇の五階ではじめた名人会であった。いま日劇ミュージック・ホールになっている場所である。

次に書いたのは、三十枚の時代物で、これは依頼をされて書いて、ちゃんと原稿料をもらった。しかし、その話はもっとあとでしよう。原稿を書かなくなっても、私は日曜日ごとに、市川の正岡さんのところへ行った。

「小説が書けないときには、どうすればいいんですか」

「スランプのときは、お前、読んだり見たりすることだ。あせったって、どうにもなりゃしない。本を読んだり、芝居を見たり、はなしや講釈を聞いたり、映画を見るのもいいだろう。栄養をとって、じっと待っていりゃあ、自然にあふれて来て、また書けるようになる」

それならば、いままでと同じことをしていれば、いいわけだ。私は気が楽になって、日曜日の午後は、市川で半日、遊んでいるようになった。正岡さんは、よく散歩に出た。真向の手古奈神社へいったり、露地から露地をぬけて、街道へ出て、八幡の藪知らずへ行ったりした。そのころの市川は、国道から露地へ入ると、泥道が藁葺屋根の農家で行きどまりになったり、竹やぶがあったり、その向うに小さな沼があったりした。

「江戸の町なかが、ちょうどこんなぐあいだったんだよ。時代物を書くなら、よく見ておおき」

瓦屋根の古ぼけた家の斜めうしろに、板葺屋根がつらなって、小さな空地に小さなお稲荷さんの祠があったり、そのうしろに大木が葉をしげらして、小さな池の水が、午後の日に光っていたりすると、正岡さんはよくそういった。雨あがりには、道はぬかるんで、私が石の上を飛んで歩いたりすると、

「これは、本所って感じだね。いいかい、江戸の人間に、コンクリの道を歩かしちゃいけないよ。綺堂さんの小説は、役に立つから、お読み。雨が二日もつづいたら、たちまち泥だらけになる江戸の場末が、よく書けている」

こういう雑談が、私には役に立った。初午の日に、裏通りを歩いていると、地口行燈がかけならべてあった。私の育った山の手の商店街では初午はやったが、地口行燈なんぞはつくらなかった。だから、聞いたり読んだりしていたが、それが初めて見る地口行燈だった。

八幡の藪知らずについても、なにか聞いたはずだが、思い出せない。石の塀みたいなもので囲んだ小さな竹やぶ、という感じで、古びた立札にいわれが書いてあったが、墨の字がところどころ浮いて見えるだけで、読めなかった。

長いあいだ散歩をして、帰ると、正岡さんは机にむかう。しかし、仕事はしないで、江戸の話や小説の話をしてくれることが、多かった。どうやら、私は仕事の邪魔をしていたらしい。

なにしろ、小説家の生活というものが珍しくて、私はなかなか腰をあげなかった。といっても、正岡さんの前にすわって、話を聞いていただけではない。用をたのまれて、使いに行ったり、封筒の宛名書を手つだったりもした。奥さんの花園歌子さんが、花園流新舞踊の稽古所をひらくので、その準備であった。花園舞踊自由学院、という大げさな名前をつけて、新聞にも小さな生徒募集の広告を出したりしたので、校則の申しこみが殺到していた。

その申しこみの手紙から、切手をとりだして、地方別にわけたり、刷りあがってきた校則を、学院名入りの封筒に入れて、封をしたり、それに宛名を書いたりするのを、正岡さんも手つだって、家じゅうでやっていた。家じゅうといっても、正岡さん、花園さん、一番弟子で妹分の花園春美さんの三人で、大塚から秋田の疎開先まで、バスケットに入ってお供をした金目銀目の白猫が、家族の一員だったけれど、これはなにも手つだわない。そのかわりに、私が日曜日いがいも狩りだされて、手つだったわけである。

新月書房へ入る

正岡容の中篇小説「膝栗毛の出来るまで」は、十返舎一九が師匠をしくじって、近所の経師屋、あだ名をくだ八という男と、旅に出る。東海道を京まで行くあいだに、いろいろなことがあって、それを材料に滑稽小説を書こう、と思いつくところで終る。それで「膝栗毛の出来るまで」というわけだが、戦争末期に出版された。敗戦後に再刊されるとき、私が装釘をして、あとにも先にもただ一度だけ、松岡光男というペンネームをつかった、と前回に書いたのだけれども、これが記憶ちがい。

　築地におすまいの大山真市さんから、所蔵の「膝栗毛の出来るまで」は、発行日付が昭和二十二年三月二十日で、装釘者名は松岡巖になっている、とおはがきをいただいた。とすると、もっとあとの「下町育ち」のカットを書いたときに、松岡光男という名をつかったのだろう。つまり、前回に書いたことは、反対だったわけである。大山さんにお礼を申しあげて、訂正しておく。

　私は毎日曜日に、正岡さんのところへ通って、あとの六日は映画を見たり、芝居を見たり、家の仕事を手つだったりしていた。けれど、焼けあとのバラックでの商売は、あまり思わしくなく、気軽に金がもらいにくくなった。長兄も家で古本屋を兼業したり、叔父の店を手つだったりするのが、うまく行かなくて、占領軍につとめることにした。次兄は寄席が再開したし、余興の仕事なぞもあって、忙しかった。師匠の古今亭志ん生が、満洲へいったきり、消息がなくなっていて、不安定な状態だったが、若い落語家がいない時代だから、寄席に出られないということはなかった。

　そうなると、私もなにか仕事を見つけて、働きながら、勉強することを、考えざるをえなくなった。それで、正岡さんに相談すると、日劇名人会の批評を書くアルバイトを、まず世話してくれた。報知新聞か、新夕刊だったと思う。新橋にある新聞社で、正岡さんが依頼された仕事だったらしい。自分ではやりたくないが、その代り弟子を紹介しよう、ということだったようで、私は日劇小劇場のパスをもらった。

　いつでも何回でも、無料で入れるのがありがたくて、私は日劇の五階へ通った。志ん生も、円生もいなかったが、文楽がいたし、文治も、柳好もいた。講談の伯龍がいた。ついでにいっておくが、志ん生は戦争ちゅうから、私たち若い落語ファンのあいだで、大へんな人気だったが、円生が好きだというひとは、めったにいなかった。なんとか聞けるのは、「三十石」ぐらいだよ、という人が多かった。私もしょっちゅういい間違いをする、妙ななまりのある気障なはなし家、という印象しかなかった。

日劇名人会では、ほかの席では聞けない東宝専属の金馬、権太楼を聞くことが出来た。しかし、かんじんの批評のほうは、うまく書けなかった。六百字で書く、ということだったと思う。書きたいことがいっぱいあって、それをうまく整理するテクニックが、私にはなかった。

とにかく一回、書いて、新聞社へとどけたが、担当のひとにあうのは、気恥ずかしかった。受付において、帰ってきた。それきり、なんの手ごたえもなかった。掲載された様子もなかったし、稿料もむろん貰えなかった。あきらめずに、また書いて、持ってゆくべきだったのだろうが、そういう積極性は私にはなかった。けっきょく、このアルバイトで私が得たのは、日劇名人会の一年間の無料パスだけだった。

次に正岡さんは、新しく出来た出版社に、紹介してくれた。新月書房といって、神田多町に事務所があった。社長の西宮さんは、まだ三十代だったろう。戦争ちゅうまで、亀戸だか、錦糸町だかで、鋳物工場をやっていたひとだった。私がこの新月書房につとめたのが、昭和二十二年の四月ごろだったろう。

神田の多町と司町のさかい目の通りに面して、事務所はあって、二軒長屋か三軒長屋かの右はしの一軒だった。一階の土間だけを、新月書房が借りていて、奥の部屋と二階のふた間は、後藤さんというひとの住居だった。後藤竹志、戦争ちゅうはその住居で、三杏書院という出版社をやっていたひとである。

正岡さんの小説「寄席」や「円朝」、随筆集の「寄席風俗」、宇野信夫さんの最初の戯曲集や長篇小説を出版したのが、三杏書院だった。戦時の企業統制で、三杏書院は出版をやめていた。後藤さんは敗戦後、藝林閣という出版社につとめていた。

この藝林閣という出版社は、明治時代、タバコがまだ専売にならないころに、有名だった千葉タバコの千葉氏のお孫さんが、敗戦後、はじめたものだった。藝林閣より遅れて、推理小説雑誌「宝石」でスタートした岩谷書店も、明治の有名な天狗タバコ、岩谷氏のお孫さんが社長だった。

千葉氏の藝林閣は、「藝林」という雑誌を数冊、出しただけで、つぶれてしまった。けれど、単行本出版の予定もあって、正岡さんの「円朝」第二部なぞの原稿が、あずけてあった。私は新月書房につとめる前、正岡さんのお供をして、一度だけ藝林閣へいったことがある。

まず神田の多町に後藤さんをたずねて、藝林閣にいることを確かめてから、神田駅から地下鉄にのった。その前に、正岡さんは駅裏の闇市で、焼酎を飲んだ。地下鉄を青山一丁目でおりると、またバラックの飲み屋で、焼酎を飲んだ。その飲み屋は、氷屋もかねていた。正岡さんは私のために、氷レモンをとってくれた。したがって、昭和二十一年の夏のおわりのことだったのではなかろうか。

私が氷レモンをスプーンで崩そうとすると、正岡さんはそれを制して、シロップのかかっていないところを、手でつまみとって、焼酎のなかに入れた。その店を出ると、正岡さんは、あとからついて来るようにいって、どんどん歩きだした。肩をふるような歩きかたで、右手をあげたりさげたりしながら、ぶつぶつ呟いている。私がうしろへ近よって、聞耳を立てると、正岡さんはするどい調子で後藤さんをののしっているのだった。

すぐにでも本にするような、調子のいいことをいって、原稿を何冊分も持って行きながら、中間報告にも来ない。それでいいと思っているのか、恥を知れ、といった調子で、それがだんだん激越になって行く。右手の動きも大きくなって、むこうへついたら、どんな大喧嘩がはじまるのか、と私は気が気でなくなった。

*

正岡さんは、いつまでも歩きつづけた。藝林閣がどこにあったか、はっきりはおぼえていないが、青山の高樹町か、霞町あたりだったのではあるまいか。焼けあとを歩きに歩いて、焼けのこりの屋敷町へたどりついたからである。

都電が走っていなかったわけではない。いやな掛けあいに行くときには、離れたところでおりて、ひとりごとをいいながら——つまり、リハーサルをしながら歩くのが、正岡さんの癖らしかった。

藝林閣につくと、古めかしい応接間に通された。千葉氏も自宅の一部を、出版社の事務所にしていたのである。後藤さんともうひとり、中年の編集者が出てくると、正岡さんはにこにこと挨拶した。ふたりの編集者が紙の事情がいっこうに良くならず、雑誌を出すだけが手いっぱい、単行本を早く出したいのだが、うまく行かない、というような弁解をすると、正岡さんは自宅で初対面の編集者とあうような腰のひくさで、

「なるほど、なるほど、さいでごわしょうなあ」

と、いっこうに声も高まらない。なんでたずねて行ったのか、よくわからないような状態で、正岡さんは腰をあげた。帰りは国電で渋谷へ出て、省線にのった。私は飯田橋で正岡さんとわかれて、江戸川橋の家へ帰ったが、なんとも妙な気持がした。けっきょく、すこし酔っているぐらいでは、喧嘩はできない、ということを、正岡さんは自分で知っているらしい。

といって、出版社へ駈けあいに、ぐでんぐでんに酔っていくわけには行かない。だから、先方へつくまでに歩きながら、ほろ酔いでいいたいことを、ぜんぶいってしまう。それで、いちおう抗議をしに行ったのだ、と自分を納得させるらしい。そうしか私には、解釈できなかった。

正岡さんは喧嘩っ早くて、友人などとはしょっちゅう絶交したり、すぐまた仲好くなったりしたが、おそろしく気の小さいところのある人だった。藝林閣へいってから、数カ月のちにも、私は正岡さんのお供で歩かされた。どこか荏原のほうで、ひとにあって、池上線にのって帰ればいいものを、五反田の駅まで歩いたのである。

歩きながら、正岡さんは、理由を話してくれた。十日ばかり前、おなじところに用があって、五反田から池上線にのった。駅でおりようとして、切符をわたすと、駅員に文句をいわれた。電車のなかで、考えごとをしながら、切符をまるめてしまったのだが、紙質の悪い敗戦直後のことだから、印刷してある文字も、ろくに読めないようになってしまった。それで、古い切符をつかっての不正乗車だろう、と駅員に思われたらしい。

弁解しても、信用しないので、ついどなってしまった。

そのときの駅員が、きょうも改札にいるかも知れない。おぼえていられるといやなので、池上線にはのらないのだ、と正岡さんはいった。正直なところ、私はあきれた。十日も前のことを、乗降客がたくさんいない駅だとしても、改札係がおぼえているだろうか。おなじ駅員が、改札に立っている可能性も、きわめて低いだろう。こう神経質では、かなわないな、と思いながら、私は歩いた。

歩くことについては、別になんとも思わなかった。都電も、省線も満員のことが多くて、私もよく歩いたものだ。もっとも、昭和二十年の秋から冬にかけてのように、新宿や浅草まで、歩きつづけるようなことは、もうあまりなかった。

話を新月書房のことに戻そう。その出版社は、社長のほかに、社員は私ひとりだった。けれど、社員ではないひとが、ほかにふたりいた。ふたりとも、社長の義理の兄さんだった。ひとりは社長の奥さんの実兄で、このひとは実際に出版活動がはじまると、営業を担当した。もうひとりは、社長の奥さんの姉さんのご亭主で、顧問という感じだった。企画を立てたり、著者との交渉にあたったり、戦前は映画関係の仕事をしていて、出版の経験があるらしかった。

社長がふたりいるような感じで、私はこの人びとをどう呼んでいいか、まごついた。社長に聞くと、みんな苗字で呼べばいいということで、それからは社長も西宮さんと呼ぶようになった。新月書房の最初の出版は、牧逸馬の現代小説の再刊だった。映画でもあたった「この太陽」という長篇で、顧問格の間瀬さんの企画だった。制作、校正は後藤さんが、藝林閣から帰ってから、夜やっていた。私の最初の仕事は、牧逸馬未亡人のところへ、検印紙を持って行き、また貰ってくることであった。

「スバル」創刊

牧逸馬の長篇小説「この太陽」の再刊で、新月書房はスタートした。粗悪な仙貨紙で、上下二冊にわけての出版だったが、売れゆきはよかった。といっても、印刷用紙がおいそれとは間にあわないから、増刷また増刷というわけには行かない。昭和二十一、二年には、出しさえすれば、本は売れた。紙が配給制で、闇紙を手に入れなければ、思うように本が出せないだけだった。

新月書房では、社長の西宮さんが戦時ちゅう、鋳物工場をやっていたときの関係を活用して、大手の製鉄所から鉄板を出してもらって、それを印刷用紙と交換していたようだった。川崎だったか、あるいは横須賀あたりだったか、もうおぼえていないけれども、その鉄工所へ、私はときどき使いに行ったものだった。牧逸馬未亡人の住居は、たしか北鎌倉だった。鉄工所へいくのも、検印紙をもらいにいくのも、半日仕事だった。

私は太平洋戦争直前の小学校六年生のときに、修学旅行で関西へいったことがあるきりで、東京の旧市内から、あまり出た経験がない。学徒徴用で、三鷹の中島飛行機へ通うようになるまで、新宿の大ガードのむこうは、畑だと思っていた。盛り場へはどこへでも、ひとりで平気で出かけたが、市川の正岡さんのところへ行くのでさえ、最初のうちは、おっかなびっくりだった。戦争末期には、新国劇や榎本健一一座が、錦糸町東宝で芝居をしていたので、錦糸堀までは行ったことがある。錦糸堀から市川は、そう遠くない。だから、正岡さんのところは、まだよかった。

都心から南下するのは、いちばん苦手だった。いまでも私は、新橋から先をあまり知らない。しかし、仕事だから、苦手でもなんでも、敢然と出かけた。大げさないいかただが、満員の電車でのろのろと行くのだ。たまにすわれれば、栄養失調だから、すぐ眠くなる。うっかり寝ているると、膝の上の風呂敷づつみが、たちまち消えてしまう時代だった。事実、牧逸馬未亡人から、うけとってきた検印紙の風呂敷づつみを、私は持っていかれそうになったことがある。

駅で電車がとまって、私が目をひらくと、風呂敷づつみが前を動いて行く。あわてて腰を浮かして、ひっつかんだ。持って行こうとしていた男は、手を離して、ドアから出ていったから、助かったのだけれど、心臓がどきどきした。牧逸馬未亡人は長谷川和子といって、判は丸のなかに行書で、和子と彫ってある。その判をべたべた押した切手のシートみたいなものを盗んだところで、なんの役にも立たない。着物かなにかと見て、奪《と》ろうとしたらしいが、こちらにとっては大変だ。むこうは腹を立てて、棄ててしまうようなものでも、こちらはその分、印税を払わなければならない。

まる二年ばかり、新月書房につとめているあいだに、あと二回、青くなったことがあるのを、いまだにおぼえている。いちどは現金を神田の銀行から、銀座にいる社長のところへ、届けたときだ。金額は五万円だったか、三万円だったか、一万円紙幣はもちろん、千円紙幣もなかったころで、百円紙幣の束を風呂敷づつみにすると、小さな弁当箱ぐらいになった。それを右手にさげて、満員の都電にのったのだが、風呂敷づつみを持ちあげることが出来ない。右肩を斜めうしろから、ひどく押されて、私は不安になった。前の背なかを懸命に押して、入り口に近づいて行きながら、どうやら銀座二丁目でおりた。風呂敷づつみを見ると、ぱっくり横腹が口をあいている。剃刀で切られていたのだ。私は青くなって、社長とその義兄が待っている喫茶店へ駈けこんだが、幸い紙幣は一枚もぬきとられてはいなかった。先代の三遊亭円歌が、都電のなかで、懐中時計の機械だけを掏られたという——乗るまえに時間を見たときには、たしかに動いていたのに、おりてから見たら、針がだらんと垂れていて、内部の機械がなくなっていたという、これはまあ、おもしろくするための創作で、事実はたくみに鎖から外されて、懐中時計を掏られたのだろうが、そんな話ができるくらい、東京には掏摸の名人がまだいた時代だった。

私は運よく、そんな名人には、狙われなかったらしい。

もう一度は、盗まれかけたわけではない。徳川夢聲氏に随筆を依頼して、約束の日にとりにいった。玄関でしばらく待たされて、書きあがったばかりの原稿をいただいた。四百字で七、八枚だったろう。綴じてもなく、むきだしで渡されて、それを私は布のカバンに入れて、電車にのった。夏の午後で、夢聲氏の家は杉並の天沼だから、荻窪からのったわけだが、ちょうど折りかえしの電車があって、座席はがらがらだった。電車が走りだすと、私はカバンから原稿を出して、読みはじめた。夢聲ファンの私は、生原稿をだれよりも先に読めるのが、うれしかったのだ。ところがひろげたとたん、窓から強い風が吹きこんで、原稿を私の手から、ひったくった。原稿は散乱して、もちろん私は立ちあがった。床に飛びちったもの、宙に吹きあげられたもの、私が右往左往するのを、まばらな乗客は、あきれたように眺めていた。窓から飛びだしかけた一枚を、あやうくつかんで、私は座席にいやというほど、向うずねを打ちつけた。どうやら一枚も外に出さずに、夢聲氏の原稿を回収すると、私はカバンにしまいこんだ。それにこりて、私は二度と綴じてない原稿を、窓をあけた電車のなかでは、ひろげなくなった。

そんなことを、よくおぼえているのだから、まあ、私は決定的な失敗もせずに、最初の出版社づとめをすごしたらしい。

＊

牧逸馬未亡人は、大変きびしい人だと聞かされて、恐る恐る出かけたのだが、こちらがまだ子どもだったせいだろう。気さくにいろいろ話しかけてくれて、私は緊張しないですんだ。ただ困ったのは、「この太陽」という作品を、どう思うか、と聞かれたことで、これには返事が出来なかった。林不忘の名で書いた作品なら、「新版大岡政談」でも、「魔像」や「丹下左膳」、「釘抜藤吉捕物覚書」でも、読んでいたのだけれど、牧逸馬の名で書いたものは、一冊も読んでいなかった。菊池寛でも、小島政二郎でも、川口松太郎でも、時代小説は読んだが、現代もののメロドラマは、ひそかに軽蔑して、手を出さなかった。現代小説を読んだのは、大佛次郎のものだけだった。

新月書房は「この太陽」の次に、丹羽文雄の「二つの都」を出した。このとき私は、いやな役目をいいつかった。もっとも、あとでいやな思いをしただけで、出かけるときには、なんにも考えなかった。「二つの都」は新聞に連載した小説で、かなり厚い本になっていた。けれども、「この太陽」ほどではなかったから、上下二冊にして出すには、一冊が薄くなりすぎる。一冊のまま出すには、敗戦直後の状況からは、厚すぎた。丹羽氏との約束ができたあとで、その点が問題になった。そのとき、私は生意気にいったのだ。

「これ、かなり縮められますよ」

新聞小説だから、地の文も、会話も短かかった。下半分は白いままのページが、ずいぶんあった。私は生れてはじめて読んだ「鳴門秘帖」は別として、吉川英治の小説が好きではなかった。その理由は、新聞に発表した作品が多いせいで、本が厚いわりに、ページの白いところが多すぎる、というところにあった。とぼしい小づかいで買うのだから、活字がたくさん並んでいたほうがいい。詩集じゃあるまいし、

「はい」

と、答えた。

相手はすぐに、

「そうか」

と、うなずいて、

「もっともだ」

なんて小説は、ぜんぜんもっともではない。いまでも私は、改行の多い小説がきらいで、必然性もないのに、なぜこんなところで改行するんだろう、などと他人の小説に顔をしかめてみせるが、根底にはこの、買うときに損をしたような気になる、という心情が横たわっている。

「うん、縮められそうだな。きみ、丹羽先生にお願いしてこい」

と、間瀬さんがいった。「この太陽」とおなじように、

「二つの都」も、社長の義兄の間瀬さんの企画だった。私は気軽に、三鷹の丹羽邸へ出かけた。といっても、文壇の大御所だから、こちこちになって、用件を話すと、ゆうべ徹夜をしたということで、疲れた顔つきの丹羽氏は、「二つの都」の旧版を、ぱらぱらめくってみてから、

「ああ、これは新聞連載だからね。じゃあ、ちょっと待っていたまえ」

気さくにうなずいて、奥へもどっていかれた。ほっとして、私は玄関で待っていた。二十分ばかりすると、丹羽氏が出てきて、

「とてもすぐには出来ないから、いま直したところを見ならって、そっちでやってくれないかな」

といわれた。いよいよほっとして、私は頭をさげた。外に出ると、戦争末期、中島飛行機にかよった道である。すこし行くと、私が畦に腹ばいになって、艦載機の機銃掃射をあびた畑がある。静かな住宅街が、嘘のように感じられた。どういうものか、三鷹というところに縁がなくて、それから三十数年間、たった一度しか行っていない。そのたった一度も、駅前の雑駁な喫茶店で、まずいコーヒーを飲みながら、ひととあっただけなのだが、それは丹羽氏の「二つの都」とは、なんの関係もない。

新月書房にもどってくると、縮める仕事は私の責任になって、はじめのほうの赤鉛筆でなおしたところを参照しながら、手を入れていった。二行ぐらいで、改行になっている地の文を、どんどんつなげていった。「二つの都」は、一冊本で出せることになって、印刷屋へまわされた。それが、まだ本にならないうちに、鎌倉文庫の「人間」だったか、「新潮」だったか、「文藝春秋」だったか、もうおぼえていないのだけれど、丹羽文雄氏と石川達三氏だったと思う、とにかく対談だった。そのなかで、丹羽氏が敗戦後のにわか出版社のにわか編集者の態度に言及して、まったく乱暴なことを、平気でいってくる、このあいだも長すぎて一冊にならないから、縮めてくれといってきた出版社がある、という意味の発言をしておられた。

これは新月書房のことに違いない、と思って、私はがっかりした。たしかに、乱暴には違いないが、それなら、だ

めだ、といってくれれば、よかったのに、と思った。けれど、ちょうど新月書房は雑誌を出しはじめていて、いろいろ忙しかったから、まいってばかりもいられなかった。いわゆるカストリ雑誌が、ぞくぞくと出はじめたところで、大胆なヌードの表紙をつけたものが、飛ぶように売れていた。藝林閣がつぶれて、仕事がなくなった後藤さんを編集長にして、「スバル」という雑誌を出すことになったのだが、これが変なかたちで、新月書房とは別にスバル社という名で出したから、やっぱり私もそこの社員ということになっていた。

荷車にぶらさがる

カストリ雑誌が出はじめたのは、昭和二十一年からだろう。「猟奇」とか、「赤と黒」とか、「りべらる」とか、誌名にも戦後の自由を現して、売りものはいずれもエロティシズムであった。いまの週刊誌と大もとは同じだが、ずっと薄い。粗悪な仙貨紙の本文で、グラビア・ページの紙も、表紙の紙もよくないから、大きくヌード写真がのっていても、なんとなく寒ざむとしている。

というのは、いま思い出してみての言葉であって、裸の女の写真がのっている、ということで、当時は紙の悪さ、印刷の悪さなどは問題にしていられなかった。本屋が少くなっていたせいか、雑誌専門の露店があちこちに出ていて、うすっぺらな雑誌が飛ぶように売れていた。神田の駅前の通りにも、そうした露店が出ていて、ある日、そのござの上に、ヌードの下半身を大写しにした表紙を見かけたときには、思わず目をそらした記憶がある。

たしか福田勝治氏の作品だったと思うが、デルタに赤い花を飾った下半身の写真で、いまの目で見れば、むしろ、おとなしいヌード写真だ。けれど、それが堂堂と表紙になっているときには、ぎょっとして、目をそらした。ほかの雑誌を見ているような顔をしながら、そらしては戻し、そらしては戻して、私はしばらく立ちどまっていた。誌名はおぼえていないし、二十一年のことか、二十二年のことか、二十三年のことかも、おぼえていないけれど、こういう雑誌が出る世のなかになったんだな、というおどろきの気持は、記憶している。

カストリ雑誌については、もと東京新聞記者の長谷川卓也さんに、研究をまとめた著書がある。それが本の山から、探しだせないものだから、私の記憶にきっかけを与えることが出来ず、雑誌の名も少ししか思い出せない。タブロイド判の読物新聞もずいぶん出ていて、のちには私も、そのひとつにかかわりあうことになった。

「性奇」や「性愛」と名のるカストリ雑誌も出て、こんどは「玉門」という雑誌が出るそうだ、という噂があったが、さすがにそれは実現しなかった。新月書房で雑誌を出すことになったとき、いっそ「玉門」とするか、という声が出たが、むろん冗談であった。西宮さんの義兄の間瀬さんは、文学青年くずれだったのだろう。誌名は「スバル」ときまった。発行所名はスバル社としたはずで、名義人は後藤竹志、戦争ちゅうの三杏書院の主人で、新月書房の二階に住んでいた人だ。というよりも、このひとの住居の土間を、新月書房が借りていたわけで、後藤さんは藝林閣がつぶれて、遊んでいた。

後藤竹志は本名が毅、松竹につとめて、浅草の劇場の文配人なぞをしてから、出版をはじめた。いろいろ逸話のあるひとで、私がもの書きになれたのは、この人のおかげだといってもいい。いちばん最後にあったのは、昭和四十二年の秋、大衆文学研究会の編集で、南北社が出していた雑誌「大衆文学研究」で、正岡容の特集をやったとき、写真を借りたくて、連絡したときだ。めっきり老けていたから、もう亡くなられたことだろう。

それで思いついて、その正岡容特集号を持ちだして、年表のところを見たら、記憶がはっきりした。私が新月書房に入ったのは、昭和二十一年である。「スバル」を出すことになったのは、その年の暮近くか、二十二年の春だろう。そして、四号ぐらいでつぶれている。「スバル」はカストり雑誌には違いないし、表紙やグラビア・ページには、エロティシズムをにおわせていたが、中身は小説雑誌だった。けれど、四号ほどにすぎないのに、どんな小説がのっていたか、どんな読物がのっていたか、まるで思い出せない。思い出せることといえば、創刊号が出来あがって、取次屋へはこんだとき、私も荷車につんでいったのだが、たしか上野方面へいったように記憶している。神田多町の裏通りから、紙づつみの雑誌をつんだ荷車をひきだして、須田町の通りまで行かないうちに、ちょっと息をついたとたん、私の足は浮いてしまった。栄養失調の小男の私には、荷物が重すぎて、梶棒があがってしまったのだ。しばらく棒にすがって、足をぱたぱたさせていたが、どうにもならない。

しかし、道ばたに放っておくわけには行かないから、やっとの思いで、もとの場所まで引きもどした。もとの場所は、新月書房ではなく、すぐ近くの梱包発送をひきうける店だったと思う。店のひとに笑われて、私は新月書房に逃げかえった。スバル社と別名がついていても、従業員に私と福井さんという、営業のひとしかいないのだから、なんでもやらなければならない。もっとも、二号が出るまでに、女がふたり、男がひとり入って、私は新月書房の仕事だけをすれば、いいということになった。

この多町の事務所がやっていたことは、じつに複雑で、ほかにも「寄席」という雑誌、「幕間」という劇場で売るパンフレット、「ムービー・タイムズ」というタブロイド判の読物新聞、もう一紙、名前はわすれたがエロティシズムで売るタブロイドと、ずいぶんいろんな仕事があった。あるものは請負仕事、あるものは間瀬さんの仕事、後藤さんの仕事、西宮さんの仕事で、それぞれに社名がついていたりして、手のすいているものがなんでも手つだう、ということになっていた。三号でつぶれたり、休刊してはまた出したり、なんだかわけがわからない企業体だったわけである。しかし、説明はおいおいするとして、話を「スバル」に戻そう。

＊

「スバル」は小説中心の雑誌だが、ページ数が少いから、小説は二、三本、それに読物が大小三、四本ぐらいで、埋められていたようだ。小説はほとんど、アンコールだった。当時は多くの作家が疎開していて、おまけにこっちは大した原稿料は出せないから、有名作家の新作はもらえない。旧作を一篇いくらで、再掲載させてもらうわけで、それをアンコールといったのである。カストリ雑誌の時代から、小型の読物雑誌の時代に移っても、このアンコールはつづいていた。三流雑誌に、思いがけない大家の作品がのっていると、それはまずアンコールであった。

その依頼や割りつけ、校正などは、後藤さんがひとりでやって、私はともども校正を手つだったり、新作をたのんだマイナー作家の原稿をとりに行ったりした。「スバル」の創刊号は、よく売れた。当時は地方の小さな取次屋さんが、札束をかかえてやってきて、大風呂敷いっぱいに雑誌を買って、しょって帰っていったものだ。「スバル」は東京よりも、地方でよく売れたらしい。

表紙は女の顔で、私にはまるで表情がないように思われたが、名古屋から来た取次屋さんが絶讃していた。校正とたまの原稿とりのほかの私の仕事は、銀行へ金を持ってゆくこと、荷物はこび、そのほか雑用もろもろであった。

夕方に仕事がおわると、神田駅のむこうがわの闇市をうろついて、なにか食ってから、飯田橋まで国電で帰った。闇市の食いもので、もっともポピュラーなのは、きんとんとシチュー、いかの丸煮だった。きんとんというのは、薩摩芋を煮て、サッカリンで甘味をつけて、こねまわしたもので、芋あんといえばわかりやすいだろう。シチューは占領軍の残飯だったらしい。薄い肉片らしいが、どうしても嚙みきれないので、吐きだしてみたら、コンドームであった、という話があるが、携帯食糧をつつんであった蠟紙が大きな切れっぱしで、浮いていることなら、私もなんどか体験した。黄いろいどろりとした液体が、大鍋で煮えたぎっていて、それを丼に盛ってくれるこのシチューは、たしかに正体不明の妙なものではあったが、油っこくバタくさく、栄養がつく、という感じがした。

いかの丸煮については、説明不要だろう。この闇市に隣接して、神田駅南口から、日本橋三越の裏へ通ずる通りには、今川橋から室町三丁目まで、夕方になると、デンスケ賭博の店が並んだ。奇術師がつかうような、折りたたみ式の小さな台をならべて、両がわにずらりと出る。台の上にはピースの箱を三つならべて、裏がえすと、ひとつにはまんなかを破って、穴があけてあるのが、賭博の道具だ。穴を伏せて、三個のピースを、ひょいひょいと並べかえてから、客に張らせる。穴があいている、と睨んだ一個の手前に、客が十円紙幣を張って、それが当っていれば、十円を加えて、つまり二十円が戻ってくるわけだ。外れていれば、十円はとりあげられる。英語でいうとスリイ・カード・モンティ。的屋の言葉でいえばモヤガエシ。ピースを並べかえるときには、いちいち裏を見せて、片手に一個、片手に二個もって、無雑作に投げだすから、すぐ当りそうに見える。

けれど、絶対にといっていいくらい、当らない。手練はあっても、ピースの箱に仕掛はないから、三個ぜんぶに十円ずつ張れば、ひとつはかならず当るのだが、それでは十円の損になる。基本的な技術としては、穴のあいた箱は、かならず片手にもう一個といっしょに持って、下の穴のあいた箱を投げるように見せながら、実は上の穴のあいていない箱を投げる、というだけのことだ。だが、手練がくわわり、ヴァリエーションが加わると、これが見やぶれない。あてる客もいるが、それはたいがいサクラである。

やっているのは、当時の言葉でいえば、みんな三国人だった。だから、大道賭博が大目に見られたわけではない。けれど、現行犯でつかまえなければ、当時のかれらの鼻息は強かったから、取りしまれなかったのだろう。それなのに、現行犯逮捕は不可能だった。通りの両端に、見張りが立っていて、私服警官のすがたが見えると、みんないっせいに台をたたみ、うしろの店と店とのあいだに突っこんだり、大胆に軒下に立てかけたりして、歩きだす。穴のあいたピースも、棄ててしまう。十円札を何枚もっていようが、ピースをいくつ持っていようが、それだけでは罪にすることは出来ないわけだ。あっという間に、台が片づけられて、通りの左右が三国人の散歩者で埋まるのを、私はなんども目撃した。

「なに見てる。すぐ当るよ。ほら、穴ない。穴ある。穴ない。これがそうね。よく見て、よく見て。これ、そうよ。わけないいね。だれにでも当る」

おかしな口調でいいながら、ゆっくり投げだして、ピースの箱をならべるのを見ていると、ほんとにだれにでも当りそうだった。私は原理だけは知っていて、当るもんじゃないと教えられていたし、金もなかったから、手は出さなかったが、あとからあとから客の十円札がまきあげられていった。

通りにならぶ賭博は、八割がモヤガエシだった。モヤはタバコのことで、それをひっくり返すから、モヤガエシだ。あとの二割は、的屋の言葉でいうとモミ。指さきで揉むから、モミというらしい。固型浅田飴の丸い罐ぐらいの大きさの蓋だけがおいてあって、そのなかに小さな紙つぶをたくさん入れる。このモミという賭博のことは、次回に書くことにしよう。

「寄席」と「幕間」

モミは罐のまるい蓋に、小さな紙粒をたくさん入れて、やる賭博だと前回に書いた。二センチメートル四方たらずの薄紙を、指さきでまるめて、小さな玉にしたものを、ひと粒ならびぐらいにしておいて、別に一枚、まんなかにインクでしるしをつけた紙を、客の目の前でまるめて見せる。

それを、ほかの粒のあいだに入れて、指さきでちょいところがす。それを、客につまみあげさせるのだ。ひと粒ならびになっていて、指の腹でちょいちょいと動かすだけだから、じっと見ていれば、だれにでも当りそうだ。だから、つい十円はらって、つまんでみたくなるのだが、これは絶対あたらない。モヤガエシとちがって、インチキだからだ。

しるしのある紙を、指さきでもんで、玉にする。そのときすでに、指のつけ根には、無じるしの紙粒が、はさんである。罐の蓋におとすのは、指のつけ根の無じるしのほうで、しるしのあるほうは、そのまま手に握りこんでしまうのだ。罐のなかには、無じるしの粒しかないのだから、当りようがない。もちろん、ときどきサクラが当ててみせて、インチキではないように思わせる。

右手の指さきで、しるしのある紙をもんで、小さな玉にする。それを蓋に近づけて、指のつけ根にはさんだ無じるしのほうを落す。そのまま右手は軽くにぎって、同時に左手の指を一本のばし、指の腹で紙粒をちょいちょいところがす。客の目は落ちた紙粒の動きを、懸命に追うから、右手がポケットに入ろうと、どうしようと、気づかない。こういう手順だったと思う。十円だして、外れた客に、

「間違ったね。それない。こっちよ」

と、別のひとつをつまんで、それが次のネタになる。しるしのあるのをつまんだ指で、つまみあげてみせるのだから、そっちをひろげれば、ちゃんとインクのしるしはある。両手でひろげながら、無じるしのほうを、指のあいだに隠すのが、はっきり見えるような手ぎわでも、客はころりとひっかかっていた。

モヤガエシのほうは、三人がそれぞれ違った箱に賭ければ、確実にひとりは当る。それでも、胴元が十円もうかることは、また確実だ。たまには当りの箱に二、三人が賭けて、外れの箱にひとりずつしか賭けないなんてこともあって、胴元は損をする。しかし、そんなことはごくたまだから、十円札はどんどん胴元のポケットに入ってゆく。

トリックがわかっていても、見ているとおもしろい。胴元がぜんぶ三国人で、かもにされるのは日本人、巡査も手が出せない。がらっと変るものだ、という感慨も、さんざこっちが大きな顔をしたのだから、こうなるのは当然、という思いもなかった。ただ珍奇な光景として、おもしろがって眺めていたようである。奇術というものは、トリックがわかっていたほうが、よりおもしろい、という私の認識は、このときにはじまったのだろう。

＊

私がいた三年ばかりのあいだに、新月書房が手がけた出版物は、「スバル」に「寄席」に「幕間」に「情話世界」という雑誌、「ムービー・タイムズ」に「実話タイムズ」という新聞、単行本が六、七冊ぐらいだったと思う。そのうち、発行所は新月書房と、はっきり名前が出ているのは、単行本だけなのだから、敗戦直後の小出版社というもの、奇奇怪怪であった。

つまり、事務所には、看板をひとつだけかけておいて、寄合世帯があれこれ出版していたわけだ。その看板にしてからが、新月書房ではなく、新月書房東京分室としてあって、本社は熱海の西宮さんの自宅ということになっていた。当時はそういう、どこに本拠があるのか、わからないような出版社が、たくさんあった。

雑誌で最初に出したのは、B6判のパンフレットみたいな「寄席」だった。落語、講談なぞの演芸をあつかった雑誌で、これは請負仕事だった。たしか山本勝利さんといったと思うが、戦前、ほうぼうの寄席のプログラムを請負っていたひとが、その仕事を再開したがっていた。だが、各席がべつべつにつくるだけの紙も自由にならないし、印刷屋も動いてくれない。そこで、どこの席でも売れるような小雑誌をつくって、寄席の木戸においてもらうことを考えて、正岡容氏に相談した。正岡さんの監修で、出すことになって、その制作をひきうけてくれないか、という話が、西宮さんに持ちこまれたわけだ。

山本さんが神田多町の新月書房にやってきて、事務所のすみで、編集をする。それが本になるころに、また現れてひきとって行く、というシステムだったが、私が原稿とりから、校正まで手つだわされたところを見ても、新月書房はとうぜん手数料をとっていたのだろう。徳川夢聲さんの原稿を、帰りの電車のなかで、あやうく窓の外にとばしかけたというのは、この「寄席」を手つだっていたときのことである。

山本さんはもう白髪の、下町の商家のご隠居さんといった折りかがみのきちんとした人だったが、癇癪持らしいところもあって、私は苦手だった。それでも、師匠の正岡さんの監修する雑誌だから、出来あがったものを、寄席へはこぶ手つだいもした。そういうときの電車賃を、おつりはいらないから、と紙幣をわたすような気のつかいかたを、山本さんはしていたのに、たしか三越劇場の演芸会だったろう。売れる日が二日間ぐらいしかないのに、その初日、これだけ届けておいてくれ、といわれたのを、ころっと私はわすれてしまった。

「スバル」がもう発足していて、忙しかったせいだと思うが、あわてて翌日とどけにいって、山本さんに青い顔をさせたのを、いまでもおぼえている。「寄席」の創刊号は、表紙が伊藤晴雨、紫で縁どりした黄いろい四角に、墨がきの小さな芸人たちが、さまざまな芸をしている絵で、つづく見ればおもしろいのだが、ちょっと見は冴えない体裁のものだった。中身は正岡さんや徳川さん、木村荘八さんの随筆なぞで、昭和二十一年十月の発刊。たしか二号かそこらで、やめてしまったように、おぼえている。

そういえば、私は正岡さんにいわれて、「川柳祭」という雑誌の走りつかいもした。これは昭和二十二年六月から、正岡さん、徳川さん、市川におすまいの吉田機司というお医者さん、それにもうひとり、だれだったかわすれたが、四人の同人ではじめた川柳の雑誌だった。

善人はひとに迷惑かけるもの

という夢聲さんの川柳を、ひとつだけおぼえている。敗戦の混乱期、善良で小心なひとほど、どう生きていいかわからなくて、周囲に迷惑をかけていたものだ。これを読んで、私はおやじのことを考えたものだ。おやじはどうしていいかわからなくて、ぼんやりと毎日を送っていた。

「川柳祭」の表紙は、木村荘八さんで、「三社祭」の善玉、悪玉の踊りの絵だった。もちろん薄い雑誌で、あまり長つづきはしなかったのだろう。創刊号が出来たときには、私は風呂敷づつみの雑誌をぶらさげて、正岡さんのお供で、ほうぼうの川柳家のところへ、挨拶まわりをしたのをおぼえている。しかし、この「川柳祭」は、新月書房とは無関係だった。

ここまで書いたところへ、カストリ雑誌の研究をしておいでの長谷川卓也さんから、はがきをいただいた。「スバル」という誌名の雑誌はもうひとつ、あったことをお知らせいただいたのだ。昭和二十一年六月に、萬国新報社というところから、「萬国」という雑誌が出た。それが二十二年の十二月に、「スバル」と改題されて、その「スバル」創刊号は摘発されたという。長谷川さんのお友だちの山本明氏の著書、「カストリ雑誌研究」に、その創刊号の表紙写真が出ているそうで、年表にも「スバル」は萬国新報社のものしか、のっていないという。

その「スバル」は、新月書房の「スバル」がつぶれてから、出たものではないかと思う。表紙を見れば、なにか思い出せるかも知れないが、萬国新報社という名前は、私の記憶にはない。私のかかわりあった「スバル」は、何冊でたかおぼえていないが、表紙はどれも、中島喜美さんのかいた女の顔だった。ただ一冊だけ、私が編集した捕物帳特集の増刊号があって、その表紙は中島喜美さんではなかった。

「幕間」というのは、じつは雑誌ではなく、プログラムに近いものだった。松竹系の劇場は、いまは映画館その他のビルになっている東京劇場、いまは駐車場かなにかになっている新宿第一劇場の二軒が、すでに演劇興行をやっていたが、プログラムがつくれない。山本勝利さんとおなじような状態だったわけだが、寄席とちがって、芝居にはプログラムが欠かせない。

間瀬さんは、むかし映画青年だったそうで、撮影所にも出入りしていたらしい。有名な女優さんにかわいがられた話なぞを、よくしていたが、そういう映画の関係で、松竹とつながりがあったのだろう。後藤竹志さんも、松竹の出身だった。とにかく、間瀬さんが松竹に話をつけて、東京劇場と新宿第一劇場で、パンフレットを売ることになった。別べつにつくるような用紙事情ではなかったから、二劇場のプログラムを一冊に入れて、そのほかに読物をのせ、雑誌スタイルのものをつくったのだった。

だから「スバル」とおなじように、これは間瀬さんの仕事だったが、新月書房でいちばん長つづきして、忙しかったのは、この「幕間」だった。校正刷をＧＨＱの検閲部に持っていって、検閲をうけたり、出来あがったものを、自転車で劇場へ運んだり、なかなか忙しかった。ことに最初のうちは、売れに売れて、一日に二、三回、劇場へはこばなければならないこともあった。

この仕事がはじまってから、毎月、東京劇場の招待券がもらえた。それを劇場の前売場の近くへいって、ダフ屋まがいに、私は売った。ただし、ダフ屋とは逆に、正規の入場料よりは安く、ちょうど三階席の値段二枚分で、売るのである。それで昼夜の三階席を買って、一日まるごと見るわけだ。劇作家になることを、私はまだ完全に思いきってはいなかったから、芝居はよく見てあるいた。その費用が、一劇場分たすかったのである。

それはうれしかったが、集金にいくのは、いやだった。プログラムの需要は多かったので、劇場から催促の電話があるくらいで、届けるときには、笑顔でうけとってくれる。それが精算してもらう段になると、まるで別人のように、渋い顔になるのだった。もちろん、手数料をさしひいて、払ってくれるのだから、なにも渋ることはないと思うのだが、まるで金をたかりにでも来たような顔をされる。東京劇場は、ことにひどかった。売れのこりの部数を、きちんと数えて、売れた冊数をわりだすのだが、ときどき払ってくれる金額があわない。違っています、といおうものなら、渋い顔がいっそう渋くなる。これには、まいった。

○△□ダメ

「幕間」というプログラム雑誌のおかげで、私はずいぶん歌舞伎を見ることができたが、前回に書いたように、集金にいくのはいやだった。原稿をとりに行くのも、いやだった。「幕間」の読物の部分は、天野仙太郎というひとが、編集していた。たしか東京文化社といったと思うが、正岡容の随筆集なぞを出していた出版社の編集者で、正岡さんの口ききで、アルバイトの掛けもち編集をしていたのである。この天野さんは、月に二、三度、新月書房へやってきて、持ってきた原稿を割りつけたり、校正をやったりした。私が原稿をとりに行かなければならなくて、それが嫌だったのは、プログラムの部分である。

あれはたぶん、松竹の宣伝をうけおっていた小プロダクションみたいなところだったのだろう。新富町の焼けのこった一部、しもた屋の畳の上に、机をならべたみたいな事務所だったが、そこへ毎月、私は原稿をとりにいった。配役、あらすじ、役者のゴシップといった原稿と、ページ下の広告をとりに行くのだが、そこのひとたちが実に横柄で、かなわなかった。

こっちは十七かそこらの小僧なのだから、軽くあつかわれても、やむをえないかも知れない。けれども、そこの事務所のひとたちが、相手によって、ころころ態度を変えるのが、なんとも不愉快だったのだ。松竹のひとなんぞが来ていると、まるで太鼓持のような態度をとって、ただ原稿をわたせばいい私を、平気でいくらでも待たしておく。そのあげく、原稿を放ってよこして、ご苦労さまでもない。約束の日にとりにいっても、原稿ができていなくて、それはしかたがないにしても、あした貰えないと、間にあわない、とでもいおうものなら、どなりつけられる。ちょうど東京劇場のひとたちが、雑誌をとどけるときと、精算をしてもらいに行くときと、態度がまったく違うのとよく似ていた。

芝居のひとたちとは、こういうものなのだな、と私は思った。調子よく立ちまわらなければならない日常なので、内面は意地が悪くなるのだろう。とにかく、しまいに私は、間瀬さんにおそるおそる文句をいった。あの事務所には、いつでも人がごろごろしている。取りにいくたびにどなられるのは、もう嫌だ。原稿は届けてもらうべきだと思う。そういう意味の不満を、うったえたのだ。「幕間」がスタートしてから二、三回は、その事務所から中年のひとが来て、やたらに愛想をふりまきながら、原稿をおいていったのである。そのひとが事務所では、苦虫を嚙みつぶしたような顔をしていた。

私の不平を聞いて、間瀬さんがどうしたか、おぼえていない。その次に、新富町へ行ったときだったか、事務所の所長が私にあやまったことは、おぼえている。だから、間瀬さんが、文句をいったのだろう。所長があやまったといっても、私の肩をたたいて、そんなに気にしているとは、知らなかった、生れつき口のききかたがぞんざいで、よく誤解されるんだが、悪気があるわけでも、ほんとに怒っているわけでもないんだから、気にしないでくれ、というような弁解をしただけだった。松竹のひとに口をきくときには、ぞんざいではないのだから、まったくの弁解にすぎなかったが、それでも以後はどならなくなって、原稿とりは楽になった。

もらってきた原稿は、そのまま天野仙太郎氏にわたす。天野さんは自分の受けもちの原稿といっしょに、それを割りつけて、印刷屋にまわす。校正が出ると、そこでまた私の仕事があって、GHQの検閲をうけに行かなければならない。そのころ、すべての出版物は、占領軍の検閲をうけなければならなかった。最初は内幸町のNHKの上のほうに、その検閲部があった。のちに新橋の第一ホテルのそばのビルに移って、検閲制度がおわるまで、そこにあったようだ。

校正刷のそれも校了紙という、完全に誤字の訂正ずみのものを、提出することになっていて、最初のうちは見落しを朱筆でなおしてあっても、再提出を命じられたような記憶がある。たしか二日がかりで、まず校正刷を二部、検閲部の受けつけに持ってゆくと、あすの何時にこいとか、あさっての何時にこいとかいわれる。その日のその時間にいって、ロビーで待っていると、名前を呼ばれて、何番のデスクへ行け、といわれる。検閲部の部屋のなかには、食堂のテーブルみたいな細長い机があって、いや、学校の机みたいなやつを、くっつけて並べてあったのか、とにかく細長く見えるデスクのむこうに、事務官が何人もならんでいる。指定された番号のところへ行って、椅子にすわると、事務官が校正刷をわたしてくれるのだ。

事務官は日系人か、東京でやとわれた日本人で、日本語でしゃべってくれるし、ていねいだった。ただし、日本人のなかには、意地の悪いのがいて、評判が悪かった。「幕間」の場合は、文章以前に演目の検閲があって、「忠臣蔵」のような復讐ものは、上演禁止になっていたから、すでに検閲ずみのものについて、書いているわけで、問題は起らなかった。けっこうです、ご苦労さま、といって、校正刷を返してくれるだけだから、意地の悪い日本人にあたっても、いやな思いはしないですんだ。しかし、一度だけ、こういうことを書いてはいけない、これは民主主義に反する、と注意された。それがまた、こちらから見ると、たあいのないことなので、私はあきれてしまったのだが、けっきょく弁解は通らなかった。

*

たった一度、すんなり通らなかったのは、脚本の抜粋をのせたページだった。雲助が数人でてきて、短いせりふがいくつもあったから、「鈴が森」だったろうか。そのせりふの頭につく役名が、雲助○、雲助△、雲助□となっている。名のない仕出しなのだから、当然のことなのだけれど、それがいけないというのだった。○や△や□は、文字ではない。それは伏字だ。民主主義国家として立ちなおる日本に、伏字の出版物などあってはならない、というわけである。

戦前の出版物には、思想的なこと、性的なこと、やたらに伏字があって、○や×が並んでいた。永井荷風の作品など、早熟な連中が一所懸命、伏字を埋めて、学校へ持ってきたりしたものだ。男が若い芸者としのびあって、相手の着物をぬがせる場面で、「いや、××もよう」と、女が甘えるせりふがあって、そこを「腰巻もよう」と埋めてあった。私たちは生つばをのみながら、読んだものだけれど、敗戦後、完本が出て、大笑いした。そのせりふは、「いや、足袋もよう」だったのである。為永春水の「春色梅暦」にしても、「××の×に黒繻子は悪りいねえ」が「夜着の襟に」であり、「×をひっくりかえして、××に×をかいて、大さわぎをして」が「髷をひっくりかえして、小鼻に汗をかいて」であったりして、伏字のまま想像をたくましくしたほうが、よっぽどエロティックだった。

　そういう不自然なことはしてはいけない、というわけである。ごもっともだが、雲助○、雲助△は伏字ではない。事務官は三十代ぐらいの穏やかな日系人で、伏字ではない、歌舞伎の習慣で、名前がついていないだけだ、と私がいうと、にこにこして、

「わかりますよ。講談の本にも、そういうのが、よくありますね。ぼくの親類に、神田松鯉という講談をやっているひとがいます。あなたのいうこと、ぼくはわかりますが、偉いひと、どうですかね。名前、つけられませんか」

　ていねいだけれども、見のがしてはくれない。しかし、歌舞伎の台本を勝手にいじって、雲助大作とか、五郎助なんて名前をつける勇気は、私にはない。困っていると、事務官がにこにこしながら、

「甲乙丙ぐらいじゃ、文句がでないかも知れないが。名前らしくなくても、いいんですよ。とにかく○や△や□は、だめなんです」

「わかりました。松竹梅では、どうでしょう。雲助松、雲助竹、雲助梅ということで、いいでしょうか」

「けっこうです。ここに、書きこんでください」

　こちらから提出した二部の校正刷に、私に赤鉛筆で書きこませ、一部をこちらに返してよこして、

「かならず、この通りに直してくださいよ。ご苦労さまでした」

　それで、おしまい。敗戦直後の歌舞伎の資料を、蒐集しておいでの方で、「幕間」をご所持の方がいるかも知れない。台本の抜粋がのっている号を見て、仕出しにちゃんと名前がついているので、当時はそういうことになっていたのか、と思われると、はなはだ困る。あれはGHQの検閲部の手前、ページ面の上だけで、私がやったことなのである。

　日本人の事務官に、隣りでちくちくいじめられているひともいたが、私の場合はいちばん手間がかかって、こんなものであった。むしろ、待たされる時間のほうが、長かった。ロビーで待っていると、日本人の事務員が別の人種だ

とでもいうような態度で、そっくり返って歩いている。そのなかに、早稲田実業学校で、英語を教えていた先生がいた。ペルシャ猫というあだ名で、鼻下にちょび髭をたくわえたきざな先生だった。戦争ちゅうは小さくなっていたから、水をえた魚のような気でいたのだろう。アメリカ人の将校とぺらぺら喋って、いよいよ気障なすがただった。

それを見て、憤慨したとか、ばかにしたという記憶はない。ただペルシャ猫がいたことを、おぼえているだけである。「幕間」ばかりでなく、「スバル」の検閲をうけにいくのも、私の仕事だったが、そちらのほうで問題が起ったことは、なかったのだろう。GHQの検閲部で記憶に残っているのは、神田松鯉の親戚だという、ものしずかな日系人のことだけである。

神田松鯉は、のちに正岡さんといっしょに、ラジオの素人演芸会の審査員として、本業の講談いがいの人気が出たけれど、水飴がねばりつくような声を、ラジオで聞くたびに、私は検閲部の机の列と、

「○や△や□はだめなんですよ」

といわれたことを思い出したものである。「幕間」は私が新月書房をやめてからも、つづいていたらしい。だが、自転車につんで、劇場へはこんだ記憶は、最初のころしか残っていない。製本屋から直接、劇場へはこぶようにでも、なったのだろうか。実をいうと、私はこの「幕間」で、自作をはじめて活字にしたのである。いつごろだったかおぼえていないが、たしか天野さんが病気になって、読物の部分の原稿が、完全に入らない月があった。私がまかされて、整理してみると、一ページ分たりない。ひとにたのむ時間はもうないので、私はそこを自作の小説で埋めた。三、四枚のものだから、いまでいえばショート・ショートである。歌舞伎の小屋で売る雑誌だから、時代物を書いて、たしか名前は小林菖夫というのをつかった。小説といっても、すすきの原でふたりの武士が決闘をする一場面だけで、ショート・ショートらしい落ちなどは、ないものだった。

バラ玉のおばさん

「幕間」にのせたショート・ショートが、最初に活字になった文章であることを、私は長いあいだわすれていた。原稿料が出なかったせいかも知れない。原稿が一ページぶん足りなくなったところへ、苦しまぎれに突っこんだものだから、稿料の出ないことは承知の上だった。といって、自信のある作品だったわけでもない。時間がなくて、会社の机で字数どおりに書いて、印刷屋にわたした。題名さえ、思い出せない。ただ風の吹きすさぶ草原の描写だけが、かすかに記憶に残っている。

その描写をつかって、のちに私は新しくショート・ショートを書いた。一種の剣豪もので、題は「奇剣」、昭和四十七年に講談社から出した「夢幻地獄四十八景」に入っている。記憶というのは、おかしな現れかたをするもので、昭和五十年の秋、能登半島を旅していたときに、私は「奇剣」を思い出した。山のなかを車で走っていたら、日暮のすすき原に迷いこんだからだ。この風景は前に書いたことがある、と思ったとたん、私の頭のなかに、「奇剣」が浮かんできた。

ところが、東京へ帰ってから、「夢幻地獄四十八景」をひろげてみると、「奇剣」にはそんな薄の原の場面はない。首をひねっているうちに、思い出した。「奇剣」は以前、「奇剣鎌いたち」という題で、五十枚ばかりの剣豪小説として、書きかけたもののアイディアを、圧縮した作品だったのだ。そして、「奇剣鎌いたち」は「幕間」に書いた薄の原の描写が、母体になったものだった。そんなふうに、うしろむきの三段飛びといった思い出しかたをして、ああ、あれが私の最初に活字になった文章だった、ということになったのだけれども、題名までは浮かんで来なかった。

「幕間」のその文章を、私は処女作とは思っていないが、ひとの目にふれたことには、間違いない。いちおう、ものが書けるということを、周囲にしめす役には立ったのだろう。「スバル」がつぶれて、編集をうけおっていた後藤さんが、「ポケット講談」という雑誌に移ってから、私に原稿を書かしたのも、ひょっとすると、「幕間」のショート・ショートのおかげだったのかも知れない。

「ポケット講談」はB６判の読物雑誌で、小川町の青灯社という小出版社から出ていた。後藤さんは創刊号から、その編集をひとりでやって、たしか二号目だったろう。穴があきそうだから、これを三十枚に書いてくれないか、といって、私に古い「講談雑誌」をわたした。新月書房の事務室で、私のほかにはだれもいなかったから、早朝だったのだろう。

後藤さんがひらいた「講談雑誌」のページには、講談速記がのっていた。明治後半から大正、昭和のはじめにかけての「文藝倶楽部」、「講談雑誌」といった雑誌には、大衆小説のほかに講談落語の速記が、たくさん載っていた。講談落語だけの特集号もあった。その伝統をうけついで、敗戦後の読物雑誌も、講談や落語を二、三本は、かならず載せていたものだ。ほんものの速記は、皆無といってよかった。たいがいは古い速記を書きなおして、講釈師の名前を借りたり、架空の講釈師の名をつけたりしたものだった。

三十枚に書いてくれ、といわれた講談速記は、「爆烈お玉」という明治の毒婦ものだった。原稿料をくれるというので、私はよろこんで、その「爆烈お玉」をリライトした。長いものを、短かく書きなおしたのだと思うが、はっきりおぼえていない。ストーリイもろくにおぼえていないが、気楽に書いて渡して、それがちゃんと雑誌にのった。伊藤燕玉といったと思うが、架空の講釈師の名を、後藤さんがつけた。雑誌が出ると、約束どおり原稿料をくれたが、さて、いくらだったのだろう。

昭和二十三年ごろのことだから、一枚百円はくれなかったと思う。タバコのピースが六十円、映画の入場料が四、五十円のときだ。おそらく三十枚で、千五百円か二千円くれたのだろう。十八、九の私にとっては、悪くなかった。しかも、それを手はじめに、毎月なにかしら書かしてくれたのだから、私は新月書房の仕事よりも、原稿書きのほうに熱中していった。

たしか二十三年の暮ちかくだったと思うが、後藤さんは博文館版の厚い講談本を、私にわたして、これを百枚にまとめられないか、といった。二十枚で区切りをつけて、つまり五人の講釈師が、長い講談を読みついで行く、というスタイルで、百枚に書いてくれ、というのだった。

それまでも、たのまれるのは主に講談のリライトで、一ページもののコントとか、雑文なぞがそれにまじって、三十枚から五十枚の仕事だった。それが百枚になったのだから、とうぜん稿料も多くなるわけで、私はあっさり引きうけた。だが、これは大変な仕事だった。現代の読者は、明治末から大正へかけて、大川屋、三芳屋、博文館なぞが出していた講談本を、目にしたことはないだろうが、たいがい五百ページはある。一ページが十五、六行、四十二、三字詰で、第一席、第二席という章わけの下に、「溝呂木新太郎沢潟屋へ斬込む事、並びに甲州に高飛なす事」といった見出しがついて、四十席から五十席ぐらいにわかれているのだが、その一章が七、八ページ、まったくの改行なしなのだ。

会話もカッコこそついているが、地の文につなげて組んである。会話は別行、地の文も改行だらけの近ごろの長篇小説なら、四冊分ぐらいが一冊になっているわけだ。それを百枚にダイジェストしろ、というのである。あてがわれた講談本が、なんであったかはおぼえていないけれど、とにかく約束の日までに、私は百枚の原稿をこしらえた。

それを渡すと、しばらくして、売りものになりそうだから、毎月やってくれないか、と後藤さんはいって、講談本を数冊よこした。安い稿料で毎月、きまったページ数を埋められるのは、後藤さんにとっても、便利だったのだろう。私にとっても、きまった仕事があるというのは、けっこうなことだった。九百枚ぐらいの本を、百枚にダイジェストするのは、大変ではあったけれども、講談はエピソードがエピソードを生み、枝道が四方にわかれて、大きな話になっている。主すじをうまく取りだして、エピソードを削ってゆくこつがわかれば、むずかしくはなかった。

私が新月書房をやめる気になったのは、この毎月百枚の「ポケット講談」の仕事が、順調にすすみだしたからだが、それで作家になった、という気はしなかった。

＊

当時の私の気持は、いま考えてみても、よくわからない。後藤さんに頼まれたものは、講談でも、浪花節でも、コントでも、埋草でも、なんでも書いた。落語だけは兄にまわしたが、そのほかは引きうけて、思いつきの名前をつかって書きわけた。コントのなかには、いまでいうショート・ショートのようなものもあったが、自分から小説を書こうという気は起きなかった。後藤さんもなかなか、小説は書かしてくれなかった。

つまり、自分からすすんで、なにかやろうという気持は、なかったのである。後藤さんのほうでは、なんでもいちおう間にあうので、私を調法につかっていたのだろう。間にあうといっても、その時分から、仕事は早いほうではなかった。だから、後藤さんがいなかったら、私はぐずぐずと日を送って、小説家にはなれなかったかも知れない。

後藤竹志さんは、前にも書いたように、松竹の社員から、出版社に転向したひとで、小柄な肥りぎみの温厚な人物だった。といっても、かなり複雑なひとで、ずいぶん周囲に迷惑をかけたらしい。私の場合は、約束の日に稿料をくれないことが、しばしばあったくらいで、迷惑よりも恩義をこうむったほうが多い。けれど、金をだして、後藤さんをつかおうとした人たちは、利益とおなじくらいに、迷惑をこうむっていたらしい。「スバル」を編集していたときにも、たしか二度、後藤さんは行方不明になっている。

いまでいえば蒸発で、くわしいことはおぼえていないが、たぶん編集費を持って出たのだろう。間瀬さんは、だいぶ怒っていた。後藤さんの家族は、奥さんに奥さんのお母さんと妹さん、小さな男の子がふたりに女の子がひとり、七人家族だった。家は露地の角で、階下が八畳ぐらいの土間と六畳の座敷に台所、二階が四畳半に六畳、台所の屋根に小さな物干がついていた。階下の土間を、新月書房が借りていたわけで、台所の外はトタン塀、その向うに小さなお稲荷さんの社があった。

　こんなことをくわしく書くのは、なまけものの私らしい思い出があるからで、昼間、後藤さんの家の二階には、だれもいない。露地からお稲荷さんの社へ入って、狐の石像とトタン板を足がかりにすると、後藤さんの物干へ、簡単にのぼれる。私はときどき用があって外出するようなふりをして、裏から二階へしのびこみ、一時間か二時間、昼寝をすることがあった。もっとも、この手をつかうのは、私ひとりではなかったようで、そのせいか後藤さんの家族は、私たちが座蒲団を借りて、昼寝をしていても、なにもいわなかった。

　奥さんのお母さんのことを、私たちはかげで、バラ玉のおばさん、バラ玉のおばあさん、と呼んでいた。アメリカへ行ったことが自慢で、元気のいいお婆ちゃんだった。小柄で、口やかましいひとだったが、若いころは美人だったそうで、初代松旭斎天勝一座にいたという。つまり、天勝一座のアメリカ巡業にくわわっていたわけで、旦那さまを相方に、縄ぬけの芸をやっていたらしい。

「いまだって、あんたがたが縛った縄ぐらい、あっという間に解いてみせるよ。嘘だと思ったら、両手を縛ってごらん」

　と、よくいっていたが、実験をしたことはなかった。気のつよいお婆さんだったから、もし私たちが本気で縛ったのが解けなくて、手首でもどうにかしたら大変だ、と思ったからだ。その縄ぬけの芸は、縛られて布かなにかをかぶって、相方が空気銃でそれを狙いうつ。一瞬早く縄ぬけをするというものだったらしい。

　ところが、あるとき、きっかけを間違えて、相方が空気銃を早く発射してしまった。そのためにバラ玉をよけそこねて、半面に少量をうけてしまった。小さなバラ玉だから、全部を抜きだすことが出来なくて、いくつか頬骨のあたりに残っている。天気が変りだすと、いまでもバラ玉の残った頬が、痛むという。つまり、その痛みで、天気予報ができる、というので、バラ玉のおばさんと呼ばれていたわけだ。

このバラ玉のおばあさんは、いつも新月書房の奥の座敷に、末のお孫さんの女の子を抱いて、ちんまりとすわっていた。後藤さんは家にいないことが多くて、それがある日、帰って来なくなるのだった。そのころ「スバル」の編集をうけおう以外に、後藤さんは「ムービー・タイムズ」という、タブロイド判の新聞を出しはじめていた。新聞といっても、もちろん日刊ではない。たしか月に二回か、三回の発行で、読物を主にした四ページ。雑誌より格段に紙がいらないので、このスタイルの読物新聞が、ずいぶんあった。「ムービー・タイムズ」を、後藤さんが始めたのは、昭和二十二年だったと思う。スバル座というロードショウ劇場ができて、「アメリカ交響楽」をやったときの記事が、のっていたのをおぼえているからだ。その「ムービー・タイムズ」がうまく行かなくて、後藤さんは蒸発したのかも知れない。

破門

昭和二十年の敗戦から、昭和二十四年ごろまでは、実にいろいろのことがあって、私の記憶は混乱している。世のなかが混乱していたのだから、当然といえば当然かも知れない。その上に、私は学校をやめて、自分ひとりで生活する方向へ、すすみはじめていたから、短期間にさまざまなことが起った。それが頭のなかで前後したり、ごっちゃになったりして、たとえば正岡容のところを、破門になったのがいつか、はっきりとは思い出せない。

昭和二十四年には、都筑道夫というペンネームをつかいはじめて、新月書房はやめていたのだが、やめようかどうしようかという相談のしかたが悪かった、というのが、破門の理由のひとつになっていた。そのことが、やめる決心をかためさせた記憶がある。いっぽう「大衆文学研究」正岡容特集号の年譜を見ると、正岡さんは昭和二十三年の十一月に、好江書房という出版社から、「荷風前後」と「東京恋慕帖」という、二冊の随筆集を出している。この二冊を、私は知らない。前年の昭和二十二年十一月には、大阪の東光堂から小説「円朝愛慾篇」、六月には雑誌「川柳祭」、五月には小説「下町育ち」を新月書房から出している。「円朝愛慾篇」はちゃんと買ったし、雑誌「川柳祭」の創刊には、私が下働きをつとめた。「下町育ち」は、吉井勇の長篇小説、題名をなんといったかわすれたけれど、それと一緒の発売で、私が手がけたものであった。つまり「下町育ち」、「川柳祭」のころには、まだ私は正岡さんのもとへ、出入りしていたのである。

ところで、「荷風前後」「東京恋慕帖」を出した好江書房は、編集長が阿部主計さんで、二十四年には「毎日読物」という雑誌を出している。その雑誌を、正岡さんのもとに出入りしていた小沢昭一氏と、大西信行氏が手つだっている。小沢、大西両氏は私とおない年だが、おなじ正岡門下だったということを知ったのは、もっとずっとあとのことだ。正岡さんのところでは、私は両氏と顔をあわしていない。阿部主計さんとは、間もなく大坪砂男さんのところで知りあって、推理作家協会の先輩として、いまでもおつきあいいただいているが、やはり正岡さんのもとでは顔をあわしていない。

阿部さんと正岡さんは、戦前からの知りあいで、私の兄が大塚の正岡邸へ入門したときには、その場にいあわした、と聞いている。好江書房の編集長になって、二十三年十一月に「荷風前後」を出すためには、秋ごろからしばしば、市川の正岡邸へ足を運んでいたらしい。となると、私は二十二年の初冬ごろから、正岡さんのもとへはあまり行かなくなって、二十三年の夏ごろには、もう破門されていたのだろう。そして、同年の暮か、二十四年の春には、新月書房をやめていたことになる。

都筑道夫としての勘定は、それであうから、問題はないのだけれど、問題が出てくるのは、「スバル」というカストリ雑誌と、新月書房のことだ。雑誌と単行本の返本の山のなかで、ずいぶん長いこと暮し、その前に景気のいい時期が、一年ぐらい続いたような気がするのだけれど、もっと好況期は短かかったのだろうか。

しかし、それはあとで考えるとして、破門の話をすすめよう。正岡さんは感情の起伏の激しいひとで、なにかというと、弟子を破門したがるし、友人とは絶交したがる。朝、絶交状がきたと思ったら、夕方には仲直りの申しこみがあった、という逸話があるくらいだけれど、正岡門下で一度も破門をいいわたされなかったのが、桂米朝さん、たった一度の破門で、完全に遠ざかってしまったのが私なのだそうで、あとは私の亡兄をはじめ、一度や二度の破門をいいわたされなかった人は、いないという。

だから、日常茶飯事に近かったのかも知れないが、兄といっしょに来るように、と申しわたされて、その兄をそばに、切り口上で破門を宣告されたときには、私はびっくりした。先生がなんだか怒っているようだ、こんどの日曜にお前をつれて来いといわれた、と兄にいわれたときには、ちっとも小説を見せに来ないで、勝手に原稿書きはじめたことや、本来もっと早く本になるはずだった「下町育ち」という小説を、きわめて不細工な安っぽいかたちで出したことなどを、叱られるものだと思って、いちおうの覚悟をした。

ところが、次の日曜に兄といっしょに、市川の正岡邸へうかがうと、予想したことはひとつも出ない。いまはあらかたわすれてしまったが、当時の私とすればどうでもいいような、些細な言動が次から次へと持ちだされて、そういう理由によって、今日かぎり破門にする、と申しわたされた。私は唖然とするばかりで、あやまる気にはならなかった。破門のほんとうの理由は、なにか別にあるのだろう、と思った。正岡さんの列挙した理由が、たとえばだれだれの前で、お前は自分のことを先生と呼ばなかったが、あれは弟子のとるべき態度ではないとか、同門の漫才作家の作品をけなしたのは、目下の人間として正しくないとか、その場で、あるいはその直後に、ちょっと注意してくれればいいような、些事ばかりだったからである。

それで、ほんとうの理由は別にあるに違いない、と思って、それに自分で気づくまでは、あやまりにも行かれないから、頭をさげて、兄を残して、私は帰った。あとで兄に聞いても、なにも教えてくれない。いくら考えても、わからない。けっきょく、そのままになってしまったが、私が世間知らずに、小生意気なことを口走るのを、正岡さんはまじめにうけとって、傷ついていたらしい。

＊

「下町育ち」の出版が遅れたことで、新月書房と正岡さんのあいだも、気まずくなっていたから、西宮さんもとりなしてはくれなかった。むしろ、破門になってよかった、という口ぶりだった。後藤さんも、正岡さんには、しょっちゅう絶交状をもらっていたはずだから、ああいうむずかしい人のところには、長くいないほうがいいよ、というぐらいの態度だった。そこへ持ってきて、私がいっこうに主体性がなく、なるようになれ、というほうだったから、米朝さんとは逆に最小記録をつくることになったのである。

商業主義で割りきれば、新月書房が正岡さんを怒らしたのも、しかたがないことであった。いつかも書いたように、永井荷風が昭和二十一年、正岡さんを訪れたのは、ダンス芸者だった花園歌子さんの現在を、見たかったからであって、正岡さんの小説をみとめたからではない。だが、正岡さんは荷風の知遇をえたことで、遠慮なくいえば、有頂天になった。書くものまでも、変ってきた。「下町育ち」という中篇小説は、その現れであって、いわば新月書房は、義理でしょいこんだかたちだった。売れないことは、目に見えていた。

三十年も前に、破門になった腹いせを、こんなところでしても仕方のないことで、そんなつもりはないのだけれど、そう思われてもかまわない。「下町育ち」は正岡さんの自伝に近い小説で、花園歌子さんとの結婚で、傷つきはてた作家がすくわれるまでを、作家のがわと花園さんをモデルにした女性のがわと、ないまぜに描いたものだ。エンタテインメントとしては、なんとも中途なものだったから、つい一日のばしにして、損失はできるだけ少くすむように、じつに安手な本にしてしまうことになった。

といっても、新月書房で出したほかの本は、みんな好成績だったわけではない。それどころか、昭和二十一年にスタートしたときに出した牧逸馬の「この太陽」、次に出した丹羽文雄の「二つの都」のほかには、売れたものがない。いや、もう一冊、吉屋信子の「花物語」を、中原淳一の装画で出したのが、どうにか売れたくらいだった。しろうと出版社が、あてがいぶち同様に、旧作をもらってくるのだから、出版社の数がふえてくれば、うまく行かないのは、当然のなりゆきだったろう。

もっとも、ほかに出した本は、大下宇陀児の旧作長篇(題名は思い出せない)に、城昌幸の「若さま侍捕物帳」(これも古い短篇の寄せあつめ)、あとが前にあげた吉井勇の旧作小説(長篇と書いたが、短篇集だったかも知れない)に、正岡さんの「下町育ち」が唯一の新作だった。ぜんぶで七点で、「この太陽」は上下二巻だったから、しめて八冊、そのうち四冊は、まあ、売れたのだから、これは好成績といわなければならないかも知れない。城さんの若さま侍を出した直後、野村胡堂の新作がもらえそうな話があった。胡堂さんが初めて銭形平次で、長篇を書いた「恋文道中記」という作品で、新聞の連載がおわろうとするころに、話があったのである。

当時は出版ブローカーと呼ばれて、エージェントのような仕事をしていたひとがいたから、そういうブローカーから、間瀬さんに話があったらしい。ところが、その話には初版部数の条件がついていた。何部だったかおぼえていないが、いまの感じでいえば、初版十万刷ること、というような条件だった。それを聞いて、私はまっさきに反対した。西宮さんも、新月書房ではむりだ、といって、話にのらないことにしたのだが、私はまっさきに反対したせいで、あとで間瀬さんにこっぴどく怒られてしまった。

間瀬さんの友だちで、本多喜久夫というひとがオール・ロマンス社という出版社をやっていて、「妖奇」という推理小説雑誌を出していた。本多氏は間瀬さん同様、映画青年で戦前、映画雑誌を編集していたひとだが、そのオール・ロマンス社で、「恋文道中記」を出して、大いに当てたのである。資力の点では、新月書房と大差がなかったはずだが、条件は部数だけで、判型や定価は自由なところに、頭を働かしたのだった。週刊誌判の雑誌スタイルにして、新聞連載時の岩田専太郎の挿絵をたくさん入れて、値段を安くしたのである。本としては、きわめて頼りのないものだったが、考えてみれば、ぺらぺらの仙貨紙だって、あまり頼りはない。とにかく、このアイディアがあたって、条件の部数は軽く超えてしまう売れゆきだった。

さあ、間瀬さんはくやしがった。そこで、まっさきに反対した私が、こっぴどく怒られたわけだ。自分たちだって、部数で二の足をふんだのだから、私ひとりの責任にされてはたまらない、とも思ったけれども、しようがない。この本多喜久夫というひとを、間瀬さんの使いで、はじめてたずねたときのことは、わすれられない。本多氏が借りていたのか、貸していたのか、同居世帯の多い家の階段の下みたいなところで、せっせと封筒の宛名書きをしていた。昭和二十一年の夏のおわりごろだったと思うが、邦枝完二の旧作を、いかにも会員制の秘密出版めかして、前金の直接注文にかぎる、という大変なエロティシズムの小説のような広告をして、注文者たちのガリ版刷りの返事に、宛名を書いていたのである。しかも、まだ本は出来ていなかった。たまたま私は、邦枝完二のその小説を読んでいたので、あきれたというか、感心したというか、妙な気持で、本多氏の忙しげな手もとを見つめていた。

ゾッキ屋繁盛

戦争前には「キネマ旬報」「映画之友」といった映画雑誌のほかに、「蒲田」「大日活」「長二郎ファン」なぞ、ファンジンといまなら呼ぶところだろう、小映画雑誌がたくさんあって、それらは映画会社の宣伝部あたりが金を出して、若い映画マニアに編集をさせていたものらしい。本多喜久夫は十代で、そういう雑誌のひとつを、編集していた人だそうで、誌名はなんだったか、「大日活」と聞いたような気もするが、はっきりしない。私のいた新月書房の顧問格だった間瀬寛司氏も、むかし映画青年で、そのつながりで、本多さんと知りあったのだろう。前回書いたように、私が間瀬さんに用を頼まれて、五反田のさきのほうの本多さんの家をたずねたときには、階段の下みたいな隅っこで、通信販売の宛名を書いているところだった。邦枝完二の世話もの小説を、小村雪岱の挿画も入れて、大変なエロティシズム小説みたいな売りかたで、直接注文にかぎる、という秘密出版めかした出しかたをしていたのである。

それが当ったのか、本多さんは間もなく、オール・ロマンス社と名のって、「オール・ロマンス」という雑誌を出した。

「妖奇」というミステリ雑誌も出した。「オール・ロマンス」の創刊と「妖奇」の創刊とのあいだに、どれだけの間があったかは、おぼえていない。どちらも、当時はアンコールと呼ばれていた大家の旧作の再掲載を主に、中堅、新人の新作をくわえた編集で、「スバル」と似たようなものだった。両誌とも、最初は本多さんがひとりで編集していたようだったが、のちに「オール・ロマンス」のほうは、芝田新という人が編集長になった。

芝田新氏は編集者としてはしろうとで、本業は俳優、私にはなつかしい人だった。といっても、個人的に知っていたわけではない。小学生のころに見た新興キネマという会社の映画「孫悟空」で、猪八戒に扮していたのを、おぼえていたからである。新興の「孫悟空」はシリーズで三、四本つくられたように記憶しているが、孫悟空には羅門光三郎、沙悟浄には伴淳三郎、三蔵法師には市川男女之助が扮していた。芝田氏が「オール・ロマンス」の編集長になったときには、私はもう新月書房をやめていたので、あって話をすることは出来なかった。芝田氏のほうも、やがて本多さんと衝突して、やめてしまって、もとの俳優にもどった。新東宝に入って、おびただしい数の映画に、悪役で出演したから、ひところはテレヴィジョンの深夜映画で、毎晩のようにその顔を見ることが出来て、その顔を見るたびに、私は銀座の喫茶店を思い出した。

オール・ロマンス社は、本多さんの自宅が事務所になっていたらしいが、毎日、夕方には銀座の喫茶店を、事務所がわりにつかっていた。新月書房の西宮さんも、間瀬さんも、夕方になると、その喫茶店へ出かけていた。だから、本多さんというと、その喫茶店を思い出すのである。たしか「ニュー・ギンザ」という名前で、銀座二丁目にあった。二丁目のプレイガイドの並びで、いまの伊東屋の前あたりではないか、と思う。銀座通りから入って行くと、奥に喫茶室があって、わきのドアから、裏通りへ出られるようになっていた。

奥の喫茶室は、別室みたいな感じで、テーブルが四つぐらいしかないわりには、ひろびろとしていた。だから、銀座通りから入って、奥へ行くまでのあいだに、もうひとつ喫茶室があったのかも知れない。そのへんの記憶はあいまいだが、奥の部屋はいつもがらんとして、ほかの客はあまりいなかった。野村胡堂の「恋文道中記」の話が、だれかから持ちこまれたのは、この「ニュー・ギンザ」でのことだった。

本多さんの「妖奇」という雑誌は、昭和二十九年ぐらいまで、つづいたようにおぼえている。「恋文道中記」の部数保証を、判型をかえることで解決して、もうけたくらいだから、目さきのきいた人だったのだろう。サングラスをかけて——もっとも、当時はまだサングラスという言葉はポピュラーではなく、もっぱら色めがねと呼ばれていたが、その色めがねをかけて、鼻下にコールマン髭をはやして、本多さんはなんとなく、うさん臭く見える人物だった。うさん臭いうわさも、しばしば聞えるような人物だった。安あがりのアンコール雑誌を、長くつづけることは、大変だった。「スバル」はたちまちつぶれたし、「ポケット講談」も二十九年までは、つづかなかったように記憶している。二十九年から三十年ごろまでには、この手の読物雑誌はあらかたつぶれた。「妖奇」がつぶれたあとの本多氏は、映画界への顔を利用して、知りあいの作家の作品を、原作として売りこんで、手数料をもらうという、エージェントをやっていたらしい。

＊

カストリ雑誌と呼ばれた薄っぺらなしろものは、売れたことは売れたが、長つづきはしなかった。A誌が一号、二号と売れて、三号目から調子が悪くなり、四号でつぶれる。B誌は三号でつぶれ、C誌は五号でつぶれるころに、A誌がDと誌名を変えて再発足といったぐあいで、あちらで創刊、こちらで廃刊、浮き沈みが激しかったのだ。

「スバル」も三号目か四号目から売れゆきがとまって、事務所は返本の山になった。そのころ神田多町の事務所には、新月書房に私ともうひとり女子事務員、「スバル」に長南《ちょうなん》延弥《のぶや》というひとと、ほかに女子がふたり、福田さんという営業、編集長の後藤さん、資本家の西宮さんと間瀬さん、狭いところに九人もの人間が出たり入ったりしていた。「スバル」は好調、単行本ももっと出そうというので、にわかに人を増やしたわけで、われわれ五人の社員は、どこ専属ともなく、あっちを手つだい、こっちを手つだいしていたのだから、雑然たるものだった。

おまけに短い期間だったが、後藤さんが自分の仕事として、「ムービー・タイムズ」というタブロイド版の新聞を出して、その編集兼営業に、青年がふたり雇われていた。「ムービー・タイムズ」は、たしか月二回の発行だったと思うが、最初は売れて、やはりすぐにだめになった。だめになると、思いきりよく廃刊して、青年ふたりも退社したが、一時期は専用の机もないほど、人でごった返していたところへ、返本が舞いこみはじめたのだから、たまらない。「スバル」だけでなく、城昌幸さんの若さま侍も、大下宇陀児さんの長篇も、吉井勇氏の怪奇小説も、正岡さんの「下町育ち」も、続続と返ってきた。

倉庫を借りる金は、なかったのだろう。とうとう後藤さん一家は、二階のふた間に追いあげられて、事務所の奥の六畳間に、山のごとく返本が積まれた。天井にとどくほどだったが、まんなかに穴があけてあった。つまり冂の字がたに、返本を積みあげていって、最後に前をふさいだのだ。

そこまで山になったときには、あわてて業務を縮小して、女子はやめてもらい、私と長南延弥だけが残っていた。長南君とはこのあと、長いつきあいになるので、いずれあらためて語ることにするが、返本の山の穴ぼこは、私と彼との休息場所になった。⊓の字の前をふさいだ部分は低くしてあって、そこを足場に、穴に入りこむと、外からは見えなくなる。客がきて、西宮さんや間瀬さんが、喫茶店に出かけると、私たちは交替で、返本の山のなかへもぐりこみ、両膝を抱いて寄りかかった恰好で、昼寝を楽しんだものである。

これ以上、返本がふえたら、どうなるだろう、と思っているところへ、ふたりの人物が現われた。ゾッキ本屋だった。ゾッキ本というのは、昔からあって、縁日の露店の古本屋などに並んでいた。返本の雑誌を、表紙をはぎとって、払いさげる。それに三色版の女優の写真などを、表紙らしく貼りつけて、上部にいいかげんな誌名を書きこんで、雑誌らしく見せるわけだ。けれど、敗戦後のゾッキ本大繁昌のときには、売りはらうほうがやけっぱちの状態で、どうせあとのない雑誌、目さきの現金のほうが大事とばかり、表紙も剝ぎとらずに出してしまう。「スバル」の場合も、もう廃刊となっていたから、一冊いくらの現金とりひきで、ふたりの人物に売りはらった。

ふたりの名前はわすれたが、古本屋でもなく、紙屑屋でもない。たしか千葉のほうの八百屋さんかなにかだった。つまり闇商売でもうけた現金を、さらに増す方法を考えていたら、錦糸町かどこかの駅前で、返本雑誌の安売を見かけた。それが飛ぶように売れているので、これだ、と思って、雑誌社まわりをはじめたということだった。だれかの紹介ではなく、いきなり飛びこんできたような記憶がある。とにかく即金で、と腹巻から、厚い札束をとりだした。

取引が成立して、ふたりは返本の山の一部を、リアカーで運んでいったが、数時間でひとりがもどってきて、また札束をとりだした。秋葉原の駅前広場で、ゴザの上に雑誌を積んで開店したら、たちまち売りきれそうになっている。品物を補充したい、というのだった。私と長南君が手つだって、ひとりのゾッキ屋がもう一台かりてきたリアカーにも、「スバル」を山積みにして、秋葉原の駅前へいってみると、人だかりがしていた。「スバル」の返本がどんどん売れている。軍隊ズボンの裾を、長靴に押しこんで、前をひらいたジャンパーの胸もとに、腹巻をのぞかしたゾッキ屋氏は、野師にも見えず、古本屋にも見えず、闇屋スタイルであった。六畳の返本の山は、どんどん低くなっていった。しろうと出版屋の短い全盛のあとに、しろうとゾッキ本屋の繁昌がおとずれたわけだった。

秋葉原駅前

そのころの秋葉原駅前は、もちろん現在とは変っているだろう。だが、もう十数年、秋葉原駅を国鉄電車で通過したことはあっても、私は秋葉原駅で乗りおりしたことがない。だから、駅前広場がどんなふうになっているか、見当もつかないのだが、昭和二十二、三年ごろには、駅前にバラックのブラック・マーケットがあった。

神田駅のむこう側、今川橋がわにあったブラック・マーケットほど規模は大きくなかったが、おなじように黄いろいシチューや、さつま芋のきんとんや、いかの丸煮を食わせる屋台が、秋葉原駅前にもならんでいた。

駅舎の出札、改札口へ入る口は、あまり大きくなかったように記憶しているが、そのすぐわきに莫蓙を敷いて、「スバル」専門のゾッキ本屋が客をあつめていたのである。間もなく、ほかの雑誌社へも行って、売りものの種類も増えたが、最初は「スバル」だけを並べていて、それが飛ぶように売れるのだ。ゾッキ屋さんに頼まれて、自転車で雑誌をはこぶ手つだいをした私としては、なんとも複雑な気持だった。

ゾッキ本というのは、敗戦後にはじまったわけではない。もと東京新聞文化部にいらした風俗学者の長谷川卓也さんが、ご親切にハガキをくだすって、戦前のゾッキ雑誌は、大阪の夜店などでは、二冊ひと組、硫酸紙でつつんだりして、十銭ぐらいで売っていた、と教えてくだすったが、私も小学生のころ、東京の夜店で、芸者のグラビア写真なぞを表紙がわりに貼りつけた「講談倶楽部」や「講談雑誌」を買ったことがある。

つまり表紙を剝ぎとって、屑屋に払いさげた返本を、再生して売っていたわけで、ときには二、三種類を部分的につぎあわせて、一冊に仕立てるようなこともしたらしい。けれども、敗戦後は払いだすほうも、今日あって明日にないかも知れない小出版社、雑誌のイメージ・ダウンなんぞは考えないから、そのままゾッキ屋に売る。それが、そのまま店頭にならぶ、ということになる。このゾッキ本でもうけて、ちゃんとした出版屋になったひともいるくらいで、二十年代末の雑誌自然淘汰の時期まで、ひとつのブームをつくったものだ。

カストリ雑誌のゾッキ流れが、一段落したあとは、読物雑誌のつぶれたところから、紙型を買いあつめて、それを編集しなおして、ゾッキ専門の雑誌をつくるようにもなった。つまりA誌の紙型から、たとえば山手樹一郎の小説をとりだして、そのうしろへB誌の紙型から、犯罪実話をぬきだしてつなげ、次にC誌の紙型の漫画を入れる、というぐあいで、おなじ判型の紙型を分解、再構成して、一冊つくりあげるわけだ。

名古屋にいて、「スバル」の文社員といった仕事をしていた間瀬さんの弟が、新月書房がつぶれてから、東京に出てきて、ゾッキ屋さんになった。そのひとが、のちに紙型再編集のゾッキ出版をはじめたとき、やはり専門家にたのまないと、うまく再構成できない。編集経験のある若いひとを、紹介してくれないか、と私のところにいってきた。

この紙型再利用雑誌のなかには、ずいぶんひどいのがあって、小説の結末の部分がなかったり、漫画の前半がなかったり、なんとも不手際な出来あがりのものがあった。間瀬さんの弟さんは、そんなものをつくっていたのでは、売れなくなるばかりだ、と考えたわけだ。私はそのころ、翻訳家に転向しかけていたが、最後につきあいのあった読物雑誌から、やめたばかりの若い女性編集者がいたので、そのひとを紹介した。

間瀬さんの弟さんから感謝されて、しばらくしたら、こんどはその女性編集者から、若い漫画家さんを知りませんか、といわれた。紙型再編集をやると、どうしてもつながらないページが出てきて、そこへ一ページの漫画を入れると、ぶざまにならずにすむ。へたではないのに、まだ売れていない若い漫画家さんがいないかしら、というのである。これはむずかしい注文で、私には心あたりがなかったから、友人の編集者に聞いてみた。

そしたら、恰好な新人がいるというので、私はただ橋わたしの役だけをつとめた。ひと月かふた月たって、私がそのころよく入りびたっていた新宿の喫茶店に顔を出したら、その女性編集者が待っていた。私とおなじぐらいの年ごろの男とならんで、仲よく話をしていたのが、私に気づくと、ここにいればあえると思って、待っていました、いいひとを紹介してくだすって、ありがとうございました、と丁寧にあいさつされた。隣りにいる男性が、私がろくに知らないで橋わたしをつとめた漫画家だったわけで、それがいまの鈴木義司さんである。

*

話がだいぶ脱線したが、秋葉原駅前のゾッキ屋さんを思い出すと、もうひとつ頭に浮かんでくる人物がいる。蜜柑箱を貼りあわしたようなボックスの新聞スタンドを、駅前広場において、タブロイド版の新聞を出版、販売していた男のひとだ。

「スバル」編集長の後藤竹志さんが、片手間に「ムービー・タイムズ」というタブロイド新聞を、出していたころだから、昭和二十二年末か、二十三年前半のことだったろう。新月書房にやってきて、自分もタブロイド新聞を出したいのだが、編集出版のしかたを教えてくれないか、というひとがいた。後藤さんは親切だから、いろいろと教えてやって、割りつけなぞは手つだってやったような気がする。

そのひとの狙いは、エロティックな読みもの新聞で、後藤さんは「スバル」に出入りしている今でいえばノンフィクション・ライターを紹介したり、私も頼まれて、性犯罪実話と称するものを、でっちあげた記憶があるが、さて誌名はなんだったろう。「りべらるタイムズ」だったか、「ロマンス・タイムズ」だったか、私は落語家の兄の小づかい稼ぎに、艶笑落語をのせることを思いついて、そのひとにすすめ、たしか何回か匿名原稿を兄に書かせた。

新聞の名もはっきりしないし、そのひとの名前も思い出せないのだが、アルバイトの大学生をひとりつかって、最初のうちはかなり売れたようだった。しかし、間もなくつぶれてしまって、ゾッキ屋さんが新月書房に現れたころには、そのひと、どこかへ消えていた。それなのに、ゾッキ屋さんといっしょに思い出すのは、千葉の魚屋さんだか、八百屋さんだったか、ふたり組のゾッキ屋さんのひとりが、ゾッキ本で大もうけをした金で、印刷屋をはじめて、私の生家の近くの改代町へんへ、のちに引越してきたからである。なぜその印刷屋さんと、エロティシズム新聞の発行者がつながるかというと、新聞記事でそのひとらしい写真と名を、のちに見いだしたからだった。

ある日の夕刊に、秘密出版の猥本つくりで、逮捕された男の写真が出ていた。その写真と記事ちゅうの名が、私にはエロティシズム新聞の発行者のように思われた。その後なんどか、その名を秘密出版摘発の新聞記事で見かけてから、私は矢来の坂のとちゅうで、偶然そのひとに出くわした。

私はもう「やぶにらみの時計」を出したあとで、なんの用があったのか、矢来上から江戸川橋のほうへおりて行くと、とちゅうの横丁から出てきたふたりづれの男があった。なんとなく、私とならんで歩くかたちになって、そのひとりが妙にこちらを気にしている。そのうち、にこにこしはじめて、こちらもだんだん記憶がよみがえった。

「ああ、秋葉原のなんとかタイムズの……」

私がいうと、相手も安心したように、

「後藤さんのとこにいた松岡さんだね、やっぱり——いまはなんていったかな、小説を書いているのは知っているんだけど」

というような会話になった。むこうにはつれがいるし、こちらとしては、秘密出版であげられたのは、あなたでしょう、とも聞けない。しばらくですね、お元気ですか、というような当りさわりのない口をきいて、そのひとは大学通りのほうへ、道をわたって行った。

それを見送りながら、そういえば、あのゾッキ屋さんから印刷屋になったひとも、この近くに住んでいたのだな、いまはどうしているだろう、と私は思い出した。この記憶のつながりが、のちに矢来へんを舞台にして、小説を書こうとしたときに、私のなかで自転をはじめて、ふたりをひとりの架空人物に仕立ててあげた。つい先ごろ、集英社文庫に入った私のノヴェラ「怪奇小説という題名の怪奇小説」が、それである。そのなかに、もと猥本の秘密出版をやっていて、いまは印刷屋をやっている人物が出てくる。それが秋葉原のゾッキ屋さんとタブロイド新聞屋さんを、合体させたキャラクターなのである。もっとも、ただヒントにしたというだけで、キャラクターづくりになぞ、ふたりの人となりが利用されたわけではない。

さて、話がひとつところに渋滞したが、ゾッキ屋のおかげで、新月書房は――というよりも、後藤さんの家は、ふたたび階下の奥座敷を、使用できるようになった。しかし、「スバル」も休刊して、単行本の出版にも行きづまった新月書房は、事務所をほかの会社にひきわたして、隣りの家の玄関さき、ほんの三畳間ぐらいの土間に、移転することになった。

最後の単行本は、大下宇陀児の戦前の長篇小説を再刊したものだったろう。あるいは正岡さんの「下町育ち」か、城昌幸の「若さま侍」か、たぶん大下さんか城さんのどちらかだと思う。最初に城さんにあいに行ったときには、今川橋の猟銃店の片すみに、「宝石」の岩谷書店が間がりをしていて、そこへあいに行ったのだが、本が出来たときには岩谷書店、芝の西久保巴町に引越していた。「宝石」は推理小説雑誌として失敗して、光文社に買いとられるまで、その西久保巴町にいたのだから、城さんの本が最後のような気もするし、そのいっぽう、大下さんの本が新書判だったのをおぼえている。なんとか新しい感じをというので、苦しまぎれに小型本をつくったのだから、それが新月書房最後の一冊とも思える。

どっちでもかまわないようなものだが、大下さんについては、私は失望した記憶がある。「手錠」という題名だったと思うが、刑事と手錠でつなぎあわされて、護送されてゆく犯人を主人公にした大下さんの短篇があって、私はそれが好きだった。人情噺ふうのものだが、ほかにも「鉄の舌」だったろうか、長篇も愛読していて、私は大下宇陀児にあえるのが、楽しみだった。

ところが、電話か手紙で前ぶれをしておいて、池袋にあいに行くと、いやに取りすました女のひとが出てきて、先生は忙しいひとなのだから、約束してあっても、あえるとは限らない、いまは来客ちゅうだから、一時間ほど、どこかで時間をつぶして、もう一度きてください、と実にそっけない。こっちは戦争ちゅうの国民服、よれよれのを着た餓鬼だから、冷たくあしらわれるのは、当然だったかも知れない。だから、頭をさげて出てきたが、「先生は、先生は」というのが気になって、このひと、なんなのだろうと思った。

小川町青灯社

大下宇陀児氏の家は池袋にあって、いまでいえば、西武スポーツプラザのまん前を、入ったあたりだったろう。焼けあとに建てたバラックだったが、われわれの家のバラックとは、だいぶ違う。本建築にちかい平屋だった。「先生は、先生は」という中年女性に、門前払いをくわされて、私は時間つぶしに町を歩いた。

池袋の東口は、まだ大半が焼けあとで、いまのパルコの前あたりには、ブラック・マーケットがあった。ブラック・マーケットは西口の駅前広場のところにもあって、こちらは東口よりも、ずっとあとまで残っていた。残った理由は、東口のほうは食いもの屋で、西口のほうは飲み屋だったからだろう。おまけに、そのバラックの飲み屋群は、小さな二階がついていて、青線地帯でもあった。池袋の駅のすぐ前に、売春宿があったといっても、なかなか信じられないかも知れないが、東口のほうには、畑さえあった。

大下宇陀児さんの家の近く、駅前の大通りに面したところに、焼けあとを畑にしたものが、かなりあとまで、たしか西武デパートが出来るまであった。漫画家の境田昭造君が、証拠写真を持っていたけれど、遠景にビルが見える畑に、肥桶をかついだひとが写っている。

それはとにかく、私が小一時間、ひまをつぶして、戻ってくると、大下さんはあってくれて、旧作の再刊を許可してくれた。戦争前の春陽堂文庫で出た長篇で、こちらは選りごのみが出来るような立場ではないから、ありがたく頂いて帰った。大下さんは機嫌がよくて、私が翻訳ものの探偵小説を読んでいることをいうと、おもしろがって、話しあいてになってくれた。さっきの女のひとが、お茶を出してくれて、やはり「先生はあと三十分ぐらいで、出かけることになっているから、そろそろ支度をしないと」というようなことをいった。大下さんの言葉を聞いて、私は意外に思った。先生を連発する女のひとは、どうやら奥さんらしいのだ。

この大下さんの長篇は、やや短かめだったせいもあって、文庫サイズで出すことになった。もう惰性で出しているようなところが、新月書房にはあって、なにを出版しても、売れないような気が、私にはしていた。そこへ一冊だけ、文庫サイズで出してみても、取次がとってくれるかどうかさえ、おぼつかなかったのだが、とにかく本は出て、返本の山をふやすことになった。

もう素人出版の時代では、なくなっていたのだろう。出版界というところは、いちばん早く、専門家の世界にもどっていたのではないか、という気がする。大下さんの作品そのものも、講談社系の娯楽雑誌かなにかに、書きとばしたものらしく、私は困った気持で、西宮さんに渡した。

「これは出さないほうが、いいんじゃないでしょうか」

「でも、いまさら断れないだろう」

というようなやりとりがあって、印刷屋へ入れた。なにしろ、興味の中心が一種の密室殺人、袋小路の片がわに目撃者がいて、両がわの建物には、上のほうにしか窓があいていない。目撃者の前で、ひとを殺した犯人は、見られて、逃げ場がないことに気がつくと、ふわふわと宙に舞いあがって、ひとつだけあいている四階の窓へ、消えたという謎が、小説の中心になっているのだった。

どんなトリックかと思うと、真犯人は目撃者で、犯人が宙に舞いあがったというのは、嘘なのである。戦前の娯楽雑誌の小説には、ときどきこんなひどいのがあった。前回にも書いたように、私は大下さんの短篇のいくつかは、いまでも好きだし、なんの悪意も持っていない。ただこの作品にはがっかりして、こういうものを渡されるようでは、新月書房ももう長いことはないな、という気がしただけである。

けっきょく新月書房が出して売れたのは、最初の出版物である牧逸馬の「この太陽」上下二巻と、あとは吉屋信子の「花物語」という少女小説を、中原淳一の装釘で出したのが、損をしなかったぐらいであった。丹羽文雄氏の「二つの都」も、これは三冊目の出版だったから、損はしなかったろう。もちろん私は、経理面のことはわからないから、どこかで儲けは出していたのかも知れないが、とにかく以上の三冊のほかは、すべて返本の山を形成することになって、秋葉原駅前のゾッキ屋が片をつけてくれたのだった。

事務所の規模を縮小して、隣りの家の土間に移ってから、「情話世界」という雑誌を出した。それが一冊でつぶれた——というよりも、新刊書店には出ないで印刷屋からゾッキ屋に直行したのを機会に、私は新月書房に見きりをつけた。

後藤竹志さんは、小川町の青灯社という出版社に移って、「ポケット講談」という読物雑誌をはじめていた。そこの穴うめをきっかけに、私が原稿料かせぎをはじめたことは、前に書いた。そっちを専業にする決心をつけてくれたのが、「情話世界」という一号雑誌だったわけである。

＊

後藤さんがいなくなったので、その「情話世界」の編集は、うけおいの編集者にまかしたのだが、これがひどい人物だった。当時はそういう人がたくさんいたから、ひどい、というういいかたは、不当かも知れないが、出版社から一冊いくらで請けおって、印刷屋からなにから、ぜんぶひとりで交渉する。請けおいの編集費は、大した額ではないから、作家の原稿料をぴんはねし、印刷屋からリベートをもらい、ゾッキに出す場合はそこでもまた鞘をとって、その合計で生活しているわけなのだ。

私はその請けおい編集者の下で、使いはしりをすることになった。からだの大きな、いかにもヴェテランらしい人物で、誌名登録に特許許可局へいけとか、だれのところへ行って、もう話はついているから、こういう原稿をもらって来いとか、私はあちこち走りまわらせられた。

昔ふうの人づかいの上手なひと、というべきかも知れない。いまから行くと、帰りは夜になるから、これで暖かいものでも食べてくれ、といった調子で、紙幣をポケットに押しこんでくれたりする。この人の話は、私をずいぶんおどろかした。

「きみは小説を書くそうだが、早く出世をしたかったら、編集者を味方につけることだ」

というようなことを、一緒に印刷屋へ出かけるときなど、話してくれる。

「味方につけるのは、簡単なんだよ。原稿料をもらったら、半分は編集者に返せばいいんだ」

これは、やめようと思っていた私の決心を、大いにぐらつかせた。

「本を出してもらうようになったら、印税のなかから、お礼をするわけだ。そうすりゃあ、次の仕事をまわしてくれる。映画だって、芝居だって、そうなんだよ。小説が映画になるときなんか、原稿料の半分はプロデューサーにやるものなんだ」

私は大いに心配になって、後藤さんに聞いてみた。例によって、講談のリライトをやって、その原稿をわたすときにである。

「新月書房をやめて、原稿に専念しようと思っているんですが、そんなにつきあいかたがむずかしいものなんでしょうか、もの書きってものは」

後藤さんはいつものように、おだやかに微笑して、私を元気づけてくれた。

「そういうことも確かにあるけどね。書くものがよければ、なにもしなくたって、注文はあるよ。だれもリベートを、あからさまに要求はしないしね。大丈夫だよ。まあ、うちで毎月、巻末の百枚を書いて、あとはせっせと書いて、持ってまわれば、若いひとは少いんだから、なんとかなるさ」

たしかになんとかなったわけで、私は「ポケット講談」に書くだけで、持ちこみはしないうちに、他社から注文がくるようになった。しかし、結果的には「情話世界」の請けおい編集者の忠告を、私は実行していたようである。「ポケット講談」がつぶれそうになって、後藤さんの下にいた編集者から、私に支払われたことになっている原稿料の額を、聞かされたからだ。私が担当していた巻末講談百枚は、「ポケット講談」の呼びものになっていて、私がもらっていた稿料より、だいぶ多く支払われていた。

「情話世界」の創刊号が出て、そのままゾッキ屋に行ったとき、私は西宮さんのいいつけで、請けおい編集者がゾッキ屋とする取引に、立ちあうことになった。大男の編集者は、べつに困ったような顔もしなかった。私の目の前で、西宮さんに話した以上の金額をうけとると、ゾッキ屋を出てから、その一部を自分のポケットに入れた。

新月書房にわたす分を、封筒に入れて、私の手にのせるとき、別に折りたたんだ紙幣を、その下にすべりこませた。それから、にこにこして、頭を下げると、

「わたしは他に用があるから、これで——西宮さんや間瀬さんによろしく」

小川町の角で、わかれたように記憶している。私は封筒と折りたたんだ紙幣を、ポケットに入れると、多町の新月書房に帰った。封筒の金は、西宮さんにわたしたが、折り

たたんだ紙幣はいっしょに取りだしはしなかった。私が新月書房をやめたのは、その月の末であった。

朝になっても、会社へ行く支度をしなくてもいい、というのは、実にすばらしいことのような気がした。バラックの家で、私は畳一畳ばかりの入り口で、店番をしながら、原稿を書いた。昼間は映画をみたり、芝居を見たりして、夜になると、店番をかねて、仕事をしたのである。まだ焼けあとのままの部分が多い夜の町には、ほとんどお客さんが来ることはなかった。

原稿が出来ると、小川町の青灯社へ持って行く。中央大学へのぼって行くだらだら坂のとちゅう、小川町の通りに近いあたりに、青灯社はあった。焼けずに残った一郭だったのだろう。小川町の通りから、中央大学のほうへ入っていくと、いまでも左手に半地下のようなかたちの喫茶店がある。トランプのキングがコーヒーカップを持った絵を彫った木の看板が、入り口にさがっていた。後藤さんとは、そこであうことが多かった。

その前を通りすぎると、左がわにガソリンスタンドがあるはずで、そこで道が左に入る横丁と、斜め左に入る通りと、たしか三つにわかれている。ガソリンスタンドが三角形になっているわけだが、そこが青灯社のあった家なみのあとなのである。三角形の地形にならんだ家の三軒目ぐらいで、料理屋のような門がまえだった。のような、というのは、あたらない。以前は料亭で、店名も「雲上」という、会員制のような特定客だけが相手の店だった、と社長から聞かされたおぼえがある。社長は佐藤さんといったと思うが、出版はしろうとであった。したがって、雑誌は後藤さんまかせで、あまり事務所には顔を出さなかった。

稿料ぐらし

バラックの私の家は、道路に面したところが、店になっていて、畳が一畳、敷いてあった。正面には、叔父の家から貰ってきたガラス戸が三枚、はめてあったが、そのうちの一枚だけ、店のなかからいうと、左はしの一枚だけしか、あかないようになっていた。それをあけて、入ったところが、畳半畳ほどの土間になっていて、客用の椅子がおいてある。竹細工の折りたたみ式で、これは私が見つけたものであった。

一段高い畳一枚分のところには、ガラス戸二枚に押しつけて、叔父の家から貰ってきた古い陳列ケースをおいて、半畳ほどの土間との境は、杉板のカウンターにしてあった。陳列ケースのなかに、やはり叔父の店からまわしてもらった漢方薬、黒焼のたぐいを並べて、以前とおなじ商売を、はじめたわけなのだけれども、客をすわらせるべき椅子がない。叔父のところにも、古い椅子はなかった。そこで、私があちこち歩いて探したのだが、なにしろ店を再開したのは、昭和二十年の暮のことだ。デパートは、焼けなかったところも、焼けたところも、そろそろ営業を開始していた店があったのだが、椅子などは売っていない。

まだ新月書房につとめていないころだから、暇はあって、あちらこちら歩いているうちに、ようやく上野の松坂屋で、竹細工の椅子を見つけた。大よろこびで、ふたつ買ったのはいいが、まだ配達なんぞしてくれないころだから、かかえて帰らなければならない。タクシイは木炭車といって、うしろに釜をつけて、炭を焚いて走る車が、すこしは走っていたけれど、それに乗る金はない。電車も車体の外がわにまで、人がぶらさがっているような時代だ。大荷物をかかえては、とうてい乗れない。私は竹の椅子をふたつかかえて、上野の広小路から、小石川の江戸川端まで、歩いて帰った。

歩くのは平気で、焼けあとの多い町は、遠くの景色がよく見えた。坂道の上からは、どこでも、といっていいくらい、富士山が見えた。暮れがた近くなって、遠くの空に、紫いろの小さな富士山を見ながら、歩いているのは、楽しかったくらいだ。木炭車のバスはもちろん、電車も台数がすくなかったから、停留所にはいつも長蛇の列ができていた。電車がくると、入りきらない客は、ドアのステップはいうまでもない、ドアのわきから、窓があいているときには、窓がまちにぶらさがって、わずかな足場に爪さきをかけ、車体に貼りつく。昭和三十年に若死した落語家の兄が、新作落語に転向して、話のまくらにも新しい工夫をして、「電車の終点、どこでも長い列が出来ておりますが、電車は来ているのに、切換線へ入ったまんま、なかなか出てこない。あれは、腹が立つものでして――しびれを切らして、行ってみると、車掌がタバコを吸っていたりする。『早く出してくれりゃあ、いいじゃないか。あの列が見えないのかよ』なんて文句をいいますと、『見てたって、いいじゃありませんか。ほかに楽しみはないんだから』」

というのを、よくやっていた。それが新宿や池袋、学生の多い寄席でやると、大いに受けた時代だった。いまではどこがおかしいのか、まるでわからないだろう。兄の鶯春亭梅橋は、世相に密着した笑いをつくり出すのがうまくて、「桃太郎」のなかに、「おじいさんの名前はなんてえの」「名前?　名前はないいんだよ」「名前のない人なんて、あるもんか」「あったけど、お米と取っかえちゃったの」というギャグを入れたのも、この兄である。空襲の夜に腕につけて逃げた時計や、どうやら疎開させて助けた女房の着物などを、農家へはこんで、わずかな米を手に入れていた都会人には、身にしみて、笑えるギャグであった。まくらにしばしばつかった小咄では、「金ちゃん、うちへ遊びにおいでよ」「やだよ、おまえんとこ狭いから」「広くなりましたようだ。おとっつぁん、ゆうべ簞笥、売っちゃったから」

そういう時代で、私は腹をへらして、よく歩いた。とぼしい小づかいで、芝居や映画を見るために、新宿あたりへは、かならずといっていいくらい、歩いて行った。浅草まで、歩いていったことも、何度かある。松屋デパートが、くっきり小さく見えているのに、いつまでたっても、近づいて来なかった。

*

原稿料がもらえるようになって、私はいくらか楽になった。一畳の店には、陳列ケースの手前に、蜜柑箱に黒い布をかぶせた机があって、夜はそこが私の仕事場になった。ところが、電灯の位置が思わしくない。天井の桟のつごうで、背後の障子よりに、電灯線が垂れている。乳白ガラスの笠をつけた電灯は、蜜柑箱の机にむかうと、私の右肩のうしろで、かがやくことになる。机をうしろへ下げれば、私は障子をあけて、敷居にすわらざるをえない。そうすると、奥に家族の寝る蒲団が敷けない。

いまの私は、もう十五年ほど、二百字詰の原稿用紙ばかりを使っているが、最初のうちは四百字詰をつかっていた。蜜柑箱の机に、原稿用紙をひろげると、私の頭の影が、その大部分を暗くする。左に首をかしげると、原稿用紙は明るくなる。私はいつも首をかしげながら、原稿を書いた。それが習慣になって、昼間でも、左へ首をかたむけながら、万年筆を動かすようになった。このくせは、かれこれ十年近く、なおらなかった

明治の末から、大正、昭和のはじめにかけて、大川屋や三芳屋、博文館で出した長篇講談をわきにおいて、寒い夜には外套を頭からかぶって、私は毎月百枚のリライトをつづけた。講談本は後藤さんが探してきて、原稿とひきかえに渡してくれた。だから、あてがいぶちで、より好みは出来ない。一冊は原稿用紙にして七、八百枚あるだろう。会話もなにもつなげて書いて、改行いっさいなしだから、ときには千枚あったかも知れない。

それを五章にわけて、一章二十枚、各章を五人の架空の講釈師が、読みついで行くというスタイルにするのが、後藤さんのアイディアだった。千枚ちかいものを、百枚にダイジェストするのは、難業のようだけれども、こつをのみこむと、それほどの苦労はなかった。というのは、五人の架空の講釈師の名はつけても、一章一章語り口を変えたりすると、かえって読者は混乱するから、文体はひとつでいい、と最初からいわれていた。おまけに長い講談は、無数のエピソードでふくらましてあって、しかも、そのエピソードはしばしば同工異曲、変りばえがしない。だから、主筋だけを取りだして、エピソードの特色のあるものを付加していく、という手段で、どうにか百枚ぐらいに、まとめ

られるのである。もちろん、大筋がふたつ三つ、四つもあるものは、いちばんおもしろい筋だけを取りだすことになって、ある長篇の一部分のダイジェスト、という感じになることもあった。

古本屋でいちどに何冊も見つかったときには、それをまとめて受けとって、いちばん整理しやすいものを選ぶ、ということもあった。だから、この時期に私はおびただしい数の講談速記を読んだ。時代小説を書く上に、それがずいぶん役立ったわけだ。巻末講談百枚のほかに、色ページの雑文なぞ、後藤さんに頼まれるものは、なんでも書いた。漫才をただ落語を書けといわれた場合は、兄にまわした。漫才を一度、書いたことがあるが、うまく行かないので、次からはこれも兄にまわした。

ときどきは、小説も書かしてもらえた。むろん、時代小説である。講談のほうは、さっきもいったように、後藤さんがでたらめにつけた講釈師の名前、柴田南玉とか、大島伯梅といったものをつかっていたから、自分で考えずにすんだが、雑文や小説にはペンネームをつけなければならない。思いつくままに、ずいぶんいろいろな名前をつかった。小磯惇、小林菖夫、鶴川匡介、どれも活字になってみると、あまり気に入らない。

本名だけは、つかいたくなかった。松岡巖という本名は、いかにも重くるしい上に、子どものころ、ガンちゃん、と呼ばれて、それが嫌でしようがなかった記憶がつきまとう。なにしろ私は、もうひとつの呼ばれ方が、青びょうたんだったくらい、顔いろの青い、瘠せこけた子どもだった。原稿を書きはじめたころから、その上に青ざめたおでこに立皺をよせて、陰気な若者だったから、巌のごときイメージとは縁がない。ペンネームをいくつも製造していると、ある日、後藤さんから、

「名前をいくつもつかいわけるのは、かまわないが、このまま小説を書いていくつもりなら、中心になるペンネームを決めたほうがいいよ」

といわれた。正岡容につけてもらった松岡光男というペンネームは、小説や雑文には一度もつかったことがない。破門されたときに、返したつもりでいたのだが、それを使

ってみようか、とも思った。だが、ミツオという音はともかくも、光男という字づらは好きになれない。そこで、まったく新しい名を、考えることにした。

そのころ、私が愛読した本のひとつに、ジャン・ジロドゥーの「オンディーヌ」があった。戦争ちゅうに、弘文堂という出版社が、世界文庫というシリーズを出していた。新書判を、もっと細長くしたようなスタイルで、なかなかスマートな文庫だった。その一冊に「波の女」という題で、ジロドゥーの戯曲「オンディーヌ」が、入っていたのである。敗戦直後、古本屋でそれを買って、私はくりかえし読んでいた。

翻訳したのは、吉村道夫というひとで、京都帝国大学仏文科を出た秀才、ということだった。「オンディーヌ」の翻訳を一冊だけ残して、戦争にいって、二十五歳で戦死したということを、私がなんで知ったのかいまは思い出せない。敗戦後、京都の人文書院から、「世界文学」という雑誌が出た。それに、だれかが書いていたのを、読んだのだろう。おなじ人文書院から、「リルケ雑記」というエッセー集が出て、私はそれも買って読んだ。著者はたしか、都筑明というひとで、リルケについてのエッセーだった。それは遺稿集であって、都筑明というひとは、京都帝国大学独文科の秀才で、二十五歳で若死したということが、友人による後記に書いてあった。

新しいペンネームを考えたとき、私はこのふたりの若死した秀才の名前を、借用しよう、と思いついた。人生五十年というから、二十五で亡くなったふたりの残りの寿命をあわせると、ちょうど五十年になる。その五十年と才能の残りを、ちょうだい出来たら、というのが、私の理窟であった。そうして、都筑道夫という名前が、出来あがったのである。おふたりの名前をいただくにしても、吉村明にならなかったのは、都筑という苗字の字づらが、気に入ったからだ。これが都築だったら、私はまったく別の名前をつけていたに違いない。都筑であるところが、気に入ったのである。満二十歳の誕生日を迎える前に、私は都筑道夫という名で、最初の原稿を書いた。だが、このペンネームは、あまり評判がよくなかった。一字おきに画数の多い字があって、最後の夫という字が、上をささえきれない。頭でっかちで、きざな名前だ、というのである。

読物雑誌の時代

敗戦後の雑誌出版界は、昭和二十年から二十三、四年までがカストリ雑誌の時代、二十四、五年から二十八、九年までが読物雑誌の時代、そのあとが週刊誌の時代といっていいだろう。

カストリ雑誌は週刊誌の大きさのものが多かったが、読物雑誌はB6判、単行本の大きさのものが多く、雑誌としては小さく見えるので、小判雑誌とも呼ばれた。「読物と講談」「読物雑誌」「読切雑誌」「オール読切」「ポケット講談」「実話と読物」「実話と講談」そのほか、似たような誌名の雑誌が、たくさんあった。

それらの頂上に、戦前からの「オール讀物」「講談倶楽部」など、A5判の娯楽小説雑誌があったわけだ。敗戦後に出た「小説新潮」など、いわゆる中間小説雑誌と、新聞社いがいの出版社が出しはじめた週刊誌が、やがて小判雑誌をつぶし、娯楽小説雑誌を変貌させていったのだ。

そういう小判雑誌のライターに、私はなったわけだけれど、さてそれから、どうしようかということは、まるで考えなかった。普通は注文がなくても、作品を書いて、あちこちの雑誌に持ちこんで、編集者にみとめられるように、仕事がふえるように、努力をする。「オール讀物」や「講談倶楽部」に、作品がのることを目標に、がんばるのが普通だった。

私にしても、最初から、あきらめていたわけではない。ひとの紹介状をもらって、大きな雑誌の編集者に、原稿を読んでもらいに行ったことがある。ただ私はなまけもので、いちおうの収入さえあれば、あとは本を読んだり、映画を見たり、芝居を見たりしていたかった。酒はほとんど飲まなかったたし、タバコもあまり吸わなかったたし、なんの贅沢もしていなかったから、一万円の収入があれば十分だった。

なにしろ、昭和二十五年だったか、六年だったかに、江戸川橋の家を出て、私は沼袋の下宿屋で、ひとり暮しをはじめたのだが、三畳ひと間のそこの下宿代が二食つきで、たしか三千五百円か四千円だった。一万円で、楽に暮せたのである。それはもちろん、小判雑誌のなかではトップ・クラスの「読物と講談」から、原稿を依頼されると、一枚五百円もらえるとか、「講談倶楽部」に持ちこみ原稿が採用されると、やはり一枚五百円くれる、という話には、心が動いた。

余談になるが、持ちこみで一枚五百円ということは、依頼原稿にはもっと出した、ということだろう。当時、映画館の入場料が八十円から百円、ラーメンが三十円ぐらい、こうした物価は、二十年後の現在には軽く十倍にはなっている。だが、新人の持ちこみ原稿に、一枚五千円だす雑誌はないだろう。原稿料のあがりかたは、ほかの物価より、だいぶ遅れているのである。

話をもとへ戻そう。一枚五百円の稿料には魅力があっても、それを得るために無理をする気は、私にはなかった。一万円の収入が急になくなる、ということも考えなかった。「ポケット講談」がつぶれるかも知れないし、そんなことにはならなくても、巻末講談が売りものにならなくなって、打ちきられるかも知れない。そういう認識がないわけではなかったが、私はのんきだった。

満二十歳の誕生日をむかえる前に、私は都筑道夫という名を自分につけたが、ひとはすぐには、その名で呼んでくれなかったたし、なかなか身につかなかった。都筑の姓で、私を呼んでくれた最初のひとは、いま桃園書房にいる伊藤文八郎だった。その次が、推理作家の大坪砂男。このふたりには、最初から都筑道夫を名のったからだ。

伊藤さんはそのころ、「実話と読物」という雑誌の若い編集長で、「ポケット講談」の後藤さんのところへ、巻末講談を書いているのは、どういうひとか、と問いあわせてきたらしい。私は都筑道夫の名で、一ページの埋草記事を何本か書き、次に「木彫りの鶴」という時代物のショート・ショートと、「素晴らしき侵入者」というO・ヘンリーふうの現代短篇を、「ポケット講談」にのせてもらっていたから、昭和二十五年の春ごろだったと思う。ある日、後藤さんから、

「本郷の赤門前に、『実話と読物』という雑誌を出しているところがある。そこへ行って、伊藤さんという編集長にあってごらん。なにか書かしてくれるかも知れないよ」

と、私はいわれた。正確には、私ひとりがいわれたわけではなく、そのころしょっちゅう、いっしょに歩いていた友人と、ふたりで行くようにいわれたのだが、この友人のことはあとで書く。いまは狭山温という、その友人の筆名だけを、出しておこう。

とにかく、私は狭山温といっしょに、本郷へ出かけた。小川町の青灯社のそばのコーヒー屋で、その話を後藤さんからされたのだから、たぶん須田町まで歩いて王子行の都電にのったのだろう。本郷三丁目でおりて、進行方向左がわの家なみを、一軒一軒みながら歩いて行くと、右がわに赤門を見て間もなく、ガラス障子に雑誌名と社名を書いた店があった。三丁目でおりるより、赤門前の停留所でおりたほうが、近かったわけだけれど、社名をなんといったか、たしか藝文閣といったような気がするが、はっきりとはおぼえていない。

＊

ガラス障子をあけると、土間だったか、板敷の床だったか、それも記憶があいまいだが、いくつも机がならんで、新月書房を思い出すような出版社だった。私はそこで、都筑道夫を名のった。編集長にあいたいというと、若い社員はあっさり答えた。

「いま出かけてますよ。でも、もう帰ってくるころだから、待っていらっしゃい」

すみの椅子で、私たちが待っていると、あんがいすぐに、ガラス障子に自転車のぶつかる音がした。入ってきたのは、日に焼けた見るからに元気そうなひとだった。背はあまり高くない。それが伊藤文八郎で、いつも気軽に自転車で飛

びまわっていることを、間もなく知ったが、もっと年配の肥ったひとを、なんとなく——おそらく後藤さんからの連想だろう——想像していた私は、ややめんくらった。

「都筑道夫さん——ああ、あんたが『ポケット講談』の巻末百枚を書いているひと。あんたがひとりで、毎月書いているんですか」

と、伊藤さんは元気のいい声でいった。色川武大さんが直木賞をもらったお祝のパーティで、いつぞやあった伊藤さんは、顔の小皺にこそ、三十年近くたったことが現れていたが、元気な喋りかたも、悠然と急いでいるといった感じの、やや反り身の歩きっぷりも、ちっとも変っていなかった。

「時代小説を書いて、読ましてください。三十枚ぐらいが手ごろだけど、長くてもいいですよ。八十枚か、九十枚ぐらいなら。なるべく早く、見せてください」

はっきりした注文ではなかったが、私はいいほうに解釈して、これを一種の依頼とうけとった。といっても、その晩から、張りきって書いたかどうかの記憶はない。それでも、かなり早く原稿を持っていったと思う。八十数枚、私としては初めての長さの小説だった。題名は「弁天夜叉」という。「都筑道夫ひとり雑誌」という本に、いまではおさめられているが、弁天小僧を主人公にした悪漢小説である。

弁天小僧を冷たい不良少年にして、はっきりとは書かなかったが、一種のホモセクシャルな友情で、悪業をつきあう南郷力丸を、えがいたものだった。白浪五人男のほかの三人は、登場しない。弁天小僧と南郷力丸という時代小説の読者にはお馴染の名を借りただけの、まったくの創作だった。いや、まったくの創作、と大いばりでいえるかどうか、いま考えると、冷汗が出ることもある。

文体は大佛次郎だし、ジョルジュ・シムノンの「男の首」からヒントを得た場面もあるし、林長二郎（長谷川一夫）と市川右太衛門主演の松竹映画「天一坊と伊賀亮」から、ラストシーンは借用している。しかし、読物雑誌のありふれた時代小説にはない、いくらかの新しさを出そうとして、私はずいぶん一所懸命になった。伊藤さんのところへ、その原稿を持っていくと、数日後に葉書がきた。「弁天夜叉」は次号にのせる。そのうちにまた、長いものを書いてもらうつもりだが、さしあたって二十枚ぐらいの、作品のあいだの色どりにつかえるような軽いものを、書いて持ってきてくれないか、といった内容の葉書だった。私はすっかり、うれしくなった。やはり、あれは注文だったのだ、と思った。はじめての注文があって、すぐそれが採用された、と思うと、得意だった。原稿料がよけいに入ることも、うれしかった。

「弁天夜叉」を書くすこし前に、私は推理作家の大坪砂男のところに、手紙を出していた。大坪砂男という作家が、推理小説雑誌「宝石」の昭和二十三年七月八月合併号に、「天狗」という短篇で登場したときから、私はたちまち傾倒して、すぐつづいて「別冊宝石」にのった「赤痣の女」、翌年新年号から毎号「宝石」にのった「黒子」「立春大吉」「涅槃雪」と読むうちに、いつかこのひとに小説を見てもらいたい、と思うようになった。

「宝石」編集部に葉書を出して、大坪さんの住所を教えてもらうと、長野県の野沢町に住んでいる、ということなので、私はいささか、がっかりした。それまで私は、小学校の修学旅行で京都、奈良、伊勢へいったのと、新月書房の集金旅行で、京都と名古屋へいったのと、旅行の経験が二度しかない。

市川の正岡容のもとへ、日曜ごとに通った以外、めったに東京を出たことがない人間だった。新月書房の末期、西宮さんのいいつけで、千葉市内のどこだったか、西宮さんの知りあいのところへ、借金をしに行ったときも、旅に出るような気で——もちろん日帰りなのに、出かけたくらいだった。そのとき、千葉のたずねた先のひとに、

「若く見えるが、三十ぐらいか」

と、聞かれて、ショックをうけたのを、おぼえている。旅行経験の不足とは、なんの関係もない話だが、思い出したついでに書いておく。当時としては大金を借りに行ったので、まさか十八、九のやつが来るとは思わないから、三十くらいと踏んだだけで、ほんとうに老けて見えたわけではないだろう、と自分をなぐさめたものだったが、二十前

後の私は、かなりひねこびた顔をしていたらしい。それにしても、ひとりで集金旅行に出されたり、借金をしに行かされたり、当時の私は信頼されていたのだろうか。

　五円の金をつかいこんで、首をくくったひとがいた。新月書房の取りひき先の社員だった。会社の金だから、五円でも五万円でも、着服は着服だが、それにしても気が弱すぎる。そういうときの十万円ぐらいを、私が持ちにげする心配は、なかったのかしら。信頼されていたというより、そんな大胆さはない、と見られていたのだろう。長野まで原稿を見てもらいに行けないと、大坪さんに手紙を書くのをあきらめたのだから、たしかに私は勇気がなかった。

日本橋相馬堂

あのころ、私がうぬぼれていたら、どうなっていただろう、と思うことがある。十八、九で多額の金を借りに行かせられたり、単行本の企画を立てさせられたり、編集長が行方不明になったときには、雑誌の編集をやったり、穴うめの原稿がすぐ間にあって、あっさり物書き専業になれたり、うぬぼれる材料には、こと欠かなかった。

　もっとも私の企画で出した単行本は、売れなかったし、私が企画編集した雑誌——雑記事をあつめる方法がなかったので、小説だけで一冊つくろう、ということになり、捕物帳特集号にして、アメリカ雑誌のまねのカラー挿絵を巻頭にならべる新手をやったりしたが、これも大して売れなかった。しかし、いちおう本をつくり、雑誌をつくったのだし、私は編集者になりきるつもりもなかった。とにかく、編集者としても間にあって、物書きとしても間にあって、しばらくのあいだは、日本で最年少のプロ作家だったのだから、うぬぼれてもよかったろう。

あのときに自信を持っていたら、もっとたくさん原稿を書いて、あちこちの読物雑誌から声をかけられるようになって、読物雑誌の衰退とともに、物書きを廃業していたかも知れない。なんとなく自信が持てず、なまけぐせに身をまかせていたせいで、気軽に翻訳家に転身して、読物雑誌作家のほとんどが息をひそめてしまった時期を、生きのびることが出来たのだろう。

それでも、いまの私は当時をふりかえって、もっと自信を持つべきだった、と思うのである。なまけものといっても、当時から現在まで、私は毎月、かなりの量の原稿を書いている。妙ないいかただが、勤勉なるなまけもの、というのだろうか。積極性はなかったけれども、いわれたことは、やるのである。他人にいわれたことだけでなく、自分が自分にいったことも、いちおうはやって、大坪砂男のところへも、けっきょくは手紙を書いた。

読物雑誌に原稿を売って生活をしながら、いつか推理小説を書こう、と思っているものです。弟子にしてください。要約すれば、そういう手紙を書いて、「ポケット講談」にのせたO・ヘンリーふうの現代小説「素晴らしき侵入者」の切りぬきを同封した。はっきりは思い出せないが、「素晴らしき侵入者」は、都筑道夫の名で発表したものだから、昭和二十四年の暮か、二十五年の春だったろう。年の暮に、いくらなんでも、そんな手紙を出すはずはないから、昭和二十五年の一月か、二月か、遅くも三月あたりだと思う。

なんどか手紙の往復があって、東京に出てきた大坪さんに初めてあったのが、純文学雑誌「新潮」に、「検事調書」という短篇を発表したあとだったことは、間違いない。純文学雑誌の「新潮」が、たった一度の推理小説特集をやったのは、昭和二十五年の四月号で、大坪さんの「検事調書」は、それに載った。だから、はじめて大坪さんにあったのは、六月か七月ごろだったのだろう。

大坪さんから、手紙の返事がきたときは、実にうれしかった。正確な文章としては、もちろん記憶してはいないが、どんなことが書いてあったかは、いまでもおぼえている。だいたい、次のような返事であった。

「私自身がまだ駈出しの文筆家なので、弟子になぞといわれると、うろたえるばかりですが、小説を金に替えながら、小説を学ぶという、あなたの行きかたは、間違っていないと思います。私も小説を製造販売しながら、なんとか増しなものが出来るようにと、考えています。送っていただいた小説、拝見しました。素質は良好、と判断いたします。またお手紙をください。出来るだけ、返事を書きます」

素質は良好、といわれたのだから、私は大よろこびだった。「宝石」から、ほかの雑誌へ、どんどん進出してゆく大坪さんの作品を、そのころの私は夢中で読んでいた。処女作の「天狗」で、私は驚嘆したのだが、落語家の兄はこちこちの本格派だから、それほど熱狂しない。それに対して、

「これだけの文章を書く推理作家が、これまでいたかよ。日本にはいやしない。文体ってものが、これにはあるんだ」

と、私は生意気に力説したものだった。それくらいだから、「週刊朝日」に大坪さんの「幻影城」が連載されはじめたとき——二十五年の二月十六日号からだったが、一時間でも早く読みたくて、本屋を歩きまわったものだった。いまは高速道路の下に、小さな三角地帯になっている江戸川橋交叉点の橋ぎわに当時、山遊亭書房という小さな本屋があった。出来たばかりの新刊書店で、店主は現在の桂小南さんだ。小南さんはそのころ、先代の三遊亭金馬の門に入ったばかりで、金太郎と名のっていた。金太郎だから、亭号は三遊亭でなく、山遊亭と書いたわけだが、東宝専属の金馬門下だから、あまり寄席に出られない。それで生活の基本として、本屋をひらいたらしいのだが、まずそこへ行ってみる。

「週刊朝日」が来ていないと、次には矢来下の本屋へ行く。そこにもないと、神楽坂へ行く。神楽坂には肴町の手前と先と、二軒の本屋があった。どちらにもないと、飯田橋の

駅の売店に行ってみる。駅の売店には、ふつうの本屋より、半日からときには一日、早く週刊誌がとどいていた。それを買うと、一刻も早く読みたいから、帰りは歩かずに、都電に乗る。電車のなかで、読みふけったものだった。

ところが、この「幻影城」という連載小説、どうもうまく展開せずに、尻つぼみにおわってしまって、私をひどく不安にした。いまから考えてみると、ちょうどそのころから、大坪さんは小説が書けなくなりはじめていたのだろう。

＊

推理作家としての私の通ってきた道すじを、この文章は書いているのだから、ここで当時の推理小説のことを書いておくべきかも知れない。私に推理小説を教えてくれた落語家の兄のことも、しばらくふれないでいたから、ここで書くべきでもあろう。けれど、それらは後まわしにして、いまは大坪砂男のことを、書きつづけたい。

大坪さんの手紙に元気づけられて、私はすぐに、「実話と読物」にのった「弁天夜叉」の切抜きを、長野県野沢町に送った。むろん、手紙といっしょにだが、これにもすぐ返事がきて、「弁天夜叉」については、

「活潑な文章を持っておられるので、先が楽しみです」

という一行があった。私はいよいよ元気づけられたが、それきり大坪さんには、作品は見せなかった。推理小説を書いたら、読んでもらおう、と思ったからだ。しかし、三つ目に読んでもらった小説は、推理小説ではなかった。やはり時代小説で、私が二十五のときに書いた初めての長篇、「魔海風雲録」である。はじめての本だから、大坪さんに序文を書いてもらいたくて、校正刷をわたしたのだけれど、ぜんぶ読んでくれたかどうかは、わからない。

「弁天夜叉」の評については、のちに大坪さんとあったときに、活潑な文章というのはどういうことか、と恐るおそる聞いてみたおぼえがある。大坪さんはちょっと困ったような顔をして、

「活潑な文章というのは、歯ぎれがいい、ということですよ」

「それで、ぼくの文章は、一人前の小説として、どうにか通用するのでしょうか」

「そりゃあ、あなた、まだまだ……」

と、言葉じりをのみこんで、大坪さんはにやりと笑った。私はすっかり、まいってしまった。その後も、大坪さんにほめられたことは、一度もなかった。ただ思いつきをほめられたことが一度、小説の鑑賞眼をほめられたことが、二度ばかりあるだけだ。長篇「魔海風雲録」の原型になった中篇で、おなじ題の「魔海風雲録」という時代物を、「実話と読物」に書いて、その話をしたときに、敵役の海賊がつかう幻術を、

「うん、それはおもしろいね。きみ、そういうことを考えさせると、うまいなあ」

といわれたのである。あとの二回は、外国作家の短篇の翻訳を、

「これ、おもしろいですよ」

と、大坪さんに貸したときで、それぞれすぐ次の日に、

「こういうものは、なかなか人がほめないよ。小説の読みかたを知ってるね、きみは」

めったに人をほめない大坪さんに、そういわれて、私はじつに得意であった。いや、人をほめないわけではない。むしろ、しばしば最大級の讃辞を呈していたほうで、

「いや、あれはおもしろかった。ああいうものを書けるひとが、そんな謙遜をしてはいけません」

などという。そして、相手とわかれたあと私に笑いかけて、

「いまのは外交辞令」

と、註をつけるのだった。最初のうちは、どれが本音かわからなくて、ずいぶんまごついたものだった。大坪さんの小説を読むと、ときどき作者自身らしい人物が登場して、よく酒を飲む。だから、実際にあうまで、そうとうな酒豪なのだろう、と思っていた。だから、はじめてあったとき、私は日本酒の一升壜をかかえていった。すると、大坪さんはにこにこ笑いながら、

「こういうことをしては、いけませんよ。それに、困ったな。私はお酒を飲まないんだ。まったくの下戸なんです」

「でも、小説では先生、私はがんらい酒徒であり、なんてお書きになっているから」

「小説を本気にしちゃいけません。小説というのは、あなた、嘘を書くものです」

大坪さんはそのころ、東京には家がなかった。日本橋の高島屋のわき、むかって右がわの横丁に、相馬堂という古美術店があって、主人は花王石鹼の研究室にいたひとだった。だから、東京薬専の同窓生だったのかも知れない。技師だったひとが、戦後に趣味の古美術を、本業にしたのだった。住居はよそにあって、夜は無人になるので、そこを大坪さんは、東京での宿舎にしていた。

野沢から手紙がきて、東京へ行くから、よかったら、そのときお目にかかりましょう、ということだったので、私はすぐ相馬堂へ飛んでいった。手紙の指示にしたがって、高島屋のわきの通りへ、午後の五時すぎに行ってみると、間口のせまい相馬堂は、まだ店をひらいていて、奥に客と話しているふたりのひとがいた。そのひとりが、大坪さんだった。相馬堂のことは、大坪さんの「夢路を辿る」という小説のなかに、店の様子などが描写してあったし、「アサヒ・グラフ」の戦後推理作家の写真特集にも、大坪さんがアルセーヌ・ルパン気どりで、ショーウインドウの壺に、手をのばしている写真が出ていた。だから、大坪さんの顔もわかっていたし、店内の感じもわかっていた。はじめてのところで、はじめての人にあうという気はしなかったのだが、大坪さんの声だけは、意外な感じで、耳にひびいた。

百舌居縁起

日本橋高島屋の横の通りにある骨董店、相馬堂に、私は大坪砂男にあいに行った。写真で見た大坪さんは、目鼻立ちの大きな、ちょっと古武士を思わせる顔の持ちぬしだった。だから、おそらく男性的な太い声の持ちぬしか、とにかく低い喋りかたをする人だろうと私は思っていた。

ところが、私が相馬堂の前に立ったとき、店内で客としゃべっていた大坪さんの声は、意外に女性的に聞えた。いや、細い声だったわけではないから、女性的といったのでは、誤った感じを読者にいだかせるかも知れない。あきんどふうというべきだろうか。やわらかな話しぶりで、声の質は違うが、正岡容の喋りかたと、共通するものがあった。

「ああ、大坪さんは東京のひとなんだな」

と、私は思って、大いに安心したが、それで緊張がとけたわけではない。しゃちこばって、店へ入っていって、私が頭をさげると、大坪さんはちょっと困ったような顔をした。私がいよいよ固くなって、名のりをあげると、大坪さんは客と店主にことわってから、

「そのへんへ出ましょうか」

と、笑顔になった。

「うかがうのが、早すぎたでしょうか」

私がいうと、大坪さんは相馬堂をふりかえってから、

「いいところへ来てくれたんです。あのままいると、番頭さんの役をつとめなければならないから」

そのときには、どういう意味かわからなかったが、この初対面のやりとりは、妙に印象に残っている。そのくせ、その日のあとのことは、よくおぼえていない。髙島屋の裏手のほうの喫茶店でしばらく話をしてから、相馬堂へもどると、ショーウインドウに雨戸がはまっていて、店主がひとりで待っていた。私を紹介してから、大坪さんは店主を送りだして、店をしめた。

それから、店の奥の座敷で、遅くまで話をして、私は終電すれすれに東京駅へ駈けつけた。そういったことはおぼえているのだが、どんな話をしたのか、それが思い出せないのだ。

しかし、大坪さんの豊富な話題に、私がすっかり酔わされて、時間がたつのをわすれたことは、間違いがない。話題が豊富なだけでなく、もちろん話上手でもあって、文学の話、推理小説の話、美術品の話、昔の話、今の話、私は一夜にして、たいへんな知識を身につけたような気になった。

それでいて、大坪さんは、ほとんど私生活のことを口にしなかった。何年もあとまで、私は大坪さんに、子どもがいることを知らなかったくらいだ。東京に出てくると、一週間から十日、大坪さんは相馬堂にいた。昼間、遊びにきてもいい、といわれて、二日ばかりあと、私はまた日本橋へ出かけていった。しかし、相馬堂には主人だけがいて、

「和田さんなら、京橋図書館にいますよ」

という。和田というのは、大坪さんの本名である。私は日本橋の電車通りをわたって、京橋図書館へ行った。八重洲口よりの裏通りの古い建物だったと記憶している。二階建か三階建の、重厚な薄暗い感じの建物で、洋館という呼びかたがいちばんふさわしいだろう。アーチがたの玄関の左右には、木が暗くしげっていた。大坪さんは一階の読書室の窓ぎわにいて、私を見つけて、声をかけてきた。

図書館を出て、喫茶店で話をしていて、私は最初の晩、大坪さんがいった言葉の意味を、ようやくさとった。大坪さんは、東京に出てきたときの宿泊場所に、相馬堂をつかわしてもらっていたが、礼をしてはいなかったらしい。相馬堂の主人としては、そのかわりに、昼間、用のないときには店を手つだってもらいたい、という気持があったようだ。大坪さんは戦争初期の一時期、美術商をしていたことが——店を持っていたのか、ブローカーだったのかはわからないが——あったらしい。その経験をいかして、手つだってくれたら、という気持が、相馬堂の主人にあったのに対して、大坪さんはもうそういうことはしたくないという気持があったようだ。どうやら、美術商時代に、なにかいやなことがあったらしい。

「番頭さんの役をつとめなければならないから」

という言葉は、そういう意味だったらしく、出版社から電話でもあれば、こちらからあいに行く、用がないときには図書館に逃げこむ、という昼間だったらしい。たしかにその日の大坪さんには、話相手ができたのをよろこんでいるような様子があった。

＊

当時、大坪さんは四十六歳だった。現在の作家志望者のことを考えると、三十年前のこのころは、いい時代だったと思わずにはいられない。

どこがいい時代かというと、私は大坪さんのところへちょいちょい遊びに行って、そこでいろいろな人と知りあった。翻訳家の宇野利泰さん、阿部主計さん、作家の日影丈吉さん、夢座海二さん、といった人たちである。大坪さんが一、二年あとに、新宿歌舞伎町に部屋を借りてからも、さらに目黒の大岡山へ引越してからも、この人たちはなんとなく、週に一度や二度は集って、午後から夜へかけて、雑談にときを過していた。

話題は誇張でなく、哲学、文学から法医学の珍談、語学の話、食べものの話、映画の話、芝居の話、女の話、上から下までに及んだ。喫茶店に腰をすえ、腹がへるとラーメン屋の腰かけにならび、また喫茶店にもどって、話がつづくという様式で、この移動サロンにくわわったことは、二十代の私にとって、いちばん勉強になったのではないかと思う。私の小説作法は、この雑談のなかから、出来あがったといってもいい。

宇野さんや阿部さんは、大坪さんより五つぐらい年下だったから、日本橋から大岡山へかけての移動サロンが、ちょうど四十代前半にあたっていたはずである。歌舞伎町から大岡山のころ、大坪さんはだんだん小説が書けなくなって、ひどい貧乏をしていたが、ほかの人たちはそれぞれ、ちゃんと仕事をしていた。大坪さんにしても、注文がなくて、書かなかったのではない。一流雑誌から注文があって、苦心しても書けなくて、不義理を重ねていったのである。

当時の大坪さんや宇野さんの年になったとき、私には週に二度はおろか、一度だって、半日みんなと集って、雑談をするような暇はなくなっていた。二十代の作家志望者が遊びにきたとしても、ついそっけなく追い立てるようなことになる。

大坪さんは座談の名手で、するどい批評眼の持ちぬしだった。あの小説のあそこはうまい、あそこはだめだ、というような話が、座談のなかに飛びだすたびに、私は目をひらかれる思いだった。私の小説作法が、当時の移動サロンから出来あがったというのは、そういう意味なのである。大坪さんの意見が正しいことを、確認する作業は、小説を書きながら、自分でしていったには違いないが、なにも手がかりのないところから、ひとつのセオリーを発見するのにくらべたら、その苦労は半分ですんだ。だから、いい時代だったと思わずにはいられないのである。

落語家の桂文楽は、三遊亭円馬に心酔して、その芸を自分のものにするために、大阪へ通ったころのことを、後年、安藤鶴夫に語って、

「師匠に反吐《げろ》をなめろといわれたら、なめましたねえ、ほんとうに」

といっているが、私にはそれほど、ひとりの人に惚れこむ気力はない。正岡容の小説をどう思うか、といま聞かれたら、ろくなものはありません、と答えるだろう。大坪砂男の小説をどう思うか、といま聞かれたら、いいものは二、三作です、あとは狙いと技法にずれがある、と答えるだろう。正岡さんも大坪さんも、生きかたそのものが、見事な小説のような人であった。

ことに大坪さんは、自作の狙いと技法にずれがあることを、自分でよく知っていて、だんだん書けなくなっていったのだから、話を聞くことが、勉強になった。いや、勉強になったなぞという、くだらないいいかたは、するべきではないだろう。私にはなにもわからなかったのである。いま書こうとしている小説のストーリイを、大坪さんはよく話した。私はわけもわからずに、

「もう出来たも同然じゃないですか」

なぞと、いったものだ。大坪さんは苦笑して、

「そのまま書ければ、苦労はないけどね」

と、話題を変えるのだった。言葉ではいいあらわせないものを、言葉で隙間なく包囲して、それが逃げださないように、読者に呈示するのが小説だ、とよくいっていた。真実を嘘でかためて、読者にさしだす、というういいかたもした。

野沢の家には、庭によく百舌《もず》がきて鳴くそうで、嘘つきを二枚舌というが、小説家の舌は二枚ぐらいでは足りない、百枚舌ぐらいなければ、というところから、大坪さんは百

舌居と号していた。その庵号が私は好きで、

「先生があきて、使わなくなったら、ぼくにゆずってください」

といったものだ。

「こんなものはいまどき、はやりませんよ。庵号をつけたいなら、考えてあげます」

「いいえ、百舌居がいいんです。いまに二代目を名のらせてください」

といったやりとりがあって、大坪さんの死後、私はときどき二代百舌居という文字をつかっている。

私は大坪さんの話を聞くようになって、いよいよ元気づいて、読物雑誌の仕事をした。といっても、講談のダイジェストや、時代小説で、大坪さんの作品の影響は、あらわれなかった。大坪砂男の弟子になったことと、いま書いているものとは、ぜんぜん別だという気がしていたのだが、さて、それでは別でないものはなにか、そこへ向って、どう進めばいいのか、ということは、考えなかったようである。


あいかわらず、大佛次郎をまねた文体で、国枝史郎や角田喜久雄のような伝奇小説を、書きつづけていた。自分から仕事をふやそうとはしなかったが、「ポケット講談」と「実話と読物」の注文だけで、けっこう忙しかった。というよりも、二つの社の仕事をして、映画を見、芝居を見、大坪さんをたずねるだけで、もう時間の余裕はなかった。つまり、あまるほどの収入はないが、遊ぶ時間はたっぷりとれる、という生活だった。

読物雑誌はいつまでも全盛のように思われたし、読物雑誌の作家たちとも、だんだん知りあうようになっていった。「ポケット講談」にも、若い作家が出てくるようになった。そういう人たちとのつきあいは、私にはうまく出来なかった。麻雀もやらず、酒も飲まなかったせいである。若い作家の勉強会ができたときには、私も参加したけれども、大坪さんたちといっしょにいるほうが、作家の話を聞いている、という気がしたものだった。

ともしびの会

私は大坪さんが東京に出てくるたびに、なんどもなんども日本橋の相馬堂へたずねて行って、推理小説の世界へ近づいていった。その一方に、「ポケット講談」を中心にして、読物雑誌の原稿を、さかんに書いていた。長篇講談のダイジェスト百枚が、私の暮しの基本であって、多い月にはそれ以外に、小説を百五十枚ぐらい、つまり月産百枚から二百五十枚のあいだ、というわけだ。

そのころから、書きだしに苦労して、最初の十枚ぐらいまで、書いては破り、書いては破りするくせはあったが、かたちがつくと、現在よりは速筆だったのである。いまも、それぐらいか、それ以上の仕事を、毎月しているけれども、当時のように遊んであるく暇はない。その暇な時間だけ、早く書いていたわけだ。

いつか推理小説を書こう、という意識が、いつも確然とあったわけではない。いつか推理小説を書くのだから、いまの仕事はつなぎで、いい加減に書いていればいいのだ、と考えていたわけでもないようだ。推理小説の世界に近づけたのがうれしくて、大坪さんや宇野さんの話を聞くいっぽう、読物雑誌から頼まれる原稿は、頼まれた通りに書いていた、というだけのことなのだ。

読物雑誌の作家たちとも、いくらかのつきあいは出来た。中年以上のひとたちは、みんな現状に不満を持っているようだった。いまでも、そのひとたちの口ぐせのひとつ、ふたつをおぼえている。

「調子をあわせて、愚にもつかないものを書いているのは、いやだねえ」

「売れる作家になるのはかまわないが、家を建てるような作家にはなるなよ、きみ」

長い年月にわたって、小説を書いてゆくということは、大変なのだろう、とは思ったが、だから、どうというような考えはいだかなかった。私は作家になったという自覚もなかったし、調子をあわせて書いていたわけでもない。調子をあげて、書いていたわけでもない。それでも、家を建てるような作家にはなるなよ、という初老の作家の言葉は、私に影響をおよぼしたようである。

後藤竹志さんの編集する「ポケット講談」の売れゆきは、すこぶる順調に見えた。「ポケット講談」ばかりでなく、小判の読物雑誌は本屋や、駅の売店に無数にあって、花ざかりという感じだった。カストリ雑誌の全盛期がおわって、読物雑誌の全盛期が来ようとしている、という感じだった。

小判雑誌の新人が出はじめたのを機会に、新人たちの勉強会をつくろう、という話は、どこから出たのか、私は知らない。だが、「ポケット講談」が中心になって、まずそこに書いたことのある新人をあつめ、しだいに他へ呼びかけていこう、というようなことだったらしく、私も第一回のあつまりから、さそわれた。

指導役として、長谷川幸延さんと秋永芳郎さんが出席してくれることになって、「ともしびの会」という名がついた。「ポケット講談」の発行所、青灯社の灯から、つけた会名である。長谷川幸延さんは、たしか「サンデー毎日」の大衆文芸賞で出てきたひとで、関西風俗をえがく作家、劇作家でもあって、「殺陣師段平」は新国劇の当り狂言であり、なんども映画、TVドラマになったから、ご存じの方が多いだろう。「二カツの灯」という大阪を舞台の、屋台の二銭くしカツ屋を書いた戦前の短篇が、私は好きだったけれども、そのころ読売新聞だったかの夕刊に連載していた明治ものの長篇「寄席行燈」は、どうも好きになれなかった。三遊亭円朝をえがいたいわゆる芸道小説だが、会話が東京の言葉でないのである。

正直なところは、登場人物のうち、幸延さんの創作になる一人物、上野の彰義隊くずれの若者の名を見たとたん、あれっと思って、すでに反感を持ったのである。そのしばらく前に、幸延さんも書いているある読物雑誌に、私は横浜を舞台にした時代小説をのせた。主人公は彰義隊くずれの若者だった。その主人公に私がつけた名前が、そのまま使われていたからだ。幸延さんの「寄席行燈」を、私は本になってからは、読んでいない。だから、好き嫌いていどの評価しか出来ないわけだ。

もうひとり、会の上置になってくれた秋永芳郎さんのことは、私はなにも知らない。戦争ちゅうの雑誌で、名前を見た記憶はあったし、その当時さかんに書いていた方なのだが、私はその作品をひとつも読んだことがなかった。だから、長谷川幸延さんが晩年、小説は書かなくなったけれど、関西風俗についての随筆は書きつづけて、昭和四十七、八年ごろに亡くなったことは知っているが、秋永さんの消息はまったく知らない。

知らないといえば、「ともしびの会」のメンバーも、ほとんど私は知らなかった。最初は五、六人の集りだったのが、いちばん大勢あつまったときには、三十人以上にもなった記憶がある。けれど、どういう人があつまったのか、名前はほとんど思い出せない。こう書くと、いかにも気のない会員だったようだが、出席率はよかったのである。

＊

この「ともしびの会」にあつまった新人で、現在も活潑に活動をつづけているひとは、いないようである。日本史の大家のお嬢さんで、そのころ小学館の編集者で、あまり読物雑誌むきでない時代小説を、いくつか「ポケット講談」に発表していた黒板拡子さんが、いちど出席されたような記憶がある。現在の永井路子さんである。そんなふうに筆名を変えて、現在も書きつづけているひとが、ほかにもいるのかも知れない。私は筆名は変えなかったが、一時まったく時代小説から離れてしまった。

昭和五十二、三年ごろに、交通事故でなくなった園田てる子さんは、かなり熱心に出席していた。ほかには、木屋進というひとを、おぼえている。なぜおぼえているかというと、「ともしびの会」は勉強会なのだから、ただ雑談をしても意味がない。みんなが小説を持ちよって、書き手が朗読して、合評会をやろうということになって、まず木屋さんが書いてきた。私はなまけものだから、むろん書いて持ってはいかなかったが、生意気ざかりだから、木屋さんが読みおわると同時に、口をひらいて、まるで重箱のすみをせせるように難癖をつけたのである。

どんな作品で、私がどんな難癖をつけたのかは、おぼえていないが、長谷川幸延さんがとちゅうで遮ったぐらいだから、よっぽど嫌味なことをいったのだろう。幸延さんが困ったやつだというように、口を出して話をそらしたことを、よくおぼえているので、木屋進さんの名も記憶しているのである。

そのころの私には、これに類する記憶が、やたらにある。たとえば、大家のお弟子さんの前で、その大家の作品をめちゃめちゃにけなして、そばにいた編集者から、激しい口調で、たしなめられたこともある。角田喜久雄さんのお弟子さんで、時代伝奇小説を書きはじめた人に、どこかでだれかに紹介されて、名刺をもらった。その名刺には、角田喜久雄門下、作家、という二行の肩書がついていた。私はあきれて、最近の珍談として、みんなに触れまわった。そのときには、「ポケット講談」の後藤さんに、

「自分の作品が活字になったのが、うれしくて、これから一所懸命やろうとして、ああいう名刺をつくったんだ、と思うよ。そんなふうにいっちゃあ、かわいそうじゃないか」

と、注意された。人見知りをして、話しかけられないと、口をきかないが、口をきくと無遠慮に、生意気なことを喋りちらす。当時の私は、そんな人間だったらしい。おまけに、注意されても、あまり反省しない。大家の作品をけなして、お弟子さんを不愉快にさせ、編集者を怒らせたときにも、

「あいつには臍がふたつあるとか、あいつのかみさんは字が書けないとか、そういう放言をして、相手が怒るんだったら、こっちが悪い。でも、作品には出来、不出来ってものがあるし、読むがわの評価の基準はまちまちなんだから、けなされて怒るほうが、間違っているんじゃないかね」

と、あとで友人に、うそぶいたおぼえがある。そんな性格のせいで、私には読物作家仲間に、親友はできなかった。

ただひとりだけ例外があって、その男のことをこのへんで、書いておかなければ、いけないだろう。その前に、私の小生意気な性格も、大坪さんには、あっさりあしらわれたことをいっておきたい。相馬堂になんどか通うと、私はたちまち無遠慮になって、大坪さんの作品についても、小ざかしい疑問を提出した。はっきりおぼえているのは、「検事調書」という大坪さんの短篇の一節で、師匠に破門された日本画家が、殺人容疑で調べられる。検事が画家に、敗戦直後の混乱期、破門されて雅号をつかえなくなって、なんで生活していたか、と聞くと、画家は言葉をにごす。すると、

問　お前はこの調書を何だと心得ているか？　お前個人の勝手な記録ではなく、これは同時に日本人の記録、人類の記録でもあるのだ。判るかね？　君は芸術家の一人として、今これを、でたらめな物として気が済むと思うのか？　桐野初男、敗戦下の日本に生きている君だ。現実を直視するのに勇敢でありたまえ！

答　春画を描きました。

問　ああ、そうか。

という、やりとりになる。私はこの最後の「ああ、そうか」というのが、いかにも軽すぎるような気がした。それを無遠慮に、もっと書きようがあるんじゃないですか、といったのだ。大坪さんの返事は、次回に書く。

歩いた仲間

私が生意気な疑問を呈すると、大坪さんはにこにこしながら、「そうだねえ。そこは、苦労したんだよ。どう書いたらいいか、ずいぶん迷った。なかなか、落着く言葉が出てこなくてねえ。きみだったら、どう書く？」

そう聞きかえされて、私は困った。

答　春画を描きました。

問　ああ、そうか。

というのは、いかにも軽すぎると思って、私は生意気なことをいったのだ。なにしろ、その前の検事の「問」は、

問　お前はこの調書を何だと心得ているか？　お前個人の勝手な記録ではなく、これは同時に日本人の記録、人類の記録でもあるのだ。判るかね？　君は芸術家の一人として、今これを、でたらめな物として気が済むと思うのか？　桐野初男、敗戦下の日本に生きている君だ。現実を直視するのに勇敢でありたまえ！

という高調子なものだ。大げさに構えたお説教ふうでありながら、事実をしゃべらせようという感じもあって、おもしろい。それに押されて、容疑者が告白する。それに対して、「ああ、そうか」は拍子ぬけだ、と思ったのだが、大坪さんに聞きかえされて、一所懸念に考えてみたが、いいせりふは思いつかない。

「なるほど」では、おもしろがっているみたいだし、「なんだ、隠すほどのことじゃないじゃないか」なぞといわれたら、検事らしくなくなる。ことにお説教ふうの高調子で、きめつけたあとだ。検事は事実だけが知りたかったわけで、その事実を聞きだしてしまったら、あとは次の質問に移るだけなのである。「ああ、そうか」か、「わかった」か、「うん、そうか」か、とにかくここは簡単な言葉しか、出てくる余地はない。

その場合、高調子に力を入れて、事実をひきだしたあととしては、「わかった」も、「うん、そうか」も、威圧するように聞える。けっきょく、次の質問にとりかかる前提としては、「ああ、そうか」と力をぬいて、軽くいわせるのが、いちばんいいのだろう。いいたいことがあっても、うまくいえないときには、なにもいわないのがいいのだ、ということに、ようやく思いあたって、私は降参した。

私の傲慢な無遠慮は、むろん若さ、未熟さから来ていたわけだが、それだけでなく、性格的なものもあったろう。幼いころから、私は闘争本能がなかった。だから、思ったことを無遠慮に口走ることによって、闘争本能を補っていたふしがある。

のちに最初の長篇小説を書いたときも、何月までに五百

枚以上、書くのだ、とやたらに人にふれあるいた。周囲のひとに知ってもらうことによって、実行せざるを得なくなるようにする。この方法は、佐々木邦のユーモア小説で、学んだものだった。題名はわすれたが、ある長篇のなかに、大辻司郎をモデルにしたらしい漫談家が出てくる。それが、眠れないときに、早く寝る方法というのを、喋るところがあって、蒲団にもぐりこんで、いびきをかく、つまり結果を形式的に先につくってしまうのだ、という話をするのだ。

私はそれがおもしろく思われて、まねをしてみると、うまく行くこともある。ほかのことにもこころみてみると、やはり形式的な結果が、実際の結果になる場合が多かった。この長篇小説のときも、いまの私からは信じられないようなスピードで、五百枚をたしかひと月ぐらいで書きあげた。

この初めての長篇時代小説「魔海風雲録」は、私が二十五のときに、若潮社という小さな出版社から出て、ろくに印税ももらえないうちに、版元がつぶれてしまったけれど、その後、べつの出版社から、さまざまな判型で再刊されて、二十五年後のいまも、中央公論社の文庫で生きている。この結果を形式的につくってしまう方法は、うまくいかないときも多いが、私の最初の長篇に関するかぎり、成功だったわけである。

それがさまざまなかたちで、私のくせになって、友だちに原稿を見せるとき、「こんなにうまくて、いいのだろうか、と思うよ」と放言したりすることになる。そうした私の無遠慮な態度に、いちばん敏感に腹を立てたのが正岡さんで、軽くいなしてくれたのが後藤さんと大坪さんだった。いまの私は、若いひとたちに無遠慮なことをいわれると、大坪さんや後藤さんの態度を思い出して、それを見ならおうとつとめている。

＊

ともしびの会は、あまり勉強会としては成功しなくて、親睦会になっていった。集って、酒を飲みながら、ゲストを呼んで、話を聞く会になっていったわけだ。まだ神田五山といっていたころの神田伯山にきてもらって、講談を聞いたときなぞは、実にたくさん人が集った。けれど、青灯社から金が出なくなったのか、ゲストを呼ぶのは二回ぐらいでやめになり、飲み食いの会に集るひとの数は、だんだん減っていって、ともしびの会はやがて消滅した。

したがって、そこに集った新人たちと、私はあまり親しくなることは、出来なかった。ひとり親しかったのは、「ポケット講談」が創刊される以前から、いっしょに働いていた男だった。カストリ雑誌の「スバル」が、いちばん好調だったときに、人をふやすことになって、男性女性各三人、合計六人が入ってきた。

これが複雑で、女性のひとりは新月書房にやとわれたことになっていて、私といっしょに、単行本の仕事をおもにやった。ほかの女性ふたりと男性ひとりは、間瀬さんがやとったことになっていて、「スバル」の仕事をした。残りの男性ふたりは、後藤さんが副業のタブロイド新聞、「ムービー・タイムズ」を出すために、やとった人たちだった。しかし、仕事の領分がはっきりしていたのは、最後のふたりだけで、私をふくめたあとの五人は、忙しいときにはなんでもやらされた。

忙しいとき、といっても、それは長つづきせず、「スバル」は急速に売れゆき不振になり、「ムービー・タイムズ」も廃刊になって、女性三人と男性ふたりは、半年たらずでやめていった。一時は人でごったがえした多町二丁目の事務所も、またもとの状態にもどって、社員として残ったのは私と、間瀬さんにやとわれた男だけだった。その男が私と同様、もの書き志望だった。それも、最初は私とまったく同じで、芝居が書きたかったらしく、小さな新劇団の文芸部に、入っていたように記憶している。

本名は長南延弥といって、私より四つぐらい年長だったが、後藤さんが「ポケット講談」に移ると、彼も時代小説を書いて、のせてもらうようになった。筆名は狭山温。だから、その名のほうで呼ぶことにするが、なんとなく、それで食えるから、という売文生活をしていた私とちがって、狭山温はもっと目標を、はっきり定めていたらしい。私といっしょに、読物雑誌に時代小説を書きながら、現代小説を書いて、「サンデー毎日」に応募したり、講談社の雑誌に長谷川幸延さんの紹介で、原稿を持ちこんだりしていた。同じ道を歩もうとしていたので、多町の事務所にいたときから、私は狭山と親しかった。「ポケット講談」に書きはじめると、なおさら一緒に、つながって歩くようになった。人見知りのはげしい私と違って、彼は友だちをつくるのがうまく、おかげで私も、彼のつくった友だちと、つきあえるようになった。彼がいた小劇団は、いまはTVライターになっている田村幸二という人がつくったもので、すぐにつぶれてしまったようだが、狭山はそこで加藤と上田という、ふたりの友だちをつくって、私にも引きあわしてくれた。

劇団がつぶれると、加藤と上田は、秋田雨雀氏を校長に、開校したばかりの舞台芸術学院に入った。読物雑誌のライターになったばかりの狭山と私は、池袋の舞台芸術学院にたずねて行ったりして、加藤と上田にしばしばあった。みんな金はあまりなかったから、喫茶店に長居をしたり、あてもなく歩いたりしながら、よく喋ったものであった。

加藤は草かんむりに恵と書いて、けいいと読ませるという、当用漢字になったばかりの時代、どこの印刷屋にも正字の活字がまだたくさんあった時代でも、いつも下駄をはいて初校が出てくるような、むずかしい筆名をつかっていて、ベケットまがいの一幕物を書いたり、バレエの台本を書いたりしていた。ベケットまがいといっても、そのころ日本にはベケットは紹介されていない。おそらくフランスでも、まだ有名ではなかったろう。むろん、加藤もベケットを知ってはいなかったから、その一幕物はなかなかユニークだった。

上田は演出か、演技にすすもうとしていたのだろう。けれど、四人で歩きまわったときに、あまり芝居の話をした記憶はない。おもに映画の話をしたように、おぼえている。ふたりは舞台芸術学院を出ると、演劇関係の雑誌の編集を手つだったり、雑文を書いたりして、私たちとのつながりは切れなかったが、私が翻訳をやるようになったころから、疎遠になってしまった。

私は人づきあいがへたで、ことに無趣味ときているから、ギャンブルの話も、スポーツの話も、女の話もできない。

だから、仕事のつながりがなくなると、なにを話していいかわからなくて、人とつきあうのが、ひどく疲れる。推理小説の話なら出来るが、それも現在のようにおびただしく出版されていると、私が読んでいるものは人が読んでいない、人が読んでいるものは私が読んでいない、ということになって、うまく行かない。

加藤はその後、旅行雑誌に書くいわゆるトラヴェル・ライターになって、いつか実業之日本社のパーティであったときにも、「元気ですか」「むかしの仲間にあいますか」ぐらいで、話のたねがなくなってしまった。上田とは、その後いちども、顔をあわしたことがない。加藤は私とおないどし、上田はひとつ下か、ひとつ上だったとおぼえている。

桃源亭花輔

狭山温が私にひきあわせてくれた友だち、加藤と上田がもう舞台芸術学院を、卒業してからのことだったと記憶している。

私と狭山は、小川町の珈琲屋にいた。たしか斎藤珈琲館といって、いまでもあると思うが、小川町の交叉点のふたつばかり、駿河台よりの通りを、中央大学のほうへ、ちょっとあがった左がわ、半地下のように、道路から少しおりた感じで、入ってゆく小さな店だ。青灯社の近くだし、コーヒーもうまかったから、私たちはよくこの店を利用した。

その斎藤珈琲館で、加藤と上田を待っていたのだから、たぶん「ポケット講談」の原稿料が、出た日だったのだろう。上田に彼女ができたということを、私と狭山は話題にしていたはずで、というのは、やがて加藤だけが現れて、すぐ上田のデイトの話になったのを、はっきりおぼえているからだ。

「上田は来ないよ。きょうも、彼女とあっているはずだ。あいつ、ばかだぜ」

と、加藤はにやにや笑っていた。

「このあいだも、新橋で彼女とあってね。金がないもんだから、話をしながら歩いて歩いて、とうとう浅草まで歩いたよ」

「そりゃあ、嘘だろう。いくらなんでも、新橋から浅草まではねえ」

と、私たちがいったら、加藤は首をふって、

「ほんとうさ。おれ、ずっと一緒だった」

「それじゃあ、ばかなのは、お前じゃないか。だいたい、気がきかないよ。男と女が仲よく話しながら、歩いているそばに、くっついているやつも、ないもんだ」

「くっついてやしないよ。邪魔にならないように、ちゃんと離れて、あとからついて行った」

これで三人、大笑いになったが、そのころの私たちは、ほんとうによく歩いた。敗戦直後に、江戸川橋のうちから、新宿まで歩いて映画を見にいったり、竹製の椅子を買うために、上野の松坂屋まで歩いたり、浅草まで歩いて映画を見にいったことは、前に書いた。浅草のときは、上野をすぎてからのほうがつらくて、一望の焼けあとのむこうに、松坂屋デパートがくっきり見えている。それが、いつまでたってもおなじ大きさで、いっこうに近づかない。いやになったのを、おぼえている。ただ思わぬところで、富士山が見えたのは、さわやかな記憶として、残っている。歩きつかれた夕方の道で、焼けビルのかげに、紫いろの富士山が、小さく見えていたりするのだ。この記憶は、いま私が時代小説を書くときに、ずいぶんと役立っている。

敗戦直後は、金がないことのほかに、電車もバスも台数がすくなく、やっと来たと思うと、お客がこぼれ落ちんばかり、ということも、歩いてしまう原因になっていた。四、五年たって、交通事情がいくらかよくなっても、ふところ

事情のほうはよくなっていなかったから、やっぱり私はよく歩いた。

「ポケット講談」の後藤さんは、私と狭山温によくしてくれたが、金銭的にはかなりルーズなひとだったから、約束の日にちゃんと稿料をくれるとは限らない。あてにして行ったのに、一銭ももらえないで、それでも帰りの電車賃があるときはいい。私と狭山のふたりで、小川町から高田馬場まで、歩いたこともあった。

　青灯社へいったら、稿料はあしたにしてくれ、といわれて、さて私は一文なし、狭山もいくらも持っていない。おまけにふたりとも、腹ペコだった。そのころ狭山は結婚したばかりで、中野区の野方に住んでいた。私は前夜、彼の家にとまって、いっしょに出てきた。野方まで帰りつけば、食うものもあるし、金もなんとかなるのだけれど、くりかえすが私は一文なし、狭山もいくらも持っていない。高田馬場から野方まで、西武新宿線の切符を二枚買って、ちょっと残るくらいの金額しかなかった。

　空腹をがまんして、私たちは歩きだした。金がないのも、歩くのも平気だったが、腹がへったのは、平気ではなかった。その問題さえなければ、むしろのんきに、私と狭山はお喋りしながら、神保町から九段、神楽坂から柳町へ歩いていった。その柳町へんの八百屋の前で、狭山は立ちどまった。

「この林檎をひとつ買うことは、目下の経済状態でも出来るよ」

　というわけで、八百屋の店頭にかがやいていた林檎の山から、なるべく大きそうなのをひとつ買った。それをふたつに割って、かじりながら、私たちは元気づいて歩きつづけた。新大久保の駅の近くに、いまでも教会があるが、そのころ隣りに花屋があって、店の前に水道の蛇口があった。花に水をやるための水道だろう。店にいた女のひとに、狭山が声をかけて、私たちは水を飲ましてもらった。店さきには、こまかい白い花の鉢植が、いくつも並んでいた。

「この花、なんていう名前」

　店の若い女性に、狭山は聞いたりした。そんなふうに、気軽に女のひとに話しかけられる狭山が、私はうらやましかった。花の名前は、かすみ草だった。いまでも私は、大久保通りを通ると、花屋の水道とかすみ草を思いだす。新大久保の駅の手前から、道を折れて、私たちはようやく高田馬場にたどりついた。

*

落語家の兄は、二つ目になって、芸名を桃源亭花輔と変えていた。それと同時に、師匠もとりかえていた。

古今亭志ん生は大戦末期、三遊亭円生と満洲にいったきり、帰って来ない。消息不明で、死んだらしい、という噂さえあった。師匠のいない若い落語家はつらい。正岡容が心配して、ほかへ移ることをすすめた。しかし、おなじ落語協会のなかで、ほかの師匠の門に移るのはまずい。古今亭今輔にならと、無理がいえるから、いっそこの際、芸術協会へ移ってはどうか、とすすめられて、兄はその気になったのだった。

当時の私は、そんなふうに気軽な問題としか、考えていなかったのだが、これにはいろいろ複雑な事情があったらしい。金原亭馬之助が生きていれば、くわしいことがわかるのかも知れないが、私より一歳の年長でしかないのに、馬之助はもうこの世にいない。その後にまた聞きで知ったことと、当時の記憶をあわせ考えてみると、兄の移籍問題は、いまの金原亭馬生に対して、正岡さんが腹を立てたことに、端を発したらしい。

正岡さんにしてみれば、志ん生一家はもっと自分を頼りにして、なにかと相談にくるべきだ、と思っていたようだが、馬生はあまり顔を出さない。正岡さんは、落語家から見れば味方ではあっても、小説家であって、落語家仲間ではない。つまり、正岡さんが自分で思っているほど、落語界に発言力があるわけではない。たしか馬生さんも、私よりひとつかふたつの年長で、つまり当時は二十《はたち》になるやならず、それでいて志ん生のいない古今亭一門を肩にしょわされたのだから、懸命だったろう。正岡さんのところへ、ご機嫌とりに行ってはいられない。

それが、正岡さんには小生意気にうつったのだろう。兄のところへ、彼は天狗になっているから、もう面倒はみてやらないつもりだ、お前もそれを心得て、彼と対応せよ、といった意味のはがきをよこしたりしている。木村荘八さんの絵手紙のまねを、正岡さんはしばしばしていて、そのはがきにも、天狗のふるまいあるにつき、というところに、朱で天狗の顔の絵が書いてあった。そのせいで、私はよくおぼえているのである。

当時の兄は古今亭志ん治で、まだ前座だった。馬生さんのほうは、前座を経験せずに、いきなり二つ目で出ていたのだと思う。師匠のいない前座より、師匠のいない二つ目のほうが——しかも師匠が実父で、前座をつとめずにふんだ二つ目のほうがつらい。

というのは、敗戦直後、若い前座はすくなかったから、寄席へ出られないということはない。前座は客の入りと無関係な給金制だが、二つ目から上は割りといって、客の人数でその日の出演料がちがう。志ん生のいない二つ目の馬生さんは、寄席に出られないこともあったのだろう。いまの芸風を見てもわかるように、馬生さんは陽性のひとではない。兄も陽性の人間ではない。

正岡さんと馬生さんのあいだで、兄の立場はかなりつらいものになっていたらしいのである。正岡さんは馬生に腹を立てっぱなしで、このまま志ん生が帰って来なかったら、お前はどうしようもなくなるから、身のふりかたをおれにまかせろ、ということになったようだ。兄はそれにしたがって、古今亭今輔の門下に移り、芸術協会に移った。志ん治という名前は返したが、今輔から名前をもらったわけでもない。

桃源亭花輔という名は、じつは私が考えたものだ。それを正岡さんの命名ということにして、今輔師匠がみとめたのは、志ん生に対する遠慮ということがあったように、私には思われる。兄は桃源亭花輔になると同時に、志ん生におそわった話は、いっさいやらなくなった。それが、兄の志ん生に対する義理立てであった。

それからの小十年、兄はうしろめたさを覚えつづけていたらしく、志ん生の姿を見ると、すぐまわれ右をして、逃げだした。兄が今輔門下にうつると間もなく、志ん生は無事、満洲から引きあげてきて、この一種の裏切行為に、腹を立てたそうだ。兄もそのことを、知っていたらしい。

そういう義理人情の問題は、落語家でない私の知るところではなかった。兄がなにかで悩んでいると、私は無責任に、

「そんなに落語界がうるさいところなら、放送作家になっちまえばいいじゃないか」

といったものだ。今輔は古典落語をやらなかったわけではないから、兄がやっても文句はいわれなかったろうし、やりたい話もあったようだ。だが、自分で現代的なギャグを入れた「桃太郎」と、たしか正岡さんが改作した「気やしない帳」のほかは、古い話はいっさいやらなかった。今輔のつくった話もやらなかった。柳家金語楼の作品と自作だけをやって、鶯春亭梅橋で真打になり、二十九歳で死んでしまった。

いたって気の小さい男だったが、頭はよかった。推理小説は本格パズラー以外みとめないほうで、ニコラス・ブレイクの「野獣死すべし」の翻訳が出たとき、論理的な矛盾を指摘して、大坪さんや江戸川乱歩を感心させたこともある。マルクス兄弟の映画とカミのコントが好きで、モダーンなナンセンス落語をつくることが夢だったが、それは実現しなかった。いま三遊亭円丈の話を聞くと、兄は二十年早かったのだな、と思う。わずかに立体落語と称するラジオ・ドラマで、兄はナンセンスの傑作をいくつか書いた。

落語家をやめて、放送作家になれ、と私が真剣にすすめたのは、そのときである。創作力を発揮できたという点で、志ん生に対する裏切り行為も、兄にとってはよかったと思うのは、身びいきだろうか。正岡容がいなくても、大坪砂男がいなくても、私は作家になっていたかも知れない。しかし、この兄と後藤さんがいなかったら、都筑道夫は出来あがらなかったろう。

ナカノ・プリズン下

兄が桃源亭花輔から、鶯春亭梅橋になったのは、いつだったろう。その名になって、春風亭小柳枝といっしょに、真打披露をしたのは、おぼえているのだけれど、その時期が思い出せない。私の二十代前半には、いろんなことが次つぎに起ったので、記憶が混乱しているのだ。もともと、私の記憶は断片的な絵になっていて、それを時間どおりに配列するのは、骨が折れる。いま目に浮かんでくるのは、小柳枝さんがうちへやって来て、兄といっしょに、花輪をつくっている光景だ。

真打披露といっても、世間いっぱんに貧しかった時代だから、あまり金はかけられなかった。手拭も、刷物も、つくらなかったのだろう。金があっても、手拭を染めてくれるところが、なかったのかも知れない。兄と小柳枝さんがつくっていたのは、高座へかざる花輪で、といっても、生花でも、造花でもない。色がみの団扇を組みあわして、花輪みたいなかたちにしたもので、それを自分たちで組立てていたのだから、ふたりとも、よっぽど金がなかったのだろう。団扇だから、夏だったような気もするし、小柳枝さんがうちの母から茶をすすめられて、

「もうけっこうです。私はおしっこが近いもので」

と、断っていたのをおぼえているから、まだ寒いうちだったような気もする。その小柳枝さんも、もうこの世にはいない。次におぼえているのは、真打披露の高座――というよりも、柳亭左楽の口上で、どこの席だったかは、おぼえていない。たぶん上野の鈴本だろうが、

「この鶯春亭梅橋というのは、古い名前でございますが、代代が若死したために、縁起をかついで、長らくつぐものがございませんでした。そんなことは気にしない新時代の若者が、この名を復活させまして……」

と、柳亭左楽は口上をのべた。いやなことをいうな、と私は思ったが、後年、聞いたところによると、事実はもっと悪かったらしい。明治の最後の梅橋は気が狂って、父親を殺して自殺したのだという。ほんとうは春風亭梅橋なのだが、正岡さんが気にして、鶯春亭に変えさせたのだそうだ。それをあからさまにはいえないから、若死した、と左楽はいったらしいのだが、その通りになってしまった。

前の光景にもどるが、私はそのとき、外から家に入ってきたような気がする。六畳ひと間のバラックへ、外から私が入っていくと、兄と小柳枝さんが、まわりに団扇をたくさんおいて、なにかしているので、すぐ質問をしたような記憶があるのだ。どうもそのとき、私は久しぶりに家へ帰ってきたような気がする。毎日うちにいたものならば、前日にでも、あすは小柳枝さんが来て、花輪をつくるということを、聞いていたはずだからである。もうそのとき、私は小石川江戸川橋のうちを出て、中野沼袋での下宿屋暮しを、はじめていたのだろうか。

とすれば、兄の襲名と真打昇進は、昭和二十六年ごろということになる。もっとも、沼袋に部屋を借りる前に、野方の狭山温の家に居候どうぜん、ときには半月ちかくも泊りこんで、たまに江戸川橋へ帰ってくる、という暮しをしばらくしていたから、そのころだったのかも知れない。とにかく、昭和二十四年か、五年か、六年だった。

私は「ポケット講談」の巻末講談を書きつづけて、支払いが遅れさえしなければ、それでなんとか食っていけるし、「実話と読物」からも毎月、注文があった。穴うめの二十枚もの、三十枚もの、ときどき八十枚、百枚の時代伝奇小説、両方の雑誌に私の作品が、いちどきに五本ぐらい、載ることもあったから、それまでに使っていたペンネームのほかに、新しい名前を考えだしたりした。鶴川匡介、淡路龍太郎、雨宮霧太郎、そのほか一回だけ使いすてにした名前まで入れると、十いくつになるだろう。ただし、雨宮霧太郎というペンネームは、私だけでなく、狭山温もつかったし、後藤竹志さんもつかった。ハウス・ネームというわけで、ほかの人がつかっている場合のほうが私より多い。

前記の二誌だけでなく、ほかの小判雑誌からも、ときおり注文があって、あくせく売りこみをしなくても、食っていけそうになると、私はまず江戸川橋からの脱出を計画した。敗戦で無気力になった父、病気の母、占領軍運転手づとめや、新興商事会社の運転手、車関係の仕事をしながら、オートバイの修理屋をはじめることを計画していた長兄、新作落語に転向したばかりの次兄、まだ学生の弟、それに私の六人が狭いバラックに顔をつきあわして、もめごとの絶えない状態から、一日も早く抜けだしたかった。

そのチャンスを与えてくれたのは、狭山温だった。そのころ彼は、西武新宿線の野方駅ちかくに家を借りて、世帯を持ったばかりだった。細君は日本舞踊の名とりで、稽古所をひらいていた。私はそこへ遊びにいって、やがてしばしば泊りこむようになった。それがいっそう、早く家を出たい、という気持を強くさせた。夜具なぞを買いととのえて、狭山の家にあずけておいて、親兄弟には内証で、私は脱出準備をととのえた。

＊

私が最初に借りた部屋は、いまの地番でいうと、中野区沼袋三丁目の十七番か、十八番あたりだろう。早稲田通りの中野の交叉点を越えて、しばらく行くと、右側に電話局があり、東京ガスの営業所がある。その先を右へ入る道があって、それは野方小学校のわきを通り、大きく左に弧をえがきながら、いまでは環状七号道路の野方に出る。

そのころは、もちろん環状七号道路はまだ、出来ていない。その道が、西武新宿線の線路にそって、弧をえがくすこし手前に、松林が右がわにある。その松林へ入って行く左がわに、苗字はたしか荒木さんといったとおぼえている、ご主人が病気になったので、二階屋を改造して、学生相手の下宿をしていた家があった。

私は狭山といっしょに、野方の駅の近くの不動産屋を歩いて、この荒木さんの下宿を見つけた。台所わきの三畳で、部屋代は二食つきで四千円ぐらいだったろう。家を出てからのことで、最大の心配は、食事をどうするか、ということだった。賄《まかな》いつきということは、食事時間に部屋にいなければならない、ということだから、自由を制限される。それはいやだったけれど、外で食っていては金がかかるし、自炊はめんどう臭い。賄いつきの下宿の多くは、門限があったりして、うるさかったのに、この家ではそれがなかった。私はそこを借りることにきめて、まず月賦で大きな洋机と椅子を買い、狭山のうちに預けておいた夜具蒲団といっしょに、三畳にはこびこんでから、わが家で独立宣言をした。

自炊はめんどう臭い、といったけれど、実は出来なかったわけではなく、江戸川橋のバラックでは、父と私が交替で、食事づくりをやっていた。つとめや学校に出る兄弟がいるから、まだ暗いうちに起きて、戸外のかまどで、薪でめしを焚き、味噌汁なぞをこしらえる。前夜おそくまで、店さきで原稿を書いた翌日なぞは、早起きがつらくて、それも脱出計画を立てたひとつの理由だった。

私の借りた部屋は三畳だが、襖をあけると、まず二畳、畳があって、奥の一畳分は高くなっている。つまり二畳の奥に、下半分だけの押入れがあって、その上にも畳が敷いてある。しめて三畳、というわけだ。奥は窓があって、それをあけると、狭い道をへだてて、松林が見える。松林のなかには一、二軒、新しく建った家があった。

家の玄関を出ると、隣りはもう野菜畑で、だんだん土地が低くなり、人家と畑があって、その向うはまた土地が高くなる。その高台に、ナカノ・プリズンの灰いろの建物が見えた。中野刑務所は、そのころ占領軍に接収されていて、やはり刑務所として使われていた。私の三畳の前の狭い道は、畑のあいだをくだり、雑木林をぬけて、ナカノ・プリズンを仰ぎながら、左に曲ると沼袋の駅の踏切りのところに出る。

野方の駅へ出るよりは、いくらか近いので、外出のときには、よくこの道を沼袋へ出た。寒いころ、畑のなかの道を、綿のはみ出したどてらに、古びた兵児帯をまいて、映画俳優の佐分利信が、つまらなそうな顔で散歩していたのを、おぼえている。畑のあいだに並んだ古い家の一軒に、住んでいたわけだが、すれちがっても、佐分利信と気がつかない人もいたくらい、スターらしくない人だった。

「ナカノ・プリズン下」という題を、この章にはつけたけれども、正確にいうと、刑務所の台地とむかいあって、それより低い台地に、私の下宿はあったわけで、あいだに浅い谷間があったのだ。佐分利信は最初に見かけたときに、すぐ気づいたけれど、もうひとり、散歩すがたをよく見かけて、印象に残っている人物がある。こちらは、なにものともわからない。それでいて、唯者ではない、という気がして、いまもおぼえている。

沼袋の駅へ出るには、いまいった低地へくだるコースのほかに、野方駅のほうへ弧をえがく道に出て、西武線の無人踏切をわたってから右へ、やはり畑のなかを行く道があった。低地へおりると、時間的にはいくらも変らないが、いきなり沼袋駅前の商店街に出られる。もうひとり印象に残っている人物には、こちらのコースで、何度かあった。いつも黒い中国服を着て、太いステッキをついている。頭には帽子をかぶっていたような気もするし、つるつるに剃っていたような気もする。

後年、アメリカでユル・ブリナーが売りだして、「タイム」か「ニューズ・ウィーク」の表紙になったとき、私はこの中国服の人物を思い出した。だから、つるつる頭というのは、ブリナーとごっちゃになってしまったせいかも知れない。とにかく、その人物は、ユル・ブリナーを醜男《ぶおとこ》にしたような感じだった。醜男といっても、実にりっぱな顔で、大きな目は目蓋からはみだしそうだった。それでいて、出目というわけでもない。鼻は大きく高く、口も大きかった。耳も大きかった。目も鼻も口も、顔からはみ出している、という感じだった。

年齢はぜんぜん見当がつかなかったが、五十は越していただろう。ブリナーにいちばん似ているのは、顔ぜんたいの輪郭で、精悍な雰囲気も似ている。皮膚はつやつやと光って、ステッキを握った手も、大きかった。この人物に最初にあったときは、ぎょっとしたものだ。畑のなかの道だから、まだよかったけれど、日常生活のなかで、出あうべき人物では、ないような気がした。大劇場の舞台の上を、歩いてでもいるように、その顔が遠くからでも目について、ことに眼光というか、私は射すくめられたように小さくなって、その人物とすれ違った。そうだ。ユル・ブリナーがメイクアップに凝って、西郷隆盛に扮したら、あんな感じになるに違いない。いつあっても、黒い裾長の中国服で、ステッキをついて、悠然と歩いていた。いったい、あれはだれだったのだろう。

うなされた初夢

何年間、沼袋に住んでいたのか、私はよくおぼえていない。たぶん二年か、三年だったろうが、正月の記憶がひとつ、大晦日の記憶がひとつ、残っているだけである。この正月の記憶は、きわめて強烈なもので、これまでもあちこちに、なんどか書いたことがあるが、ここにも書いておかなければならない。

正月の二日か三日で、元日ではなかったと思うが、私は狭山温といっしょに、「ポケット講談」の編集長、後藤竹志さんのところへ、年始にいった。後藤さんは、神田多町の家を追われて、鍋屋横丁へ引越し、だいぶ困っているようだった。狭山君は最初、家が熱海にあったので、多町の事務所に寝泊りするようになった関係上、鍋屋横丁への引越しも手つだったが、荷物を運んでいったら、教えられた家には鍵がかかっていて、入れない。家主に聞くと、たしかに貸す約束をして、きょうが引越しだとはうかがったが、まだ一銭も貰っていない、だから、戸をあけるわけにはいかない、と突っぱねられた。しかたがないから、道路に荷物をおいて、子どもたちといっしょに待っていたら、やっと後藤さんがやってきて、家主に金を払って、家に入った、という話がある。

金にルーズな後藤さんは、そんなふうに浮き沈みが激しくて、私が沼袋に住むようになって間もなく、おなじ沼袋の線路の反対がわ、丸山に近いあたりに、小ぎれいな家を建てた。多町にいたころの奥さんとはわかれて、若い女のひとと一緒に、暮していたのだが、そこへ狭山とさそいあわせて、年賀にいったのである。新年の挨拶をして、酒が出て、ほんの少し飲んだら、私はふらふらになってしまった。

いまの私は、ほとんど酒を飲まないが、二十代には、それほど弱くはなかった。猪口いっぱいや二杯で、ふらふらになるはずはない。まわりもそれを知っているから、顔が赤すぎる、熱をはかってみろ、ということになった。体温計を借りて、はかってみると、三十九度ちかい。それまで、頭はふらつくが、平気で喋っていたけれども、証拠が目の前に出てみると、私はとたんに意気地がなくなった。

狭山に送ってもらって、下宿に帰って、もういちど熱をはかると、こんどは三十九度を越えている。もうだめだ、と蒲団にもぐりこんだ。それから二、三日の記憶が、まったくない。風邪をひいたらしく、熱が高いから、食事はいりません、と下宿のおばさんに、断ったらしい。おばさんや隣室の学生なぞが心配して、交替で入ってきて、冷たいタオルで額をひやしてくれたのだそうで、二日目に粥を食べさしてくれたらしい。

便所には自分で行ったのだろうが、三日目ぐらいに熱がさがって、けろりとして起きるまで、私がおぼえているのは、ひとつの夢だけだった。いまでも、鮮烈におぼえている。それが、その年の初夢だったことになるらしいが、なんともいえず美しく、恐しい夢だった。ストーリイのある夢ではない。ほんの短かいシーンで、まっ暗な闇のなかに、ぽつんとひとつ点が光っている。

その点が純粋な白という感じで、まぶしい光ではなく、光っている。まわりの闇は、なんとも深みのある黒で、その無窮の暗さのなかを、白い点がぐんぐん近づいてきて、すぐに馬であることがわかる。馬だとわかった瞬間には、もうそれは分解しはじめていたのだが、ゆっくりと凄じい早さで、走りよってきたときの恐しさ。蹴ころされる、と思ったのだろう。すくんでいる私の目の前で、そのすごいような白さの馬は、無数の紙片になって、飛びちった。

ばらばらの紙片ではなく、純白の紙を折りたたんだ四手《し で》——注連縄《しめなわ》にさげる四手が、いくつも集って、馬になっているのであって、走ってくる勢いで、それが飛びちるのである。汗びっしょりになって、私は目をさました。それから、すぐに熱がさがったような気もするが、そのへんの記憶は、あいまいになっている。これはたぶん、沼袋の下宿でむかえた二度目の正月のことだったろう。というのは、最初に借りた部屋と、高熱で寝ていた部屋とは、違うからだ。

最初、私は台所に接した三畳を借りた。隣りにおなじつくりの三畳があって、その隣りは短かい廊下を挟んで、便所だった。台所と便所、どっちもどっちだけれど、台所に接した部屋のほうが、朝早くから物音がして、起される。そこしかあいていなかったから、あきらめていたのだが、隣りの学生が卒業して、国へ帰ることになったので、私はそちらへ移った。分解する白馬の初夢にうなされたのは、その便所ぎわの部屋なのである。

＊

台所わきの三畳に私が入ったとき、廊下をへだてた前の部屋は、あるじたち家族がつかっていた。隣りの三畳のほかに、階下には学生が入ってる部屋が、大小五つあった。二階は大きなふた部屋——といっても、六畳と八畳だったと思うが、そこにはそれぞれ若い女性がひとりずつ。このふたりの女性は、ナカノ・プリズンにいるＭＰのオンリーさんだった。

オンリーという言葉も、すっかり過去のものになったが、つまりはアメリカ兵の愛人だ。私のまうえの部屋にいた女性は、二十一、二だったのだろう。まだ子どもっぽい、地方なまりのあるお行儀のいい人だった。道であっても、家のなかの廊下であっても、にこにこして、ていねいに頭をさげるので、こちらはめんくらった。夜ふけに便所へいこうと、障子をあけたら、スリップひとつでおりてきた彼女に、両手で胸をおおいながら、最敬礼されて、こちらは室内へ退却したこともある。板付飛行場の近くの娘で、好きになったアメリカ兵が、東京へ転任になったのを、追いかけて来たということだったが、相手の兵隊も若く、プリズン勤務の暇があると、二階へやってきていた。

彼女の留守にやってきて、ちょうど台所にいた私に、話しかけて来たが、なにをいっているのか、さっぱりわからない。紙と鉛筆をわたして、書いてくれといったら、なんともへたな字で、大文字ばかりのミス・スペルだらけで、私は奥の部屋にいる大学生の、いくらか喋ることの出来るのを、呼びにいったおぼえがある。東京へきて、はじめて地下鉄を見た、という若者だった。

二日おきぐらいには、二階へ泊っていって、最初のうちはしばしば目をさまさせられた。天井がみしみしいって、彼女のむせび声が聞えるからだが、じきに馴れてしまった。もうひとりの女性は、とげとげしい顔つきで、無愛想だったせいか、記憶に残っていない。相手の兵隊とも、あまり顔をあわせることはなかった。この二階の女性たちは、私が隣りの三畳へひっこさないうちに、相手の兵隊が本国へ帰ることになって、出ていった。まうえの女性は、九州の実家へ帰るといって、私をふくめた下宿人たちの部屋を、ひとつずつまわって、両手をついて挨拶をしていった。あいた二階のふた部屋は、あるじ夫婦と子どもがつかうことになったように、おぼえている。

ご亭主は中気で倒れて、いくらかよくなったところだったらしいが、毎日、碁をうちに出かけていた。賭碁で、小づかいかせぎをしていたらしく、肥った細君によく文句をいわれていた。細君は若いころ、松竹蒲田の女優だったそうで、新しい下宿人は、黄いろく焼けた写真を、かならず見せられた。大勢でとった写真で、

「これが、あたしよ。いまの主人と結婚しないで、もう少し頑張っていたら、なんとかなったかも知れない、と思うこともあるんだけれど」

と、見せられたとき、私がたまたま、そのなかのほかの俳優を見おぼえていたものだから、細君は当時の記念品まで、ひっぱりだして見せてくれた。それは色あせた布製のオペラバッグで、毛筆の字が書いてあったが、墨いろが褪

せて、判読するのはむずかしかった。

「これ、上山草人先生からのプレゼント」

と、細君は往時をなつかしむ目つきをして、ひとりでさした傘ならば片袖ぬれようはずがない、と書いてあるのだと説明してくれた。さのさの文句だろう。上山草人は私の好きな役者のひとりだが、どんな字体だったかは、思い出せない。あのとき、もっと昔話につきあって、草人のことを聞きだしておけばよかった、と思うが、当時の私は女のひとと口を聞くのが、いま以上に苦手だった。

同宿の学生といっしょに、大晦日の晩、夜あかしで酒を飲んだのは、たぶん最初の年だったろう。大晦日は西武電車が終夜運転をしていて、野方の駅の近くの居酒屋も、明けがたまで営業していた。その一軒で、九州なまりの学生と、飲んでいたのをおぼえているが、ただ飲んでいたというだけで、なにがあったのかは思い出せない。

沼袋の下宿では、私はよく散歩をした。空飛ぶ円盤のようなものを見たのも、そのころのことだ。下宿を出て、野方の駅のほうへ、弧をえがいた道を歩きながら、その弧のとちゅうで、ふと上を見ると、楕円形のきらきら光るものが、浮いている。あまり高いところにいるような感じはなく、石をぶつければ、あたりそうだった。それが野方のほうから来て、道が曲っている通りに、ゆっくり移動しているのである。私が立ちどまって、向きを変えると、その光る楕円形は、道なりに弧をえがいて、野方小学校のほうへ消えていった。

空飛ぶ円盤という言葉は、まだ私は知らなかった。手鏡が飛んでいる、というのが、そのときの私の印象だった。狭山温にも話したはずだが、そのほかの人たちも、あまり不思議がってはくれなかった。風船が飛んでいるのを、見まちがえたのだろう、といわれて、そんなことだったのかも知れないと思っていた。

ところが、その後、徳川夢聲の随筆で、子どものころ、まっ四角な光るものが隣家の屋根から屋根へ、飛んでいくのを見て、妙な人魂だなと思ったという記述を読んで、あの空飛ぶ手鏡は、そのたぐいのものだったのではないか、と思った。もっとあとに、空飛ぶ円盤の話を聞いたときには、ああいうものを見たひとが、こういうことをいっているのだろう、と思った。

　私の散歩は、新井薬師から中井、逆方向では高円寺まで、ひろがっていった。高円寺へは、狭山温とよく出かけた。前に書いた加藤という友人が、大和町に住んでいたから、高円寺へ行くと、よく三人になった、若死した翻訳家の森郁夫と、最初にあったのも、高円寺の喫茶店だった。そのころ、私はE・T・A・ホフマンに凝って、翻訳された作品は、ほとんど読んでいた。私がやたらにホフマンを持ちだすものだから、

「東大の独文の学生で、ホフマンの好きなやつがいるから、紹介するよ」

　と、加藤がいって、たしか紫苑といったと思う、高円寺の喫茶店へ、その男をつれて来た。それが森郁夫で、数年後に早川書房で再会したとき、おたがいにあっといったものであった。

狐に化かされる

　加藤は顔のひろい男で、いまはテレビで活躍している俳優の浜村純氏にも、たしか紫苑で紹介された。実をいうと、浜村氏とも、森郁夫とも、初対面のとき、どんな話をしたかは、おぼえていない。浜村氏とはその後、あって話をしたことはないが、のちにテレビか映画で見たとき、森郁夫とは早川書房で再会したとき、すぐにわかったくらい、顔だけはよくおぼえていた。

　その当時に知りあった人たちの顔を、すべておぼえているわけではないから、たぶん話がはずんで、顔と人柄が印象に残ったのだろう。紫苑という喫茶店は、いまでいう早稲田通り、そのころの昭和通りから、高円寺の駅のほうへ、

ちょっと入って、左へ曲った露地のなかにあった。駅よりも、昭和通りに近く、私は沼袋の下宿から、野方の狭山温の家へ行って、彼とふたりで昭和通りまで歩き、まず紫苑に入る。

そこへたいがい加藤がやってきて、店の主人がいやな顔をしはじめると、もっと駅よりの喫茶店へ移る。たしかカブートという店だった。そこでも、いやな顔をされると、こんどは駅の反対がわの店に移る。当時は二時間、三時間、腰をすえて、やっと店のひとが嫌な顔をしはじめるという、のんびりした時代だったから、三軒ぐらい店を移動すると、午後から夜へかけて、時間がつぶせるのだった。

金があるときは、新宿へ出て、映画を見たりすることになるし、どの店へいっても、知った顔にあえなくて、しかたがないから、帰って仕事をしよう、ということにもなった。加藤が森郁夫をつれてきたのは、私がホフマンに夢中だったため、と前に書いたが、そのころの小説に、このドイツ・ロマン派の作家の影響は、ほとんどない。

あいかわらず講談のリライトをし、角田喜久雄ばりの時代伝奇小説を書いていた。三畳のうちの一畳分が高くなって、その下に下半分だけの押入があるという、おかしな三畳間の、高くなった一畳に万年床を敷き、低いほうの二畳に、身分不相応なデスクをすえて、月のうち十日ぐらいは、私もまじめに仕事をしていた。

野方駅前の三菱銀行に、普通預金の口座をつくって、いつも来月分の生活費ぐらいは入っていたから、わりあいのんきな生活だった。といっても、貯金をふやすという考えもなく、来月の生活費にめどがついていればいい、という気分で、仕事をふやそうという努力もしなかった。酒もつきあいで飲むていどだし、タバコもそれほど吸わず、女あそびもしなかったから、映画を見るのと、本を買うぐらいしか、金はつかわなかった。だから、安い原稿料でも、十日ぐらい働けばよかったのである。

孤独に耐える力が、それほど強かったわけでもない。もの書きになってからの三十年間、なまけものではあっても、いちおう食うだけの仕事をしてきて、その仕事をしているあいだは、ひとりで机にむかっていたわけだから、孤独に強くなかったとはいえないとも思うのだが、当時の私は自分のことを、弱虫のさびしがり屋だと考えていた。

なにしろ、昭和二十年代後半の沼袋あたりは、まだ畑があり、森があって、下宿屋を出て、野方へ弧をえがいている道を横ぎると、凹地の片がわにちょっとした池があった。池のまわりは森で、夜ふけにはそこで、ふくろうが鳴いた。春さきから夏へかけて、池ではたくさんの蛙が鳴いた。下宿屋の玄関を出て、沼袋へくだっていく道に立つと、夕方には下の林から、無数のこうもりが飛び立った。

夕焼の空に、胡麻をまきちらかしたような蝙蝠の群は、また一日、ろくなこともなく暮れていくという思いを、私の胸にかき立てた。晩めしを食って、机にむかうと、やがて反対がわの池から、蛙の声が聞える。春さきの若い蛙たちが、いっせいに鳴く声を、ガラスのゼンマイを巻くような声、と私は小説のなかに書いたことがある。どういうものか、この表現が気に入って、いまでも私はときどき使うのだけれど、夏になるにしたがって、その蛙の声が太く、にごって来る。

その蛙の声がしずまると、こんどは梟の声だ。下宿のなかも寝しずまって、起きているのは、私だけということになると、細君のいる狭山や、女友だちのいる加藤たちが、うらやましくて、筆がとまった。人と気がるに口のきけない性癖だけでなく、仕事についての引っこみ思案も、私を不安にさせた。

いっしょに書きはじめた人たちのなかには、講談社の雑誌や、光文社の雑誌に売りこみに懸命になって、それが成功しているものもいた。狭山温も、「講談倶楽部」に採用され、「サンデー毎日」の長篇小説募集の最終予選に残ったりした。そういう例を見たり、聞いたりして、私が嫉妬しなかったわけではない。自分もなんとかしなければ、と思わなかったわけでもない。いまに推理小説を書くのだから、時代小説で売りだしたくはないなどと、不遜なことを考えていたわけでもない。

いまになっては、よくわからないし、当時はなおさら、わからなかったのだろうが、どうやら私には、将来に対する確たる目標も、計算もなかったらしい。小学生のころから、私は闘争本能にとぼしくて、バッターボックスに立たざるを得なくなると、逃げだしてしまうようなところがあった。だから、自分から高級雑誌に狙いをつけて、そこの読者の望んでいるらしい傾向の作品を、自分ひとりで考えて書くなどということは、出来なかった。

私には、ひとに知らせたいこと、いいたいことが、なにもなかったのだろう。こういった傾向のものを、何枚で書けといわれると、いちおう相手が満足するものを、書くことが出来る。そういう間にあわせの才能だけがあって、そのとき私が考えることは、こういうテクニックを使ってやろう、という興味だけだったようだ。ときには、その雑誌の持つカラーとは、相入れないようなテクニックも使ったが、話の内容が注文どおりなので、突っかえされずにすんだらしい。だから、知っている名前が、新聞の雑誌広告に並んでも、平気だったわけではないのだけれど、負けずに自分も、という気持にはならなかった。ひとつには、おなじ小判雑誌の同期生とはいっても、年齢では私がいちばん若かったから、その安心感もあったのかも知れない。私はいつも、つまらなそうな顔をして、隅のほうに控えていた。

＊

つまらなそうな顔をしている、ということを、若いころから、私はしばしば人にいわれた。自分では、そんな顔をしているつもりはないのだが、ひとの話に乗っていけないことが多かったのも、確かだろう。ひとと話していて、その連想から、私はついほかのことを考えてしまう。そういうことがなくて、夢中で話を聞いていられるのは、大坪さんのグループにいるときだけだった。

毎日のように、高円寺の喫茶店に入りびたっていた時期は、大坪砂男が東京に出てこなくなった時期だったろう。毎月、何日間かは、日本橋高島屋のわきの相馬堂に来て、寝泊りしていた大坪さんが、とつぜん出て来なくなった。心配していると、ハガキが来て、大宮にいる、ということだった。奥さんはまだ南佐久にいるらしく、なにか複雑な事情があったらしい。ハガキには、遊びに来たまえ、と書いてあったから、私が出かけていれば、事情を知ることも出来たのだろう。

けれど、私は行かなかった。大坪さんにあって、私の書いたものを読んでもらったり、話を聞きたかったりはしたのだけれど、大宮へひとりで行くのが、心細かったのである。小学校の修学旅行で関西へいったことがあるし、新月書房にいたころ、京都と名古屋へ集金に行かされたこともある。修学旅行は大勢だが、集金旅行は敗戦後まもなくの鮨づめ列車、もちろん三等で往復夜行のひとり旅だった。それが大宮まで行けないというのは、だらしのない話だけれど、ほんとうのところは、北鎌倉の牧逸馬未亡人のもとへ捺印をもらいに行ったり、西宮社長のいいつけで、千葉へ借金をしに行ったのも、私はいやで仕方がなかった。

箱根からむこうには、お化が出ると思っていたわけではないが、当時の私は東京を離れるのが嫌いだった。だれかに命令されなければ、出かけられなかった。大坪さんのハガキは一回きりで、ぜひ来いとは書いてなかったので、私は行かなかった。ひとつには、そのころ妙なことがあって、京浜東北線の電車には乗りたくなかった。

なんの用で、どこへ行った帰りだったか、おぼえていないのだけれど、ある晩、私は京浜東北線にのって、上野から日暮里へむかっていた。日暮里で山の手線へのりかえて、高田馬場で西武線にのりかえる。ところが、日暮里で電車をおりて、乗りかえて、ふと気がつくと、東十條の駅だった。たしかに山の手線にのりかえたはずなのに、また京浜東北線にのってしまったのだ。あわてておりて、日暮里へ引きかえして、また電車にのったのだが、気がつくと、東十條の駅なのである。

酔ってはいなかったようにおぼえていて、なんとも奇妙な感じだった。というのは、日暮里へ引きかえして、また電車をのりかえて、こんどもまた気がついたら、東十條だったからだ。一度や二度なら、ぼんやりしていたですむのだが、三度くりかえして、しかも三度とも、電車が東十條の駅へ、スピードを落してとまる間ぎわに、乗りちがえたことに気づいたのだから、気味が悪くなった。

なにしろ、場所が王子の近くである。昔のひとだったら、狐に化かされた、というところだろう。ほんとうに狐に化かされたんじゃないか、と思ったくらい、気味が悪かった。そもそもなんで京浜東北線にのっていて、日暮里でのりかえようとしていたのか、もう思い出せないのだが、とにかくそういうことがあって、京浜のほうへ行くにしろ、東北のほうへ行くにしろ、そのころはしばらく、京浜東北線へはのりたくなかった。

私は大宮の大坪さんに、手紙を出しただけで、たずねて行くのは、あきらめた。大坪さんは数カ月して、東京に出てくると、新宿の歌舞伎町に部屋を借りた。それはたぶん、昭和二十八年のことだったろう。私はまた毎日のように、大坪さんとあうようになった。私の時代小説作家としての時代は、おわろうとしていた。そのために、推理小説にもっと近づくことが出来たのだが、きっかけは「ポケット講談」の編集方針が変ったことだった。

巻末百枚、長篇講談がそろそろ種ぎれになったし、マンネリズムでもあるから、やめようということになったのである。雑誌の売行が落ちたのは、長篇講談のマンネリズムのせいではないことが、間もなくわかったのだけれども、私は基本給をうしなうことになった。ほかの仕事があったから、大してあわてもしなかったが、間もなく落着いてはいられなくなった。「ポケット講談」はもちろん、老舗の「読物と講談」まで、いわゆる小判雑誌の売行が極度に悪くなって、将棋だおしに廃刊していったからである。

三丁目オペラ

もの書きになって、しばらくのあいだ、私は講談速記のリライトと、角田喜久雄ばりの時代伝奇小説を書いていた、と前回にしるしたところ、それを読んだひとから、質問をうけた。私は影響をうけた作家として、大佛次郎、久生十蘭、岡本綺堂の名を、しばしばあげている。大坪砂男を、加えたこともある。しかし、角田喜久雄をあげたことはない。角田喜久雄ばりの小説でスタートした人間としては、おかしくはないか、という質問だ。

もっともなことなので、私は答えた。嵐寛寿郎の「髑髏銭」、阪東妻三郎の「風雲将棋谷」、私が角田さんの作品に最初に接したのは、日活映画でだった。それで夢中になって、小説のほうを読みはじめた。時代小説に怪奇味と、探偵小説の味をくわえた角田さんの作品を、私は好きだった。敗戦後に、角田さんが書いた現代ものの本格推理小説、「高木家の惨劇」や「奇蹟のボレロ」も愛読した。現在の日本推理作家協会の前身、探偵作家クラブに入れてもらって、お目にかかった角田さんは、いかにも東京のひとらしく、さっぱりした人柄で、こんな感じの作家になりたい、と私は思ったものだった。

けれど、角田さんばりの時代伝奇小説を書くようになったのは、私の意見というよりも、編集者からの注文だった。そのとき私は、角田さんがつくるような小説を、大佛さんが書くように、書いてみよう、と思った。角田喜久雄ばりの小説を、角田喜久雄ばりの文体で書いても、イミテーションにしかならない。

もっとも、原稿生活に入ったばかりの私は、イミテーションづくりが、いやでもなかった。前にも書いたように、私には作家になりたいとか、作家になったという意識は、あまりなかった。これも前に書いたように、作家になるつもりが、なかったわけではない。ただ原稿でどうやら食えるようになっても、私には主体性がなかったのである。

だから、イミテーションをつくることにも、抵抗はなかった。頼むほうにしても、小器用にものを書く若者に、好きなものを書いてこい、というより、角田ばりの時代小説をとか、乱歩ばりの怪奇探偵小説をといったほうが、不安がすくなかったに違いない。その注文どおりのものを、どう書くかというところに、こちらの楽しみがあった。というと、いかにも余裕があるようだが、実はどう書いていいかわからないので、懸命に文体模写をしていたのである。

吉川英治の真似をしたこともあるし、長谷川伸のまねをしたこともある。そのなかで、いちばん楽に模写できたのが――つまり私の性《しょう》にあっていたのが、大佛さんの文体だった。昭和二十一、二年だったろうか、春山行夫の編集で、雄鶏社から「雄鶏通信」という情報誌が出た。表紙も本文もとも紙の中とじの薄い雑誌だった。最初は折りっぱなしの綴じてさえない、パンフレットに近いものだったように、記憶している。その何番目かに、アガサ・クリスティーの談話が、イギリスの新聞から、転載してあった。作家志望者へのアドヴァイスの談話で、

「小説を書きたかったら、まず好きな作家をえらんで、徹底的にその真似をしなさい。真似をしているうちに、あなたに才能があれば、自分のスタイルが出てくるはずです」

という意味のものだった。私はそれを信奉して、

法恩寺橋の袂に、さっきから浪人ふうの男が立っていた。空には夏の月があって、向う岸の武家屋敷の塀を、烏猫が渡って行くのが、はっきりと見えた。夜はさほどに更けていないが、ここらあたりに人通りはない。

といったぐあいに、大佛次郎をまねた文章を、せっせと書いた。ずっと前に書いたように、私が最初に読んだ時代小説は、「新少年」という雑誌の別冊附録になった吉川英治の「鳴門秘帖」だった。博文館が文庫を出すときに、まず色刷の絵表紙をつけて、雑誌の附録にしたもので、「鳴門秘帖」は四分冊になっていた。それとおなじ形式で、「鞍馬天狗御用盗異聞」や「幻の義賊」が附録になった。大佛さんのものを読んだのは、それが最初で、やがては「霧笛」や「花火の街」、「ふらんす人形」や「薔薇の騎士」あたりも読んだ。「赤穂浪士」や「照る日くもる日」はもちろん、児童ものの「海の男」や「日本人オイン」も、戦争ちゅうに読んだ。「花火の街」は、いつか書いたように、戦後、正岡容に借りて読んだのだが、数年前、大佛さんの著作目録が出たときに、そのほとんどを読んでいるので、われながら、おどろいたことがある。

大佛次郎は「花火の街」を正岡さんにすすめられなくとも、好きな作家の筆頭だったけれども、久生十蘭を意識したのは、正岡さんの言葉によってだった。戦争末期、久生十蘭の小説に出てくる東京人の会話を、正岡さんが激賞したのである。その以前から、「キャラコさん」の単行本が

わが家にあったし、「顎十郎捕物帳」は十蘭の別名によるとは知らずに、雑誌で愛読していた。そこへ正岡さんの激賞があって、昭和二十一年、「新青年」に発表された「ハムレット」に、おどろかされたし、「苦楽」に発表の「予言」でも、おどろかされたのである。

さらに大坪砂男にあってから、私にとって久生十蘭は大きなものになった。大坪さんは海外の作家ではシュニッツラー、日本の同時代の作家では、久生十蘭に惚れこんでいた。その傾倒ぶりが、たちまち私にも伝染したというわけなのである。

＊

私の小説技法は、大佛次郎と久生十蘭によるもの、といっていい。石川淳も入っている。題材のえらびかたは、エラリイ・クイーンやレイモンド・チャンドラーや、そのほか外国の推理作家の影響が大きい。捕物帳や怪談を書くときには、岡本綺堂を頭におく。けっきょく私自身は、どこにもいないのかも知れない。

だから、影響をうけた作家をあげるとなると、大佛次郎、久生十蘭、岡本綺堂の三人をならべることになる。大坪砂男は、久生十蘭のかげにいる。けれども、いまは大佛次郎、久生十蘭の作品を読みかえすことは、めったにない。捕物帳を書くときには、「半七捕物帳」を読みかえすが、それも現代ものを書いたあと、江戸の雰囲気を思い出すためである。

沼袋の下宿では、なにしろ三畳ひと間だから、それほどの蔵書はなかった。当時、なにを読んでいたかという記憶も、日本作家に関しては、あまり残っていない。新井薬師の駅のそばに、遠藤書店という古本屋があって、そこでは新刊書が一割引で買えた。店頭に新刊書がならんでいるわけではなくて、注文すると、一割引で取りよせてくれたのだ。そこで、アルフォンス・ドーデの「タルタラン・ド・タラスコン」や「アルプスのタルタラン」、フローベルの「ブヴァールとペキシェ」「感情教育」などを買った記憶があるから、フランス文学に夢中になっていたのが、その時期なのだろう。

ドーデとフローベルというのは、妙な取りあわせかも知れないが、それとアンリ・ド・レニエは翻訳の出ていたものは、すべて読んだ。ジッドを読まなかったのは、兄の鶯春亭梅橋が、夢中になっていたからである。岩波文庫のジッドと、太宰治とフロイトが、兄の愛読書で、フロイトは当時、出ていた全集だったか、選集だったか、それまで揃えていた。そのころの落語家の読む本としては、この三者とも、きわめて異例のものだったろう。電車のなかで、フロイトを読んでいるところを、仲間に見られて、いじめられた話を、兄に聞いた記憶がある。

それはとにかく、私は兄の好きな本には、手を出さなかった。コンプレックスがあったのだろう。それで、いまだにジッドは読んでいない。新井薬師の遠藤書店は、間もなく閉店して、どこかへ引越してしまった。六、七年たってからだろうか、私が早川書房へ入ってからのことだが、翻訳家の村上啓夫さんをたずねて、経堂へいった。その帰り、駅へゆく通りのうちに、古本屋があったので、なんの気なしに入ってみると、主人が笑顔で、声をかけてきた。そこが遠藤書店だったのである。

翻訳のフランス小説に読みふけり、時代小説を書いているうちに、私は生活を変えざるをえなくなった。「ポケット講談」の巻末百枚のリライトが、なくなってしまったことは、前回に書いた。それでも、時代小説はときどき買ってくれたし、「実話と読物」や「読物と講談」からの注文はあって、私はそれほどあわてなかった。ところが、そうした小判雑誌が急に廃刊続出、ということになったのである。

実際にはどれだけの期間にわたったのかは、おぼえていないけれど、将棋だおしという感じだった。「ポケット講談」がなくなり、「実話と読物」がつぶれ、小判雑誌ちゅうの一流であった「読物と講談」までが、すがたを消した。牛込の薬王寺町にあった湊書店というところで、「娯楽雑誌」というのを出していて、私の原稿を買ってくれるのが、そこだけになったときには、さすがにあわてた。

のんきな私も、のんきにしてはいられなくなったわけで、とぼしい蔵書を古本屋に売りはらったが、そんなことでは追いつかない。ついに来月は収入皆無ということになって、私はつとめ口をさがした。私に出来ることといえば、雑誌の編集の手つだいぐらいだが、一流雑誌に入れるはずはない。小判雑誌をやっていたベテラン編集者が、ぞくぞく失職している時期だ。私なんぞの入りこむ隙はなかった。

といっても、どこかへ口をかけてみたわけではない。最初からあきらめていたのであって、どうしようか、と腕をこまねいていただけだったのだから、だらしがない。あいかわらず積極性がなくて、ある日、狭山温のうちへ行ったら、新聞の求人広告欄をしめしてくれた。オペラ口紅という化粧品会社で、コピーライターを募集していたのだ。なにしろ私は、早稲田実業を卒業間際にやめて、まともに卒業しているのは、小学校だけだから、その広告に学歴不問とあるのが、ありがたく目立った。

そのころはまだ、コピーライターというしゃれた呼び名ではなくて、広告文案係としてあったが、履歴書を送って、面接日に行ってみると、採用一名なのに五十人くらい応募者がいるというので、私はたちまち自信をうしなった。面接でのうけこたえも、あまりうまくは行かなかった。だが、私は採用されて、オペラ口紅宣伝部のコピーライターになった。オペラ口紅という会社は四谷舟町、四谷三丁目にあった。

私は毎日、早起きをして、沼袋の駅から西武電車で西武新宿まで行き、都電かバスで四谷三丁目まで通う、という生活をはじめた。それが、何年の何月にはじまったのか、はっきり思い出せないのだけれど、まだ曙橋はできていなかった。三丁目からは札の辻へ行く都電が出ていて、そこを塩町の停留所といっても、通じるころであった。たぶん、昭和二十七年か、八年のことだったろう。

四谷大蔵省

私は四谷舟町のオペラ口紅の宣伝部につとめることになった。それが春のことだったのか、夏のことだったのか、秋のことだったのか、もう記憶にない。冬でなかったことは確かで、おそらく秋口だったのだろう。

私のコピーライター生活は、一年か一年半ぐらいしか、つづかなかったような記憶もあるが、なにしろ給料がいくらだったのかも、おぼえていないような有様だ。オペラ口紅という化粧品会社は、男の私でも名前だけは知っていたくらい、当時はいちおう有名だったが、キスミー口紅の宣伝力に圧倒されて、あせっていたらしい。それで、宣伝部を充実させよう、ということになったのだろう。もちろん、私が入社したことは、なんのプラスにもならなかった。

四谷三丁目の交叉点から、四谷駅のほうへ向って、左がわの最初の横丁だったと思う。そこを入っていくと、三丁目の交叉点から曙橋への通りが、カーヴしたあたりへ出るのだが、オペラ口紅はその横丁のとちゅうの右がわにあった。

近ごろ評判のトレヴェニアンの「シブミ」には、主人公が曙橋の上から、東京裁判所法廷の建物を——つまり、いまの自衛隊市谷駐屯地の建物を、眺めるところがあるが、前回にも書いたように、まだ橋はかかっていなかった。橋をかける計画は、戦争まえにあって、四谷三丁目からの道はひろげてあったのだが、戦争で延期になったまま、工事がはじまっていなかったのである。

三丁目の角に、新刊書店があって、錦松梅の店があって、かつ新というとんかつ屋があって、その二軒ぐらい先が、横丁になっている。それを曲って、すこし行った右がわに、そう大きくはない社屋がある。横丁をはさんだ向いがわ——つまり左がわには、工場があった。事務所のある社屋の玄関を入ると、小さなホールの正面が受付、その奥が事務所。ホールの右がわが社長室、左がわが宣伝部だった。その宣伝部で、私はデスクに一日すわって、ほとんどなにも仕事をせずに、一年か一年半をすごした。

　昼休みになると、かつ新で昼めしを食って、そのあと近所を歩きまわった。カツ・カレーという代物を、私が生れてはじめて食ったのは、かつ新という店であった。カツ・カレーは戦争まえからあった、という人がいるが、どうも私には信用できない。敗戦後、昭和二十五、六年に出来たものではないか、と思っている。関西には、もっと前からあったのかも知れないが、私がこの新発見を報告すると、年上の東京育ちのひとびとも、珍しがったものだ。好奇心旺盛な大坪さんなぞは、さっそく私を案内役にして、試みたくらいである。

　コロッケそば、というのは戦前からあったけれど、コロッケと蕎麦は食いものとしての格が、ほぼひとしい。だから、それを一緒にする、という発想はうなずける。しかし、カツレツとカレーライスでは、おなじ西洋料理屋のメニューのなかで、かなりの差があったのだから、うなずけない。かつ新ではじめてカツ・カレーなるものを食ったとき、私はカツレツの格がちがって来たのだな、という感慨を持った。子どものころ、橋のむこうの肉屋へ、しばしば使いを頼まれたが、たいがいはコロッケとポテト・フライだった。たまにトンカツを買うときは、大きなお皿を持っていって、誇らしげにさしだしたものだ。それを思い出しながら、私は最初のカツ・カレーを口に入れたのである。

　食後の散歩は、大木戸のほうへ向うより、四谷駅のほうへ向うほうが、多かった。津守《つのかみ》坂上を通りこして、しばらく行ったところに、御鎧師明珍という金文字を、ガラス戸にかがやかした店があった。明珍きたえの兜を猪首に着なし、という言葉は講談でおなじみで、この名が由緒ある鎧師であり、本店が姫路にあることも、私は知っていた。戦後はもっぱら、火箸をつくっていて、その火箸が一対を紐でつないで、指さきでぶらさげて、打ちあわせると、なんともいえない妙音を立てることも、知っていた。

　というのは、野方の狭山温のうちに、その明珍の火箸があって、姫路に親戚だか、知人だかがいるというので、一対を取りよせてもらい、私も当然、沼袋の下宿でしばしば、それを鳴らしていたからである。しかし、四谷の通りのその明珍の店には、火箸はおいていなかったように思う。では、なにをおいていたかというと、なにもおいてない店、という印象が残っている。ただ店の土間の右手の棚に、アメリカのペイパーバックスが、たくさん並んでいた。

どうやら、その棚で古本屋を副業としてやっていて、本職の御鎧師のほうは、開店休業状態だったらしい。ちょっと入りにくい感じだったが、店番がすわっているわけでもないので、私はときどき、そこへ入って題名と表紙を眺めて、時間をつぶした。早稲田実業学校の一年生のとき、英語を教わっただけで、そのあとは学徒動員。題名を読むぐらいの英語の力しか、私にはなかったのである。

けれど、敗戦後にぞくぞくと入ってきたアメリカ映画、江戸川乱歩さんの海外新作家紹介、新作家の作品の翻訳も出はじめて、私たちの頭はアメリカの熱気で、ぼうっとしていたときだから、御鎧師明珍の店さきに並んだポケット・ブックスは、ピカピカかがやくブリキのおもちゃみたいに、魅力があった。

*

アメリカのペイパーバックスを、私が見たのは、そのときが最初ではない。神田多町の新月書房につとめていたとき、神保町のほうに用があって、小川町から駿河台下へ歩いて行くと、その道路にずらっと露店がならんでいて、なかに数軒、アメリカのペイパーバックスを専門に、ならべている店があった。しかし、そこに並んでいたのは、おもにアームド・サーヴィス・エディション——江戸川乱歩さんのいう前線文庫だった。たしかポケット・ブックス社が主になって、前線兵士用につくっていたポケット・サイズの本だった。横長で読みやすいが、表紙には元版のハードカヴァーのジャケットが、白黒写真でのっているだけだったから、私は手にとる気がしなかった。

そこへ行くと、明珍の店にならんでいたのは、デル・ブック、ポピュラー・ライブラリイ、アメリカ版ペンギン・ブック、エイヴォン・ブック、いかにもアメリカらしい俗っぽい絵の表紙がついていた。その表紙にひかれて、あれこれ手にとっているうちに、たしかウィリアム・アイリッシュの短篇集だったようにおぼえているが、最初のページをひらいてみたら、そこに書いてあることがなんとなく、わかるような気がしたのである。

その本をさっそく買って、以来、昼休みの散歩のときに、しばしば私は明珍の店へ入った。作者の名と表紙絵でえらんで、私の部屋には、ぽつぽつペイパーバックスが増えていった。しかし、最初に買ったアイリッシュの短篇集も、二ページ目からは意味がわからなくて、読むことは出来なかった。なにしろ、私の手もとにはコンサイスの英和辞典さえ、なかったのである。

そのころ、大蔵省は四谷にあった。霞ケ関の官庁ビルの多くが、占領軍につかわれていたせいだろう。大蔵省は、四谷見附のそばの四谷第三小学校の建物を、つかっていた。外務省は行政機関としてみとめられていなくて、戦争ちゅう外務省にいたお役人たちは、各省の関連部門に分散していたらしい。くわしいことは知らないが、四谷の大蔵省にはフランスの債券をあつかう課があって、そこに松村喜雄さんがいた。

松村さんは江戸川乱歩さんの親戚で、学生時代からの推理小説マニアだった。大坪砂男が乱歩さんのところで、松村さんと知りあい、大坪さんが私に紹介するという経路で、私はこの外務省系大蔵省官吏と知りあいになった。それが、いつごろのことだったかは、おぼえていない。大坪さんは信州から大宮へ移り、さらに新宿へ出てきた。それ以後であることは間違いないから、私がオペラ口紅につとめる直前か、直後だったのだろう。

ある日の昼休みに、松村さんがオペラ口紅へたずねて来て、それからは毎日のように、正午から一時半ぐらいまでのあいだ、ふたりですごすようになった。いや、そうではない。いま思い出したのだが、私が松村さんに最初にあったのは、もっと前で、「ポケット講談」の執筆者どうし、という関係だった。松村さんもさまざまな筆名で、さまざまな記事を、さまざまな小判雑誌に書いていたのである。

けれども、推理小説という共通の趣味があることは、おたがいに知らずにいて、大坪さんに紹介されたとき、なんだ、そうだったんですか、ということになったのだと思う。そして、私が四谷につとめることになって、急速に親しさを増したわけだ。

十二時になると、松村さんがやって来る。ふたりで都電にのって、新宿まで行って、喫茶店に入る。そこには、たいがい大坪さんがいる。お喋りをしているうちに、いつの間にか一時をすぎてしまう。あわてて、都電にのって、四谷へ帰る、というコースだった。

いま紀伊國屋書店のビルが建っているところは、当時は新星館という映画館と、紀伊國屋が半分ずつ占めていて、おまけにそのふたつの建物が、道路からひっこんで建っていた。紀伊國屋書店へ入る道、新星館へ入る道、このふた筋の道があって、それぞれの両がわが、小さな店舗のつらなりになっていた。紀伊國屋へ入る道の両がわは、アクセサリの店、シャツの店、紀伊國屋書店喫茶部など。新星館へ入る道の両がわは、中華そば屋、喫茶店などが並んでいた。

その新星館への道の左がわ、小さな店のならんだちょうどまんなかへんに、丘というコーヒー屋があった。小さな店だが、それでもカウンターに四、五人すわれて、窮屈ながら四人がけのテーブルが四つあるという、定員二十四、五人のコーヒー店だった。

松村さんはこの丘コーヒー店の常連で、ひとにあうときは、たいがいこの店をつかっていた。大坪さんは新宿に居をさだめると、松村さんにつれられていったこの店が気に入って、午後の大半をここにすわっているようになった。私も大坪さんにつれられて行って、やがてしょっちゅう行くようになった。客のほとんどが常連で、ふりの客の入りにくい店だったが、いったん顔なじみになってしまうと、実にいごこちがよく、コーヒーもうまかった。

昼休みには松村さんといっしょに丘へ行き、オペラ口紅の勤務がおわると、こんどはひとりで丘へ行く。昼休みにも、夕方にも、奥のテーブルには、たいがい大坪さんがすわっている。夕方は私と前後して、松村さんがやってくる。つまり、松村さんは昼休みには私につきあって、四谷三丁目から都電にのるが、夕方は国電で四谷駅から新宿駅というコースをとるわけだ。私は大坪さんとふたり、あるいは松村さんもくわわって三人で、近くで晩めしを食って、遅くまで丘でお喋りをしてすごした。

大塚坂下町

四谷舟町のオペラ口紅宣伝部へ入って間もなく、私は中野区の沼袋から、文京区の大塚坂下町へ引っこしている。いまの大塚六丁目になると思うが、石段坂のとちゅうの二階屋の、二階の八畳を借りたのだ。昭和二十九年の八月十六日から、九月二十二日へかけて、私はこの八畳で、最初の長篇小説「魔海風雲録」五百五枚を書いている。だから、沼袋から引っこしたのは、前年の昭和二十八年だったろう。

まだ沼袋にいるうちに、長いあいだ病気がちだった母が、胃癌で死んだ。B6判の読物雑誌が急激に少くなって、時代小説ばかり書いているわけには、私もいかなくなった。注文にしたがって、現代小説を書くことが多くなって、「娯楽雑誌」という雑誌に書いたそのひとつが、取りしまりに引っかかった。猥褻文書頒布幇助罪容疑ということで、私は警視庁の風紀係に呼びだされた。それは大したことではなかったのだが、いよいよ仕事は少くなって、転機がきているような感じは濃かった。

だから、サラリーマンになると同時に、住むところも変えようか、と思っていた。そこへ兄の鶯春亭梅橋から、寄席の下座さんのうちの二階を借りたが、ひとりには広すぎるから、一緒に住まないか、とさそわれたのである。下座というのは、寄席の高座——舞台のかげにいて、落語家が登場するときのテーマ・ミュージックや、曲芸などのバック・ミュージックを、演奏するひとのことだ。楽器は三味線、太鼓、鉦だけれども、鉦と太鼓は落語家の前座がうけもつから、下座さんといえば、ふつう三味線をひく女のひとのことになる。たいがいは、お年よりだった。

私たちが二階を借りた家の下座さんは、いくつぐらいだったのか、おぼえていないが、私とおない年らしい息子さんがひとりいて、未亡人だったようだ。この大塚坂下町での生活を、私は後年「猫の舌に釘をうて」という長篇にとり入れているが、暮しいい町であった。当時はもちろん護国寺の前を、上野のほうから来て、江戸川橋へゆく路線と池袋へゆく路線と、二系統の都電が走っていた。終点の池袋から、護国寺へむかって三つ目に、大塚坂下町という停留所があった。

そこで都電をおりて、左へ露地を入ると、お屋敷町があって、崖下の町へいくつもの坂がくだっている。そのひとつの石段坂のとちゅうに、下座さんの家はあって、戦災をまぬがれた古風な木造二階屋だった。坂下の道は、左へゆくと造幣局、東京拘置所——いまのサンシャイン・シティへ達する。右へゆくと護国寺から、大塚仲町へのぼる富士見坂の七合目あたりへ出る。大塚坂下町は未知のところだが、池袋、護国寺、大塚仲町、大塚は幼いころから、馴染のある場所だった。大塚駅前、天祖神社のそばの大塚鈴本は、私がいちばん多く通った寄席だし、線路ぞいの京楽座という東宝の封切館は、冷房装置のなかったころ、夏すずしい映画館で、暑いじぶんによく行った。意識して設計したわけではないだろうが、両がわの扉をあけても、スクリーンにあかりが入らないで、すずしい風が入るのである。

大塚坂下町では、金がないときでも、一日三十円で暮せた。いまから二十八年まえの話にしても、これはなかなかのことであった。そのころ、コーヒー一杯が、たしか五十円だった。ラーメンも、五十円のところが多かった。大塚坂下町で、私は小汚い店ながら、わりあい食わせるラーメン屋を見つけたが、そこが一杯三十円だった。一日三十円というのは、厳密にいうと、食費が二十円、タバコ代が十円で、私は一日に二食しか食わないから、一食が十円ということになる。

当時でも、ひと箱十円のタバコはなかった。だが、この谷底の町のタバコ屋では、内証で半箱、売ってくれたのである。敗戦直後のシケモクと呼ばれた再生タバコではなく、新しい箱の封を切って、十本入りの五本だけ、三十本入りの十本だけ、売ってくれるのだ。「光」がたしか、二十円だったのではないかと思う。それを五本、十円で買うのである。

その十円を、食費にまわしたほうがいいのはわかりきっている。けれど、タバコをちゃんと買って、吸っているという気分が、必要だった。朝食はコッペパンにマーガリンを塗ったのが十円、晩めしは茹でたうどんの玉を、ひとつ十円で買ってきて、醤油をかけて食う。これで一日、三十円。もちろん、オペラ口紅の宣伝部につとめて、給料をもらっていたのだから、しじゅう貧乏していたわけではない。しかし、いざとなれば一日、三十円で暮せることを発見したのは、なんとも気楽な心もちだった。弁当箱を持って、十円の茹でたうどんの玉を、ひとつだけ買いにいっても、だれも妙な顔をしないこの町が、私は気に入っていた。

*

前にふれた「娯楽雑誌」の猥褻文書頒布罪容疑は、お灸をすえられただけで、あっさり不起訴になった。私の頒布幇助罪容疑のほうも、したがって調書をとられただけで、不起訴になった。編集者から、
「どうせむこうは、エロを書けといわれて、書いたんだってことを、いわせたいだけですから、心配ありませんよ。それに違いないんだから、そういって来てください」
といわれていたから、気は楽だったが、それでも警視庁へ出頭するのは、いやだった。窓には格子のはまった狭い部屋で、刑事ふたりがかりのしつっこい調べをうけるのだろう、と思っていたのである。だが、桜田門の警視庁へ、指定された日に行ってみると、机がいくつもならんだ風紀係の部屋で、ほかのひとたちと一緒に、話を聞かれるのだった。隣りの机では、白黒の秘密ショーかなにかで、つかまったらしい若い女が、中年の刑事に、ねちねちと話を聞

かれていた。そのむこうでは、雑誌の編集者らしい男が、ベッド・シーンの挿絵のことで、若い刑事にいじめられていた。私の担当は、中年というよりも、初老といった感じの刑事だった。見るからに粗野な顔つきだったので、私は覚悟して、机の前にすわったが、これが意外に、ばかていねいな人だった。

もっとも、そのとき引っかかった私の小説は、もう題名も内容もわすれてしまったが、いやに気どったもので、エロティックな描写も、大したことはなかった。ベッド・シーンをたくさん入れてくれ、といわれたのだが、てれくさいものだから、私は奇抜な表現を多用して、きざなセックス小説を書いたのである。なんであんなものが引っかかったんだろう、と友だちが首をかしげたくらいで、現在だったら、エロティックだとは受けとってもらえないかも知れないような小説だった。そのせいか、粗野な顔立ちの初老の刑事は、これが単なるエロ小説でないことはわかるが、このくだりとこのくだりは、あきらかに性交を暗示しているでしょう、といったいいかたで、話は短時間にすんでしまった。刑事が調書を書くのに、かなり時間がかかったから、けっきょくは半日つぶれてしまったが、私はタバコを吸いながら、もっぱら隣りの若い女の話を聞いていた。

ついでに思い出したことを書くが、昭和四十年の半ばごろに、私は参考人というようなことで、東京地検に呼びだされた経験がある。そのときは、じつに不愉快だった。なんのなにがしというものを、拘留したから、通知する。ついては何月何日何時、だれだれ検事のところへ、出頭してもらいたい。という書状が、ある日、私のところへ届いたのである。なんのなにがし、という名前には、私はまったく記憶がなかったが、いかめしい文面なので、とにかく出頭した。指定の時間の五分前ぐらいに、検事の名前の出ている部屋をノックしたが、返事がない。もう一度ノックしてから、ドアをあけると、正面奥にその検事らしい人がいた。私が入って行くと、その人がうるさそうに、

「いま入ってきちゃいかん」

という。私が書類をとりだそうとすると、わきの机から事務官らしいのが立ってきて、それをひったくった。ちら

っと見てから、

「名前を呼びますから、廊下に待っていてください」

廊下の一隅が、待合室みたいになっているところで、小一時間も待たされたろうか。腹が立ってきて、帰ってしまおうか、と思ったところに、名前を呼ばれた。検事の部屋に入ってゆくと、さっきの事務官が、戸口に立っていて、

「小説家の都筑道夫さんです」

と、検事にいった。私が頭をさげても、検事は軽くうなずいただけで、なにもいわない。事務官は自分の机の前に、私をつれていって、椅子をすすめてから、話しはじめた。聞いてみると、無銭飲食でつかまった男が、身もとを引きうけてくれそうな人として、私の名をあげたのだ、という。

「あなたは小説家になる前は、雑誌の編集をしていましたか――ええと、なんといいましたかね。エラリイ・クイーン・マガジンですか」

「『エラリイ・クイーンズ・ミステリ・マガジン』日本語版です。三年ばかり、その雑誌を編集していましたが……」

「そのころ、あなたに翻訳の原稿を見てもらって、いろいろ世話になった、といっているんですがね、この男は」

「名前には、心あたりがないんです。そういう人は、かなりありましたから、結局ものにならなかった人かも知れません。原稿を一度でもつかった人なら、名前をおぼえているはずですから――無銭飲食って、どんなことをやったんです?」

「浅草の食堂で、カツ丼を食って、金がないといったんです。とにかく、その男を呼びましょう」

隣りにだれもつかっていない机があって、事務官はそこへ私をすわらせると、どこかへ電話をかけた。カツ丼いっぱいの無銭飲食とは、けちな話に巻きこまれたものだ、と思いながら、私は事務官みたいな顔をして、すわっていた。本物の事務官のほうは、なにか書類をしらべている。検事は机のわきに立っている男と、タバコを吸いながら、小声で談笑している。こちらへは、見むきもしない。私もタバコに火をつけた。

時間はどんどん、たって行く。地検の事務官の経験のあ

る結城昌治に、あとで聞いたところによると、カツ丼いっぱいなんていう無銭飲食の場合、たしかな身許引受人がいれば、微罪釈放ということにしてしまいたいのだそうだ。だから、悪く考えれば、簡単にけりがつくと思っていたのに、私の態度があいまいなので、機嫌が悪かったのかも知れない。とにかく、私は検事からも、事務官からも無視されて、すこぶる居ごこちの悪い時間をすごした。

こちらはこちらで、忙しいなかを紙きれ一枚で呼びだされて、えんえんと待たされて、お茶いっぱいも出ないのだから、おもしろくない。いい加減、しびれを切らしたところに、ドアがあいて、看守だかなんだか、制服の人物につれられた男が、部屋へ入ってきた。色の黒い小柄な男だった。

検事の部屋へ入ってきたのは、色の黒い小柄な男で、皺だらけの服を着ていた。私とおなじくらい小男だが、この部屋には、私よりも馴れていて、正面の検事には目もくれずに、まっすぐ事務官のところへ来た。私は目をこらしたが、近づいてくるのは、まったく記憶にない顔だった。ちらっと事務官がこちらを見たので、私はかるく首をふった。無銭飲食の男が椅子にすわると、事務官は私のほうへ顎をしゃくって、

「この人を知っているかね」

と、男に聞いた。男はうっそりと私を眺めてから、首をふった。

「知りません」

「この人が、都筑道夫さんだ。困るね、きみ、でたらめばかりいっていちゃあ。きょうはこれだけでいい」

事務官はつめたくいって、戸口に待っている制服の男に、手で合図をした。制服の男は近づいてきて、色の黒い男をつれ去った。やれやれ、これでお役ごめんだな、と私が思っていると、事務官はこともなげに、

「もうすこし、待っていてください。供述書をつくりますから」

といって、机の上に罫紙をひろげた。猥褻文書頒布幇助罪容疑のときの書類は、罫紙数枚にわたっていたが、こんどは一枚ですんだ。それでも、あっという間に、出来あがったわけではない。書きあげると、事務官は私を前に呼んだ。最初に私がすわり、次に無銭飲食の男がすわった椅子に、また私はすわって、机の上を見ると、供述書の名前が、都筑道夫になっている。それは筆名だが、いいのですか、と聞くと、いや、本名でないと、いけません、書きなおしましょう、と事務官は新しい罫紙を前においた。

「本名は松岡巖、イワオは漢字一字、ガンのイワオです。大山巖のイワオ」

私が説明すると、事務官はうなずいたが、書いたのを見ると、松岡厳。

「イワオという字は、山かんむりがつくんですが……」

私がいうと、事務官は黙って、また新しい罫紙を前においた。ところが、こんどは山かんむりの下に、いきなり雁だれを書いた。

「山かんむりの下に、口をふたつ書いてから、雁だれなんですが……」

私がいうと、事務官は舌うちして、がぜん不機嫌になった。私のほうは、もっと前から、不機嫌になっていた。ひとを呼びつけておいて、ご当人である検事は一言のあいさつもしない。お茶いっぱい出さないで、ひとを待たしておいて、事務官は自分が字を知らないのを、こっちが悪いみたいに、露骨に不機嫌な顔を見せる。わからなきゃあ、聞きゃあいいんだ、と私もつめたい顔をしていると、どうやら供述書ができあがって、読んで、署名をして、拇印を押

せ、という。いわれた通りにして、立ちあがると、
「どうも、ご苦労さまでした」
と、いちおう事務官はいったが、くだらないことに巻きこんで、ご迷惑でした、といったわびの言葉は、まるでなかった。部屋を出るとき、私は検事にむかって、頭を下げたけれど、相手はそっぽをむいていた。無銭飲食の男は、「エラリイ・クイーンズ・ミステリ・マガジン」を読んでいた時期があって、とにかく私の名前を、十年ほどたってからでも、おぼえていたのだから、愛読者だったのだろう。そう思うせいか、利用されたことに、あまり腹は立たなかった。けれども、半日をつぶさせたことを、まるで当然と思っているような事務官や、知らん顔の検事には、腹が立った。

もっとも、私は腹が立っても、それを持続させることが出来ないたちだから、家へ帰りつくころには、こんなことで怒っちゃあ、おとなげない、とわすれてしまった。あの人たちは威張ることが日常になっていて、無関係な時間を庶民につぶさせても、当然と思っているのだろう。いまでも、そのときのことを思い出すと、時間を損したなあ、と苦笑いがわいてくる。

＊

娯楽雑誌の発禁事件からの連想で、話が横道にそれてしまったが、カストリ雑誌や発禁雑誌にくわしい長谷川卓也さんが、前回の章を読んで、はがきをくだすった。湊書房のこの小判雑誌が、警視庁に摘発されたのは、昭和二十八年の一月だそうである。とすると、私が風紀係へ呼ばれたのは、一月末か二月のはじめ、読物雑誌のものかき業をあきらめて、オペラ口紅宣伝部へ入ったのが三月か四月、沼袋から大塚坂下町へ越したのは、その後ということになる。

このころの記憶が混乱しているのは、短かいあいだに仕事をかえたり、引越しをしたりしているせいなのだろう。昭和二十九年には、私は最初の長篇小説「魔海風雲録」を出した。そのときには、もうコピーライターを廃業していたのだから、つとめは一年ぐらいしか、つづかなかったら

しい。それにオペラ口紅にいるあいだに、私は翻訳をはじめていた。原稿書きでなかった期間は、半年かそこらだったようだ。

前にも書いたように、曙橋はまだ出来ていなかったから、四谷舟町のオペラ口紅の前を、電車通りから歩いて行くと、三丁目からの広い道に出て、それは行きどまりになる。鮮明な記憶がないのだが、橋をかけるばかりに道が出来ていて、柵でふさがれていたような気がする。合羽坂のほうへ行くには、わきの坂から、市谷の谷間へいちどおりて、また坂をあがらなければならなかった。

むこうの台地、合羽坂から薬王寺町、柳町へかけては、子どものころからの馴染がある。戦前から戦時ちゅう、新宿へ遊びに行くときには、目白から来て、江戸川橋から矢来へのぼって、榎町、柳町、合羽坂をくだって、富久町から御苑前へゆくバスに、かならずのったものだったし、戦後すぐにはそのコースを、ときにわき道へ入りながら、江戸川橋から新宿まで、歩いたこともしばしばだった。

だから、大蔵省の松村喜雄さんから、連絡がない日には、私は昼休みや会社の帰りに、こっちのほうへ足をのばした。行きどまりの大通りのすこし手前の左がわを、ななめに入ったところに坂があって、谷間へくだっている。その坂が、暗闇坂だと教えられて、私はよく利用した。わりあい急な坂だったようにおぼえているが、この坂の名の由来は、江戸時代にはまわりが寺と武家屋敷で、樹木が空をおおうように茂り、昼間でも暗い。それで、暗闇坂と呼ばれるようになったのだという。

暗闇坂をくだって、谷間のひろい通りに出て、合羽坂をのぼると、薬王寺町には大坪さんの生れた家があった。そのころには、社会党の片山哲が、住んでいたのではなかったろうか。あまり大きな家には見えなかったが、古風で重厚な洋風建築で、柳町からの通りを、右へ入って少し行ったところにあった。大坪さんのお父さんは、和田維《つな》四郎といって、日本鉱物学界の草わけで、八幡製鉄の初代社長だったひとだ。その薬王寺の屋敷は、大坪さんの話によると、外から見れば洋風で、なかは純日本ふうという、和洋折衷建築だが、実は日本最初の本格的洋風個人住宅、内部の日本ふうに見えるところは、たとえば柱なぞコンクリートに、檜の厚板をはったものだったという。

そういう凝ったところは、もちろん見えなかったけれど、そのあたり、いかにも古風な屋敷町という感じで、私は歩きまわるのが好きだった。とつぜん妙なことを思い出したが、私が初めてメロディ・フォンというのか、車のクラクションでメロディを吹きならすのを聞いたのも、そういう散歩の時だった。

薬王寺から河田町へ出て、大久保の通りへぬけようと、せまい露地を歩いていると――つまり、新宿まで歩こうとしていると、うしろで、金管楽器の音の切れっぱしのようなものが聞えた。なんだかわからないから、私は平気で歩いていた。すると、またその音が聞えた。おなじメロディを断片的にくりかえすので、変だな、と思っていると、いきなりこんどはすぐうしろで響いた。

びっくりしてふり返ると、でっかいアメリカ車が迫っていた。なにしろ狭い露地で、車と人とは共存できない。運転しているのは、占領軍の将校で、私がまごまごしていると、またメロディが聞えた。こんどは風変りなクラクションなのだということが、はっきりわかった。私はすこし先の家の、門がすこしひっこんでいるところへ行って、車をやりすごしながら、アメリカという国は、おかしな工夫をするものだな、と思った。

話がまた横道にそれたが、オペラ口紅宣伝部での私は、まったく無能な文案係だった。一年ちょっといたはずだが、キャッチフレーズなぞは、ひとつもつくらなかった。カタログみたいなものの文章を、いくつか書いたのを、おぼえているくらいだ。あとは毎日、ぼんやり机の前にすわって、新聞や雑誌にのせた広告を切りぬいて、スクラップしたり、広告を出してくれといってくる宣伝ブローカーのようなひとを、断ったりする仕事をしていた。

いや、仕事とはいえないような毎日で、私はすこし気がとがめた。前にも書いたように、オペラ口紅が文案係を新しく採用したのは、キスミー口紅の宣伝のうまさに、遅れをとっていたからだった。だから、私としては、大いに新鮮なアイディアを出して、期待に応えなければならなかった。それを怠けて、なんにもしないでいるのだから、いいわけが必要だった。その点、恰好のいいわけがあったので、私はぬくぬくと利用した。

　キスミーにくらべて、オペラの宣伝がうまく行っていなかったのは、いちいち社長に見せなければならないからだった。社長は老人で、飛躍も冒険も出来ないひとだった。つまり、会社ぜんたいの体質が、古めかしいのだから、宣伝部にひとをふやしたって、なんにもならない。宣伝会社に全面的にまかせて、社長も重役も、いっさい口出しをしない、という冒険をしなければ、とうていキスミーには勝てなかったろう。

　宣伝部に入って、ひと月ぐらいで、そのことはわかった。私はそれを、気がとがめたときの特効薬にして、月給泥棒をつづけていた。毎日毎日、机の前にすわって、なにもしないでいるのは、楽は楽だったけれど、つらいところもあった。ことに冬になって、部屋にストーヴが入ると、つらかった。ガス・ストーヴが赤あかと燃えて、室内は春のようだ――というよりも、温室のようだった。小学校にはスティーム暖房があったが、日中戦争のさいちゅうだから、暑いほどには温度はあげない。それ以外は、火鉢と炬燵しか、私は知らない。ガス・ストーヴの暖かさは、強烈に私の眠気をさそった。業界紙や広告資料を机において、読んでいるふりをしていると、たまらなく眠くなって、私はそれがつらかった。実にいい気持で、どうしていいか、わからなかった。私は机上に目を落して、椅子を前に出して、前あるいはうしろに体が崩れないようにしながら、しばしば居眠りをして、一日をすごした。

にせ翻訳家

　オペラ口紅の宣伝部にいたのは、一年ぐらいだった、と前に書いたが、もっと短かかったかも知れない。夏のはじめの土砂ぶりのなかを、お金がなくて、歩いていたのを思い出す。金はなかったが、傘は持っていて、とちゅうで濡れてあるいていた男のひとに、さしかけてやった。私は沼袋の下宿から、高円寺の友だちのところへ、行くつもりだった。なんの用があったのかは、もうおぼえていない。

傘をさしかけてやった相手は、商人らしい三十男で、雨のなかを歩きながら、話をしているうちに、古本屋だとわかった。中野区には昔から、学者や物書きが、多く住んでいる。そういう人たちのところへ、出入りしているという話なので、私はふと思いついて、下宿へもどって本を見てくれないか、といった。時代小説をおもに書いていたので、いささか資料を持っていた。それを売りはらって、金をつくろう、と思ったわけだ。

古本屋さんは気やすく、私の下宿へついて来て、かなりいい値をつけてくれた。おかげで、もともと乏しい蔵書が、すっかりなくなってしまったけれど、どうやらひと月、しのぐだけの金は出来た。

その雨の日の記憶は、むろんオペラ口紅へ入る前のことである。いよいよ、なにか仕事をさがさなければ、ならないな、と覚悟をしたきっかけが、その雨の日に出あった古本屋だったわけだ。新聞広告で、オペラ口紅が文案家を募集しているのを知ったのが、そのすぐあとであった。だから、入社したのは、昭和二十八年の夏のことであったらしい。

冬になって、ガス・ストーヴの暖かさに、つい居眠りをして、日を送ったことは、前回に書いた。そのころ、私はふたたび、ものかき業をはじめていた。翻訳家としてであった。四谷駅前の大蔵省にいた松村喜雄さんが、いっしょに仕事をしないか、とさそってくれたのである。フランスのミステリで、翻訳権の切れているのが、たくさんある。それを手わけして訳して、推理小説雑誌に売りこもう、ということだった。

中学時代のほとんどを、軍需工場ですごしたくらいだから、私がフランス語を知っているはずはない。三百枚ぐらいの作品を、松村さんが訳して、それを私が百枚ぐらいにダイジェストする。当時の雑誌で、毎月のせてくれそうな枚数は、百枚というのが、ちょうどいいところだったのだ。

手はじめとして、松村さんの手もとに、すでに訳しおわった長篇の原稿があった。エミール・ガボリオーの「首の綱」、すでに黒岩涙香が「有罪無罪」という題で紹介し、江戸川乱歩名義の抄訳も、昭和五年に出ている作品だ。松村さんとそれを訳しなおしたわけだけれど、かつて涙香がいくつか訳した作家、いかにも古めかしい感じがするので、出してくれるところがなかったらしい。五百枚ぐらいあったような気がするが、百枚のダイジェストなら、買ってもらえるだろう、というので、私がそれをやることになった。

翻訳の売りこみ先というと、当時は「宝石」か「探偵倶楽部」という雑誌だった。ダイジェストでは「宝石」はとりあげてくれないので、松村さんは「探偵倶楽部」へ持っていった。「探偵倶楽部」は社名をなんといったか、ちょっと思い出せないが、水道橋の駅のそば、中外印刷のひと部屋を借りていて、編集長は中村博というひとだった。

このひとは、戦前に長いあいだ、講談社にいて、講談全集なんぞを担当していたらしい。活字の講談には、そのころ書き講談と呼ばれているものがあった。講釈師がしゃべるのを、速記者が速記して原稿にし、それを編集者が整理する。それが普通なのだが、手間がかかるところから、器用な講釈師が自分で書くようになった。高座でしゃべるのは、あまりうまくないが、書かせると達者というひとも現れて、そういうひとの原稿を、しゃべる講談に対して、書き講談といったのだろう。大河内翠山といったか、書き講談を講談社でやっているひとがいて、中村さんはそのひとを担当しているうちに、自分でも講談の種類をおぼえて、書くようになった。佐野孝というペンネームで、読物雑誌に講談を書き、講談についての著書もあった。

つまり「ポケット講談」で、私がやっていた仕事の先輩にあたるわけだ。そのせいで、私をみとめてくれたのかも知れない。松村さんの売りこみは成功して、「首の綱」はお金になった。大坪さんにも、口ぞえをしてもらったような記憶もあるが、とにかく松村さんが原稿をつくり、私がその英訳本を参照しながら、百枚前後にダイジェストする、という言いたてで、仕事ができることになった。ただし、もう少し新しいものを、という注文がついていた。

持ってくれれば、買ってやる、といわれても、つまらなければ返される。不安定なやくそくだが、原稿生活に馴れたからだには、サラリーマンよりも、落着ける。宣伝部では、いいつけられた仕事をやっていれば、べつにすてきなアイディアを出さなくても、文句はいわれなかったけれど、なんとなく落着かない。だから、私はよろこんで、この仕事をすることにした。

＊

私の原稿を書くスピードは、そのころから遅くなっていた。ときにはやたらに早いが、気のりがしないと、なかなか手がつかない。松村さんとのフランス・ミステリの翻訳の仕事が、どのくらいうまく続いたか、おぼえていないけれど、間もなく拙いことになった。

私とちがって、松村さんには、大蔵省での仕事が、ちゃんとある。「探偵倶楽部」に約束した〆切日が近づいても、松村さんの原稿が、出来あがらないことがあった。当時、翻訳権はアメリカでは、初版発行いらい十年間、正規の契約による翻訳が出ていなければ、消滅したことになっていた。原著者の許可がなくても、版権料をはらわなくても、自由に翻訳できることになっていた。イギリスとフランスは、それが二十年だった。

二十年前の、それも日本にはまったく知られていない作家の、なるべく通俗な作品をえらんで、おまけに半分以下にダイジェストしなければならない。松村さんにとっても、私にとっても、これは愉快な仕事とはいえなかった。二十年前の作品でも、シムノンの未訳の作品なら、ふたりともやりたかった。メグレものの第一作、「怪盗ルトン」を昭和二十九年のはじめに、「探偵倶楽部」にわたしたときには、ふたりとも張りきったし、その前に「宝石」と話がついている――ということは、大坪さんが当時の編集長、永瀬三吾氏に話してくれたのだが、「オランダの犯罪」を完訳でのせることになったときにも、張りきった。それは昭和二十八年の十一月に活字になって、ちょっとトラブルがあったのだが、それはあとに廻そう。

とにかく、松村さんの原稿が間にあわなかったときに、私は非常手段をとった。第一章の十枚ぐらいしか、松村さんの原稿がなくて、「探偵倶楽部」の〆切がきたのである。あとの九十枚ばかりを、私は創作してしまったのだ。たしかスパイもののサスペンス小説で、松村さんも最後まで、原稿を読んでいなかった。だから、どんなストーリイかも、私にはわからない。発端はアメリカのフランス植民地の小さな飛行場に、大雨の晩、小型飛行機が着陸する場面だった。

その飛行機から、どんな人物がおりてくるかも、わからない。その発端の情景をつかって、私は冒険スリラーをでっちあげた。「探偵倶楽部」へ持っていくと、これが案外、評判がよくて、この次もああいうものがいい、と中村編集長にいわれた。このときは、発端の十枚ぐらいを書いた本物の作家の名を、そのまま作者名として使ったが、松村さんに相談すると、そんなに都合よく、冒険小説が見つかるかどうか、わからないから、次号に間にあわしてくれというのは、無理だろうという。

しかたがないから、またやろう、ということになって、こんどは作者の名前も勝手につくって、創作のにせ翻訳を書きはじめた。創作だから、望みどおりのものが出来る。アフリカのフランス植民地を舞台にして、復讐もののスリラーを書きはじめた。調子にのって書いていたら、〆切がきても、おわらない。前篇ということにして、「探偵倶楽部」に持っていって、

「これは、おもしろい作品なので、二回にわけたいんですが、どうでしょう」

といった。いいかげんなもので、後半がどうなるか、自分でもわからないのだ。ところが、このいいわけが無事に通って、そのときの創作翻訳は、前篇、後篇、二号にわたって、のることになった。前回は九十パーセントが私のものでも、十パーセントは現実の作家がいるから、気がとがめた。

けれども、こんどは頭からしまいまで、私の作品だったから、ほとんど気がとがめなかった。フランス人らしい作

者名も、架空のものである。戦前の「新青年」にも、そんなことがあった、と聞いていたので、気楽だった。そのころ、兄は鶯春亭梅橋を名のって、真打になっていて、ユーモア作家の玉川一郎さんのところへ、出入りしていた。

玉川さんは戦前の「新青年」に、コントをいくつも翻訳していた。当時の日本は、著作権の国際条約に入っていなかったので、コントでも、探偵小説でも、自由に翻訳していた。翻訳者が自分で原書をあさって、日本の読者にむきそうなものを選びだし、「新青年」に持ちこんだわけだ。玉川さんも自分で探して、コントを訳していたが、しじゅうおもしろい作品が、見つかるとはかぎらない。

フランス・コントは「新青年」の名物で、いまでいえばショート・ショートのように、ほかの小説やコラムのあきを調節する道具としても、調法につかわれていたらしい。だから、ストックがほしい、といわれて、玉川さん、創作をした。アルフォンスという作家が、あればいいな、というわけで、アルフォンス・アーレーという架空の作家をつくりあげ、いいねたがないと、その名で創作をしていたそうだが、そのうちにフランスの雑誌で、アルフォンス・アーレーという作家の短篇を見つけた。アルフォンスが、実際にあったのである。

そういう話を聞いていたので、私は自分がこしらえあげた作家も、偶然にいたら、おもしろいだろうな、と思っていた。古い「新青年」で、私はアガサ・クリスティーのおかしな短篇を読んだことがある。ユーモラスで、おもしろい話だったので、はっきりおぼえているのだけれど、後年いくら調べても、その短篇が原文では見つからない。「へぼ胡瓜《きゅうり》の秘密」という、短篇だった。主人公は女流作家で、書きだしがまず意表をついていた。

おったんちんのあんぽんたんの大馬鹿野郎のおたんこなすめ、と伯爵夫人はいった。

という書きだしだ。もちろん正確な引用ではない。その「新青年」は、いま手もとにないからだ。伯爵夫人がおよそ伯爵夫人らしくない悪口雑言をついているところから、はじまっているのである。この話は次回へつづけよう。

世紀末の詩人

アガサ・クリスティーの「へぼ胡瓜の秘密」は、読者が読んだとたん、興味を持つような書きだしと、題名をつくることに、女流作家が苦心さんたんする短篇で、小説というよりも、ユーモラスなエッセーといった題材だった。けれど、小説として、ちゃんと首尾がととのっていて、主人公の女流作家は、最後に「へぼ胡瓜の秘密」という題名を思いつく。いったい、なんだろう、と読者はかならず興味を持って、読んでくれるに違いない。自信をもって、題名を書くところで、おわっている。

古本屋で買った「新青年」で、たしか戦争ちゅうに読んだのだが、後年、ひとに聞いても、あまりこの話をおぼえていない。そういえば、そんなのを読んだな、というぐらいで、いつごろの「新青年」にのったものかもわからない。原文のほうも、見つからなかったから、これもだれかの創作翻訳だったのかも知れない。

そんなこともあって、架空のフランス作家の小説を創作するのに、私はほとんど気がとがめなかった。といっても、そんな何本もやったわけではない。たぶん三作か、四作だったろう。架空のアメリカ作家をでっちあげて、短篇を書いた記憶もある。中村編集長が、フランスの作家は日本の読者になじみが薄いから、アメリカのものを訳してくれ、といったからである。フランスとイギリスは、二十年前の作品しか、訳すことが出来ないが、アメリカは十年前のものが、無料で訳せる。少しでも新しいほうがいい、というわけだ。

それが、すぐに苦労のたねになるとは、考えもしなかったから、いわれた通りにやったのである。当時の私は、大坪砂男の影響で、イギリス世紀末の詩人、アーニスト・ダウスンや、オーストリアのアルトゥール・シュニッツラーに、夢中になっていた。シュニッツラーは戯曲作家として、日本では有名だったが、大坪さんが激賞するのは、短篇小説だった。だが、短篇小説の翻訳はすくなくて、なかなか読めない。戦争前の河出書房から、小説の全集だったか、選集だったかが出ていたのを、やっと古本屋で見つけて、私は読んだ。

男女の微妙な恋の心理、ことに男の未練を、抑えたロマンティシズムでえがいた短篇は、大坪さんの「検事調書」や「髯の美について」といった作品に、影響をあたえているのがわかって、私は大へんな勉強をしたような気になった。その河出書房版の本には、大坪さんが読んでいない短篇も入っていた。そのひとつの「死んだガブリエル」という作品を、これは傑作ではないでしょうか、と私がいったら、それを読んだ大坪さんに、ほめられたのをおぼえている。

なにしろ、私の記憶では、あとにも先にも、大坪さんから、あんな無条件のほめられかたをしたことはない。それで、おぼえているのだが、きみの観賞眼は一流だね、といわれたのである。シュニッツラーは、恋愛心理の小説のほかにも、きわめてわかりやすい、それでいて技巧的な怪談も、書いていた。「レデゴンダの日記」とか、「予言」といった作品を、いまでもおぼえている。「予言」は久生十蘭の「予言」という怪談を思わせるような、ストーリイ・テリングのお手本みたいな作品だった。

その「予言」を、私はもちろんドイツ語はできないから、翻訳からの和文和訳で、「探偵倶楽部」に持っていったら、文句なしにのせてくれた。いよいよフランスものは敬遠されることになって、松村喜雄さんがとうとう、手をひくといいだした。「探偵倶楽部」の仕事は、松村さんがきめてきたものなのに、そのころの私は、なんとも生意気な人間だったから、ろくに相談もしないで、勝手に創作翻訳の線に持っていった。それで、松村さんは腹を立てたのだろう。

おまけにそのとき、私には書きおろしの長篇伝奇小説の仕事があった。だから、なおさらエゴイスティックになっていて、「探偵倶楽部」の中村編集長には、松村さんがやめるというから、もうフランスものの長篇はできません、といったところ、とんでもない逆襲をされた。長篇のダイジェストより、短篇のちゃんとしたもののほうがいい、あんたは英語ができるんだから、ウールリッチなんかを探してください、と中村さんがいうのである。

松村さんとふたりでの仕事を持ちこんだとき、私が英訳を参考にして、ダイジェストすると確かにいったが、それは方便にすぎない。早稲田実業学校の一年のときと、二年生になって、学徒徴用で軍需工場へ狩りだされるまで、いちおう英語の時間はあったが、多くはない。おまけに敵性語ということで、生徒がなまけても、先生はあまり文句がいえなかった。だから、私は英語なんぞ、まるっきり出来なかった。

しかし、いまさらあれは嘘だともいえない。書きおろしの長篇は、おわりかけていたし、すぐには金にならないから、雑誌の仕事をしなければならない。中村編集長に、では、ウールリッチを探してみます、といって、私は帰ったのだけれど、内心では実にこまっていた。

＊

英語はできないのに、私は原書を持っていた。以前に書いたように、オペラ口紅宣伝部の昼休みの時間、四谷の通りの御鎧師明珍の店で、表紙絵につられて買ったペイパーバックスである。ひろげてみて、なんとなく読めるような気がしたこともあったが、いざ翻訳をするという目でみると、なにがなんだかわからない。

そのころ、書きあげたばかりだった長篇は、私の最初の著書となった「魔海風雲録」だが、その話はあとまわしにしよう。すまいも大塚坂下町から、新宿の歌舞伎町に引越していたが、それもあとまわしにして、ここでは翻訳の話をつづける。

書きおろし長篇はまだ本にならないし、引越してなにかと金がいるから、翻訳をやらなければならない。私は神保町へ出かけていって、洋書屋で古雑誌をさがした。「エラリイ・クイーンズ・ミステリ・マガジン」の古い号を、何冊か見つけて、ページをひろげると、ある一冊の巻頭に、コーネル・ウールリッチの短篇がのっていた。Meet Me by the Mannequin という題で、翻訳権は切れているし、まだ翻訳されてはいないらしい。

最初のページはなんとなく、意味がわかるような気がしたので、私はそのEQMMを買って帰った。ついでに新刊書店へよって、買ったのが、英文法早わかり、というたぐいの参考書。歌舞伎町の三畳間へもどると、その参考書を読みはじめた。読みおわると、また最初から読みなおして、三回ぐらい読んだろうか。それですぐ、ウールリッチの短篇を訳しはじめたのだから、乱暴な話である。たよりはコンサイスの英和辞典が一冊だけ。

これをやりとげなければ、飢死するかも知れないのだから、真剣だった。もっとも、厳密にいえば、ほかの仕事がまったくなかったわけではない。大坪さんの紹介で、映画小説というのを、「探偵実話」なんぞに書いていた。その当時、洋画の配給会社が宣伝の一方法として、封切間際の映画を四、五十枚の小説に書かせる、ということをやっていた。

配給会社は書き手に試写を見せて、資料とスティル写真をわたし、たぶん雑誌にいくらか金も出したのだろう。雑誌のほうとしては、挿絵がいらないし、作者のネームヴァリューもいらないから、乗ったらしい。

それを私はひきうけて、何本かやっていたのだけれど、毎月きまってあるわけではない。あてにするわけには行かないから、やはりなんとか、翻訳をやらなければならなかったのだ。なまけものの私が、そうとうに真剣になって、文法書を読んでも、辞書をひいてもわからないと、宇野利泰さんのところに、教えてもらいに行った。

Meet Me by the Mannequin は、地方から都会へ出てきた若い女性が孤独な生活を送るうちに、犯罪にまきこまれるストーリイで、ロマンティックで、センチメンタルな調子は、これまで翻訳で読んだウールリッチ作品で、おなじみのものだった。だから、雰囲気はつかめて、題は「マネキンさん今晩は」とした。夜おそく帰ってくると、いつも街角の店に一軒あかりがついていて、マネキン人形が立っている。孤独な娘はその人形に、朝はおはよう、夜はこんばんはと挨拶する。原題は「マネキンのそばで会いましょう」だが、長すぎると思って、「マネキンさん今晩は」にしたわけだ。この題名は、好評だった。

雰囲気はつかんだつもりでも、言葉のつながりぐあいは、わからない。ウールリッチだって、人間だから、つじつまのあわないことは書くはずがない。英語も、日本語とおなじ言葉だ、と自分にいいきかせながら、コンサイスと宇野さんを頼りに、訳していった。もっとも、ウールリッチも人間、英語も言葉、という元気づけを、あとで大坪さんに話したら、にやにやしながら、芥川龍之介の言葉というのを、聞かしてくれた。大坪さんは、それをなにかで読んだのか、ひとに聞いたのか、よくわからないのだけれど、英語に不得手の友人のことを、芥川龍之介が、だれそれにとっては、シェイクスピアも、ついにABCの羅列でしかない、といったのだそうである。

ウールリッチのABCを、とにかく私は日本語にして、「探偵倶楽部」に持っていった。あっさりパスして、つづいてアメリカの短篇を訳すことになった。一計を案じて、敗戦直後、「ウインドミル」とか「黒猫」といった雑誌に、翻訳されたダシル・ハメットなんぞの原文を探して、つまり半分、和文和訳をすることにした。それらの雑誌の翻訳は抄訳が多かったので、惜しいから完訳しました、ということにしたのだが、不思議なことに、ひとの翻訳は間違っているのが、よくわかる。訳文と原文を読みくらべて、ここは間違っている、ということがわかるのだ。正しくはどうなるということは、わからないくせに、間違っていることはわかる。だから、そこを丹念に辞書でしらべたり、宇野さんに教えてもらったりして、訳してゆく。この方法は、かなりスピードがあがった。

ダシル・ハメットの「うろつくシャム人」とか、ウールリッチの中篇――これは原題が思い出せないが、そんなものをこの方法でつくりあげた。先訳のないものも、そのあいだに挟んで、ブルーノ・フィッシャー、デイ・キーンといった未紹介の作家のものも、翻訳した。あいかわらず、一語一語を訳して行くのは、辞書と首っぴきだったが、だいたいのストーリイをつかむこつは、わかってきていて、古本屋での立読みで、おもしろそうな短篇、中篇を見つけだした。

　というと、私は語学の天才みたいだが、後年このころの翻訳を、ハヤカワ・ミステリの短篇集に入れることになって、読みかえしたときには、冷汗をかいた。なにしろ、ウールリッチだったと思うが、ある短篇にホワイトマンという名の男が出てくる。それを私は、白人、白人と訳していたのだ。

晩年の兄

　泥縄翻訳家になり立てのころ、ホワイトマンという登場人物を、白人と訳して、あとで冷汗をかいた、という話を前回にした。それがコーネル・ウールリッチの、たぶん最初に訳した「マネキンさん今晩は」ではないか、と長いあいだ思っていたが、こんど久しぶりにハヤカワ・ミステリのウールリッチ短篇集「睡眠口座」に入っているのを読みかえしてみたら、ホワイトマンという人物は出てこない。他の作品だったのだろう。

「マネキンさん今晩は」は、前回にアウトラインをしるしたように、姉さんが家出して、大都会でけっこうやっているらしいのに刺激され、いなかの家を飛びだしてきた少女の物語である。長距離バスで都会について、姉の住所をたずねあるいているうちに、街角の婦人服屋で、マネキンを見かける。それを自分のマスコットときめて、姉のうちに行くと、手紙に書いてあったことは、ぜんぶ嘘。やくざの経営する秘密の賭博場で、姉はショー・ガールをやっている。少女は楽屋で、殺人事件を目撃してしまい、いったんはうまく逃げだして、婦人服屋の近くのアパートで、暮すようになったものの、姉ともども、やくざの親分に狙われることになる、というストーリイだ。

ウールリッチはこの手のお話を、たくさん書いている。そのなかでも、「マネキンさん今晩は」は、出来のいいほうではなかったけれど、文体のもつ甘いセンチメンタリズムとリズム感を強調して、まるでナニワブシみたいに訳したのがよかったか、「探偵倶楽部」の中村博編集長にはよろこばれたし、NHKテレヴィジョンからも、目をつけられた。探偵作家クラブの創立メンバーのひとりで、大坪さんの紹介で知りあった渡辺剣次さんが、NHKにいたからだった。長いあいだ東京にいたのが、大阪に移って、テレヴィジョンのほうを、やることになった。それで、ドラマの時間に、脚色権をとって、舞台を日本に翻案して、「マネキンさん今晩は」をやったのである。

私のつけた訳題をそのまま使ったし、訳文から脚色したことも確かなのだから、近年ならばお金をもらえるところだが、当時はなにもいって来なかったし、こっちからもなにもいわなかった。そのころは新宿歌舞伎町に住んでいたが、私の三畳間にテレヴィジョンはもちろん、ラジオもない。だから、日本版「マネキンさん今晩は」を、私は見ることが出来なかったが、主役の娘に扮した新人の女優さんは、大へんかわいかった、とのちに渡辺さんから連絡があった。しばらくして、渡辺さんは結婚して、東京にもどってきたが、その新夫人こそ、「マネキンさん今晩は」の主演女優さんだったらしい。

既訳を参考にしたダシル・ハメットの短篇のひとつでは、それがコンチネンタル・オプものだったので、名前もないんだから、人称代名詞もなくしてやれ、とばかり「私」という字をつかわずに訳した。もちろん、久生十蘭のまねをしたわけだが、それは大変な苦労をしたので、二度とやってみようとは、思わなかった。

そういう工夫をしたせいもあって、「探偵倶楽部」からは、もっと長いものを、といわれたし、「宝石」にも大坪さんが口をきいてくれた。ブルーノ・フィッシャーの百枚ちかい作品に、後頭部を殴られて、血だらけになった男を、主人公にしたものがあった。普通なら即死なのに、頭蓋骨の陥没のしかたがよかったので、不思議に生きている。しかし、手当のしようはないとさとって、息のあるうちに、犯人を探そうとする。

昭和二十七年に日本で公開されたアメリカ映画に、「都会の牙」というのがある。邦題はすさまじいが、原題はD.O.A.という。警察用語でDead On Arrival、「到着時死亡」の略語だ。主演はエドマンド・オブライエンで、なにものかに毒を飲まされる。だれに、なぜ飲まされたか、わからないその毒が、秘密に開発された時限毒薬で、治療法はない。あと五時間だったか、十時間だったか、死ぬ時間がわかって、オブライエン扮する主人公は、それまでに自分で犯人をつかまえようとする。やっと真相をつかんで、警察署へたどりつき、話しおわって息が絶える。D.O.A.というわけだ。たしかオブライエンが、ふらふらと警察へ入ってきて、「私は死んだ。殺されたんだ」というところから始まって、過去へさかのぼる構成で、小味なプログラム・ピクチャーながら、なかなかおもしろい作品だった。

それが頭にあったので、ブルーノ・フィッシャーのその中篇を訳して、「探偵倶楽部」へ持っていった。「宝石」には、レイモンド・チャンドラーの短篇を持っていったが、これもかなりの長さの上、むずかしいので、また宇野さんのお世話になった。口語辞典も持たずに、チャンドラーを訳したのだから、乱暴なはなしだった。「探偵倶楽部」の中村さんは、「宝石」へはチャンドラーを持っていって、こっちには日本で知られていないフィッシャー、というので、ご機嫌が悪かったが、読んだあとでは、おもしろがってくれた。

デイ・キーンの短篇を持っていったときも、聞いたことがない作家だ、といわれたが、あとで、よかった、といわれた。題名はわすれたが、孤独な娘が知らないひとから、突然ちやほやされたり、命を狙われたりする話で、その動機がおもしろかった。パルプ雑誌に書いて、いまは消滅したペイパーバックの会社で、四十年代に出たオリジナル・コレクションの一篇だから、ふたたび日本で訳しなおされることもないだろう。だから、どうおもしろかったか、書いてしまうが、主人公の娘はおばさんかだれかから遺贈されて、わずかな土地を持っている。大きさといい、場所といい、ろくな値うちもないので、ほったらかしてあったのだが、実は登記所のミスかなにかでその猫の額のような土地が大企業の地所の一部にされてしまって、そこに大きなビルが建ってしまう。

権利書を楯に、所有権を主張すれば、大企業は返さなければならない。けれど、大きなビルを取りこわすわけにも行かないから、いい値で買いとるより、しかたがない。ろくな値うちもない小さな土地が、ささいなミスで、大建築の土台の一部になってしまったために、莫大な値うちを持ったわけだが、それを娘は知らない。気づいた連中が、取りっこをする、という話なのだ。

＊

そういった作品のおかげで、おもしろい作品を見つけてくる翻訳者ということに、私はなったらしいのだが、だんだん馬脚をあらわしてきた。むろん、英語の力がないことによってだ。そのことで、私はいつもびくびくしていた。六十枚、七十枚ぐらいまでは、なんとかごまかせたが、百枚を越す作品となると、もともと根気のない人間だから、なんどもなんども辞書を引くのが、面倒くさくなってくる。辞書をひかなければ、まるでわからないのだから、これはどうしようもない。

辞書なしで、どうやら読めるようになったのは、早川書房へ入ってからで、ひとえにエラリイ・クイーンのおかげだった。「エラリイ・クイーンズ・ミステリ・マガジン」日本語版を編集するようになって、私の仕事のうちには、クイーンが書いた解説を、翻訳することもふくまれた。これが難物で、福島正実と小泉太郎——つまり現在の生島治郎と三人で、頭をつきあわして考えても、わからないような凝ったいいまわしが、しばしば出てくる。アメリカ生まれの新聞記者や、東大の助教授に聞いてもわからなかったことさえある。〆切まぎわに、あちらこちらから聞いてまわって、クイーンの凝った解説を訳したおかげで、ハヤカワ・ミステリのセレクターを、つとめられたわけである。つまり、そこでも私は、泥なわだったわけだ。

しかし、一気にそのころへ、話を飛ばすことは出来ない。

新宿歌舞伎町の三畳間に住む前、沼袋から大塚坂下町へ越すあたりへ、むしろ逆行しなければいけないだろう。そこは寄席の下座さん——楽屋で三味線をひく人の家だった。未亡人で、私と同年輩のひとり息子と、木造の二階屋で暮していて、二階の八畳間を、ひとに貸していたのである。

小石川江戸川橋の私の生家では、長わずらいのすえに母が死んだ。敗戦後はすっかり気力をなくして、漢方薬の商売もうまく行かなくなっていた父は、いよいよしょぼんとしてしまった。そのころ結婚した長兄は、いっそ薬屋をやめて、好きなオートバイ修理業を、はじめる決心をしていた。敗戦直後に建てたバラックは、床がぬけたりして、つかいものにならなくなっていた。

戦災で焼けるまで、家主の天野さんが住んでいた場所は、まだ空地のままになっている。そこを譲ってもらって、兄は二階屋を建てた。道路ぞいのバラックは、まだ屋根がつかえたので、床をぬいて、そこを修理工場に、長兄と弟のふたりで、オートバイ屋がはじまった。次兄はようやく、家を出ることにして、大塚坂下町の下座さんの二階を、借りたのである。私は家ぬしだった天野さんとは、戦後は一度もあっていないのではないかと思うが、美しい奥さんと、かわいらしい男の子がいた。私は小学生のころ、天野さんの奥さんに、夕すずみの縁台で、爪を切ってもらったことがあって、やたらに胸がどきどきしたのを、今でもおぼえている。それくらい、美しい奥さんだった。

かわいらしい男の子といっても、私といくらも違わなかったから、もう五十ちかくになっているだろう。五月五日の生れで、端午という名前だった。私たちは、大家さんのところの端午ちゃんと呼んでいたが、その名前がいつまでも記憶に残って、伝奇小説の長篇「神州魔法陣」を、昭和五十年に雑誌に連載しはじめたとき、利用させてもらった。あの長篇の主人公、内藤端午は、大家さんの坊ちゃんの名を、借用したものなのである。

ところで、兄はそのころより前に、真打になって、鶯春亭梅橋という名をついでいたが、はじめてのひとり暮しで、心細かったのだろう。部屋がひろすぎるから、一緒に住まないか、と私に声をかけて来た。オペラ口紅宣伝部につとめはじめて、中野の沼袋から、西武新宿線で通うのが、めんどう臭くなっていた私は、兄と折半なら家賃が安くなることもあって、それに応じた。

小さな印刷屋や製本屋のならんだ谷間の町が、暮しやすかったことは、以前に書いた。朝に坂道をあがりおりして、むかし大塚鈴本のあった通りをぬけて、大塚駅へ出る。帰りに池袋駅でおりて、都電で大塚坂下町まで来て、崖上の屋敷町をぬける。池袋から歩くこともあった。日出町あたりから、斜めに谷間の町へ入るあたりに、私と同年輩くらいの若夫婦が、今川焼屋をひらいていて、人みしりをする私が珍しく、商売をはじめたばかりのふたりと、話をするようにもなったりして、楽しいところだった。

けれども、兄の梅橋との生活は、あんまり楽しいものではなかった。機嫌のいいときは少く、たいがい朝から酒を飲んで、肩をもめの、背なかをもめのと、こきつかわれたからである。兄の内部で肉体的にも精神的にも、なにが起っていたか、私はちっとも知らなかったのだ。

あともどりの章

以前にも書いたように、兄がいつ鶯春亭梅橋を襲名して、真打になったのか、私はおぼえていない。この芸名は、明治のなかばまであって、以後は絶えていたものだそうで、本来は春風亭梅橋なのだという。明治のなかばの春風亭梅橋は、発狂して実の父親を殺し、自殺したそうで、その名をつごうとするものがなかったらしい。それで、春風亭を鶯春亭にかえたわけだ。正岡容がこの亭名を考えたらしいのだが、当時の私はそういう事情を知らなかった。真打披露の口上は、長老の柳亭左楽で、

「この梅橋という名は、代代わか死をしたものですから、久しく絶えておりましたが、そのようなことは気にしない、

科学精神を持った若者がつぐことになりまして……」

というようなことをいった。客席で聞いていた私は、いやなことをいうな、と思ったが、左楽はまだやわらげていたわけである。発狂して父親を殺して、とはいえるはずがないけれども、左楽の言葉どおり、この梅橋も若死してしまった。柳亭痴楽の弟子で、兄のところへ稽古にきていた小痴楽が、次の梅橋になって、これは春風亭にもどしたのだけれども、近ごろ見かけない。ひとの噂では、アルコール中毒で入院ちゅうだというから、昭和になってからも、梅橋は二代つづけて、いいことがない。この名はおそらく、絶えてしまうだろう。

正岡容のすすめで、古今亭今輔の門に移ってから、兄は古今亭志ん生に教わった落語は、いっさいやらなかった。柳家金語楼がつくった新作落語と、ほかには自作をやった。私は次第に注文が増えてきた小説に夢中で、ひとのことどころではなかったから、ろくに聞いてもみなかったのだが、兄は落着かない状態だったらしい。

古今亭志ん生が中国から帰ってこないので、師匠のいない前座は悲惨だから、と正岡容が心配してくれて、兄は古今亭今輔の門にうつったのだけれど、これには裏があったようである。いまの金原亭馬生に対して、正岡さんが腹を立てたことが、原因だったらしい。正岡さんには、親友妄想とでもいうか、自分が好きになった相手は、相手も自分を無二の親友と思っていてくれる、とすぐ信じこんでしまうようなところがある。古今亭志ん生に対してもそうで、その親友が行方不明なのだから、家族はもっと自分になんでも、相談するべきだということになる。

けれども、正岡さんは落語界に、自分が思いこんでいるほど、大きな影響力も、発言力もあるわけではない。馬生としても、相談のしようはなかったろう。馬生は志ん生の家の長男だから、いわば代表者だ。正岡さんには、代表者が自分を無視している、とうつる。そんな生意気なやつのところに、お前をおいておくわけには行かない、と正岡さんは兄にいって、今輔門下への移籍ばなしを、どんどんすすめて行ったらしい。

兄は前座で、敗戦直後はまだ若い落語家がいなかったから、前座は貴重で、寄席に出られないということはなかった。いっぽう馬生は前座を経験しないで、いきなり二つ目になったのだそうだから、父親がいないとなると、風あたりの激しい部分もあって、寄席に出られない、ということがあったらしい。だから、兄と馬生のあいだに、感情の行きちがいがなかった、とはいえないかも知れない。

　けれども、馬生はたしか私とおない年か、ひとつ上ぐらいのはずで、そのころは二十《はたち》になるやならずだろう。正岡さんは四十をすぎていたのだから、馬生に腹を立てたのは、おとなげないことのように、いまの私には思われる。だが、そのころ兄のところへ、正岡さんから来たハガキを、私はおぼえている。毛筆で書いてあって、

「近ごろ□□天狗のふるまいあるにつき、考えをきめ申し候」

　というような文句だった。□□はそのころの馬生の名なのだが、いま私には思い出せない。そして、天狗のところには、朱で鼻の高い天狗の面の絵が、小さくかいてあって、てんぐと黒いルビがついていた。感情をむきだしにしたような文面の、そのハガキがきてから間もなく、兄は古今亭今輔の門に移ることになった。

　もちろん、兄も考えなしに、移ったわけではないだろう。しかし、兄にとって、志ん生も師匠なら、正岡さんも師匠だった。志ん生よりも、前からの師匠だった。それも、

「弟子は師匠に、べた惚れでなければいけない」

　というような、あるいは酔うと、弟子の手をにぎって、

「お前だけが頼りだ。おれを見すてるなよ」

　というような師匠だった。兄は今輔の弟子になると、いっさい古典落語をやらなくなった。今輔は新作派だが、ぜんぜん古典をやらなかったわけではない。だから、兄が古典をやっても、かまわなかったわけだけれど、それが志ん生への義理立てだったのだろう。兄は気の弱い、内向的な人間だった。肺が悪くて、無理ができないということも、いっそう引っこみ思案にさせていたのだろう。

＊

私にはむろん、兄を弁護したい気持がある。だから、正岡さんを、悪役にしすぎたかも知れない。当時の正岡さんの気持も、いまの私には、わからないわけではないのである。

正岡さんはハイティーンでもの書きになって、江戸の黄表紙スタイルで書いた作品が、芥川龍之介にみとめられたりした。だが、がっちりした構成のある小説は、書けないひとだったから、挫折をくりかえして、戦争ちゅう芸能小説で復活した。新潮社が出していた娯楽雑誌「日の出」に書いた短篇「円太郎馬車」が、古川緑波一座で脚色、上演され、それを題名にした短篇集「円太郎馬車」が出ると、なにしろ戦争がはじまって、やわらかな小説が少くなった時期ではあり、寄席ブームとも呼応して、私たちを夢中にさせたわけである。

だから、戦争がおわると、正岡さんはいよいよ自分の時代がきた、なんでも自由に書ける時代がきた、と考えたに違いない。けれど、それはほかの息を殺していた作家たちにも、あてはまることだった。エロティシズムの小説が、ぞくぞく現れはじめると、正岡さんのやわらかさは、やわらかさのうちに入らなくなった。抒情的な構成の弱い芸能小説は、かすんでしまう時代になっていた。おまけに、永井荷風への傾斜が、事態をいっそう悪くした。荷風が正岡さんをたずねたのは、以前にも書いた通り、はっきりいえば、奥さんの花園歌子さんを見にきたのだった。おなじ市川のすぐ近くに、ダンス芸者の草わけのひとり、花園歌子を女房にしている男がいる。亭主のほうはどうでもいいが、細君の現状には興味がある。残酷ないいかたをすれば、それだけのことだったのだが、正岡さんは有頂天になった。

荷風の知遇をえたという、そのよろこびは、まず随筆の文体にあらわれた。正岡さんが戦争ちゅうに書きためた短篇は、出版をひきうけてくれるところがなく、戦後に注文で書いた長篇、中篇の書下し単行本は、さほど評判にならなくて、雑誌、新聞からの注文は、随筆だった。いや、雑文というべきかも知れない。寄席に関する軽妙な読物を、依頼する側はもとめたのである。だのに、〆切日にわたされる原稿は、やたらにむずかしい字の並んだ荷風ばりの随筆なのだ。

この大きな食いちがいは、注文の減少となって現れる。小説家正岡容のあせりは、ちょうどそのころ、しょっちゅう出入りしていた私には、いまとなればよくわかる。はじめて思うぞんぶん振るまえる時代がきた、と思ったのに、だれも自分を正当に遇してくれない。あの時期の正岡さんには、小説のわかるほんとうの友だちが、いなかったのではなかろうか。親友妄想といったくらい、つきあいは多いひとだったが、それらは俳優や落語家であって、作家ではなかった。もっとも、正岡さんは他人の言葉に、あまり耳をかたむけるひとではなかった。

「おれは途中で、ひとになにかいわれると、だめなんだ。はたからは、あぶない綱わたりに見えても、おれが渡ろうと思っているんだから、渡ってしまったほうがいいんだよ」

と、よくいっていた。無神経で生意気ざかりの私が、正岡さんの短篇を読んで、

「最後をもっと派手にしたほうが、受けるんじゃないですか」

といったら、返事をしないで、奥さんになにか文句をいいはじめたことがある。私の言葉に腹を立てて、しかし、叱りつけることが出来ずに、奥さんに八つあたりしたらしい。酔わずには、弟子を叱ることも出来ない気の弱さを、うちに隠したひとであった。だから、友だちの作家がいて、直言しても、正岡さんは耳を傾けなかったかも知れない。しかし、正岡さんの小説が、いつもおなじテーマのくりかえしで、エンタテインメントとしてはストーリイが単純すぎ、文学としてはテーマが甘すぎたことは、事実である。敗戦後の正岡さんが、小説家としてはすこしの進歩も見せないまま、芸能評論家になっていったのは、当然のなりゆきだったろう。だが、この時期の正岡さんは、まだ作家としての地位をつかもうとして、あせっていた。

私は師匠の小説について、いま冷酷な言葉を吐いているが、正岡さんが嫌いなわけでも、憎いわけでもない。といって、尊敬しているわけでもないから、女性的に聞えるかも知れないが、愛しているといおう。師匠が死んだ年齢に、

手がとどこうとしている私は、人間の性格を途中で変えることは出来ないものなのだろうか、と思う。正岡さんは自分しか、愛せなかったひとなのだろう。そのくせ人をすぐに信じて、傷ついて、感情をそこらじゅうに撒きちらす。

兄にも、おなじようなところがあって、生きることに無器用であった。こちらは大先輩ではなく、三つしか年のちがわない肉親なのだから、もっと愚痴を聞いてやればよかった、と思う。もっとも、兄のからだは、癌におかされはじめていたのだし、私はひとの心の苦しみがわかるような老成した人間ではなかった。けれど、話の聞き手がいるだけでも、兄にとっては役に立ったろうと思うと、私はすまない気持になる。

不当にあつかわれているという思いで、いら立っていた正岡さんの感情にふりまわされて、兄は今輔の門にうつったわけだが、それが悪かったわけではない。好きな古典はやれず、中国から無事に帰ってきた志ん生には、遠くにすがたを見ると、背をむけて逃げだすような、うしろめたい思いはいだきつづけたものの、新作に転向したおかげで、兄の内部にあった創作の才能が、表面に出てきたからである。

それにはまず、話のまくらを創作し、本題のギャグを新しくするというところから、はじまった。「桃太郎」のなかの「お爺さんの名前は?」「名前はないの。お米と取っかえちゃったんだ」というギャグなぞは、焼けのこった着物を、いなかに運んで米をえた人びとの苦い思いを、爆笑に転じさせるだけの力を当時は持っていた。

立体落語のころ

兄の鶯春亭梅橋の晩年には、テレヴィジョンの放送は始まっていて、ときおり落語ドラマというのをやった。麴町の日本テレビで、落語の「こんにゃく問答」をドラマにしたとき、兄が沙弥《しゃみ》托善をやったのを、おぼえている。私の下宿はもちろん、長兄の家にもまだTV受像機がなかったので、日本テレビまで見にいったものだ。テレビ塔が建っている広場に受像機があって、それで見ていると、当時はすべて生放送だから、おわってしばらくして、兄が出てくる。出演料をもらって出てくるので、それで晩めしをご馳走になった。ドラマ「こんにゃく問答」の出来ばえはおぼえていないで、晩めしをおごらせたことだけおぼえているのだから、あまりおもしろくはなかったのだろう。もっとも、ドラマと名のっているわけではなく、立体落語といっていたはずで、ほとんど落語そのままだった。

立体落語というのは、兄が中心になって、芸術協会の若手が、文化放送でやっていた番組に、つかわれていた名称でもあった。つまりは落語のラジオ・ドラマ化で、古典のドラマ化もやったが、柳家金語楼や兄の新作落語もドラマにして、その場合には放送台本も、兄が書いた。兄が台本を書いた新作ものの立体落語は、なかなか好評で、そのうちに原作のない――つまりオリジナルの台本でも、やるようになった。これが、かなり程度の高いナンセンス・ドラマになっていたので、私は兄にむかって、

「落語家をやめて、放送作家になったら」

と、すすめたことがある。前回にも書いたように、当時の私には兄の悩みの聞き役になる心のゆとりはなかったから、どんな問題があったのかは、わからない。けれど、落語家としての兄は、ますます暗い感じになっていた。それでも私の記憶に残っている晩年の高座のいくつかは、なかなかよかった。ただ高座に出てきて、すわっただけで、楽しくなるような明るさはなく、話術で笑わしているのだった。それでもいいといえば、いいのだけれど、高座が明るいひとにはかなわない。めがねをかけたまま、高座にあがって、お辞儀をしてから、めがねをふところにしまう、という演出もしていた。めがねをとった顔が、淋しいからという工夫だったが、これは仲間うち、ことに先輩たちから、だいぶ悪口をいわれたらしい。めがねをかけたまま、高座にあがった落語家は、それまでひとりもいなかったからだ。

といっても、当時はそれほど、派手なめがねがあったわ

けではない。女性用には、派手なフレームもあったかもしれないが、そんなものをかけて、高座にあがったら、大騒ぎになったろう。縁なしめがねのレンズのまわりに、ゼラティンをかけて、薄く色を出すくらいがせいぜいで、その方法でピンクのかげをつけためがねを、兄はかけていた。だから、高座を明るくするという効果は、あまりあがらなくて、めがねをかけて出てもいい、という前例を、つくっただけのような気がする。私にはわからないが、ことに楽屋での様子が暗かったらしい。すみのほうで、本でも読んでいたのかもしれない。前にも書いたことがあるが、大事にしていたフロイト全集を、古本屋に売って、焼酎を飲んでいたことがある。兄は死ぬまで、翻訳推理小説を読んでいたが、当時のそのほかの愛読書は、フロイト全集と太宰治全集だった。大学出の落語家はいないころだから、翻訳推理小説を読むことでも、かげ口のたねになったのだろう。兄は神経質だったし、被害妄想のようなところもあったし、つきあいいい人間ではなかったが、頭はよかったから、フロイトも読みこなしていたようだ。それだけに、落語家らしい落語家とは、いえなかったに違いない。このときは、どうやら今輔師匠に、はなし家らしくない本は持ってあるくな、と注意されたらしい。不機嫌な酔いかたをして、

「本好きの人間が、本を読んで、なにが悪いんだ」

と、つぶやいていた。そんなことがあったから、私は兄に放送作家になってしまえと、すすめたのだった。新作落語をつくるだけでなく、ひとに頼まれて、漫才の台本や漫談の台本、声帯模写の台本なぞも書いていたから、作家に徹してしまったほうが、いいと思ったのだけれど、兄は落語に未練があったらしい。放送作家になりきると、落語と縁のないものまで、書かざるをえなくなる、と恐れたのかも知れない。

「お前と合作で、推理小説を書くのなら、本気になってもいいけどな」

といった調子でごまかして、放送作家になりきることはしなかった。そのころ、兄がプロットを考えて、私に書かせようとした推理小説がある。殺人事件をでっちあげて、わざと無実の罪を着る、という話で、なかなかおもしろか

った。警察のいい加減な捜査で、無実の人間が苦しむことが、実に多いというキャンペーンを、計画する男がいる。その男は地方新聞の社長で、市長と仲が悪い。殺人事件をでっちあげて、記者のひとりを犯人に仕立てる。警察では自白して、裁判になったら、無実を主張しろ、絶対の証拠が用意してある、と社長にいわれて、記者は信用する。ところが、いざ裁判がはじまって、情況不利というときに、その社長が心臓麻痺で、死んでしまう。どんな証拠が、どこに用意してあるのか、だれも知らない。主人公の記者は留置場のなかで、頭をしぼって、弁護士を手足に、証拠をさがす、というストーリイである。

*

おもしろい、とは思ったが、実際に書くにはディテールを考えなければならない。おれはめんどくさい、お前が考えろ、と兄はいう。私にはいくら考えても、殺人事件をどんなふうにでっちあげるか、どんな証拠を用意するか、ひとの命と自分の命を賭けて、証拠のありかも知らされずに、そんな計画に記者がのるというあたりを、読者に納得させる方法も思いつかなかった。だから、やめてしまったのだけれど、この話には妙な後日談がある。

兄が死んで十年以上たってから、ある晩、テレヴィジョンで、私はモノクロームのアメリカ映画を見た。劇場未公開のサスペンス映画で、ダナ・アンドリュースとジョーン・フォンテーンが主演、監督はフリッツ・ラングだった。どんな題がついていたかは、もうわすれたが、原題はBeyond A Reasonable Doubtで、ダナ・アンドリュースは雑誌記者、シドニイ・ブラックマーの社長のアイディアで、無実の罪を着る。裁判で死刑を求刑されて、いよいよ社長が爆弾証言をしようというとき、心臓発作で死んでしまう。ジョーン・フォンテーンは社長の娘で、記者の恋人。これが必死に、証拠を探すというストーリイ。私は啞然として、さっそく調べた。フリッツ・ラングは「マブゼ博士」や「メトロポリス」、「M」で有名なドイツの巨匠である。ナチスに追われて、アメリカにのがれ、ヘンリイ・フォンダ主演の「暗黒街の弾痕」、エドワード・G・ロビンスン主演の「飾窓の女」、マレーネ・ディトリッヒの西部劇「欲望の女」などをハリウッドで撮った。そのアメリカでの最後の作品で、千九百五十六年に公開されている。脚本はダグラス・モロウというひとで、オリジナルらしい。

千九百五十六年は昭和三十一年、脚本が書かれたのは、昭和三十年だろう。兄が死んだのが、昭和三十年だ。兄がプロットを考えて、私に話したのは、昭和二十九年のはじめか、二十八年の冬ごろだった。私がぐずぐずして、いつまでも取りかからないので、不満のまま死んだ兄の魂が、ハリウッドへ飛んでいって、脚本家を動かしたのかも知れない。もっとも、この映画も、ダナ・アンドリュースが犯人役を引きうけるあたり、説得力に欠けるもので、いい出来とはいいかねた。日の下に新しきものなし。たいがいのアイディアは、どこかでだれかが考えている、と私が思いだしたのは、この映画を見たころからだが、それにしても時期がほぼ同じであるだけに、おかしな気持だった。

話が横道にそれたけれども、放送作家としての兄の才能が、そのままのびて行くかと思った立体落語も、ちょいとしたことから、けちがついて、打ちきりになってしまった。しかも、それが私のいちばん高く評価した台本で、起ったのだから、皮肉なものだ。オリジナルのナンセンス・ストーリイで、そのなかにサーカスから、ゴリラが逃げる場面がある。それをチャイムで、シーンを中断して、臨時ニュースのかたちで、入れたものだから、聞いたひとからの電話が、局にかかったり、警察へかかったりして、問題になったのである。翌朝の新聞には四段ぐらいの記事になったし、翌週の週刊誌では、非常識な若手落語家として、たたかれた。例によって兄は、

「日本じゅうのどこの動物園を探したって、ゴリラはいやしないんだ。まして、サーカスでゴリラを持っているところなんて、ありゃしない。いま東京で、サーカスはどこでもやっていないのも確めて、放送したんだからな。ばかばっかりで、まったくいやになる」

と、ぐちをこぼしながら、飲んだくれた。戦後の日本で、最初にゴリラを輸入した動物園は、たしか名古屋だったろ

う。もうそのころの東山動物園には、ゴリラがいたような気もするが、関東周辺の動物園にいないことは事実だったし、東京でサーカスが興行していないことも、兄は局のひとに調べてもらったに違いない。そういう慎重さはあるほうだったが、私はそろそろ翻訳に首をつっこんでいて、オースン・ウェルズのラジオ・ドラマ「宇宙戦争」の例を知っていたから、

「いくら気をつかっても、早合点は起るものだよ」

と、なぐさめにならないなぐさめをいった。その事件が起ったのは、三週連続のドラマの二回目で、三回目は頭におわびを入れて放送された。結末のつけかたも、なかなかよくて、マルクス喜劇に迫る傑作だ、と私は激賞したのだけれど、兄はすっかり打ちのめされていた。たしか立体落語は、それで打ちきりになったように、記憶している。おなじ文化放送で、すぐに落語討論会という、寄席で大ぎりにやる落語裁判に似た番組がスタートしたから、収入にはひびかなかったらしいが、放送作家になる気はまったくこれで、なくしたらしい。落語討論会という番組は長つづきして、兄の死んだあとも、春風亭柳昇さんをリーダーに、のちにはテレヴィジョンに移って、つづいていた。


兄が寝こんで、寄席にも出られないようになったころ、私は高田馬場に住んでいた。兄は大塚坂下町の、ただし私といっしょに借りた下座さんの二階ではなく、小さなアパートに住んでいた。私がいくと、やれ肩をもめ、背なかをさすれと、こきつかうので、いささか敬遠の状態になっていたから、入院直前の苦しみかたは、知らなかった。だが、そこまで話をすすめる前に、私の最初の本のことを、いわなければいけないだろう。兄といっしょに、下座さんの二階を借りていたときに、私はそれを書いたのである。

「魔海風雲録」始末

私が最初の著書を持ったのは、兄の鶯春亭梅橋が死ぬ、ほぼ一年まえの昭和二十九年のことだった。私がまだ兄といっしょに、大塚坂下町の寄席の下座さんの家の、二階借りをしていたときに、話があった。書下しで、長篇小説を書かないか、という話だった。

昭和二十九年の七月で、オペラ口紅の宣伝部に、私はまだつとめていたのだろう。だろうというのは、オペラ口紅の宣伝部にいるうちに、私は四谷の大蔵省の松村喜雄さんを手つだって、翻訳をやりはじめていたわけだが、とちゅうで一度、この化粧品会社はだめになりかけて、失業した記憶がある。それがまた営業することになって、私は手紙で呼びだされ、再就職しているのだ。翻訳あるいは創作翻訳の原稿料は入ったし、失業保険ももらえたから、私はいたってのんきだった。だから、再就職しても、コピーライターの仕事には身が入らず、じきにやめてしまったような気がするのだが、そのいっぽう、「魔海風雲録」を書きあげてから、一部のせりふをポルトガル語になおしてもらうために、松村さんの力を借りた。

大蔵省のなかの外務省畑のひとに、ポルトガル語の専門家もいて、そのひとに松村さんが、たのんでくれたのである。その訳稿を、松村さんが昼休みに、オペラ口紅へとどけに来てくれた記憶があるのだ。だから、まだ宣伝部勤務をつづけていたらしい。けれど、その長篇を書きあげるのに、一日じゅう家にいた記憶も、かなりある。夜おそくまで、酒を飲んでいた記憶もあるから、おそらくオペラ口紅のほうは、ずいぶん休んでいたのだろう。

七月も末だったけれど、私は新宿の丘珈琲店で、三鍋文男さんという、元編集者にあった。どこの雑誌にいたのかは、もうおぼえていないけれども、そのときには出版ブローカーをやっていた。いまでいえば、フリーの編集者というところだが、出版社に企画を売りこんで、著者との交渉から、原稿とり、原稿の整理、校正その他いっさい、ひとりでやってしまうのが、出版ブローカーだった。

「若潮社というのが出来て、時代小説の書きおろし選集を出すんだけど、一冊うけもってくれない？」

と、三鍋さんにいわれて、私は心が動いたのだった。私の誕生日は七月六日だから、満二十五歳になったばかりで、およそ五年間、書きつづけてきた時代小説と、その前年に訣別したところだった。いやになって、やめたわけではない。書く場所がなくなったので、しかたがないから、即席翻訳家に転業したのである。推理小説に一歩ちかづくことだったから、それは嫌ではなかったが、馴れた時代小説で、私はまだ一篇も、長篇を書いていなかった。三鍋さんの話は、時代小説かきとしてのピリオドを打つのに、いかにもいい機会だった。

その後、私は十五年ちかく、時代小説を書かなかったから、ピリオドのつもり、というような気だった、と思いこんでしまったのかも知れない。しかし、時代小説にはあまり未来の希望のない時期だったことは、確かである。書きおろしが成功しても、次つぎに時代小説の注文がくるとは、考えられなかった。柴田錬三郎氏の「眠狂四郎」シリーズが、「週刊新潮」に登場したのは、しばらくあとだったろう。それでも、私は長篇時代小説が書いてみたくて、三鍋さんの申し出をひきうけた。

そのころ時代小説が衰退したのは、調べて史実に忠実に、という歴史小説のほうへ、娯楽読物であるべきものまでが、近づいて行ったせいだ、と私は考えていた。だから、まったくでたらめの時代活劇を書こう、ともくろんで、私はストーリイを立てはじめた。お手本は日本の時代小説ではなく、アメリカ映画のコステューム・プレイ、「ロビン・フッドの冒険」や「ゼンダ城の虜」、「海賊ブラッド」や「シー・ホーク」、戦前に見て、私を夢中にさせた剣戟大活劇だった。

ことにエロール・フリンの海賊ものが好きだった私は、その数年前、伊藤文八郎氏が編集していた「実話と読物」

という雑誌に、「魔海風雲録」という百枚ばかりの作品を書いていた。異国の海賊船が登場する戦国の冒険物語で、わき役に猿飛佐助も出てくる。ここで白状しておくが、海外の海賊ものと日本の時代小説を結びつけたのは、私が最初ではない。

小説を書きはじめた最初から、私のお手本は、大佛次郎だった。大佛次郎の戦前の少年小説に、「海の男」という時代ものがある。それを私が読んだのが、エロール・フリンの「海賊ブラッド」を見たのと、ほぼ同じころであった。「海の男」があとで、そのクライマックスに読みすすんだとき、ああ、これは「海賊ブラッド」のあの世界だ、と思ったものだ。

だから、中篇「魔海風雲録」は、大佛さんの「海の男」を、もっと荒唐無稽にしたものを、と考えて書いたわけだ。それが、長篇に引きのばせそうなので、私は切りぬきをそばにおいて、筋立てをはじめた。猿飛佐助が登場するところから、真田十勇士の新解釈、という考えかたをしているうちに、けっきょくストーリイは、中篇「魔海風雲録」から、どんどん離れて行ってしまった。残ったのは、異国の海賊船と題名だけ、といったほうがいいだろう。

＊

書きはじめたのは、暑いさかりの八月十六日だった。書きあげたのは、九月二十二日だった。ぜんぶで五百五枚、一日平均十三枚ていどだから、おどろくほどのスピードではないかも知れないが、いまの私には信じられない。近年まで当時のノートが残っていて、それに書いてあることだから、間違いはないだろう。もちろん、平均したスピードで、書いていったわけではなく、最初の百枚ぐらいを書くのに、かなりの時間がかかった記憶がある。

そういうところは、いまの私と変らない。山と野と海と、三つの場所に山場をつくって、大乱闘シーンを書こう、といった趣向を先に立てて、筋を組んでいっているところも、いまの私と変らない。小説作法だけを見ても、私は進歩のない人間らしい。それを扱う技術に年期が入って、うまくなっているぐらいが、取柄だろうか。さいわい、この処女長篇「魔海風雲録」は、二十七年後のいま昭和五十六年にも、中公文庫で生きているが、読みかえしてみると、三つの山場のうちで、いちばんうまく行っているのが、山の乱闘。野武士の山城が襲われて、焼けおちる場面だろう。昭和二十年の大空襲で、私の生れた町が灰になるのを、まじまじと眺めたことが、役に立っている。その次が海上の海賊同士の戦いで、駿府城下の処刑場やぶりという、野の場面が、いちばんまずい。

時代伝奇小説の長篇で、いちばんむずかしいのは、筋をころがして行くところではない。主役の人物たちと主立ったわき役たちを、うまく散らし、交叉させながら、最後に一カ所へ集めることだ、と気がついたのが、この長篇を書いて、もっとも勉強になったところだった。暑いさなかに書いたといっても、化粧品会社の宣伝部づとめから帰って、夜、書いたのだから、大したことはない。とはいっても、なんども途中で、筆がとどこおって、約束の日が目前に迫っても、まだ二百枚ばかりが残っていた。

たしか九月の二十日、二十一、二十二日と三日間、つとめを休んで、兄にヒロポンを打ってもらいながら、最初の日に五十枚、あとの二日で百五十枚、書いた記憶がある。書きおわると、私は死んだように眠った。十七時間ぐらい眠って、五百五枚の原稿を風呂敷につつみ、新宿へ三鍋さんにあいにいったのが、二十三日の午後だったろう。敗戦直後からそのころまで、寄席の世界では、ヒロポンがはやっていて、兄もかなり打っていた。私もまとまった仕事をするときには、兄に注射してもらっていた。それでいて、私が中毒にならなかったのは、体質のせいもあるだろうが、仕事をしない日には打たなかったからだと思う。というよりも、私は不器用で、自分で自分に注射を打つことが、いつまでも出来ない。

だから、兄に打ってもらうわけだが、仕事をしないときには、もったいながって、注射してくれなかった。それがひとつと、もうひとつ。仕事がおわるとよく寝たことが、中毒にならなかった最大の理由らしい。ヒロポンを打った興奮状態は、当時から細部にこだわりがちな私にとって、線が太くなって、悪くなかった。だが、薬効がさめていくときの気分は、なんともいえず嫌だった。中毒になるひとは、その気分が嫌で、また注射してしまうのだろうが、私はひたすら眠っていた。

いまでも、私は、飛行機のなかをのぞいて、いつでも、どこでも寝ることが出来る。当時から、すでにそうで、ヒロポンの力で二十四時間、ぶっつづけに仕事をしたとしよう。書きあげて、原稿をわたしてしまうと、十時間でも十五時間でも、私は眠った。だから、幻聴も起らなかったし、強迫神経症にもならなかった。そうした薬物とは関係なく、疲労がたまると、幻聴というものは起るらしい。二十年ばかりたって、仕事が重なったある時期、朝に仕事を打ちきって、寝床に入ってから、私はしばしば玄関をへだてた洋間で、電話の鳴る音を聞いた。幻聴だった。催促の電話をおそれて、それが聞えるような気がしたのだろう。

いまのマンションに越してきて、寝るときは電話を枕もとへおくようになったら、そんな幻聴は、起らなくなった。話が横道へそれたけれども、九月二十三日にわたしした「魔海風雲録」は、十一月には本になった。十月に校正が出て、序文を書いてもらうために、そのときには大岡山へ越していた大坪砂男さんに見せにいったら、そこに水島太郎さんがいて、ポルトガル語に目をつけた。水島さんは画家の水島爾保布《におう》さんの息子さんで、いまの今日泊亜蘭氏である。数カ国語に通じていて、

「このポルトガル語は、いまのポルトガル語だよ。戦国時代の話に、これじゃあ、おかしい。ぼくが直してあげよう」

そのとき大坪さんに預けた校正刷が、もどってきたときには、ポルトガル語のせりふに、水島さんの朱が入っていて、私にはわからないが、なんとなく古めかしい感じになっているように見えた。そうして、本が出来あがると、さすがにうれしくて、私は知るかぎりのひとに贈呈した。そのひとたちが、読んで、なんといってくれたか、まったく記憶に残っていない。おぼえているのは、印税をもらえなかったことだけである。三千部ぐらいしか刷らず、あまり売れなかったらしいから、文句もいえなかった。分割払い

の一回分、一万円だか二万円だかを、小切手でもらって、それは無事、現金になったけれども、二回目の支払日には、若潮社はつぶれていた。いま私の手もとには、この初版本はない。探して手にいれたい、という気も起らないが、本文のほうは何度も、さまざまなかたちで本になって、さきにもいったように、いまは中公文庫に落着いている。思いもかけずに、長いあいだ稼いでくれたものである。

「魔海風雲録」拾遺

　はじめての単行本「魔海風雲録」を書いたときには、私は若死にした落語家の兄といっしょに、文京区の大塚坂下町に住んでいた。本が出来たときには、新宿区歌舞伎町の新宿区役所の裏通りに住んでいた。歌舞伎町に移ったときには、もうオペラ口紅宣伝部をやめていたと思う。だから、引越しをさかいに、退職したのだろう。

　十九のときから、二十五のときまで、私がめしのたねにした時代小説は、二十年後の昭和四十九年に、「都筑道夫ひとり雑誌」という四冊のコレクションになっている。この四冊は昭和五十七年ちゅうに、角川文庫に入るはずだが、「魔海風雲録」の原型になった中篇の「魔海風雲録」や、その前後の中篇時代伝奇小説は、「都筑道夫ひとり雑誌」のあと、長篇の「魔海風雲録」といっしょに、単行本になっている。もっとも、そのときには、長篇「魔海風雲録」は「かがみ地獄」という題名になっていた。

　長篇「魔海風雲録」は、昭和五十六年現在、中公文庫に落着くまでに、いちど「かがみ地獄」という題名に、改められている。最初に復刊されたとき、私は三十九歳だったが、「魔海風雲録」という題名がてれくさくて、「かがみ地獄」と改めたのである。その後も新書版や、ほかの時代物とあわせた単行本で、再刊されたときも、題名は「かがみ地獄」だったが、昭和五十四年に中公文庫に入れることになったとき、出来るだけ原型に近づけて、という先方の希望もあったし、私も五十歳になっていた。四半世紀まえのことを、てれくさがっても、はじまらないので、もとの題名にもどしたわけだ。

ところが、昭和五十七年一月に、富士見書房の時代小説文庫で、中篇のほうの「魔海風雲録」そのほか、むかし書いた中篇時代伝奇小説が、一冊にまとめられることになって、また困った。おなじ時期に、おなじ題名の作品が、私の名前でふたつあるのは、読者を混乱させる。そこで、中篇の「魔海風雲録」は、「変幻黄金鬼」と改題して、書名にすることにした。私がしばしば、自作の題名を改めることがあるのは、翻訳ミステリの編集者をつとめて、海外の作品にタイトルの変更が多いのに、馴れてしまったせいだろう。

富士見書房の時代小説文庫「変幻黄金鬼」におさめられる中篇は、私がまださかんに時代小説を書いていたころ――というよりも、書きはじめて、まだ間もないころの作品で、どれも本郷赤門前にあった藝文閣の、「実話と読物」という小判雑誌に、発表したものだった。先ごろまで、桃園書房にいた伊藤文八郎さんが、書かしてくれたものである。くわしい年代は、おぼえていないけれど、私が二十二、三歳のころの作品だ。

その校正刷に目を通したあと、中公文庫の「魔海風雲録」をひろげて、ひろい読みをしていたら、二十代前半のころのことが、いろいろと思い出されてきた。そのころの私を知っているひとは、もちろんまだ健在のかたが多いけれども、めったにお目にかかれない。「ポケット講談」の編集長だった後藤竹志氏から、昭和五十六年の正月に、年賀状をいただいた。実にひさしぶりのことで、なつかしかったけれど、いまなにをしておいでなのか、うかがおうと思いながら、仕事にとりまぎれて、一年がたってしまった。

泥縄翻訳家をはじめたとき、さんざんご迷惑をかけた宇野利泰さんにも、しばらく電話をかけていない。ほぼいっしょに小説を書きはじめて、私が沼袋に部屋がりをする足がかりに、なかば居候にちかいことをさせてくれた狭山温とは、ついこのあいだ、しばらくぶりに電話で話をして、当時のことを思い出してもらった。新宿紀伊國屋わきの丘珈琲店の常連で、そのころに歯科医大の学生だった岡島康人君は、いま浅草の雷門二丁目で開業していて、歯のわるい私は、しじゅう世話になっている。といっても、無精な私はときには半年、あるいは一年、治療ちゅうの歯をほったらかして、岡島君に苦い顔をされる。私が結婚して、最初に借りた世田谷の大原町のアパートも、そのすこし前まで、岡島君がいた部屋だった。私の二十代からの生活のうつり変りを、いちばんよく見ているのは、畑ちがいの岡島君かも知れない。

大坪さんのところへ、よく集ったひとのなかでは、阿部主計さんとよく電話で話をするが、お目にかかるのは推理作家協会のパーティだけ、という年が多くなった。こちらも家にこもりがちになっているから、旧知のひととも、だんだん電話でつながっているだけになって行く。

＊

私が最初の本を出したというので、丘の常連たちが、出版記念会をしてくれることになった。昭和二十九年の十二月だったろう。やはり常連のひとりに、絵を勉強している若い女性がいて、鶴田さんか、鶴岡さんか、とにかく鶴の字のある苗字のひとだった。そのひとが、秋の二科展だったかに、初入選したので、その祝いも兼ねることになって、さて会場はどこだったか。大ガードに近い天ぷら屋か、鳥屋の二階だったとおぼえている。「魔海風雲録」の装釘をしてくだすった戦前からの挿絵画家、富田千秋さんと大坪砂男さん、丘のマスターの秋山さん、ほかにもうひとり、申しわけないが、名前はおぼえていない。常連のなかでは年配者の、たしか電々公社につとめていた方が、発起人になってくれた。

会費はいくらだったのか、折詰料理に酒がついて、常連のほとんどが集ってくれた。うれしかったが、あまり細かいことをおぼえていないのは、私が泥酔したからであろう。たしか富田さんのおごりで、どこかのバーで二次会があった。私は酔っぱらいすぎて、丘の二階へかつぎこまれ、しばらく寝ていた記憶がある。ああいう雰囲気を持った喫茶店は、もう都心にはないだろう。客がみんな近所の顔なじみ、という喫茶店はあっても、常連がそれぞれ遠くから集ってきて、一日の数十分から、多いひとは数時間をすごし、知らなかった同士が知りあいになる。私の二十代は、青春という言葉のもつ華やかさはないものだったが、そのなかのもっとも明るい部分が、この丘だった。

　私の最初の著書も、いわばこの丘から生れたようなものだし、最初の恋愛らしい恋愛も、この丘で出あった女性とのものであった。富田千秋さんと知りあって、戦前の挿絵画家のことを聞けたのも、この店のおかげだし、カメラマンの渡部雄吉さんも、常連だった。常連というほどではなかったが、ときどき出あったひとりに、わすれられない作家がいる。

　戦争ちゅう、私はその作家の小説が、好きだったのである。そのくせ、なんということだろう。当時の名前が、思い出せない。伊藤光三、光田――いや、そうだ。思い出した。三好季雄《みよしすえお》だ。丘珈琲店であったころは、月光洗三《げっこうせんぞう》という名で、小判雑誌に小説を書いていた。おなじ雑誌で、ときどき並んで、月光さんの名前だけは知っていたが、それが三好季雄だと教えてくれて、丘でひきあわしてくれたのは、松村喜雄さんだったか、出版ブローカーの三鍋さんだったか、とにかく私は意外だった。

　三好季雄といっても、おぼえている人は、あまりいないだろう。月光洗三としても、わすれられていそうだが、三好季雄は戦前戦中の博文館の雑誌「譚海」に、ユニークな忍術小説を書いていた作家なのだ。博文館系のほかの雑誌にも、小説を書いていたのだろうけれど、私がおぼえているのは、短篇の忍術小説だけである。ユーモラスで、奇妙なストーリイのものが多く、忍術の達人ではない、まだ修業ちゅうとか、なんとなく術をひとつだけ、おぼえてしまった男とか、はんぱ忍者の話が多かったようにおぼえている。

　間ぬけな泥坊が、忍術の達人の家へ忍びこんで、極意の一巻を読んでしまい、隠身の術がつかえるようになる。ところが、呪文の一部をわすれてしまったものだから、消えた五体も、どこか一部分だけ残ってしまう。それが、ときと場合で、頭が残るか、片手が残るか、お尻が残るか、さまざまなので、大いに苦労する、といったストーリイなのだ。そういうとぼけた忍術小説は、珍しかったから、私は三好季雄の名前を目次に見いだすのを、楽しみにしていたのである。

けれど、私とおなじ雑誌にのったときに、たまたま読む月光洗三という作家の作品は、正直なところ、おもしろくなかった。ただ丘で知りあった月光さんは、なんとものどかな、好人物の酔っぱらいだった。娘さんの嫁ぎさきが豊かなので、月光さんは暮しには困らないのだ、と聞いたおぼえがあるが、昼間でも仄赤い顔をして、にこにこしていた。昼酒はうちで嫌われるので、晩酌にそなえて、酔いざましのコーヒーを飲みに、丘に現れたのかも知れない。丘の前の道路へ、小便で字を書いたりするような、酔いかたをしていたときもあったが、それも無邪気な感じで、酒ぐせが悪いとはいえなかったと思う。小生意気な私は、書くものからいえば、売れなくて当然の作家だが、いいおじさん、といった人物というように、月光さんを見ていたわけだ。

それが、かつての三好季雄と知らされたとき、私は熱心にその忍術小説がおもしろかったことを語った。月光さんはうれしそうに、聞いてくれたが、どうしてああいうものをお書きにならないんです？　と私が聞くと、てれくさそうに笑った。またああいうものを書いてください、と私がいうと、月光さんは困ったような顔をして、

「もう書けないよ、都筑さん。あれは若気のいたりだよ。ああいうばかばかしいものを、いつまで書いてもいられないと思って、ペンネームを変えたんだもの」

いまでもときおり、そのときの月光洗三さんの、うれしいような、困ったような顔を思い出す。いや、顔を思い出すというより、若気のいたり、という言葉を、思い出すのかも知れない。三十年前に書いた小説の校正刷を読みながら、こんども私は月光さんを思い出した。あのときの月光さんは、いまの私と同じぐらいか、すこし若いか、つまり四十五から五十五ぐらいの年齢だったろう。

時代小説文庫の「変幻黄金鬼」には、若気のいたりの四篇のあとに、近年に書いた怪奇時代小説四篇が、おさめてある。技術的には前四篇とあと四篇のあいだに、三十年の差はあるだろうが、内容的にはあまり変りばえがしない。若気のいたりが、まだつづいているような気がして、だから、まだまだ書けるのだ、と思う半面、苦笑いが浮かんでくる。三好季雄の忍術小説をほめちぎって、いまのあなたは駄目なんだ、といわんばかりの私を、あのときの月光さんは、どんなふうに眺めていたのだろう。

月光洗三さんとは、その一時期丘であっただけで、その後の消息を、だれからも聞いていない。戦前の「譚海」を探して、三好季雄の忍術小説を読みかえしてみよう、という気も私にはない。いま読んで、つまらなかったら、どうしよう、と思うからだ。

U子

「魔海風雲録」を書きおわったのは、大塚坂下町の二階借りの部屋、それが本になったのは新宿歌舞伎町、区役所うらの三畳間だったから、その引越しのことを、書かなければならないだろう。だが、引越しをするしばらく前に、私にとってはショッキングな事件があった。

それは、私がまだオペラ口紅の宣伝部にいたころで、夏のおわりか、秋口か、とにかく寒くはない時期だったから、昭和二十八年だったろう。新宿の丘に、新しいウェイトレスが入った。そばかすはあったが、ちょっとかわいらしい女性だったから、若い常連たちは、さそいをかけたりしていた。私も若い常連のひとりだったわけだが、引っこみ思案で、ひとを押しのけることは出来ないたちだから、店で口をきくぐらいだった。それが、どういうきっかけだったのだろう。その女性から、相談を持ちかけられた。客のひとりに、うるさくつきまとわれて、困っている。だから、丘をやめたいのだけれど、いいつとめ口はないだろうか、という相談だった。むろん私より年下で、二十か二十一というところだったろうから、まだ健在と考えていい。それだけでなく、ほかに事情もあるから、かりにU子としておこう。

その事情なるものにまきこまれて、私は右往左往したのだが、U子に相談をうけて、すぐ頭にうかべたのは、自分のつとめ先だった。オペラ口紅の庶務だったか、会計だったかにつとめていた女性が、やめたばかりで、欠員がまだ埋まっていない。翌日、専務に話をしてみると、つれて来てみろ、ということだったので、また翌日、U子をつれていった。すると、あっさり採用されて、U子はオペラ口紅の庶務につとめることになった。けれども、私は大きな顔をして、U子に接近することは出来なかった。私は帰りにかならず丘で時間をすごしたし、U子は当然、丘へ顔を出すのをいやがった。いきなりやめて、客の私の口ききで、ほかへ移った、というだけでなく、つきまとう客がいる、というだけでもなく、もっと事情があったのだが、私は知らなかった。だから、一度いっしょに、映画を見にいっただけだった。

その映画が、エリア・カザンの「波止場」だったことを、いま思い出した。見たのは封切館の新宿武蔵野館で、資料にあたってみたら、この映画の日本公開は昭和二十九年である。すると、私が「魔海風雲録」にとりかかる前、夏のはじめのことだったのだろう。映画の帰りに、めしを食っているとき、U子は丘でいやな客につきまとわれているだけでなく、まんざらでもない相手から、ラヴレターをなんども貰って、迷っているのだ、ということも打ちあけた。相手はいい家の息子で大学生、自分は貧しい家の娘で、高校も出ていない。相手のいう通り交際をはじめて、大丈夫だろうか、というような話で、そのラヴレターまで、見せてくれた。

子どもっぽいラヴレターだったような記憶があるが、まじめなものだったので、私は複雑な気持ながら、ごく常識的なアドヴァイスをしたのだろう。U子はオペラ口紅のほかの女子社員とも、すぐに仲よくなって、私は安心したのだけれど、ひと月ちょっと、たったころだろう。とつぜん会社に出てこなくなった。病気かな、と心配していると、私はある日、専務に呼ばれた。ひとのいい専務は困ったような顔をしながら、

「U子さんの履歴書を見て、面接をした上で採用したんだから、われわれにも責任がある。決して、きみに責任をとれといって、話をするんじゃないんだよ」

と、切りだした。オペラ口紅には、月賦の洋服屋や、腕時計屋が入っている。近所の店にも、オペラの社員なら、月給日の分割ばらいにしてくれるところがあった。U子はそれらの業者や店に、いろいろと迷惑をかけて、消えてしまったのだった。もっとも、出入りの洋服屋にあつらえさせたスーツは、まだ出来ていなかったし、近所の洋品屋をかねた洋裁店に注文したドレスも、まだ出来ていなかった。ただその店で、ハンドバッグだかなにかを、万引したらしいというが、これは確証がなかった。最大の被害者は、腕時計屋さんで、友だちも買うといっているから、預からしてくれ、という言葉に、ひっかかったらしい。七、八個を持っていかれて、困っていた。

こういう話を聞かされては、きみに責任をとれといっているわけじゃない、といわれても、知らぬ顔はしていられない。履歴書の現住所をひかえて、U子はぼくが探します、と専務に約束した。勤務時間がおわると、私はまず丘にいって、マスターにU子のことを聞いてみた。すると、いやな客につきまとわれていたのではなく、客からカメラを借りて返さないものだから、責められていたのだ、ということがわかった。

私はかなり腹を立てた状態で、U子の自宅を探しにいった。その住所がでたらめだったら、どうしようか、と思って、気も重かった。自宅の場所は、いまでもおぼえているが、山の手線の内がわ、というだけにしておこう。U子の両親は、公設市場のなかで、八百屋をいとなんでいた。私

がいったときにはまだ市場がひらいていて、U子の父と母が、店で働いていた。ふたりの身なりの粗末さに、私は暗い気分になりながら、来意をつげた。父親は顔をしかめて、「またやりましたか。ここでは話も出来ないから、うちのほうへ来てください」

と、私をすぐ近くの住居に案内した。その住居を見たとたん、私の腹立たしさは消えてしまった。

＊

これは怒っているどころじゃない、もっと困ったことだぞ、と思ったのである。寒くはない季節なので、入り口のガラス戸は、あけてあった。戦災にあっていない木造の平屋で、古いことも古いが、まったく補修がしてなかった。入り口の格子戸は、ガラスが半分以上われて、折箱の経木や、蜜柑箱の一部らしい板きれで、さすがに補修がしてあったが、あがり口のたたきは崩れて、でこぼこになっている。障子の紙は、あらかた破れている。壁も崩れかかったところが多くて、補修はしていない。いちばん凄まじいのは畳で、表はぼろぼろ、芯が出ている。当時は畳も貴重品だったが、おいそれと取りかえられない、という状態ではなくなっていた。だから、これはひどすぎて、人間のすむ場所とも思えなかった。

貧乏ぐらしには、馴れている私も、しばらくは唖然として、土間に立ちすくんでいた。もう日が暮れているのに、電灯はひとつしか、ついていない。薄暗いなかに、まだ小さい子どもが三人ばかり、いたような記憶がある。U子の父親は、あがれ、とはいわなかった。私も座敷へあがる気はしなくて、あがり口の板敷へ腰をおろした。父親は綿のはみだした——というよりも、綿の飛びちったあとの残骸みたいな、垢光りした座蒲団をふたつ折りにして、

「せめて、これでも敷いてください。板の間が汚れておりますから」

といってから、

「どんなご迷惑をかけたのでしょう？　申しわけのないことですが、わたくしどもには、もう責任がとりきれません。

U子のおかげで、このありさまです」
しばらくして、市場の店を片づけて来たらしい母親もくわわって、私はU子のことを聞かされた。小学生のころから、万引をするくせがあって、中学、高校になるにつれて、寸借詐欺、月賦詐欺のようなことまで、やるようになったという。近所の店は軒なみで、品物をあと払いで受けとっては、質に入れてしまうらしい。その代償で、両親は追いまくられて、ひどい貧乏ぐらしをしている、ということだった。高校を中退した、といわれたように、おぼえている。つとめをしても、つとめ先の信用を利用して、癖を発揮するから、長つづきもしない。あまり変るもので、いまどこにつとめているのか、知らないくらいだ、ということだった。思いがけないところの、思いがけないひとがたずねて来て、娘にこれこれの被害をうけたといわれて、はじめてそんなところで働いていたのかと知る。そういう弁償も、これまでは出来るだけ、つぐなうようにして来たが、もう限度に来ている。どうしようもありません、と両親はうなだれた。

うちにいると、借金とりが来るので、U子はつとめをしていないときでも、毎日どこかへ出かけて、夜なかの一時すぎまで帰って来ない。どこでなにをしているのかわかりませんが、ふらふら歩いているためのお金が必要で、また悪いことをするのでしょう、と父親はため息をついた。お話の腕時計は、もう質屋へ入っていると思います。どこの質屋へ入れたか、帰って来たら聞いてみますが、わたしたちがなにをいっても、ろくに返事をしませんから、わかりますかどうか、といわれて、私は会社の電話番号を、紙きれに書いてわたしした。そばから母親が口を出して、父親がきびしくて、すぐにU子に手をあげる、だから、よけいにひねくれて、なにもいわなくなったのだろう、と愚痴をこぼした。

いまの私だったら、U子の幼時のころを、根ほり葉ほり聞いたろう。だが、そのときは、ただ茫然とするばかりで、両親の話を聞いているしかなかった。病的な盗癖の持ちぬしがいるということは、知識としては知っていても、私の生活のなかで、実際に出あったためしがない。だから、その家のすさまじい状況を目にして、どうしていいか、私はわからなくなってしまったのだ。

しかし、そのまま帰ってしまったのでは、けっきょく腕時計の行方はわからなくなる恐れがある。お邪魔でしょうが、ここでしばらく待たしてください、と私は立ちあがらずにいった。お茶もありませんので、と母親がいって、近所の店から、壜に入ったコーヒー牛乳を買ってきた。いちばん安い、まずいコーヒー牛乳だった。かまわないでください、相手をしてくださらなくても、けっこうですから、と私はいって、あがり口のすみに、すわりつづけた。父親はあすの仕入れのことがあるから、とかいって、家を出ていった。母親は私の前にすわって、借金とりが入れかわり立ちかわりやってくるわずらわしさを、喋りつづけた。やりきれなくなるばかりだったが、私は我慢して、すわりつづけていた。そのうちに、子どもたちが、ぼろぼろの夜具を敷いて、寝るしたくをはじめた。夜は十時になろうとしている。私があきらめて、立ちあがったところに、父親がもどって来た。U子さんが帰って来たら、なんとか腕時計の行方を聞きだしてください、と頼んで、私は家を出た。

けれど、両親を信じきることも、私には出来なかった。日がたてばたつほど、探しにくくなるのは、わかりきっている。U子の家は、駅からの大通りを、ちょっと横に入ったところにあった。私は大戸をおろした市場の軒下に立って、U子の帰りを待つことにした。ハードボイルド・ミステリの主人公になったような気で、私はいつまでも待ちつづけた。当時の私は、腕時計を持っていなかったから、時間もわからない。

南京虫のゆくえ

私は暗い軒下で、U子の帰りを待ちつづけた。いまのように、大通りの角にひと晩じゅう、スナックの灯がともっているような時代ではない。タクシイの数も、ずっと少かった。だから、大通りから入ってくる道は、入り口のところを、車のあかりが時おり通りすぎるだけで、ひっそりと暗かった。父親の言葉では、

「近所のひとと顔をあわすような時間には、けっして帰って来ないんです」

というのだから、何時まで待つことになるのだろう。そう思うと、心細かった。とちゅうで、あきらめて帰るにしても、終電のあとだったら、私はタクシイ代を持っていない。うちまで歩いて、帰らなければならなかった。そのころは、落語家の兄といっしょに、大塚坂下町に住んでいたのだが、歩いて帰るとなると、大変だった。それでも、待ちつづけていたのだから、私はたぶん、なるようになれ、夜があけるなら夜があけろ、と度胸をすえたのだったろう。

当時の私は、ヘヴィスモーカーではなかった。タバコ銭にも限りがあるから、たくさん吸ってはいられなかったに違いない。手もち無沙汰に、いつまでも軒下に立っていると、大通りから女のすがたが、入ってきた。いま考えると、終電で駅まで来て、歩いたに相違ないから、そんなに遅い時間ではなかったはずだ。午前一時半か、二時ちかかったか、あるいはもう少し早かったのか。なんにしても、私には真夜中だった。

女はU子だったが、私がそれを確認して、暗い軒下から出てゆくと、むこうもこちらを識別したのだろう。くるりとまわれ右をして、もと来たほうへ歩きだした。両がわの家は寝しずまっているようだから、声もあげられない。呼んだところで、立ちどまるはずもない。私は無言で追いかけたが、U子の足は早かった。小走りに大通りへ出て、駅とは反対の方角へむかった。車道と歩道のある大通りで、当時は路面電車も通っていた。むろんもう赤電車の通ったあとだから、ただレールが光っているだけだ。そういえば、赤電車という言葉も、もう耳遠いだろう。

いまでもバスの終車が、行先標示窓に赤い電灯をつけて、走っている。都電もそうだったから、赤電車といえば、終電車のことだった。終電車のひとつ前は、赤い電灯ではなく、ブルーの電灯をつけた。それは、青電車というわけだ。

赤電車の通ったあとの軌道を、タクシイが走ってゆく。だから、多少は踏みだしても、安心だと思ったのか、U子は歩道ではなく、車道をとっとと歩いていた。歩道には、ごみ箱があったり、店屋の前にあき箱のたぐいが積んであったりする。おまけに、いまより街灯が暗いから、車道のほうが早く歩けるのだ。けれど、臆病な私は、歩道を歩いた。

U子はうつむき加減に、肩をすくめて、せかせかと歩いてゆく。この女のことを思い出そうとしても、いまでは目鼻立ちさえ、はっきりとは浮かんで来ない。浮かんでくるのは、このときのうしろ姿——だれの声も聞くまいとするように、肩のあいだに首をしずめて、すこし前かがみに、一心に歩いてゆくうしろ姿だけである。どこへ行くつもりか知らないが、せっかく待ったのだから、あきらめるわけには行かない。やっとのことで追いつくと、私は車道に飛びだした。U子の腕をつかんで、歩道につれもどすと、彼女は無言で、手をふりほどこうとした。立ちどまって、争っていて、巡査にでも見とがめられたら、私のほうが分は悪い。

「うちへつれて行くわけじゃない。話がしたいだけなんだから、聞いてくれ。歩きながらでいいから、聞いてくれ」

というような頼みかたを、私はしたに違いない。U子はひとことも、返事はしなかったが、私の手をふりほどこうとするのはやめた。U子の腕をつかんで、おなじ歩調で歩きながら、

「お父さんにあったし、お母さんにもあって、きみのことはぜんぶ聞いた。ぼくは会社のいいつけで、きみをつかまえに来たわけじゃない。自分の意志で、心配して来たんだよ」

といったことを、私は話しつづけた。けれど、U子は返事をしない。私の顔を見もしないで、歩きつづける。そのあたりは、繁華街ではなかったから、深夜営業の喫茶店はない。タクシイをひろって、旅館でもいって、朝まで説得する、といった考えは浮かばなかったし、浮かんだところで、金がない。歩きつづけるより、しかたがなかった。私は歩く人形のようなU子にむかって、喋りつづけた。

会社は腕時計屋の問題さえ片づけば、なにもいわない、

といっている。洋服屋も、洋裁屋も、なにもいわない。時計屋も、腕時計さえ戻ってくればいい、といっている。ご両親の話から察するに、腕時計は質屋へ入れたのだろう。だから、入質さきを教えてくれないか。そういうことを、くりかえし私はいいつづけた。それでも、U子は黙りつづけた。だんだんタクシイもまばらになって、大通りには、人影もない。

＊

南京虫といっても、ひとを刺す虫のことではない。昭和二十年代後半からの流行だったと思うが、三十年代へかけて、小さな女持の腕時計が流行した。その小型腕時計が、南京虫と呼ばれていたのである。ちょっと読めないくらい、文字盤が小さくて、側とバンドは銀いろだった。U子が時計屋をだまして、持っていった七つか八つは、その南京虫だった。質に入れたのだろう、と聞いても、返事はしなかったが、いま持っているのか、と聞くと、首をふった。

とにかく反応があったので、私はいくらか、ほっとしたものの、そのあとがあいかわらず進展しない。なんどもおなじことを、くりかえすのにあきて、私は黙りこんでしまった。U子もただ、歩きつづけている。どこへ行くつもりかも、話さない。私は彼女の強情ぶりに、かぶとをぬいだかたちだったが、ふと父親の言葉を思い出して、いってみた。

「こんなに夜おそくまで、いつも外にいるんじゃあ、お金がかかるだろうな」

「うちにいて楽しければ、外になんかいないわ」

こんなやりとりが、きっかけだったとおぼえている。U子は口をききはじめて、私の問いにも、答えはじめた。南京虫は、やはり質屋に入っていた。だが、お金をつかってしまったから、受けだせない、という。それはなんとでもするから、質札をわたしてくれ、というと、U子はハンドバッグをあけて、数枚の紙きれをつかみ出した。その数をかぞえて、私はポケットにしまいこんだ。時計の数だけの質札があったのかどうか、もうおぼえてはいない。ほっとしたのだから、ちゃんと揃っていたのだろう。

「ほかのことは聞かなくてもいいんだ。うちまで送っていこう」

と、私はいったが、U子は首をふって、

「まだ帰らない」

歩きつづけるので、しかたなく私もしたがった。くたびれないか。馴れているから、大丈夫。もう別のところにつとめているの。まだ、というような会話があって、私たちはあてもなく歩きつづけた。

「つとめていないとすると、朝早くうちを出て、一日じゅう、なにをしているの」

「山の手線の電車で、ぐるぐるまわったり、映画を見たり……」

「ぼくも戦争ちゅう、学徒徴用の工場をさぼって、山の手線をぐるぐるまわったことがあるよ。すわっていればくたびれないし、あれはいいんだよね。電車のなかで、弁当を食ったこともある」

そんなことを話したのを、かすかにおぼえている。U子はようやく、笑うようになった。ひとりで映画を見たり、めしを食ったり、喫茶店に入ってもつまらないので、町で知りあった同性や異性をさそうこともある。そういうときには、相手の分の金も、自分が出さなければならない。だから、南京虫を質入れした金も、もうほとんど残っていないのだ、といった。金をつかわないように、うちでじっとしていようと思っても、近所のひとは変な目で見るし、弟たちがうるさくて、いらいらしてくる。なによりも、母親のぐち、父親のこごとを聞くのが、つらい。

父親がもっとやさしければ、こんなことはしていないんだけれど、といって、U子は不満そうだった。でも、お父さんも大変らしいよ、と私がいうと、それはわかっているんだけれど、と話をそらす。いつか私に見せたラヴレターの大学生に、ばったりあった、と話題をかえて、U子は話をつづけながら、どこまでも歩いた。

私はくたびれてきたが、いまさら、さよなら、とわかれるわけにも行かない。夏のはじめの空は、夜のいろをうすれさせはじめた。あるひとの家が、そろそろ近くなっていた。そのあるひとがだれであるかを書くと、U子の当時の住居が、東京の旧市内にくわしいひとには、見当がつくかも知れない。前回にも書いたように、U子はまだ健在と思われるので、あいまいにしておこう。とにかく、その家ならば、U子をつれていって、ふたりで休むことが出来る。夜があけても、朝めしにありつける。U子の両親に、私がけしからぬことをしたのではないか、と疑われる心配もない。そういう場所だったので、私はU子に、うちへ帰るのがいやなら、そこへ行こう、といった。

U子はおとなしく、ついて来た。その家へいってからも、しばらくは話していた。そのうちに、座蒲団をならべた上に横になって、U子は眠った。私は服を着たまま、横になった。眠ったときには、もう夜があけていたから、起きたのは午近《ひる》かったのだろう。ずいぶん長いあいだ、U子の話を聞いたわけだが、なにひとつおぼえていない。なぜそんな生きかたをすることになったのか、ついに推察することは出来なかった。私には話を誘導していく技術が、まったくなかったのである。そのうちで、私たちは朝めしを食ってから、U子を国電の駅まで送って、私は四谷三丁目のオペラ口紅へ出社した。

U子とわかれたすぐあと、会社へは電話をしておいたから、遅刻をしても、小さくなって入っていく必要はなかった。専務に話をすると、ひと晩じゅう歩いて、質札を出したことを、大げさに感心してくれて、時計屋に連絡をとった。午後、時計屋が来ると、私は専務の命令で、質屋まわりに同行することになった。

信濃町あたりの質屋からはじまって、代々木、渋谷のさき、といったぐあいに、一軒一軒が離れていたし、怪しまれないためだろう。一軒に一個、すぐおろしに来るから、ということで、ごく安い金額で入っていた。それでも、ぜんぶまわりきるのに、翌日までかかった。質屋から質屋へ、電車やバスで行って、番地をたよりに探してあるく。そのあいだに、時計屋に聞かれて、私は質札を出させるまでの苦心談を話した。かなり誇張して、話したのだろう。最初は渋面をつくって、質屋から質屋へと歩いていた時計屋の顔が、だんだんに変ってきた。

小説めいた結末

　オペラ口紅に出入りしていた時計屋さんの顔を、私はもう思い出せない。スティールぶちのめがねをかけていて、やや神経質な顔つきの、背の高いひと、というイメージが残っている。神経質そうな、といっても、瘠せているわけではなく、角ばった顔で、ちょっと怖い感じだったようだ。だが、根は人がよかったのだろう。二日がかりの質屋まわりに、いらいらしていたに違いない。

「あんたには、二日もつきあわしてしまって、すみませんでした」

　と、南京虫を集めおわったときに、時計屋さんは頭をさげた。不機嫌に見えた顔が、そのときには、柔和なものになっていた。

「とんでもない。申しわけないのは、こっちです」

　といった挨拶を返しながら、私は内心いい気持になっていたらしい。腕時計を回収したといっても、元金と利息を払っているのだから、時計屋は損をしている。前にもいったが、U子は質屋に怪しまれないために、少ししか借りていなかったそうだけれど、それでも七、八個となれば、ばかにならないだろう。

「こういう場合は、たいがい質屋へ入っているから、損は覚悟していました。こっちもうかつに信用して、渡してしまった落度があるから、全額、請求はしません。でも、数が多いから、あのひとに半分でも出してもらおう、と思っていました」

　質屋があと一軒というときに、喫茶店でひと休みして、時計屋さんがいったことだ。

「しかし、あんたの話を聞いて、なにもいわないことにしましたよ。あきらめます。ほんとうに、よくやってくれましたね。朝まで歩きつづけて、話を聞いてやるなんて、わたしにはとても出来ません」

　つまり私は、そば屋かどこかで昼めしを食ったとき、U子から質札をとりもどしたいきさつを、誇張して話したのだった。時計屋さんに感動されて、私はいい気分になったわけだが、実際にはほかにどうしようもなくて、明けがた近くまで、歩いたのである。しまいには、U子もかなり喋るようになったが、なにも聞きだせなかったにひとしかった。なぜ小学生のころから、万引をするようになったか、その後も寸借詐欺まがい、月賦詐欺まがいのことをくり返したか、推察できるようなことは、なにも聞きだせなかった。

「でも、外にいるあいだは、けっこう楽しいわよ」

　といったのが、妙に印象に残っている。もっとも、私にはU子を理解しようという気は、なかったらしい。その後、U子は一度、私が兄と暮している大塚坂下町に、突然たずねてきた。オペラ口紅から、まっすぐ家に帰ってきて、まだ明るかったのだから、「魔海風雲録」を書いている最中で、夏だったのだろう。大塚駅から天祖神社の下を通って、私が坂下町の谷間へおりてくると、むこうからU子が歩いてくるのに、ばったり出あった。

「どうしたの？」

　私が聞くと、用があって訪ねてきたのだけれど、まだ帰っていないようなので、あきらめて戻ってきたところだ、という返事だった。二階借りをしている部屋へ、つれて行っても、どうしようもないので、私もあともどりして、喫茶店へ入った。けれども、用というのが、なんだったのか、どんな話をしたのか、ぜんぜん思い出せない。私はもう逃げ腰になっていて、ろくすっぽ話を聞いてやらなかったのだろう。

　こういう性癖のある女に、あまり深くかかわりあって、迷惑をこうむってはかなわない、という気が先に立ったのである。それが、相手にもわかったのか、U子は二度とたずねては来なかった。私のほうは、「魔海風雲録」を書きあげなければならなかったから、すぐにU子のことはわすれた。それっきり、このかすかな雀斑《そばかす》と、いちじるしい盗癖を持つ小がらな女を思い出すこともなく、年がすぎた。

ところが、現実にも、まるで小説のような偶然が起る。といっても、何年ぐらいたってからか、はっきり思い出せないのだけれど、私は偶然U子とむかいあうことになった。私たちは、たがいに知らぬ顔をして、かなり長いあいだ、むかいあっていた。私はすでに結婚していたから、たぶん早川書房をやめた直後か、「やぶにらみの時計」を書きおろしで出した直後ぐらいだったろう。つまり五、六年のちのことである。

場所はやはり新宿だが、丘はもうなくなっていた。いまでも、あるかどうかわからないが、新宿三越うらの白十字という喫茶店で、私は双葉社の編集者とあっていた。この白十字という喫茶店は、私の記憶にあやまりがなければ、丘の常連のひとりで、三越うらの通りに、パチンコ屋をひらいていた水藤さんという人が、はじめた店であった。そして、これも私の記憶にあやまりがなければ、東京で最初のテレフォン喫茶であった。

テーブルのひとつひとつに、電話機がおいてあって、客同士が話ができる、というわけだ。記憶があいまいだが、電話機にはダイアルがなかったと思う。受話器をとりあげると、交換台が出る。テーブルには目立つように、番号がついているから、ちょっと話しかけてみたいような女性がいると、そのテーブル・ナンバーを、交換手にいって、呼んでもらうのである。もちろん、相手にはこちらのテーブル・ナンバーがつげられる。だから、相手がのびあがって、こちらを見て、あっさり交換手にことわったりもする。ことわられた場合は、料金はとられなかったと思うが、話ができた場合は、帰りぎわのレジで、電話料をとられる。

外線にかけることも、むろん出来た。見知らぬ女性に、話しかけたりする勇気はないから、そういう利用はしたことがなかったけれど、店がひろくて、あいたテーブルがないという恐れがないし、電話をかけるのにいちいち立たなくてすむので、私はそのころ、よくこの白十字を利用した。いちおう話題にはなりながら、同種の店がふえなかったところを見ると、当時はまだ、そういう会話を楽しめる男女がすくなくて、私のような利用法をする客で、この白十字は持ったのかも知れない。

＊

時間は午後の六時か、七時ごろだったようだ。私が「魔海風雲録」を出したあと、泥縄翻訳家としてスタートしたころ、「探偵実話」という雑誌の編集長だった山田晋輔（晋治だったかも知れない）さんが、雑誌が廃刊になって、当時、双葉社に移っていた。双葉社で数種類、出していた読物雑誌の生残りのひとつを、山田さんは担当していて、私のアンコール原稿が欲しい、ということで、その日、あったのだった。

アンコールというのは、前にも説明したけれど、原稿料が安いから、すでに他の雑誌にのせたことのある作品でいい、というわけだ。私なんぞにそんなことをいうのだから、やはり「やぶにらみの時計」を出したあとだったのだろう。とすれば、昭和三十六年で、七年が経過していたことになる。山田さんの雑誌には、以前つきあいのあった読物雑誌の作家たちが、書いていた。アンコールの件は承知してから、そういう昔の仲間たちのうわさを、私がいろいろ聞いていた。

話しながら、私が足を組みなおして、ふと通路をへだてた隣りのテーブルに目をやると、いつの間にかそこに、男ふたり女三人ぐらいのグループが、すわっていた。足を組みなおして、からだが斜めをむいたので、前にいる山田さんと、通路をへだてた椅子にすわっている女性に、私はまっすぐ顔をむけることになった。それが、U子だったのである。

U子はすこしも、変っていなかった。着るものや化粧は、やや派手になっていたが、ボーイッシュな髪がたや、すこし猫背なすわりかたは、ちっとも変っていない。私は気づくと同時に、はっとして、表情を変えたのだろう。U子のほうは、そこにすわったときから、私に気づいたらしい。私の視線を感じた瞬間から、けっしてこちらを見ようとはしなかった。

意地悪な興味が、まったくなかったわけではないだろう。私は山田さんとの会話を、いくらか上の空でつづけながら、隣りのテーブルを観察しつづけた。おなじ会社のおなじセクションの仲間が、いっしょに映画でも見てきたのか、これから行くのか、とにかくお喋りを楽しんでいるところなのは、すぐにわかった。しばらく観察していると、U子が新しくこの仲間にくわわったらしいことも、わかって来た。笑顔で自然にとけこんではいても、みんなの会話にくわわっているというより、聞いている感じだったからだ。

「ああ、まだ同じことを、くりかえしているらしいな」

と、私は思いながら、U子を見つめていた。新しいつとめ先を見つけて、そこの社員たちと、親しくなりはじめたところに違いない、と思ったのである。早ければ、ひと月かそこらで、遅ければ数カ月で、U子はまた会社出入の月賦屋を、だましてしまうことだろう。ふたりの男のどちらかが、かつての私の役わりをつとめることになって、U子の家をおとずれて、茫然とするのではなかろうか。それとも、あの性癖はなおったろうか。そうとは思えなかった。U子が私をおぼえていることは、決してこちらを見ない不自然な態度から考えて、まず間違いなかった。もし性癖がなおっているのなら、会釈ぐらいするだろう。そう私は思ったのだ。

いま、これを書いている昭和五十七年には、U子も五十前後になっている。どこで、どんな生きかたをしているのだろう。二十代には、ゆるされても、三十代、四十代で、ひとをだましつづけたとしたら、刑事事件にされて、深刻なことになっているに違いない。しかし、U子に全身で打ちこめるような男性が現れて、相手からも愛されたら、ゆがんだ性癖もなおっていると思う。U子の生立ちを、私はくわしく聞いていないから、判断はできないけれども、愛情への飢えが、あんなことをくり返させていた、と大ざっぱに考えていいだろう。

私はもっと、話を聞いてやるべきだった。夜あけまでいっしょに歩いて、だんだん多弁になったことを思うと、U子は私を、あきれてすぐに背をむけずに、親身になってくれる人間、と思ったらしい。だから、わざわざ家までたずねて来て、話をしたがったのだろう。だが、私はU子の家をおとずれて、両親の愚痴を聞いた瞬間から、逃腰だった。

丘の常連の大学生を、U子は好きになっていて、その相談ばかりされるのが、おもしろくなかったせいもある。男として頼られているわけではなく、安心できる相談役にすぎないのが、気に入らなかったわけだ。

といって、男として頼られても、私にはそれに応える勇気がなかった。勇気がなかっただけでなく、当時の私には、夢中になっている女性がいた。U子より前に丘につとめていた女性で、私より二つ年下だった。それは、私の初恋といっていいものだった。

あとがき

この半生記ふうの私のエッセーは、千九百七十五年十月号から、八十八年十二月号までの十三年間、早川書房の「ハヤカワ・ミステリ・マガジン」に連載した。

十二年ものあいだ、それを放置しておいたのは、いろいろと手を入れなければ、ならないところがあるのに、私がその気にならなかったからだ。そのなまけぐせのせいで、原稿はたまっているのに、本にならないエッセーが、ほかにもある。

ところが、フリースタイル社の吉田保さんがそこに現れて、とにかく本にしてしまおう、という。吉田さんは、以前からの私の読者であって、『推理作家の出来るまで』がまとまっていないのを、残念に思っていたらしい。すでに雑誌に連載して、読者の目にふれたものなのだから、反対する理由はない。

しかし、校正刷がでてみると、どうも私の記憶ちがいらしいとか、思いちがいらしいとか、やはり手を入れたいところがあった。けれど、年月がたちすぎていて、らしい、というのはわかっても、正確なところはどうなのか、それがわからない。

だから、正しいことがわかったところだけを直して、残りはいっさい、手をくわえないことにした。私が最初にきめたのは、あることを書こうときめた以上、ぜったい嘘はつかない、ということだった。予期に反して、書いている途中、実名をつかってきた人物に、迷惑がかかりそうになっても、急に仮名をつかうようなことはしなかった。

エッセーがおわったあとで、私の身の上に起ったことも、書きくわえだしたら、きりがない。その点はすべて、あきらめることにした。あきらめないとすると、私が死ぬまで、改定していなければならないだろう。

書いた当時と現在とでは、意味の持ちようが、違ってしまった言葉もある。たとえば三国人という呼称には、いまでは差別語的ニュアンスがあるようだが、当時はそうではなかった。そうしたことにも、説明が必要かとも思ったが、なにしろ目下の私には、時間的な余裕がない。すこし寒くなると、しょっちゅう風邪をひいて、いまも熱がある。割愛させていただくことにした。

都筑道夫

二千年十一月

本書は、二千年十二月に、小社より発行された、都筑道夫『推理作家の出来るまで　上巻』の新装版です。

装釘　平野甲賀＋柿崎宏和（The Graphic Service inc.）

THE MAKING OF MICHIO TSUZUKI 1

都《つ》 筑《づき》 道《みち》 夫《お》

昭和４年東京生

主著　「やぶにらみの時計」

「七十五羽の鳥」

「なめくじ長屋捕物さわぎ」

「退職刑事」

「黄色い部屋はいかに改装されたか？」

「都筑道夫 ポケミス全解説」

「都筑道大の読ホリデイ」

他多数

〔推理作家の出来るまで　上巻〕

2020年10月20日印刷　2020年11月27日発行

著　者　都筑道夫
発行者　吉田　保
印刷・製本　中央精版印刷株式会社

発行所　株式会社フリースタイル

東京都世田谷区北沢2ノ10ノ18
電話　東京6416局8518（大代表）
振替　00150-0-181077

定価はカヴァーに表記してあります。

乱丁・落丁本は本社またはお買求めの書店にてお取替えいたします。


ISBN978-4-86731-001-4

◇フリースタイルの本

都筑道夫『黄色い部屋はいかに改装されたか？増補版』

本格ミステリの「おもしろさ」とはなにか？　各界のクリエイターに多大な影響を与えた画期的名著、大幅増補版。
解説＝法月綸太郎　編集＝小森収　定価：2000円＋税

『都筑道夫 ポケミス全解説』

都筑道夫がハヤカワ・ミステリ通称《ポケミス》に書いた解説を集成。EQMM 連載の〈ぺいぱあ・ないふ〉をも収録した都筑評論の精髄であり、海外ミステリ受容史でもある。
編集＝小森収　定価：2700円＋税

『都筑道夫の読《ドク》ホリデイ』

ミステリ・マガジンに十四年間書き続けられた読書エッセー。「現代の推理小説とはなになのか」を考え続けた都筑道夫の“最後のメッセージ”。生誕八十周年記念出版。
編集＝小森収　定価：各2500円＋税　上下巻

鏡明『ずっとこの雑誌のことを書こうと思っていた』

一冊の雑誌が人生を変えることだってある。著者が少年のときに出会った雑誌「マンハント」を通して、ポピュラー・カルチャーとは何かについて考えてみる。定価：2200円＋税

小林信彦『大統領の密使／大統領の晩餐』

オヨヨ大統領シリーズの二大傑作をカップリング。最初に発売された単行本にのみ収録されていた、挿絵（小林泰彦氏）も収録。
解説＝法月綸太郎　定価：1800円＋税

小林信彦『唐獅子株式会社』

社内報の発刊、放送局、映画製作、音楽祭…… 大親分の思いつきで、今日も始まる新・任侠道。「スター・ウォーズ」から「源氏物語」まで——ギャグとナンセンスとパロディの一大狂宴！『唐獅子源氏物語』をも含む初の全作収録版！
解説＝江口寿史　定価：2000円＋税